VISÕES DE CARNE E SANGUE

VISÕES DE CARNE E SANGUE

UM COMPÊNDIO DE
SANGUE E CINZAS E CARNE E FOGO

JENNIFER L. ARMENTROUT
com RAYVN SALVADOR

Tradução
Flavia de Lavor

1ª edição

Galera
RIO DE JANEIRO
2025

PREPARAÇÃO
Myllena Lacerda

REVISÃO
Cristina Freixinho
Ana Clara Werneck

TÍTULO ORIGINAL
Visions of Flesh and Blood: A Blood and Ash/ Flesh and Fire Compendium

CIP-BRASIL. CATALOGAÇÃO NA PUBLICAÇÃO
SINDICATO NACIONAL DOS EDITORES DE LIVROS, RJ

A76g

Armentrout, Jennifer L.
Visões de carne e sangue : um compêndio de sangue e cinzas e carne e fogo / Jennifer L. Armentrout, Rayvn Salvador ; tradução Flavia de Lavor. - 1. ed. - Rio de Janeiro : Galera Record, 2025.

Tradução de: Visions of flesh and blood : a blood and ash/flesh and fire compendium
ISBN 978-65-5981-560-9

1. Ficção americana. I. Salvador, Rayvn. II. Lavor, Flavia de. III. Título.

25-98894.0

CDD: 813
CDU: 82-3(73)

Gabriela Faray Ferreira Lopes - Bibliotecária - CRB-7/6643

Texto revisado segundo o novo Acordo Ortográfico da Língua Portuguesa.

Direitos exclusivos de publicação em língua portuguesa somente para o Brasil adquiridos pela EDITORA RECORD LTDA. Rua Argentina, 171 – Rio de Janeiro, RJ – 20921-380 – Tel.: (21) 2585-2000, que se reserva a propriedade literária desta tradução.

Impresso no Brasil
ISBN 978-65-5981-560-9

Seja um leitor preferencial Record eassine nossa newsletter.
Cadastre-se no site record.com.br
Atendimento e venda direta ao leitor:
sac@record.com.br

AGRADECIMENTOS

Por trás de cada livro há uma equipe de pessoas que dão seu sangue, suor e lágrimas para que a história aconteça e brilhe...

Como sempre, sou extremamente grata à Blue Box Press — Liz Berry, Jillian Stein e MJ Rose — por apoiar a ideia deste livro e por a terem tornado realidade; Kim Guidroz e Jessica Saunders, por sua experiência inigualável; Erika Hayden, por sua ajuda na coleta de detalhes; e à fantástica equipe de edição e revisão da BBP — Laura Helseth, Stacey Tardif e Jessica Mobbs. Sem falar em todas as pessoas que deram seu apoio e experiência para que VISÕES chegasse aonde tinha de chegar. Obrigada!

Somos *muito* gratos a Hang Le (@ByHangLe) pela capa maravilhosa, bem como a todos os artistas que contribuíram com seu incrível talento e fizeram deste livro o que ele é: Alicia MB Art (@Alicia.MB.Art), Creatively Agnes (@AgnesArt42), Jenna Pearson (@Jemlin_C), Kassia Ramos (@K_Psps), Kseniya Bocharova (@romannaboch), Macarena Ceballos (@ArtBy.Mikki), Art by Steffani (@ArtBySteffani), Dana J.K. (@Debra.Entendre), Emilia Mildner (@Emilia.Mildner) e Shane Munce (@ShaneMunce).

Agradecemos aos nossos agentes, Kevan Lyon e Taryn Fagernesse, a todos que nos apoiam em tudo o que fazemos no dia a dia — não conseguiríamos fazer nada disso sem vocês.

Poderíamos (e talvez deveríamos) agradecer a tantos outros por nome, mas isso exigiria mais páginas do que temos à disposição. Por isso, diremos apenas que, se você estiver lendo isto e contribuiu para nos manter no caminho certo ou nos ajudou com qualquer outra coisa de que precisávamos... você sabe quem é, e nós te amamos muito.

E por último, mas não menos importante, nada disso teria acontecido sem vocês, leitores. Vocês comentaram no Facebook há muito tempo que queriam um livro assim, e aqui está. Sem o seu amor constante e cada vez maior por estas séries e personagens, talvez ele não existisse. Seu apoio é uma lição de humildade. Agradecemos a vocês e esperamos que gostem deste livro tanto quanto nós gostamos de prepará-lo.

DEDICATÓRIA

Para quem adora viver milhares de vidas entre as páginas dos livros e gosta de passar a maior parte do tempo com personagens fictícios... Este aqui é para você.

SUMÁRIO

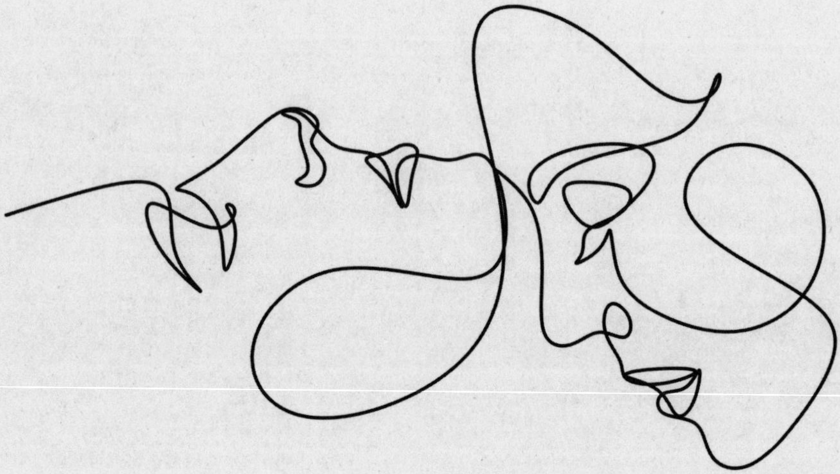

UMA CARTA DA SENHORITA WILLA

Caro leitor,

Se você estiver lendo as palavras escritas nestas páginas é porque alguém descobriu meu esconderijo de anotações, registros e diários, e decidiu disponibilizar alguns deles.

Como bem sabe, já estou aqui há muito tempo — eras, na verdade. Por ser a integrante mais antiga do Conselho dos Anciões, vivi e testemunhei muita coisa na minha vida. Por ser uma Vidente... vi ainda mais. Mas, considerando esta última parte, vale a pena mencionar que nem sempre as informações chegam a mim em ordem cronológica. Recebo fragmentos de épocas diferentes ou de pessoas diferentes e, portanto, preciso organizá-los e colocá-los numa certa disposição — para mim, é claro, mas também para a posteridade.

Às vezes, presencio alguns momentos históricos em primeira mão — tanto os grandes quanto os pequenos, pois todos são importantes — à medida que os acontecimentos se desenrolam, então sei quando e como aconteceram. Outras vezes, é uma questão de descobrir o máximo possível sobre os principais personagens envolvidos e fazer suposições bem fundamentadas. Mas sempre vou aonde meus impulsos me levam. Sejam baseados na Vidência ou... em qualquer outra coisa. Afinal, como você bem sabe, nunca digo não a tais desejos. E não posso ignorar as visões do sangue nem a atração ardente da carne quando elas me chamam.

É por isso que o que você tem em mãos é uma mistura de fatos, curiosidades e observações combinados com um registro pessoal das minhas experiências. Eu precisava registrar dados historicamente precisos, coisas relacionadas ao meu mundo conforme ele mudava e pontos específicos de linhas temporais e pessoas relevantes. Mas isso não faria sentido se eu não incluísse meus pensamentos e emoções. Afinal de contas, sempre devemos confiar nos nossos instintos.

Mas lembre-se de que tais eventos estão em constante mudança. Conforme as fases da lua mudam e a história se desenrola por meio de profecias cumpridas, os acontecimentos, às vezes, podem assumir novos significados. Também gostaria de mencionar que posso entregar alguns fatos desconhecidos por quem não estava presente nos eventos aqui descritos. Minhas mais sinceras desculpas. Mas... eu te avisei.

Por outro lado, agora que você tem acesso à minha coleção particular, é melhor aproveitá-la. Afinal de contas, a vida é para ser vivida. E como tenho uma alma errante e faminta por novas experiências, posso dizer que algumas dessas coisas são de fato deliciosas.

Com os meus cumprimentos.

Abraços,
Senhorita Willa

GUIA DE PRONÚNCIA

Personagens

Aios – Êi-os
Alastir Davenwell – Á-la-stir Dá-ven-uél
Andreia – An-DRÊ-ia
Antonis – An-TÔ-nis
Arden – Ár-den
Attes – É-têz
Aurelia – Au-RÉ-li-a
Baines – Bêinz
Basilia – Ba-ZÍ-li-a
Beckett – BÉ-ket
Bele – Bé-lê
Blaz – Blêiz
Brandole Mazeen – Brán-dol Ma-ZÍN
Braylon Holland – BRÊI-lon RÓ-lând
Britta – BRÍ-ta
Callum – KÁ-lam
Casteel Da'Neer – Ka-STÍ-ll Da-NÍr
Clariza – Kla-RÍ-tsa
Coralena – Ko-ra-LÊ-na

Coulton – KÔL-ton
Crolee – KRÔ-li
Dorian Teerman – DÔ-ri-an TÍR-man
Duquesa e Duque Ravarel – Ra-va-RÉL
Dyses – DÁI-sis
Ector – Ék-tor
Effie – É-fi
Ehthawn – Í-thón
Elian Da'Neer – É-li-an Da-NÍr
Elias – E-LÁI-as
Elijah Payne – E-LÁI-ja PÊIN
Eloana Da'Neer – E-lo-Á-na Da-NÍr
Embris – Ém-bris
Emil Da'Lahr – E-MÍL Da-LÁR
Erlina – Er-LÍ-na
Ernald – Ér-nald
Evander – E-VÂN-der
Eythos – Í-thôs
Ezmeria – Ez-MÊ-ri-a
Gemma – DJE-ma
General Aylard – ÉI-lard
Gianna Davenwell – Djí-A-na Dá-ven-uél
Griffith Jansen – GRÍ-fi-th DJÁN-sen
Halayna – Ha-LÊI-na
Hanan – RÊI-nan
Hawke Flynn – RÓK Flin
Hisa Fa'Mar – RÍ-sa Fa-MÁR
Holland – RÓ-land
Ian Balfour – Í-an BÁL-for
Iason – ÁI-son
Ione – ÁI-on

Ires	–	ÁI-ris
Isbeth	–	Íz-béth
Ivan	–	ÁI-van
Jacinda Teerman	–	Dja-SÍN-da TÍR-man
Jadis	–	DJÊI-dis
Jasper Contou	–	DJÁS-per Kon-TÚ
Jericho	–	DJÉ-ri-kô
Joshalynn	–	DJÓ-sha-lin
Kayleigh Balfour	–	KÊI-lei BÁL-for
Keella	–	KÍ-la
Kieran Contou	–	KÍ-ran Kon-TÚ
Kirha Contou	–	KÍr-ra Kon-TÚ
Kolis	–	KÔ-lis
Kyn	–	Kin
Lady Cambria	–	KÂM-bri-a
Lailah	–	LÊI-lah
Lathan	–	LÊI-than
Leopold	–	LÊ-o-pôld
Lev Barron	–	Lév BÊ-ran
Lizeth Damron	–	Li-ZÉTH DÂM-ron
Loimus	–	LÔI-mus
Lorde Ambrose	–	AM-brouz
Lorde Chaney	–	TCHÊI-ni
Lorde Gregori	–	Gré-go-ri
Lorde Haverton	–	RÊI-ver-ton
Loren	–	LÔ-ren
Luddie	–	LÂ-di
Lyra	–	LI-ra
Mac	–	Méc
Madis	–	MÉ-dis
Magda	–	MÁG-da

Mahiil	–	Ma-RÍ-il
Maia	–	MÁI-a
Malec O'Meer	–	Ma-LÉK O-MÍr
Malessa Axton	–	Ma-LÉ-sa Éks-ton
Malik Da'Neer	–	MA-lik Da-NÍr
Marisol Faber	–	Má-ri-sol FÊI-ber
Millicent	–	MÍ-li-sent
Mycella	–	MAI-sé-la
Naberius	–	Na-BÉ-ri-us
Naill	–	NÁI-ol
Nektas	–	NÉK-tas
Nithe	–	NÁI-th
Noah	–	NÔ-a
Nova	–	NÔ-va
Nyktos	–	NÍK-tôs
Odell Cyr	–	Ô-dél Sír
Odetta	–	Ô-DÉ-ta
Orphine	–	ÔR-fin
Peinea	–	PÊI-ne-i-a
Penellaphe	–	Pe-NÉ-la-fi
Penellaphe Balfour	–	Pe-NÉ-la-fi BÁL-for
Perry	–	PÉ-ri
Perus	–	Pé-rus
Phanos	–	FÁ-nos
Polemus	–	PÔ-lê-mus
Preela	–	PRÍ-la
Pulus	–	PÚ-lus
Quentyn	–	KUÊN-tin
Rainha Calliphe	–	KA-li-fi
Rainha Ileana	–	I-le-A-na
Reaver	–	RÍ-ver

Rei Jalara	–	Dja-LÁ-ra
Rei Saegar	–	SÊI-gar
Rhahar	–	RÁ-rar
Rhain	–	RÊIN
Rolf	–	RÔLF
Rune	–	RÚN
Rylan Keal	–	RÁI-lan KÍ-ol
Sacerdotisa Analia	–	A-na-LÍ-a
Sage	–	SÊI-dj
Saion	–	SÁI-on
Sera	–	SÊ-ra
Seraphena Mierel	–	Se-ra-FÊ-na MI-e-rel
Setti	–	SÉ-ti
Shae Davenwell	–	SHÊI Dá-ven-uél
Sotoria	–	So-TÔ-ri-a
Sven	–	Svéin
Talia	–	TÁ-li-a
Taric	–	TÁ-rik
Tavius	–	TEI-vi-us
Tawny Lyon	–	TÓ-ni LÁI-an
Thad	–	TÉD
Theon	–	THÍ-an
Tulis [Família]	–	TÚ-lis
Uros	–	Ú-ros
Valyn Da'Neer	–	VÁ-lin Da-NÍr
Veses	–	VÉ-zis
Vikter Wardwell	–	VÍK-ter UÓRD-uél
Vonetta Contou	–	Vo-NÉ-ta Kon-TÚ
Wilhelmina Colyns	–	Wil-hel-MÍ-na KÔ-lins

Lugares

Aegea	–	êi-jia
Altas Colinas de Thronos	–	TRO-nos
Arquipélago de Vodina	–	vo-DJÍ-na
Berkton	–	BÂRK-ton
Casa de Haides	–	RÊI-dis
Dalos	–	DA-los
Enseada de Saion	–	SÁI-on
Evaemon	–	Í-vêi-mon
Higeia	–	rai-JÉ-ia
Ilhas Callasta	–	ca-LEIS-ta
Ilhas de Bele	–	BÉ-le
Iliseu	–	i-li-ZÊU
Kithreia	–	ki-TRÊ-ia
Lasania	–	La-ZÁ-nia
Lotho	–	LÔ-tho
Mansão Cauldra	–	KÔL-dra
Mares de Saion	–	SÁI-on
Massene	–	MA-ssi-ni
Montanhas Skotos	–	Skô-tôs
Palácio Cor	–	KÔR
Pensdurth	–	PÊNZ-dêrth
Pilares de Asphodel	–	As-fo-DÉL
Planícies de Thyia	–	TÍ-a
Pontal de Spessa	–	SPÉ-ssa
Sirta	–	SÊR-ta
Solis	–	sou-LÍS
Tadous	–	Tá-dus
Templo de Perses	–	PÊR-ses
Vale de Niel	–	NÍ-el

Vathi – Vá-thi

Vita – VÍ-ta

Termos

Arae – Á-rêi

benada – be-NÁ-da

cria – CRÍ-a

dakkai – DA-kái

demis – DÉ-mis

graeca – GRÉI-ka

imprimen – IM-pri-men

kardia – KÁR-di-a

lamaea – la-MÉI-a

laruea – la-RÚ-e-a

lobo/lobos kiyou – KÍ-iú

meyaah Liessa – MEI-á Li-É-sa

sekya – SÉK-i-a

sirena – si-RÊ-na

so'lis – SOU-lis

sparanca spa-RA-nê-a

tulpa – TÚL-pa

GLOSSÁRIO DE TERMOS

Antes de começar a contar o que sei sobre o mundo e as pessoas relevantes, tanto nesta linha temporal quanto na que veio antes, sinto que é necessário fornecer algumas informações básicas sobre os termos usados nas minhas anotações. É provável que eu use outros termos não definidos aqui, mas o glossário será útil para quem o utilizar no futuro.

A Ascensão: A definição varia de acordo com a linha temporal. No tempo dos deuses, o processo permitia que os Escolhidos entrassem no Iliseu para servir ao Primordial da Vida, que lhes concedia a vida eterna. Também poderia ser a Ascensão de um deus para um Primordial, ou de um deus para um deus mais poderoso. Além disso, era o termo usado para descrever o processo pelo qual um deus Ascendia um mortal que não era o terceiro filho ou filha, tornando-o um demis. No período posterior à Guerra dos Dois Reis, a "Ascensão" ainda se trata de ser entregue aos deuses, porém, é mais uma questão de permitir que os Ascendidos se envolvam em atividades proibidas, uma vez que se tornam vampiros.

A Devastação: Uma praga que se espalha tanto no plano dos deuses como no plano mortal, matando a terra e causando inúmeras adversidades. Acreditava-se que era o resultado de um acordo feito entre o Primordial da Morte e o então Rei de Lasania. Na verdade, foi consequência da troca de poder e da falta de equilíbrio após Kolis ter roubado o poder de Eythos. As brasas da vida que residiam num recipiente mortal moribundo aceleraram ainda mais o alastramento da Devastação. Assim que a Consorte se tornou a Primordial da Vida, a Devastação começou a retroceder.

A Donzela: Uma das Escolhidas, nascida numa mortalha, aquela cuja Ascensão salvará o Reino de Solis e permitirá a Ascensão de centenas de Cavalheiros e Damas de Companhia.

A Estrela: Um diamante único, conhecido não apenas por sua indestrutibilidade, mas também por sua beleza irregular e serrilhada, e seu brilho prateado. Dizem que foi criado pelas chamas dos dragões que habitavam o Iliseu antes que os Primordiais fossem capazes de derramar lágrimas de alegria. Afundou na terra, onde permaneceu durante eras, antes de finalmente ser desenterrado pelos Destinos. Capaz de conter as brasas e as almas Primordiais. É, na verdade, um Antigo transformado em pedra pelo fogo de um dragão.

A União: O ritual de compromisso entre um Atlante, seu lupino vinculado e o parceiro do Atlante para sincronizar a expectativa de vida dos três. Requer troca de sangue e, às vezes, pode ser sexual. Para funcionar, é preciso que haja sangue Atlante na troca. Uma vez unidos, se o mais forte do grupo morrer, os outros também morrerão. Depois da União, os batimentos cardíacos e a respiração se tornam sincronizados e as emoções são sentidas por todos.

Abismo: Onde as almas pagam por todas as maldades que cometeram em vida. Abriga o Fosso das Chamas Eternas, que arde sem parar, tornando o céu da cor do ferro devido à fumaça.

Aias: A guarda pessoal da Rainha de Sangue. Nem todas as aias são Espectros, mas a maioria é. As que são usam máscaras de asas pintadas na parte superior do rosto.

Antigos: Energia pura que caiu na Terra como se fossem estrelas, criando os planos. Com o tempo, passaram a conviver com suas criações, criando os Primordiais para limitar seus poderes e manter o equilíbrio.

Arae: Outro termo para Destinos. Residem no Monte Lotho.

Arcádia: Plano onde os deuses fazem seu repouso eterno. Representado por pilares entremeados por uma luz cintilante.

Atlantes da linhagem Fundamental: Atlantes da linhagem mais pura. Filhos do primeiro mortal que se submeteu ao teste dos corações gêmeos com uma divindade. Podem sobreviver sem comida por vários dias, porém, precisam consumir mais sangue. A maioria tem sentidos aguçados e habilidades ou dons psíquicos.

Atlantes: Cidadãos de Atlântia originados de diferentes linhagens. Nascem mortais e continuam sendo até os 19-21 anos de idade, quando entram em Seleção e amadurecem, permitindo que suas forças e habilidades se manifestem plenamente. Todos os Atlantes têm duas presas e olhos de algum tom de âmbar; no entanto, apenas os Atlantes da linhagem Fundamental têm íris douradas. Precisam beber sangue Atlante para manter a força. Não morrem sem isso, mas transformam-se em algo que não está exatamente vivo. Os Atlantes de sangue puro são, em essência, imortais.

Bênção: Os mortais acreditavam que o toque dos membros da Realeza tinha propriedades curativas. Faziam filas por dias a fio para receberem uma bênção. Contudo, era apenas um alívio temporário da doença obtido pela ingestão de sangue Atlante — uma falácia.

Caçadores: Uma divisão do exército que leva informações de uma cidade para a outra, e escolta viajantes e mercadorias.

Caminhar nas Sombras: Quando um Primordial visualiza o lugar aonde quer ir e simplesmente se transporta para esse local.

Centurião: A linhagem de guerreiros Atlantes. Inatos, sem treinamento prévio. Composta por múltiplas linhagens: Primordiais (podem invocar os elementos durante a batalha), Cimérios (podem invocar a noite, bloqueando o sol para cegar os inimigos), Empáticos (eram capazes de ler emoções e transformá-las em armas; também podiam curar. Eram favorecidos pelas divindades e temidos pelos outros. Também eram combatentes excepcionais — mais corajosos e ousados do que qualquer linhagem. Geralmente chamados de Devoradores de Almas), Piros (capazes de invocar chamas para suas lâminas), Anônimos (eram capazes de invocar as almas dos que foram mortos por seus oponentes).

Colinas: Muralhas montanhosas construídas a partir de calcário e ferro extraídos dos Picos Elísios e usadas para proteger as cidades dos reinos.

Corações gêmeos: Iguais a almas gêmeas. Duas metades de um todo. Quando os Arae examinam os fios do destino e veem todas as possibilidades da vida de alguém, às vezes conseguem enxergar o que pode resultar do amor entre duas ou mais almas. E, nessa união, veem possibilidades que podem remodelar os planos, criando algo nunca visto antes ou dando início a grandes mudanças. É quase considerado uma lenda. Algo tão raro que se tornou um mito durante muito tempo.

Dakkais: Uma raça de criaturas cruéis e comedoras de carne que, segundo os rumores, nasceram nos poços sem fundo localizados em algum lugar do Iliseu. Não têm feições, exceto por uma boca cheia de dentes e fendas no lugar do nariz. Gostam de atacar da água e são atraídos pelo éter. Os dakkais atuavam como cães de guarda para Dalos, e Kolis tratava alguns deles como animais de estimação.

Demis: Um mortal que não é um segundo ou terceiro filho ou filha, e foi Ascendido por um deus. Tem poderes divinos, mas é considerado abominação.

Deuses da Divinação: Deuses capazes de ver o que está oculto para os outros — suas verdades —, tanto no passado como no futuro.

Divindades: Filhos dos deuses. Dizem que um deles deu origem à Atlântia.

Dragontinos: Os protetores e guardiões dos Primordiais. Descendem de dragões a quem Eythos, o então Primordial da Vida, concedeu uma forma mortal. O fogo que soltam é a essência dos deuses, bem como seu sangue. Apenas o sangue dos dragontinos é capaz de matar um Espectro (leia mais sobre eles a seguir).

Espectros: Considerados abominações da vida e da morte. Uma criação mágica de Kolis. A princípio, eram compostos pelos Escolhidos que desapareceram — aqueles que possuíam uma brasa de éter. Morreram e voltaram transformados após receberem o sangue de um deus. Conseguem sobreviver a quase todas as feridas, mesmo letais, e são capazes de ressuscitar independentemente do ferimento. Sua única fraqueza é o sangue de um dragontino. Kolis os chamava de "projetos em andamento", dizendo que precisava de sua *graeca* para aperfeiçoá-los. Também se afirmava que o sangue de um rei, ou pelo menos de alguém destinado a se tornar rei, era necessário para garantir que atingissem todo o seu potencial, embora isso não seja inteiramente verdade. Callum foi o primeiro Espectro, criado depois de se suicidar por desgosto e Kolis lhe dar seu sangue. Embora seja diferente, já que ele não era o terceiro filho. Millicent também é diferente dos outros Espectros, pois era a primeira filha e passou por outro tipo de transição. Os Espectros não precisam comer, consumir sangue nem de qualquer comodidade, e os normais não têm alma — seus olhos pálidos são janelas para sua verdadeira natureza, mostrando que não estão vivos.

Éter: O potente poder residual que, acredita-se, criou o plano mortal e o Iliseu (você poderá ver mais sobre a criação dos planos em breve), além de correr nas veias de um deus, dando até aos deuses desconhecidos e de menor importância um poder inimaginável. Também conhecido como essência Primordial ou essência dos deuses. Todos os Escolhidos têm um pouco de éter no sangue. Os que Ascendem têm mais do que a maioria.

Felídeos: Uma linhagem Atlante que pode assumir a forma de um felino de grande porte. Acredita-se que esteja extinta.

Germes: No tempo dos deuses, dizia-se que eram mortais que fizeram um juramento aos deuses ou aos Primordiais por toda a eternidade, tornando-se Caçadores ou Rastreadores. Ou almas que se recusaram a entrar nas Terras Sombrias no momento de sua morte, fechando um acordo para servir e tornando-se Sentinelas. São seres fantasmagóricos, com bocas costuradas e cheios de serpentes. No período posterior à Guerra dos Dois Reis, dizia-se que nunca estiveram vivos, mas que tinham sido criados a partir do solo do Iliseu e do éter, convocados para serem soldados ou guardas de lugares sagrados. No tempo dos deuses, só podiam ser destruídos com um golpe na cabeça. No período posterior à Guerra dos Dois Reis, qualquer ferimento fatal funcionava.

Graeca: Uma palavra na antiga língua dos Primordiais que significa vida ou amor.

Iliseu: O plano dos Primordiais, deuses, semideuses e mortais que os servem. Acessado através da névoa Primordial ou de um portal no plano humano que leva o viajante a um local específico no Iliseu. No tempo dos deuses, havia pontos de acesso no lago de Sera e nas Terras dos Ossos — a região que depois se tornou Atlântia.

Invisíveis: Inicialmente criados pelas divindades para servir como espiões e soldados e impedir qualquer rebelião, mas acabaram se voltando contra seus criadores. Usam máscaras de lupino para esconder suas identidades.

Jarrato: Roedor de grande porte, mais ou menos do tamanho de um javali.

Kardia: A parte da alma — a centelha — com a qual todos os seres vivos nascem e morrem, e que lhes permite amar outra pessoa que não seja do seu sangue de forma incondicional e altruísta.

Liessa: Significa *Rainha*.

Lupinos: Lobos kiyou que receberam uma forma mortal para servir de protetores e guias das divindades no plano mortal. Quando os Atlantes da linhagem Fundamental começaram a superar a população de divindades, os vínculos lupinos passaram para eles. Já existiam antes dos Atlantes. Seus sentidos são muito mais aguçados do que os da maioria dos seres. Ao serem vinculados, podem sentir as emoções do(s) Atlante(s) ao(s) qual(is) estão unidos, e o(s) Atlante(s) pode(m) usar os lupinos para obter energia, se necessário. Preferem não permanecer na forma mortal por muito tempo.

Metamorfos: Uma linhagem Atlante que dizem resultar da união entre uma divindade e um lupino. A maioria tem a habilidade de se transformar. Alguns deles — embora poucos — são capazes de assumir a forma de outro indivíduo, mas, ao fazê-lo, também adotam seus trejeitos.

Meyaah: Significa *minha*.

Mortais: Nascidos da carne de um Primordial e do fogo de um dragontino. A maioria possui uma brasa adormecida da essência Primordial dentro de si, exceto pelos terceiros filhos e filhas. Neles, a brasa nem sempre está adormecida. Não há nenhuma explicação para esse fato, mas é por isso que eles são os Escolhidos usados para a Ascensão.

O Ritual: No tempo dos deuses, era quando os terceiros filhos e filhas mortais eram escolhidos para Ascender e entrar no plano dos deuses para servi-los. O ato da Ascensão era secreto, mas supõe-se que Kolis tentava transformá-los em Espectros. Na verdade, ele transformou muitos mortais em Ascendidos, drenando-os até a morte e depois usando o sangue de um de seus deuses para Ascendê-los. Depois da criação de Atlântia e Solis, o Ritual se tornou a celebração que ocorria antes de uma Ascensão. Os segundos e terceiros filhos e filhas eram frequentemente oferecidos aos deuses durante o Ritual. No entanto, após a Guerra dos Dois Reis, o Ritual passou a ser o momento em que as crianças serviam de alimento aos vampiros.

Os Ascendidos/Vampiros: Mortais que passaram pela Ascensão. De pele pálida, com olhos totalmente pretos e insondáveis. Não envelhecem, são anormalmente velozes e fortes, quase imortais. Não caminham sob o sol e são propensos à sede de sangue.

Os Escolhidos: Terceiros filhos e filhas nascidos numa mortalha (uma membrana fetal) e escolhidos para servir na Corte do Primordial da Vida. Dizem que os Escolhidos nascem com um pouco de essência não adormecida dos deuses no sangue, o que lhes permite completar a Ascensão.

Os Primordiais: Os seres de maior poder no Iliseu além dos Destinos. Cada um deles governa uma Corte e tem deuses que lhes servem: Terras Sombrias (Primordial da Morte), Dalos (Primordial da Vida), Lotho (Primordial da Sabedoria, da Lealdade e do Dever), Kithreia (Primordial do Amor, da Beleza e da Fertilidade), Vathi (Primordial dos Tratados e da Guerra e Primordial da Paz e da Vingança), Planícies de Thyia (Primordial do Renascimento), Sirta (Primordial da Justiça e da Caça Divina), Ilhas Callasta (A Deusa Eterna/Primordial dos Rituais e da Prosperidade), Arquipélago de Tritão (Primordial do Mar, da Terra, do Vento e do Céu). Não podem permanecer no plano mortal durante muito tempo, pois seus poderes começam a afetar as pessoas à sua volta. Se um Primordial morrer, podem ocorrer eventos catastróficos em ambos os planos; por conseguinte, é necessário encontrar um novo recipiente para o éter. Eles têm muitas habilidades que diferem entre si, mas uma coisa é certa para todos: se fazem uma promessa, então devem cumpri-la.

Ossos dos Antigos: Usados para prender os deuses, anulando suas habilidades e, portanto, tornando-os vulneráveis ao sepultamento. Também podem anular o *estigma* Primordial. Se transformados em armas, um mero corte é capaz de matar um deus ou incapacitar um Primordial. Se forem deixados num Primordial, este fica incapacitado até que os ossos sejam removidos. Os ossos só podem ser destruídos pelo Primordial da Vida ou pelo Primordial da Morte.

Pedra das sombras: Pedra preta utilizada em armas capazes de matar um deus. Um dos materiais mais resistentes que existem, senão o mais resistente de *todos*. Criada a partir do fogo dos dragões antes da existência dos dragontinos. É aquilo em que todas as formas de vida se transformaram depois de serem queimadas pelo fogo de um dragão. Basicamente, o material orgânico se tornou um resíduo que penetrou no solo, deixando depósitos de pedra. A pedra das sombras era considerada vulnerável apenas a si mesma e aos ossos dos Antigos, mas pode ser destruída com o éter empunhado por um deus poderoso ou Primordial. Um dos seus maiores depósitos no plano mortal é o lago de Sera, embora o Templo das Sombras também seja feito dela. Também há vastas jazidas nas Montanhas de Nyktos e nos Picos Elísios.

Pedra de sangue: Material usado para criar armas capazes de matar Vorazes, Ascendidos e lupinos, mas que não tem nenhum efeito em Atlantes ou Espectros. São feitas de rochas vermelho-rubi encontradas na costa dos Mares de Saion, consideradas lágrimas de raiva ou tristeza dos deuses petrificados pelo sol.

Semideuses: Filhos de um mortal com um deus. Os descendentes de deuses poderosos têm poderes e habilidades, enquanto os outros nascem mortais.

Sereias: Guardiãs do Vale.

Sirena: Uma linhagem Atlante capaz de assumir a forma de seres aquáticos. Um grande contingente vivia perto do Arquipélago de Tritão, ao largo da costa de Hygeia. Acredita-se que tenham morrido antes da guerra, quando Saion foi hibernar.

So'lis: Significa *minha alma*.

Sombras: Almas sombrias que se recusam a passar pelos Pilares de Asphodel para serem julgadas. Por conta disso não podem retornar ao plano mortal nem entrar no Vale, de modo que permanecem nos Bosques Moribundos e enlouquecem de fome e sede infinitas, além da vontade de viver, tornando-se perigosas. Se forem destruídas, não há redenção nem arrependimento.

Terras Sombrias: A Corte do Primordial da Morte. Contém a cidade de Lethe e o Vale e o Abismo além dos Pilares de Asphodel.

Viktors: Seres eternos que nascem com um objetivo: proteger alguém que os Destinos acreditam estar fadado a trazer grandes mudanças ou propósitos. Não são mortais nem deuses. Nem todos têm consciência de seu dever, mas os Destinos sempre os colocam junto daqueles que devem salvaguardar. Sempre reencarnam. Quando morrem, sua alma retornam ao Monte Lotho, onde os Arae lhes dão novas formas mortais e propósitos, tirando-lhes as lembranças de suas vidas anteriores. No entanto, alguns *viktors* estão predestinados a descobrir o que são, quem foram enviados para proteger e a manter suas memórias.

Voraz: Uma criatura com quatro presas e garras que emerge da névoa para realizar ataques em busca de sangue. Sua mordida faz com que a vítima seja amaldiçoada, transformando-se num Voraz em questão de dias. O povo de Solis convenceu a todos de que os Atlantes eram os responsáveis pela criação dos Vorazes, resultado de seu beijo venenoso, e diziam que as criaturas eram controladas pelo Príncipe Casteel, o suposto Senhor das Trevas. Na verdade, eles são o que acontece com um mortal quando todo o seu sangue é drenado por meio da alimentação sem ser reposto. O ato devasta seu corpo e sua mente, transformando-os em criaturas amorais movidas por uma fome insaciável... por isso que matar um mortal durante a alimentação era proibido. No entanto, os Vorazes já existiam antes dos vampiros conhecidos pelos habitantes de Solis. Existem, desde o tempo dos deuses, como consequências do primeiro Ascendido que se alimentou sem repor o sangue da vítima ou de um deus que a drenou sem repor a essência.

SOLIS
NÉVOA PRIMORDIAL
MAR DE STROUD
NÉVOA PRIMORDIAL
ARQUIPÉLAGO DE VODINA
COLINAS IMORTAIS
TRILHA DOS CARVALHOS
MASADÔNIA
NOVO PARAÍSO
TERRA DOS PINHEIROS
FLORESTA SANGRENTA
PENSDURTH
BERKTON
MASSENE
PADÔNIA
ESTREITO OCIDENTAL
PONTE BRANCA
TEMPLO DOS OSSOS
LOCKSWOOD
TRÊS RIOS
CLÃ DOS OSSOS MORTOS
PONTAL DE SPESSA
VALE DE NIEL
CARSODÔNIA
PLANÍCIES DOS SALGUEIROS
PICOS ELÍSIOS

ATLÂNTIA
AEGEA
ALTAS COLINAS
DE THRONOS
EVAEMON
MONTANHAS
DE NYKTOS
TADOUS
BAÍA DE
ESTÍGIA
ENSEADA DE SAION
MONTANHAS
DE SKOTOS
MARES DE
SAION
FALÉSIAS DE IONE
ILHAS DE BELE
N
O
L
S
NÉVOA
PRIMORDIAL

HISTÓRIA DOS MUNDOS

Nosso mundo e a Terra dos Deuses mudaram consideravelmente ao longo dos anos. E embora eu tenha muitos, muitos séculos de idade, ainda não havia nascido no tempo dos deuses. Meus poderes de Vidente, contudo, me proporcionam uma visão do passado que muitos não possuem, e combinei isso com o conhecimento em primeira mão da minha vida para compilar a seguinte lista de fatos que o ajudarão a colocar algumas coisas em perspectiva. No entanto, tenha em mente que a compreensão evolui, as verdades estão sempre vindo à tona e as coisas mudam à medida que os destinos se desenrolam.

No início

Muitos acreditam que os Primordiais criaram o ar, as terras, os mares, os planos e tudo o mais. Afinal de contas, pouco se sabe sobre como tudo começou, e era melhor que as pessoas tivessem fé nisso. Mais fácil. Mais seguro. A verdade é muito mais complicada e perigosa, pois cada recomeço traz o risco de um novo fim.

Nosso início se deu quando existiam apenas estrelas feitas de essência bruta e irrestrita, e assim permaneceu até que Orsus, a maior e mais brilhante de todas, entrou em erupção. A explosão fez com que a energia reverberasse, criando terras áridas e montanhas onde nada além de um imenso vazio existia antes.

Nos milênios que se seguiram, as estrelas iniciaram sua descida em direção aos planos outrora áridos. Algumas caíram em áreas onde grandes criaturas aladas dominavam os céus, e outras em terras separadas por vastas massas de água. Essas estrelas afundaram nas profundezas do solo criado por Orsus, alimentando a terra assim como a terra as alimentava, até que se ergueram na forma de Antigos.

Com os olhos repletos de todas as cores de seus primórdios, eram seres de poder absoluto, nem bons nem maus, mas que não foram bem recebidos pelas grandes feras aladas que reinavam no céu, e suas batalhas quase destruíram os planos antes que uma frágil trégua fosse estabelecida. A paz despontou, mas, durante esse período, dez Antigos começaram a sonhar com o que estava por vir. Eles viram a verdade por trás do poder absoluto — que acabaria por corromper, inevitavelmente, quem o possuísse. Na tentativa de evitar isso, os dez criaram os primeiros Primordiais, dividindo seu poder em partes compartilhadas de energia entre os descendentes concebidos para evitar que eles fossem influenciados por desejos e necessidades, garantindo que sempre houvesse um equilíbrio imaculado.

A paz continuou, e a concepção começou quando os Antigos criaram belos seres elementais e criaturas tenebrosas nascidas das partes mais sombrias e recônditas dos planos. Novos Primordiais foram criados do solo, e outros entraram em Arcádia para tirar seu tempo de repouso. Durante todo esse período, eles nunca pensaram em lutar ou matar uns aos outros, e a procriação servia apenas para se multiplicarem. Os Primordiais deram origem a deuses, e as terras vicejaram em harmonia, mas os dez Antigos continuavam a sonhar. Sabiam o que estava por vir.

Há quem afirme que a queda dos Antigos e o que aconteceria começou com o jovem Primordial da Vida e sua curiosidade insaciável. Foi ele quem criou os primeiros seres de vida dupla, solidificando a trégua entre os que caminhavam e os que governavam o céu. Foi ele quem criou os mortais — não à imagem dos Primordiais e deuses, mas à imagem dos Antigos, nascidos das estrelas.

O desenvolvimento dos mortais não era tão limitado quanto o dos Primordiais. O jovem Primordial da Vida queria que os mortais tivessem o que eles não tinham: livre-arbítrio. E com isso veio a habilidade de sentir emoções. Com o tempo, à medida que os Primordiais e os deuses interagiam com os mortais, eles se tornaram cada vez mais curiosos e encantados com tudo que os mortais sentiam.

Tornaram-se mais parecidos com eles.

Os Antigos não eram tão ligados aos mortais como os Primordiais, mesmo assim se encantaram com eles. Durante eras, os Antigos viam beleza em tudo, mas eram tão velhos como o próprio tempo e, por mais benevolentes e equilibrados que fossem, começaram a enxergar apenas o custo da criação desenfreada. À medida que os mortais se reproduziam e se espalhavam, povoando as terras e destruindo tudo o que veio antes, os próprios Primordiais tornaram-se mais parecidos com os mortais, acabando por desenvolver o livre-arbítrio e a capacidade de amar — e nada é mais poderoso do que a capacidade de sentir e amar.

Muitos Antigos começaram a encarar suas criações, de deuses a mortais, como parasitas egoístas. Ao perceber que os mortais não conseguiam coexistir com a terra e que os Primordiais estavam se tornando desequilibrados sob sua influência, os Antigos decidiram acabar com o que haviam concedido e expurgar os planos. Mas os Primordiais se revoltaram junto aos mortais, e os Antigos foram derrotados. E enquanto alguns deles foram para locais de repouso, outros ficaram para trás no intuito de garantir o equilíbrio, tornando-se os Arae — os Destinos.

E a evolução prosseguiu.

O primeiro Primordial se apaixonou. E os Arae também começaram a sentir emoções. Isso deixou os Destinos bastante preocupados. Temendo que tais sentimentos pudessem ser usados contra eles, intervieram na esperança de dissuadir os outros, e cometeram um dos seus maiores erros.

Tornaram o amor a verdadeira fraqueza dos Primordiais.

Mas já era tarde demais. Outro Primordial se apaixonou. E mais outro. Por fim, os Primordiais começaram a sentir outras emoções. Alegria e tristeza. Excitação e medo. Esperança e amargura. Empatia e ciúme. E, é claro, amor e ódio. Começaram a *viver* e, como acontece com todos os seres que têm escolha, alguns se tornaram corruptos, incontroláveis e obcecados.

E o que os Antigos sonharam havia tanto tempo continuou a acontecer, apesar de sua interferência. O equilíbrio dos planos tornou-se cada vez mais instável à medida que os Primordiais lutavam entre si, mas não passavam de conflitos insignificantes — nunca houve uma guerra declarada.

Nada que ameaçasse a própria estrutura dos planos.

Até agora.

Para dar início a nossa viagem de descoberta, vamos começar com os Antigos...

Nota: Algumas informações foram apresentadas no glossário, mas, se você não o utilizou antes de acessar este arquivo, serão reiteradas e expandidas aqui.

Antigos

Estrelas cadentes que criaram os planos e se ergueram para caminhar pelas terras, eventualmente dividindo seu poder em criações de sua própria carne: os Primordiais. Com o passar do tempo, ficaram fartos do modo como os Primordiais, deuses e mortais cuidavam do que lhes havia sido dado e decidiram expurgar tudo. Os Primordiais uniram forças com os deuses, mortais, dragontinos e seus ancestrais — os dragões — para combatê-los.

Arae/Destinos

Os Destinos, Antigos feitos de puro éter que ficaram para trás para garantir o equilíbrio, durante muito tempo apenas *existiram*. Por fim, eles assumiram a forma mortal. Preocupavam-se com o que não conseguiam prever e com as possibilidades desconhecidas e inesperadas. Mas nada os afligia mais do que o desequilíbrio do poder Primordial. Eles queriam ter algo pronto caso um Primordial precisasse Ascender, mas não houvesse um Primordial da Vida para fazer isso. Obviamente, um deles previu o que estava por vir, mas ninguém percebeu que essa mesma criação provocaria exatamente aquilo que tentaram impedir.

É aí que entra o diamante Estrela: um canal poderoso o suficiente para armazenar e transferir brevemente as brasas voláteis e imprevisíveis em seu estado bruto e desprotegido. Foi descoberto nas profundezas das Colinas Imortais, e a remoção do diamante tornou a terra inabitável. Os Arae escavaram metade da montanha para encontrar a Estrela, e a rocha e o gás aquecidos mudaram a paisagem para sempre.

Criado pelas chamas dos dragões que habitavam o plano dos deuses muito antes que os Primordiais fossem capazes de derramar lágrimas de alegria — que também se apresentam como diamantes —, foi o primeiro do tipo e conhecido por sua indestrutibilidade, beleza multifacetada e brilho prateado.

É, na verdade, um Antigo petrificado.

Ninguém, exceto os Arae, deveria saber de sua existência. Embora a Estrela tenha muitos usos, o mais importante é o armazenamento de brasas para transferência. Contudo, apenas um Arae ou Primordial tem o poder necessário para fazer tal coisa.

Depois dos acontecimentos que envolveram Sotoria (detalhados a seguir), um Destino deu a Estrela a Kolis, mas não se sabe quem nem por quê. Ele a usou para aprisionar a alma de Eythos e a manteve no topo de uma gaiola dourada feita com os ossos dos Antigos. Sera eventualmente o resgata, liberta Eythos e então usa o diamante para armazenar a alma de Sotoria.

Agora, que tal voltarmos um pouco e falarmos mais a respeito dos Primordiais?

Deuses e deusas Primordiais

Aparência: São parecidos com os mortais, mas suas formas sobrenaturais variam.

Habilidades: Apenas dez Primordiais são capazes de rasgar a estrutura dos planos. Alguns Primordiais podem sentir emoções. Todos os Primordiais podem mudar de forma. Podem se vincular aos dragontinos em suas Cortes e, portanto, ser capazes de invocá-los caso precisem. A maioria dos dragontinos vê isso como uma honra, mas alguns Primordiais forçam o vínculo — assim como Kolis. Eles possuem habilidade de cura e conseguem sentir magia ao seu redor. São capazes de obter acesso a lembranças durante a alimentação. Podem caminhar nas sombras, ou seja, deslocar-se usando o éter para qualquer lugar desejado. Se estiver no plano mortal, a essência de um Primordial pode afetar o humor e a mente dos mortais, além de afetar o ambiente. Também são capazes de produzir eletricidade.

Biologia: A pedra das sombras não é capaz de matá-los, a não ser que tenham sido enfraquecidos pelo amor. Os ossos dos Antigos podem colocá-los em estase durante vários anos se forem usados para feri-los. Sempre se acreditou que os Primordiais não podiam ter filhos com mortais. Envelhecem como os mortais até os vinte anos de idade, aproximadamente, depois, o processo fica cada vez mais lento. Os Primordiais podem passar bastante tempo sem se alimentar, mas se o período sem alimentação se estender demais, tornam-se, bem... *primais* e primitivos. É muito difícil deixar cicatrizes em sua pele, por isso, sal deve ser adicionado imediatamente depois da tinta ao fazer uma tatuagem. Os Primordiais são praticamente eternos. No exato momento em que nascem ou são Ascendidos, sua essência começa a transformá-los. São capazes de iniciar incêndios e se mover incrivelmente rápido, mas são impelidos pela vontade, não pelo pensamento. Correntes e celas feitas de ossos *conseguem* segurar um Primordial enfraquecido. Entram em estase se o corpo estiver sobrecarregado e precisar se curar ou recarregar; neste caso, raízes brotam para cobri-los em proteção. Quando se apaixonam, os Primordiais desenvolvem uma *graeca*, uma palavra na língua antiga que significa amor ou vida.

Reinado: Cada Primordial governa uma Corte no Iliseu junto a deuses menos poderosos que servem aos Primordiais (embora Attes e Kyn compartilhassem a Corte de Vathi — leia mais sobre as Cortes a seguir). Cada Corte é um território dentro do Iliseu com espaço suficiente para que os Primordiais e seus deuses possam fazer o que bem entenderem. Cada Primordial tem poder suficiente para fazer o que quiser, mas alguns sempre querem mais, e suas ações têm consequências. Os Primordiais não podem fazer exigências nem tocar os Destinos, proibição dada a fim de manter o equilíbrio, embora os Arae também não possam enxergar o destino de um Primordial Ascendido. Até mesmo falar em entrar em guerra contra o Rei dos Deuses seria um convite ao conflito e resultaria numa sentença a ser comprida nas partes mais sombrias do Abismo. Quando o Primordial da Morte toma uma alma, ninguém mais pode tocá-la.

Hábitos/Trejeitos/Forças/Fraquezas: Os Primordiais não precisam de sangue, a menos que estejam enfraquecidos demais. Raramente, ou nunca, entram no plano mortal — alguns vão com mais frequência do que outros, mas estão cientes das consequências. Não é fácil para um Primordial sentir a presença de um *viktor*. Repouso: para alguns, é dormir; para outros, é como uma aposentadoria. Se não desejarem entrar em estase, podem escolher ir para Arcádia, levando um deus a ser Ascendido para ocupar o seu lugar de Primordial. Se assumirem sua forma verdadeira durante um acesso de raiva, tornam-se outra coisa — uma personificação da fúria. Emoções intensas podem provocar mudanças físicas… afinamento da pele, fazendo com que o éter brilhe em cores diferentes etc. Os Primordiais podem ver ou sentir o que o outro está pensando/sentindo durante a troca de sangue — alguns são mais habilidosos nisso do que outros. Os Primordiais não conseguem sentir a presença dos outros com tanta intensidade quando estão no plano mortal. O uso do éter os enfraquece antes de concluírem a Seleção. Os Primordiais raramente morrem; se isso acontecer, cria-se um efeito cascata que pode ser sentido em todos os planos. A única maneira de impedir isso é se o éter passar para alguém que seja capaz de suportá-lo.

Na época de Seraphena e Nyktos, estes eram os Primordiais governantes:

Nyktos: Primordial da Morte; governava as Terras Sombrias.
Kolis: Falso Primordial da Vida, governava Dalos.
Attes e Kyn: Irmãos gêmeos. Primordiais dos Tratados e da Guerra e da Paz e da Vingança, respectivamente; governaram Vathi.
Embris: Primordial da Sabedoria, da Lealdade e do Dever; governava Lotho.
Maia: Primordial do Amor, da Beleza e da Fertilidade; governava Kithreia.
Keella: Primordial do Renascimento, governava as Planícies de Thyia.
Hanan: Primordial da Justiça e da Caça Divina; governava Sirta.
Veses: Primordial dos Rituais e da Prosperidade, também conhecida como A Deusa Eterna; governava as Ilhas Callasta.
Phanos: Primordial do Mar, da Terra, do Vento e do Céu; governava o Arquipélago de Tritão.

Não posso deixar os outros deuses de fora…

Deuses

Os deuses servem ao Primordial de uma determinada Corte ou se tornam Primordiais em algum momento. Enquanto estiverem com um Primordial, não podem abandonar a Corte em que nasceram sem o consentimento expresso do Primordial regente. Se saírem sem autorização, a deserção é punida com a morte — morte final.

Na época de Poppy e Casteel, estes eram os deuses em hibernação:

Aios: Deusa do Amor, da Fertilidade e da Beleza.
Bele: Deusa da Caça.
Ione: Deusa do Renascimento.
Lailah: Deusa da Paz e da Vingança.
Penellaphe: Deusa da Sabedoria, da Lealdade e do Dever.
Rhahar: O Deus Eterno.
Rhain: Deus do Povo e dos Términos.
Saion: Deus do Céu e do Solo/da Terra, do Vento e do Céu.
Theon: Deus dos Tratados e da Guerra.

Aparência: Assemelham-se aos mortais, mas alguns têm éter cintilando nos olhos.

Habilidades: Os deuses não podem caminhar nas sombras como os Primordiais. Apenas os mais fortes conseguem ocultar sua aparência dos outros. A névoa e o éter são extensões de sua vontade. Alguns são capazes de usar a persuasão, outros conseguem penetrar na mente de alguém e ler suas memórias. Alguns conseguem projetar pensamentos. Deuses poderosos são capazes de detectar magia. Poucos conseguem mudar de forma. Alguns são capazes de obter acesso às memórias durante a alimentação, assim como os Primordiais. Só os deuses mais antigos e fortes são capazes de produzir eletricidade.

Biologia: Uma ferida de pedra das sombras no cérebro ou coração é capaz de matá-los, mas, se forem atingidos em outro lugar e a lâmina não for removida, podem ficar paralisados. Mesmo o menor dos cortes com ossos dos Antigos resulta em morte instantânea. Todos os deuses precisam se alimentar, mas beber o sangue de um mortal equivale a beber o de outro deus. Os deuses podem passar longos períodos sem alimento, mas isso acaba fazendo-os regredir. A Seleção os leva à maturidade, retardando o processo de envelhecimento e intensificando o éter presente dentro deles. Seu sangue é de um tom vermelho-azulado brilhante.

Hábitos/Trejeitos/Forças/Fraquezas: Ver um deus no plano mortal não é nada raro — eles ficam entediados ou vão até lá para tratar de assuntos do seu Primordial. Quando os deuses matam mortais, normalmente abandonam os corpos em sinal de advertência. Os deuses acham os mortais fascinantes.

Curiosidades: As divindades são os descendentes de terceira geração dos Primordiais ou filhos dos deuses. Semideuses são descendentes de mortais e deuses. Atlantes da linhagem Fundamental são os descendentes mais próximos e *puros* das divindades. Muitos acreditam que os metamorfos — como eu — sejam a prole resultante de um casal de lupino e divindade, embora isso esteja aberto a discussão. Talvez se trate apenas de ter tais linhagens em algum lugar da ancestralidade.

E essas são apenas *algumas* das linhagens descendentes dos deuses. E os outros que surgiram depois? Já que os dragontinos são o resultado de uma parceria entre um Primordial e os dragões, proponho que comecemos por aí.

Dragontinos

Muito tempo atrás, os dragões existiam em ambos os planos — antes mesmo dos Primordiais e dos deuses no período dos Antigos. Quando os Primordiais e deuses surgiram, Eythos fez amizade com os dragões. Ele queria aprender suas lendas e histórias, então, sendo poderoso, jovem e impulsivo, ofereceu-lhes uma forma mortal para que pudessem se comunicar. Alguns deles concordaram com a vida dupla — o primeiro foi Nektas —, e seus descendentes ficaram conhecidos como dragontinos. Depois disso, Nektas e Eythos criaram os mortais.

Aqui estão mais algumas informações sobre os dragontinos...

Aparência: Se parecem com os mortais quando estão na forma de deuses — exceto pelas finas cristas que se assemelham a escamas na pele. Tais escamas aparecem em vários locais do corpo em momentos diferentes, dependendo de quão próximo estão de se transformar. Outras vezes, os dragontinos se parecem com dragões: cauda pontiaguda, chifres, asas, frisados na cabeça, olhos com pupilas verticais e escamas que parecem couro. Os olhos de todos os dragontinos eram de um tom de azul-safira até Kolis interferir no equilíbrio. Depois disso, ficaram vermelho-sangue. Assim que Sera assumiu o poder, voltaram a ser azuis.

Habilidades: Eles sabem quando o Primordial de quem são próximos foi ferido e sempre conseguem sentir a presença dos Primordiais. Os dragontinos são imunes às mudanças que a essência de um Primordial impõe àqueles ao seu redor. Podem ferir gravemente os Primordiais, mas não matá-los. Assim como os Primordiais, os dragontinos são praticamente eternos. Seu fogo queima qualquer coisa.

Biologia: Têm sentidos aguçados. Os dragontinos passam os primeiros seis meses de vida na forma mortal e depois se transformam, normalmente permanecendo na forma de dragontino — na qual se sentem mais confortáveis — durante os primeiros anos. Amadurecem como um deus entre dezoito e vinte anos, depois têm um estirão de crescimento na forma de dragontino. Comparam a transformação com tirar uma roupa muito apertada. A reprodução é complicada, e séculos podem se passar sem que um filhote nasça.

Hábitos/Trejeitos/Forças/Fraquezas: Na adolescência e no início da vida adulta, podem ser mortos com um golpe na cabeça ou no coração, assim como um deus. Muitos dragontinos perderam a vida quando Kolis se tornou o falso Primordial da Vida. Eles nem sempre têm consciência do ambiente ao seu redor, o que os leva a derrubar móveis e pessoas à sua volta — embora eu me pergunte se eles não estão *fingindo* e apenas prefiram parecer distraídos. Para a maioria, vincular-se a um Primordial é uma escolha e um motivo de orgulho. Os vínculos não são transferidos automaticamente — quando seu Primordial morre ou vai para Arcádia, o vínculo é rompido. Os dragontinos são proibidos de atacar um Primordial, mas não os membros de sua Corte. Caçadores por natureza, comem praticamente tudo — inclusive deuses e mortais. Correntes de ossos não têm nenhum efeito sobre eles. Apenas os dragontinos — e aqueles que Ascenderam — podem entrar no Vale. Seus filhotes conseguem dormir durante qualquer situação, até mesmo durante uma guerra.

Cultura: Os dragontinos não fazem cerimônias para seus mortos, pois sabem que eles já partiram. Quando possível, alguém próximo ao falecido queima o corpo poucas horas após a morte, e cada um passa pelo luto como acha melhor. Seu acasalamento é bem parecido com o casamento mortal, mas não é feito de forma leviana, pois o vínculo só pode ser rompido pela morte.

E quanto aos lupinos, os outros seres de natureza dupla?

Lupinos

Os lobos kiyou eram selvagens, ferozes e leais às suas matilhas, apesar de serem movidos pelo instinto, pela sobrevivência e pela mentalidade da alcateia. Tudo era um desafio para eles, e muitos não sobreviviam por muito tempo. Os kiyou estavam à beira da extinção quando um Primordial — a maioria acredita ter sido Nyktos — surgiu diante da última grande alcateia e perguntou se poderiam proteger os filhos dos deuses no plano mortal. Em troca, o Primordial ofereceu-lhes uma forma humana para que pudessem se comunicar com as divindades e ter uma vida longa. Foi um pedido — não uma ordem nem um acordo de servidão, mas sim uma parceria. Alguns se recusaram, pois não confiavam no Primordial, e outros simplesmente queriam continuar como eram.

Assim que passaram a pertencer a dois mundos, eles formaram vínculos com as divindades. Tais vínculos eram instintivos e transmitidos de geração para geração. No entanto, com o passar do tempo, os Atlantes da linhagem Fundamental começaram a ser mais numerosos do que os filhos dos deuses, e os vínculos foram transferidos para eles. A população de lupinos foi severamente impactada durante a Guerra dos Dois Reis, e é por isso que eles estão tão determinados a recuperar suas terras.

Nem todos os Atlantes da linhagem Fundamental e lupinos estão vinculados. No caso daqueles que estão, embora não consigam ler a mente um do outro, o vínculo permite que sintam as emoções dos outros. Se um Atlante for ferido de maneira significativa, pode recorrer ao seu lupino para obter força. Se um deles morrer, o outro se enfraquece, mas sobrevive. A União altera estes aspectos, intensificando-os (ver mais a seguir). Dadas as razões por trás da parceria, o vínculo implica que o lupino obedeça e proteja o(s) Atlante(s) em qualquer situação, mesmo que isso acarrete a sua morte — nada supera o vínculo. Embora os Atlantes não sejam obrigados a dar a vida pelo seu lupino, boa parte dos vinculados daria.

O que mais posso te contar sobre os lupinos?

Aparência: São parecidos com lobos enormes na forma verdadeira e têm a temperatura corporal mais quente do que o normal.

Habilidades e Biologia: Os lupinos podem se curar depressa, graças à rápida reposição de sangue. Eles têm uma vida bem longa — alguns já viveram tanto quanto eu. Apenas os lupinos têm sentidos mais aguçados do que os Atlantes. São vulneráveis a qualquer ferimento no coração ou na cabeça. Os lupinos conseguem sentir a inquietação, a presença de vampiros e as emoções de um Primordial.

Cultura: As cicatrizes são reverenciadas e nunca escondidas em sua cultura. Demonstrações públicas de afeto são comuns.

Hábitos/Trejeitos/Forças/Fraquezas: Fazem qualquer coisa para proteger seu lar e sua família. Os lupinos têm sua própria língua. A maioria acha que roupas são incômodas. Os deuses ocupam um lugar especial em seu coração, já que um deles os transformou em seres pertencentes aos dois mundos, e é por isso que se sentem honrados na presença de um filho dos deuses. Nenhum lupino jamais governou — seu instinto de matilha é forte demais.

A União: É uma tradição antiga, agora pouco praticada, quando um casal vinculado estende o vínculo ao parceiro do Atlante, tornando o lupino responsável por ambos os Atlantes e unindo as vidas dos três. Requer uma troca de sangue entre todas as partes. O ritual pode se tornar muito íntimo e incluir sexo, mas não é obrigatório. Não deve ser feito de forma leviana, pois o vínculo de sangue abrange todos os sentidos. Se um deles morrer, os outros também morrem. Além disso, a união não funciona com mortais — todas as partes devem ter pelo menos um pouco de sangue Atlante. O ritual deve ser feito na natureza, com todos os participantes nus. Juramentos são proferidos e sangue é trocado — o mais forte do grupo bebe o dos demais, que então bebem o sangue do outro; por último, estes bebem o do mais forte. Uma lâmina Atlante é usada para marcar o centro do peito, próximo ao coração, assim, quem não tem presas pode extrair o sangue. O sangue é retirado da garganta do lupino, pois é uma espécie de canal, uma ponte que conecta a expectativa de vida dos demais, depois o sangue é retirado ao mesmo tempo do parceiro mais forte para garantir que ele mantenha a expectativa de vida dos outros dois e se torne a base.

Curiosidades: São necessárias muitas décadas para se criar um lupino; portanto, é normal que irmãos nasçam com décadas de diferença. Um lupino leva pelo menos duas décadas para conseguir controlar suas formas. Os jovens lupinos são muito propensos a acidentes em sua forma alternativa e, se feridos, devem se transformar o mais rápido possível para evitar danos permanentes. Num casamento, só o lupino pode dançar ao redor da fogueira — ou sua *Liessa*. Os lupinos são relativamente saudáveis, mas algumas doenças *podem* derrubá-los — a doença que tirou a vida de Elashya e sua avó, por exemplo.

Agora, vamos nos aprofundar mais no que Kolis fez com Eythos e quais foram as consequências...

A mudança dos destinos

A história começa com uma mortal chamada Sotoria...

Kolis, o então Primordial da Morte, costumava visitar o plano mortal. Aqueles que o viam se encolhiam e se recusavam a encará-lo. Numa de suas viagens, ele avistou uma bela jovem colhendo flores para o casamento de sua irmã. Essa mulher era Sotoria.

Assim que a viu, Kolis logo se apaixonou. Ele ficou completamente encantado e acabou saindo de trás das árvores para falar com ela. Sotoria sabia quem ele era — naquela época, os mortais sabiam como era o Primordial da Morte, já que seu semblante era retratado em pinturas e esculturas. Ela fugiu, e a perseguição terminou com ela caindo do penhasco.

Apesar de ter morrido jovem e cedo demais, ela aceitou esse destino e sua alma chegou às Terras Sombrias, passando pelos Pilares de Asphodel e entrando no Vale poucos minutos após sua morte. A jovem não se demorou ali. Ela estava tranquila para começar a próxima etapa de sua vida.

Décadas após sua morte, Kolis seguiu obcecado em trazê-la de volta à vida para ficar com ela. Eythos, o então Primordial da Vida, alertou-o de que não deveria insistir na ideia, mas ele não lhe deu ouvidos e, sabendo que o Primordial da Vida tinha o poder de fazer o que ele queria, Kolis deu um jeito.

Apenas ele e Eythos sabem *exatamente* como Kolis conseguiu fazer isso. Um deles se recusa a falar sobre o assunto e o outro não está mais aqui para contar. Tudo que sabemos é que envolve o diamante Estrela. Kolis conseguiu trocar de lugar e destino com seu irmão gêmeo. O ato teve consequências catastróficas, matando centenas de deuses que serviam a ambas as Cortes e enfraquecendo inúmeros Primordiais — chegando ao ponto de matar alguns deles e forçar o próximo na linhagem a Ascender da divindade para o poder Primordial. Vários dragontinos também foram mortos, e o plano mortal sofreu terremotos e tsunamis devastadores. Muitos lugares foram arrasados, e vastas extensões de terra se dividiram em várias partes, formando ilhas ou submergindo.

Eythos alertou Kolis para não trazer Sotoria de volta à vida, dizendo que ela estava em paz e que já fazia muito tempo que ela tinha partido. Ele disse que se Kolis fizesse o que pretendia, ela não voltaria como era antes. Seria um ato sobrenatural que perturbaria o já instável equilíbrio entre a vida e a morte. Mesmo assim, Sotoria retornou dos mortos e, como previsto, não era a mesma. Não ficou nada agradecida por Kolis tê-la trazido de volta — a jovem estava assustada, infeliz e horrorizada com o que fizeram com ela.

Kolis não conseguia entender por que Sotoria estava tão triste e não foi capaz de fazer com que ela o amasse. Ninguém sabe por quanto tempo a jovem viveu pela segunda vez, mas acabou morrendo novamente. Há quem diga que Sotoria fez greve de fome. Outros acham que ela pode ter recomeçado a viver e lutado contra seu captor, apesar do poder dele.

Callum diz que Eythos a matou da segunda vez.

Ainda não encontrei nada que confirme uma coisa ou outra.

Durante essa segunda morte, Eythos fez algo para garantir que seu irmão jamais pudesse encontrá-la — algo que apenas o Primordial da Morte seria capaz de fazer. Com a ajuda de Keella, a Primordial do Renascimento, ele marcou a alma de Sotoria, o que significava que ela estava destinada a renascer e nunca passaria pelos Pilares. Sua alma sempre reencarnaria, mas as lembranças de suas vidas anteriores seriam pouco substanciais — se é que houvesse alguma.

Por causa do que Eythos e Keella fizeram ao marcar sua alma, Sotoria renasceria em uma mortalha (como você sabe, tanto Poppy quanto Sera nasceram assim, as Escolhidas das Escolhidas). Kolis sabia disso e continuou a procurá-la no plano mortal. Mesmo sepultado, continuou a busca, usando o poder para estender sua vontade. O que Eythos e Keella fizeram não era perfeito, e, para algumas pessoas, era ainda pior do que o que Kolis fez, mas foi a única coisa em que conseguiram pensar para mantê-la a salvo.

Tanto Eythos quanto Keella pagaram caro pelo que fizeram. Kolis passou a desprezar o irmão gêmeo e jurou se vingar dele. Acabou matando Mycella — a Consorte de Eythos — enquanto ela estava grávida. Fez isso porque achava justo que o irmão perdesse o amor de sua vida, assim como ele havia perdido o seu. Além disso, destruiu a alma de Mycella, provocando sua morte final.

Perdê-la destruiu uma parte de Eythos.

Kolis também destruiu todos os registros da verdade — tanto no plano mortal quanto no Iliseu. Foi assim que o Primordial da Morte parou de ser retratado em qualquer obra de arte ou literatura. Kolis fez de tudo para esconder o fato de que não deveria ser o Primordial da Vida, mesmo quando se tornou evidente que havia algo errado com o equilíbrio de poder. Ele começou a perder a habilidade de criar vida e preservá-la. Aquele destino nunca foi concebido para ser o dele, assim como os poderes do Primordial da Morte não estavam destinados a Eythos.

Demorou séculos para que seus poderes diminuíssem e, a essa altura, Eythos já estava morto — assassinado e capturado no diamante Estrela pelo irmão gêmeo — e Kolis tinha aperfeiçoado *outros* poderes, criando os Ascendidos e Espectros como forma de provar que ainda conseguia criar *vida*.

As consequências de tudo isso se estenderam a longo prazo. Apesar de Ash ter nascido para o papel de Primordial da Morte, o que o tio fez remodelou seu destino, fazendo com que o equilíbrio pendesse ainda mais para o lado da morte — o fim de tudo em ambos os planos. E, embora a destruição absoluta devesse ter demorado várias vidas mortais para acontecer, ela já havia começado. Dois Primordiais da Morte não poderiam reinar ao mesmo tempo, mas foi exatamente isso que aconteceu porque, em sua essência, Kolis *era* o Primordial da Morte, não o Primordial da Vida.

Antes de sua morte, Eythos se encarregou de dar a Nyktos e aos demais uma chance de salvação. Ele colocou uma brasa da vida na linhagem mortal dos Mierel, bem como a centelha de poder passada a Nyktos no momento de seu nascimento. Uma vez terminado o processo, esperou que o melhor acontecesse. Ainda assim, o desequilíbrio de poder prosseguiu sua destruição e causou a Devastação, que se intensificou ainda mais quando Sera nasceu porque as brasas estavam agora num recipiente vulnerável com prazo de validade.

Os trechos em que Sera descobre ser a verdadeira Primordial da Vida, de quando a alma de Sotoria é colocada no diamante Estrela e aqueles sobre o nascimento de Penellaphe Balfour são um tanto confusos, mas obtenho informações extras o tempo todo e continuarei atualizando meus arquivos enquanto puder. O que sabemos ao certo é que Poppy enfim percebeu ser descendente de Sera e Nyktos e, portanto, a verdadeira Primordial da Vida *e* da Morte. Além disso, podemos presumir que a alma de Sotoria voltará à ação quando Isbeth despertar Kolis — quero dizer, você já *viu* imagens de Poppy e Sotoria? Há uma semelhança assombrosa entre elas. Seja como for, as coisas estão prestes a ficar muito interessantes para todos nós.

Perdoe-me por ter voltado ao passado e depois saltar para o futuro. Vou tentar manter a cronologia da história de modo mais linear.

Onde estávamos? Ah, acho que deveríamos abordar a Ascensão. A Ascensão no tempo dos deuses tinha um significado bem diferente do que tem na nossa época.

Ascensão

Originalmente, o ato da Ascensão exigia que o sangue de um mortal fosse drenado de seu corpo e depois substituído pelo sangue de um deus ou Primordial. No entanto, nem sempre o mortal conseguia concluir a Ascensão (como veremos mais adiante). Os Escolhidos no tempo dos deuses nasciam numa membrana fetal e sempre carregavam dentro de si um pouco de essência Primordial, o que lhes permitia Ascender.

O Ritual já existia nessa época e era uma tradição honrada. Os Escolhidos — terceiros filhos e filhas — iam para o Iliseu a fim de servir aos deuses. Em seguida, recebiam a opção de Ascender e se tornar imortais ou não. Tudo mudou quando ocorreu a mudança de poder no Iliseu. Kolis tirou o livre-arbítrio dos Escolhidos e os levou ao Iliseu para serem tratados como objetos — usados, trocados, abusados e, por fim, descartados. Se fossem Ascendidos, não era da maneira correta. Ou Kolis usava o sangue dos deuses em sua Corte para transformá-los, tornando-os o que hoje conhecemos como vampiros — seres quase imortais que vivem nas trevas e têm uma sede insaciável de sangue —, ou sua essência perversa aliada à morte deles os transformava numa espécie de mortos-vivos, tornando-os o que conhecemos como Espectros.

Em tempos mais recentes, o Ritual se tornou algo muito diferente. Os vampiros precisavam de uma fonte de alimento que não fosse questionada, por isso convenceram os mortais a entregarem seus filhos para *honrar os deuses*. Chegaram até a criar uma religião em torno disso, forçando as famílias a se voltarem umas contra as outras, caso alguém se recusasse a abrir mão dos filhos.

Durante o Ritual, os Ascendidos tomam os terceiros filhos e filhas para se alimentarem. Se não drenarem seu sangue até matá-los, eles se tornam Vorazes — embora a maioria morra antes mesmo de aprender a falar. Todos os segundos filhos e filhas são usados para criarem mais Ascendidos — algo diferente do tempo dos deuses, quando os terceiros filhos e filhas eram os escolhidos para Ascender. No entanto, o segredinho sujo dos vampiros é que o sangue Atlante é necessário para concluir uma Ascensão; portanto, o Ascendido sempre tem um Atlante mantido como prisioneiro para a sangria.

Toda a história dos Atlantes foi apagada em Solis, e os Ascendidos não contam ao povo que é perfeitamente possível sobreviver fora da Colina. Uma parte crucial do controle é criar uma divisão entre os mortais que possuem bens e aqueles que não possuem, fazendo com que os pobres direcionem seu ódio contra os ricos e nunca contra os Ascendidos. Eles acreditam que os Ascendidos sejam uma via de comunicação com os deuses adormecidos e, portanto, uma resposta às suas orações, o que os torna seres acima de qualquer suspeita.

Vejamos como a Ascensão acabou sendo o primórdio dos vampiros...

A primeira Ascensão após o tempo dos deuses

O Rei Atlante Malec O'Meer se apaixonou por uma mulher mortal chamada Isbeth. Quando ela foi mortalmente ferida, Malec cometeu o ato proibido da Ascensão na tentativa de salvá-la. Bebeu dela, parando apenas quando sentiu seu coração começar a falhar, e então partilhou seu sangue com a amada. Embora isso devesse ter criado o primeiro vampiro, acabou transformando-a numa demis, pois Malec era muito mais do que um rei, e Isbeth não era uma terceira filha. Malec era um deus, e os deuses não podem Ascender os mortais — no sentido tradicional da palavra.

Após a Ascensão de Isbeth, o Rei Malec suspendeu a proibição da Ascensão, e muitos outros seguiram seu exemplo, criando os primeiros vampiros. À medida que foram criados, muitos não conseguiam controlar a sede de sangue, criando a peste conhecida como Vorazes e dizimando as populações mortais. Os Vorazes são criados quando um vampiro se alimenta de um mortal até a beira da morte — ou até a *morte* —, mas não completa o processo. Inicialmente, acreditava-se que era uma consequência de não alimentarem o mortal com o sangue *deles*, mas depois passamos a entender que se deve à falta de um ingrediente mágico: o sangue Atlante — sangue com a essência dos deuses.

Depois que Malec foi exilado e posteriormente sepultado, a Rainha Eloana voltou a proibir a Ascensão e ordenou a destruição de todos os Ascendidos para proteger a humanidade, causando a desarmonia entre Solis e Atlântia. Os Ascendidos de Solis se revoltaram, dando início à Guerra dos Dois Reis e mudando o curso da história. Como mencionei antes, a história registrada de Solis é muito diferente da história registrada pelos Atlantes, e está cheia de mentiras, detalhes enganosos e meias-verdades.

Há diferentes tipos de *Ascensão*.

Deus e mortal

Se um deus Ascender um mortal, especialmente um que não seja o terceiro filho ou filha, ele não cria outro deus, e sim um demis — um deus já nasce um deus. Por isso, sempre foi proibido. Os demis não deveriam existir: são seres com poderes divinos que não foram feitos para ter esses dons e fardos. São abominações.

Deus e semideus

Se um deus Ascender um semideus, o resultado é um semideus que sobrevive. A maioria dos semideuses não consegue lidar com o processo da Seleção porque seus corpos ainda são mortais. Um semideus precisa beber o sangue de um deus durante a Seleção para sobreviver. Não está claro se é o caso de uma Ascensão completa ou se apenas o bebem como forma de ajudar em sua cura. Se não receberem o sangue imortal, o éter acaba matando seus corpos mortais — a Seleção acontece entre os 18 e os 21 anos de idade.

Atlante da linhagem Fundamental/Deus que ainda não concluiu a Seleção

É a situação de Poppy — ou ao menos uma *parte*. Ela é um amálgama de vários blocos de construção.

Atlante/Mortal

Se um Atlante Ascender um mortal, esse mortal se torna um vampiro. O processo é o mesmo de quando um Ascendido Ascende um mortal, pois o sangue Atlante é necessário para facilitar a mudança.

Vampiro/Mortal

Se um vampiro Ascender um mortal, ele se tornará um Ascendido — um vampiro —, desde que tenha acesso ao sangue Atlante para completar a mudança. Se não beber sangue Atlante, o mortal se torna um Voraz.

Primordial que ainda não concluiu a Seleção/Deus

É o caso de Sera e Bele. Sera Ascendeu Bele, mas a deusa não se tornou uma Primordial. Ela recebeu os olhos prateados dos Primordiais e um aumento de poder, mas não se tornou uma Primordial completa. Contudo, poderia desafiar o Primordial pela autoridade da Corte e se tornar um recipiente à espera do poder Primordial caso este precisasse de um lugar para ir — o que aconteceu quando Ash matou Hanan.

Como mencionei acima, algumas criações pontuais não se encaixam nos moldes da história padrão. Ainda assim, vale a pena registrá-las aqui para a posteridade.

Já os mencionei antes, mas vamos dar uma olhada nos Espectros…

Espectros

Um Espectro, assim como um demis, é uma abominação e algo que não deveria existir. Foi um experimento e a maior conquista de Kolis, que usou sua magia Primordial para criá-los. Depois tornou-se um passatempo para Isbeth, após Callum partilhar o processo com ela. Para a maioria dos Espectros — à exceção de Callum e Millie —, é preciso um terceiro filho ou filha de dois mortais que carregue uma brasa não adormecida dentro de si, a morte e o sangue de um deus, rei ou alguém destinado a se tornar rei. Mas nem todos os terceiros filhos ou filhas têm a característica que permite a transformação, e, como vemos com Callum e Millie, em certas circunstâncias, um primeiro ou segundo filho ou filha pode se tornar um Espectro, embora não seja exatamente igual aos outros.

Kolis diz que as diferenças em Callum se devem à intenção e motivação. Acho que pode ser verdade, combinadas ao poder e às circunstâncias dos blocos de construção usados para criá-los. Tenho certeza de que saberemos mais em algum momento.

Depois de se tornarem Espectros, os Escolhidos deixam de ser mortais. Eles não têm alma e são completamente imunes a doenças ou ferimentos — até os infligidos pelo poder divino. Também não precisam comer ou beber sangue nem de outras comodidades materiais. Existem para agradar ao seu criador.

A única maneira de matá-los é pela ingestão do sangue de um dragontino — uma única gota já basta.

Agora vamos descrever os Germes…

Germes

Germes são seres criados a partir do solo e éter do Iliseu, que pode ser encontrado no sangue de um deus ou nos ossos de uma divindade. Há diferentes tipos de Germes. Os Caçadores e Rastreadores são mortais que invocam um deus a fim de realizarem seu maior desejo. Em troca, oferecem-se ao deus em servidão eterna. Após a morte, tornam-se um Germe e suas bocas são costuradas para mantê-los leais ao deus ou Primordial ao qual prestaram juramento. Os Sacerdotes são considerados Germes. Se um Caçador ou Rastreador for destruído e virar cinzas, ele vai para o Abismo.

Os Sentinelas entram na servidão ao morrerem e se recusarem a passar pelos Pilares de Asphodel para enfrentar o julgamento de suas almas. Em vez de serem condenados ao Abismo, tornam-se Germes a fim de expiarem seus pecados. Servem durante um período de tempo definido e são mais *mortais* do que os Caçadores ou Rastreadores, pois mantêm a capacidade de pensar. Se forem transformados em cinzas, podem voltar para o deus a que servem para continuar sua servidão ou optar por ir para o Abismo.

Há mais algumas coisas que eu gostaria de abordar aqui, mas estão meio fora de contexto, e por isso peço perdão.

Dakkais

Primeiro, os dakkais. Eram os animais de estimação da Corte de Dalos. Não se sabe se outros Primordiais tinham dakkais, mas Kolis gostava de usá-los. São uma raça de criaturas cruéis e comedoras de carne que supostamente nasceram de um poço sem fundo em algum lugar do Iliseu. Eles são do tamanho de cavalos, são musculosos e treinados como cães de caça para sentir e rastrear o éter. Um ferimento na cabeça é capaz de matá-los e, quando morrem, viram cinzas como os Germes.

Por último, mas não menos importante, os *viktors*...

Viktors

Os *viktors* nascem com um objetivo: proteger alguém que os Destinos acreditam estar fadado a trazer mudanças significativas ou servir a um grande propósito — até os mortais fadados a fazer coisas terríveis podem ter *viktors*. Alguns não têm ciência de seu dever e simplesmente encontram seus protegidos no lugar certo e na hora certa, quando os Destinos os unem. Outros *estão* cientes e se enraízam na vida daqueles que devem proteger. Acredita-se que haja apenas um *viktor* por indivíduo a ser protegido, mas sabemos que não é bem verdade, já que Poppy teve Leopold e Vikter — embora eles tenham feito parte da vida dela em momentos diferentes. Os *viktors* não podem revelar a si mesmos nem os motivos de estarem onde estão.

São sobretudo mortais, pois vivem e servem como mortais. Contudo, suas almas retornam ao Monte Lotho — onde residem os Arae — depois de morrer. Ao renascer e retornar para cumprir a próxima tarefa, não se lembram de suas vidas passadas. Porém, toda vez que retornam ao Monte Lotho, eles se lembram de tudo. Apesar disso, alguns estão destinados a descobrir o que são e quem foram enviados para proteger mesmo depois de retornarem ao plano mortal, e outros — como Vikter Ward/Wardwell — se lembram de tudo.

Pois muito bem, creio que é uma boa compilação de dados sobre a evolução da Terra dos Deuses e do plano mortal. Como mencionei antes, tudo está em constante mudança, mas sempre tento registrar as coisas da melhor forma possível para manter um registro do que aconteceu e as consequências. Posso não ser uma historiadora oficial, mas não sirvo apenas para escrever diários sensuais — embora se você perguntar a Poppy, Cas ou qualquer pessoa que tenha lido (e gostado deles), talvez eles discordem de mim.

PERSONAGENS DE SANGUE E CINZAS

Nesta seção, você encontrará informações a respeito de personalidades relevantes no tempo de Solis e Atlântia após a Guerra dos Dois Reis. Quase tudo que presenciei ou *vi* está captado aqui; documentado de tal forma que seja possível consultar o dossiê de um indivíduo e encontrar detalhes pertinentes e uma linha temporal dos eventos em que esteve envolvido. Isso é útil porque revelar acontecimentos específicos de cada pessoa às vezes traz à tona coisas que não faziam muito sentido antes.

Porém, é importante destacar que talvez eu tenha eliminado ou combinado algumas coisas que considerei de baixa prioridade, ou incluído outras que a pessoa que venha a usar esses arquivos não se importe muito. Seja como for, os fatos históricos realmente importantes são esses acontecimentos gerais, e nenhum evento extra que registrei — ou não — aqui altera isso.

No mais, alguns indivíduos têm histórias tanto no tempo dos deuses quanto após a formação de Solis e Atlântia. Portanto, você pode encontrá-los na compilação de arquivos a respeito de CARNE E FOGO se estiver procurando por eles e não conseguir localizar o que precisa.

PENELLAPHE BALFOUR DO CASTELO TEERMAN

Primordial da Vida e da Morte / do Sangue e dos Ossos
Nome de casada: Rainha Penellaphe "Poppy" Da'Neer

Ah, o que posso dizer sobre a querida Poppy? Uma jovem adulta, porém pronta para mudar os reinos para sempre. Ela tem recebido bastante destaque nas minhas visões há algum tempo, mas seu futuro, mais que o dos demais, é mutável.

Cabelo: Da cor do vinho tinto, desce até o meio de suas costas.
Olhos: Verdes como a grama da primavera — ficaram da cor da prata derretida após a Seleção.
Corpo: Um pouco mais baixa que a altura média e voluptuosamente curvilínea.
Rosto: Formato oval com maçãs do rosto angulosas. Lábios carnudos em forma de arco e da cor das frutas vermelhas. Testa marcante. Nariz pequeno na ponte e com a ponta arrebitada.
Traços característicos: Sardas no nariz e nas bochechas. Cicatriz pronunciada que mais parece uma listra de pele rosa pálida que começa no couro cabeludo e atravessa a têmpora, passando bem perto do olho esquerdo, antes de terminar no nariz. Ela tem outra cicatriz mais curta, que atravessa a testa e passa pela sobrancelha, além de uma cicatriz na parte interna da coxa, várias no antebraço direito e algumas no abdômen — cortes irregulares. Mais cicatrizes marcam suas pernas — uma bem visível na parte interna do joelho — e outra na lateral da cintura. A ferida cicatrizada em sua coxa foi causa pela mordida de um Voraz, não por garras.
Curiosidades: Seu amante acha que ela tem gosto de melaço.
Personalidade: Desbocada, corajosa. Não sabe mentir. Gentil. Deleita-se com a vingança. Não é do tipo que fica remoendo decisões passadas. Impulsiva. Imprudente com a própria segurança. Teimosa. Competitiva. Muda muito de assunto frequentemente.
Hábitos/Trejeitos/Forças/Fraquezas: Franze o nariz quando pensa em algo que não quer compartilhar. Costuma sair de fininho à noite. Leva uma adaga de osso de lupino e pedra de sangue junto à coxa. Tem pesadelos, mas não consegue dormir depois do nascer do sol. Raramente fica doente e se recupera depressa. Fica enjoada no mar. Detesta cobras.

Antecedentes: Nascida numa data desconhecida em abril, escolheu o vigésimo dia do mês como seu aniversário. Foi atacada por Vorazes quando tinha seis anos; eles quase a mataram e, supostamente, assassinaram seus pais. A Rainha de Solis a acolheu depois do ataque e cuidou dela como se fosse sua própria filha, dizendo-lhe que ela sobreviveu porque havia sido tocada pelos deuses. Foi forçada a usar o véu de Donzela desde os oito anos de idade.
Família: Inicialmente criada por Coralena † (uma Aia, também considerada um Espectro) e Leopold † (um *viktor*). Na verdade, é filha biológica da Rainha Isbeth † (uma demis) e Ires (um deus), e descendente de Nyktos (um Primordial da Morte) e sua Consorte, Seraphena Mierel (a *verdadeira* Primordial da Vida).

Qual é o gosto/sensação das emoções para ela:

ALÍVIO =	terroso, amadeirado e refrescante
AMOR =	chocolate e frutas vermelhas
ANGÚSTIA =	azeda e acentuada, às vezes quase amarga
ANTIPATIA =	acre
APREENSÃO =	creme muito espesso
APROVAÇÃO =	bolo amanteigado
ATRAÇÃO e EXCITAÇÃO =	picantes e defumadas
CHOQUE =	gelado, fresco e escorregadio
CÓLERA =	quente e ácida, mas também pode ser gelada
CONDESCENDÊNCIA =	escalda a garganta e arde os olhos
CONFLITO =	limão azedo
CONFUSÃO =	limão azedo
CONSTRANGIMENTO =	enjoativamente doce
CULPA =	acre
CURIOSIDADE =	limão fresco da primavera
DESAMPARO =	amargo, semelhante à angústia, ou como uma fumaça quente e sufocante
DESCONFIANÇA =	amarga
DESEJO =	picante e defumado
DESESPERO =	ardido

DETERMINAÇÃO = salgada e de nozes, por vezes com um toque amadeirado, como uísque

DIVERTIMENTO = açucarado

DOR = física: calor; emocional: frio

EMPATIA = calorosa

ENTUSIASMO = água com gás ou champanhe

ESTRESSE = creme de leite espesso

EXAUSTÃO = áspero

FASCÍNIO = borbulhante e açucarado

FIRMEZA = salgada e de nozes

FRUSTRAÇÃO = espinhosa

FÚRIA = quente e ácida, mas também pode ser gelada

HORROR = amargo

INCERTEZA/DESCONFORTO = azedo e cítrico, mas às vezes também cortante

IRRITAÇÃO = ácida

LUXÚRIA = picante, defumada e quente

MEDO = pungente como melão azedo

ÓDIO = quente e ácido, mas também pode ser gelado

ORGULHO = igual à empatia, mas de canela picante e mais forte

PÂNICO = amargo

PESAR = pesado e amargo

PREOCUPAÇÃO = creme espesso demais

REMORSO = baunilha

RAIVA = quente e ácida, mas também pode ser gelada

SINCERIDADE = baunilha quente e reconfortante

SURPRESA = fresca

TERROR = sensação semelhante à dor

TRISTEZA =	azeda e acentuada
VERGONHA =	acre e picante/aprisionante

Esta mulher extraordinária, com uma queda por queijos e morangos, começou sua vida como uma Donzela protegida e reclusa. O título significava que ela havia sido escolhida pelos deuses e, portanto, deveria se esconder atrás de um véu desde a infância e se sujeitar a regras que não lhe permitiam tomar decisões sobre a própria vida. Até ela conhecer Hawke Flynn, também conhecido como Príncipe Casteel "Cas" Hawkethrone Da'Neer.

Assim que ele surge em sua vida, despertando um amor que Poppy teme nunca ser correspondido, ela jura nunca mais se esconder, apesar de ter mais medo de si mesma do que de qualquer coisa.

Com tudo que ouviu e acreditou se revelando como uma série de mentiras sinistras, seus poderes crescendo, o amor entre ela e Cas ficando mais forte a cada dia e a verdade sobre sua ascendência vindo à tona aos trancos e barrancos, Poppy aprende a compartimentalizar, processar e aceitar tudo em tempo recorde. Mesmo assim, ainda reluta ao descobrir as maiores verdades — que Isbeth, uma demis, é sua mãe, e que ela — Poppy — é uma deusa, uma Primordial nascida de carne mortal, a Primordial de Sangue e Ossos e a *verdadeira* Primordial da Vida *e* da Morte.

Sua jornada tem sido angustiante, para dizer o mínimo, e registrei o máximo que pude — tanto as coisas que já aconteceram quanto as que *vi* com meu dom. A conclusão? Seu futuro, do qual apenas uma parte foi predita, ainda pertence a ela...

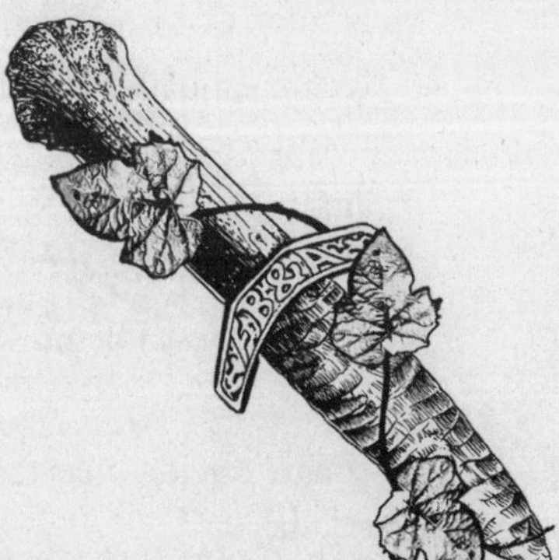

A JORNADA DE POPPY ATÉ AGORA:

Nascida da demis Isbeth e do deus Ires, Penellaphe foi criada pela Aia Espectro Coralena Balfour e seu marido, o *viktor* Leopold.

Cora e Leo tentaram fugir com Poppy — que tinha apenas seis anos na época — e seu *irmão*, Ian — filho biológico de Cora e Leo —, para afastá-los da influência de Isbeth, parando em uma estalagem em Lockswood para passar a noite. Enquanto estavam lá, um suposto *amigo*, um lupino chamado Alastir Davenwell, acreditando que Poppy era uma ameaça para Atlântia, trai-os, abrindo caminho para que o Príncipe Malik Elian Da'Neer a destrua. O Senhor das Trevas considera Poppy o arauto da morte e da destruição que devastará ambos os reinos, como previsto na profecia. Mas quando Malik vê a Consorte — a ancestral de Poppy, Seraphena — em seus olhos, ele hesita em matá-la, debatendo-se com a ideia de tirar a vida de uma criança. Ele a leva de volta para a Carsodônia, mas, antes disso, devido às mortes na estalagem, os Vorazes seguem o rastro de sangue e a atacam, causando ainda mais destruição.

Ao contrário da maioria das pessoas que sofrem uma transformação amaldiçoada ou morrem depois de serem mordidas, Poppy sobrevive ao ataque dos Vorazes na estalagem, o que dá credibilidade à história que lhe contam sobre ser Escolhida pelos deuses. A verdade é que os Atlantes não se transformam quando são mordidos. E ela é muito mais do que isso. É uma deusa. Embora essa seja uma verdade que ela só vem a descobrir mais tarde.

Durante a maior parte da vida, Poppy acreditou que os Vorazes tinham matado seus pais naquela noite em Lockswood, o que não é verdade. Isbeth matou Cora algum tempo depois, obrigando-a a beber o sangue de um dragontino, e Leo foi enviado para o Monte Lotho para aguardar seu renascimento de *viktor*.

Porém, agora órfã e de volta à capital, a Rainha manda Penellaphe para o Castelo Teerman, onde a cobrem com o véu de Donzela e a deixam isolada, aguardando seu décimo nono aniversário e a primeira Ascensão desde a Guerra dos Dois Reis — algo que supostamente vai curar o Reino de Solis. Tudo isso também é mentira. E o pior é que, durante o tempo em que vive na Masadônia, Poppy está submetida ao domínio tirânico e aos abusos cruéis do Duque Dorian Teerman, enquanto sua esposa, a Duquesa Jacinda, faz vista grossa.

Com medo da Ascensão e desejando a liberdade e o direito de escolha, Poppy nutre, em segredo, a esperança de ser considerada indigna pelos deuses.

Ela anseia por algo mais, já que suas únicas válvulas de escape incluem aprimorar suas habilidades de luta e sair escondida do castelo para ajudar seu treinador e amigo Vikter — também um *viktor* — a facilitar a morte dos amaldiçoados por meio de seus dons, que usam lembranças felizes no intuito de aliviar o sofrimento.

Pouco antes da Ascensão, Poppy vai até o Pérola Vermelha — uma casa de má reputação — para aproveitar a vida por algumas horas. Lá, com a ajuda da narradora que vos fala disfarçada de funcionária da taverna — nunca disse que não interferi! —, ela acaba no quarto do Atlante da linhagem Fundamental, Príncipe Casteel Hawkethrone Da'Neer, que na época se passa por "Hawke". Eles se beijam e, a partir desse momento, a história do casal começa a acontecer... tanto a prevista pelos Destinos quanto a dos planos do Príncipe Casteel.

Ainda se passando por Hawke, Cas consegue um lugar na guarda no castelo e sobe na hierarquia até se tornar um dos guardas pessoais de Poppy.

Achei isso extremamente inteligente. Mas, apesar de ter previsto isso, não deixei de me indagar sobre os motivos dele.

Com o passar do tempo, Poppy começa a questionar a ordem natural das coisas e imagina se poderia mudá-las, sobretudo à medida que seus dons continuam a se manifestar e evoluir. No começo, apenas sentia a dor das outras pessoas, mas logo se tornou capaz de sentir todas as emoções, saboreando sua assinatura única na língua, além da habilidade de reconfortar os demais, como fazia com os amaldiçoados. Sendo a empatia uma de suas maiores qualidades, ela espera poder usar seus dons para ajudar as pessoas.

Desde o momento em que Poppy entrou no meu radar, admirei isso nela.

Quando parte em direção à Carsodônia, acompanhada de Hawke, Kieran — que ela descobre ser um lupino — e seus demais aliados, um mundo inteiro se abre para Poppy. Ela vê e vivencia coisas que nunca teve a chance antes, e decide não voltar para uma vida sem liberdade. Ela jura não Ascender e se dá conta de que suas duas opções são fugir ou falar com a Rainha. Mas o perigo a cerca e *muitas* coisas não são o que parecem.

Poppy logo descobre a verdadeira história de Solis e a realidade acerca dos vampiros e Atlantes, o que a deixa abalada — porém, ela é mais forte do que isso. Ainda assim, aqueles que a consideram uma inimiga não desistem, e ela acaba sendo ferida e fica à beira da morte. Teria morrido, não fosse pelo sangue Atlante de Hawke e suas propriedades curativas. Mas, no meio da emoção do ataque e de suas consequências, é revelado um grande segredo: Hawke é o Príncipe de Atlântia — aquele que ela acreditava ser o Senhor das Trevas.

Pode suspirar de surpresa. Quer dizer, eu já sabia disso, mas você consegue imaginar como foi para ela descobrir esse pequeno detalhe?

Indecisa e dividida entre os sentimentos de traição e amor por Hawke, que agora ela sabe que é um Príncipe, Poppy decide fugir. Mas ela não vai muito longe e sua luxúria acaba vencendo no final — ora, não é o que costuma acontecer? Apesar de perceber que o ama, ela sabe que não pode confiar nele

— ou, pelo menos, não deveria. Além disso, o lado sombrio dele, embora seja emocionante, desperte sua necessidade de vingança e combine com a tendência de Poppy de matar sem hesitação, não deixa de ser perturbador.

Como já disse antes, o lado sombrio de alguém não é o fator determinante para saber se uma pessoa é boa ou não. O que alguém tem no coração é o que determina se esse indivíduo pode ser confiável.

Quando é revelado que Poppy não é exatamente mortal e Casteel lhe diz que pretende levá-la a Atlântia para se casarem, ela recusa. Acredita firmemente que não está segura com ele nem com seu povo e não tem dúvidas de que será resgatada em algum momento. Assim, ela traça um plano para fugir e ir atrás do irmão. Se o que lhe contaram sobre os Ascendidos for verdade, então Ian pode ser um monstro, o que significa que terá de matá-lo. Mas ela só terá certeza disso depois de encontrá-lo.

Mais uma vez, ela não vai muito longe. Casteel e Kieran a impedem, e Cas lhe dá um ultimato: *Se lutar comigo e vencer, eu libertarei você*. Infelizmente, antes que ela possa fazer algo além de arrancar um pouco de sangue de Casteel, os Vorazes atacam.

Depois de tratarem das criaturas hediondas, eles se acomodam para passar a noite, e Casteel revela mais informações. Os Ascendidos não tinham a menor intenção de dar prosseguimento à Ascensão de Poppy. O ato contaminaria seu cobiçado sangue, do qual eles precisam para seus planos nefastos. E Ian provavelmente não é seu irmão biológico. Também conta a Poppy o que os Ascendidos fizeram com ele, uma história que a deixa horrorizada, e explica suas motivações para querer se casar com ela: evitar uma guerra, salvar seu irmão Malik e resolver os problemas de escassez de comida e terras para seu povo, além de permitir que ela seja livre. Todo mundo sai ganhando. Ela se dá conta de que o plano dele faz sentido e parece ser o mais seguro. Fora isso, ainda há o detalhe de sua atração por ele. Não podemos nos esquecer disso.

Quando Alastir — que Poppy conhece como um aliado lupino de confiança — partilha informações sobre sua filha e garante que a ajudará de todo jeito que puder caso sinta que está sendo forçada, ela fica mais aliviada. Mas quando descobre que Casteel se tornará Rei, ela se pergunta se é realmente importante para ele, apesar de tudo que aconteceu, ou se é só mais um peão no jogo.

Cheia de dúvidas, seus dons e sentidos ficam cada vez mais intensos e aguçados. Ela começa a sentir choques quando toca em Kieran e Casteel. Ao discutir as diferentes linhagens Atlantes, Cas diz acreditar que Poppy seja descendente da linhagem de guerreiros Empáticos e, mais tarde, Alastir diz que eles costumavam ser chamados de Devoradores de Almas.

Quando os Ascendidos finalmente a localizam e atacam, fazendo uma criança de refém, ela se entrega para salvar os inocentes e pede para ser levada até a Rainha. No entanto, Lorde Chaney tem outros planos. Ele confirma que ela tem sangue Atlante nas veias e a ataca, tomado pela sede de sangue. Por sorte, Casteel chega a tempo e lhe dá seu sangue outra vez para ajudá-la a se curar. A proximidade e a essência dele circulando em suas veias estreita ainda mais o laço entre os dois, e Cas lhe propõe um jogo de fingimento. *Eu sou Hawke e você é Poppy. Sem passado, sem futuro.*

Ela aceita, entregando-se a ele com prazer e se deleitando com isso.

Durante a viagem até o lar de Casteel, apesar de todos os perigos e dificuldades, Poppy absorve tudo que pode sobre a cultura Atlante e o passado das pessoas de quem começa a gostar. Ela fica sabendo do vínculo de Kieran com Casteel e que ele já perdeu seu grande amor. Também ganha conhecimento sobre Malik, irmão de Casteel, e Shea. E então aprende sobre a União com Alastair.

Quando chegam ao Pontal de Spessa, Poppy conhece mais pessoas próximas a Casteel e Kieran, e exibe seus crescentes poderes ao curar Beckett — um jovem lupino — após um acidente.

Apesar de ainda se perguntar se Cas se livrará dela após conseguir o que deseja, ela percebe que está farta de negar o que sente e se entrega a Casteel mais uma vez, sem reservas. Ele é a primeira coisa que Poppy escolheu para si mesma, por isso não está disposta a ignorar o sentimento. Mas, embora ela o ame, isso não quer dizer que ele *também* a ame.

Eles realizam o casamento e aparentemente recebem a bênção de Nyktos para a união, mas Poppy se pergunta se não é mais um presságio.

É revelado que Poppy é parente da Rainha, e que Ileana na verdade não é uma Ascendida — o que explica algumas dúvidas que ela sempre teve. Durante outra batalha, os dons de Poppy se intensificam ainda mais, e ela consegue projetar um medo tão avassalador que ajuda a garantir a vitória. Além disso, ela acaba invocando os lupinos sem querer quando está em perigo.

Eu não me importaria se um lupino viesse atrás de mim. Mas posso garantir que, nesse caso, não haveria sofrimento algum.

À medida que lidam com ameaças contínuas, mais sinais da aceitação dos deuses vão surgindo — a bênção de Nyktos no casamento, Aios salvando Poppy da queda de um penhasco, as vozes em seus sonhos com conselhos e avisos.

Casteel diz que acha que eles gostam dela, mas isso não significa que todos compartilham o mesmo sentimento em relação a Poppy. Um grupo de cidadãos de Atlântia tenta apedrejá-la, acusando-a de ser uma Devoradora de Almas e de ter corrompido tanto o Príncipe quanto o reino. Os dons de Poppy se manifestam mais uma vez em sua defesa, refletindo o ódio de volta para eles e matando todos ao redor. E onde o sangue dela cai, árvores de sangue brotam, um sinal de sua conexão com os deuses.

Como se houvesse alguma dúvida.

O ataque também fortalece sua ligação com os lupinos, convocando-os em massa mais uma vez e incitando-os a protegê-la. Quando a Rainha e o Rei chegam, a Rainha Eloana revela que Poppy é a última descendente dos antigos e que o sangue de Nyktos corre em suas veias. Em seguida, ela renuncia à coroa e declara que Poppy é a nova Rainha de Atlântia.

Como os lupinos continuam a agir de um jeito estranho, Poppy é informada de que rompeu os vínculos deles com os Atlantes acidentalmente e que eles sentem seu *estigma* Primordial. Ela se recorda de Kieran ter lhe contado sobre os lobos kiyou e como o sangue de uma divindade usurparia qualquer reivindicação ao trono que um Atlante pudesse ter. Seria Poppy essa divindade?

O zumbido da magia em seu sangue fica mais alto, e Cas revela que ela começa a brilhar toda vez que usa seus poderes. Não é um brilho ofuscante, é mais como uma faísca prateada. É assim que ela descobre sobre o éter — a essência Primordial dos deuses.

Logo novas ameaças surgem e os Invisíveis atacam, levando Poppy como prisioneira. Durante a batalha, ela escuta a voz de quem acredita ser a deusa de cabelos prateados de seus sonhos e vê mãos esqueléticas emergindo da terra.

Na masmorra, ela reencontra um velho conhecido — Comandante Jansen —, aprende sobre a sombrália e os ossos dos Antigos e vê um raro metamorfo capaz de assumir a forma de outra pessoa. Também descobre que Alastir a traiu e que Beckett, o lupino que curou, está morto. Tudo isso a deixa muito triste. Para completar, ela toma conhecimento dos deuses e das divindades, das Terras Sombrias e do Iliseu como um todo. E descobre que todos os sepultados ali eram divindades que se tornaram monstruosas quando os Atlantes da linhagem Fundamental se rebelaram contra elas. Seus captores insistem que ela é perigosa e deve ser detida porque entrou na Seleção e logo começará a exibir as mesmas tendências caóticas de suas predecessoras.

Depois, Poppy aprende a história de Malec, e Alastir lhe conta que O'Meer é seu pai. Também ouve a profecia pela primeira vez, é informada de que *ela* é a pessoa sobre a qual sua xará alertou e percebe que Alastir estava por trás do ataque em Lockswood quando era criança.

Tanta coisa para assimilar, e tão pouco tempo.

Quando Alastir diz a Poppy que prefere entrar em guerra a deixá-la solta no meio de seu povo e a leva para Irelone para entregá-la aos Ascendidos, ela teme que seja o fim. Mas Valyn, Casteel, Kieran, Jasper, Delano, Emil e Naill vão em seu resgate.

Durante a batalha que se segue ao salvamento, ela aguça os sentidos e libera seu poder, disposta a acabar com todos. Porém, acaba hesitando no último minuto, alegando não ser um monstro. Ainda assim, impede Casteel de desferir o golpe fatal em Jansen, cumprindo sua promessa de ser *ela mesma* quem o mataria.

Sinceramente, eu teria feito a mesma coisa.

No meio da luta, ela é atingida por uma flecha de besta e, enquanto jaz ferida e ensanguentada, uma tempestade se alastra, deformando as árvores ao seu redor. Árvores de sangue irrompem do solo, começando com botões dourados que se abrem até revelar folhas vermelho-sangue, e as raízes se reúnem ao redor dela como um escudo. Quando Kieran arranca a flecha, ela se dá conta de que está morrendo e que Cas planeja Ascendê-la.

Felizmente, Casteel a traz de volta à vida. Durante a Ascensão, ela tem outra visão da mulher de cabelos platinados, cor de luar, que se parece com ela. A mulher derrama uma lágrima vermelho-sangue e fala com Poppy antes de desaparecer.

Quando Poppy desperta, está tão faminta que ataca Kieran, mas é rapidamente redirecionada para Casteel. Sua necessidade de sangue logo se torna sexual e as coisas ficam quentes e intensas — sim, *assisti a* tudinho nas minhas visões. Não, não me sinto culpada por ser uma *voyeur*. Foi um momento crucial. Afinal, Cas diz que a ama, e ela diz que o ama também — pela primeira vez.

Precisando de informações adicionais, Poppy faz um monte de perguntas e descobre que o vínculo entre Kieran e Cas realmente foi rompido, que Alastir estava errado e que Cas drenou cada gota de seu sangue para Ascendê-la porque ela, de fato, morreu. Ele diz que ela não parece mais mortal para ele nem cheira a mortal para Kieran. Em vez disso, ambos dizem que ela emana um poder final e absoluto.

Questionando-se se Ian não poderia ser como ela, mais forte, mas não Ascendido, ela parte, vendo a névoa se dissipar à sua frente e as árvores douradas de Aios agora na cor vermelho-sangue.

Ao chegarem à Enseada de Saion, os cidadãos mais velhos se curvam diante de Poppy e a chamam de Meyaah *Liessa* — minha Rainha — e ela descobre que pode se comunicar telepaticamente com os lupinos. Ela então se vinga de Alastir e jura nunca mais pensar nele.

Os recentes acontecimentos se tornam avassaladores para Poppy — dá para culpá-la? —, e ela deixa transparecer as emoções que sempre se esforça para esconder. Cas tenta confortá-la, e eles relaxam lendo os relatos mais picantes do meu diário.

Sempre esperei que alguém encontrasse o meu diário algum dia desses.

Poppy e Cas discutem sua reivindicação ao trono, e Cas admite que a apoiará se ela quiser a Coroa, mas também explica que, se ela não quiser, eles terão que ir embora de Atlântia. Ela se vê dividida entre as alternativas.

Quando é chamada para ajudar uma criança de repente, Poppy descobre que seus poderes evoluíram ainda mais, permitindo-lhe não apenas curar, mas também trazer uma pessoa de volta à vida. E quando descobre que Nyktos e sua Consorte tiveram dois filhos, cujos nomes e gêneros são desconhecidos, isso a faz refletir.

Principalmente quando, mais tarde, fica sabendo que nem mesmo os filhos das divindades tinham habilidades que se manifestavam de maneira tão intensa quanto as dela. Nem o Fundamental mais poderoso consegue fazer o que ela consegue. Quando a Rainha revela que Poppy tem os mesmos poderes que Malec, ela começa a se perguntar se a Duquesa não tinha razão. Por outro lado, também descobre que Malec não pode ser seu pai, já que Eloana afirma que o sepultou antes de Poppy ser concebida. A única coisa que *podem* deduzir com certeza é que, de alguma forma, ela é descendente de Nyktos. Poppy começa a pensar se sua mãe não seria uma Atlante aprisionada pela Coroa de Sangue que foi forçada a engravidar.

Poppy descobre que Eloana, Valyn e os Anciões — não foi uma decisão unânime — já optaram pela guerra e pretendem destruir a Carsodônia, e sabe que só ela e Cas podem impedir isso. Mas apenas se forem Rei e Rainha. Admitindo o fato de que nem todos a aceitarão, Poppy toma uma decisão.

De repente, Ian aparece e marca um reencontro na Trilha dos Carvalhos. Ela finalmente o encontra e percebe que será obrigada a fazer uma escolha difícil: tirar a vida do irmão se ele não for mais o mesmo. Além disso, reconhece que pode ser uma armadilha, embora a Rainha tenha prometido não os machucar caso mantivessem o exército Atlante a distância.

Quando os Invisíveis atacam novamente com a intenção de matá-la, ela volta a liberar todo o seu poder, afirmando que qualquer um que tentar impedi-la de assumir a coroa estará destinado ao fracasso.

Sendo Anciã do Conselho, tenho a sorte de estar presente antes da coroação e poder discutir vários assuntos com Poppy: a noite no Pérola Vermelha, sua linhagem e a necessidade de ir para o Iliseu. Também tenho a honra de anunciar o novo e feliz casal — o Rei e a Rainha que darão início a uma nova era. O Rei de Sangue e Cinzas e a Rainha de Carne e Fogo.

Poppy e Cas pedem a Kieran para ser seu Conselheiro e, pensando na conversa que teve comigo e em outros fatos dos quais tem conhecimento, ela chega à conclusão de que os dragontinos são os guardas de Nyktos.

Ela e seus aliados atravessam as névoas que cercam as Montanhas de Nyktos e entram em Dalos, onde ficam cara a cara com os dragontinos e o Rei dos Deuses. Lá, aprende a respeito da Consorte e de sua origem, além de ser outra vez informada de que os deuses não deveriam nascer no plano mortal... e, no entanto, lá está ela.

Ao contar a Nyktos sobre os Espectros, ele comenta que esses seres são abominações e se desculpa pelo que Poppy terá de enfrentar nos próximos dias. Depois, recorda que ela nasceu da carne com o fogo dos deuses no sangue, diz que ela é a portadora da vida e da morte, a chama de Rainha de Carne e Fogo, a quem são devidos mais de uma coroa e um reino, e reitera que ela sempre teve o poder dentro de si.

A bordo de um navio rumo ao próximo destino, Poppy e Cas ficam cada vez mais íntimos e exploram seus desejos — com uma ajudinha da página 238 do meu diário. Hum, sim. Aquela foi boa.

Na Trilha dos Carvalhos, Poppy vê um grande felino numa jaula e se lembra do gato que viu quando era criança. O poder vibra em seu peito, fazendo o felino se transformar em homem. Ela promete que voltará para buscá-lo e se pergunta se poderia ser Malec. Quando pergunta sobre o assunto, é informada de que Malec não era esse tipo de divindade. Além disso, ele está sepultado, ao que tudo indica. Não pode ser o gato da caverna.

Quando é levada perante a Rainha Ileana, Poppy jura que a Coroa de Sangue nunca mais machucará o marido dela e finalmente consegue rever e dar um abraço em sua melhor amiga. Tawny foi sua companheira e confidente durante a maior parte de sua vida de Donzela e a única pessoa que a conhecia sem o véu com quem podia conversar. Sentia muita falta dela.

Durante a conversa com Ileana, muitas conspirações são reveladas. A Rainha de Sangue conta que sempre planejou que Poppy se tornasse a Rainha de Atlântia, mas presumia que seria com Malik como Rei ao seu lado. Também diz que prefere ver o reino arder em chamas a abrir mão de um único acre de terra.

E então ela solta a maior bomba de todas — conta a Poppy que é sua mãe biológica, que seu nome verdadeiro é Isbeth, que Cora não concordava com seus planos e, portanto, tentou afastar Poppy dela. E que, embora tenha sobrevivido ao ataque em Lockswood, Coralena *não* sobreviveu à ira da Rainha.

Também revela que Malec é um deus. De repente, Poppy se lembra do que Nyktos lhe contou e ela pergunta sobre isso a Isbeth, que confirma que fez tudo aquilo por pura vingança. Num acesso de raiva, ela mata Ian, e os instintos ancestrais de Poppy assumem o controle, ativando seus poderes. As duas lutam como deusas, e Isbeth acaba matando Lyra, amiga e amante de Kieran.

Poppy acaba ficando inconsciente e, mais tarde, volta a si, descobrindo que Casteel se entregou à Coroa de Sangue. Tomada pela fúria, ela invoca outra tempestade. Uma mulher Espectro se aproxima e lhe diz para parar com isso, ameaçando detê-la em caso contrário. Quando finalmente se acalma, Poppy descobre que Tawny foi ferida por uma lâmina de pedra das sombras — algo que ela é incapaz de curar, mesmo com seus poderes recém-adquiridos.

Por eliminação e certa dedução, Poppy conclui que a Consorte deve ser sua avó, e que a vingança de Isbeth é pessoal. Eloana tomou o filho de Isbeth, por isso Isbeth sequestrou Casteel. E apesar de Malec estar sepultado, ele e Isbeth *devem* ser seus pais.

Ela decide convocar os dragontinos e fazer o necessário para resgatar Casteel. Quando ela e Kieran chegam ao Iliseu, Poppy encontra Nektas, o dragontino mais íntimo de Nyktos, em sua forma divina. Ele lhe diz que Nyktos voltou a hibernar com sua Consorte. Ele então pergunta se Poppy está disposta a suportar o peso de duas Coroas e recuperar o que tanto devem proteger, a única coisa que possibilitará o despertar da Consorte. Poppy descobre que Nektas está falando da dragontina desaparecida — a filha dele, Jadis — e do filho da Consorte, que não é Malec, mas seu irmão gêmeo, Ires.

Quando percebe que o felino enjaulado da caverna era seu pai, ela convoca os dragontinos e parte para o plano mortal outra vez, onde visita Tawny e se reúne com os demais. Ao retornar para a Trilha dos Carvalhos, ela se encontra com Jalara. Diz ao Rei que tem uma mensagem para a Rainha de Sangue e o decapita, usando-o como um aviso. Em seguida, destrói os cavaleiros da

Rainha, solta os dragontinos e pede que a Espectro entregue a mensagem completa à Rainha, reiterando que vai atrás de Isbeth. Suas últimas palavras ecoam no ar: "Eu sou a Escolhida, Aquela que é Abençoada, e trago em mim o sangue do Rei dos Deuses. Sou a *Liessa* dos lupinos, a segunda filha, a herdeira legítima, dona das coroas de Atlântia *e* de Solis. Sou a Rainha de Carne e Fogo, e os guardas do deus cavalgam comigo. Diga à Rainha de Sangue para se preparar para a guerra."

Enquanto Poppy se prepara para resgatar Cas e obter sua vingança, seus poderes aumentam ainda mais, fazendo as árvores tremerem e deixando o clima descontrolado. Ela invade a fortaleza dos Ascendidos em Massene e faz algumas conexões.

Sem conseguir comer nem dormir, Poppy fica relembrando o que ocorreu na Trilha dos Carvalhos e se pergunta se não há um traidor entre eles — além de Alastir.

Com o passar dos dias, Poppy e Kieran ficam mais próximos devido à dor compartilhada pela prisão de Cas, e ela descobre algo interessante: há o registro de um Ritual no tempo dos deuses, e o segundo e terceiro filhos não têm datas de morte nos livros de história. Isso a leva à conclusão de que o Ritual já existia antes dos Ascendidos, mas que acabou se perdendo no tempo até ser distorcido e retomado pelos vampiros.

Ao conversar com Reaver, um dos dragontinos que respondeu à sua convocação, Poppy descobre que eles também são vinculados a ela como os lupinos, mas de um jeito diferente. Eles não conseguem se comunicar telepaticamente com Poppy, mas *atenderão* ao seu chamado. Ele conta que sempre foi assim com os Primordiais e que ela não é muito sensata.

Reaver não tem nenhum filtro, e não tenho certeza se Poppy captou a parte sobre seu verdadeiro estado — que ela é uma Primordial.

Em seguida, Reaver lhe diz que um deus é capaz de matar outro, e que ela — Poppy — é a primeira descendente mulher do Primordial da Vida, o ser mais poderoso de todos. E que, com o tempo, ela se tornará mais forte do que seu pai, Ires.

Quando pede mais informações sobre a Consorte, que agora acredita ser sua avó, Poppy descobre que falar o nome dela é proibido.

No momento em que as coisas parecem estar correndo bem, apesar de tantas revelações surpreendentes, Isbeth envia um *presente* — o dedo anelar de Casteel, ainda com a aliança de casamento e tudo. Ao ver isso, Poppy perde completamente o controle e precisa ser acalmada.

Decidindo que não pode — nem vai — esperar para ir atrás de Cas, ela planeja partir o mais rápido possível. Kieran insiste em acompanhá-la, e ela lhe diz que Reaver também precisa ir com eles.

Naquela noite, ela caminha nos sonhos — algo conhecido como alma errante, quando os corações gêmeos conseguem se achar, mesmo nos sonhos um do outro — e encontra Casteel. Durante o reencontro, o clima fica quente, como de costume, e ele lhe pede para encontrá-lo, reforçando sua determinação.

Antes que Poppy possa tomar uma decisão, uma tempestade sobrenatural cai, matando todos os dragontinos, exceto os três que estavam com ela. Ela descobre que aquilo foi obra de Vessa, a estranha mulher que foi mantida presa após enlouquecer. Poppy acaba por matá-la, mas não antes de Vessa insistir que ela não conseguirá controlar o fogo dos deuses para dar início a uma guerra e dizer que serve à Legítima Coroa dos Planos. Seja lá o que isso signifique.

Infelizmente, descobri pouco tempo depois...

Reaver explica que Nyktos não é o Primordial da Morte, como todos supõem, e sim *Kolis*. Também revela que Kolis foi sepultado após a guerra entre os Primordiais e os deuses e, então, apagado da história. Reaver ainda conta a ela que os Espectros eram o projeto favorito de Kolis, explica como os mortais foram criados e por que os terceiros filhos e filhas são especiais.

Como não conseguiu trazer os dragontinos de volta à vida, apesar de todos os seus esforços, Poppy compreende que também não é capaz de ressuscitar os lupinos, pois eles pertencem, da mesma forma, a dois mundos. Isso a leva à conclusão de que a única maneira de salvar Kieran, caso seja ferido, e garantir sua segurança é se ele, Cas e ela completarem a União, tornando-os praticamente imortais.

Ao chegarem à Trilha dos Carvalhos, eles encontram um grupo de cidadãos tentando sair da cidade, a maioria em luto pelos filhos que lhes foram tirados. Poppy os envia para Massene, onde é mais seguro, e em seguida convoca os soldados, afirmando não ser o arauto — mesmo tendo o sangue do Rei dos Deuses nas veias. Também diz que os Ascendidos são os inimigos, *não* ela.

Ao pensar na tempestade conjurada por Vessa e perceber que a Coroa de Sangue sabe usar a magia Primordial, Poppy se pergunta se a magia usada por Isbeth pertencia a Malec ou Kolis, e se Malec é o grande conspirador da profecia.

Ela pergunta pelas crianças e é levada até as tumbas, onde encontra setenta e um corpos dos dois últimos Rituais. Ordena que Reaver ateie fogo ao Templo, incluindo os Sacerdotes que estão lá dentro, e depois cura aqueles que ela é capaz de salvar. Infelizmente, perdem cinco lupinos e cerca de cem soldados Atlantes no processo.

Poppy se sente inspirada a usar a magia para rastrear Cas e encontrar o caminho até ele, reunindo tudo que precisa para um feitiço de localização. Antes que possa partir, Tawny chega — embora Poppy perceba que ela está muito mudada. Ainda é a sua amiga de sempre, mas tem uma aparência bastante diferente. Tawny conta a ela que viu Vikter em um sonho que não era bem um sonho, e que ele lhe disse que Poppy é uma deusa e que Isbeth pretende refazer os planos com a ajuda dela.

Questionando-se sobre Vikter — afinal, ela o viu morrer —, Poppy descobre que ele é um *viktor* e o que isso significa. Além disso, passa a acreditar que ele deve ter descoberto o que era e quem estava encarregado de proteger, e que deve ter procurado Cora antes mesmo de Poppy ter nascido.

Ao rever a profecia, que ainda não conhecem completamente nem compreendem, Poppy se pergunta quem é a primeira filha, já que é sempre referida como a segunda. Ela imagina que Malik deve ser o Rei outrora prometido que fora mencionado.

Poppy descobre que a Consorte nasceu em Lasania, era uma Princesa mortal e a legítima herdeira do trono antes de receber seus poderes. No entanto, ela nasceu com uma brasa do puro poder Primordial — ao contrário dos terceiros filhos e filhas. Unido ao conhecimento de que o nome da Consorte não pode ser dito por um Primordial sem fazer com que as estrelas caiam dos céus e sem que as montanhas desabem no mar, ela se pergunta ainda mais sobre si mesma e sua ancestral.

Um grande grupo de soldados se aproxima, dando início a uma batalha. Ela, Kieran e Reaver são feitos reféns, e Poppy é acordada pela Aia Espectro da Rainha, que diz se chamar Millie. Ela, então, faz um acordo para salvar Kieran e Reaver. Dois dias depois, Poppy acorda em seu antigo quarto em Wayfair com Kieran e descobre que Reaver está num aposento no andar de baixo.

Os dois conversam sobre os cavaleiros do castelo e as duas pessoas esquisitas que conheceram — Callum e Millie. Poppy tenta se comunicar com Delano telepaticamente. Parece que seu plano de atacar sorrateiramente falhou, mas ela logo descobre que Ponte Branca e Novo Paraíso estão sob domínio Atlante, e Três Rios logo seguirá o mesmo destino.

Diante da Rainha, Poppy se questiona como o povo reagiria se soubesse a verdade sobre Isbeth e pergunta como Malik aguenta ficar perto dela. Em seguida, ela derruba as barreiras mentais dele e sente a realidade da situação.

Isbeth o manda embora e deixa que Poppy estabeleça suas condições, mas, ao ouvi-las, começa a rir.

A Rainha de Sangue permite que Poppy veja Cas, porém não permite que ninguém mais se aproxime dele. Quando Poppy finalmente o alcança, ele está sedento por sangue e em péssimo estado. Ela consegue curá-lo e trazê-lo de volta do abismo, mas ele precisa de mais cuidados. Exige que lhe tragam comida e água, o que faz com que Isbeth zombe dela outra vez.

Poppy e Isbeth debatem sobre as mentiras e a responsabilidade por tudo que foi feito. Ela finalmente pergunta como a Rainha capturou Ires e é informada que ele chegou há mais de duzentos anos, procurando seu irmão gêmeo, Malec. Acrescenta que a dragontina que o acompanhava — que agora sabemos ser Jadis — podia sentir o sangue de Malec. Isbeth então insinua ter *cuidado* da dragontina.

Quando Poppy pergunta sobre sua concepção, Isbeth diz que não foi forçada, mas depois acrescenta um "nenhuma das vezes" e continua dizendo que queria uma filha forte, e que Ires estava cheio de luxúria e ódio. Até tentou matá-la logo depois — algo que parece causar um prazer perverso em Isbeth.

Também revela que sabia o que Poppy iria se tornar e que Malec não estava morto, embora o vínculo de corações gêmeos tenha se rompido quando Eloana o sepultou.

Sem tempo a perder, Poppy entra em contato com Kieran e diz que precisa encontrar Cas e partir imediatamente. Ela detesta a ideia de deixar o pai ali, mas não tem escolha.

Após uma discussão com Malik e relembrando o que sentiu quando derrubou suas barreiras, Poppy percebe que é por causa de Millie que ele continua ali. Mais tarde, descobre que Malik e Millie são corações gêmeos.

Mas é complicado.

Agora, sabendo que Isbeth deseja ver os reinos em chamas e culpando Nyktos por se recusar a atender ao pedido de Malec por um teste de corações gêmeos, Poppy compreende que erradicar todos os Atlantes é a única justiça que deixará Isbeth satisfeita.

Após ser escoltada de volta ao quarto, Poppy invoca a névoa Primordial. Usando-a para escapar, encontra Kieran e Reaver, e os três lutam para abrir caminho pelo castelo. Kieran é ferido e ela não consegue curá-lo completamente. Mais tarde, descobre que a arma estava amaldiçoada. Quando encontram Cas, descobrem que ele está pior do que antes graças a Callum. Ela jura matar o canalha, e Reaver concorda. Poppy consegue fazer Cas reagir minimamente, e os dois se reencontram.

Exatamente como eu esperava que acontecesse. Sem um pingo de vergonha por ser uma *voyeur*, lembra?

Quando revive o tempo que passou nas masmorras, Cas conta a Poppy sobre seu contato com Millie e informações que descobriu: Millie é irmã de sangue de Poppy, a primeira filha. Poppy também descobre que Callum ensinou Isbeth a fazer Espectros, e Malik menciona algo dito por Reaver há algum tempo, sobre Poppy ser uma Primordial. O dragontino confirma que ela *é* uma Primordial nascida de carne mortal. A primeira desde o Primordial da Vida.

Malik continua falando e conta como Preela, sua lupina vinculada, foi morta. Mais tarde, Poppy descobre que ela foi morta na frente de Malik e que os ossos dela foram usados para criar armas, uma das quais Poppy carrega consigo o tempo todo — a adaga de pedra de sangue e osso de lupino que Vikter lhe deu no seu aniversário de 16 anos.

Reunidos, Poppy e Cas conversam sobre ela ser o arauto, sua Seleção, a profecia e a União. Em seguida, ela revela tudo que aprendeu com os generais e descobre mais informações sobre Malec. No fim das contas, chegam à conclusão de que ele está enterrado no nordeste da Floresta Sangrenta, perto de umas ruínas, sepultado num caixão coberto por ossos de divindades.

Também descobre que eu ajudei Eloana a sepultar Malec.

Sim, é verdade.

Eles decidem que Malec e Ires serão devolvidos a Nyktos e à Consorte quando tudo acabar, e Poppy parte para passar um tempo com Tawny e conversar com Kieran sobre a União. Durante a conversa, Poppy sente as emoções de Kieran e descobre que há amor ali. Então percebe que também o ama. Não como ama Cas, mas o suficiente para que ambos façam a promessa exigida pela União.

Eles partem em busca de Malec e se deparam com algumas dificuldades no caminho — qual é a novidade nisso? — na forma de Vorazes e Germes, os quais felizmente derrotam.

Na volta, Poppy, Cas e Kieran participam da União — que acaba se tornando sexual… algo que aprovo de todo o coração — e terminam com respirações e batimentos cardíacos sincronizados, além de sentimentos partilhados. Infelizmente, a União não remove a maldição de Kieran como eles esperavam.

Poppy volta a sonhar com a mulher de cabelo prateado e vê alguém que poderia ser Vikter. Ela acorda nos braços de Cas, com Kieran deitado ali perto. Depois de se certificarem de que o exército está preparado, partem para encontrar a Rainha.

É aqui que os acontecimentos diferem um pouco das minhas visões. Fiquei quase tão chocada com o resultado quanto os presentes na ocasião.

Quando chegam à Rainha, Poppy dá um ultimato para que removam a maldição de Kieran antes de trazer Malec. Callum obedece, e eles entregam o companheiro de coração gêmeo para Isbeth, apesar de Millie avisar a Poppy que há alguma coisa errada.

Pensando que Isbeth despertaria Malec, todos observam com atenção, prontos para agir se necessário. E é aqui que as coisas ficam esquisitas. Isbeth choca a todos ao se desculpar e cravar uma adaga de pedra das sombras no coração do amante — a única coisa capaz de matar um deus. Ela menciona alguém à espera do sacrifício. O equilíbrio do qual os Arae tanto falam. Aquele nascido da carne mortal e prestes a se tornar um grande poder Primordial. E Callum revela que, já que Poppy e Millie partilham o sangue do Primordial e são amadas, *ele* será restaurado. Acrescenta que Isbeth só precisava de alguém de sua linhagem para colocar as coisas em movimento.

Ou seja, Malec *não* era o Verdadeiro Rei dos Planos do qual todos falavam. E Poppy acabou sendo a portadora da morte e da destruição de qualquer maneira, já que levou Malec para Isbeth. Juntando as pistas da profecia, estabelecem que *Isbeth* é o arauto e Millie é o alerta. Callum prossegue, dizendo que *ele* precisava estar forte para despertar e que a Ascensão de Poppy o libertou. Diz que, quando Malec der o último suspiro, *ele* alcançará o auge da força. Ao sentir o cheiro de lilases podres, Poppy se dá conta de quem *ele* é — Kolis. O Primordial que roubou o poder e a Corte do irmão gêmeo, e acabou com o equilíbrio dos planos.

Millie diz a Poppy que Malec ainda está vivo e que é possível deter o processo. Quando convoca os dragontinos e começa a usar o éter, Poppy é alertada de que poderá atrair os dakkais. Ela recua, mas não consegue se manter firme com o poder. Durante a batalha divina com Isbeth, os dakkais atacam e muitos perecem. A Consorte vai até ela e diz que não era para ser assim, e Poppy recorda o que Reaver lhe contou sobre pronunciar o nome da Consorte.

Ela percebe que a Consorte é a verdadeira Primordial da Vida e berra seu nome, um nome que ela nem sabia que conhecia, e é atingida por um raio, transformando-se em luz e sombra com asas de éter. Ganha presas e conclui a Seleção.

Poppy se torna uma Primordial, e uma grande batalha começa. Quando acorda mais tarde, fica aliviada ao ver todos os seus amigos vivos e descobre que Reaver levou Malec para o Iliseu, Millie fugiu e Malik foi atrás dela.

Nektas conta a todos sobre Eythos e Kolis, e narra a história de Sotoria. Ele prossegue dizendo que a Ascensão da Consorte foi um recomeço cósmico, e que somente se uma descendente feminina nascesse e Ascendesse é que o recomeço voltaria a acontecer. O fato de Malec ter uma filha perturbou o equilíbrio e criou uma brecha para que o que foi feito a Kolis pudesse ser *desfeito*. Também diz que deve encontrar e se livrar de Callum e revela que Poppy é a Primordial de Sangue e Ossos, a verdadeira Primordial da Vida *e* da Morte.

Quando Poppy diz a Nektas que sabe onde Ires está, ele ordena que o levem até o deus e diz que precisam encontrar Jadis para que possam voltar para o Iliseu. Nyktos e a Consorte não hibernam mais, ou seja, os outros deuses também vão despertar.

A guerra está só começando.

Nos túneis subterrâneos de Wayfair, Kieran e Casteel agem de modo superprotetor com Poppy, e Nektas zomba deles por se preocuparem tanto, chamando-os de *adoráveis*.

Quando os túneis desabam, Cas e Kieran tentam protegê-la, mas percebem que não foi ela quem fez isso. Não foi nenhum deles. Foram os deuses.

Poppy fica animada com a possibilidade de ter sido Penellaphe, sua xará, e pergunta se vai conhecê-la. Nektas diz que ela conhecerá todos os deuses quando chegar a hora certa.

Mal posso esperar para *ver* isso.

O grupo finalmente encontra Ires, e Poppy não sabe o que dizer nem como agir. A princípio, ela fica desconfortável e Cas a tranquiliza, enquanto Nektas avisa que ele se parecerá mais com um animal do que um homem.

Poppy toca seu pai, que se transforma. Fala com Ires e pergunta se ele se lembra dela, dizendo que é sua filha. Após Kieran entregar uma flâmula para Ires cobrir o corpo, o deus recupera a voz e estende a mão para Poppy, afirmando saber quem ela é.

Foi um momento bastante comovente.

Todos debatem a respeito de Jadis, e Ires diz acreditar que ela está em algum lugar nas Planícies dos Salgueiros.

De repente, Poppy fica tonta. Quando Nektas pergunta se já dormiu, ela responde que descansou um pouco. Ele esclarece que se referia à estase, mas ela desmaia antes de conseguir responder.

Kieran e Cas a levam para um quarto vago no castelo e cuidam dela, contando histórias do tempo que passaram juntos.

Quando finalmente desperta, ela faz o castelo tremer, grava um símbolo de vida e morte a fogo no chão e abre os olhos prateados de uma Primordial.

A profecia de Poppy:

Do desespero das coroas de ouro e nascido da carne mortal, um grande Poder Primordial surge como herdeiro das terras e dos mares, dos céus e de todos os planos. Uma sombra na brasa, uma luz na chama, para se tornar o fogo na carne. Quando as estrelas caírem do céu, as grandes montanhas ruírem no mar e velhos ossos brandirem as espadas ao lado dos deuses, a falsa deusa será despojada da glória por duas nascidas do mesmo delito e do mesmo Poder Primordial no plano mortal. A primeira filha, com o sangue repleto de fogo, destinada ao Rei outrora prometido. E a segunda filha, com o sangue cheio de cinzas e gelo, a outra metade do futuro Rei. Juntos, eles vão refazer os planos e trazer o final dos tempos. Com o sangue derramado da última Escolhida, o grande conspirador nascido da carne e do fogo dos Primordiais despertará como o Arauto e o Portador da Morte e da Destruição das terras concedidas pelos deuses. Cuidado, pois o fim virá do oeste para destruir o leste e devastar tudo o que existe entre esses dois pontos.

Fatos importantes sobre a profecia:

- Alastir diz a Poppy que a profecia foi escrita nos ossos da xará de Poppy.
- O primeiro vislumbre da profecia é só este verso: "Com o sangue derramado da última Escolhida, o grande conspirador nascido da carne e do fogo dos Primordiais despertará como o Arauto e o Portador da Morte e da Destruição das terras concedidas pelos deuses. Cuidado, pois o fim virá do oeste para destruir o leste e devastar tudo o que existe entre esses dois pontos."
- Sou eu que apresento Cas como o Rei de Sangue e Cinzas e Poppy como a Rainha de Carne e Fogo para o povo.
- A Sacerdotisa chamou Poppy de "aquela cujo sangue é cheio de cinzas e gelo".

CORALENA "CORA" BALFOUR †

Ao que tudo indica, Coralena era uma mãe incrível. Apesar de se tornar guardiã de Poppy por ordens da Rainha, ela se revolta contra Isbeth para tentar salvar a filha, provavelmente sabendo que a punição seria rápida e severa caso fosse descoberta.

Olhos: Castanhos (mais tarde descobrimos que são pálidos como os de todos os Espectros, mas que foram escurecidos pela magia).
Antecedentes: Terceira filha. Aia/Espectro.
Família: Marido = Leopold Balfour †. Filho = Ian Balfour †.

A JORNADA DE CORALENA ATÉ AGORA:

Reza a lenda que, por ser a terceira filha, Coralena foi uma Dama de Companhia, entregue à Corte durante o Ritual. Antes da Ascensão, ela conheceu Leopold — o que dizem ter sido um mero acaso, embora já saibamos que não foi, pois Leo era um *viktor* que sabia quem deveria proteger, portanto procurou Cora antes do nascimento de Poppy. Os dois se apaixonaram. Pelo menos isso é verdade. Dizem que Coralena renunciou à Ascensão para poder ficar com Leo — algo que nunca havia acontecido até aquele momento. Não está claro se *essa* parte é verdade ou não. Mas sabemos que eles acabaram se casando e tiveram um filho juntos.

A história verdadeira é que Cora era uma Espectro, uma das guardas pessoais da Rainha, e amiga próxima de Ileana — que agora sabemos ser Isbeth. Coralena era a Aia favorita da Rainha.

Após o nascimento de Penellaphe, Isbeth a entregou ainda bebê à sua Aia de confiança — Cora —, assim, ninguém que quisesse obter o poder da Rainha poderia usar sua filha contra ela. Mas Cora mudou de ideia quando descobriu o plano de Isbeth de casar Poppy com Malik, a fim de unir os reinos. E, não concordando com isso, ela e Leo fugiram com Poppy e Ian.

Tendo feito amizade com Alastir antes daquela noite, o casal pediu a ajuda dele. Mal sabiam que Alastir tinha segundas intenções para se aproximar deles e, assim que descobriu a verdade sobre Poppy, decidiu matá-la.

Naquela noite, Alastir deixou Malik — o Senhor das Trevas — entrar na estalagem, acreditando que o Príncipe terminaria o que tinha começado. O rastro de sangue que Malik deixou no caminho até a estalagem atraiu os Vorazes, resultando nos ferimentos de Poppy. Cora tentou salvá-la, implorando a Malik e dizendo-lhe que sua filha daria início a uma grande mudança e acabaria com a Coroa de Sangue, não com os planos. Também contou a ele que Leo era o *viktor* de Poppy. O Senhor das Trevas não mudou de ideia, e Cora acabou esfaqueando Malik no peito enquanto Alastir assistia a tudo.

Acreditava-se que Cora tinha morrido naquela noite, derrotada pelos Vorazes. No entanto, a Rainha de Sangue revelou mais tarde que ela não pereceu em Lockswood. Coralena sobreviveu ao ataque — mas não à ira de Isbeth. Ela obrigou Cora a ingerir sangue de dragontino, o que acabou por matá-la.

LEOPOLD "LEO" / "LEÃO" BALFOUR †

Leopold é um personagem interessante. Por ser um *viktor*, nasceu — ou, melhor, *renasceu* — para proteger alguém que os Destinos acreditavam estar destinado a trazer mudanças significativas ou servir a um grande propósito. Mas, ao contrário da maioria dos *viktors*, Leo descobriu o que era, bem como quem deveria proteger e por quê.

Cabelo: Ruivo-acobreado.
Olhos: Verdes como os pinheiros.
Corpo: Alto.
Rosto: Queixo quadrado com barba por fazer. Nariz reto. Sobrancelhas escuras.
Personalidade: Atencioso. Estável.
Hábitos/Trejeitos/Forças/Fraquezas: Chamava Poppy de "flor de papoula" e "menininha".
Antecedentes: *Viktor.* Filho primogênito. Rico, mas não chegava a ser um Lorde — família mercante envolvida na navegação e amiga do Rei.
Família: Esposa = Coralena †. Filho = Ian †.

A JORNADA DE LEOPOLD ATÉ AGORA:

Leopold, renascido com o único propósito de proteger Poppy em sua trajetória de grandes mudanças, foi um dos raros *viktors* a descobrir quem deveria proteger e guiar, então tratou logo de procurar quem se tornaria a guardiã de Poppy — Cora. Os dois se apaixonaram e acabaram tendo um filho. Para todos os efeitos, eles tiveram uma vida feliz, apesar de saberem a verdade sobre o destino dos Ascendidos e de Poppy.

Quando o Senhor das Trevas foi atrás de Poppy, Leo e Cora lutaram. Alastir, tendo traído os dois, também estava presente na estalagem de Lockswood naquela fatídica noite.

A maioria das pessoas acreditava que tanto Cora quanto Leo tinham morrido na ocasião. Mais tarde, é revelado que Cora não morreu naquela noite e foi, na verdade, morta por Isbeth depois. O destino de Leo, porém, permanece desconhecido.

Suponho que ele *tenha* sido morto e voltado para junto dos Arae no Monte Lotho, a fim de aguardar sua próxima vida e missão.

IAN BALFOUR †

Ian foi o catalisador de grande parte da motivação de Poppy depois que Casteel — como Hawke — a levou do Castelo Teerman. Embora sua história tenha tido um fim trágico, e apesar das circunstâncias, ele era um bom irmão.

Cabelo: Castanho-avermelhado.
Olhos: Avelã — entre o castanho e o verde. Tornaram-se pretos após a Ascensão.
Corpo: Longilíneo e esbelto.
Rosto: Bonito. Oval. Sem barba. Lábios carnudos.
Personalidade: Gentil. Criativo. Brincalhão. Bondoso. Paciente. Amoroso. Um pouco namoradeiro.
Hábitos/Trejeitos/Forças/Fraquezas: Sua voz era suave como o ar. Adorava contar histórias. Um sonhador. Conhecia os horrores do que ocorria fora dos muros da Colina. Chamava Penellaphe de "Poppy". Escrevia cartas mensais à irmã. Gostava de café. Tinha pesadelos com o ataque dos Vorazes. Antes da Ascensão, estava sempre ao ar livre nos dias de sol, rabiscando num de seus diários e escrevendo histórias. Era um ótimo ator. Gostava de dançar.
Curiosidades: Era dois anos mais velho que Poppy. Nasceu em dezembro, mas não sabia a data exata e não comemorava o aniversário.
Antecedentes: Aguardava ansiosamente pela Ascensão. Casou-se com Lady Claudeya logo após Ascender, mas nunca falava sobre ela. Ascendeu quando Poppy tinha 16 anos, por meio de um *favor*. Foi o último a Ascender.
Família: Mãe = Coralena †. Pai = Leopold †. Irmã adotiva = Penellaphe.

A JORNADA DE IAN ATÉ AGORA:

Ian é um caso interessante. Parecia conservar um pouco de bondade mesmo após a Ascensão. É uma pena que Isbeth tenha acabado com sua vida tão cedo. Gostaria que Poppy tivesse mais tempo para ver o quanto restava de Ian, para poder juntar isso às lembranças de brincar com ele debaixo do salgueiro, fazer bolas de neve e aprender a arrombar fechaduras.

Na noite em que os Vorazes atacaram Lockswood por causa do Senhor das Trevas — ou seja, Malik —, uma mulher na estalagem puxou Ian para um quarto para salvá-lo.

Dizem que ele esperava ansiosamente pela Ascensão. Aposto que mudou de ideia depois de descobrir a verdade...

Três anos antes da Ascensão planejada de Poppy e um ano antes de Ascender, Ian derrotou Lorde Mazeen no pôquer, o que fez o Lorde acusá-lo de trapacear. Isso não foi nada bom e causou um climão.

Fico imaginando se não foi por isso que ele acabou sendo separado de Poppy — além do fato de ela ser a Donzela e ele um candidato à Ascensão.

Ian Ascendeu quando Poppy tinha 16 anos, mesmo não sendo o segundo filho — aqueles que os vampiros costumavam transformar em novos Ascendidos. Dizem que foi feito como um *favor* a Poppy, e que Ileana pediu aos deuses para que isso acontecesse.

Não acredito em nada disso.

Porém, é importante notar que Ian foi o último a *ser* Ascendido.

Ele se casou com Lady Claudeya logo após a Ascensão, mas acredito que isso tenha sido uma jogada política. Ele nunca falava sobre ela. Talvez nem tenha se casado com ela de verdade, e tudo isso foi uma mentira. Vai saber?

Ele aparece nas minhas visões bem na época em que as coisas estavam começando a ficar sérias para Poppy e seus aliados.

Vonetta confirma que Ian é um Ascendido e que lidera um comboio de quase duzentos Cavaleiros Reais e soldados até o Pontal de Spessa para solicitar uma audiência com Cas e Poppy. Ele diz que só falará com a irmã e afirma que veio para impedir outra guerra.

Ele pergunta por Poppy, querendo saber como ela está depois de ter sido raptada.

Ao ficar sabendo sobre o casamento, Ian finge surpresa — mas tenho certeza de que já sabia disso.

Quando se encontra com eles, Ian pergunta o que Atlântia espera ganhar ao sequestrar sua irmã — não a *Donzela* — e imagina se deveria acreditar que ela se casou com o monstro responsável pela morte de seus pais. Comenta que não pode nem imaginar as mentiras que o inimigo lhe contou, mas que não vai usar isso contra ela — nem a Coroa.

Neste momento, as coisas ditas por ele me fizeram pensar que, embora ainda houvesse um resquício de bondade ali, não era grande coisa. Era isso, ou, como disse Poppy, ele era um ótimo ator. Sinceramente, não sei. É muito difícil ler alguém corretamente numa visão.

Sobretudo porque ele muda mais uma vez, contando outras coisas antes de dizer ao grupo que o vilão é sempre o herói de sua própria história.

Ian pede para falar com Poppy a sós e, enquanto conversam, algo muda *ligeiramente* no seu rosto quando ela menciona como os Ascendidos se alimentam.

Ele afirma que Tawny está a salvo e que Poppy poderá vê-la com os próprios olhos se o acompanhar. Acrescenta que a *verdadeira Rainha* solicitou uma reunião com o Príncipe e a Princesa de Atlântia dentro de quinze dias, na Sede Real da Trilha dos Carvalhos. Ele diz que Ileana promete não fazer mal a eles, desde que deixem o exército que reuniram no norte.

Enquanto o grupo reflete sobre o assunto, Ian flerta com Vonetta e diz que ela é mais do que bem-vinda para se juntar a eles durante a viagem.

Cas se aproxima de Poppy, e os cavaleiros começam a avançar. Ian os detém e diz que a Coroa de Sangue não tem a menor intenção de iniciar outra guerra, depois acrescenta que, se chegar a esse ponto, Atlântia não vencerá.

Alerta a todos que, caso haja qualquer hostilidade ao chegarem, eles e Atlântia serão destruídos, a começar pelo Pontal de Spessa. Então faz uma provocação, dizendo que podem até ter milhares de soldados e ainda assim não derrotariam o que a Rainha criou — uma alusão aos Espectros.

Aqui, tive a impressão de que ele estava fornecendo informações sem querer demonstrar que não era leal à Coroa de Sangue. E considerando os eventos seguintes, acredito que tinha razão.

Ian diz a Poppy que a verá na Trilha dos Carvalhos e depois pede para abraçá-la. Quando se abraçam, ele lhe diz que sabe a verdade e pede que ela desperte Nyktos, acrescentando que apenas seus guardas são capazes de deter a Coroa de Sangue.

Fiquei chocada. Não estava preparada para ter a confirmação de que ele estava *fingindo* o tempo todo. Talvez o fato de ser o filho primogênito tenha afetado sua Ascensão, similar ao que aconteceu com Millie e Callum ao se tornarem Espectros. Sinceramente, não sei.

Quando o grupo chega à Trilha dos Carvalhos, Ian conversa com Poppy e diz que espera que ela esteja bem e que suas viagens desde a última vez que se viram tenham corrido sem problemas. A pergunta poderia soar inofensiva para quem estava por perto, se referindo apenas à viagem para a Trilha dos Carvalhos, mas sabemos que ele está, de maneira sutil, perguntando se ela foi ao Iliseu.

O grupo encontra a Rainha, troca várias farpas com ela, e Ian permanece em silêncio durante a reunião.

Vi outra falha no disfarce de Ian quando Ileana ordenou que Millie fosse golpeada e ele virou de costas. Após revelarem a verdade sobre Isbeth — o que e quem ela é —, Ian confirma tudo.

Depois que a Rainha de Sangue apresenta suas condições a Poppy e Cas, Poppy recusa. Como punição, Isbeth manda um de seus cavaleiros decapitar Ian.

VIKTER WARD/WARDWELL †

Vikter é extremamente interessante — ele ocupa um lugar especial em meu coração —, e sua história é bastante comovente e cativante.

Cabelo: Loiro cor de areia.
Olhos: Azuis.
Corpo: Ombros largos.
Rosto: Pele envelhecida e bronzeada pelo sol.
Personalidade: Rigoroso. Bruto.
Hábitos/Trejeitos/Forças/Fraquezas: Ótimo lutador. Tem um fraco por chocolate quente e bombons. Propenso a enxaquecas. Dividido entre querer que Poppy aprenda e ajude os Amaldiçoados e se preocupar com a segurança dela por causa de seu temperamento imprudente.
Curiosidades: Ensinou Poppy a lutar.
Antecedentes: *Viktor*. Já viveu inúmeras vezes.
Família: Esposa = Camilia †. Filha = bebê, nome desconhecido †.

A JORNADA DE VIKTER ATÉ AGORA:

Vikter, por ser um *viktor*, tem diversas jornadas que valem ser exploradas. Para efeito deste dossiê, darei uma visão geral do que sei sobre seu passado e, em seguida, farei menções relevantes sobre o tempo partilhado com Poppy.

Viktors são seres eternos que nasceram com um objetivo: proteger alguém que os Destinos acreditam estar fadado a trazer grandes mudanças ou propósitos. Não são mortais ou deuses. Nem todos têm consciência de seu dever, mas os Destinos sempre os colocam em contato com a pessoa que devem proteger. Sempre reencarnam. Quando morrem, sua alma retorna ao Monte Lotho, onde os Arae lhes dão uma nova forma mortal e outro propósito, apagando as lembranças de suas vidas anteriores. No entanto, alguns *viktors* estão predestinados a descobrir o que são e quem devem proteger. Vikter pertence a esse grupo.

Vikter tinha o sobrenome Ward em vez de Wardwell no tempo dos deuses e foi levado até Seraphena para aplicar nela um feitiço a fim de mantê-la a salvo e incapaz de ser tirada das Terras Sombrias. Explica a ela que é um *viktor* — o primeiro.

Não tenho conhecimento acerca de suas vidas entre a época de Sera e Poppy.

A primeira vez que reparei em Vikter foi no Pérola Vermelha. Ele tem um certo borogodó. Chama a atenção sem sequer tentar.

Vikter estava lá na noite em que arranjei o primeiro encontro de Poppy e Casteel, por isso, senti ainda mais necessidade de tirar Penellaphe do salão principal e colocá-la no quarto de *Hawke*. E foi o que fiz. O resto da noite, bem, digamos que tirei um tempinho para mim.

Mas vamos voltar à história de Viktor...

Na noite seguinte, Vikter procura Poppy e a chama para ajudar um Amaldiçoado. Juntos, eles o confortam durante a morte.

Quando Poppy revela que espera ser considerada indigna para não Ascender, Vikter lhe diz que não importa o que faça, ela Ascenderá de *qualquer* maneira.

Considerando o que agora sabemos sobre a jornada de Poppy, essa afirmação é mesmo muito interessante. Pois ela, de fato, Ascendeu — após morrer e Casteel a salvar. Só não foi da maneira que todos pensávamos — nas mãos dos Ascendidos.

Ao encontrarem Malessa, a Dama de Companhia, assassinada, Vikter chega assim que o Comandante Jansen considera o castelo seguro. Ele está sofrendo de enxaqueca, e Poppy alivia sua dor.

Quando o guarda de Poppy, Rylan Keal, é assassinado, Vikter traz outro guarda. Sabemos que Jericho matou Rylan, mas Viktor não sabia disso na época. Todos pensavam que os Atlantes estavam atacando Solis. No velório de Rylan, é Vikter que acende a pira.

Ele dá sua opinião depois de o Duque permitir que Hawke se torne o novo guarda pessoal de Poppy e então lhe oferece alguns conselhos sábios. Também estabelece o que Hawke pode e não pode fazer com a Donzela.

Enquanto treina com Poppy, os dois conversam sobre o fim de suas aventuras. Quando chega a hora de trazer o novo guarda que assumirá o lugar de Rylan, Vikter a acompanha até os aposentos da Realeza para conhecer Hawke.

Mais tarde, depois de uma *lição* com o Duque, Hawke o chama, preocupado, e Vikter acompanha Poppy até seu quarto.

Quando os Vorazes atacam, ele luta com os guardas do lado de fora da Colina e vê Hawke ali também. Fica preocupado por Poppy estar sozinha, mas sabe que ela é capaz de se defender. Infelizmente, ao retornar, Hawke lhe diz que Poppy estava lutando na Colina durante o ataque. No dia seguinte, ele a treina em combate corpo a corpo.

Algum tempo depois, após ajudar um Amaldiçoado e deixar Poppy para trás, ele a acompanha até o Ritual e ouve as preocupações e advertências de Agnes. Assim que Hawke chega, Vikter sai para contar ao comandante tudo que ouviu.

No momento em que Hawke e Poppy estão indo embora depois do encontro debaixo do salgueiro, Vikter os pega em flagrante e percebe o que estava acontecendo. Ele assume o papel de figura paterna e diz que os dois só voltarão a se encontrar por cima do seu cadáver. Depois de dispensar Hawke, dá um sermão em Poppy. Ela fica zangada e tenta se explicar, lembrando-o de tudo que perdeu e que lhe foi negado.

Os Descendidos atacam o Ritual, e Vikter diz a Poppy para se defender, sem se preocupar em esconder o fato de que sabe lutar. Ele e Poppy derrotam todos os oponentes, mas um deles se ergue do chão e fere Vikter mortalmente, cravando uma espada logo acima de seu coração.

Enquanto está morrendo, diz a Poppy quão orgulhoso ele está e pede desculpas por não tê-la protegido, dizendo que falhou como homem. Em seguida, pede-lhe perdão e morre.

Agora sabemos que ele não morreu de verdade. Apenas voltou para junto dos Arae no Monte Lotho, a fim de aguardar o renascimento.

Isso me traz um certo conforto.

Os fatos a seguir foram revelados *após* a morte de Vikter:

Poppy se lembra de ele dizer que não deveria ter consideração pela vida daqueles que apontam uma espada para sua garganta.

Ao lhe dar a adaga de pedra de sangue e osso de lupino no seu aniversário de 16 anos, ele disse: "Esta arma é tão única quanto você. Cuide bem dela e ela retribuirá o favor."

Agora, ciente de que a adaga foi feita com os ossos de Preela, essa afirmação me dá arrepios.

Certa vez, ele disse a Poppy: "Não sou indiferente a isso. Morte é morte. Matar é matar, Poppy, por mais justificado que seja. Cada morte deixa uma marca, mas não espero que ninguém corra um risco que eu não correria. Também não pediria a outro que carregasse um fardo que me recuso a suportar nem que sentisse uma marca que eu próprio não senti."

Também disse que a névoa é mais do que um escudo para os Vorazes. Enche seus pulmões, em vez da respiração, e sai de seus poros, em vez do suor.

Como os *viktors* não podem revelar seus motivos ou sua identidade, Viktor foi muito cauteloso com o que contou a Tawny em seu sonho induzido pela pedra das sombras e com a mensagem que pediu que ela transmitisse — a profecia completa, o fato de Poppy já saber o nome da Consorte e o que aconteceria se alguém com poder Primordial o pronunciasse no plano mortal.

O CORAÇÃO NÃO SE IMPORTA

Poppy

Tomada pelo pânico e desamparada, acordei com um grito represado ardendo na garganta.

Com o coração acelerado, meus olhos se abriram rapidamente. Meu olhar desvairado percorreu o quarto desconhecido e iluminado pela lua. Demorei um pouco para lembrar onde estava. Fiz menção de me sentar, mas o peso de um braço quente apoiado na minha cintura nua me deteve.

Resistindo à vontade de enfiar a mão debaixo do cobertor e tocá-lo, controlei meus batimentos cardíacos.

Foi apenas um pesadelo.

Casteel estava deitado ao meu lado, são e salvo, e estávamos numa estalagem escondida na cidadezinha de Tadous, a caminho da capital. Não naquele lugar escuro e frio, presos e...

Apenas um pesadelo.

A cama macia se agitou. Um segundo depois, o aroma de pinho e especiarias me envolveu, abafando o ligeiro cheiro de lenha.

— Poppy? — A voz de Casteel, rouca de sono, chegou até mim um segundo antes de seu braço apertar a minha cintura.

Ouvir sua voz rouca acalmou o martelar em meu peito. Virei a cabeça, distinguindo o contorno delineado de seu maxilar e a curva da boca exuberante.

— Desculpa — sussurrei, pigarreando. — Não queria acordar você.

Seu queixo, um pouco áspero pela barba por fazer, roçou no meu ombro, fazendo um arrepio percorrer meu corpo.

— Não tem problema.

Tinha, sim. Eu não conseguia nem contar quantas vezes o acordei no meio da noite.

— É oficial. Devo ser a pior pessoa para alguém dormir ao lado.

— Sou obrigado a discordar. Você é oficialmente a melhor pessoa para alguém dormir ao lado. — Os pelos curtos de sua perna fizeram cócegas nas minhas quando ele se levantou. — Para dormir. — Ele deu um beijo no meu ombro. — E para acordar também.

Repuxei os cantos dos lábios num sorriso.

— Você precisava dizer isso.

— Só falei a verdade. — Seu braço afrouxou enquanto a mão descia pela curva da minha cintura. — Foi outro pesadelo? — A palma dele deslizou pelo meu quadril. — Com o Senhor das Trevas?

Abro a boca para responder, mas logo a fecho. Quem me dera se fosse um pesadelo assim. Pesadelos com o Senhor das Trevas pertenciam ao passado. Esse parecia mais... um presságio. Engulo em seco.

Voltei o olhar para as vigas expostas do teto, banhadas pelo luar. Senti um calafrio.

— Não foi esse tipo de pesadelo.

Casteel traçou pequenos círculos na parte superior da minha coxa.

— Conta para mim.

— Não foi nada de mais — eu disse a ele. — A manhã chegará em breve e ainda temos um longo caminho a percorrer, não? É melhor voltarmos a dormir...

— Poppy. — A mão que estava na coxa voltou ao meu quadril e se firmou ali, inclinando-me para que meu corpo ficasse de lado, de frente para ele.

Pressionei as mãos no peito dele.

— Nem me lembro. — Na verdade, não sei como seria capaz de esquecer: a imagem de Casteel frio e cinzento, exangue e inerte.

Meu coração voltou a acelerar. Por que eu sonharia com uma coisa dessas? Logo agora? Franzi os lábios ao ouvir a voz de Kieran na minha cabeça.

O coração não se importa com o tempo que você ainda tem com alguém.

Deuses, de repente percebi o que provocou esse pesadelo tomado pelo pânico e pelo desamparo.

O olhar de Cas encontrou o meu sob o luar.

— Conta para mim.

Estreitei os olhos.

— Você está tão mandão.

— E você está tão evasiva — respondeu ele. — Assim fico preocupado.

— Pois não deveria.

— E ainda mais curioso — continuou, apertando meu quadril. — Fico imaginando se você não estava sonhando com outra pessoa e se é por isso que está sendo tão vaga.

— Sério? — perguntei secamente.

— Sério. Meu ego desinflou em algum lugar entre a Enseada de Saion e aqui — respondeu ele. — Agora preciso de juras de amor.

Não havia uma única parte de mim que acreditasse que o ego de Casteel fosse capaz de diminuir. Ou que ele acreditava que eu tivesse sonhado com outro. Na verdade, eu duvidava muito que o ego dele sequer permitisse pensamentos desse tipo passando pela sua cabeça.

Mas aprendi que um podia muito bem provocar o outro.

— Você está certo. — Passei o dedo pelo peito definido dele. — Era outro...

Ele deu um tapinha no meu traseiro, me pegando desprevenida. A surpresa me fez soltar um gritinho, mas uma onda de calor me fez estremecer.

Estreitei os olhos para ele.

— Que desnecessário.

A risada de Casteel dançou em meus lábios.

— Você bem que gostou. — Infelizmente, ele tinha razão. Casteel apalpou a carne em que tinha batido. — E sei que não estava sonhando com outro.

— Então por que sugeriu uma coisa dessas?

Ele moveu a perna de posição, aninhando a coxa entre as minhas.

— Porque queria me deleitar com a glória das suas juras de amor.

— Você é insuportável — comentei, reprimindo uma risadinha.

— Você quis dizer insaciável. — Casteel abaixou a cabeça e sua boca encontrou a minha com uma precisão infalível.

Entreguei-me de imediato para Casteel. Seus beijos eram compulsórios, mesmo os lentos e lânguidos, que ele parecia bebericar dos meus lábios. Arrepios percorreram a minha pele conforme sua língua passava pela minha, numa dança íntima e sensual.

Com a ajuda da mão no meu traseiro, Casteel me puxou para perto de si. Arfei quando os pelos grossos de suas pernas roçaram na minha parte mais sensível. A fricção inesperada fez meus quadris se contraírem.

— Adoro o jeito como seu corpo reage ao meu. — Ele pressionou a coxa para cima, intensificando o atrito. Estremeci quando ondas de prazer irradiaram do meu âmago. Uma risada mais grave e sombria soprou em meus lábios.

— Já te disse isso?

Antes que eu conseguisse pensar se ele tinha dito ou não, a mão no meu traseiro me puxou de encontro à sua coxa, e ele moveu a perna para cima de novo, atingindo aquele feixe tenso de carne. Ondas de prazer ainda mais quentes percorreram o meu corpo.

Os lábios de Casteel voltaram a encontrar os meus. Fechei os dedos, cravando as unhas em seu peito enquanto ele me mudava de posição outra vez. O beijo se intensificou, e ele remexeu meus quadris contra sua coxa rija. Logo, não precisei mais de orientação. Seu grunhido de aprovação ressoou por mim conforme minhas coxas apertavam as dele, e me retesei contra Casteel, sentindo a respiração acelerada e o âmago tensionado. Sabia que estava úmida contra a pele dele. Molhada. Fiquei com as faces coradas por saber que ele podia sentir toda a minha umidade.

Ele inclinou a cabeça, e o beijo ficou ainda mais forte e feroz. Em seguida, interrompeu o contato e apertou meus quadris, me imobilizando na cama.

— Cas — gritei, meu corpo vibrando de desejo não satisfeito.

Mordiscando meus lábios, ele emitiu aquele som grave outra vez.

— Preciso estar dentro de você quando você gozar e preciso que fique por cima, montando em mim quando isso acontecer.

Reprimi um gemido.

— Também quero isso.

Cas agarrou meu pulso e o puxou para baixo, entre nós dois. Meus dedos roçaram em seu membro quente e duro. Ele fechou a minha mão em volta do seu pau.

— Então vá em frente.

Com sua exigência acalorada, senti um arrepio de corpo inteiro. Espalmei a mão em seu peito e o empurrei até que ele se deitasse na cama. Cas colocou as duas mãos nos meus quadris, me firmando enquanto eu montava nele. Com a mão em volta da base do seu pênis, comecei a me abaixar. Meu gemido se perdeu no dele quando a cabeça do seu pau me abriu. Trêmula, plantei as palmas das mãos no peito de Cas e mergulhei em seu membro, centímetro a centímetro, até que nossos corpos ficassem alinhados.

Ofegante, fiquei imóvel enquanto meu corpo se ajustava ao tamanho dele. Sua grossura pareceu esticar e preencher cada parte do meu ser. Senti uma onda aguda e intensa de prazer que quase beirava a dor quando os dedos de Casteel pressionaram meus quadris. Meus olhos se abriram, vagando pelos músculos tensos de seu abdômen, seu peito e, em seguida, os tendões rijos de seu pescoço. Ele se manteve imóvel, com o maxilar cerrado, enquanto esperava por mim.

Ele sempre esperava por mim.

— Eu te amo — sussurrei, me inclinando para beijá-lo. A posição provocou uma onda de prazer intenso em mim.

Casteel gemeu, contraindo os dedos na minha carne.

— Mostre para mim — grunhiu ele. — Mostre o quanto me ama.

E foi o que fiz.

Comecei a me mexer. Demorei um pouco para encontrar o ritmo, mas ele não me apressou, apenas permitiu que eu encontrasse o ponto certo. Um calor líquido inundou meu âmago quando encontrei. Então acelerei; seus gemidos soavam como uma cacofonia decadente conforme eu olhava para nós — para mim e para nossos corpos.

— Linda — rosnou ele. — Você é tão linda, Poppy.

Fiquei corada e com a respiração ofegante. Baixei o olhar para meus seios balançando, com os mamilos entumecidos surgindo sob as mechas de meus cabelos, a curva arredondada da minha barriga que o treinamento jamais conseguiu achatar e as cicatrizes que havia ali, tênues sob o luar. Vi as mãos dele nos meus quadris, seus dedos marcando a carne. Podia ver as cicatrizes nas minhas coxas, a grossura e a força das minhas pernas devido aos anos de treinamento. Ao contrário de Casteel, cujo corpo era rijo e definido — cada centímetro dele —, eu era forte, mas abaixo de uma camada — ou duas — de maciez. Estremeci enquanto me movia para cima e para baixo em seu membro, observando-me tomá-lo dentro de mim até levantar o olhar para ele.

Seus olhos eram como duas poças de mel quente, e a visão deles atingiu o ponto certo tão bem quanto o seu pênis.

Cavalguei nele, movendo-me cada vez mais rápido e com mais intensidade. Seus braços me envolveram, puxando-me para baixo. Estremeci quando meus mamilos roçaram no peito dele, sentindo a tensão aumentar.

Casteel me beijou e levantou os quadris para encontrar os meus, nós dois nos movíamos furiosamente. O sabor defumado de sua paixão intensificou o que eu sentia. Foi demais para mim. A tensão se desfez. Ondas cálidas de prazer me invadiram, levando Casteel na tempestade. Ele gozou, e cada espasmo de seu pênis provocou tremores de prazer em mim.

— Eu te amo. — Os lábios de Casteel roçaram nos meus quando desvencilhei o corpo do dele. Cas me deitou de lado, com as pernas enroscadas nas suas. Então acariciou os meus cabelos enquanto nossa pele esfriava e nossos corações desaceleravam. Passou algum tempo antes de voltar a falar.

— Vai me contar o que te acordou?

Fechei os olhos. É claro que ele não tinha esquecido o que o acordara.

— Você parece um jarrato com um osso na boca.

— Que bela imagem — observou ele. Passou-se um momento. — Lembra do que conversamos? Temos que partilhar as coisas um com o outro. Tudo.

— Lembro, sim. De verdade. É só que... sei lá. — Dei um beijo no peito dele enquanto olhava para a parede nua com painéis de madeira. — É o Kieran...

— Então você estava *mesmo* sonhando com outro — interrompeu ele. — Isso é... interessante.

— Não foi o que eu quis dizer. — Com um sorriso irônico, balancei a cabeça. — Acho que tive esse sonho, ou pesadelo, por causa de uma coisa que ele disse.

Casteel ficou muito quieto e imóvel, acionando um alerta em mim.

Apoiei-me sobre os cotovelos.

— Ele não disse nada de ruim para me deixar chateada nem nada do tipo.

— Eu sei que ele não diria nada para te chatear. — Sua mão desceu pelas minhas costas. — Jamais faria isso. Mas Kieran... às vezes ele diz coisas que você esperaria ouvir de um Vidente.

— Também não foi nada disso. — Encostei o queixo no peito dele. — Ele estava me contando sobre Elashya.

A surpresa de Casteel foi como um jato de água gelada na minha garganta.

— Ele tocou no nome dela?

Assenti.

— Isso te surpreende?

— Surpreende, sim. — Casteel levantou a mão livre e a passou pelos cabelos. — Ele não costuma falar sobre ela.

— Entendo por que não. — A tristeza trespassou meu coração quando pensei no amor e na perda que Kieran tinha sentido. — É... é de admirar que ele soubesse que a perderia e mesmo assim tenha se apaixonado.

O olhar de Casteel encontrou o meu na penumbra.

— O coração não se importa, Poppy.

Perdi o fôlego.

— Foi o que Kieran me disse. Que o coração não se importa com o tempo que você tem com alguém. — Senti um nó na garganta. — Que só se importa que você tenha essa pessoa pelo tempo que puder.

— Antes eu não pensava assim. — Sua mão desceu novamente pelas minhas costas. — Quando as coisas aconteceram entre ele e Elashya, eu não consegui entender por que ele se permitiu se apaixonar. Não consegui compreender a situação. Mas depois você surgiu. — Seus dedos se emaranharam nos meus cabelos. — Agora, entendo muito bem que o coração não se importa com planos, deveres ou vingança. Nem com o tempo.

Senti um aperto no coração. Kieran estava certo. Casteel também. Eu sabia disso. Não deveria me apaixonar por Casteel, mas me apaixonei quando ele era apenas Hawke para mim, apesar do meu dever. E continuei a me apaixonar ainda mais por ele, apesar das mentiras e da traição.

Ele fechou a mão no meu cabelo.

— Acho que sei com o que você sonhou.

Dei um suspiro trêmulo.

— Sonhei que… que tinha acontecido alguma coisa com você. Que eu tinha te perdido.

— Poppy — disse ele com a voz rouca.

— Foi tão real. — Fechei os olhos com força. — Ainda consigo sentir a falta de esperança e o desespero.

— Foi só um pesadelo — disse ele. — Você nunca me perderá.

— Promete? — sussurrei.

— Prometo. — Ele acariciou a minha bochecha. — Não precisa ter medo nem pensar nisso.

Acenei com a cabeça, puxando o lábio inferior entre os dentes.

— Esqueça o pesadelo.

— Vou esquecer.

— Quero que você se esqueça disso agora.

Franzi os lábios.

— Você está todo mandão de novo.

— Só porque não quero que você perca nem um segundo de preocupação com algo que nunca vai acontecer.

Coloco a mão aberta sobre o peito dele.

— É meio difícil não pensar nisso, sabe? Qualquer coisa pode acontecer com a gente…

— Isso não vai acontecer — interrompeu ele. — Mas sabe o que vai?

Inclinei a cabeça para trás.

— O quê?

— Você não vai pensar em nada por um bom tempo — respondeu ele, mudando de posição e me deitando de costas na cama.

A boca de Casteel pousou na minha, e seu peso recaiu sobre mim. Ele me beijou até eu ficar sem fôlego, depois explorou meu corpo primeiro com a mão e depois com a boca. Por fim, mergulhou com a língua, roubando-me a capacidade de pensar em qualquer coisa que não fosse o fato de ter atirado uma das minhas pernas por cima do ombro, me deixando totalmente aberta enquanto me lambia até eu me desfazer de novo. Depois começou tudo de novo, mergulhando a língua e os dedos para dentro e para fora de mim, lenta e metodicamente, até eu me contorcer sem poder fazer nada, pedindo-lhe para parar e implorando para continuar. Foi só quando pensei que ia perder o controle dos meus sentidos que ele me penetrou.

Casteel me tomou com força, primeiro de costas e depois de joelhos, com seus dedos habilidosos brincando no espaço entre as minhas coxas. Depois, ele nos deitou de lado, frente a frente, enquanto fazia amor comigo. Exauriu-me completamente até eu me sentir consumida e saciada. O pesadelo e o medo não passavam de vagas lembranças quando voltei a dormir em seus braços, com nossos corpos ainda unidos, ciente de que a única memória daquela noite seria isso.

Nós dois.

Nosso amor.

Nossos corações.

PRÍNCIPE CASTEEL "CAS" HAWKETHRONE DA'NEER (TAMBÉM CONHECIDO COMO HAWKE FLYNN)

Torna-se Rei Casteel Hawkethrone Da'Neer

Para ser sincera, Casteel não apareceu com destaque em minhas visões até que seu destino começou a se alinhar ao de Poppy. Depois disso, todos os fios passaram a se entrelaçar numa linda tapeçaria de força e sensibilidade.

Cabelo: Preto-azulado, na altura do pescoço, caindo em cachos na testa.
Olhos: Âmbar como o mel.
Corpo: Ombros e peito largos. Corpo longilíneo, esbelto e musculoso. Alto — cerca de 1,95 metro —, mas não tão alto quanto seu irmão Malik.
Rosto: Maçãs do rosto altas e angulosas. Nariz reto. Maxilar imponente e bem delineado. Presas.
Traços característicos: Covinhas — a do lado direito pode ser vista com bastante frequência, já a do lado esquerdo só aparece com sorrisos genuínos e largos. Marcado a fogo com o Brasão Real de Solis na coxa direita, logo abaixo do quadril. Diversos cortes e cicatrizes no corpo. Voz grave, com um ligeiro sotaque.
Curiosidades: Seu coração gêmeo acha que ele tem cheiro de pinho e especiarias, mas que seu sangue tem aroma de frutas cítricas na neve. Ele tem mais de dois séculos de idade, mas aparenta ser um mortal de 22 anos. Após ser apunhalado por uma adaga feita com os ossos dos Antigos, passa a ser capaz de se transformar num gato das cavernas de olhos prateados e manchas pretas e douradas, de 1,50 metro de altura sobre as quatro patas.
Personalidade: Não costuma rir muito. Assertivo. Sem tolerância para ameaças. Dado a apostas. Tem prazer na vingança. Persistente quando se trata de conseguir o que quer. Confiante. Progressista.
Hábitos/Trejeitos/Forças/Fraquezas: Tem o dom da persuasão. Abomina a violência contra as mulheres. Ótimo juiz de caráter. Sempre sabe quando alguém está mentindo. Adora ouvir o som da própria voz. Determinado. Tem prazer em matar quando é justificado. Adora ler. Acredita que as neces-

sidades do cônjuge vêm antes das do reino. Sabe trançar cabelo. Especialista em diversos tipos de arma. Excelente rastreador. Secretamente fascinado por agricultura. Seu sangue tem propriedades curativas.

Antecedentes: Atlante da Linhagem Fundamental. Segundo filho. Foi mantido em cativeiro pela Coroa de Sangue. Vinculado a um lupino desde o nascimento.

Família: Pais = Rainha Eloana e Rei Valyn Da'Neer de Atlântia. Irmão = Príncipe Malik Elian Da'Neer. Tio = Hawkethrone †. Bisavô = Rei Elian Da'Neer †. Descendente de = Attes, cogovernante de Vathi, Primordial dos Tratados e da Guerra. Outro parente ancestral = Kyn, cogovernante de Vathi, Primordial da Paz e da Vingança.

Casteel é um homem interessante. Inteligente, estratégico e perspicaz, não tem medo de sujar as mãos para atingir seus objetivos. Tem um passado um tanto trágico: foi usado, traído, aprisionado e abusado. Mas, apesar de tudo isso, ele segue triunfante.

Poppy traz à tona o que há de melhor nele, inclusive sua lealdade e bravura preexistentes. Pouco dado a sorrisos, risadas e abraços, torna-se mais afetuoso quando ela entra em sua vida, criando uma dicotomia interessante entre o protetor feroz e o amante e amigo sensível.

Acho que ele é o par perfeito para ela. E dado o enlace dos dois, creio que os deuses e Arae concordam comigo.

Mal posso esperar para ver o que o futuro reserva para o novo Rei de Atlântia.

A JORNADA DE CASTEEL ATÉ AGORA:

Filho do Rei Valyn e da Rainha Eloana, Casteel cresceu em Atlântia e tem uma relação bem próxima com seu irmão mais velho, Malik, com o lupino com o qual é vinculado, Kieran Contou, e sua melhor amiga, Shea Davenwell — que mais tarde se torna sua noiva.

À medida que a confusão entre os reinos de Solis e Atlântia aumenta, Casteel se convence de que é capaz de destruir a Coroa de Sangue — a Rainha Ileana e o Rei Jalara — sozinho. Infelizmente, os Ascendidos o capturam e o aprisionam por cinco décadas, torturando-o sem parar.

Shea e Malik tentam salvá-lo, várias vezes até que os Ascendidos preparam uma armadilha durante uma dessas tentativas e emboscam os dois. Shea e

Malik são separados, e Shea conta aos Ascendidos com quem está fazendo um acordo para trocar a vida de Malik pela sua e concordando em abandonar Casteel.

Com os Ascendidos ocupados, Shea renega o acordo e tenta fugir com Casteel, entrando nos túneis com ele. Por azar, os dois não chegam muito longe e são detidos por uma dupla de Ascendidos.

Apesar de lutarem bem, os vampiros os derrotam e contam a Casteel que Shea trocou sua vida pela de Malik, o que a transforma em uma traidora que permitiu que o Príncipe fosse levado, resultando na atual situação de aprisionamento. Embora ele não acredite a princípio, Shea tenta salvar a própria pele *de novo*, oferecendo-se para trocar a vida de Casteel pela sua.

Furioso, Casteel a mata com as próprias mãos, assim como os dois Ascendidos, e depois tenta encontrar e resgatar Malik. Sinto que há mais alguma coisa por trás da história do fim de Shea e sigo tentando *ver* mais. Infelizmente, não consegui obter nenhuma informação adicional sobre o assunto. Mas voltando à fuga de Casteel. Ele não consegue resgatar o irmão e acaba na praia, onde é descoberto e levado de volta para casa.

Como disse antes, não interagi muito com Casteel, seja pessoalmente, seja por meio das minhas visões, por isso meu conhecimento acerca de sua vida entre o resgate e o momento em que finalmente se encontra com Poppy no Pérola Vermelha, disfarçado de Hawke Flynn — com uma ajudinha minha —, é um tanto escasso. No entanto, as partes *depois* do encontro com Poppy são as melhores, então vamos começar por aí…

Casteel, na pele de Hawke, entra em Solis e fica lá por dois anos. Fingindo ser um Guarda da Colina, ele observa e aguarda, acompanhando Poppy em seu cotidiano de Donzela sem ser visto, na esperança de capturá-la e levá-la para Atlântia. Planejando usá-la no plano de Atlântia para salvar Malik e evitar uma guerra, agindo em conluio com o Comandante da Guarda Real Griffith Jansen — que mais tarde revela ser não só um agente duplo, mas também um traidor de Atlântia e metamorfo! —, Casteel alça-se a um posto que o põe em contato direto com Penellaphe Balfour.

Enquanto está na Colina, Cas — ainda como Hawke — observa a Viela Radiante, refletindo sobre como a cidade inteira está dividida entre ricos e pobres, e visita seu parceiro de guarda, Pence.

Hawke vê a névoa assomar ao longe e percebe o que isso significa. Os Vorazes estão a caminho. Pence pragueja e culpa os Atlantes, e Hawke precisa se controlar para não corrigir o homem… de forma violenta. Mas se dá conta de que o guarda não sabe de nada e deixa para lá.

Hawke vê um guarda tonto e percebe o que está acontecendo. Ele foi infectado. Mas antes que possa fazer qualquer coisa, o Tenente Smyth chega na Colina e inferniza Hawke, que se mantém irreverente em suas respostas, basicamente mandando o homem embora. Quando o tenente sai, Pence pergunta a Hawke qual é o tamanho dos seus colhões por ter sido tão ousado e insubordinado.

Eu também gostaria de saber. *piscadinha*

Hawke pergunta a Pence sobre Jole Crain, o guarda amaldiçoado, e seu parceiro comenta que ele mora no terceiro andar dos dormitórios. Ele o encontra tentando se matar, mas sem conseguir — a maldição não permite isso —, e faz algumas perguntas antes de usar a persuasão e acabar com o seu sofrimento.

Hawke treina no pátio e avista a Donzela. Durante o duelo, Vikter o critica por estar distraído. Embora Hawke negue, Vikter diz que tem um *sábio conselho* para ele: basta um segundo para perder tudo o que importa.

Hawke sente que é um presságio.

Ele se encontra com Jansen, Kieran e Jericho no Pérola Vermelha. Jansen menciona que os guardas são bons homens e diz que não gosta do que terão de fazer.

Estou certa de que nenhum deles gostava muito da ideia.

Eles discutem os hábitos da Donzela e falam sobre a melhor forma de raptá-la, e Hawke diz a Jericho que nada de mau deve acontecer a ela.

Com Hawke como guarda pessoal de Poppy e Kieran trabalhando como Guarda Municipal, o plano é sequestrar a Donzela na noite do Ritual. Os Descendidos deveriam criar distrações, ateando fogo e provocando incêndios.

Depois que os outros vão embora, Hawke e Kieran falam sobre a ancestralidade de Donzela e por que os Ascendidos lhe dão tanto valor. Mas não conseguem descobrir o motivo. Hawke diz que é provável que consigam arrancar mais informações dos Ascendidos com quem fizerem *amizade*. Kieran concorda e parte para verificar os outros recursos.

Enquanto isso, Poppy vagueia pelo andar de baixo do Pérola Vermelha, e eu uso um pouco da minha magia de casamenteira para colocar ela e Casteel no mesmo quarto. Depois disso, eu sabia que a natureza seguiria seu curso.

Pensando que Poppy é uma criada chamada Britta com quem já se envolveu no passado, Casteel aceita de bom grado a invasão em seu quarto no

Pérola, mas fica desconfiado, pois a mulher não tem o cheiro de Britta, não se parece com Britta e o faz sentir coisas que Britta nunca fez. No entanto, a distração é bem-vinda, e ele a leva para a cama, beijando-a profundamente e explorando o máximo possível do corpo da mulher, mesmo com ela ainda encapuzada.

Quando finalmente abaixa o capuz e vê o rosto dela, ele fica chocado. Ela está mascarada, como a maioria das pessoas que frequentam o Pérola, mas Casteel sabe muito bem quem está debaixo dele. Penellaphe. A Escolhida. A Donzela. Os dois passam um bom tempo juntos antes de Kieran interrompê-los com notícias importantes, obrigando Casteel a partir.

Algum tempo depois, Kieran e Hawke encontram Emil e Delano no Bosque dos Desejos. Cas cumprimenta os dois, e Emil dá uma bronca nele — como sempre. Kieran diz que o Atlante parece até que quer morrer.

E quer mesmo.

Emil conta que o Rei e a Rainha estão preocupados e que Alastir não ajudou a aliviar sua ansiedade. Depois de conversarem mais um pouco, Cas se alimenta de Emil e vê as lembranças do Atlante, que curiosamente se referem a Vonetta.

Muito curioso mesmo.

Emil se oferece para ficar por perto caso seja necessário, mas Cas diz para ele ir até Evaemon e ficar de olho em Alastir.

Ao saírem do Bosque, Cas diz a Kieran que não pretende matar a Donzela, como seus pais fariam se colocassem as mãos nela. Kieran reflete sobre a fala do amigo.

Quando volta para o quarto no Pérola Vermelha, Casteel descobre que Poppy não esperou por ele. Então a segue pelo Bosque e encontra um Ascendido atrás dela. Ele arranca o coração do vampiro e o deixa pendurado no galho de uma árvore. Ou será descoberto, o que dará no que falar, ou o sol cuidará dele assim que nascer.

Em qualquer um dos casos, ele sai ganhando.

Casteel toma banho e fica excitado ao pensar na Donzela, o que o deixa confuso e irritado. Fica dividido. Masturba-se pensando nela, mas depois reflete sobre o tempo que passou em cativeiro — a agressão, o trauma, a recuperação. Com determinação, ele reforça o objetivo que tem em mente.

Hawke se pergunta o que está acontecendo quando Poppy não visita o jardim, como costuma fazer. Ele avista Lorde Mazeen com a Duquesa e descobre que os dois estão à procura de um Descendido. Ouve comentários sobre feridas de mordida num cadáver, e então Mazeen menciona Lorde Preston — o vampiro que Hawke enforcou por perseguir a Donzela.

Ótimo. Quer dizer que a mensagem funcionou.

Quando o Lorde passa, Hawke percebe que ele tem cheiro de jasmim e... algo mais. Ao se dar conta de que é o cheiro da Donzela, fica mais incomodado do que deveria.

Britta vem cumprimentá-lo, e Hawke pergunta o que aconteceu, referindo-se à situação no castelo. Ela lhe conta que Malessa Axton, uma Dama de Companhia, foi assassinada lá dentro. Depois de algumas indagações a respeito do Lorde, Hawke descobre que Mazeen é, de fato, *amigável* demais.

Seus amigos colocam o plano em ação e matam o guarda de Poppy, Rylan Keal, abrindo um posto de Guarda Real junto a Poppy. No entanto, quando Jansen procura Hawke na Colina para lhe dizer que já cuidaram do guarda, Hawke descobre que Jericho tentou raptar a Donzela e que ela lutou contra ele. Chegou a feri-lo. Em retaliação, o lupino bateu nela.

Hawke segue para Três Chacais, mas Kieran o alcança antes que ele chegue à taverna, dizendo que ele não pode matar Jericho. Hawke afirma que não vai matá-lo, e sim assassiná-lo. Kieran fala que é a mesma coisa, e Cas explica a diferença — é tudo muito ridículo.

Hawke e Kieran entram numa sala da taverna e encontram Jericho jogando cartas com alguns lupinos e Descendidos. Ele tenta acalmar Hawke, explicando o que aconteceu.

Hawke serve uma dose de uísque para ele como distração e depois decepa a mão esquerda de Jericho. Avisa para, da próxima vez, fazer o que lhe mandarem — nem mais, nem menos — e então vai embora, dizendo a Kieran para mandar Jericho a Novo Paraíso.

No dia do funeral de Rylan, Hawke vigia a Donzela enquanto Vikter vai acender a pira.

Algum tempo depois, Kieran e Hawke se encontram com o Descendido Lev Barron no bairro dos armazéns e encontram um casal morto junto a um bebê transformado em Voraz. É um desrespeito pela vida, e isso deixa Hawke enojado. Ele tira a vida do bebê e jura fazer com que todos paguem por isso.

Convocado ao escritório do Duque, Hawke vai se reunir com o Ascendido. O Duque diz a Hawke que um guarda não deve temer a morte. Hawke discorda, respondendo que, se alguém não teme a morte, também não teme o fracasso. Informa ao Duque como teria lidado com a situação no jardim e com outras ocasiões como guarda pessoal da Donzela. Quando o Duque insinua algumas coisas, Hawke afirma não ter o menor interesse em seduzir a Donzela ou se tornar amigo dela. O Duque avisa que a inocência dela é encantadora e que Hawke será esfolado vivo se algo acontecer com a Donzela.

O Duque e a Duquesa discursam sobre os últimos acontecimentos para o povo, enquanto Hawke observa a Donzela. Ela não é como os demais, e isso o encanta e o deixa frustrado ao mesmo tempo. A família Tulis é denunciada como Descendidos, e Lev é preso após atirar uma das mãos de um Voraz nos membros da Realeza. Hawke ordena que seus amigos tirem os Tulis dali para que não precisem entregar o único filho que lhes resta.

Chamado de volta ao escritório do Duque para assumir o posto oficial, Hawke é apresentado a Poppy e Tawny e recebe um resumo das regras e exigências. Seu ódio cresce a cada palavra que sai da boca do Duque. Quando a Donzela tira o véu, ele fica boquiaberto. Ela é deslumbrante, e Hawke consegue enxergar toda a sua força e resiliência.

Ao acompanhar Tawny e a Donzela de volta aos aposentos, Hawke fica parado junto à porta e ouve a conversa. Toda vez que Tawny o enaltece ou tenta convencer a amiga de alguma coisa, Hawke percebe que a Dama de Companhia se tornou sua pessoa preferida em Solis.

Por fim, Vikter traz um manto branco para Hawke e pede para ele se cuidar.

Após discutir o cronograma da Donzela, Vikter avisa a Hawke sobre os pesadelos de Penellaphe e lhe conta sobre o ataque de Vorazes que ela sofreu aos 6 anos de idade. Quando Hawke pergunta como vai saber se é só um pesadelo ou se é um ataque, Vikter lhe diz que ela jamais gritaria se estivesse em perigo.

Depois de tudo que fica sabendo, Hawke percebe que Penellaphe tem uma vida horrível. Isso o incomoda mais do que deveria, e ele não consegue parar de pensar nisso.

Durante a folga, Cas recebe um bilhete de Kieran e vai até o bairro dos açougues. Ele entra no prédio do matadouro supervisionado por um Descendido chamado Mac e encontra Kieran no andar de baixo, com Lorde Hale Devries. O Ascendido está amarrado e inconsciente.

Kieran o acorda com um balde de água fria na cabeça, e Cas pergunta ao Lorde onde Malik está aprisionado. O vampiro responde que não sabe de nenhum Príncipe em *cativeiro* — o que é verdade, pois Malik não estava mais aprisionado a essa altura.

Se adaptando facilmente a todas as exigências como guarda pessoal da Donzela, Hawke se vê dividido entre seu dever e seus planos, e o que começa a sentir pela Donzela.

Durante seu período de trabalho como protetor de Penellaphe, Hawke se pergunta por que não a vê há vários dias depois de a ter acompanhado até o escritório do Duque. Enquanto pensa nos incêndios que os Descendidos provocaram para causar o caos, ouve um grito vindo do quarto da Donzela. Ele entra e se esconde nas sombras, pensando que deveria pensar nela pelo nome de batismo. Olha para o vazio do quarto e volta a refletir sobre a vida horrível que ela tem — nada parecida com o que ele e os demais imaginavam. Vê se ela está bem e sente o cheiro de arnica.

A névoa volta, e Hawke atravessa a Colina, onde encontra Vikter. Ao perceber que ninguém está de olho na Donzela, decide checar como ela está. Em vez disso, encontra alguém disparando flechas na muralha. Ele fica *muito* intrigado ao descobrir que é Penellaphe.

Hawke fala com Vikter, que lhe pergunta por que ele não contou a ninguém que Penellaphe estava na Colina. Ele tenta explicar, achando que seu respeito por ela é uma questão complicada, então diz a Vikter que sabe que foi ele quem a treinou.

Com o passar do tempo, Hawke e Penellaphe partilham informações pessoais e começam a se conhecer, aproveitando momentos de intimidade sempre que podem — o que só faz com que Hawke queira que as coisas se tornem *mais* íntimas ainda.

Hawke percebe que as coisas estão ficando intensas quando Britta o visita em seu quarto, basicamente se jogando em cima dele, e ele a dispensa.

Irritado, Cas vai ao Pérola Vermelha e acaba pegando Kieran e Circe fazendo sexo. O casal o convida para participar — o que não seria nada de mais, pois já fez isso antes —, mas ele não está no clima. Fica de mau humor, fulo de raiva por estar pensando em transar com Penellaphe, e bebe até os dois terminarem.

Kieran fica puto com ele por ficar ali sentado de pau duro e pergunta o que está acontecendo. Ele confessa um pouco do que se passa na sua cabeça e depois muda o foco para como planeja matar o Duque. Kieran diz que ele não pode fazer isso, pois seria uma vingança egoísta.

Os dois discutem o fato de Penellaphe estar na Colina e de como a subestimaram, e Kieran acaba dizendo que Cas gosta da Donzela. Ele nega a afirmação e garante ao amigo que os planos não mudaram.

Hawke segue Penellaphe até o Ateneu e a encontra de pé no parapeito de uma janela, com meu diário junto ao peito. Ele a provoca por causa do livro e lê algumas passagens que a deixam constrangida antes de acompanhá-la até o castelo. É a primeira vez que a chama de *Poppy*.

Foi um momento decisivo para os dois. Era evidente que Hawke já estava se afeiçoando e ficando encantado por ela, mas chamá-la pelo apelido foi um grande passo.

Ao caminharem pelo Bosque, os dois falam sobre como ela precisa controlar a língua quando não está com ele, o que só faz com que ela provoque Cas. Depois, conversam um pouco mais sobre literatura.

Cas não resiste a provocá-la por causa do meu diário, e eu adoro isso.

Quando percebe que seus planos basicamente implicam em trocar uma gaiola por outra para ela, ele fica incomodado. E o fato de ficar incomodado por causa disso o incomoda ainda mais.

É. O cara está caidinho por ela…

Mais tarde, Hawke aguarda no escritório do Duque com os pés apoiados em cima de um guarda morto. Ao ver as bengalas, fica ainda mais furioso. Insiste que seu plano não é uma vingança e tenta se convencer disso.

O Duque entra e fica chocado ao encontrar Hawke. Ainda mais quando vê o guarda morto. Ameaça Hawke, o que o faz rir. Ele revela ser o Senhor das Trevas e Príncipe de Atlântia, e diz que Dorian não faz a menor ideia de quem está na cidade.

O Duque afirma que Hawke nunca conseguirá raptar a Donzela, e Cas o subjuga. Ele o obriga a piscar para mostrar quantas vezes a chicoteou, e retribui o castigo.

Nesse momento, algo toma conta do Duque e ele declara que Poppy é e sempre será dele — tenho a impressão de que estava canalizando Kolis, mas é apenas uma hipótese.

Furioso, Hawke o empala com uma bengala feita de madeira de árvore de sangue e o pendura atrás da flâmula onde o Ritual será realizado.

Ao se encontrar com Poppy e os outros, ele age como se nada tivesse acontecido.

Cas assiste ao Ritual e passa bons momentos debaixo do salgueiro com Poppy. Quando saem dali, Vikter os pega no flagra e diz poucas e boas para os dois. Hawke retruca, mas acaba deixando Poppy ir embora com Vikter.

Kieran enche o saco dele por não ter matado Vikter e raptado Penellaphe naquela hora. Cas garante que é só um atraso temporário. Diz a Kieran que o encontrará no Bosque com a Donzela. Kieran diz que algo não lhe parece muito certo, mas conta a Cas que os Descendidos já colocaram o plano em ação.

Quando Cas retorna ao castelo, a batalha do Ritual já está em andamento. Ele se junta ao combate, procurando a Donzela o tempo todo. Quando, por fim, a encontra, Poppy já está tomada pela dor e pela fúria. Cas a assiste enquanto ela testemunha seu amigo e guarda, alguém que era como um pai para ela, ser assassinado. Então se afasta e a vê se aproximar de Lorde Mazeen com os olhos queimando de raiva.

Depois de tudo que aconteceu, Casteel julga ser hora de agir. Ele permite que ela se vingue, mas depois a restringe. Ao fazer isso, se dá conta de que não podem partir imediatamente. Jansen manda uma mensagem para Kieran relatando o que aconteceu, e Cas acha que atrasar um pouco mais não fará muita diferença.

Algum tempo depois, Cas e Tawny concordam que a Donzela só precisa descansar um pouco. Tawny diz a Hawke que acha que ele gosta de Poppy. Embora admita isso para si mesmo, ele não o faz em voz alta.

Ao chegar, a Duquesa conta a ele sobre o sonífero que Poppy tomava. Acrescenta que sua lealdade é admirável e diz que a Rainha ficará satisfeita com ele.

Isso me dá arrepios, pois sabemos muito bem que não passa de manipulação.

Cas encontra Kieran no Pérola Vermelha, onde conversam sobre Valyn. Também falam sobre os arrependimentos de Cas. E discutem o fato de ainda não saberem qual é o papel de Poppy em relação aos Ascendidos. Mesmo assim, Cas só consegue pensar que ela merece ter um futuro. Mas não confessa nada disso. Ele mente e diz a Kieran que os planos continuam iguais, mesmo com o atraso.

Poppy e Hawke partem para a capital com oito homens e vão se aproximando cada vez mais com o passar dos dias, apesar das circunstâncias. Partilham informações sobre o passado e coisas sobre si mesmos — compartilham vulnerabilidade. Enquanto isso, Kieran continua relembrando-o da tarefa e de seguir o plano.

Em Novo Paraíso, Cas encontra-se com Elijah, Delano e Kieran, e os três discutem os próximos passos e os acontecimentos até então.

Finalmente, Poppy e Hawke não conseguem mais resistir um ao outro e acabam transando. No dia seguinte, ele se encontra com Elijah, Delano e Orion — um Atlante que trouxe uma carta da Coroa. Os três descobrem que ele é suspeito de traição e, quando ameaça a vida de Poppy, Cas arranca seu coração e o joga no fogo, contando a todos que o mensageiro morreu de forma inesperada durante a viagem.

Cas percebe que precisa ir a Berkton para encontrar seu pai, mas há uma tempestade a caminho. Delano se oferece para acompanhá-lo, mas Cas avisa que precisa dele em Novo Paraíso. Elijah garante que Poppy ficará bem.

Naill entra de repente, dizendo que Phillips (um dos homens com quem viajaram) está tentando fugir levando Poppy. Todos correm para os estábulos.

Os planos de Cas vêm à tona quando ele mata um dos guardas na frente de Poppy e conta a ela os acontecimentos que os levaram até aquele momento.

Obviamente, ela não aceita bem a situação — nem isso, nem assistir a Kieran se transformando em um lupino —, então ele a confina às masmorras para que não possa fugir ou ferir alguém.

Ao voltar de Berkton, Cas recebe a notícia de que Poppy foi atacada e fica apavorado. Kieran a leva para os aposentos dele, que os encontra assim que chega e nota como as coisas estão feias. Ele a posiciona no chão, próximo ao fogo, e arranca a adaga de suas mãos.

Para ajudá-la a se curar, Cas a alimenta com seu sangue e perde o autocontrole, se entregando à reação sensual dela.

Ele, enfim, revela que, na verdade, é Casteel Da'Neer, Príncipe de Atlântia — a quem Poppy conhecia *apenas* como o Senhor das Trevas. Por ser — como ele passou a chamá-la — a criaturinha assassina deslumbrante que é, ela o apunhala no coração e foge.

Ao alcançá-la, Cas explica que — ao contrário dos lupinos ou Ascendidos — não pode ser morto por uma facada no coração. Afirmando que tudo que aconteceu entre eles foi real, sim, e não uma mentira, ele a morde, percebendo de imediato que ela é meia-Atlante. Cas não consegue mais controlar seu desejo e os dois têm uma transa esplêndida e sem reservas na floresta coberta de neve.

Isso me trouxe algumas recordações *muito* boas agora. Acho que vou reler as anotações nos volumes do diário que ainda possuo...

Mais tarde, Casteel confessa que seus sentimentos atrapalharam os planos, e ela alivia a sua dor — tanto física quanto emocional —, fazendo-o perceber por que os vampiros a querem tanto. Depois, ele diz que vai levá-la para Atlântia, mas, após uma certa discordância entre seu pessoal, compreende a necessidade de mostrar ao seu povo que ela está sob sua proteção.

Depois de pregar todos que atacaram Poppy nas paredes do salão com estacas de pedra de sangue atravessando as mãos, coração e cabeça — deixando somente Jericho vivo, embora sem uma das mãos —, ele informa aos demais que Poppy é metade Atlante e que os dois estão voltando para casa para se casar. À medida que a viagem avança, os dois partilham momentos de intimidade em meio a trocas de farpas e críticas, e Casteel lhe assegura que não mentiu para Poppy desde que ela descobriu quem ele é, e explica seus motivos para querer se casar com ela.

Quando Poppy tenta escapar outra vez e Casteel descobre que ela pretendia ir até os Ascendidos, na esperança de que eles a levassem para a capital, onde poderia encontrar e libertar o irmão, o Príncipe lhe diz que se recusa a gravar o nome dela na parede dos túmulos junto de tantos outros mortos e devolve a ela a adaga de pedra de sangue.

Observando os dons de Poppy se transformarem e evoluírem, Casteel se dá conta de que há algo de especial nela — e não se trata apenas de sua ancestralidade ou sangue. Quando os Ascendidos a localizam e atacam, ele os confronta, dizendo: "Nasci do primeiro reino. Fui criado a partir do sangue e das cinzas de todos que pereceram antes de mim. Voltei para recuperar o que é meu. Sou aquele que você chama de Senhor das Trevas." E depois continua: "Sim, estou com a Donzela e não vou devolvê-la."

Uma frase de duplo sentido, tenho certeza.

Depois de uma batalha com os Ascendidos que o deixa cheio de medo de encontrá-la morta, Cas dá seu sangue a Poppy para ajudá-la a se recuperar e a compele para que durma, evitando a hiperexcitação que geralmente acompanha o ato de alimentar o outro.

Não consigo entender por que alguém iria querer pular essa etapa. É a melhor parte. Mas estou divagando...

Os sentimentos de Casteel continuam a crescer, mas Poppy ainda parece um pouco hesitante, então ele lhe pede para fingir e aproveitar o momento. Para não se preocupar com o passado ou o futuro.

Como alguém que adora representar personagens e fingir, achei isso super sexy. Além de ridiculamente fofo.

Depois de presentear Poppy com a vingança por Lorde Chaney tê-la atacado e feito a criança de refém, ele parte para se ocupar dos seus deveres de Príncipe, embora deteste abandoná-la. Ficar longe dela fica cada vez mais difícil com o passar do tempo. Mais tarde, quando Poppy tem um pesadelo, ele a conforta e *finge* outra vez. A essa altura, isso não é mais apenas um ardil para ele. Cas não consegue parar de lhe dar prazer e adora assistir a Poppy perder o controle sob seu toque.

Durante a viagem para Atlântia, Casteel demonstra preocupação com seu povo. Ele pretende esperar a chegada do primeiro grupo de Novo Paraíso antes de seguir para as Montanhas Skotos. No entanto, não é *apenas* o povo que o preocupa. Seus instintos de proteção em relação a Poppy continuam a crescer — assim como seus sentimentos.

Quando Poppy diz que não é dele e que pertence apenas a si mesma, ele pergunta se ela estaria disposta a lhe dar pelo menos um pedaço, seja lá qual for, e garante que será seu bem mais precioso.

Existe homem *mais* doce do que ele?

Eles finalmente discutem o relacionamento dos dois, o que podem esperar e o que o povo espera *deles*, bem como as mudanças em Poppy. Cas menciona, por alto, que ela ainda poderá encontrar alguém para amar de verdade depois que tudo acabar, mas, pela maneira como fala, parece estar se referindo a eles como um casal — imagino se não se deu conta disso. Quando Poppy pergunta se Casteel já se apaixonou, ele confirma que sim, porém evita outras perguntas ao simplesmente dizer: "Ela se foi." Não quer falar sobre Shea. E quem poderia culpá-lo?

As coisas se mantêm tranquilas pelos próximos três dias, até que o grupo se depara com o Clã dos Ossos Mortos. Cas dá uma besta a Poppy e mostra como usá-la. É um sinal de confiança, além de um ato necessário. Quando o Clã ataca, o grupo luta bravamente, mas Casteel é ferido na batalha, atingido por várias flechas — no ombro esquerdo, na parte direita e no centro das costas, além de mais uma no abdômen. A última fica presa quando tenta removê-la, mas ele garante a Poppy que não é nada grave.

Uma vez instalado no Pontal de Spessa, Casteel desperta ao lado de Poppy, mas acorda faminto. Os ferimentos que sofreu exigiram muito dele, sem mencionar o sangue dado a Poppy para curá-la. Apesar da necessidade de sangue, ele anseia por *ela* e está cansado de esperar. Ele a deixa meio assustada, antes que ela perceba suas intenções. Então... Cas a devora. Até que logo Kieran entra no quarto para detê-lo, preocupado com a segurança de Poppy e com o próprio estado mental de Cas caso ele a machuque sem querer. Por fim, o Príncipe sai do transe e pede desculpas. Mas sabe que nunca mais vai pensar em melaço do mesmo jeito.

Apesar de precisar de sangue, ele hesita quando Poppy se oferece para alimentá-lo. Por insistência dela, Cas acaba cedendo e aceita a proposta, mas apenas sob uma condição: os dois não podem ficar sozinhos. Eles convidam

Kieran para supervisionar o ato e, ao se alimentar o suficiente, Casteel o deixa ir embora e se oferece para satisfazer a luxúria de Poppy — a gloriosa reação que tem ao servir de alimento para ele. Cas diz que a considera muito corajosa e generosa, além de linda. E depois a leva ao clímax com suas mãos habilidosas enquanto atinge o êxtase sozinho, algo que confessa nunca ter acontecido assim antes.

Com sinceridade, ele admite que *sempre* desejará mais quando se trata dela e pede para abraçá-la, para fingir mais uma vez, embora já não seja uma farsa para ele há algum tempo. Cas está certo de que ela não consentirá, então, quando Poppy concorda, ele lhe diz que não há mais como voltar atrás e a puxa para si, deleitando-se em como ela se derrete em seus braços.

Até o *meu* coração está derretendo enquanto escrevo isso, assim como aconteceu quando *vi* essa cena.

Casteel propõe a Poppy uma visita de exploração ao *verdadeiro* Pontal de Spessa, que os forasteiros não têm permissão para conhecer. No entanto, ele propõe um acordo: só a levará se continuarem fingindo ser um casal — uma artimanha para mantê-la por perto. Os dois selam o acordo com um beijo e Poppy começa a rir. O que acaba com ele.

A risada dela é *realmente* espetacular.

Quando um jovem lupino chamado Beckett é ferido e Poppy o cura, Casteel a vê brilhar e a deseja tanto que é quase incompreensível. Como não tem medo de falar o que pensa, Cas lhe conta tudo — que ela brilhou e que quer fazer coisas indecentes com ela.

Tenho certeza de que eu também me sentiria assim.

É nítido que os poderes dela estão aumentando cada vez mais, e isso o deixa completamente impressionado. Mas também apreensivo. Cas fala sobre os dons de Poppy e pede que ela não os use na frente de uma multidão até que tenham mais informações e possam controlar a narrativa.

Os dois conversam sobre o casamento, e Cas revela a Poppy que quer se casar com ela ali, no Pontal de Spessa. Ela concorda, mas Alastir não fica nada satisfeito com a notícia. Casteel não gosta da reação do lupino e reitera que *Poppy* é quem ele quer. Após o encontro, e querendo partilhar a beleza do Pontal de Spessa com Poppy, ele a leva até os campos de papoulas e as cavernas, onde deixa escapar algumas partes de sua história e expressa seus sentimentos.

Na caverna, os dois concordam em parar de fingir e têm uma transa fantástica na fonte de água termal. No entanto, quando voltam para junto dos demais, Alastir fica furioso e dispara que Casteel já está prometido a outra — sua sobrinha, Gianna.

Obviamente, Poppy fica magoada com a notícia — quem não ficaria depois de tudo que os dois compartilharam? Casteel vê as emoções estampadas no rosto dela e discute com Alastir, dizendo que ele foi muito baixo. Explica suas decisões de novo, reiterando o amor que sente por Poppy. Chega, inclusive, a ponto de revelar que ela o apunhalou no peito depois de descobrir seus planos originais, em uma tentativa de acalmar a situação com os presentes.

Poppy conta que descobriu os planos do Príncipe de sequestrá-la e usá-la para resgatar Malik, mas se apaixonou por ele mesmo assim — quando Cas ainda se passava por Hawke. Diz ainda que ele é a primeira coisa que escolheu por si mesma.

Ora, meu coração, se controle.

Mais tarde, quando Casteel vai aos seus aposentos para acordá-la, o casal acaba brigando por causa de Gianna. Ele lhe diz que nunca protestou contra a sugestão do casamento porque não queria magoar a sobrinha de Alastir, mas garante a Poppy que foi totalmente sincero com ela sobre tudo — exceto a necessidade de se alimentar. E que escondeu isso dela por um bom motivo.

Ele pergunta se as afirmações feitas por Poppy no jantar eram verdadeiras — que ela se apaixonou por ele e o escolheu — e admite que quer tudo que venha dela. Conta que seu plano original fazia cada vez menos sentido à medida que eles interagiam. E que, com ela, ele pode simplesmente *ser* quem é.

Antes que Cas possa demonstrar o quanto a ama, os dois são interrompidos e informados de que o céu está em chamas.

É... um corta-clima daqueles.

O casal se pergunta se isso não seria um presságio e sai para investigar, descobrindo que não é o céu, e sim algo imenso a distância. Pouco depois, Delano chega ferido e com a notícia de que os Ascendidos estão a caminho com um exército.

Casteel envia Alastir e Kieran em busca de reforços e pede a Poppy para acompanhá-los. Como sempre, ela teima e resiste. Ele ameaça usar a persuasão para obrigá-la a ir, mas acaba cedendo quando Poppy argumenta que sua presença pode ser uma vantagem e não um problema.

Ela é uma excelente lutadora. Eu teria acreditado nela.

Kieran fica irritado por deixar Cas, mas sabe que é necessário. Após uma despedida emocionada, Casteel parte para determinar quem está em condições de lutar. Após a avaliação, ele marca uma reunião estratégica e convida Poppy para participar. Mais um sinal de confiança e amor.

Durante uma conversa franca, Casteel admite que a maior vergonha de sua vida está relacionada a ela e que planejava raptá-la durante o Ritual. Conta que Kieran e os demais estavam à espera do seu sinal para entrarem em ação. Também admite que queria... não, que *precisava* ser o primeiro em tudo para Poppy e que ainda quer tudo dela. Acrescenta que se engana dizendo a si mesmo que pode tê-la, apesar de saber que ela vai acabar indo embora, deixando-o cheio de desejo.

Coitado. Dá até vontade de abraçá-lo.

Em um momento de vulnerabilidade e franqueza, ele finalmente conta a Poppy sobre Shea, revelando que não fala sobre ela. Não porque a ama, mas porque a odeia e detesta pensar no que foi forçado a fazer. Diz a Poppy que apenas Malik e Kieran sabem a verdade. O povo de Atlântia acha que Shea morreu como uma heroína, e tudo bem para ele. Explica que um dos motivos pelos quais ele não pôde se casar com Gianna foi porque ela se parece com Shea, e isso o incomoda demais.

Poppy retribui abrindo seu coração e confessando como realmente se sente. Ele pede sua mão outra vez, propondo que ela se case com ele imediatamente. Ela aceita e lhe diz para se lembrar de que é digno.

Casteel e Poppy se casam à maneira tradicional dos Atlantes, mas, quando são declarados marido e mulher, o céu da tarde fica tão escuro quanto a meia-noite. É um presságio, algo que não acontece desde o casamento dos pais de Casteel, e acredita-se que se trata de uma bênção de Nyktos, demonstrando sua aprovação à união.

Após o casamento, Casteel observa a esposa com admiração. Poppy pergunta por que ele a encara toda vez que ela ri ou sorri, e ele lhe diz que é como um déjà vu, como se já tivesse vivido isso antes mesmo de conhecê-la. Quando ela pergunta o que são corações gêmeos, ele explica que tudo começou no início dos tempos, quando uma das antigas divindades se apaixonou tão perdidamente por um mortal que implorou aos deuses que concedessem o dom da vida longa à pessoa escolhida. O fim dessa história é triste, mas a beleza por trás da ideia de ter alguém feito para você, sua outra metade, é linda. Discutem também a União, que implica na partilha de sangue e de corpos.

E deixe-me dizer: que consumação de casamento estupenda!

Quando a Duquesa Teerman chega com seus cavaleiros, pedindo que a Donzela seja devolvida, Casteel exige que Poppy fique escondida na Colina para não se tornar um alvo. Ele também avisa a ela que, se alguma coisa acontecer com ele, Poppy deve ir para as cavernas, pois Kieran a encontrará lá. Porém, quando a Duquesa começa a contar mentiras sobre Ileana ser avó de Poppy e a Rainha não ser uma Ascendida, sua recém-esposada não consegue mais ficar escondida — nem em silêncio. Casteel adora sua bravura, mas odeia quando ela se torna um alvo de propósito.

Quando a Duquesa catapulta seus *presentes* e a cabeça de Elijah cai aos pés de Casteel, a fúria o consome. Ele diz a Poppy para matar o maior número possível de pessoas e salta da Colina.

Quando a situação se acalma um pouco, Poppy sugere que deveria se entregar para que mais ninguém morra ou se machuque, insistindo que eles não a matarão. Casteel diz que Poppy não pode se entregar porque sabe muito bem o que farão com ela, que ela é o mais importante — os *dois* são.

Eu o adoro de paixão.

Antes que ele possa levá-la a um lugar seguro, Poppy ameaça se matar caso o exército de Solis não interrompa o ataque, alertando-os sobre o que a Rainha faria com eles se permitissem uma coisa dessas. Cas fica com vontade de estrangulá-la e diz isso a ela — pois sabe que sua amada seria capaz disso. É tão impulsiva. E, embora não devesse gostar ainda mais dela por causa disso, é o que acontece. Por sorte, a ameaça faz com que os soldados hesitem por tempo suficiente para o exército Atlante chegar.

O novo casal cumprimenta Kieran e conta que ele perdeu muita coisa, mostrando-lhe a marca de casamento. Mas antes que Casteel possa dizer mais alguma coisa, Poppy some de vista e corre em direção à carruagem real. Ele a alcança, chegando no momento em que Poppy acaba com a raça da Duquesa. Fica possesso com a esposa por sua façanha anterior *e* por se colocar em perigo, mas também completamente admirado — e bastante excitado. Cas diz a todos para não se aproximarem da carruagem em hipótese alguma e, em seguida, entra com Poppy, trancando-os lá dentro. Emocionado, ele diz que precisa dela e pede sua permissão para possuí-la, então os dois demonstram com os próprios corpos o que as palavras não são capazes de expressar.

Um único soldado de Solis foi poupado na batalha, um rapaz que mal chegara à idade adulta, e apenas para que pudesse levar uma mensagem para eles. Casteel e mais alguns homens partem para a terra arrasada de Pompeia com o rapaz, para que ele avise aos Ascendidos de Ponte Branca que o Pontal de Spessa foi retomado pelos Atlantes e quem invadir a cidade terá o mesmo destino dos que tentaram invadir antes.

Ao retornar, Cas diz a Poppy que os lupinos a ouviram durante a batalha e partiram em sua direção. Ela conta que a Duquesa lhe disse na carruagem sobre seus irmãos estarem juntos e que Poppy conseguiu algo que a Rainha nunca foi capaz de fazer: tomar Atlântia.

Seguindo viagem, o casal atravessa a névoa nas Montanhas Skotos, com a intenção de encontrar os demais em Rocha Dourada. Ao fazerem uma pausa durante a noite, os dois mencionam que a névoa parece interagir com Poppy. Naquela mesma noite, Poppy tem um episódio de sonambulismo, mas Casteel consegue detê-la bem a tempo, segurando-a pouco antes de ela cair de um penhasco.

Cas diz acreditar que os deuses o ajudaram a encontrá-la e que parecem gostar dela. Então, conta a Poppy o seu sonho — que ela estava na mesma jaula na qual ele foi aprisionado e que não conseguia libertá-la. Também conta sobre o sonho de Kieran.

Pelo visto, alguma coisa estava afetando os três. Acho que os deuses já estavam inquietos a essa altura, e que Kolis já tinha começado a afetar os acontecimentos no plano mortal.

Finalmente chegam a Rocha Dourada e se reúnem com os outros. Assim que passam pelos Pilares de Asphodel — diferentes daqueles dos tempos dos deuses que serviam de portal para o Vale e o Abismo —, Cas dá as boas-vindas a Poppy em seu *lar*.

Aproveitando o deslumbramento de Poppy com tantas coisas que está vendo pela primeira vez, ele vai conversar com Alastir, e Beckett se oferece para levar Poppy às Câmaras.

Cas fica sabendo da notícia de algum alvoroço e parte para encontrá-la, chegando após o ataque com Naill, Emil, Alastir, seus pais e os outros. Lá, depara-se com uma carnificina e um bosque de árvores de sangue que não existia antes.

Quando se aproxima e Jasper rosna, Cas compreende o ocorrido. Algo que sua mãe confirma ao lhe perguntar o que ele fez e o que trouxe para Atlântia.

Alastir insiste que ainda há tempo. Casteel se ajoelha e cruza as espadas curtas sobre o peito enquanto os lupinos encostam a barriga no chão e se curvam sobre as patas dianteiras.

A Rainha Eloana diz a Alastir que é tarde demais e tira a coroa, colocando-a aos pés da estátua de Nyktos antes de dizer: "Abaixem as espadas e curvem-se diante da última descendente dos antigos, aquela que carrega dentro de si o sangue do Rei dos Deuses. Curvem-se diante de sua nova Rainha."

Quando Poppy cambaleia, Casteel se adianta para apoiá-la, mas se detém quando todos os lupinos começam a rosnar — até mesmo Kieran, o lupino vinculado *dele*. No entanto, nada disso importa. Entende que estão apenas tentando protegê-la, algo com que concorda, e fica furioso ao perceber que a Guarda Real e os outros presentes no Templo encaram Poppy e os lupinos como uma ameaça. Então compreende o que Alastir disse e percebe por que os lupinos estão agindo daquela maneira.

Todos os vínculos entre Atlantes e lupinos foram rompidos.

Pela sua esposa.

Ao ouvir a explicação de Poppy sobre a situação, Cas fica furioso quando descobre que seu povo tentou apedrejá-la no Templo e ordena que Beckett seja encontrado. Também declara alto e bom som que qualquer ato contra sua esposa é um ato contra ele, e qualquer um que cometer algo parecido será morto. Em seguida, ordena que Alastir seja preso.

Pode imaginar como você sentiria se alguém que conhece a vida toda, alguém em que você depositava toda a sua confiança, o traísse desse jeito? Meu coração dói só de pensar nisso.

Quando o pai de Casteel declara que Cas ainda não é o Rei nem Poppy a Rainha e ordena que Alastir seja levado para um lugar *seguro*, Cas deixa claro que, se Alastir não for de boa vontade, *ele* será o primeiro a atacá-lo. Porém, antes de ser levado embora, Alastir instrui os guardas a protegerem o Rei e Rainha — Valyn e Eloana, *não* Casteel e Poppy —, e eles atacam.

Jasper e Kieran são atingidos por flechas durante o conflito, e Casteel avança para proteger Poppy. Infelizmente, ele também é atingido — nas costas, no ombro e na perna — e as flechas embebidas em sombrália transformam sua pele em pedra.

Certa vez, vi alguém ferido pela sombrália. Não é algo que desejo ver novamente.

Quando Cas se recupera, alguns dias mais tarde, ele e um grupo de homens partem para Irelone para resgatar Poppy. Eles a encontram depois de Cas anunciar à Guarda da Coroa que, se os conspiradores não confessarem, *ele* começará a matar todos — usando a persuasão para se certificar de que entenderam a mensagem e para obter as informações de que precisava.

Ele destrói os inimigos, chegando ao ponto de arrancar a coluna vertebral de alguém que está atacando Poppy e Kieran. Mas quando Poppy grita para ele parar antes de matar um homem mascarado, Cas o faz sem hesitar e fica surpreso ao encontrar Jansen sob a máscara. Alguém em quem ele confiava desde antes do Pérola Vermelha — antes mesmo de tudo acontecer.

Contudo, sua emoção passa de orgulho a desolação rapidamente, ao presenciar Poppy cumprindo sua promessa de acabar com Jansen e logo depois ser atingida no peito com uma flecha de besta por um dos Protetores. Cas promete à esposa que consertará tudo e ignora os alertas de seu pai e as tentativas de Kieran de falar com ele. Em vez disso, morde o próprio pulso e tenta fazê-la beber seu sangue. Quando vê que Poppy já passou do ponto de salvação, ele é tomado pela tristeza.

Porém, quando uma árvore de sangue cresce ao redor dela, Cas toma uma decisão e diz aos homens que são leais a ele para manter os outros longe dos dois — sobretudo aqueles que tentarem impedi-lo —, ameaçando arrancar o coração do peito deles em caso contrário. Declara que nem os deuses seriam capazes de impedi-lo de fazer o que pretende.

A única coisa que o pai lhe diz que não deve fazer, pois sabe o que vai acontecer.

Ascender Poppy.

Quando ela acorda faminta e se atira em Kieran, Casteel a detém, pedindo-lhe para usá-lo no lugar do amigo, extasiado com o fato de Poppy estar viva, mas não ter Ascendido.

Ele se desculpa por não estar presente assim que Poppy acordou e expressa sua admiração por ela, lembrando-lhe de como é corajosa e repetindo que é indigno de tê-la. Quando Poppy se alimenta o suficiente para voltar a si, Cas diz o quanto precisa dela e a ama, admirando-se com o fato de ela também dizer que o ama — pela primeira vez! — antes de demonstrarem isso um ao outro com seus corpos, bocas e tudo o mais.

Apesar de ter Poppy de volta em seus braços e conseguir contemplar o lindo verde de seus olhos em vez do preto que tanto temia, ele se culpa pelo ataque e sente que não fez o suficiente para garantir a segurança dela.

Quando Poppy pergunta o que aconteceu enquanto estava inconsciente, ele conta que ela morreu e que a marca de casamento estava desaparecendo, momento em que Cas se deu conta de que não tinha como voltar atrás e deu início ao processo da Ascensão dela. Eles então conversam sobre o que veio em seguida — Poppy tentando devorar Kieran, Cas se alimentando de Naill, o fato de ela, na verdade, não ter Ascendido.

Eles conversam com Kieran sobre o ocorrido no Templo e por que ela não Ascendeu, ou seja, por que não se tornou uma vampira. Kieran lembra a Poppy de quando comentou que ela cheirava a Morte, não a algo morto, e Casteel acrescenta que seu sangue não tem apenas um sabor envelhecido, mas *ancestral*. Portanto, o sangue dela deve conter um poder antigo. Também falam sobre os motivos por trás do que ela fez — ou foi capaz de fazer — nas Câmaras, chegando à conclusão de que foi tudo por ela estar em território Atlante, somado ao sangue que bebeu de Casteel, além de algumas outras coisinhas.

Nossa, como eles ficariam surpresos quando descobrissem a verdade.

Quando Poppy pergunta sobre os vínculos lupinos, Casteel confirma que sua ligação com Kieran foi de fato rompida. Já Kieran responde que eles apenas abriram espaço para ela.

Fiquei toda derretida ao ouvir isso. Ele é tão doce e sexy.

Ao conversarem sobre Alastir, Poppy revela que ele estava presente na noite em que ela e os pais foram atacados em Lockswood. Casteel diz que estava falando sério quando prometeu que ela podia ter tudo que quisesse. E então lhe diz que Alastir é todo dela.

Doce, doce vingança. Há algo muito erótico na retaliação quando o castigo é merecido.

Antes de partirem para as Montanhas Skotos, Casteel diz que está impressionado com a nova força de Poppy e pede que ela bata nele. Quando ela se recusa, Cas a provoca, lembrando-lhe do quanto Poppy adora o meu diário — e quem não adoraria? —, o que enfim faz com que ela dê um murro em sua barriga, provando como está bem mais forte.

Conforme seguem viagem, Casteel percebe que a névoa nas montanhas parece diferente, dispersando-se para deixá-los passar. E quando chegam às árvores de Aios, ele e o grupo também notam uma diferença. Em vez da floresta dourada a que estão habituados, encontram uma floresta cheia de árvores vermelho-sangue.

Falando como alguém que apreciava as belas árvores douradas, devo dizer que vê-las ficar da cor do sangue foi, sim, um choque. Mas continuavam deslumbrantes, e eu sabia que eram um anúncio de que as mudanças estavam por vir.

Quando param para descansar à noite, Delano começa a uivar ao sentir a angústia de Poppy, e Casteel precisa despertá-la de um pesadelo, surpreso com a conexão que ela passou a ter com os lupinos.

Quando chegam ao Templo de Saion, Casteel pergunta se alguém sabe que ele mandou prender o próprio pai e é informado que sua mãe e os Guardas da Coroa acham que Valyn está do lado deles. Também descobre que alguns

Atlantes e mortais tentaram libertar Alastir e foram mortos, mas alguns continuaram vivos para a... diversão do casal.

Ao ficarem cara a cara com Valyn, Casteel e Poppy revelam que ela não se tornou uma vampira. Após ser repreendido pelo pai por ter feito aquilo, Casteel diz que tinha plena consciência de suas ações e que faria tudo de novo, mesmo que ela *tivesse* Ascendido. Acrescenta que Poppy é tudo para ele e que nada é mais importante do que ela. Eles se despedem, e o casal parte para ver Alastir.

Sem nenhuma piedade, Casteel corta a cabeça de todos que tentaram libertar Alastir, deixando apenas o lupino vivo. Então diz que Alastir traiu tanto ele quanto Atlântia, mas ressalta que estes não foram seus piores pecados. Confronta-o com o dia, muito tempo atrás, em que Alastir se tornou o responsável pelos pesadelos e cicatrizes de Poppy. Com a espada no pescoço dele, Casteel o ameaça, acabando por limpar a lâmina nas roupas do homem e entregando-o a Poppy para que ela possa se vingar.

Ela aceita. Com prazer.

Os dois chegam à Enseada de Saion diante de uma multidão celebrando o retorno do Príncipe. Cas pede desculpas a Poppy por sobrecarregá-la, mas diz que não há outra maneira de chegarem à casa de Jasper. Quando o elogio se volta para Poppy, e a multidão começa a gritar: "Meyaah *Liessa*", chamando-a de Rainha, ele mais uma vez se sente tomado pela admiração.

Quando chegam aos estábulos e Casteel apresenta Poppy como alguém muito especial para ele — sua esposa —, algo extraordinário acontece. Todos os lupinos se aproximam e mudam de forma, ajoelhando-se e colocando a mão sobre o peito esquerdo enquanto juram lealdade a Poppy.

Em seus aposentos, Casteel recorda a ela o que está gravado nas suas alianças de casamento — *agora e para sempre* — e afirma que devem ser francos um com o outro, agora e para sempre. Então afirma que tem consciência de que muita coisa aconteceu e que está tudo bem Poppy se sentir daquele jeito. Quando ela desaba, Cas está lá — como prometido — para juntar seus cacos e abraçá-la com força.

Casteel aproveita o cochilo de Poppy para ler o meu diário. Quando ela acorda e o encontra folheando o volume encadernado em couro, ele a provoca lendo uma das minhas passagens preferidas: a noite em que Andre, Torro e eu tivemos um encontro obsceno num jardim, ao qual Lady Celestia logo se juntou, tornando a noite ainda mais memorável. Há a menção de mais de uma virilidade e muita nudez feminina escandalosa.

Casteel sai para falar com o pai. Ao retornar, ele é jogado no meio de um ataque dos Invisíveis — um grupo extremista que pensava ter se dissolvido ou desaparecido — acompanhados por Germes. Quando finalmente vencem, ele puxa Poppy para si e a parabeniza por ter provocado a morte deles.

Ao discutirem o que fazer com os Invisíveis, Poppy tenta convencer Casteel de que eles não devem ser mortos só porque não confiam nela ou não gostam dela. Acredita que todos merecem uma chance de se redimir. Casteel concorda com um julgamento, mas diz que terá a palavra final para decidir sobre a vida ou morte de cada um.

Os dois conversam sobre a pretensão ao trono, e Casteel diz que a apoiará em qualquer decisão que ela tomar. Porém, precisarão deixar Atlântia caso Poppy opte por renunciar ao trono, mas garante a ela que não tem problema. Não quer que a esposa assuma outro papel que não desejou ou escolheu para si, e a ama mais do que ao seu povo. No entanto, acrescenta que ela seria uma Rainha fantástica e uma governante muito melhor do que ele jamais seria.

Uma criança se fere em um acidente, e Casteel vê Poppy curar a menina — alguém que já não tinha salvação. Nesse momento, ele se dá conta de que ela é, de fato, uma deusa. Sempre suspeitou que fosse, mas aquela foi uma confirmação definitiva. Ao discutirem o assunto mais tarde, Cas supõe que ela usou sua força de vontade para que a alma da menina permanecesse no plano mortal ou a trouxe de volta à vida.

Casteel apresenta Poppy à mãe de Kieran, Kirha, e encontra os pais no Palácio da Enseada. Há uma discussão entre eles sobre a ascendência de Poppy, e ele constata que os pais dela não poderiam ter sido mortais. Ao descobrir mais sobre o passado, ele fica furioso por seus pais terem continuado amigos de Alastir mesmo sabendo que ele havia deixado uma criança ser atacada pelos Vorazes. Seu pai responde que Cas terá que aprender a lidar com coisas que assombrarão seus sonhos se quiser se tornar Rei.

Quando o irmão de Poppy, Ian, chega, eles organizam um comboio até o Pontal de Spessa. Depois de se encontrarem com Ian, Cas e Poppy discutem por que ela não matou o irmão e se deveria assumir a coroa. Mas antes que sair do assunto da coroação, os Invisíveis atacam novamente. Dessa vez, Poppy usa seu poder para derrotá-los, e Casteel fica muito orgulhoso dela — e bastante excitado.

Vi algumas cenas numa visão, e ela estava de fato *resplandecente*.

Após reivindicar os tronos de Atlântia, o casal se reúne com o Conselho. É a primeira vez que os dois se encontram comigo e fico muito feliz quando percebem quem sou e que aquele material de leitura tão escandaloso — pelo menos de acordo com Poppy — e agradável é, na verdade, meu diário pessoal.

Quando alguns membros do Conselho se atrevem a falar suas opiniões sobre Poppy, Casteel lhes oferece duas opções: se curvar perante a Rainha ou sangrar diante dela.

Abri um sorriso ao ouvir isso.

Depois de fazerem planos para a viagem à Trilha dos Carvalhos e ao Iliseu, eles falam sobre o que aprenderam até o momento — sobre eu ter armado para os dois no Pérola Vermelha, a profecia, o que Poppy pode esperar em relação à sua fome...

Cientes de que precisam de alguém para atuar como seu braço direito, Casteel e Poppy pedem que Kieran seja seu Conselheiro, reúnem o grupo para fazer a viagem ao Iliseu e partem com Kieran, Vonetta, Emil e Delano.

Chegando lá, eles enfrentam vários perigos, como a névoa, os soldados da Consorte e as cobras de fumaça. Casteel incentiva Poppy a usar o éter para derrotar qualquer coisa que possa feri-la e, em seguida, lembra ao grupo que eles não entrarão em Dalos e que os guardas de Nyktos podem estar por perto.

Ao encontrarem o Rei dos Deuses, Casteel tenta defender Poppy quando ela age de modo atrevido com Nyktos e ele ameaça matá-la. Depois, faz Poppy prometer que não fará nada que possa levá-la à morte enquanto estiver falando com o Primordial a sós.

Após a reunião, Casteel pergunta a Poppy sobre a mulher com quem ela tem visões e presume que ela também seja uma Primordial. Ele também interpreta as palavras finais de Nyktos a Poppy — que lhe é devida mais de uma coroa e um reino — como um sinal de que ela governará tanto Solis quanto Atlântia um dia.

Depois de reunirem um grupo para a viagem à Trilha dos Carvalhos e embarcarem no navio, Casteel ajuda Poppy com o enjoo, distraindo-a da maneira mais deliciosamente carnal possível enquanto lê meu diário — uma passagem que, na minha opinião, é maravilhosa.

Casteel admite a Poppy que, quando a Coroa de Sangue o mantinha em cativeiro, ele frequentemente se esquecia de quem era e se sentia como um *objeto* e não uma pessoa. Conta que Kieran é o único que sabe dos horrores que sofreu. Também revela que ser chamado de "Cas" ou "Hawke" às vezes era tudo que bastava para lembrar que *não* era um objeto.

Não é à toa que ele tenha ficado tão maravilhado na primeira vez que Poppy o chamou assim.

Prosseguindo a viagem, ele e Poppy encontram um grande gato em uma jaula, e ele se espanta com a semelhança com os gatos da caverna de antigamente, que acreditavam estar extintos. Ele odeia ter que dizer a Poppy que não podem libertá-lo. Mesmo assim, promete incluí-lo no acordo com a Rainha de Sangue. Quando Poppy lhe pergunta se o gato poderia ser Malec, ele responde que Malec não era esse tipo de divindade e não poderia assumir tal forma.

Quando a Rainha e o povo os confrontam, Casteel fica horrorizado ao encontrar seu irmão Malik ao lado de Ileana e pergunta o que ela fez com ele. Quando Malik revela que a Rainha queria que Poppy se casasse com *ele* e comenta que *ele* deveria ser sua Ascensão... da carne, Kieran precisa conter Casteel.

Além disso, descobre que Alastir contou a Ileana sobre o ultimato que pretendiam lhe dar e que ela preferia ver o reino arder em chamas a abrir mão de um único acre de terra. Ao ouvir a contraproposta de Ileana, Cas responde que ela perdeu o juízo.

Parece que a guerra é inevitável.

Enquanto Ileana continua revelando mais, Casteel se esforça para aceitar o que está escutando: que Ileana é na verdade Isbeth, que Isbeth é mãe de Poppy, que Malec é um deus, que *Isbeth* é uma deusa porque Malec a Ascendeu...

Eu também não acreditei em nada disso.

Então Cas diz a Isbeth que não concorda com suas condições, e, por isso, ela manda matar o irmão de Poppy, dando início a um conflito.

Durante a batalha, Cas vê Poppy sendo sufocada pela magia de Isbeth e ordena que todos recuem. Ele diz a Isbeth que ela pode ter o que quiser e se oferece em sacrifício, afirmando que essa é a única maneira para ela controlar Poppy.

Malik o leva para a masmorra e o prende com aros de pedra das sombras ao redor de seus tornozelos e seu pescoço.

Com o passar dos dias, várias Aias invadem sua cela para coletar sangue dele. Cas consegue eliminar um monte delas, o que, por um lado, faz com que encurtem suas correntes, mas, por outro, descobre algo inestimável: nem todas as Aias da Rainha são Espectros — uma delas *continuou* morta após ser assassinada.

Algumas horas depois de uma sangria, cinco Aias entram em sua cela, seguidas por Iscrota, como passei a chamá-la depois de ouvir o apelido numa visão. Ela revela certas coisas que o leva a perceber que Isbeth é uma demis e descobre como esse tipo de ser é criado.

Ele fica furioso quando lhe dizem que não conquistou o direito de ver o irmão, mas se anima ao descobrir o que Poppy fez com o Rei Jalara, que ela sabe onde Malec está e que ameaçou matar o deus.

Isbeth deduz que o único interesse de Cas em Poppy é o poder dela, o que não o surpreende nem um pouco. No entanto, quando a Rainha de Sangue revela não ter interesse em Atlântia, mas, sim, em refazer os *planos*, e que acredita que Poppy está destinada a ajudá-la com isso... *aí, sim*, ele fica chocado.

Elas o deixam sozinho por um tempo, até que Callum chega e apunhala Casteel com uma adaga de pedra das sombras.

Vivendo em cativeiro, tendo o sangue retirado com frequência e adicionando essa nova perda de sangue, Casteel percebe que precisa se alimentar e teme se tornar a coisa em que se transformou na primeira vez que ficou aprisionado. Há outras semelhanças entre aquela ocasião e o presente. Trazem-lhe uma banheira, e ele se recusa a usá-la, pois sabe que é uma recompensa ou o prelúdio de punições e que não fez nada para merecer uma cortesia.

Quando seu dedo indicador é cortado, Cas fica mais incomodado com o fato de terem levado sua aliança de casamento do que com a perda do dedo. E por que não ficaria? Foi uma união abençoada pelos deuses, e a aliança era um símbolo do "agora e para sempre". Pelo menos sabe que Kieran está com Poppy.

Quando a Aia da Rainha, Millicent, entra em seu cativeiro para cuidar dele, algo nela lhe parece familiar. Cas fica imaginando se é o cheiro dela, mas não consegue identificá-lo. Millie conta que Poppy quebrou os feitiços de proteção dos túneis quando Ascendeu à divindade e que carrega o sangue do Primordial da Vida e do Primordial da Morte dentro de si. Casteel presume que ela esteja se referindo a Nyktos, mas Millicent o refuta, dizendo que ele não sabe nada.

A Aia afirma que, embora seja verdade que Isbeth não tem o poder necessário para refazer os planos, ela sabe dar vida a algo que *tem*. A informação deixa Cas inquieto, pensando no que ela quis dizer com aquilo.

Naquela noite, Cas caminha nos sonhos com Poppy na piscina da caverna. Ele se deleita por ser capaz de tocá-la e amá-la. Mas o frio continua ali, assim como o tilintar das correntes, por isso sabe que o sonho não é real. No entanto, por ser mais do que um sonho, o caminhar confirma uma coisa: ele e Poppy são corações gêmeos.

Mais tarde, ele se arrepende de não ter contado a Poppy que está no subsolo e que Isbeth é uma demis, mas não se arrepende de nada que aconteceu no sonho. Quando os Vorazes o atacam, Cas mata um deles e pega sua tíbia para usar de arma. Isso é melhor do que nada...

Quando Malik o visita, Casteel sente um breve lampejo de esperança de que o irmão tenha vindo libertá-lo. Infelizmente, suas esperanças logo são esmagadas. A traição incendeia sua raiva, mas ele compreende um pouco a situação. Como Malik diz, se alimentasse Cas, a Rainha descobriria sua visita e puniria Casteel. Malik desinfeta o ferimento e faz um curativo em Cas, levando-o a acreditar que Millie contou a seu irmão o que estava acontecendo com ele.

Os dois falam sobre Shea, e Malik admite que tem pensado muito nela. Quando Cas revela que a matou, não é nenhuma surpresa para seu irmão. Em seguida, conversam sobre Preela. Malik conta a Casteel o que houve com sua lupino e revela que a adaga de Poppy é feita dos ossos dela. Cas fica enojado e entende que perder Preela daquela forma deve ter sido o estopim para Malik e o levou a ser o que é agora.

Cas começa a juntar as peças sobre o irmão e a Aia. Quando Malik pede a Casteel para não se vingar de Millie por nada que aconteceu, Cas pergunta se o irmão gosta dela. Malik responde que é incapaz de amar, mas que ela — assim como Poppy — nunca teve a oportunidade de escolher nada na vida. Além disso, deve um favor a Millie. Então, com meias-palavras, diz que tudo tem a ver com Poppy e que ela provavelmente não deve se lembrar dele.

Ao considerar essas descobertas, as inúmeras possibilidades o deixam inquieto. Naquela noite, Casteel caminha nos sonhos com Poppy outra vez e revela que ela é uma deusa. Diz que teve certeza no segundo em que descobriu que Malec era um deus. Mas então Poppy lhe revela que Malec *não* é seu pai, e sim o gêmeo dele, Ires. E que Ires é o gato da caverna que eles viram. Isso o enfurece, mas Cas fica contente por Isbeth não saber onde Malec está sepultado.

Os dois seguem conversando, e Poppy garante que vai buscá-lo e que já está quase lá. Também diz a ele que convocou os guardas de Nyktos e que tanto Kieran quanto Reaver — um dos dragontinos — vieram com ela.

Compartilham mais informações: como o fato de Cas estar no subsolo, de Isbeth ser uma demis e o que isso significa, de a Rainha de Sangue saber usar a energia Primordial e de ser essa energia que matou os dragontinos que Poppy trouxe consigo…

Ao relembrar isso, fico aliviada por Nithe ter escapado do massacre. Sempre me lembrarei da noite que passamos juntas com carinho.

Callum acorda Cas com um balde de água fria, e Isbeth o confronta. Ele a provoca antes de apunhalar a Rainha no peito com o osso. Erra seu coração por pouco e diz que foi uma vingança pelo que ela fez ao irmão de Poppy.

Callum investe contra ele, que revida, tentando se aproximar de Isbeth novamente — mas sem sorte.

Em seguida, Isbeth faz uma revelação importante e pertinente: os Primordiais têm uma fraqueza. O amor pode ser usado como arma para enfraquecê-los e, então, acabar com eles. Além disso, podem nascer no plano mortal, e foram os deuses que os levaram para o descanso eterno por meio da Ascensão. No entanto, os Destinos criaram uma brecha, permitindo que um poder maior ressurgisse. A questão é que isso só ocorre nas mulheres da linhagem do Primordial da Vida... sugerindo que Isbeth não deu à luz uma deusa, mas uma *Primordial*. Poppy é uma Primordial.

O tempo passa, e Cas começa a enlouquecer por causa da sede de sangue. Sequer percebe quando Poppy o encontra. Ela usa seus dons para tirá-lo do transe e curar suas feridas. Mas ao ver Callum em vez de Kieran, sabe que ela não está ali para resgatá-lo. Alguma coisa deu errado. Poppy conta que foram emboscados na saída de Três Rios e trazidos à Rainha. Quando ela se oferece para alimentá-lo, Cas se recusa por medo de deixá-la fraca.

Cas fica contente ao perceber que Isbeth não sabe que Poppy trouxe um dragontino consigo. Quando Poppy exige que ele receba água e permissão para se alimentar, exibindo todo o seu poder em seguida, ele fica completamente maravilhado. Mais uma vez. Ainda assim, Cas a convence a ir embora. Ela tem planos em andamento e não pode executá-los ali na masmorra.

Na próxima vez que o visita, Millie remove a coloração preta dos cabelos e limpa a tinta do rosto, e então Cas percebe por que a Aia lhe parece tão familiar. Millie confirma suas suspeitas e revela que é a primeira filha, irmã biológica de Poppy. Acrescenta que, ao contrário de Poppy, não é uma deusa, mas um fracasso. Quanto mais revelações, mais Casteel obtém respostas e também outras dúvidas. Ela detalha o plano de longa data de Isbeth e conta a Cas que, quando concluir a Seleção, Poppy dará à mãe o que ela quer desde que seu filho morreu: vingança contra todos. Ela não quer refazer os planos, e sim *destruí-los*, e Poppy está destinada a ajudá-la. Ela *é* o arauto da profecia. Millie diz que tudo que foi profetizado vai acontecer. Poppy trará o fim dos tempos e Casteel vai fracassar. Ele matará Poppy.

Assombrado por seus pensamentos, ele reflete sobre o que a Aia lhe contou. Sabe que jamais matará Poppy, mas as informações ligadas à profecia têm se mostrado verdadeiras... embora não como o esperado.

Ao retornar, Callum conta que Poppy o apunhalou com sua própria adaga, o que deixa Cas bastante orgulhoso. Mas quando Callum revela que, embora a arrogância de Casteel seja impressionante, ele já viu o amor derrotar o mais poderoso dos seres e que só viu o amor vencer a morte uma vez — com Nyktos e sua Consorte —, e isso revela para Cas o quão antigo ele realmente é. E então... o Espectro o apunhala no peito, incitando-o à sede de sangue.

Kieran, Poppy e Malik vão buscar Casteel, mas ele está fora de si e não entende o que está acontecendo. Kieran distrai Casteel enquanto Malik o deixa inconsciente, e, em seguida, Reaver o liberta das correntes de ossos antes que seu irmão o leve para fora da cela. Poppy usa seus dons para tentar curá-lo, mas ele está tão desvairado que isso não surte muito efeito. Cas avança contra a garganta de Poppy, mas seu amor por ela prevalece, e ele acaba protegendo-a em vez de machucá-la.

Não acho que ele seria capaz de lhe fazer mal. Pessoalmente, acredito que ele sempre saberia que era ela e manteria o controle, mesmo no auge da sua sede de sangue.

Casteel conhece Reaver e acha que poderia gostar do dragontino, sobretudo quando ele o ajuda a tirar as algemas de pedra das sombras. Após se certificar de que estão todos a salvo, Cas pede um tempo a sós com Poppy. Kieran fica com os dois, e Cas agradece ao amigo por ajudar a libertá-lo, mas principalmente por cuidar de Poppy e estar ao lado dela quando ele não pôde estar.

Desesperados para provar que ela é real e que está ali com ele, os dois demonstram o quanto se amam e sentem falta um do outro, e juram nunca mais se separar. Ele garante que vai ficar tudo bem.

Poppy conta o que está acontecendo com ela, e ele descobre que, embora precise se alimentar, qualquer sangue que não seja o de um dragontino serve para ela. Presume que ela se alimentou de Kieran, o que o deixa satisfeito. Poppy conta tudo que aconteceu e, enquanto ouve, Cas reluta em contar a ela que Millie é sua irmã.

Sem conseguir dormir ao pensar nisso e no que a Aia disse sobre Poppy morrer em seus braços, ele sai da cama e vai conversar com Kieran. Os dois discutem tudo o que Millie contou a Cas, qual o significado disso em relação à profecia e o que acreditam ser a verdade acerca de Millie e Malik. Durante a conversa, Casteel se dá conta de que Poppy será uma Primordial assim que concluir a Seleção e se preocupa com o que Isbeth disse sobre o amor ser perigoso para um Primordial.

Depois que Poppy se alimenta e o casal passa mais tempo junto, ele finalmente revela a Poppy que Millie é sua irmã e que não sobreviveu à Seleção — por isso, Isbeth a transformou em Espectro para salvá-la.

Durante um momento a sós com seu irmão durante a viagem, Casteel revela que Millie lhe contou ser irmã de Poppy, e que ele completou o quebra-cabeça em sua mente e entendeu como ela acabou daquela maneira. Seu irmão confirma que o sangue de Cas não foi suficiente para Ascender Millie, já que ele estava muito enfraquecido devido ao cativeiro, e que foi Callum quem ensinou Isbeth a criar Espectros e usar a magia Primordial.

Depois da conversa com o irmão, Casteel diz a Poppy que não acha que ela seja uma deusa, e Malik o interrompe, dizendo que ela é uma Primordial. Uma ideia ocorre a Casteel, que direciona sua raiva a Reaver por não ter dito logo a Poppy que ela era uma Primordial, e então pergunta como uma Primordial pode nascer da carne mortal.

Conforme surgem informações que o fazem perceber que Malik era o Senhor das Trevas de Lockswood e, portanto, responsável pelas cicatrizes e traumas de Poppy, Cas induz o irmão a pegar uma adaga e levá-la à própria garganta. Poppy detém Cas e explica que Malik não a machucou — na verdade, ele a ajudou a fugir. Mas isso não diminui a raiva de Casteel. Quando Malik nega todas as afirmações feitas por Poppy em uma tentativa de fazer o irmão compreender que ele só estava protegendo seu reino e sua família, Cas não consegue mais se conter. Ele avança com tudo, e Poppy é forçada a usar seus poderes para separar os dois.

Isbeth aparece na casa em que estão hospedados e mata o casal de Descendidos que os abrigava. Uma batalha é iniciada, e Cas impede Malik de voltar para Isbeth — com a ajuda de Kieran, que o deixa inconsciente. Mas Kieran é ferido na luta, levando Cas a esfaquear Callum no peito antes de trazer Poppy de volta a si.

Ao partir para encontrar o exército Atlante na Padônia, eles discutem a invasão da Carsodônia durante a reunião com Isbeth no Templo dos Ossos. Não é o ideal, mas é algo para se pensar. Também falam da profecia, de como a vida de Poppy só pertence a ela, da União e de tudo que foi revelado a respeito de Malik.

Cas fala com Kieran sobre a União, e o lupino deixa claro que não quer nem espera que os dois façam isso só para salvá-lo da maldição que se abateu sobre ele por causa da lâmina com a qual Callum o apunhalou. Cas diz a *ele* que são mais do que amigos ou irmãos — são duas faces da mesma moeda, e avisa a Kieran quando pretende fazer a União, se Poppy ainda estiver disposta.

Se ela não estiver, posso ficar no lugar dela?

Brincadeirinha.

Será? *piscadinha*

Com a cabeça mais fria, Casteel confronta o irmão, deixando claro como se sente em relação a Malik ser o Senhor das Trevas e como isso prejudicou e impactou a vida de Poppy. Após mais discussões sobre Alastir e Millie e as intenções e crenças de Malik em relação a Poppy, Cas tem um momento de afeição em que diz a Malik para não acabar morrendo e lhe pede para lutar *com* eles, não contra eles.

De forma alguma posso dizer que os dois voltaram a ser amigos, mas foi um grande passo para Cas hastear uma bandeira branca, e Malik aceitá-la — ao menos por enquanto.

Casteel pergunta a Malik sobre a rima sinistra que Poppy ouviu, e o irmão diz que não faz a menor ideia do que ele está falando, confirmando que não era ele. Então ordena que as correntes de ossos sejam retiradas de Malik. Não quer que seu pai ou o povo de seu reino o vejam acorrentado.

Ao ver os dragontinos pela primeira vez na Padônia, Cas fica atônito, mas sente-se mais seguro quando Poppy apresenta todos para ele. Após conhecer os dragontinos, é pego de surpresa ao ver Tawny. Ela não parece mais a mesma para ele, embora não saiba dizer *o que* mudou. Mas há alguma coisa... diferente.

O grupo se prepara, e Cas diz a todos que só entregará Malec a Isbeth para que a maldição de Kieran seja suspensa. Depois disso, acabarão com a guerra de uma vez por todas. Em seguida, fazem planos para chamar os generais de volta e discutem como invadir a Carsodônia.

Os dias seguintes são de planejamento e diversão com sua Rainha até partirem em busca de Malec. A viagem é cheia de conflitos como sempre — Vorazes, Sentinelas, cobras —, mas também repleta de informações. Cas aprende sobre os diversos tipos de Germes e como surgiram, como Malec mudou depois de visitar o plano mortal e que Nyktos e sua Consorte tiveram bons motivos para não intervir quando o filho foi sepultado.

Com essa parte da jornada concluída, ele ordena que todos tirem um dia de folga antes de partirem para o Templo dos Ossos. Nessa mesma noite, ele leva Poppy ao Bosque das Glicínias, à margem do Rio de Rhain, onde Kieran os aguarda.

Lá fora, no meio da natureza, os três se tornam um só. Dava para ser mais sexy do que isso?

O trio começa o ritual: Poppy bebe deles, eles bebem um do outro, e então Cas e Kieran bebem dela, pronunciando as palavras que estabelecem consentimento e intenção, além de aumentarem a tensão. Testemunhei o encontro numa visão e devo admitir que depois tive de fazer uma visita a um dos meus amantes habituais. Os três formaram uma bela paleta de cores misturadas, suspiros no ar, tanta confiança, amor e respeito... foi lindo de ver. Assim como os fios da União que os vinculavam.

Ao se deitarem, entrelaçados, satisfeitos e unidos, percebem que a ferida de Kieran está curada, mas não têm certeza se a maldição foi quebrada. Isso ainda os preocupa, mas a União se tratava de muito mais do que salvar a vida de Kieran, e os três têm noção disso. O mais surpreendente para Cas é compartilhar os batimentos cardíacos com as duas pessoas mais importantes da sua vida. É fantástico.

O grupo parte para o Templo dos Ossos, e Cas, Kieran e Poppy aproveitam a nova intimidade entre eles. Sempre foram unidos, mas agora é bem mais forte. Quando alcançam Isbeth, Cas discute com Callum e provoca a Rainha com o fato de Malec continuar hibernando. Também pergunta por que Isbeth acha que Malec daria o que ela quer. Com sua habitual arrogância, ela responde que tem *certeza* que ele dará o que ela pedir.

Assim que Callum retira a maldição, Cas pede a Kieran que deixe Poppy o curar por ela, não por ele — e então fica junto deles à espera do que Isbeth vai fazer. Quando a Rainha saca uma adaga de pedra das sombras, Cas conforta Poppy. Não podem confiar em Iscrota, pois ela é imprevisível, o que comprova ao cravar a lâmina no peito de Malec.

Quando Callum explica o *verdadeiro* significado da parte da profecia que fala sobre o arauto e portador da morte e da destruição, Cas lembra a Poppy que nunca pensou que ela fosse a morte e a destruição. Ainda assim, fica chocado com o que Callum revela e indignado com o que ele diz sobre o chamado "Verdadeiro Rei dos Planos". No entanto, a gota d'água é quando *Callum* diz que está ansioso para colher sua linda papoula e vê-la sangrar. Cas, julgando já ter ouvido o bastante, arranca o coração do peito daquele idiota com as próprias mãos... no instante em que Kolis faz uma entrada triunfal.

A terra se abre, os lupinos fogem — algo que Cas nunca os viu fazer —, e dakkais emergem das rachaduras no chão. Lutam com bravura, mas muitos perecem. Naill. Emil. Delano. Ele faz o possível para vingá-los, com a atenção dividida entre a batalha e a transformação de Poppy. A mudança o pega de surpresa, assim como a chegada de Nektas, e ele mal consegue desviar o olhar, apesar dos perigos vindos de todos os lados. Cas tenta proteger Poppy do horror da destruição de Isbeth, mas ela assiste — todos assistem — até que Iscrota deixa de existir.

Ao trazer Poppy de volta a si, Cas fica espantado com tudo que aconteceu. De alguma forma, nenhum de seus amigos morreu e Poppy concluiu a Seleção. Quando informa que ela trouxe todos de volta à vida, Nektas o corrige e diz que a verdadeira Primordial da Vida, a *Consorte*, a ajudou, e que Nyktos capturou a alma deles antes que pudessem entrar no Vale ou no Abismo.

Quando Nektas conta a história de Sotoria, Kolis, Nyktos e sua Consorte, todos ficam intrigados — ainda que preocupados. É aí que Cas conclui que, se Kolis não tivesse matado o irmão e roubado as brasas, então Nyktos teria se tornado o Primordial da Vida, e tanto Malec quanto Ires já teriam nascido como Primordiais. E só não nasceram porque era preciso uma descendente mulher.

Quando Nektas diz que Poppy é a Primordial de Sangue e Ossos, a verdadeira Primordial da Vida *e* da Morte, e que essas duas essências nunca existiram numa só pessoa, Cas garante que, seja isso bom ou ruim, os dois já sabem que *ela* é boa.

Na esperança de que as coisas comecem a melhorar agora que frustraram os planos da Rainha de Sangue e que Malec continua vivo, Cas fica cheio de raiva e frustrado quando Nektas diz que eles não impediram nada e que precisam matar Kolis — algo que nem Nyktos e a Consorte foram capazes de fazer.

Mais tarde, nos túneis, Cas mata um vampiro, embora não tenham sido atacados. Diz que ele estava se aproximando de Poppy e que isso não era nada bom. Cas não sabe por que ela parece estar enfraquecendo, mas isso o deixa bastante preocupado.

Nektas diz que Cas puxou à linhagem da qual descende — a de Attes e Kyn.

Os túneis desabam, e Cas e Kieran se adiantam para proteger Poppy. Nektas diz que não foi ela que provocou o desabamento, e sim *eles*. Ou seja, os deuses estavam despertando — sobretudo Penellaphe, que repousava ali perto.

Ainda preocupado com Poppy, Cas é obrigado a deixar tais pensamentos de lado quando se deparam com Ires enjaulado na forma de gato. Ele está com uma aparência péssima. Todos veem as grades e os feitiços de proteção, e Nektas diz que ninguém no plano mortal deveria ter tal conhecimento.

Eles contam a Ires que Isbeth está morta, que vieram resgatá-lo e que vai ficar tudo bem. Poppy toca seu pai, que assume a forma divina e lhes conta tudo a respeito de Jadis. Em seguida, ele desmaia e entra em estase.

Poppy fica tonta. Nektas pergunta se ela já dormiu, e ela diz que descansou um pouco. Mas não foi isso que ele quis dizer. Ele está perguntando sobre a estase após a Ascensão. Antes que possa responder, ela desmaia, sendo segurada antes de atingir o chão por Cas e Kieran.

Nektas explica que ela precisa da estase para completar sua transformação e que a própria terra tentará protegê-la. Acrescenta que não sabe quanto tempo ela vai hibernar, mas diz que os dois devem levá-la para um lugar seguro, onde poderão cuidar e conversar com ela. Porém, acrescenta que pode haver efeitos colaterais. Há a chance de ela acordar sem se lembrar de si mesma, deles e de do que aconteceu antes.

Os dois a levam para um quarto de hóspedes no castelo, e Cas pede a Emil para garantir que Wayfair esteja seguro. Ele já pretendia se certificar de que não fossem incomodados, mas diz que os lupinos vão proteger as instalações com Hisa e a Guarda da Coroa.

Emil pergunta o que deve fazer com os Ascendidos, e o primeiro instinto de Cas é responder: "mate todos". Em vez disso, ordena que sejam mantidos em suas casas.

Em seguida, ele pergunta sobre Valyn e Ires, e Cas percebe que nem parou para pensar em quem ficou na Padônia. Pede para mandarem uma mensagem ao seu pai, mas sem entrar em detalhes sobre o que aconteceu com Poppy, e diz que Nektas levou Ires de volta para o Iliseu.

Lembrando-se de que Nektas lhe pediu para conversar com ela, Cas relembra a primeira vez que a viu e decide contar como era a sua vida na Masadônia antes de os dois se conhecerem. Começando com o tempo em que passou na Colina.

Poppy dorme por horas a fio. Durante seu sono, Cas dá um banho nela, lavando a sujeira e o sangue da batalha de seu corpo. Ele lhe diz que Vikter faz parte dos Destinos e que, por ser um *viktor*, talvez tenha percebido quais eram os verdadeiros motivos de Cas enquanto ele dizia ser Hawke. Ele lembra a Poppy que Vikter poderia ter morrido naquela noite no jardim, no lugar de Rylan Keal, e admite que tinha noções preconcebidas sobre ela, pois não a conhecia. Mas garante que *tudo* mudou depois que se conheceram.

Cas abraça Poppy junto ao peito e diz que teve dificuldade em digerir tudo que aconteceu durante o cativeiro, Shea e os acontecimentos posteriores. Além disso, admite ter usado sexo, drogas e álcool para amenizar a dor. Só *então* começou a usar a dor — física — como válvula de escape. Ele se deu conta do quanto as coisas estavam ruins apenas quando viu que estava bebendo demais de Kieran.

Kieran diz que não se importava que ele usasse o vínculo para recuperar a força e que não há problema em esquecer as coisas, desde que elas sejam lembradas mais tarde. Ele pergunta sobre Shea e fica imaginando se Cas algum dia contará a ela.

Bem, nós já estamos cientes de que *Poppy* sabe que ele matou Shea com as próprias mãos após a traição. Será que há mais alguma coisa nessa história?

Sua resposta é que Poppy precisa estar acordada para ouvir a história e ficar sabendo de tudo.

Pois eu também quero saber de tudo!

Cas conta a Poppy sobre Malik estar aprisionado e o que o Lorde lhe contou no frigorífico, percebendo que não estava enganado, dado o jogo que Malik estava jogando, e que Vikter não revelou o que acontecia durante suas aulas com o Duque porque não queria constrangê-la.

Cas fica com vontade de procurá-la em seus sonhos, mas não sabe se vai dar certo, já que não é um sono normal, e sim a estase.

Ele se lembra do Pérola Vermelha e de como a achou corajosa, depois menciona a noite em que os Vorazes atacaram a Colina. Diz que foi quando tudo começou a mudar e ela começou a se tornar *Poppy* para ele.

Kieran e Cas conversam sobre o dia em que Britta foi aos aposentos de *Hawke*, e ele torce para que Poppy não se lembre dessa parte quando acordar. Os dois discutem se ela parece melhor e concluem que sim.

Kieran informa Cas que a cidade está tranquila. Um Descendido alertou Emil sobre os túneis que os vampiros usam para viajar durante o dia, e um grupo liderado por Hisa é despachado para cuidar disso. Kieran admite que é difícil não ir com eles, mas Cas lembra que ele é necessário ali.

Cas indaga sobre Malik, e Kieran responde que Valyn e companhia se atrasaram na Padônia, mas chegariam em breve. Ele aconselha que descanse um pouco, o que faz Casteel se voltar para Kieran e perguntar se *ele* está descansado. Os dois tentam lembrar onde pararam na história que estavam contando a Poppy…

Ele fala com Poppy sobre o meu diário enquanto Delano fica ao pé da cama, onde está basicamente acampado desde o primeiro dia, e Kieran passa um bom tempo na sala de banho. Depois muda de assunto para o Duque e diz que fez o idiota sofrer.

Ao mencionar a sensação de completude que os dois sentiram sob o salgueiro na noite do Ritual, Cas diz que foi um encontro de almas.

Cas pergunta sobre Millie, o que Kieran acha bastante estranho, mas concordam que ela é diferente dos outros Espectros. Depois falam sobre o Ritual e como as coisas saíram do controle naquela noite. Casteel diz que ainda se sente responsável.

De repente, Emil pergunta a alguém o que essa pessoa está fazendo no corredor. Delano acorda e começa a rosnar, e Kieran assume uma postura defensiva. Millie aparece e pede que não a matem. Cas comenta que Naill deve ter encontrado a Aia e Malik no exato momento em que seu irmão se aproxima com um ar abatido.

O Espectro questiona o que está acontecendo com Poppy e diz que não quer que ela morra. Malik insiste que não vai machucar Poppy, então Casteel pergunta por que Millie fugiu. Ela diz que ficou com medo ao ver a Consorte nos olhos de Poppy.

Kieran se transforma e diz que vai ficar ali caso Millie queira ver Poppy.

Cas vai para o corredor com Malik e pede a Emil e Naill que as deixem a sós. Ele pergunta ao irmão o que aconteceu, e Malik diz que os dois lutaram contra alguns Espectros. Derrotaram a maioria dos encrenqueiros, mas ainda há mais por aí. Quando Cas pergunta como eles conseguiram matar os Espectros, Malik revela que o sangue dos dragontinos pode matá-los e que Millie encontrou um estoque cheio.

Os dois falam de confiança, do passado e de seus corações gêmeos, e chegam a uma certa trégua.

De volta ao quarto de Poppy, Cas diz não queria que ela descobrisse quem ele era daquele jeito — depois de matar o guarda nos estábulos. Também conta o medo que sentiu ao receber a notícia de que ela havia sido atacada logo depois. Ao narrar mais histórias, Cas diz que pensou que ela o fosse apunhalar de novo após soltar a bomba sobre o noivado durante o jantar, mas que ela o surpreendeu ao arrombar a fechadura e fugir.

Admite que se apaixonou por ela bem antes de perceber. Antes mesmo de saírem da Masadônia. Quando chegaram ao Pontal de Spessa, ele já tinha certeza de seus sentimentos. Em seguida, diz que há semelhanças entre ela e o que Shea fez, e promete contar mais assim que Poppy acordar.

Ele tira um cochilo para descansar um pouco, mas acorda sobressaltado e vê um vulto de preto empunhando uma adaga branca dentro do quarto. Cas bloqueia o golpe e percebe que o homem é um Espectro.

Ele diz que Cas deveria ter fechado a janela e acrescenta que as lâminas que traz consigo são feitas dos ossos dos Antigos, podendo deter até mesmo um Primordial — inclusive, chama Cas de *falso Primordial*.

Achei isso muito interessante quando tive a visão, mas tudo se esclareceu mais tarde.

O Espectro crava a adaga no peito de Cas, deixando-o incapacitado. Ele se sente impotente ao ver o Espectro ir atrás de Poppy mais uma vez. Quando ele recita a rima sinistra que Poppy tem escutado — ou lembrado? — há tantos anos, alguma coisa explode dentro de Cas. Uma tempestade começa a cair lá fora, e ele puxa a adaga de ossos.

E então… muda de forma. Transforma-se num gato da caverna com manchas pretas e douradas e mata o Espectro. Mesmo com as lembranças alteradas pela nova forma, ele vê Poppy como sua. Quando Kieran entra, também o vê como seu.

Emil entra e Cas tenta devorá-lo. Kieran o acalma e diz que o Atlante é chato, mas também é dele, só que de outro jeito.

Depois que Emil vai embora, Kieran fala com Cas, lembrando-o de quem ele é e encorajando-o a se transformar. Assim que Cas volta ao normal, os dois comentam que ele quase matou Emil, recolhem as duas adagas de ossos e Kieran comenta que são parecidas com a que Callum usou para amaldiçoá-lo.

Em seguida, menciona que a transformação de Cas é similar à de Ires e presume que sua nova habilidade tem a ver com o vínculo da União. Kieran imagina se Poppy também pode mudar de forma, e Cas diz que ela vai ficar animada quando souber disso.

Os dois comentam que podem ouvir os pensamentos um do outro e supõem que seja outro efeito colateral da União. Decidem colocar o corpo destroçado do Espectro na masmorra para que possam interrogá-lo mais tarde e voltam sua atenção para Poppy.

De repente, as paredes e o chão começam a tremer e um círculo de cruzes pontiagudas e sobrepostas surge sob seus pés. É o símbolo da vida e da morte, de sangue e ossos. Ao olharem para Poppy, Cas e Kieran veem que ela tem veias prateadas de éter sob a pele, logo seguidas por sombras. Ela está mais corada e sua pele está quente, e então… abre os olhos.

São prateados como os olhos de uma Primordial.

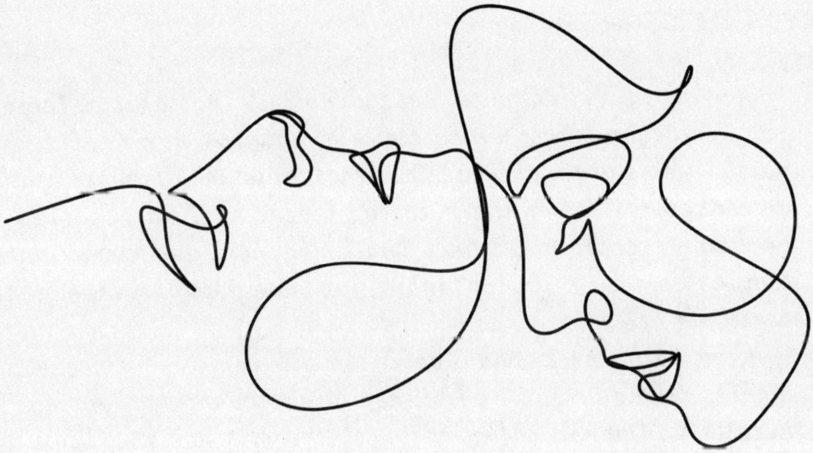

O REI E EU

Caro diário,

Acabei de voltar para casa depois de passar um tempo fora, entregando-me a meu espírito errante e minha alma inquieta. Como você sabe, muitas vezes viajo para lugares ainda desconhecidos em minha busca de vivências. Esta vez não foi nenhuma exceção, e retornei com lembranças que levarei para sempre comigo e um encontro que mal posso esperar para registrar nestas páginas.

Como já fiz no passado, parti somente com uma direção em mente, deixando que os Destinos guiassem minhas viagens e aventuras. Quando enfim cheguei à floresta nos arredores da Trilha dos Carvalhos, procurei um lugar para descansar, pois estava viajando havia vários dias. Por sorte, encontrei uma cabana de caça bastante conveniente. E tive mais sorte ainda: a porta não estava trancada.

Como não sabia qual era o estado da chaminé da lareira, decidi não acender o fogo e me contentei em obter calor das muitas velas que encontrei espalhadas pelo aposento.

À luz bruxuleante dos pavios acesos, acomodei-me com minha parca refeição de carne seca e salgada, um pouco de queijo, frutinhas e pão, fazendo anotações em você para que pudesse me lembrar de todos os encontros e experiências que apreciara até o momento durante a minha estadia.

Com os olhos pesados, apoiei a cabeça sobre meus braços cruzados e adormeci, sonhando com os amigos vigorosos, musculosos e ridiculamente bonitos com quem namorei duas noites atrás – eles foram bem divertidos. Mas já te contei a respeito deles em outra passagem. Agora vou voltar à noite na cabana.

Eu estava dormindo havia pouco tempo quando um barulho do lado de fora da porta me acordou. Não sabia se era um animal – era temporada de caça, e com certeza os animais selvagens estavam sendo expulsos de seu habitat, temendo se tornarem vítimas do esporte –, outra coisa ou uma pessoa – afinal de contas, eu estava invadindo a residência de alguém, mesmo que parecesse apenas um lar temporário.

Tirei a adaga da bota e continuei sentada, escondendo a lâmina nas dobras da capa e esperando para ver o que aconteceria. Você pode pensar que eu estava com medo, mas, considerando o quanto vivi, acho que poucas coisas me deixam assustada. Agora, preocupada? Sem dúvida. Por isso, fiquei ali, atenta ao desenrolar das coisas.

Quando ouvi e vi a maçaneta da porta girar, soube que minha suposição de que se tratava de um animal estava incorreta. Estava prestes a ser confrontada por alguém de duas pernas. Só torcia para ser uma pessoa benevolente.

Quando a porta de madeira se abriu, a luz da lua cheia formou um halo e delineou a silhueta de um vulto alto e robusto. Pelo que pude ver na penumbra, ele estava ocupado em tirar algo de uma bolsa pendurada no peito e ainda não tinha percebido que não estava sozinho. Permaneci calada e imóvel, limitando-me a observar conforme o vulto dava dois passos porta adentro, e a luz das velas iluminava os traços delicados de seu belo rosto.

Foi então que ele pareceu notar a luz das velas, pois ergueu o olhar com uma expressão surpresa e alerta. Largou o embrulho que tinha tirado da bolsa e sacou a espada da bainha. O punho e a lâmina reluziram à luz do fogo, e eu vi o desenho e o trabalho artesanal que havia sido retratado em inúmeras obras de arte e páginas de livros espalhados por todo o reino. Eu estava sentada diante de ninguém menos que Elian Da'Neer, o atual Rei de Atlântia.

Mesmo com a luz tênue do aposento, vi seus brilhantes cabelos preto-azulados e, apesar da expressão em seu belo rosto — que agora passava para a raiva —, o nariz reto, as maçãs do rosto salientes e o queixo imponente que parecia esculpido em granito acenderam algo dentro de mim.

Como ele ainda não tinha dito nada, pousei a lâmina sobre a mesa e levantei-me lentamente, erguendo as mãos à minha frente, com as palmas voltadas na direção dele, num gesto de paz.

Abaixei a cabeça e o cumprimentei, chamando-o de Majestade. A reverência pareceu desarmá-lo, e vi a postura tensa em seu corpo longilíneo, esbelto e tonificado relaxar um pouco. Disse que não pretendia lhe fazer mal nem faltar com o respeito, e que era apenas uma viajante cansada à procura de um lugar para passar a noite. Acrescentei que tinha a intenção de compensar quem quer que fosse o proprietário da cabana pelo tempo que passei ali e apontei para a bolsinha de moedas que havia deixado sobre a lareira.

O Rei embainhou a espada e deu mais alguns passos para dentro da sala, fechando a porta atrás de si e deixando lá fora o frio da noite de outono. Embora devesse ter ficado mais tranquila, o aposento me pareceu ainda menor com nós dois trancados ali dentro. Ele tinha um certo magnetismo que me atraiu e prendeu minha atenção de um jeito bastante agradável. Engoli em seco e encontrei seu olhar âmbar-dourado.

Ele perguntou como eu me chamava e respondi com todo o respeito possível no tom de voz. Surpreendentemente, o que vi em seu rosto não foi o que eu esperava. Não era confusão nem incerteza, e sim reconhecimento. Ele perguntou se eu era a Vidente, integrante do recém-criado Conselho dos Anciões, e eu confirmei. Por algum motivo, isso o desarmou completamente. Ele pegou a trouxa que tinha largado, deixou a bolsa de lado e puxou a cadeira à minha frente, acomodando-se nela com um suspiro de cansaço e acenando para que eu me sentasse diante dele no lugar que havia desocupado mais cedo.

Ele brincou e perguntou se eu pretendia usar a lâmina na mesa, me agraciando com um sorriso devastador, que me deixou toda trêmula, enquanto exibia um par de covinhas que fizeram meu coração bater mais forte. As belas feições não deixavam dúvida de que era mesmo um descendente da Corte de Vathi. Retribuí seu sorriso e guardei a adaga na bolsa que tinha pendurado no encosto da cadeira.

Perguntei ao Rei se queria um pouco de vinho. Quando ele aceitou com gratidão, peguei meu cantil e o copo extra e lhe servi uma dose generosa, aproveitando para completar a minha dose também.

Ele perguntou o que eu estava fazendo em sua cabana de caça. Então, contei a ele sobre minha alma errante e sede de aventura, e que costumava usar abrigos afastados para descansar durante minhas viagens, certificando-me de compensar generosamente meus anfitriões desconhecidos.

À medida que a noite avançava e o vinho fluía, Elian ficou mais confortável — chegou a dizer para seus guardas montarem acampamento mais adentro na floresta. Também comecei a relaxar. Eu já o tinha visto, é óbvio; conhecia seu legado, como ele tinha invocado um deus e, sozinho, apaziguado o conflito entre lupinos e Atlantes depois da guerra. Mesmo assim, nunca tive o prazer de estar em sua companhia — apenas à distância, e por muito pouco tempo.

Como de costume, mesmo sem o auxílio do álcool, meus comentários tornaram-se sedutores, e meus toques inocentes, mais frequentes e intencionais. Percebi que Elian não ficou indiferente a mim. Eu o vi engolir em seco em mais de uma ocasião, com o pomo de adão balançando e lançando sombras em seu pescoço gracioso.

Com o vinho percorrendo as entranhas, as chamas das velas e o calor do corpo aquecendo minha pele, me vi tirando camadas de roupas à medida que a noite avançava. Ele tinha feito o mesmo, sentindo-se mais confortável, e de repente me dei conta de como estávamos à vontade um com o outro.

É de conhecimento público que o Rei e a Rainha têm um casamento aberto. Eles têm filhos, óbvio, e acredito sinceramente que se amam à sua maneira, mas não é nenhum segredo que a Rainha prefere mulheres e não se importa que o Rei tenha amantes.

Com tal conhecimento fixo na cabeça, reuni coragem e me levantei, aproximando-me de Elian, que estava sentado um pouco afastado da mesa, com as pernas abertas. Posicionei-me entre suas coxas e olhei para ele, tentando transmitir meus desejos apenas com o olhar, testando as águas e torcendo para que ele mergulhasse comigo. Ele me encarou com franqueza, os belos olhos brilhantes mais pesados e o peito ofegante pela respiração.

Devagar, ah, tão devagar, estendi a mão, avançando em direção ao seu rosto aos poucos e esperando para ver se ele me deteria. Em vez disso, o Rei pegou meus dedos e colocou a palma da minha mão em sua bochecha, virando-se para beijar a parte interna do meu pulso. Meu ventre se agitou, e o calor se apoderou de mim com o toque daqueles lábios macios na carne sensível.

Ele respirou fundo, e eu sabia que conseguia sentir o cheiro da minha excitação. Não tive a menor vergonha. Muito pelo contrário. Levantei minhas saias com a mão livre e me acomodei firmemente em sua coxa, deixando-o sentir o que a noite tinha feito comigo, o calor e a umidade que se instalaram em meu âmago.

O Rei deu um gemido quando me esfreguei em sua perna e joguei a cabeça para trás em êxtase, nossas mãos unidas descendo até a base do meu pescoço, logo acima do corpete de babados do vestido.

Antes que eu pudesse recuperar o fôlego, ele libertou meus seios dos confins de minhas vestes; o ar acariciou meus mamilos e os deixou entumecidos. Não era muito confortável, pois eu ainda estava vestida, mas o desconforto sumiu assim que ele lambeu primeiro um botão rosado e depois o outro, massageando um com o polegar enquanto levava o outro para a caverna úmida e quente de sua boca. Lambia com vontade, fazendo-me praticamente ofegar de desejo.

Passei a mão pela sua coxa livre, virando o pulso para tocar no membro rijo, que lutava para se libertar de seu invólucro de couro macio. Elian gemeu de novo e renovou o fervor em meus seios quando fiz um pouco de pressão e apertei, enfiando o dedo indicador por dentro do cós de suas calças para arranhar seu membro com a unha. O gesto o fez sibilar e levantar a cabeça para olhar para mim.

Sua expressão é quase indescritível. O mais próximo que consigo descrevê-la é dizer que ele parecia faminto.

Desatei os cordões de sua cintura e virilha com uma das mãos e puxei a barra da camisa com a outra. Ele arrancou a túnica pela cabeça e depois atacou as minhas roupas com tanta pressa e intensidade que temi ficar com um único vestido pelo resto da viagem.

Ele me afastou o suficiente para que pudéssemos nos livrar do que restava de nossas roupas e então me pegou em seus braços poderosos sem sequer hesitar antes de me levar para a área do quarto da cabana.

O Rei me deitou nas cobertas macias e eu deslizei descaradamente para trás, me apoiei sobre os cotovelos e me desnudei para ele, lançando-lhe um sorriso sensual. Ele não perdeu tempo, simplesmente mergulhou, me devorando com tanta maestria e fervor que vi estrelas ao chegar ao topo daquele pico e despencar do outro lado. Mas ele não parou ali. Circundou aquele feixe de nervos e beliscou o capuz que o protege. Enfiou sua língua maliciosa em mim como se fosse um prelúdio do que estava por vir. Inseriu um, depois dois dedos dentro de mim, torcendo, virando e acertando aquele ponto lá no fundo até me deixar sem fôlego e ficar com os dedos encharcados.

Quando ele beijou e subiu pelo meu corpo antes de tomar minha boca num beijo ardente e apaixonado, percebi que queria saborear seu gosto como ele fez comigo. Mudei de posição, pegando-o de modo inesperado e ouvindo seu suspiro de surpresa, depois beijei e lambi seu corpo até chegar ao seu membro impressionante, acariciando-o a partir da base e girando o polegar sobre a ponta enquanto o encarava nos olhos, demonstrando o quanto o desejava. Quando o levei à boca, seus quadris se ergueram da cama e ele estendeu a mão para puxar o meu cabelo — nem com força nem com suavidade demais —, e a ligeira pontada de dor se misturou ao prazer e poder que senti ao satisfazê-lo daquela forma. Usei a mão para acariciá-lo enquanto alternava entre a sucção e a pressão constante com movimentos giratórios da língua. Senti seu membro mais rijo e seu corpo tenso, e me preparei para satisfazê-lo, mas então ele se deteve e se afastou de mim.

Fiz beicinho e disse a ele que estávamos chegando na parte boa. O Rei começou a rir, exibindo aquelas covinhas inigualáveis, e depois me puxou para a cama consigo, beijando-me intensa e sedutoramente. Moveu a língua pela minha de um jeito que me fez lembrar do que ele tinha feito antes e quase gozei de novo. Quando ele abaixou a mão e, desta vez, inseriu três dedos, quase entrei em combustão com a intrusão súbita, e isso antes mesmo de ele se mover. Ao primeiro deslize e estocada suaves, atingi o clímax novamente, o grito subindo pelo meu corpo e rompendo nossa conexão enquanto meus músculos se contraíam.

Fiquei tão fascinada que não reparei em suas ações e só pude suspirar quando ele me penetrou até o fundo num movimento contínuo. A sensação de preenchimento se intensificou ainda mais quando seu membro atingiu aquele ponto interno de uma maneira tão prazerosa que chegava a doer. Estremeci e tive vontade de remexer os quadris, girando-os de leve para sentir aquela onda e recuo, mas ele me repreendeu com uma risada e me manteve no lugar, prolongando o prazer.

Ele me provocou, beijando e lambendo meu pescoço, mordiscando meu ombro e depois retomando minha boca com languidez. Depois, finalmente voltou a se mexer. Tudo que eu podia fazer era apelar aos deuses enquanto ele provocava uma tempestade de sentimentos e sensações dentro e através de mim. Tudo que eu podia fazer era suportar enquanto ele me tomava implacavelmente, como sonhei que faria. Enquanto ele me castigava de prazer e quase me matava de desejo, senti como se meu próprio corpo estivesse flutuando em cima de mim.

Pensando que não aguentaria mais, o Rei me atacou, cravando as presas na minha garganta e me mandando de volta para o abismo. Gemeu de leve, deu mais uma tragada profunda e depois se retesou, curvando as costas enquanto gozava dentro de mim.

Após o ato, Elian me surpreendeu. Ele gostava de chamego. Ficamos deitados na cama, conversando por horas até o sol nascer. E ao voltar da excursão de caça, eu estava à sua espera, como ele me pedira. Ele me disse que avisou os guardas para manterem distância e passamos mais uma noite como a anterior. E mais outra. Na verdade, o Rei teve que mandar um dos lupinos à cidade para me comprar um vestido novo, pois o meu não sobreviveu à sua fome insaciável naquele segundo dia.

Agora, toda vez que o vejo durante um evento formal do reino ou me deparo com uma obra de arte ou livro com seu retrato, lembro-me dos dias que passei com ele em nosso oásis na Floresta.

E devo dizer que sinto um certo prazer ao pensar que, se alguém encontrar meus diários, este aqui em particular, vai ficar sabendo que já tive um breve caso com um rei.

Willa

PRÍNCIPE MALIK ELIAN DA'NEER

Malik é... complicado. Por ser o herdeiro do trono, sua vida começou bem; ele passava o tempo com seu irmão e os amigos, explorando a vida como adolescentes costumam fazer. Mas então veio a tragédia, e as coisas nunca mais foram as mesmas.

Cabelo: Quase na altura dos ombros, castanho-claro com mechas loiras.
Olhos: Dourados.
Corpo: Alto — alguns centímetros mais alto do que o irmão. Emagreceu após o tempo em cativeiro.
Rosto: Pele bronzeada pelo sol. Maçãs do rosto salientes. Nariz reto. Maxilar imponente. Lábios cheios.
Traços característicos: Covinhas.
Personalidade: Gentil. Generoso. Brincalhão. Era a alegria da família até a Coroa de Sangue o raptar. Não é tão sério quanto o irmão. Abomina qualquer tipo de violência.
Hábitos/Trejeitos/Forças/Fraquezas: Adorava fazer *experimentos* com comidas e bebidas. Esconde as emoções. Não é habilidoso na persuasão — ou em resistir a ela. Costuma achar que sabe de tudo, mas não conhecia a verdadeira história dos planos até seu aprisionamento.
Antecedentes: Atlante da Linhagem Fundamental. Era vinculado a uma lupina — Preela. Assumiu o papel de Senhor das Trevas e se fazia passar por *Elian*.
Família: Mãe = Eloana Da'Neer. Pai = Valyn Da'Neer. Irmão = Casteel Da'Neer. Tio = Hawkethrone †. Bisavô = Rei Elian Da'Neer †. Ancestrais = Attes e Kyn, cogovernantes de Vathi, Primordiais dos Tratados e da Guerra e da Paz e da Vingança.

A JORNADA DE MALIK ATÉ AGORA:

Filho do Rei Valyn e da Rainha Eloana, Malik cresceu em Atlântia. É bem próximo do irmão mais novo, Casteel, da sua lupina, Preela, e dos seus amigos Kieran e Shea. O grupo costumava passar o tempo explorando, arrumando encrenca e indo à praia — Malik adora sentir a areia sob os pés. Também treinava para lutar ao lado do irmão, até o momento em que ele precisa aprender a governar o reino.

Quando Casteel confronta a Coroa de Sangue e é capturado, Malik assume a responsabilidade de encontrar o irmão e libertá-lo. Ele e Shea — a noiva de Casteel — planejam uma tentativa de resgate, acessando a Carsodônia pelas minas dos Picos Elísios. Falham muitas vezes antes de conseguir.

Mais ou menos. Nada é o que parece.

Durante a tentativa de resgate, Shea e Malik acabam se separando. Ela conta aos Ascendidos com quem está e faz um acordo: os dois irmãos em troca da sua vida. Tendo sido informados sobre os detalhes de seu plano, os Ascendidos partem para cima deles enquanto ela e Malik carregavam Cas pelos túneis da masmorra. Com os vampiros ocupados com Malik, Shea renega parte do acordo e tenta fugir com Casteel, permitindo que eles levem Malik sob custódia — e lá ele permanece por um século.

Em Solis, a lupina vinculada a Malik tenta resgatá-lo. Preela consegue chegar até a Carsodônia antes de ser capturada. O Rei Jalara a mata na frente de Malik, mas não antes que ele e outros homens a estuprem. Após sua morte, fabricam sete adagas de pedra de sangue e osso de lupino com os restos mortais da lupina. A Rainha dá uma delas para sua Aia, Coralena, que presenteia o marido, Leopold, com ela.

Por fim, a adaga vai parar nas mãos de Poppy.

Destroçado pelo assassinato de Preela e pelo tempo passado em cativeiro, Malik começa a fazer tudo que lhe ordenam — tanto que chega a convencer a Coroa de Sangue de que se voltou contra seu próprio reino e família. Ele aproveita a liberdade que a Rainha lhe concedeu e assume o papel de Senhor das Trevas, infiltrando-se em Solis e cultivando uma rede de Descendidos. Malik acaba descobrindo que Coralena e Leopold Balfour levarão Penellaphe, a filha de Isbeth, para longe da capital, e já está ciente da profecia acerca da criança e de como a Rainha pretende usá-la. Por isso, quando a Rainha o manda trazer Poppy de volta à capital, ele obedece, mas com segundas intenções. Ao deixar um rastro de sangue a caminho de Lockswood, ele faz com que uma horda de Vorazes o siga e ataque a cidade. No meio da confusão, Malik aproveita a oportunidade. Cora tenta convencê-lo de que Poppy não é o arauto — pode muito bem ser sua salvadora. Ela o apunhala no peito para impedi-lo. Mas ele a domina e retoma sua missão pessoal de matar a criança. Malik jamais pensou em fazer uma coisa dessas, mas proteger o reino e deter os planos de Isbeth é mais importante do que uma única vida. Porém, ao ver a Consorte nos olhos de Poppy, não consegue matá-la. Em vez disso, ele a salva e manda a menina de volta para a Carsodônia.

A primeira filha da Rainha entra em cena durante o tempo dele em cativeiro — antes de Poppy nascer. Isbeth obriga Malik a fazer coisas indescritíveis com Millicent —, cujas especificidades e detalhes ainda não conhecemos. Em dado momento, Malik percebe que Millie e ele são corações gêmeos. Embora sinta que não é mais capaz de gostar de ninguém, ele deve favores a Millie e se recusa a partir sem ela.

Quando Cas e seu grupo atendem à convocação que a Rainha fez por meio de Ian, o irmão de Poppy, Malik se posta ao lado da Rainha, vestido com trajes de riqueza e privilégio. Ele diz ao irmão que *Ileana* abriu seus olhos para a verdade.

Parecia que ele estava do lado da Rainha, mas gosto de pensar que Malik estava apenas deixando o irmão ciente de que sabia a verdade sobre os Ascendidos e tudo o mais em relação a eles.

Quando os segredos começam a ser revelados, Malik confirma que Isbeth pretendia usá-lo, casando-o com Poppy a fim de unir os reinos e fazendo com que ele fosse à Ascensão dela... Ascensão da carne.

Isbeth choca a todos ao fazer uma demonstração dos poderes de um Espectro atingindo Millicent, e Malik não consegue deixar de reagir. Ele estremece e quase dá um passo à frente antes de se conter. Sem conseguir desviar o olhar, encara Millie até que ela se ponha de pé novamente — algo que não passa despercebido pelos demais presentes.

Quando Isbeth revela seus planos e afirma, com tristeza, que não possui mais o sangue de um futuro rei — pois Cas é o atual Rei de Atlântia —, Malik dá um sorriso pesaroso, mas não está nem um pouco arrependido.

Poppy e Isbeth lutam, e Poppy fica inconsciente. Para salvá-la e a todos que ama, Casteel se entrega a Isbeth, que ordena que Malik o prenda.

Depois que Isbeth corta o dedo de Cas e o envia para Poppy, Millie avisa a Malik que seu irmão está com uma infecção. Ele desce para ver Casteel, e a recepção dele não se parece em nada com uma reunião de família. Malik fala para o irmão caçula parar de ser malcriado e desinfeta seu dedo.

Durante a conversa, Malik revela que ficou furioso ao descobrir a verdade por Isbeth e ao saber que seus pais mentiram para eles. Fica imaginando se os dois estariam ali se tivessem *de fato* ouvido a verdade séculos atrás.

Ao ver o sofrimento do irmão, lamenta não poder alimentá-lo e ajudar a aliviar a dor. Mas diz que, se fizer isso, Cas será punido. Como sabe o que fizeram com seu irmão da última vez, Malik não quer que isso se repita.

Malik menciona que tem pensado em Shea ultimamente e diz a Cas que sabe o que ela fez — entregou os dois aos Ascendidos. Ele lamenta saber que foi Casteel quem a matou e diz se lembrar do quanto Shea amava Cas. Também adivinha que Casteel nunca contou a ninguém sobre a traição dela.

Casteel menciona Millicent e, mais uma vez, Malik não consegue controlar sua reação. À medida que o irmão continua a conversa, ele fica muito interessado no que a Aia contou a Cas. No fim, descobre que ela estava falando dos Espectros. Malik concorda que Millie é esquisita, mas pede que Cas não desconte sua raiva nela. Revela que, assim como Poppy, ela não teve nenhuma escolha na vida.

Enquanto conversam, Malik diz a Cas que *tudo* tem a ver com Poppy. Quando Casteel revela que Poppy concordou em resgatá-lo, mesmo sem *conhecê-lo*, Malik diz que ela não o conhece — ou pelo menos não se lembra dele. Quando Cas questiona isso, Malik não responde, mas fala que ele logo vai descobrir.

No próximo encontro da Rainha com Poppy e seus dois guardas — Kieran e alguém que ele não conhece —, Malik permanece estoico, mesmo quando Kieran tenta provocá-lo. Então, quando a Rainha pergunta à filha se ela conseguiu resistir aos encantos dos homens, Malik não consegue deixar de sorrir.

Poppy insinua que todas as mentiras serão reveladas em breve, e Malik questiona o que ela espera: que o povo de Solis dê as costas para tudo que conhece? Depois, declara que isso só fará com que as pessoas tenham medo dela.

Pouco tempo depois, Poppy rompe as barreiras mentais de Malik, o que o deixa chocado. Ele cambaleia e até sangra pelo nariz. Com ele incapaz de se recompor, a Rainha ordena que suas Aias o levem dali, mas Malik as dispensa.

Isbeth pede que Malik conduza os *hóspedes* aos seus quartos — separadamente. Ele leva Kieran a um quarto e Reaver a outro no andar de baixo, enquanto Callum escolta Poppy até Cas.

Mais tarde, quando Poppy indaga por que a Rainha a convocou ao Salão Principal, Malik responde que é para que veja o quanto é amada. Acrescenta ainda que Isbeth tem alertado a todos sobre Poppy, reforçando seus temores de que ela seja o arauto. Enquanto discutem as mentiras contadas sobre as cidades invadidas pelos Atlantes, Poppy diz a Malik que tanto seu reino quanto seu pai jamais fariam as coisas que Isbeth alega que tenham feito, mas ele não demonstra nenhuma emoção ao ouvi-la.

Poppy repara na atenção que ele dá a Millie e declara que vai contar à Rainha que Malik só permanece no castelo por causa da Espectro. Ele a ameaça, e logo a Rainha ordena que ele se retire.

Isbeth incita Poppy a usar seus poderes, mas sem esquecer que não está diante de uma mera Ascendida. E, para provar o argumento, mata um casal de Solis com seu poder.

Poppy, Kieran e Reaver deixam Wayfair — e uma enorme confusão em seu rasto. Malik os segue e se oferece para levá-los até Cas se partirem imediatamente. Quando Kieran diz que acha isso muito suspeito, ele retruca que é um grande risco e recorda que ajudou Cas durante a infecção. Afirma que não quer o irmão perto da Rainha.

Como ainda não acreditam nele, Malik responde a uma pergunta feita por Poppy um tempo atrás, confirmando que, sim, só continua no castelo por causa de Millie, e explica que os dois são corações gêmeos. Quando Kieran chama sua amada de louca, Malik avisa que, embora ame o lupino como a um irmão, não hesitará em rasgar sua garganta se ele não deixar a Aia em paz. Revela que fez coisas inimagináveis por Millie — coisas que ela sequer imagina.

A caminho da masmorra, Malik pede para se apressarem. Conta que encontrou Callum mais cedo e acredita que precisa visitar o irmão — para ver o que o Espectro pode ter feito com ele. Quando veem o que Callum fez — feriu Casteel tão gravemente a ponto de desencadear uma sede de sangue —, percebem que não podem tirá-lo dali enquanto ainda estiver consciente. Por isso, Malik pede para Kieran distrair Casteel enquanto o põe para dormir.

Kieran sugere que vão precisar das correntes de ossos das divindades para quando Casteel acordar, e Malik concorda. Quando Reaver usa seu fogo para libertar Cas, Malik fica chocado ao descobrir que ele é um dragontino. Assim que libertam seu irmão, Malik o carrega por uma série de túneis até saírem do castelo. Depois, os leva para a casa de um amigo, Blaz, e sua esposa, Clariza. Um casal de Descendidos.

Quando Clariza os recebe com ceticismo e uma adaga na mão, chamando-o de *Elian*, Poppy tenta acalmá-la, reforçando o que Malik disse a ela e a Blaz: o homem inconsciente nos braços do amigo é o Rei de Atlântia e ela é a Rainha. Quando os dois fazem uma reverência, Poppy surpreende Malik ao dizer para não fazerem isso porque não é a Rainha *deles*.

Assim que colocam Casteel na cama, Malik diz a Poppy que seu sangue não ajudará Cas. Precisa ser o dela. Mas quando tentam contê-lo, ele fica agitado, dominado pela sede de sangue. Atônito, Malik assiste a Poppy curar e acalmar o irmão. Ao vê-lo mais sossegado, Malik informa a Poppy que Cas precisa de motivação, como o cheiro do sangue dela, e explica que, se ele não beber o suficiente, a situação ficará ainda pior.

Mesmo sem Cas estar totalmente recuperado, apesar de mais calmo, Malik decide buscar Reaver para que ele possa remover as correntes de ossos. Assim que ele volta, Cas se impulsiona como se fosse atacar o dragontino, e Poppy tenta lembrá-lo de quem Reaver é, dizendo que o marido não vai querer enfrentá-lo. Malik comenta que ele parece querer, *sim*.

Depois de resolverem a situação, Malik sai, supostamente para informar Blaz e Clariza sobre os acontecimentos. Em seguida, ele se deita no sofá da sala para descansar. Antes de dormir, no entanto, ele avisa a todos que vai conseguir um navio para levá-los para longe de Solis e da Carsodônia.

Mais tarde, Malik afirma que Blaz e Clariza são boas pessoas. Quando Poppy pergunta se Millie é sua irmã, ele se questiona como é que ela sabe disso. Cas explica que Millie contou *e* mostrou isso a ele, e Malik comenta quanto ela e Poppy se parecem, acrescentando que as duas têm a mania de divagar.

Como resposta às perguntas de Casteel, Malik confirma que Millie teria sido uma deusa se tivesse sobrevivido à Seleção. Quando Reaver entra e reitera o que ouviu, referindo-se a Millie apenas como *a Aia*, Malik fica irritado e diz que ela tem nome, fazendo com que todos saibam que a relação deles é mais íntima do que aparenta ser.

A conversa continua, e Malik explica que o sangue de Casteel não foi suficiente para Ascender Millicent — ele estava muito fraco devido ao cativeiro, e Isbeth não levou isso em consideração. Quando perguntam sobre Ires, ele explica que as correntes e a jaula feita de ossos das divindades anulam o éter do deus. Então, menciona que Callum ensinou Isbeth a criar os Espectros e diz que gostaria que Millie tivesse mantido a boca fechada sobre... tudo. Todo mundo que conhece tais segredos está morto e não consegue entender por que ela se arriscou tanto assim.

A última informação que Malik compartilha é que, embora *ainda* não seja tão poderosa assim, o propósito de Poppy é destruir os planos. O que será capaz de fazer assim que concluir a Seleção.

Ele conta a Poppy que Isbeth lhe deu o nome da deusa que os alertou da profecia e diz que ela tem feito parte do plano de Isbeth desde o nascimento.

Mas acrescenta que talvez seu livre-arbítrio seja maior do que a profecia e os desejos de Isbeth — afinal, Coralena acreditava que ela traria uma grande mudança, não a destruição.

Quando Poppy fica chocada por Malik ter conhecido Cora, e ele percebe que ela se lembra daquela noite fatídica em Lockswood, Malik diz a Casteel que o que fizeram com Preela o deixou arrasado. Afirma nunca ter sido leal a Isbeth — muito menos depois do que ela fez com Cas e do que Jalara fez com Preela. Nem depois do que Isbeth o obrigou a fazer com Millie. Ele queria matar a Rainha de Sangue e chegou a tentar assassiná-la antes de descobrir o que ela era. Na verdade, teria *continuado* tentando se não fosse a profecia. Após tomar conhecimento disso, Malik não podia deixar que Isbeth destruísse os planos ou Millie. Ele tinha que fazer *alguma coisa*.

Malik diz que matar uma criança era demais para ele. Ao tentar mais uma vez, pensando ser a única opção, viu a Consorte olhando para ele através dos olhos de Poppy. Ele não sabia que isso era possível e não conseguiu continuar. Quando outras perguntas surgem sobre os acontecimentos daquela noite, Malik explica que os Vorazes seguiram o rasto de sangue deixado por ele — tal distração era a única maneira de Leo e Cora não perceberem sua presença.

Cas não gosta nada de saber que o irmão foi o responsável pela dor de Poppy — tanto física quanto emocional — e, usando a persuasão, o obriga a pegar uma adaga e colocá-la contra a garganta. Quando Malik continua falando e insinua que teria tentado matá-la mesmo se *soubesse* que ela e o irmão eram corações gêmeos, Casteel avança sobre Malik, derrubando-o e batendo nele até que Poppy usa seu poder para separar os dois.

Assim que os ânimos esfriam — um pouco —, Clariza avisa que um grupo de guardas se aproxima, e Malik diz que eles devem sair dali e ir logo para as docas. Infelizmente, não é o que acontece, e Isbeth, Callum e seus guardas invadem a casa.

Isbeth diz que Malik pertence a ela, acusando-o de traição — o que ele realmente cometeu. Então lhe diz para superar o que aconteceu com ele e Cas, mas ele jamais poderia se esquecer disso. Malik finalmente fala o que pensa e manda ela se foder, e Isbeth insinua que os dois não fazem isso há muitos anos.

Por mais que eu adore sexo, não consigo imaginar *ninguém* com Isbeth, muito menos Malik. Mas estou divagando...

Callum fere Kieran, e Malik tenta agarrá-lo, mas as sombras o atiram para trás. Quando Isbeth diz que todos podem ir, exceto ele, Malik diz ao grupo que está tudo bem e começa a se dirigir até ela. Cas tenta impedi-lo, e Malik exige que ele o deixe passar. Poppy tenta convencê-lo a ficar com eles, lembrando-o de que ele não poderá ajudar ninguém se estiver morto, referindo-se a Millie. Kieran o nocauteia para garantir que ele não vá com a Rainha.

Ao voltar a si, Malik nota que já estão a caminho da Padônia e que ele está preso por correntes de ossos com as mãos atrás das costas, montado num cavalo conduzido por Reaver. Ele explica que as flâmulas brancas acima das portas significam que tais lugares são refúgios de Descendidos.

O grupo revela os detalhes do plano, e Malik deixa bem claro que está horrorizado por estarem pensando em atender às vontades de Isbeth e entregar Malec a ela. Ao discutirem a maldição que Callum lançou sobre Kieran, ele diz ao lupino que não quer que nada de ruim lhe aconteça e que ainda se importa com ele. Quando Reaver menciona que a maldição não funciona se Kieran, Cas e Poppy tiverem realizado a União, Malik fica aliviado. Presume que os três já fizeram isso e nem considera a alternativa — infelizmente, não fizeram. Ainda não.

No acampamento, os irmãos têm uma conversa franca. Malik imagina que Casteel o odeie e não o censura por isso. Sabe que Cas o procurou durante o século em que esteve aprisionado e rezou para que ele desistisse. Ao saber que os Descendidos chamavam Cas de Senhor das Trevas, esperou que o irmão ouvisse falar do homem conhecido por Elian e pensasse que Malik havia traído Atlântia, forçando-o a desistir da busca. Os ânimos se exaltam, algo normal nas discussões entre irmãos, e Cas diz que mentiu e traiu Poppy pelo bem de Malik, e isso é algo que não pode ser perdoado tão facilmente. Depois pergunta como alguém que abomina qualquer tipo de violência pode sequer *cogitar* fazer mal a uma criança. Malik explica que, no fim das contas, não conseguiu deixar Poppy morrer em Lockswood. Ele a levou de volta para a Rainha na Carsodônia. Acrescenta que viu Poppy de relance antes de lhe colocarem o véu da Donzela e testemunhou as consequências de suas ações. E, embora seja um fraco conforto, Cas teve sorte de não ver as feridas quando ainda eram recentes.

À medida que mais detalhes da noite em Lockswood vêm à tona, Malik revela que Alastir o viu e reconheceu. Também diz que, ao ver a Consorte nos olhos de Poppy, passou a acreditar no que Cora dizia: Poppy acabaria com a Coroa de Sangue. Com o passar dos anos, porém, percebeu que não importava quem Poppy era de verdade. O mais importante era saber se Isbeth encontrou alguma maneira de explorar o poder de Poppy: ela atiçará sua raiva, Poppy reagirá com fúria e, depois da Seleção, responderá com a morte. Cas se ofende com a insinuação e agarra Malik pelo pescoço, dizendo que Poppy jamais fará isso.

Malik quer acreditar que Poppy consegue controlar suas ações e assegura que não vai feri-la como teria feito quando ela era mais nova. Também o lembra de que Millie nunca tentou fazer mal a Poppy. Quando Cas menciona que Millie disse que ele mataria Poppy depois da Seleção, Malik responde que não deve ter sido fácil para ela dizer uma coisa dessas a ele. Embora a Aia não conheça a irmã, jamais desejaria um fim desses para ela. Ainda assim, Malik acha péssimo que o irmão tenha de ouvir que é o único capaz de deter Poppy, o que implica em matar seu coração gêmeo.

Quando Malik pergunta a Cas sobre a União, ele fica chocado ao descobrir que ainda não a realizaram. Quando Cas lhe pergunta por que ele — ou Millie — não tentou matar Poppy depois, Malik explica que Poppy não deixa de ser a irmã dela, mesmo que a existência da Espectro não pudesse ser descoberta por ela. Quanto a ele, quando Poppy já tinha idade suficiente para não vê-la mais como criança, Malik imaginou que Cas a mataria para se vingar da Coroa de Sangue. Quando Cas lhe pergunta se ele e Millie *querem* derrotar a Coroa de Sangue, Malik assente. Então concorda em se juntar a eles para encontrar Malec, matar Isbeth e encerrar o conflito de uma vez por todas.

Pouco antes de remover as correntes de ossos, Casteel pergunta a Malik sobre a rima que ele recitou em Lockswood. Malik ouve a rima e concorda que é perturbadora, mas diz que nunca a ouviu em toda a sua vida.

Eles alcançam os demais e, quando Malik encontra Delano, ele se ajoelha. Delano, na forma de lupino, cutuca sua mão com a cabeça, fazendo Malik estremecer. Ele pousa a mão em Delano e fecha os olhos, sem conseguir conter as lágrimas. Preela era irmã do lupino, e a dor ainda é tão recente quanto quando a Coroa de Sangue a tirou dele.

Na Padônia, o reencontro com seu pai é tenso. Embora não esteja mais acorrentado, é evidente que Malik ainda não está completamente livre. Naill e Emil observam cada movimento dele. Durante o jantar, ele fica chocado quando Valyn revela a verdadeira identidade da Rainha de Sangue, dando a entender que ele e Eloana sabiam disso o tempo todo.

A desconfiança é óbvia ao partirem em busca de Malec. Nem sequer lhe dão uma arma, apesar da ameaça dos Vorazes. Ele insiste para que lhe deem algo para lutar quando são atacados, argumentando que não poderá ajudá-los a derrotar a Coroa de Sangue desarmado. Malik é orientado a usar sua personalidade encantadora e fechar a matraca.

Poppy lança o feitiço localizador Primordial; ele percebe que funcionou e avisa a todos. Ao seguirem o rastro, presume que ela os levará até a costa. Ele pergunta por que Poppy não o questionou sobre a noite em Lockswood. Ela não responde, então ele a cutuca, insinuando que ela deve ter um monte de perguntas. Poppy questiona como Coralena morreu, e ele explica que Isbeth a fez beber sangue de dragontino, mas, por gostar muito da Aia, foi uma das poucas vezes que a Rainha de Sangue não causou a morte com as próprias mãos.

Quando chegam ao túnel e são atacados por Germes, Malik pede uma arma de novo e então sugere que Poppy use seu poder Primordial neles.

Após resgatarem Malec, ele cavalga ao lado da carroça. De volta à Padônia, é colocado num quarto sob custódia. Porém, como sempre teve o hábito de ir aonde não deveria, Malik foge e surpreende Poppy nos estábulos, próxima ao caixão de Malec. Ele toca na madeira e comenta que não parece nada especial para ele. Pergunta se ela sente alguma coisa, e ela dá de ombros, claramente mentindo.

Mais tarde, ao falarem de sabotagem e sacrifício, Malik revela que todo tipo de coisa passou pela sua cabeça para impedir o que estavam prestes a fazer, mas que prefere não ser queimado vivo. Ao lembrar a Poppy que, de certa forma, ela sacrificou o pai para salvar Cas, acrescenta que está aliviado por ela ter agido assim. Explica que cometeu todo tipo de atos por Millie. Quando questionado se ela faria o mesmo por ele, Malik responde que era mais fácil Millicent atear fogo nele. Poppy fica surpresa, e ele explica que, embora sejam corações gêmeos, ela ainda não sabe disso.

Malik espera que Millie não esteja no Templo dos Ossos, mas imagina que Isbeth exigirá sua presença. Quando Poppy pergunta por que Millie não tentou deter Isbeth, Malik explica que, embora seja forte e feroz, ela não é uma demis como a Rainha. E que, embora seja filha de Isbeth, ela não é má. Jamais mataria uma criança ou a irmã — ao contrário dele. Então conta a Poppy que Jalara matou Preela na frente dele e que Poppy carrega uma parte da lupina consigo, no cabo de sua adaga.

Assim que chegam ao Templo dos Ossos, finalmente lhe confiam uma espada, e ele ajuda Emil e Naill a descarregar Malec e levá-lo para o Templo. Sem ao menos olhar para ela, Malik pergunta se Millie está bem.

À medida que os eventos se desenrolam e Poppy descobre seu papel na profecia — que ela foi a portadora da morte e da destruição ao trazer Malec para Isbeth —, ele pragueja quando tudo é enfim revelado. Quando a terra se abre e os dakkais irrompem dali, Malik luta e tenta proteger Millie. Delano o salva em determinado momento, mas Malik acaba lutando contra Callum. Quando Isbeth ataca Millie, ele a protege da melhor forma possível, mas acaba morrendo — até que Poppy, com a Consorte dentro de si, traz todos de volta à vida.

Desperto, ele percebe que Millie se foi e vai atrás dela.

Ela é a primeira coisa em que pensa.

Sua prioridade máxima.

Mais tarde, ele retorna a Wayfair com Millie para conversar com Poppy e Cas, mas descobre que Poppy está em estase. Certifica-se de que Millie possa ficar com ela e vai conversar com o irmão. Os dois desabafam e, após uma longa conversa, chegam a uma certa trégua. No entanto, ao conversar com Cas, Malik menciona que ele e Millie são corações gêmeos enquanto ela está no quarto ao lado. Não sabe se ela ouviu ou não.

Mas será que importa? Ela o detesta — ao menos é o que ele diz. E acredita que ela tem toda a razão para isso.

MILLICENT "MILLIE" MIEREL

Ainda há tanta coisa que não sabemos sobre Millicent, mas estou bastante intrigada com o que *já* sabemos e ansiosa para descobrir mais a respeito dela.

Cabelo: Praticamente platinado, cacheado e na altura da cintura.
Olhos: De um tom de azul-prateado incrivelmente pálido — quase incolor.
Corpo: Quadris arredondados. Vários centímetros mais baixa do que Poppy e menor que as outras Aias.
Rosto: Pele oliva. Rosto oval. Boca carnuda e larga. Testa forte. Maxilar firme.
Traços característicos: Dentes sem presas. Sardas no nariz e nas bochechas. Usa uma máscara preto-avermelhada que se estende da linha do cabelo até o espaço abaixo dos olhos e se prolonga até o maxilar em ambos os lados — lembra as asas de uma ave de rapina.
Personalidade: Gentil. Alegre e animada. Educada. Meio esquisita. Esconde muito bem as emoções.
Curiosidades: Deve ter uns duzentos anos de idade — a guerra terminou há quatrocentos anos, e Ires se encontrou com Isbeth duzentos anos depois do fim.
Hábitos/Trejeitos/Forças/Fraquezas: Não é suscetível à persuasão. Empunha adagas de pedra das sombras em forma de meia-lua. Diz ser muito bem-comportada, mas tem mania de derramar sangue sem necessidade. Ao usar flechas, embebe as pontas em pedra das sombras. Adora cantarolar, mas é péssima nisso. Tem uma tendência a divagar. Tem uma lealdade forçada a Isbeth, mas, ainda assim, tenta proteger as pessoas.
Antecedentes: Aia Espectro. Não sobreviveu à Seleção, por isso Isbeth a transformou em Espectro. Contudo, a maioria acha que ela não é *exatamente* um Espectro... o que não deixa de ser verdade, visto que não é a terceira filha e sua origem é um pouco diferente.
Família: Mãe = Isbeth †. Pai = Ires. Irmã = Penellaphe Da'Neer. Ancestrais = Nyktos e Seraphena.

A JORNADA DE MILLIE ATÉ AGORA:

Filha da Rainha Ileana (também conhecida como Isbeth) e Ires Mierel, a vida de Millicent começou como uma mentira, algo fora de seu controle. Sendo a *primeira filha* mencionada na profecia, ela foi concebida para servir a um propósito. Tal fato se tornou ainda mais evidente depois que ela não sobreviveu à Seleção, e Isbeth, relutante em deixá-la morrer, usou a magia Primordial para transformar Millie em Espectro — ou algo com as características de um Espectro. Sigo imaginando se não há algo a mais nessa história que ainda não sabemos. De qualquer forma, ela acabou se tornando uma das guardas pessoais da Rainha — uma Aia — e é perita em causar todos os tipos de morte.

Ela e Malik Da'Neer são corações gêmeos, mas, até onde eu sei, Millie não faz a mínima ideia disso. Ou talvez saiba e prefira ignorar esse fato. Dizem que Isbeth obrigou Malik a fazer coisas indescritíveis com ela, mudando para sempre a relação dos dois. Contudo, ainda não sabemos do que se trata.

A história de Millie veio a mim em relances e aos pedaços. Ainda não consegui juntar todas as peças, mas a maior parte do que aconteceu após enfim conhecer Casteel e a irmã é bastante nítido.

Quando Poppy, Casteel e o restante do grupo se infiltram no castelo e encontram Ires na forma de um gato, Millie os intercepta no corredor. Delano a encara como uma ameaça e parte para o ataque, mas ela o derrota em questão de segundos, para surpresa dos demais. Casteel tenta usar a persuasão nela para obrigá-la a libertar Delano, mas não surte efeito. Quando o lupino pergunta o que ela é, Millie responde a todos que é uma Aia... e várias outras coisas.

Millie pede, educada, para Delano se comportar e revela que tem o péssimo hábito de derramar sangue sem necessidade. Também insinua que é muito bem-comportada e faz questão de enfatizar que *eles* não se comportaram ao irem aonde não deveriam — os túneis subterrâneos — e verem o que não deveriam — Ires.

Assegura que não vai contar nada à Rainha se prometerem fazer o que ela mandar, mas acrescenta que, caso não cumpram sua parte do acordo, não serão eles a enfrentar as consequências, e sim seus companheiros nos arredores dos portões a leste do castelo. É nesse momento que o grupo percebe que seu plano foi frustrado.

Assim que todos ficam diante da Rainha, Isbeth usa Millie para demonstrar o que é um Espectro e do que eles são capazes, fazendo com que um guarda a apunhale no coração. Ela morre e ressuscita, como sempre, então se posta ao lado da Rainha e escuta o debate acerca da força de um Espectro.

Quando a Rainha manda decapitar Ian, Millie não consegue esconder o choque. Para mim, isso foi uma indicação de que ela não é tão fria quanto dá a entender.

Quando Poppy provoca uma tempestade fora da Trilha dos Carvalhos logo após Casteel se entregar, Millie surge diante dela e lhe pede para parar com aquilo, insinuando que Poppy vai acabar ferindo pessoas inocentes. Ela ordena aos outros membros do grupo que intervenham, mas ninguém se mexe, então ameaça deter Poppy com as *próprias* mãos caso não façam nada. Poppy lança uma rede de poder nela, mas Millie diz que não vai funcionar e a deixa ciente de que tem uma flecha de pedra das sombras apontada para a sua cabeça.

Depois que Poppy se acalma um pouco, Millie diz que lamenta por Ian. Em seguida, certifica-se de que o grupo entenda que todos os vampiros partiram e que ali só restam os inocentes, por isso não devem se apressar a destruir tudo. Quando Poppy mantém a ameaça, Millie ri e diz que receberia a morte final de braços abertos.

As duas conversam mais um pouco, e Millie revela que os Ascendidos levarão Cas para a capital, só não sabe muito bem para onde. Acrescenta que Isbeth fará com que os Espectros e Malik fiquem de olho nele e que a única maneira de Poppy salvá-lo é se trouxer o fogo dos deuses.

A afirmação de que Poppy deveria atacar com toda a força pode parecer inocente, mas para mim ela estava dizendo para Poppy trazer os guardas de Nyktos. Adoro o fato de Millie ter revelado que Poppy precisava buscar os dragontinos sem dizer isso diretamente.

Uns trinta dias após a prisão de Casteel, Millie vai visitá-lo. Depois de examiná-lo, diz acreditar que o dedo dele está infeccionado. Quando Cas questiona o motivo de ela estar ali, Millie admite que fez uma promessa a alguém — que mais tarde descobrimos se tratar de Malik. Ela tenta fazer Cas tomar banho, mas ele não para de insultá-la. Por fim, Millie brinca que ele deve estar irritado porque está com fome e menciona que Malik é igualzinho.

Interessante que ela saiba disso e chegue a mencionar o assunto.

Cas pergunta pelo irmão, e ela responde que ele deve estar por aí... em algum lugar onde não deveria estar. Quando afirma que ela deve ser muito amiga de Malik para saber como ele é quando precisa se alimentar, Millie diz que não. Só é muito observadora.

Não acredito nem um pouco nisso. Com tudo que sabemos sobre as atividades extracurriculares de Malik das quais a Rainha não tem conhecimento, a afirmação sobre ele estar onde não deveria assume um novo significado, embora eu não vá afirmar nada sem provas. São meras suposições.

Enquanto Millie esfrega os símbolos da pele com a água do banho de Cas, os dois falam sobre os túneis e os feitiços de proteção. Ela conta a Cas que Poppy quebrou os feitiços de proteção quando Ascendeu à divindade, permitindo que as coisas entrem e saiam, embora nem mesmo Callum saiba quando ou onde. Cas pergunta sobre o Espectro dourado, e Millie diz que Callum é bastante velho.

Millicent revela que até mataria Isbeth, porém, a Rainha é uma deusa — sabemos que não de verdade, mas... Então diz que acredita que, em algum momento, Poppy a matará, contando a Casteel que viu Poppy depois que ele se entregou e percebeu como ela é poderosa. Cas afirma que a esposa é inigualável, e Millie concorda. Porém, quando ele menciona que Nyktos é causador da singularidade de Poppy, ela o corrige dizendo que ele não sabe de nada se acha que Nyktos é o *verdadeiro* Primordial da Vida e da Morte. Em seguida, Millie conta que Isbeth precisava de uma arma para destruir os planos e deixa escapar que a Rainha descobriu como dar vida a algo que possui tal poder.

Millie aparece para interceptar Poppy, Kieran e Reaver, que estão a caminho da Carsodônia para salvar Casteel. Depois de uma luta entre eles, as duas têm uma discussão durante a qual Millie chama Poppy de Rainha de Carne e Fogo. No final das contas, o grupo inteiro vai parar em Wayfair.

Mais tarde, Millie diz a Poppy que a Rainha deseja falar com ela sobre o futuro dos reinos e do Verdadeiro Rei dos Planos, e informa a Poppy que Novo Paraíso e Ponte Branca estão sob domínio Atlante — a Coroa de Sangue recebeu uma mensagem. Acrescenta que todo mundo está nervoso desde então. Poppy se recusa a usar a roupa que Millie lhe traz por ser branca e diz que não será forçada a se vestir de Donzela outra vez. Pede para Millie arranjar outra coisa ou irá nua. Millie brinca que valeria a pena deixar Poppy ir assim só para ver a reação que isso causaria.

Durante a conversa, Poppy avisa Millie para não se referir a Isbeth como sua mãe. Quando ela usa seus poderes, Millie bloqueia as tentativas de Poppy de ler suas emoções. Ao deixar Poppy, informa que fará companhia a Kieran e Reaver e faz um comentário sobre a beleza de Reaver.

Pelo visto, todo mundo tem uma quedinha pelo dragontino. Mas não consigo deixar de vê-lo como um filhote. Ele sempre será assim para mim, já que o *vi* em minhas visões durante o tempo dos deuses.

Mais tarde, enquanto acompanha Poppy e os demais ao Salão Principal, Millie confirma que Reaver está certo ao dizer que a estátua no salão não é de

Nyktos. Uma vez lá dentro, Millie lembra a Poppy que ela deve se manter calma para que ninguém pense que o arauto está ali. Quando a Rainha diz que Cas, ao contrário de Malik, nunca aprendeu a tornar sua estadia mais fácil, Millie não consegue controlar a raiva. Ela pode não gostar muito de Malik — ou pelo menos *finge* não gostar —, mas é nítido que não consegue deixar de se preocupar com ele.

Millie se diverte quando Poppy apunhala Callum no coração. A Rainha, porém, *não* acha a menor graça e pune o atrevimento de Millie fazendo-a limpar a bagunça.

De volta à cela, Casteel conclui que Isbeth não vai ferir Poppy — mas, sim, machucará outras pessoas para *atingi-la*. Millie confirma. Então, fingindo ter sangue no cabelo, ela o lava na banheira de Cas, revelando que sua cor natural é quase branca, e não preta. Em seguida, esfrega o rosto, revelando sua verdadeira aparência e evidenciando sua semelhança com Poppy. Quando Cas se limita a encará-la, ela diz que tem algo importante para contar, confessando que é a primeira filha. Acrescenta que ela não deveria existir, e a segunda também não. Quando ele questiona isso, Millie confirma que ela e Poppy são irmãs biológicas e que Ires gerou as duas. Porém, explica a Casteel que não é uma deusa como o pai. Ela é um fracasso. Ele tenta argumentar e ela diz que, assim como o irmão, ele não faz a menor ideia do que é possível ou não — como a história verdadeira dos planos, por exemplo.

Millie conta que tudo que Isbeth fez foi por um só motivo: quando capturou Cas da primeira vez, por que manteve Malik em cativeiro... tudo para que tivesse alguém de uma linhagem Atlante forte o suficiente para Ascender Poppy e garantir que ela não fracassasse como Millie. Assim que concluir a Seleção, Poppy dará a Isbeth o que ela tanto quer desde a morte do filho: vingança contra todos. Ela não quer refazer os planos, e sim destruí-los.

Poppy está destinada a isso — a ser o arauto da profecia... ela não tem escolha. Millie lembra a Casteel que, embora Isbeth não seja capaz de refazer os planos, ela gerou algo que *é*. Pensar nisso a deixa triste, e ela deixa transparecer um pouco de suas emoções. Outro indicativo de que Millie é diferente dos outros Espectros. Fica claro que ela tem emoções; portanto, possui uma alma. Os outros Espectros, não.

Millie sabe que a Rainha vai ter êxito, não importa o que qualquer um faça. Primeiro, Poppy vai concluir a Seleção, e então seu amor por Cas se tornará uma de suas pouquíssimas fraquezas. Ele será o único capaz de detê-la. De todo modo, a irmã de Millie não vai sobreviver — ou Poppy morrerá pelas mãos de Casteel ou inundará os planos de sangue.

Adornada com tinta no Templo dos Ossos, Millie sente-se inquieta e apreensiva com o fato de Malec ser devolvido a Isbeth. Ela tenta avisar Poppy e pergunta sobre o paradeiro de Reaver, dizendo-lhe para se preocupar por Isbeth não ter perguntado sobre o dragontino. Ela sente que há alguma coisa muito errada e diz isso a Poppy.

Após Callum curar Kieran, Millie se diverte quando o lupino apunhala o Espectro no peito. Comenta que vê-lo morrer é sempre motivo de alegria para ela, mas faz questão de dizer a Kieran para golpeá-lo na cabeça na próxima vez se quiser que a morte dure mais tempo.

Millie vê Isbeth beijar Malec no caixão e comenta que ela parece prestes a entrar ali com ele. Quando ouve a mãe dizer: "Não pode ser de outra maneira", ela meneia a cabeça e então assiste a Isbeth cravar uma adaga no peito de Malec.

Confusa e sem entender o que está acontecendo, ouve Callum se vangloriar, chamando-a de fracassada. De repente, percebe que deveria ser Poppy no altar, o que faz mais sentido quando Callum explica a profecia para eles.

Millie pergunta quem é o arauto, e Callum responde que é *ela* — *ela* foi o alerta. Callum pergunta se ela achava mesmo que Poppy destruiria os planos e diz que levaria eras para ser tão poderosa assim.

Depois que Casteel arranca o coração de Callum, Millie diz a Poppy que resta uma chance de impedir a situação porque Malec continua vivo. O caos toma conta, e Millie é atingida na cabeça por uma pedra quando a rocha explode. Malik a segura antes que ela caia no chão, e Delano salva os dois de um dakkai.

Millie luta contra outros Espectros e grita para Poppy arrancar a adaga do peito de Malec e avançar até Isbeth. Já que ela não consegue, Millie vai em seu lugar. No instante em que alcança Malec e coloca a mão no punho da adaga, Isbeth a atinge com éter e ela morre.

Ela ressuscita depois que Poppy evoca a Consorte e a vê derrotar os dakkais e Isbeth. Na confusão que se segue, Millie foge.

Sabemos muito bem que Malik foi atrás dela.

Mais tarde, ela também fica sabendo disso, pois aparece em Wayfair com ele. Ao descobrir que Poppy está em estase, Millie fica preocupada. Ela a visita por um tempo, mas acaba indo embora.

Mal posso esperar que ela descubra no que Poppy se transformou…

RAINHA ELOANA DA'NEER

Torna-se a Rainha-Mãe Eloana Da'Neer

Cabelo: Da cor do ônix.
Olhos: Âmbar como mel fresco.
Rosto: Queixo imponente.
Personalidade: Frenética. Cautelosa. Forte.
Hábitos/Trejeitos/Forças/Fraquezas: Sempre considera o que é melhor para o reino. Tem dificuldade em falar sobre o filho desaparecido. Chama Casteel de "Hawke". Preocupa-se muito com seu povo — a ponto de às vezes perder as esperanças. Não costuma falar a respeito de Malec. Tem a mania de apunhalar Valyn. Já matou para manter a localização do Iliseu em segredo. Envenenou Isbeth com beladona. Sepultou Malec.
Antecedentes: Atlante da Linhagem Fundamental. Ainda era jovem quando se tornou Rainha. Seu lupino vinculado morreu durante a guerra. Foi casada com Malec.
Família: Ex-marido = Malec. Marido = Valyn. Filhos = Malik e Casteel. Irmão = Hawkethrone †.

Eloana não é apenas a Rainha-Mãe do atual Rei de Atlântia, mas também uma peça fundamental das engrenagens colocadas em movimento por Isbeth. Malec teve um caso com Isbeth enquanto era casado com Eloana. Ela pensou que fosse um casinho à toa, mas logo percebeu que Isbeth não era como as outras amantes do marido — os dois eram corações gêmeos.

A JORNADA DE ELOANA ATÉ AGORA:

Depois que Poppy é atacada nas Câmaras de Nyktos, Eloana entra no templo e vê o que a garota fez. Ela pergunta o que foi que Hawke trouxe para Atlântia e, então, diz aos presentes para se curvarem diante de sua nova Rainha.

Quando Poppy insiste que nada disso foi causado por ela, Eloana responde que ela pode não ter percebido que convocou os lupinos, mas foi o que fez. Muitos deles se transformaram do nada. Ela então volta sua atenção para Cas e diz que ele precisa se preocupar com o motivo de os lupinos estarem agindo daquela maneira, declarando que os vínculos entre lupinos e Atlantes foram rompidos. Acrescenta a Poppy que o sangue divino nela ultrapassa qualquer juramento entre lupinos e seus Atlantes vinculados, e por isso os vínculos se romperam.

O ataque a Poppy deixa Eloana chocada; ela afirma que Poppy não é uma Devoradora de Almas e que seus agressores deveriam ter percebido o que ela era assim que o éter em seu sangue se tornou visível.

Durante uma discussão a respeito de Malik, Eloana se pergunta em voz alta se o casamento entre Hawke e Poppy é um estratagema — ela tinha conhecimento do plano original do filho.

Quando Alastir ataca, Eloana fica perplexa ao presenciar Cas sendo atingido por flechas. Ela ordena que os Guardas da Coroa abaixem as armas. Não entende por que iriam atrás de seu filho — o Príncipe e agora futuro Rei.

Alastir e seus comparsas fogem com Poppy. Imagino que Eloana tenha ajudado aqueles que foram envenenados pela sombrália.

Depois que Poppy e Cas passam por uma terrível provação e voltam para Atlântia, Eloana recebe Hawke no Palácio da Enseada e logo nota as diferenças em Poppy. Sabe que ela foi Ascendida e a encara com incredulidade, pois ela não se tornou uma vampira. Tudo traz à tona um turbilhão de emoções para Eloana, sentimentos que tive na minha visão: alívio, alegria, amor e tristeza.

Depois de ter tido tempo para refletir sobre o ocorrido com Alastir, Eloana explica que acha que ele acreditava que os membros da Realeza apoiariam seu plano de se livrar de Poppy, que foi o que ele quis dizer ao gritar: "Não é tarde demais" nas Câmaras. Eloana não consegue deixar de mencionar a Ascensão de Poppy, que briga com ela por desrespeitá-la. Eloana pede desculpas e se surpreende com o quão compreensiva Poppy é.

Eloana conversa com Poppy sobre sua ascendência. Ela confirma que Poppy tem as mesmas habilidades de Malec e comenta que até se parece com ele.

Presume que Malec deve ser o pai dela, embora haja algumas coisas nessa hipótese que não se encaixem muito bem.

Ela tenta amenizar o impacto da notícia, dizendo a Poppy que Cora ainda pode ser a mãe dela, embora não seja mortal. Mas logo se dá conta de que, se sua teoria estivesse certa, Alastir saberia disso, ou seja, não deve ser verdade.

Eloana revela que já sabia que Alastir tinha encontrado alguém que acreditava ser descendente de Malec, mas que não sabia nada sobre ela e não fazia a menor ideia de que Poppy era a pessoa de quem ele havia falado.

Após refletir melhor, Eloana revela que é impossível que Malec seja o pai de Poppy, porque o encontrou depois da guerra e o sepultou com correntes de ossos sob a Floresta Sangrenta há quatrocentos anos. Seriam necessários uns duzentos anos para que ele ficasse tão fraco a ponto de morrer, então já teria morrido muito antes de Poppy nascer. No entanto, ela teoriza que talvez a Coroa de Sangue tenha descoberto onde Malec estava sepultado e o ajudado a despertar. Então levantam a hipótese de que Poppy seja a bisneta de Nyktos.

Quando as árvores douradas de Aios ficam vermelho-sangue, Eloana diz a Poppy que as árvores representam o sangue dos deuses, e a mudança de cor significa que há uma divindade na linha de sucessão ao trono. As folhas eram vermelhas quando as divindades governavam e tornaram-se douradas depois que Malec foi destronado. Além disso, ela chama Ileana de Rainha de Sangue e Cinzas e conta a Poppy a origem dessa história.

Apesar de tudo, Eloana ainda defende Malec, dizendo a Poppy que ele não era um homem mau nem um governante ruim, mas simplesmente alguém que se perdeu.

Ao planejar os próximos passos, Eloana pergunta o que eles vão fazer em relação a Malik e o que Poppy fará se Ian não for mais como ela se lembra. Depois de ouvir a resposta de Poppy, ela se preocupa com o estado mental de Malik e chega a pensar que seria melhor se ele estivesse morto. Pensar nisso a faz chorar, e Poppy a conforta enquanto ela se lastima. Eloana chama Poppy de lógica, corajosa e forte.

Mais tarde, Eloana revela que ela, Valyn e os Anciões já decidiram que a guerra é inevitável. Pretendem destruir Carsodônia completamente para cortar a cabeça da cobra, por assim dizer. Depois diz que somente Poppy e Cas, os novos Rei e Rainha de Atlântia, podem impedir o que está prestes a acontecer.

No entanto, Eloana também revela que uma batalha diferente está sendo travada em Atlântia entre aqueles que conseguem confiar em uma desconhecida e ver Poppy como uma Rainha legítima e aqueles que não conseguem. Acrescenta que, mesmo que Poppy abdique, a divisão será tão destrutiva quanto a guerra. Então admite que acha que Cas e Poppy são as melhores opções para Atlântia e explica por que acha que Poppy está apta a governar. Informa que ela tem dias — talvez uma semana — para tomar uma decisão, mas, se decidir usar a coroa, deve ser pelos motivos certos.

Valyn, Cas e Vonetta aparecem e contam a todos que há um comboio de Ascendidos no Pontal de Spessa. Quando Ian solicita uma reunião com Poppy e seus aliados, Eloana teme que seja uma armadilha para capturar Poppy, Cas ou ambos.

Ao retornar à capital, a coroa de ossos branqueados de Eloana torna-se brilhante e dourada. Ela diz a Poppy que a coroação pode ser quando eles quiserem, mas que os Anciões estão ansiosos para ouvir as novidades.

E estávamos mesmo.

Ela se oferece para enviar uma mensagem sobre a mudança das coroas enquanto Cas e Poppy se reúnem com o Conselho.

Durante a cerimônia de coroação, Eloana coroa Poppy e a apresenta a Rose, a administradora do palácio. Ela fica surpresa quando Poppy não só pede que a chamem de Penellaphe em vez de *Vossa Majestade*, como também muda o Brasão Atlante para demonstrar igualdade entre ela e Casteel. Originalmente, o brasão apresentava armas desiguais, com a espada muito maior do que a flecha. Na nova versão, a espada e a flecha são do mesmo tamanho e cruzadas bem no meio.

Ao discutirem mais sobre o que precisam fazer — uma viagem à Trilha dos Carvalhos e outra ao Iliseu para recrutar os guardas de Nyktos —, Eloana teoriza que despertar Nyktos poderia forçar a Coroa de Sangue a agir, embora ela e Valyn pretendam permanecer no palácio enquanto Poppy e Cas partem para o Iliseu. Servirão como representantes da Coroa enquanto o novo Rei e a nova Rainha estiverem ausentes.

Após os acontecimentos na Trilha dos Carvalhos que levaram Casteel a ser novamente aprisionado pela Coroa de Sangue, Poppy procura Eloana. Ela imediatamente percebe que Cas não está com Poppy e se vira para o marido — que não está presente — antes de notar *por que* Hawke não voltou. Quando Poppy a repreende, dizendo que Eloana já sabia o que Isbeth era e que, ao esconder isso deles, provocou a situação atual, seu estômago fica embrulhado.

Poppy ressalta que a Rainha de Sangue matou o irmão de Eloana, Hawkethrone, e agora está com o filho dela. De novo. Poppy sabe muito bem por que a Rainha de Sangue queria os filhos dela — porque é pessoal.

Acusa Eloana de já saber que Ileana é Isbeth e que ela *não* é a primeira Ascendida coisa nenhuma. Eloana jura que não sabia até encontrar Malec depois da guerra e sepultá-lo. Poppy responde que o ponto não foi *quando* ela descobriu a verdade, mas o fato de que não a revelou.

Quando Eloana pergunta se o filho está vivo, Poppy pergunta *qual deles* e conta que Malik está do lado de Isbeth e, então, mostra a gravação de casamento, provando que Cas continua vivo. Mas acrescenta que isso não significa nada depois de tudo que aconteceu.

Eloana explica que era só orgulho bobo e conta a Poppy por que fez o que fez. Então admite que não queria entrar em guerra com Solis, em parte porque a identidade e história de Isbeth seriam reveladas. Poppy conta que Malec mentiu para ela sobre ser uma divindade e que Isbeth sempre soube disso. Eloana se consterna e admite que Malec sempre terá um pedaço de seu coração.

Poppy conta a Eloana sobre sua ascendência e revela que a Rainha planejava casá-la com Malik e retomar o trono de Atlântia. Eloana não entende por que Poppy *não* considera o plano de Isbeth um sucesso, já que *é* a atual Rainha. Poppy afirma que foi usada por toda a vida e não permitirá que isso aconteça outra vez. Avisa a Eloana que pretende despertar os dragontinos e afirma que não há mais como impedir a guerra.

Poppy pede para Eloana cuidar de Tawny, sua primeira amiga, e Eloana me chama para ajudar a pobre garota após ser apunhalada com uma lâmina de pedra das sombras.

Não sei o que Eloana fez depois disso, mas, quando o plano de devolver Malec a Isbeth é posto em marcha, Valyn a contacta para saber onde e como sepultou o deus.

A Rainha-Mãe vai ficar surpresa quando souber de *tudo* que eles descobriram enquanto estiveram ausentes.

REI VALYN DA'NEER

Torna-se o Rei-Pai Valyn Da'Neer

Cabelo: Loiro.
Olhos: Dourados.
Corpo: Alto. Ombros largos.
Rosto: Maxilar bem delineado. Nariz reto. Maçãs do rosto altas.

Traços característicos: Covinhas, embora raramente apareçam.
Personalidade: Direto. Por vezes agressivo, quando se trata de alcançar um objetivo. Não é do tipo ciumento. Muito reservado quanto às emoções.
Hábitos/Trejeitos/Forças/Fraquezas: Luta com uma força bruta graciosa. É capaz de tudo para proteger a esposa. Sempre considera o que é melhor para Atlântia. Gosta de vinho.
Antecedentes: Atlante da Linhagem Fundamental. Seu lupino vinculado morreu durante a guerra. Tinha acabado de ser coroado quando lutou contra Jalara em Pompeia. Eloana o apunhalou diversas vezes, mas ele diz que mereceu todas elas.
Família: Esposa = Eloana. Filhos = Malik e Casteel. Avô = Rei Elian Da'Neer †. Descendente de = Attes, cogovernante de Vathi, Primordial dos Tratados e da Guerra. Outro ancestral = Kyn, cogovernante de Vathi, Primordial da Paz e da Vingança.

Valyn não é apenas o Rei-Pai do atual Rei de Atlântia, mas também desempenhou um papel importante na mudança de poder entre os reinos.

A JORNADA DE VALYN ATÉ AGORA:

Depois da demonstração de poder de Poppy após o ataque nas Câmaras de Nyktos, Valyn confirma a declaração de Alastir de que Poppy convocou os lupinos. Ele diz para Cas pensar por que seu lupino vinculado — Kieran — está pronto para atacá-lo.

Mais tarde, em meio às discussões, Valyn conforta Eloana quando a conversa se volta para Malik. Também recorda a Cas que ele e Poppy ainda não são Rei e Rainha. Após a traição de Alastir, declara que o lupino será mantido em um lugar seguro e que ele deve acatar a decisão sem discutir. Acrescenta que, se não fizer isso, Cas ou o outro lupino vai acabar atacando Alastir, e Valyn não intervirá em seu favor.

Feitos os planos, Valyn se junta ao grupo que vai a Irelone para resgatar Poppy. Quando ela é mortalmente ferida por uma flecha de besta, Valyn entra em pânico ao notar que Casteel pretende Ascendê-la. Ele manda os guardas segurarem o filho, mas os lupinos os cercam, impossibilitando-o de fazer outra coisa senão assistir à cena.

Após os acontecimentos no Pontal de Spessa, admite que está impressionado com o ocorrido, mas acha que não foi o bastante. Ainda quer vingança e guerra.

Casteel o esconde por *segurança*, e Emil e os demais o acompanham de volta a Atlântia. Mais tarde, ele encontra Cas e Poppy no Templo de Saion. Quando Valyn vê Poppy pela primeira vez desde sua quase morte, fica chocado ao perceber que ela não Ascendeu. Ele comenta que estava presente quando Cas voltou a si depois do envenenamento por sombrália e percebeu que Poppy havia sumido. Diz que nunca tinha visto o filho daquele jeito e jamais esquecerá a situação.

Num rompante de sinceridade, Valyn assume que, se Poppy *tivesse* Ascendido, seria obrigado a matá-la e teria tentado sem hesitar, mesmo sabendo que os lupinos não o deixariam se aproximar dela. O fato de se tornar uma Ascendida causaria uma guerra que os enfraqueceria perante Solis.

Valyn concorda que Poppy não é mais mortal e comenta que isso deve ter relação com sua linhagem, embora não queira discutir o assunto sem a presença de Eloana — ele a está protegendo de uma história que os assombra há séculos. Porém, aconselha que mantenham as mudanças de Poppy em segredo daqueles fora de seu círculo de amizade ou de quem não estava presente quando Cas a salvou.

Quando chega a hora de fazerem justiça contra Alastir, Valyn pede garantias de que o lupino não sobreviverá àquela noite. Acrescenta que, do contrário, Valyn fará com que ele morra ao amanhecer — algo que garantirá pessoalmente, desde que ainda tenha uma coroa sobre a cabeça.

Poppy agradece a Valyn por sua ajuda ao resgatá-la, e ele diz que não precisa agradecer. Afinal, agora ela faz parte da família.

O fato de Valyn ter mudado de ideia tão rápido me pareceu suspeito a princípio, mas, quanto mais eu refletia a respeito, mais percebia que as coisas eram assim com Poppy. Não é preciso muito tempo para que as pessoas a vejam e percebam que ela é especial — poderes Primordiais à parte.

Após o ataque à casa dos Contou, Valyn conta a todos que os agressores eram os Invisíveis e compartilha mais informações sobre o grupo.

Ao discutir a recente traição, diz acreditar que os Guardas da Coroa envolvidos no ataque falaram abertamente com os outros, contaminando-os com suas tolices.

Na volta para Atlântia, eles veem que as árvores de Aios passaram do dourado ao vermelho, e Valyn diz a Cas que o povo verá a transformação como um sinal de grande mudança.

Valyn encontra Cas e Poppy no Palácio da Enseada. Quando Eloana pergunta se Hawke está mais alto, Valyn comenta que Cas parou de crescer há muito tempo — mais ou menos quando deixou de dar ouvidos aos pais.

A certa altura, Valyn comete uma gafe e chama Poppy de *Donzela*. Cas o ameaça e diz para ele *nunca* mais a chamar assim.

Depois que Poppy salva Marji, a criança atropelada por uma carruagem, há uma discussão sobre as habilidades de Poppy. Valyn não conhece nenhum mortal Ascendido de sangue Atlante que tenha passado pela Seleção sem se tornar um vampiro. Também não conhece nenhum meio-Atlante vivo descendente dos deuses. Então diz a Poppy que é impossível que Cora e Leo sejam seus pais.

Quando discutem o papel de Alastir em tudo que aconteceu e o que os pais de Casteel já sabiam, Valyn diz que estava ciente de que Alastir encontrara alguém supostamente descendente de Malec, mas que não sabia nada a respeito dela.

Todo o reino sabe que Valyn e Eloana já mataram para proteger a localização do Iliseu. Então, quando questionado sobre o que aconteceu com Poppy e todos que assassinaram para proteger o plano dos deuses, Valyn diz que, se Cas quiser se tornar Rei, ele precisa aprender a lidar com coisas que vão revirar seu estômago e assombrar seus sonhos.

Durante uma conversa ainda sobre a ascendência de Poppy, Valyn diz que nenhuma divindade pode ser seu pai porque Malec matou todos os outros. Então acrescenta que, para ele, seus poderes são fortes demais para estar a várias gerações de distância. Afirma ainda que as mudanças nas árvores de Aios significam que uma divindade está na linha de sucessão ao trono. Acrescenta que a mãe de Poppy deve ter quase a mesma idade de Malec e ser uma Atlante da Linhagem Fundamental ou de outra linhagem importante — possivelmente uma que acreditam já extinta.

A conversa se volta para a profecia, e Valyn admite sua curiosidade.

Poppy diz que quer destruir os Ascendidos, e Valyn passa a acreditar que tem uma apoiadora em seus esforços de guerra. No entanto, tenta convencê-los a não se precipitarem para o Pontal de Spessa para a reunião com o comboio de Ascendido e diz que Cas está falando como um homem apaixonado, não como um Rei.

Valyn e Eloana retornam à capital e renunciam à Coroa. Durante uma discussão, Valyn repara que Cas e Poppy não querem conversar sobre o acontecido na reunião em Solis. Refere-se a Ian como Ascendido, e isso deixa Poppy irritada. Ao sugerir que a pretensão de Poppy ao trono pode ser contestada, ele logo é colocado em seu devido lugar.

Durante a reunião com o Conselho, Eloana avisa que está na hora, fazendo-o apontar o fato de nunca seguirem a tradição. Valyn corrige Lorde Gregori com severidade em relação à ascendência de Poppy e fica satisfeito com sua demonstração de força.

Quando Poppy e Cas são oficialmente coroados, Valyn os avisa de que precisam escolher um conselheiro. Quando Cas menciona que já sabe quem vai pedir para ser o Conselheiro da Coroa, Valyn concorda que Kieran é uma boa escolha.

Depois que o grupo decide ir para o Iliseu, Valyn comenta que despertar Nyktos pode ser um risco desnecessário, mas assegura que ele e Eloana ficarão no palácio para servir de substitutos da Coroa enquanto estiverem ausentes.

Após Casteel se entregar à Coroa de Sangue, Valyn vê Poppy quando ela retorna para Evaemon sem o marido e parte imediatamente para o norte.

Com o exército, ele saúda Poppy no extremo norte do reino e diz que sabe que ela trará seu filho de volta. Acrescenta que Cas é um homem de sorte por encontrá-la e se tornar seu marido. E que ele e Eloana têm ainda mais sorte de tê-la como nora.

Com tristeza, Valyn pede um favor a Poppy. Roga-lhe que faça com que a morte de Malik seja o mais rápida e indolor possível, caso o veja. Ela concorda com o pedido.

Valyn chega a Massene, e Vonetta conta o que aconteceu com os dragontinos durante a tempestade causada por Vessa. Ele dá condolências a Reaver pela perda de seus irmãos e irmãs, e promete fazer a Coroa de Sangue pagar caro por isso.

Durante uma discussão com os generais e soldados sobre a Trilha dos Carvalhos, Valyn desafia Gayla La'Sere quando ela diz que os métodos usados anteriormente eram brutais, porém eficazes. Ele argumenta que, dada a situação atual, não foram eficazes coisa nenhuma. Eles recuaram. Não venceram a guerra.

Poppy decide avisar os mortais sobre a iminente invasão da cidade, e Valyn não tem certeza se essa é uma boa ideia. Hesita em concordar com o plano que ouviu. Não está preocupado com a liderança, mas com sua nora. Com ela. Ele lembra a Poppy que nenhum dos membros de sua família que entraram na capital voltou como era antes de partir — isso *quando* voltou. Poppy recusa a oferta de Valyn de ir com ela e o lembra do que Isbeth faria com ele caso fosse capturado.

Depois que Poppy se veste com sua roupa branca, Valyn vai vê-la e faz um comentário sobre a quantidade de armas que ela carrega. Diz que ela é a mais poderosa e, sem dizer com todas as letras, pede-lhe que se lembre disso. Ela responde que não quer ser uma arma, e sim uma curandeira, e ele retruca que ela é muito sincera. Ao examiná-la, Valyn diz que ela se parece com seu quadro preferido no palácio, a da deusa Lailah em sua armadura branca.

Poppy menciona o que viu enquanto dormia, e Valyn a corrige quando ela lhe conta sobre os sonhos compartilhados com Casteel. Ele chama isso de caminhar nos sonhos, mas explica que, na verdade, é caminhar na alma, pois os dois são corações gêmeos.

Envergonhado, Valyn revela que Alastir descobriu quem Ileana era antes dele; só ficou sabendo depois que Cas foi capturado da primeira vez porque Eloana contou a ele. Então diz que nunca teria recuado se soubesse.

Quando a conversa se volta para Malec, Valyn diz que Eloana nunca fala dele. Sabe que uma parte dela ainda o ama e sempre o amará, mesmo que ele não mereça e que ela também ame Valyn. Poppy o repreende novamente por não ter contado a verdade antes, insinuando que não teriam que negociar com Isbeth se ele tivesse feito isso e afirma que Atlântia também foi erguida sobre mentiras, assim como Solis.

Valyn afirma que os dois acreditavam que ela fosse uma divindade, descendente de uma das mortais com quem Malec teve um caso. Não sabiam que Malec era um deus até que Poppy lhes contasse. Diz também que Eloana contou a ele sobre o filho de Malec e Isbeth, mas acredita que ela não sabia de toda a verdade até Alastir a revelar.

Quando o grupo invade o Castelo Pedra Vermelha, ele vasculha a fortaleza com alguns soldados. Encontram e lutam contra Vorazes e dezenas de cadáveres de mulheres veladas com os corpos mutilados. Valyn preferiria que Poppy não precisasse ver uma coisa dessas.

Depois que Lin conta a Valyn sobre os túneis sob o Templo, Valyn envia seus generais para protegê-los.

À medida que os segredos vêm à tona, Valyn imagina como é que um Sacerdote de Solis conhece uma profecia anunciada pelos deuses há tantas eras. Também fica revoltado por acharem que o Rei Verdadeiro é Malec.

Quando Poppy pergunta a Valyn onde e como Malec foi sepultado, ele responde que Eloana usou magia ancestral e correntes de ossos para prendê-lo. Acrescenta que Malec não devia estar consciente e provavelmente não se lembrava de si mesmo, muito menos buscaria vingança. No entanto, ele concorda que precisam de uma confirmação e diz que enviará uma mensagem para Eloana.

Depois de descobrir os Sacerdotes e Sacerdotisas Ascendidos, Valyn fica surpreso por Poppy não saber que os vampiros também serviam nos Templos. Quando ela e os demais vão procurar as crianças, Valyn fica com os Sacerdotes e Sacerdotisas. Mais tarde, pergunta o que Poppy quer fazer com eles e lhe recorda de que não precisa fazer tudo sozinha.

Valyn imagina se o conspirador da profecia seria Isbeth — a reformulação dos planos talvez significasse apenas a invasão de Atlântia.

Poppy se dirige aos habitantes da cidade, e Valyn e ela discutem sua necessidade de delegar. Ela insiste em falar pessoalmente com as famílias, e ele argumenta que Cas teve sorte por encontrá-la. Ela retruca que os *dois* têm sorte.

Ao planejar o percurso e a realização de seus objetivos, Valyn promete a Poppy que Vonetta não terá problemas com os generais em sua ausência, que não derrubarão Colinas nem matarão inocentes e que as vontades dela serão cumpridas.

Na Padônia, após o resgate de Casteel, Valyn recebe o filho e estremece ao se abraçarem. Ele conta ao filho que disse a Poppy para não ir buscá-lo, mas logo foi colocado em seu devido lugar. Apesar de terem muito para falar, precisam deixar a conversa para outra hora.

Ao enfim reencontrar Malik, Valyn se sente desconfortável — fica pálido, a voz falha e o corpo se retesa quando o filho o cumprimenta de modo impassível. Tudo que consegue dizer é que ele parece estar bem, mantendo um tom vago.

Sven pergunta o que a Rainha de Sangue poderia querer com Malec, e Valyn revela quem ela é de fato, dizendo que era amante de Malec e que nunca foi uma vampira, porque um deus não pode criar um vampiro. Criam algo completamente diferente.

A conversa se volta para Isbeth, que acredita que Malec pode ajudá-la a destruir Atlântia e refazer os planos, e Valyn fica chocado. O deus não deve estar em bom estado e precisará se alimentar — bastante. Ele se recuperará, eventualmente, mas não se sabe em que estado mental estará ou o que poderá fazer.

Eloana responde a ele sobre o paradeiro de Malec, e Valyn compartilha a informação: ele está a nordeste da Floresta Sangrenta, próximo a algumas ruínas, sepultado num caixão coberto por ossos de divindades. Então revela que eu ajudei Eloana a sepultar Malec, embora não faça ideia de qual essência Primordial usamos para tal fim.

Enquanto o grupo se prepara para partir em direção ao Templo dos Ossos, Cas avisa que Valyn deverá permanecer na Padônia com Vonetta, pois ela precisará do seu apoio para governar. É uma ordem, por isso obedece, mas acha difícil se despedir de todos.

Ele ficará surpreso quando descobrir tudo que aconteceu...

ALASTIR DAVENWELL †

Ex-Conselheiro da Coroa

Ah, Alastir. Embora a fonte de suas crenças e os motivos de suas ações tenham uma origem nobre — querer proteger o reino acima de tudo —, ele com certeza não pensou muito bem no que seus atos causariam àqueles que dizia amar. Além de fazer com que ele traísse os indivíduos que chamava de família, seus ideais acabaram por lhe custar a vida.

Cabelo: Comprido e cor de areia.
Olhos: Azul-claros.
Corpo: Ombros largos.
Rosto: Rusticamente bonito.
Traços característicos: Cicatriz profunda no meio da testa.
Curiosidades: Voz rouca. Tem pelo menos oitocentos anos de idade, mas parece estar na casa dos quarenta.
Personalidade: Não é propenso à violência. Um tanto alarmista.
Hábitos/Trejeitos/Forças/Fraquezas: Incrivelmente leal ao reino.
Antecedentes: Era o lupino vinculado ao Rei Malec, mas perdeu a capacidade de mudar de forma desde que o vínculo se rompeu. Conselheiro da Coroa do Rei Valyn e da Rainha Eloana. Parte da irmandade secreta dos Protetores. Depois de trair Cas ao raptar Poppy, ela o mata cortando sua garganta.
Família: Filha = Shea †. Sobrinha = Gianna. Sobrinho-neto = Beckett †.

A JORNADA DE ALASTIR ATÉ AGORA:

Para mim, Alastir sempre foi um tanto duvidoso. Por ser um lupino proeminente, vinculado a Malec, tio de consideração dos Príncipes e de Kieran e Conselheiro da Coroa, é óbvio que ele aparecia em minhas visões. Ainda assim, sempre havia... alguma coisa que o tornava meio confuso e inconstante demais. Depois dos últimos acontecimentos, a razão se tornou mais nítida. Só gostaria de ter *visto* isso antes. Por outro lado, não me meto nos assuntos dos Destinos — não muito, pelo menos.

Vamos retomar a linha temporal do lupino depois de ele entrar na história de Poppy e Cas?

Enquanto o grupo viaja, Alastir chega a Novo Paraíso logo antes da tempestade.

Depois de ver Poppy pela primeira vez e reparar na marca de mordida em seu pescoço, ele comenta que perdeu muita coisa e começa a conversar com ela. Mais tarde, durante a apresentação formal, Alastir se diz surpreso com o sobrenome de Poppy e explica que *Balfour* remonta a centenas de anos em Solis. Imagino que é porque ele sabe sobre o último oráculo ou algo sobre Leopold. Também menciona que está chocado em saber de sua ascendência Atlante, já que os pais dela eram muito amigos da Coroa de Sangue.

Quando Poppy cita a noite em que os Vorazes atacaram sua família, Alastir reage com curiosidade. Ela acha que talvez ele esteja se perguntando se foi essa ocasião que causou suas cicatrizes. Mas sabendo agora que ele estava lá ... Será?

Mais tarde, no salão de banquetes, Poppy cumprimenta Alastir educadamente, e ele fala com Kieran em outro idioma. Em seguida, relata seu choque ao saber do pedido de casamento de Casteel e a chama de Donzela. Quando Cas o repreende, ele aquiesce, mas não sem antes afirmar que ninguém pode mudar o passado, sejam quais forem as circunstâncias atuais. Durante o jantar, quando a conversa gira em torno de como Poppy tentou assassinar Cas, Alastir fica surpreso. Posso até adivinhar o que passava pela cabeça dele. Já estava tramando para garantir que a profecia não se concretizasse. E então descobriu que ela havia tentado assassinar o Príncipe...

Ao discutirem a história distorcida na qual o povo de Solis acredita, Alastir menciona que nem todos no reino são leais à Rainha Ileana e ao Rei Jalara. É óbvio que ele está falando dos Descendidos — sobretudo daqueles leais a Atlântia e com ideias similares às dele: os *Protetores*. Quando a conversa passa a ser sobre os planos, Alastir esclarece que sua lealdade é ao Reino de Atlântia. Os presentes acharam que ele estava falando de Cas e suas intenções, mas agora sabemos que não. Alastir era, acima de tudo, leal ao reino até o fim, o que significa que não podia aceitar os novos planos de Casteel em relação a Poppy. Ele também alerta sobre a inquietação dos lupinos.

Alastir pede para conversar com Poppy a sós, e saem para uma caminhada. Discutem o fato de ela saber lutar, e então Alastir revela que sua filha, Shea, era noiva de Casteel. Ele acalma Poppy e promete que a ajudará a sair da situação em que se encontra, caso sinta que não é o que deseja. Isso pode ter soado altruísta para Poppy, mas havia segundas intenções por trás. Também assegura que perguntará entre seus conhecidos se alguém tem informações sobre os pais dela, mas agora sabemos que ele já os conhecia.

Após sair para verificar a condição das estradas com um pequeno grupo, Alastir volta depois do ataque dos Ascendidos. Ele e seus homens cuidam dos cavaleiros da Rainha, e Alastir vê Poppy curar os feridos. Ele pergunta se ela tem certeza de que seu irmão, Ian, Ascendeu, pois duvida muito que a Coroa de Sangue deixaria um meio-Atlante Ascender. Também conta a Poppy sobre a linhagem de Guerreiros Empáticos, que eram capazes de drenar a energia das emoções, alimentando-se dos outros dessa maneira, e por isso eram chamados de Devoradores de Almas.

Alastir parte para o Pontal de Spessa antes do resto do grupo. Mais tarde, ao falar com Poppy, conta a ela sobre a União e o vínculo dos lupinos com os Atlantes da linhagem Fundamental, revelando de forma indireta que era o lupino vinculado a Malec.

Beckett se machuca, e Alastir o leva às pressas para a casa de Vonetta. Ele fica perplexo quando Poppy cura o jovem lupino — vai muito além do que ela fez após o ataque dos Ascendidos, e a garota chega a brilhar. Ele se desculpa por aqueles que a encaram com desconfiança e a tratam com estranheza, e a aconselha a ignorar os olhares, dizendo que, se ela não se afastar da situação, então não poderá demonstrar incômodo.

Isso me pareceu bastante contraproducente em relação ao que ele havia planejado. Mas talvez, apesar de saber que a trairia, ele realmente tivesse algum carinho por ela e certa ternura em seu coração. Ou talvez achasse que conseguiria fazê-la abandonar tudo se sobrecarregasse seus pensamentos e despertasse suas dúvidas internas.

Alastir admite que não entende como o amor entre Poppy e Casteel surgiu, tendo em conta os planos originais do Príncipe em relação à Donzela. Em seguida, acrescenta que já viu Cas apaixonado antes e que o povo esperava que outra pessoa se tornasse Rainha porque Cas estava prometido a outra.

Ora, isso *sim* parece se alinhar mais aos objetivos de Alastir. Foi uma ótima oportunidade para fazer com que Poppy duvidasse de si mesma e de seu relacionamento com Casteel — e incrivelmente manipulador.

Quando Casteel o repreende por tocar no assunto, chamando-o de fraco, Alastir afirma que o casamento de Cas com sua sobrinha Gianna teria fortalecido a relação entre lupinos e Atlantes. Jasper alerta Alastir que ele está passando dos limites, mas o lupino continua, acusando Cas de renegar seus deveres para com o povo.

Para ser sincera, acho que foi nessa hora que Alastir mudou completamente de atitude. Ele já estava tramando antes, mas, ao perder a esperança de dissuadir Cas de seus planos ou de fazer com que Poppy fosse embora por vontade própria, percebeu que teria de resolver o problema com as próprias mãos.

Enquanto os outros se dispersam, Alastir fica em Atlântia. Ao reencontrar o grupo na Enseada de Saion, ele fica surpreso ao ver que Casteel e Poppy se casaram, e ainda mais chocado ao descobrir que Nyktos abençoou a união. Ele pede para falar com Casteel em particular, provavelmente na esperança de colocar algum juízo na cabeça dele e convencê-lo a aceitar seu ponto de vista.

Não sei o que ele fez entre esse momento e quando Beckett leva Poppy para a emboscada nas Câmaras de Nyktos, mas, como a maioria, ele chega após o ataque e assiste ao final da demonstração do que ela é capaz. Alastir tenta argumentar com a Rainha, dizendo a Eloana que não é tarde demais e que sabe o significado disso para a Coroa.

Ele deixa claro que Poppy está convocando os lupinos no Templo e declara que consegue sentir os vínculos se rompendo porque sente o *estigma* Primordial dela. Quando Cas manda os guardas prenderem Alastir, ele fica chocado e afirma que Cas não tem autoridade sobre os guardas nem sobre ele, já que ainda não é Rei. Eles o prendem mesmo assim. Quando Valyn ordena que ele seja colocado num lugar... *seguro*, ele fica furioso.

Ao gritar: "Protejam o Rei e a Rainha", Alastir faz um sinal para que seus seguidores entrem em ação e envenenem todos que tentam proteger Poppy com sombrália. Diz a Poppy que *ela* é uma ameaça para Atlântia, não ele, então a deixa inconsciente e sequestra.

Enquanto Poppy está na cripta, Alastir a visita e se desculpa pelo comportamento de Jansen. Então conta a ela sobre os deuses, as divindades, as Terras Sombrias e o Iliseu. Explica por que Poppy é tão perigosa. Diz que ela entrou na Seleção e logo começará a exibir as mesmas tendências caóticas de suas predecessoras — as divindades que se tornaram monstruosas, fazendo com que os Elementais se opusessem a elas. Também conta sobre Malec, revelando que Eloana e Valyn já sabiam dos poderes dele. Em seguida, insinua que Malec é o pai de Poppy e acrescenta que o Rei tinha muitas amantes e que havia outras como ela — filhos da divindade — que nunca chegaram à Seleção.

Nunca consegui determinar se Alastir sabia ou não que Malec era um deus e não uma divindade ou se estava ciente de Ires e Millicent.

Alastir conta a Poppy sobre a profecia e revela que já tinham se encontrado antes — na noite em que seus pais foram mortos. Ele a achou familiar quando a conheceu em Novo Paraíso — por causa de seus olhos — e teve um pressentimento, mas a certeza só veio quando ela mencionou o nome dos pais. Alastir admite que estava lá para ajudá-los a fugir de Solis e afirma que não matou seus pais, mas que *teria* matado os dois *e* a ela também se tivesse a chance. Acrescenta que o Senhor das Trevas matou os pais dela, e que havia uma escuridão presente naquela noite. Quando Cora e Leo lhe contaram sobre Poppy e de quem ela descendia — da Rainha de Sangue —, ele percebeu que precisava fazer alguma coisa e... deixou a escuridão entrar na forma de Malik.

Em seguida, Alastir revela um monte de segredos: que não é mais capaz de mudar de forma, que pretende entregar Poppy aos Ascendidos e, embora não queira fazer mal a Casteel, será obrigado a machucá-lo se ele ficar em seu caminho. Além disso, não acha que o plano de Cas seja suficiente. Alastir e Valyn querem que os Ascendidos paguem caro pelas suas ações e, enquanto Poppy estiver viva, o trono é dela por direito de nascença. Afirma que prefere entrar em guerra a ter alguém como ela solta em meio ao seu povo.

Quando Cas e os demais vão resgatar Poppy, também levam Alastir sob custódia. Cas usa a persuasão nele para saber os nomes de todos os envolvidos e descobrir onde a entregaram aos Ascendidos. Enquanto estão escondidos, alguns Atlantes e mortais tentam libertar Alastir, mas também são capturados. Mais tarde, Casteel tira Alastir das criptas debaixo do Templo. Acreditando que Poppy está morta, Alastir fica aliviado quando Casteel revela que não vai matá-lo e depois chocado ao ver Poppy. Diz a ela que o que começou não terminará com sua morte. Ela retruca que nunca mais pensará nele, corta sua garganta e deixa os lupinos o devorarem.

Após sua morte, descobrimos que Alastir já sabia que Ileana era Isbeth e que foi *ele* quem matou o filho de Isbeth e Malec.

KIERAN CONTOU

Tenho observado Kieran há um bom tempo, mas, convenhamos, ele é um colírio para os olhos. Uma vez, muito tempo atrás, até cheguei a flertar com a tia dele e seu Atlante vinculado...

Cabelo: Preto e cortado rente à cabeça.
Olhos: De um tom de azul tão pálido quanto o céu de inverno.
Corpo: Esbelto.
Rosto: Pele negra com um subtom quente. Rosto anguloso. Passa de friamente bonito a extraordinariamente atraente quando sorri.
Traços característicos: Ligeiro sotaque. Marcas desbotadas de garras no peito. Uma ferida cicatrizada perto da cintura.
Curiosidades: Fina camada de pelos no peito. Tem mais de duzentos anos de idade.
Personalidade: Irônico e sarcástico. Um tanto controlador. Não gosta muito de abraços. Nada modesto. Tão transparente quanto um muro de tijolos. Sua expressão usual é de tédio com uma pitada de divertimento.
Hábitos/Trejeitos/Forças/Fraquezas: Move-se com a graça de um bailarino ao lutar. Costuma dormir na forma de lupino e dá chutes durante o sono, mas descansa melhor durante o amanhecer. Adora biscoitos... quer dizer, todo tipo de comida. Não gosta de cidades abarrotadas de gente. Excelente em preparar bebidas alcoólicas. Sua lealdade à família e àqueles que ama vai além de qualquer vínculo, inclusive do *estigma* Primordial.
Aparência sobrenatural: Pelos fulvos/areia/castanho-claros na forma de lupino. Ligeira presciência — tem sensações que tendem a se tornar realidade. Quase da mesma altura de um homem adulto, mesmo de quatro. Sua assinatura pessoal tem cheiro de cedro: intenso, terroso e amadeirado. Seu sangue tem cheiro de floresta, também terroso e forte.
Antecedentes: Vinculado a Casteel desde o nascimento. Perdeu seu grande amor — Elashya —, que nascera com uma doença degenerativa.
Família: Mãe = Kirha Contou. Pai = Jasper Contou. Irmãs = Vonetta e uma nova irmãzinha, de nome ainda desconhecido. Tia = Beryn.

Este lupino leal, protetor, divertido e feroz é o equilíbrio perfeito entre Casteel e Poppy. Ele faria qualquer coisa pelos dois, assim como eles também fariam qualquer coisa por ele.

A JORNADA DE KIERAN ATÉ AGORA:

O primeiro filho de Jasper e Kirha Contou, Kieran é vinculado ao Príncipe Casteel desde o nascimento. Os dois dividiam o berço com frequência, deram os primeiros passos juntos e sentavam-se à mesma mesa de jantar na maioria das noites, recusando-se até a comer os mesmos vegetais. Eram inseparáveis. Ao crescer, raramente ficavam longe um do outro, embora às vezes parecessem se odiar, chegando a brigar por coisas insignificantes — como é de costume entre irmãos.

Kieran já teve um grande amor chamada Elashya, que nasceu com a mesma doença debilitante que a avó da moça tinha. A doença só se manifestou depois de cem anos, quando a atacou de modo virulento, provocando uma falência geral em seu corpo e matando-a em poucos dias. Ele sempre lamentará sua perda.

Aventureiros de coração, Kieran passava bastante tempo explorando o reino com Casteel, o Príncipe Malik, irmão de Cas, e a amiga deles, Shea. Ao entrarem nos túneis, os quatro se certificavam de que não se perderiam marcando as paredes de pedra com suas iniciais. Aposto que algumas ainda podem ser vistas hoje. Kieran e Casteel até tentaram atravessar as Montanhas de Nyktos certa vez para ver se as terras do outro lado eram habitáveis e quase se afogaram no processo.

Agora, vamos falar sobre quando as coisas começaram a esquentar…

Quando Casteel tenta derrubar a Coroa de Sangue, Kieran não sabe do plano e é expressamente proibido de ir à capital. Ele se dá conta de que Casteel foi ferido ao se sentir mal de repente, e sabe que é grave quando perde todas as forças. Kieran descobre que Cas foi capturado quando o amigo não volta para casa; o lupino não consegue mais andar e nenhuma quantidade de comida ou água é capaz de saciá-lo. Perde peso rapidamente e permanece nesse estado enfraquecido durante as cinco décadas em que Casteel é mantido preso pela Coroa de Sangue.

Kieran é o único que sabe o que Cas passou durante o cativeiro e muitas vezes teve de ajudar o Príncipe a se recordar de quem era após o retorno, lembrando-o de que não era um *objeto*. É um jeito terrível de solidificar um laço com alguém, mas a ligação não deixa de existir entre os dois. Eles têm um vínculo mais forte do que a amizade ou família. Kieran e Cas são dois lados da mesma moeda.

Quando Cas elabora o esquema para se tornar *Hawke Flynn* — um nome escolhido por Kieran — a fim de capturar a Donzela e usá-la como moeda de troca para libertar o irmão, Kieran embarca com tudo na trama. Apesar de detestar a maior parte de Solis por causa de seus muitos Ascendidos e multidões, ele sabe que irá aonde Casteel for sem questionar.

E é aqui que as linhas do Destino de Kieran, Poppy e Casteel convergem nas minhas visões...

Kieran chega à Masadônia como Guarda da Cidade, viajando com Casteel para o território inimigo para darem início ao estratagema. Ele mantém Setti consigo e se encontra secretamente com Cas sempre que possível. Os dois costumam ir ao Pérola Vermelha, mas também se comunicam por meio de bilhetes deixados no Bosque dos Desejos.

Ele e Cas se encontram no Pérola Vermelha com outro lupino, Jericho, e o Descendido Griffith Jansen, comandante da Guarda Real — um metamorfo que mais tarde se revela um traidor da Coroa e é rapidamente eliminado. Depois de sair para resolver alguns assuntos, Kieran retorna para avisar Hawke de que o enviado chegou, sem perceber que a Donzela está no quarto. Se soubesse, me pergunto se ele teria adiado a interrupção.

Mais tarde, Kieran e Cas se encontram com Emil e Delano no Bosque para que Cas possa se alimentar. Quando Emil age... bem, como sempre, Kieran diz que ele só pode estar querendo morrer.

Não é para menos. Ele não consegue ficar de boca fechada. E quando Kieran descobrir sobre Vonetta... também vai querer ir atrás dele.

Quando Cas descobre que Jericho tentou raptar Poppy na noite em que matou Rylan Keal e acabou batendo nela, Kieran tenta dissuadi-lo, dizendo que ele já acabou com a raça do lupino por sua insubordinação e que não pode matá-lo. Kieran acha que conseguiu convencer Hawke — e, de fato, conseguiu —, porém, quando chegam aos Três Chacais, é obrigado a assistir, imóvel, enquanto Cas corta a mão esquerda de Jericho.

Mais tarde, Kieran vai com Cas para o bairro dos armazéns a chamado de um Descendido. Ao chegarem, Lev diz que há algo que precisam ver. Assim que vê, Kieran acha que jamais precisava ver aquilo. Ninguém precisa. Os Ascendidos tinham transformado um bebê em Voraz. Ele mal consegue assistir enquanto Cas faz o que precisa ser feito.

Kieran deixa um bilhete para Casteel, dizendo que está no frigorífico com um novo amigo. Quando Casteel chega, Kieran diz que está congelando e depois se diverte bastante assustando e atormentando Lorde Devries, até que ele traz à tona coisas que Kieran levou muito tempo para explicar a Casteel.

Kieran se diverte com Circe no Pérola Vermelha, mas Cas os interrompe. Ele o convida para participar, mas Cas recusa. Depois, os dois conversam a respeito do Duque e do que Casteel quer fazer com ele, e Kieran diz que é mera vingança, além de egoísta. Cas repete que gostaria que Kieran não tivesse vindo, e ele o manda calar a boca.

Jamais abandonaria Cas.

Na noite do Ritual, ele e Cas se encontram e discutem o plano. Cas diz a Kieran que o encontrará no Bosque mais tarde com a Donzela, e Kieran mais uma vez lhe diz que não gosta nada disso. Não parece certo. No entanto, afirma que os Descendidos estão fazendo a sua parte e criando uma distração.

Mal sabe ele que não é só isso que estão fazendo.

Depois que os Descendidos atacam o Ritual, Hawke aproveita a oportunidade para tirar Penellaphe dali sob o pretexto de escoltá-la à capital, até a Rainha. Kieran se une a ele, junto aos Guardas Reais Phillips Rathi, Bryant e Airrick, e os Caçadores Luddie e Noah. Ao guiar o comboio com Phillips, Kieran repara na interação entre Hawke e Penellaphe, notando como a relação dos dois evoluiu. Quando ouve Penellaphe rindo alto por Hawke ter revelado que trouxe o meu diário, ele enxerga algo em Casteel que não via há muito tempo — vida.

Adoro saber que o meu diário fez a viagem com eles.

Na sua primeira noite de viagem, o comboio monta o acampamento na Floresta Sangrenta. Enquanto quatro guardas descansam, Kieran e mais três homens ficam de vigília a vários metros do local onde a Donzela tenta dormir. Kieran e Hawke conversam sobre os perigos e as apreensões acerca da viagem, e Kieran diz que Cas o surpreendeu — fazia bastante tempo que não ouvia o Atlante rir como fez com Poppy. Ele o provoca sobre ir fazer companhia a ela e acaba flagrando Hawke dando prazer a Penellaphe mais tarde.

Depois que ela adormece, Kieran o provoca mais um pouco, alegando que Poppy gosta dele. Explica que, apesar de chegarem a Três Rios antes do anoitecer, não poderão ficar lá. O Príncipe sugere que, caso se separem no meio do caminho para Três Rios e cavalguem durante a noite, conseguirão chegar a Novo Paraíso pela manhã. Kieran pergunta se ele está pronto para isso e menciona o relacionamento entre Hawke e Penellaphe, lembrando-o da tarefa à frente.

Mais adiante na Floresta Sangrenta, são emboscados por um grupo de Vorazes. Kieran se move com a graça de um dançarino, lutando com uma espada em cada mão. Depois que Airrick morre no ataque, ele assume o lugar do guarda, cavalgando ao lado de Hawke e Penellaphe.

Assim que param, Kieran e Cas falam sobre o que a Donzela fez com o guarda moribundo. Durante a discussão, Cas a chama de *Poppy*, e Kieran o questiona. Cas muda de assunto, agindo como se não fosse nada de mais. Kieran o alerta sobre não ficarem muito íntimos e pergunta se ela ainda é uma Donzela. Cas fica irritado, mas Kieran ressalta o que ela já precisou enfrentar e adverte que continuar com aquilo só vai fazer mal a Penellaphe.

Depois de descansar perto de Três Rios, Kieran divide seu queijo com Poppy na estrada enquanto a provoca e responde às suas perguntas. Finalmente chegam a Novo Paraíso e se reúnem com os outros membros do grupo para discutir os planos. Durante uma das reuniões, Kieran vê Cas arrancar o coração de Orion e jogá-lo no fogo.

Mais tarde, Kieran descobre Phillips tentando fugir com Penellaphe e luta com ele. Phillips o atinge na barriga e na perna durante o conflito. Incapaz de continuar na batalha nesse estado, Kieran assume a forma de lupino e vai atrás dele, abrindo um buraco na porta do celeiro em meio à perseguição.

Quando Bryant tenta fugir dos estábulos, Kieran o mata. Depois de neutralizar todas as ameaças, ele volta e se junta a Penellaphe e Hawke na discussão sobre o que está acontecendo, zombando das coisas que a Donzela *acha* que sabe.

Depois de a levarem para as masmorras, Kieran se depara com Jericho e seus comparsas atacando Penellaphe. Ele os imobiliza e leva a Donzela para os aposentos de Hawke. Ao ficar diante do amigo, Kieran diz para ele não a deixar beber seu sangue e, sem querer, o chama de *Casteel* — o que não passa despercebido a Poppy.

Mais tarde, depois que Poppy tenta fugir e Cas a alcança na neve, Kieran conversa com ele. Cas revela que ela é meio-Atlante, e os dois falam sobre a razão pela qual os Ascendidos a querem tanto. Cas finalmente admite gostar de Poppy, o que deixa Kieran radiante. Os dois falam que tudo mudou, e Kieran insinua que o amigo está apaixonado. Ele tenta negar e muda de assunto.

Enquanto Hawke cuida dos traidores que atacaram Penellaphe, Kieran pergunta se ela quer tomar banho e diz que está com o cheiro de Hawke. Envergonhada, ela responde que sim. Quando Poppy fica na banheira por mais tempo do que o previsto, ele vai ver como ela está, deixando-a chocada e escandalizada. Tentando acalmá-la, Kieran explica que cicatrizes são reverenciadas pelo seu povo e jamais escondidas.

Pessoalmente, concordo com ele. As pessoas mais fascinantes e profundas que já conheci e com quem tive o prazer de conviver tinham cicatrizes no corpo que mais pareciam mapas de sua vida. Passar os dedos por elas é como ler o braile pessoal de sua história gravada na carne.

Ao escoltar Penellaphe e Hawke até a área comum, Kieran segura a Donzela quando ela tropeça, chocada ao ver os traidores cravados na parede. Enquanto se dirigem para a sala de jantar, Kieran garante a Penellaphe que eles mereceram o que Casteel lhes fez. Ao discutirem que Penellaphe não é mortal, e sim parte Atlante — algo que descobriram após Casteel se alimentar dela —, Kieran diz que, vez ou outra, nasce uma criança de ambos os reinos.

Quando Landell — outro lupino — fala sobre sua objeção ao anúncio do Príncipe de que vai levar Penellaphe para casa e fazer dela sua esposa, Kieran manda ele calar a boca. Ele não obedece, e Hawke o mata arrancando seu coração. Ao ver o choque no rosto de Penellaphe, Kieran pergunta se ela gostaria de voltar para o quarto.

Embora possa apenas estar se certificando de que ela entenda que não tem permissão para se retirar para seus aposentos sozinha, fica cada vez mais claro que Kieran começa a sentir uma certa afeição por Poppy, assim como Hawke.

Enquanto caminham, ela pergunta sobre o homem mais velho que veio jantar, e ele responde que seu nome é Alastir Davenwell. Kieran explica que ele é como um tio para os Príncipes e para ele. Depois de caminharem mais um pouco, ele nota que o cheiro dela está diferente e lhe conta isso, dizendo que Poppy tem cheiro de morte.

Ao discutirem a verdade a respeito dos Ascendidos, Kieran diz a Penellaphe que, embora o Príncipe tenha recebido a alcunha de Senhor das Trevas, ele é a única coisa em ambos os reinos que ela não precisa temer.

Mais tarde, quando Penellaphe tenta fugir, Kieran muda de forma e acompanha Casteel até a floresta para buscá-la. Cas diz que, se ela lutar contra ele e vencer, ganhará sua liberdade, e então ordena que Kieran retorne à fortaleza. Quando o Príncipe volta, Kieran sai com ele para cuidar dos Vorazes mortos que Cas e Poppy encontraram. Kieran revela a Penellaphe que é uma grande honra proteger alguém tão preciosa para o Príncipe.

Não adianta mais negar os sentimentos de Casteel por Poppy, e qualquer um pode ver que Kieran também começa a se importar com ela.

No jantar, Kieran rouba comida do prato de Penellaphe — um hábito dele — e lhe conta sobre as linhagens. Os dois já conversaram sobre isso antes, mas há muita coisa que ela não sabe. Kieran tenta ensiná-la, mas também brinca com ela. Quando Poppy pergunta por que ele a chama de *Penellaphe*, Kieran responde que apelidos são reservados aos amigos. Depois, indaga se ela sempre tem tantas perguntas assim — um questionamento que faz durante todo o curso de sua relação e provavelmente fará por muitos anos, posso apostar. É algo singular entre eles o laço de amizade que compartilham, e eu acho tão fofo.

No dia seguinte, Kieran acompanha Penellaphe até o café da manhã e confessa que estava ciente dos planos de Cas. Diz ainda que já sabia que seus planos haviam mudado antes de Casteel — antes mesmo de saber que ela era Atlante. Acrescenta que, às vezes, ele simplesmente sabe das coisas.

Jasper tem o mesmo dom, o que me faz pensar se eles têm sangue de Vidente na linhagem. Mas é só uma suposição. Não tenho nenhuma prova para fundamentar essa hipótese.

Quando Casteel chega para a refeição, Kieran se senta à esquerda de Cas, em uma posição de poder e proteção, e o lembra que, se não conseguirem convencer Alastir do *falso* noivado dele e Penellaphe, tampouco conseguirão enganar o Rei e a Rainha. Depois de falarem sobre as tendências assassinas de Penellaphe e de chocarem a maioria dos presentes, continuam a refeição e Kieran conta a Penellaphe sobre os deuses e seu repouso.

Depois do jantar, embora meu diário seja o livro mais interessante em seus aposentos — algo que Kieran se apressa a salientar —, Penellaphe procura algo para ler e encontra um volume meio escondido que menciona os felídeos, as sirenas e outras coisas. Ela pergunta a Kieran a respeito. Ele revela que se trata de um livro de registros Atlantes e se aproxima para ver mais de perto. Ao fazer isso, seu braço roça no dela e ele sente um choque, como se tivesse sido atingido por um raio, fazendo-o se afastar e pular para trás.

Quando os Ascendidos chegam, Kieran muda de forma. Enquanto Casteel fala com Lorde Chaney, ele se esgueira pela fortaleza, saindo perto dos estábulos. Quando uma luta se inicia, Kieran pula nas costas de um cavaleiro ao mesmo tempo que o Ascendido faz de tudo para matar Elijah. Depois, arranca a língua de Lorde Chaney por irritá-lo e deixa que Penellaphe lide com o resto.

Estou errada por achar isso tão sexy? Isso foi pela sra. Tulis, seu filho, o homem que o cavaleiro matou a mando de Chaney, aqueles que morreram durante o combate e os outros que pereceram depois. Eu teria feito o mesmo que Poppy — ou algo ainda pior.

Mais tarde, na biblioteca, Kieran conta a Penellaphe sobre o cativeiro de Casteel e explica seu vínculo com o Atlante. Também revela que o lupino vinculado a Malik morreu ao tentar resgatá-lo. Os dois conversam sobre Alastir, o lupino vinculado a Malec, além da guerra e de como os vínculos mudaram depois disso.

Tudo mudou depois da guerra.

Todos se preparam para partir para Atlântia, e Kieran e Casteel discutem a melhor estratégia. Esperam chegar ao Pontal de Spessa até o fim da semana e falam sobre quem gostariam que se juntasse a eles na batalha contra os batedores e cavaleiros que a Coroa de Sangue deverá mandar.

Ao se depararem com objetos de formato peculiar dependurados nas árvores, Kieran alerta Casteel. Os dois sabem muito bem o que é aquilo, a marca do povo cruel e canibal que vive fora da Colina — o Clã dos Ossos Mortos. Eles são atacados pelo Clã, dando início a uma luta.

Felizmente, Kieran não é ferido. Eu detestaria ver aquela bela pele maculada... e havia bastante pele à mostra depois que ele mudou de forma — algo em que Poppy não deixou de reparar.

Kieran vê os ferimentos sofridos por Casteel durante o conflito e se preocupa com o autocontrole do príncipe. Deixa claro que não acredita em Cas quando ele insiste que está bem. As flechas fizeram um baita estrago nele.

Enquanto descansa em Pompeia, Kieran ouve Poppy gritar e irrompe no quarto que ela divide com Casteel. Logo percebe que interpretou mal a situação e que era um grito de prazer, não de agonia. Ele pede desculpas e faz menção de ir embora, mas Casteel se vira para ele e Kieran vê que o Atlante está faminto. Ele pede que Penellaphe saia correndo dali e se interpõe para fazer com que Casteel o ataque. Como sempre, ela não lhe dá ouvidos e tenta acalmar Casteel. Por sorte, no instante em que ela o chama de *Hawke*, ele volta a si, se desculpando, passa por Kieran e sai do quarto.

Assim que Casteel vai embora, Kieran pergunta se ela está bem, certificando-se de que o Príncipe não a tenha machucado ou forçado a fazer nada. Quando Penellaphe garante que está bem e pergunta o que aconteceu, Kieran explica que Cas o encarou como uma ameaça a ela naquele momento. Acrescenta que Cas precisa se alimentar e que o alertou sobre estar no limite e as consequências disso, caso perdesse o controle.

Penellaphe e Kieran partilham muitos segredos: que Cas contou a ela sobre seus pesadelos, por que Kieran acredita que Cas não se alimentou, e histórias sobre a infância dos dois. Quando Poppy menciona Shea, intuindo que ela é a *amiga* na história de Kieran, ele a avisa para não falar de Shea perto de Cas.

Mais tarde, ao discutirem sobre Casteel, Kieran diz que está feliz por Penellaphe ter reconhecido que gosta dele. Quando ela pergunta se Cas a deixaria partir caso se recusasse a se casar com ele, Kieran responde que sim, ela poderia ir embora e Casteel a deixaria partir, mas ainda assim não se livraria dele — pois ele sabe que a conexão dos dois é profunda, mesmo que *ela* ainda não tenha percebido.

Quando Cas concorda em se alimentar, Kieran cuida da situação, monitorando os batimentos cardíacos de Penellaphe e garantindo que Casteel beba o suficiente, mas não exagere. Sabendo o que acontecerá entre os dois após a alimentação, ele vai embora.

Eu, por outro lado, gostaria que ele tivesse ficado. Os três já sabiam da União a essa altura; poderiam muito bem ter feito um treinamento. Além disso, sei que Poppy e Casteel tinham lido várias dicas e truques sobre como adicionar mais uma pessoa à jogada no meu diário. Caramba, tanto Casteel quanto Kieran já tinham conhecimento empírico, e aposto que Poppy seria bastante receptiva, apesar de um tanto tímida.

Ao conversar com Alastir após o ferimento de Beckett, Kieran confirma que Penellaphe realmente pretendia matar Casteel quando o apunhalou, deixando todos os presentes chocados.

Ora, se eles a conhecessem, não teriam ficado tão surpresos.

Ao receberem a notícia de que o céu está em chamas, Kieran é um dos primeiros a se dirigir aos parapeitos para investigar. Ele ainda está lá quando Penellaphe chega. Os dois discutem o que aquilo poderia ser e como reagir e, por fim, decidem que é melhor esperar. Infelizmente, não dura muito tempo. São atacados, e Delano é ferido no conflito. O lupino é curado por Poppy enquanto Kieran observa. Mais tarde, durante uma reunião de estratégia, ele sugere caminhos alternativos para os refugiados de Novo Paraíso tomarem a fim de evitar os Ascendidos.

Para seu desgosto, Casteel ordena que Kieran atravesse as Montanhas Skotos com Alastir. Quando argumenta que precisa ficar com Cas, que seu vínculo e dever exigem que o defenda com a própria vida, o Príncipe diz que ele é ágil, forte e não vai fracassar, e quer que Kieran proteja o que é mais importante para ele — Poppy. No fim das contas, Penellaphe acaba não indo, mas Kieran sabe por que Cas quer que *ele* vá. Não deseja que Kieran se sacrifique e quer garantir que Alastir não possa sabotar seus planos ao revelar ao Rei e à Rainha sobre o casamento antes que Casteel tenha a chance de contar a eles. Os amigos se despedem de modo sincero e afetuoso. Ao partir, Kieran se vira para Penellaphe e lhe pede para proteger o Príncipe, chamando-a de *Poppy* pela primeira vez, confirmando que são amigos e que se importa com ela.

Kieran e demais reforços chegam no meio do impasse entre Poppy e a Duquesa Teerman. Conforme o exército avança para atacar, Kieran, em forma de lupino, cutuca a mão de Poppy que tem a gravação de casamento. Poppy e Casteel dizem que ele perdeu muita coisa enquanto esteve fora — o que é verdade. O casamento foi apenas *uma* delas.

Ele fica de guarda do lado de fora da carruagem enquanto Poppy e Cas celebram a vida de um jeito bem picante depois de despacharem a Duquesa. Mais tarde, Kieran revela que ele e os demais lupinos ouviram o pedido de ajuda de Poppy e seguiram em sua direção. Além disso, diz acreditar que conseguiram atravessar as montanhas e a névoa facilmente porque os deuses o permitiram.

Quando partem novamente, Kieran cavalga com Poppy e Cas enquanto os outros seguem por outro caminho. Devem se reencontrar em Pedra Dourada. Durante a viagem, Kieran brinca com Poppy sobre onde vão dormir e insinua que a situação será constrangedora — ou *interessante*.

Eu escolheria a segunda opção.

Poppy tem um episódio de sonambulismo e quase morre, e Kieran diz a ela que acredita que o tremor de terra foi causado por uma deusa retornando ao seu lugar de repouso, e que a deusa Aios a impediu de cair da beira do penhasco. Então conta que sonhou estar sendo perseguido por seus próprios fantasmas durante o episódio.

Após o ataque de Poppy nas Câmaras de Nyktos, Kieran chega na forma de lupino com muitos outros e faz contato visual com ela enquanto dezenas de lupinos se aproximam, circundando-a e farejando o ar — protegendo-a.

Com as pupilas prateadas, Kieran rosna quando alguém chega muito perto de Poppy após sua demonstração de poder. Chega até a esbravejar com Casteel quando ele diz que destruirá qualquer coisa ou pessoa que se atrever a ficar entre ele e sua esposa. Preparando-se para atacar, ele só se detém quando Poppy ordena. Alerta e pronto para o ataque, Kieran finalmente recua quando Poppy o recorda de que foi *ele* que disse a *ela* que Casteel era a única pessoa em ambos os reinos com quem estava segura.

Alastir se volta contra eles e ordena que os guardas ataquem Poppy. Kieran dá um salto para protegê-la e é atingido por uma flecha embebida em sombrália que o deixa paralisado e torna sua pele dura como pedra e fria como gelo. O mesmo acontece com Jasper, Casteel e tantos outros.

Já vi o que a sombrália é capaz de fazer; não é recomendado para os sensíveis. É, de fato, uma visão aterradora.

Recuperado da paralisia e fazendo parte de um grupo maior, Kieran corre para resgatar Poppy em Irelone. Ele vê que a prenderam com ossos de divindades e os remove com cuidado. Quando Casteel chega e arranca a espinha de um Protetor, Kieran brinca que ele está só um pouquinho zangado.

E tenho de admitir, Casteel Da'Neer é *muito* atraente quando está furioso.

Depois que Poppy cuida de Jansen, um Protetor a atinge no peito com uma flecha de besta. Kieran tenta arrancar a flecha, explicando às pressas a Cas que o projétil errou o coração dela, mas acertou uma artéria e o pulmão, reforçando que o ferimento é letal, mas que ainda há tempo. Ao ver que Cas está decidido a Ascendê-la, Kieran garante que os dois vão lidar com o que vier a seguir... Juntos.

Pouco tempo depois, Kieran está ao lado de Poppy quando ela acorda e percebe que ainda consegue sentir seu *estigma* Primordial. Quando ela o ataca com fome, ele avisa Cas que Poppy está muito mais rápida e forte — mas logo se dá conta de que ela não Ascendeu.

Ao supervisionar a primeira alimentação de Poppy em Cas, Kieran a força a parar quando ela começa a beber demais. No instante em que a sede de sangue se transforma em luxúria, ele deixa o casal a sós.

Quando Poppy revela o que lhe contaram enquanto estava aprisionada, Kieran confirma que o vínculo entre ele e Cas *foi* rompido e diz achar que os lupinos sabiam instintivamente o que ela era desde o início, só não conseguiram juntar as peças. Quando ela começa a contar as coisas que ouviu a respeito da profecia, Kieran a informa que os Atlantes não acreditam nisso.

Quando Poppy se preocupa com a transferência de vínculo para ela e o que isso significa para ele e Cas, Kieran assegura que o vínculo entre os dois vai muito além do poder e que eles apenas abriram espaço para ela.

Como eu adoro esses três!

Ao discutirem os dons de Poppy, as divindades e a imortalidade, Kieran revela que agora ela tem cheiro de poder absoluto e irrestrito.

Quando voltam a falar sobre Alastir, Kieran diz acreditar que o lupino ainda se preocupa com Cas e sua família, mas é leal ao reino acima de tudo. Depois diz que supõe que Alastir se deu conta do que Poppy é antes de qualquer um e que sabe o que isso significa para o reino e a Coroa.

Isso não justifica as ações dele, mas entendo seu raciocínio.

Kieran — em forma de lupino — e Poppy aguardam enquanto Casteel vai buscar Alastir. Quando Poppy se pergunta em voz alta se o plano de Alastir fracassou, Kieran responde telepaticamente, deixando-a surpresa. Depois que ela corta a garganta de Alastir, Kieran chama os lupinos, que se reúnem em massa para devorar o lupino desonrado.

Na noite seguinte, na casa dos Contou, Kieran traz comida e avisa que Valyn quer se encontrar com Casteel. Ele, Cas e Poppy conversam sobre a noite anterior, quando Casteel leu as partes do meu diário sobre beijos obscenos em lugares secretos e quartetos — ah, como essas passagens são *boas*! E devo dizer: a realidade foi ainda melhor... Kieran lamenta não estar presente na conversa. De vez em quando, penso em me sentar com eles e contar algumas histórias em primeira mão. Seria uma experiência deliciosa, com certeza.

Cas vai falar com o pai, e Kieran fica com Poppy, explicando-lhe alguns fatos acerca de Nyktos, dos lupinos e sua história. Em seguida, diz que seu povo vai respeitá-la mais do que respeita o Rei e a Rainha, pois ela é a prova viva de que eles vêm dos deuses. Quando Poppy conta que a Duquesa lhe disse que a Rainha de Sangue ficou feliz por ela assumir a coroa de Atlântia e a de Solis, Kieran diz que suas ações determinarão se ela se tornará uma ameaça para Atlântia, não sua linhagem.

Quando ela comenta que ouviu a voz dele em sua mente quando estava no Templo, Kieran pergunta sobre sua assinatura pessoal. Ela aguça os sentidos e responde que é parecida com o cedro, amadeirada e pungente. Kieran lhe garante que não consegue ler seus pensamentos o tempo todo — a única vez foi aquela no Templo — e diz que, se pudesse, imagina que encontraria a mente dela repleta de perguntas. Eles tentam se comunicar telepaticamente e ambos conseguem. Kieran presume que o *estigma* permita a comunicação.

Depois da batalha com os Invisíveis, Kieran, Cas e Poppy conversam sobre o combate. Kieran explica que tentou mantê-la fora da luta, e Cas diz que sua esposa sabe se defender sozinha. Quando Kieran lhes recorda que agora as coisas são diferentes, Poppy faz uma concessão e informa que os três vão lidar com o que vier... juntos. Quando o assunto se volta para o ataque que matou os pais de Poppy, Kieran diz que tudo que contaram a ela sobre Cora e Leo deve ser mentira.

Kieran volta depois de ter ido ver Sage, que foi ferida, e, acompanhado pelo pai, traz consigo um livro didático. Com o livro, aprendem mais sobre os Germes e que o Iliseu existe de verdade. Também descobrem onde está supostamente localizado. Discutindo o assunto e indagando sobre como os Germes chegaram ao seu plano, Jasper revela que boa parte dos acontecimentos na Terra dos Deuses era mantida em segredo, especialmente a magia. Diz ainda que *eu* sou uma das poucas pessoas que têm ciência disso, apanhando todos de surpresa. É então que eles contam a Jasper sobre o meu diário e ele revela que sou uma das metamorfas mais antigas ainda vivas *e* integrante dos Anciões de Atlântia. Embora preferisse que ele não fizesse isso — pois a idade de uma mulher é sagrada e deve ser mantida em segredo —, Jasper diz ao grupo que tenho mais de dois mil anos.

Kieran parte com Casteel e Poppy ao ficar sabendo que uma criança foi ferida num acidente. Ao se aproximarem da menina chamada Marji, presa debaixo de uma carruagem, Kieran percebe que ela está morta. Quando Poppy a ressuscita, aparentemente sem consequências, Kieran se ajoelha em homenagem a ela.

Depois do encontro sensual de Cas e Poppy no jardim, eles e Kieran visitam as atrações da cidade e acabam em um museu. Os três falam sobre Nyktos e sua conexão com os lobos ao verem quadros do Rei dos Deuses com um lobo cinza-escuro, esculturas com um lobo e uma ilustração de um lobo branco atrás dele. Também mencionam que a situação em que se encontram foi causada pela Ascensão de Isbeth por Malec, o gato da caverna que Poppy viu quando era mais nova e o fato de que tanto as linhagens divinas quanto as hierarquias foram completamente distorcidas pela história falsa espalhada pelos Ascendidos.

Mais tarde, eles se deparam com um casamento lupino, e Casteel dispensa os guardas. Kieran passa o tempo com sua amiga Lyra, e todos dançam e se divertem. Kieran diz a Poppy que ela os honra ao participar da dança. Depois, Lyra dá prazer a Kieran nas sombras do penhasco, e ele flagra Poppy espiando o ato.

Quando chega a hora de se encontrarem com o Rei e a Rainha, Kieran fica de guarda e ajuda Poppy a afirmar a posição dela e de Casteel, falando por todos os lupinos e afirmando que não importa se ela *é* filha de Malec ou não.

Discutem que Leopold não poderia ser Malec sob uma identidade falsa nem um metamorfo disfarçado, e Kieran questiona como Malec pode ser pai verdadeiro de Poppy, já que foi dado como morto há séculos. Então passa a imaginar se não estão errados. Talvez o pai dela seja outra pessoa. Kieran sugere que a única maneira de saber se Malec ressuscitou é indo até a Floresta

Sangrenta, o que é quase impossível por causa de todos os Vorazes que existem lá e da localização da floresta em Solis.

O irmão de Poppy faz um convite para que todos se encontrem. Depois de informar aos pais sobre a viagem ao Pontal de Spessa para se reunirem com Ian, Kieran começa a chamar mais lupinos para acompanhá-los na viagem. Quando chegam à cidade, completamente exaustos, Kieran se comunica telepaticamente com Poppy, e ela ordena que todos descansem.

Mais tarde, em sua forma de lupinos, Kieran e Delano, junto com Netta e Nova, acompanham Cas e Poppy à reunião. Quando se encontram frente a frente com Ian, Kieran deixa claro seu desagrado e Poppy ordena-lhe que se retire.

No jantar, Kieran e Poppy falam sobre o Iliseu, o Destino e relacionamentos amorosos. Ao conversarem sobre Lyra, ele provoca Poppy por tê-los espionado no casamento lupino. Em seguida, conta a ela sobre seu amor perdido, Elashya.

Em Evaemon, Kieran acompanha Poppy e Cas pelo palácio. Quando o nervosismo toma conta dela, ele a recorda de que é uma descendente dos deuses e que não deve fugir de nada nem de ninguém. Quando a Rainha entrega a coroa para Poppy, Kieran e os demais se ajoelham em sinal de respeito.

Kieran acompanha Cas e Poppy até o salão para a reunião do Conselho, e eu enfim conheço Poppy e Casteel pessoalmente. Quando chega a hora do grande anúncio, Kieran permanece na forma mortal, e eu apresento com prazer o novo Rei de Sangue e Cinzas e a nova Rainha de Carne e Fogo para o povo.

Mais tarde, Poppy e Cas convocam Kieran. Ele acha que é para discutir a União, mas, para a sua surpresa, os dois revelam que o querem como Conselheiro da Coroa. A princípio, ele protesta, insistindo que deveria ser alguém mais velho — como seu pai —, mas Cas deixa bem claro que sequer consideraram outra pessoa. Isso o deixa bastante emocionado.

Poppy faz algumas perguntas sobre os dragontinos, e Kieran diz que ela não deve ficar muito entusiasmada com eles. Conta que os dragontinos são notoriamente hostis e temperamentais — sem mencionar que cospem fogo —, e acrescenta que espera que ninguém do grupo os irrite.

Mal sabe *ele* que logo será alvo da ira de um dragontino.

Em direção ao Iliseu, o grupo percorre os túneis. Enquanto confessa que quer ler o meu diário — e quem não quer? —, Netta cai num buraco do chão, roubando anos da vida de Kieran. Ele tenta salvar a irmã, mas não consegue alcançar sua mão para puxá-la para cima. Felizmente, Poppy usa seus poderes para salvá-la.

Ao chegarem ao Iliseu e depois de lutarem contra esqueletos de soldados, eles se aproximam do Templo, e Kieran percebe o que aquelas *estátuas* realmente são — dragontinos. Quando Poppy toca em um deles, fazendo com que a rocha se quebre e exiba um olho, Kieran alerta o resto do grupo.

A garota não consegue se conter. Sua curiosidade leva a melhor sobre ela com bastante frequência.

De volta ao plano mortal depois de quase morrer de ansiedade quando Poppy se atreveu a antagonizar o Rei dos Deuses, ela, Kieran e Cas jantam tarde da noite tentando encontrar alguma maneira de passar pela Colina que cerca o Castelo Pedra Vermelha sem serem vistos.

Certa noite, durante o jantar, Kieran e os demais discutem a ida à Trilha dos Carvalhos e ele expõe seu plano. Viajarão por mar, chegando por onde os Ascendidos não os esperam, enquanto outro grupo se aproxima por terra do outro lado, criando uma distração.

Disfarçados, Kieran e os outros entram na cidade. O estado do local é chocante, tal como o fato de encontrarem um gato da caverna enjaulado que se transforma em homem ao ser tocado por Poppy — ela precisa mesmo parar de colocar as mãos em coisas aleatórias. Antes que possam ir mais longe, uma Aia e alguns Guardas Reais e cavaleiros os impedem, e eles percebem que seus planos foram arruinados. Levados à presença da Rainha, Kieran fica chocado ao encontrar Malik ali — e com uma aparência forte e saudável ainda por cima. Quando Malik afirma que deveria ser a Ascensão da carne de Poppy, Kieran precisa segurar Casteel, avisando-o de que sua perda de controle é tudo que eles querem.

Depois que a Rainha de Sangue revela todos os segredos e estabelece suas condições, matando Ian para dar ênfase, Kieran teme pelo estado mental de Poppy. Segue-se uma batalha e Lyra morre, deixando Kieran ainda mais furioso.

Na mata da Trilha dos Carvalhos, após a confusão, Poppy recupera a consciência, e Kieran é obrigado a lhe contar que Cas se entregou a Isbeth para salvá-los. Ele tenta explicar que não havia nada que pudessem fazer e que a Rainha lhes entregou Tawny em sinal de *boa vontade*. Em sua fúria, Poppy evoca uma tempestade. Kieran tenta acalmá-la e implora que ela pare com aquilo, mas ela o derruba com seu poder.

Depois de acalmar os nervos e cuidar de Tawny, eles voltam para Evaemon. Vonetta e Kieran acompanham Poppy na forma de lupinos para informar a

Eloana sobre o ocorrido e revelar as verdades que ela ouviu sobre ser uma deusa e tudo o mais. Assim que as cartas são colocadas na mesa, Poppy anuncia que vai convocar os guardas de Nyktos.

Quando vi essa declaração em minhas visões, bati palmas para ela. Poppy pode ser meio ingênua às vezes — afinal de contas, tudo isso é novidade para ela. Mas, quando chega a hora certa, ela é uma das pessoas mais corajosas que já tive o prazer de ver ou conhecer.

Kieran acompanha Poppy até o Iliseu para convocar os dragontinos e quase tem o braço arrancado. Nektas revela que Ires é o pai de Poppy e conta a todos sobre Jadis.

De volta ao plano mortal, a rixa entre Reaver e Kieran continua — sério, eles brigam como dois irmãos adolescentes. Quando Jalara aparece e tenta irritar Poppy, ela rebate afirmando que *ele* é a mensagem para a Rainha de Sangue. Kieran sai das sombras e agarra o braço do Rei com os dentes enquanto Poppy corta a sua cabeça.

A caminho de Massene, um dos lupinos — Arden — fica visivelmente agitado, e Kieran continua adiante para ver o que o deixou tão perturbado. Ele não consegue esconder seu horror com a cena que vê nos muros que cercam Massene, e a sensação emana até Poppy. Quando *ela* vê os cadáveres empalados no muro, Kieran a acalma da melhor maneira possível.

Assim que invadem a Colina, o grupo mata a maioria dos guardas antes da volta dos Ascendidos, ao amanhecer. Quando os outros se rendem, eles os interrogam, perguntando o que aconteceu com as pessoas empaladas ali. O guarda que lhe responde afirma que não tem certeza do que viu — que os Ascendidos eram monstros — e Kieran confirma que é tudo verdade antes de ordenar que os homens sejam levados para o quartel e vigiados, mas não feridos.

Nenhum dos guardas à entrada da Mansão Cauldra se rende, e a morte impera. À procura dos Ascendidos, Kieran encontra as câmaras subterrâneas da mansão, semelhantes às de Novo Paraíso. Uma vez lá dentro, notam que as celas estão cheias de Vorazes. Eles supõem que os vampiros os deixam sair de vez em quando para aterrorizar os moradores locais e manter o ardil de *descontentamento dos deuses* quando seus decretos não são seguidos.

Vinte e oito dias após a rendição de Cas, todos estão exaustos pela privação de sono, e Poppy tem dificuldade em controlar seu poder. Kieran conseguiu trazê-la de volta do abismo várias vezes, mas fazer com que ela cuide de si mesma é um desafio. Quando Poppy briga com ele, Kieran a lembra de que só está fazendo o que ela e Cas pediram que fizesse — aconselhando-a.

Kieran decide dormir ao lado de Poppy na forma de lupino, um conforto tanto para ele quanto para ela. Ambos sentem faltam de uma parte vital de si mesmos e são as únicas pessoas no plano capazes de entender tal dor. Mas ele jamais dormiria ao lado dela na forma humana sem a presença de Cas. É um sinal de respeito.

Vessa, uma velha conhecida como *a viúva*, recebe permissão para permanecer na mansão. A mulher assustadora que só fala em versos tenta esfaquear Poppy, e Kieran entra na biblioteca logo depois que isso acontece. Ele se recusa a chegar perto dela, acreditando que seja um espírito, uma *laruea*. Quando se torna evidente que a loucura de Vessa decorre de sua crença na profecia, ele avisa Poppy que é melhor não andar sozinha. Não sabem quem mais acredita nisso ou até onde seu fanatismo pode chegar.

Kieran chega com Emil, Perry e um embrulho destinado a Poppy. Ele esconde as emoções ao máximo — sabe que nada de bom pode vir do que quer que esteja na caixa — e informa que só o sangue dela é capaz de abri-la. Quando Poppy começa a sangrar, ele a adverte para ter cuidado e afirma que pode haver qualquer coisa num *presente* enviado pela Rainha.

Assim que todos veem o que está lá dentro — o dedo indicador de Casteel com sua aliança de casamento —, Kieran fecha a caixa, tentando proteger Poppy o máximo possível. Quando ela ameaça a Rainha, ele diz que adoraria fazer tudo o que Poppy declarou querer, mas não pode. Ele luta contra o *estigma* Primordial, tentando desobedecer a ordem de ajudá-la a se vingar e tenta argumentar com ela. Explica que, se ela fizer o que quer no calor do momento, vai acabar matando pessoas inocentes — algo com o que não conseguirá viver depois —, e que todos a verão como um ser cheio de fúria e poder puro e incontrolável.

Assim que ela se acalma, Kieran lhe dá a aliança de casamento de Cas. Ela manda que o dedo seja queimado, mas *não* por ele. Então, Kieran conta a ela sobre o bilhete que estava dentro da caixa: um pedido de desculpas da Rainha pela dor que sabia que causaria a Poppy.

Isbeth é uma figura mesmo.

Ao discutirem a ida à Carsodônia, Kieran diz que ela não vai sozinha de jeito nenhum e que pode muito bem nomear alguém como Regente da Coroa para cuidar de tudo enquanto os dois estiverem ausentes. Kieran a recorda de que Cas também é parte dele e que precisa do amigo tanto quanto dela. Ela concorda, mas diz a ele que quer que Reaver os acompanhe. Nektas quer que eles tragam Ires de volta, e Reaver pode ajudá-los com isso.

Fica claro que Poppy precisa se alimentar, e Kieran se oferece, lembrando-a de que Cas gostaria que ele fizesse isso.

Poppy revela sua escolha para regente, e Kieran aprova — a irmã dele será uma ótima Regente da Coroa.

Os dois discutem a melhor estratégia, e Kieran a lembra de que Cas estará em péssimo estado quando o encontrarem. E o pai dela, Ires, pior ainda. Com delicadeza, diz a ela que não há como tirar os dois do castelo em segurança. Ele se certifica de que Poppy entenda e então enfatiza que *vão* tirar Ires de lá. Disso ele tem certeza — só precisa planejar o momento certo.

Quando Poppy caminha nos sonhos com Cas, e Kieran acorda após perceber isso, ele diz a ela que Jasper lhe contou que corações gêmeos podem caminhar nos sonhos um do outro — reforçando sua crença de que ela e Casteel são corações gêmeos.

Uma tempestade estranha abala a mansão, e Kieran diz a Poppy que acha que não deveriam ficar lá dentro. Ele a incentiva a sair antes que a construção desabe. Infelizmente, uma vez do lado de fora, eles testemunham a queda dos dragontinos. Poppy tenta trazer um deles de volta à vida, e Kieran diz a ela que, embora tenha o dom da cura, assim que a alma deixa um ser de dois mundos, não há como voltar atrás. Reaver confirma, dizendo-lhe que apenas o Primordial da Vida seria capaz de restaurar a centelha a um ser de natureza dupla.

Kieran segue Poppy quando ela se dá conta de que foi Vessa quem invocou a tempestade. Eles a encontram usando magia sombria, e Kieran avisa Poppy para tomar cuidado. Ela mata Vessa. Mais tarde, Reaver diz que Kieran está enganado se acha que Nyktos é o Primordial da Vida e da Morte, e enfatiza a diferença entre sobreviver a qualquer ferimento e voltar à vida ao falar sobre os Espectros. Kieran percebe que apenas Malec poderia partilhar o conhecimento acerca de tal magia com Isbeth, que depois o partilhou com Vessa para criar a tempestade — no entanto, descobrimos mais tarde que ele não era o único. Callum também poderia ter feito isso.

Kieran diz a Poppy que *todos* perderam os dragontinos e que o fardo não é só dela. Acrescenta ainda que não havia como ela saber que Vessa era capaz de uma coisa dessas. Ninguém fazia a mínima ideia. Quando a conversa se volta para o fato de que Poppy não pode curar os lupinos, Kieran garante a ela que está tudo bem. Todo mundo morre, mais cedo ou mais tarde.

Durante a recepção do Conselho, Kieran indica os generais a Poppy e junta-se a ela na reunião de troca de informações. Gayla La'Sere questiona como podem esperar que o povo lute e Kieran responde que não *podem* enquanto os mortais não souberem que têm o apoio dos Atlantes. Insiste que os mortais encontrarão forças para lutar assim que tiverem certeza de que Atlântia não é o inimigo, e todos reforçam que pretendem ajudar a desmantelar a Coroa de Sangue e impedir o Ritual.

Eles viajam pela Terra dos Pinheiros até a Trilha dos Carvalhos, e Kieran vê um grupo saindo da cidade. Ao parar para falar com eles, ficam sabendo que revelam que seus filhos foram raptados. Quando Poppy faz promessas aos pais, Kieran a alerta de que não foi uma boa ideia.

Poppy tenta entrar para ajudar os moradores que tentam sair, mas os Guardas da Colina não acreditam que ela seja quem diz. Depois de neutralizá-los, Kieran a conforta dizendo que salvarão milhares de pessoas. Eles entram na batalha, e Kieran protege Poppy de uma saraivada de flechas. Quando resta um pequeno número de soldados, o lupino tenta convencê-los a se renderem.

Uma vez dentro das câmaras subterrâneas do Castelo Pedra Vermelha, o grupo luta contra os Vorazes. Kieran fica furioso ao ver que os Ascendidos transformaram os criados da fortaleza. Poppy também fica enraivecida e ordena que ele e os demais encontrem os vampiros e os tragam até ela.

Diante da câmara dos Escolhidos drenados até a morte, Kieran deixa que Poppy os veja. Acredita que ela precisa entender a gravidade da situação — até que alguns cadáveres comecem a se contorcer. Então a empurra para fora, e ela não o impede. Quando diz que eles vão se transformar em Vorazes, ela entende, mas Kieran vê sua tristeza. Emil sai para cuidar do assunto.

Por fim, recebem a notícia de que foram encontradas câmaras cheias de pessoas de vestes brancas e sabem que se tratam dos Sacerdotes e das Sacerdotisas. O sacerdote Framont diz que está na hora de Poppy cumprir seu *propósito*, e Kieran ordena que os lupinos protejam os túneis do Templo.

Quando Vonetta se junta a eles com uma Sacerdotisa, Kieran fica chocado ao descobrir que ela é uma Ascendida. Mas não tão chocado como quando entram numa câmara cheia de estalactites feitas de sangue e com o chão forrado de ossos. Quando Poppy faz menção de matar a Sacerdotisa, Kieran a impede, dizendo que não vale a pena gastar sua energia e poder com ela. No fim, acabam encontrando 71 corpos dos dois últimos Rituais e inúmeros restos mortais de Rituais anteriores.

É de partir o coração pensar em tantas crianças massacradas. E para quê? Pelo complexo de deus de um grupo de pessoas que jamais teria existido não fossem a ganância e o egoísmo de um instante fugaz? É quase incompreensível.

Kieran busca Poppy para ajudar a curar Perry depois que ele leva uma flecha no ombro em Massene, e Reaver o informa sobre a tontura dela. Preocupado, ele sugere que ela deixe que a cura aconteça naturalmente e então pergunta se precisa se alimentar. Depois que ela insiste estar bem e que os dois vão até Perry, encontram Delano lendo o meu diário surrupiado da cabine de Poppy no navio — para a diversão de Kieran. Repito: todo mundo deveria ler. Delano talvez descobrisse novas formas de dar prazer ao parceiro, tendo em conta o que revelo sobre meus trisais e quartetos mais sensuais e incríveis. Estou divagando...

Aconchegado a Poppy na forma de lupino, como passou a fazer, Kieran acorda com os gritos silenciosos de Poppy sentidos por meio do *estigma* e muda de posição inconscientemente para confortá-la. Ele a envolve nos braços e, quando Poppy lhe pede para prometer matá-la caso se torne um monstro, pois sabe que Cas não será capaz de fazer isso, Kieran fica irritado e triste. Diz que ela não se dá o devido valor e que nunca deixaria as coisas chegarem a tal ponto. No entanto, acaba concordando com as exigências dela.

Quando Poppy pensa na possibilidade de usar a magia Primordial para localizar Cas, os dois conversam com Perry sobre o que seu pai pode ter lhe contado. Um dos itens necessários para o feitiço é um objeto de valor sentimental da pessoa que se deseja encontrar. Kieran logo pensa em Poppy, mas rapidamente acrescenta que não a considera um *objeto*. Sabe que a distinção é importante para ela, assim como é para Cas, e se sente mal por dizer isso. Quando Poppy revela a estatueta de cavalo que traz consigo, Kieran é tomado por recordações, pois Malik também fez uma para ele.

Mais tarde, quando Gianna e Tawny abordam Poppy no acampamento, Tawny conta sobre o sonho com Vikter e o que aprendeu sobre os *viktors*. Quando ela chega à parte sobre os Arae e o Monte Lotho, Kieran revela que está escrito que Lotho fica no Iliseu. À medida que Tawny faz mais revelações, ele imagina por que Vikter não contou a ninguém sobre seu papel e suas motivações, mas então descobre que os *viktors* não podem fazer isso. Ao cumprirem o dever para com seus protegidos, não podem revelar suas razões.

Quando Tawny revela o resto da profecia, Kieran presume que o *Rei outrora prometido* seja Malik. Os três debatem o significado de cada uma das frases. Tawny diz que Vikter tinha mais uma mensagem para ela, mas que só deveria contar a Poppy. Kieran não gosta nada disso e deixa claro seu desconforto, mas deixa as duas conversarem em particular.

Assim que elaboram um plano, Kieran, Reaver e Poppy partem para a capital. Depois de caminhar nos sonhos com Cas novamente, ela discute o que ele lhe contou com Kieran e Reaver. Os três conversam sobre a lenda das demis — em meio aos arranca-rabos habituais entre Reaver e Kieran —, tentando desvendar o significado disso e como poderia funcionar a seu favor caso Isbeth seja, de fato, uma demis.

Mais tarde, nessa mesma noite, depois de um ataque dos Vorazes e de Kieran descobrir que Poppy precisa se alimentar, a discussão os leva a falar de Cas e da possibilidade de seus captores o deixarem se alimentar. Kieran revela que eles deixaram na última vez que o aprisionaram e comenta que se passaram no máximo quarenta dias desde a última vez que Cas se alimentou. Quando Kieran finalmente vai alimentá-la, fazendo um corte de dois centímetros no pulso, ele ordena que ela beba com vontade e lhe diz para não se sentir envergonhada. Enquanto ela bebe, Kieran deixa algumas lembranças picantes escaparem só para provocá-la, deixando Poppy constrangida, mas desviando sua atenção do ato. Poppy sara o corte assim que termina, e Kieran se diverte por ela não reconhecer o que ele revelou — que sabe que ela o espionou com Lyra no casamento lupino e que ele também a espionou com Cas.

Logo depois, durante a viagem, os dois discutem as diferenças de classe em Atlântia e em Solis, e depois falam sobre Lasania. Kieran fica imaginando onde foi que já ouviu aquele nome. Em seguida, falam das diferenças entre o plano mortal atual e o plano em que Reaver esteve da última vez, e o dragontino conta que a Consorte nasceu ali, sendo a legítima herdeira e Princesa. Kieran fica chocado ao descobrir que a Consorte era metade mortal.

Ao se depararem com mais de duas dúzias de soldados, os três falam sobre como passarão por eles. Kieran decide usar lama para cobrir o rosto dele e de Poppy, contando a história de uma vez em que ele e Cas estavam a caminho das Planícies dos Salgueiros e cruzaram com alguns Vorazes. As coisas não saem como planejado e eles são derrotados pelos Guardas Reais e Espectros e acabam capturados.

Quando Poppy tenta negociar e diz que podem ficar com ela se soltarem Kieran e Reaver, o lupino se recusa a se separar dela. O Espectro revela que eles não são prisioneiros, surpreendendo Kieran, que logo em seguida vê Poppy sucumbir a um ferimento de pedra das sombras. Ele mal a apanha antes que ela fique inconsciente.

Passados dois dias, Poppy finalmente acorda, e ele revela que tentou lhe dar sangue enquanto ela estava inconsciente. Também informa que Reaver está num quarto no andar de baixo e que o *cretino dourado*, como chama Callum, tentou separar os dois. Quando fica mais lúcida, Poppy revela que estão em seus antigos aposentos em Wayfair. Ele lhe conta que trouxeram Reaver para lá todas as vezes que exigiu, que o dragontino está se comportando e que estão sendo bem tratados, embora sempre haja um guarda por perto. Menciona que os Cavaleiros Reais estão *por toda parte*, mas são os únicos Ascendidos vistos até agora. Somente Millie — a Aia Espectro — e Callum interagiram com ele e Reaver.

Ele põe Poppy a par da situação, dizendo-lhe que o exército Atlante já deve estar em Novo Paraíso ou Ponte Branca — a cerca de três ou quatro dias de viagem — e que, se não voltarem a Três Rios, como planejado, Valyn sairá à procura deles. Também pergunta a que distância Poppy pode se comunicar telepaticamente com Delano. Ela acha que, se conseguir subir na Colina, talvez consiga contactá-lo. Já que foi despojado de suas armas quando chegaram ali, Poppy oferece sua adaga a Kieran, mas ele recusa.

Millie acompanha Kieran e Poppy até o Salão Principal, flanqueada por quatro Aias e seis Cavaleiros Reais. Isbeth entra no salão numa liteira, o que deixa Kieran enojado. Mas o que realmente o surpreende é quando vê Malik com ela.

Ao ver e sentir a reação de Poppy a tudo que a Rainha diz, Kieran a alerta para não fazer nada precipitado e manter a calma, não importa o que aconteça. A Rainha de Sangue manda trazer uma jovem frágil para receber a *Bênção Real*, deixando Kieran horrorizado. Sabe muito bem qual é o significado daquele espetáculo. Eles usam o sangue Atlante para dar a entender que a Coroa de Sangue tem a bênção dos deuses e que seu toque é capaz de curar. Mas ele sabe que não é cura coisa nenhuma, e sim um alívio temporário para o mal que aflige a pessoa que está sendo *abençoada*.

Quando a Rainha de Sangue se aproxima, Kieran se recusa a se curvar diante dela, mas fica tenso ao ver Malik acompanhá-la. Kieran tenta provocá-lo chamando-o de *Príncipe*, mas a rainha o atrapalha dizendo que ele está tão delicioso quanto da última vez que o viu.

Concordo com Isbeth, mas ela certamente não quis dizer no mesmo sentido que eu diria se estivesse falando com o nosso belo lupino.

Callum chega para levar Poppy até Cas como solicitado, mas Kieran não tem permissão para acompanhá-la. Enquanto a levam embora dali, Kieran diz a ela que vai ficar de *orelhas em pé*, insinuando que ficará na forma de lupino para que possa ouvi-la por meio do *estigma*. Mais tarde, Poppy avisa que ela e Cas estão bem. No entanto, ele tem dúvidas a respeito de Cas. Não consegue nem conceber como ele *poderia* estar bem. Pouco tempo depois, Poppy o contacta novamente e informa que eles têm que tirar Cas dali depressa, revelando que ele está no subsolo, em algum lugar perto do templo, antes de sugerir que passem pelas minas.

Durante a fuga, Kieran encontra Poppy no terceiro andar da escada em espiral da torre e pergunta se foi ela que conjurou a névoa. Os dois supõem que os gritos que estão ouvindo foram causados por Reaver, e Kieran lhe diz para falarem da névoa depois — não é o momento certo, pois têm menos de um minuto antes de acabarem presos lá dentro.

Reaver se junta a eles, coberto de sangue, e Kieran leva os dois para a passarela depois de uma luta contra cavaleiros e guardas. Ele avisa Poppy para conservar sua energia e diz que Cas precisa que ela seja forte. Ao verem Reaver acabar com a raça dos cavaleiros, ele pede para Poppy lembrá-lo de parar de provocar o dragontino.

Enquanto a névoa mantém todos ocupados, os três planejam entrar nos túneis. Quando chegam ao saguão do templo e as velas se acendem, Reaver diz que é por causa de Poppy e do sangue que ela tem nas veias. Kieran se volta para Poppy e diz que ela é "bastante especial".

Malik surge atrás deles, e Kieran se sente pronto para lutar contra o príncipe, chegando a comentar que só tem uma dúvida sobre a melhor maneira de lidar com a *inconveniência* que Malik representa. Kieran ri quando Malik insinua que está se arriscando muito e pede para confiarem nele. Em seguida, o Príncipe diz que fez tudo aquilo por Millicent, pois os dois são corações gêmeos. Kieran fica perplexo. Sua desconfiança em relação a Malik é tão forte quanto a relutante necessidade de acreditar que o velho amigo não abandonou a família e o reino pela Coroa de Sangue. Ele passa por um conflito interior significativo, alternando entre a raiva, a esperança, a decepção e a incerteza.

Quando finalmente pergunta por que Malik não tirou Cas dali, ele responde que se recusa a abandonar Millie. Ao chegar até Cas, Kieran tenta impedir Poppy de correr para a cela e fica arrasado ao vê-lo quase transformado em Voraz pela sede de sangue. Ele comenta que Casteel está fora de si e não gosta da sugestão de Malik de nocauteá-lo para lhe dar tempo para recuperar o controle. Por fim, diz a Poppy que é melhor nocautearem Cas para tirá-lo da cela com segurança e torcer para que ele *permaneça* inconsciente.

Kieran distrai Cas enquanto Malik o deixa inconsciente e diz a Poppy que terão de amarrá-lo para a segurança de todos. Ele a acalma quando ela chora só de pensar nisso. Depois de o prenderem, Kieran se oferece para carregar Casteel, mas Malik recusa. Em vez disso, cobre Cas e as correntes com sua capa.

Malik os leva até alguns amigos, os Descendidos Blaz e Clariza, e Poppy e Kieran descobrem que Malik fez amizade com eles enquanto se passava por Elian — seu nome do meio e nome de batismo de seu ancestral. Juntos, os dois lidam com a tarefa de tirar Cas da sede de sangue e alimentá-lo. Quando Casteel volta a si, Kieran deixa o casal sozinho e vai conversar com Malik.

Depois que todos estão acomodados e descansados, Cas conversa com Kieran e garante que a Coroa de Sangue só lhe tirou sangue dessa vez. Kieran o recorda de que Casteel tem a ele e a Poppy, agora e para sempre, e promete que vai alimentá-la assim que ela acordar.

Eles discutem a necessidade de partir ao anoitecer e falam sobre Reaver e Malik. Kieran afirma que Malik pode arranjar um navio para tirá-los da cidade, mas salienta que confia a segurança de Poppy a poucas pessoas — e Malik não é uma delas... Por outro lado, ele ainda não os abandonou nem os traiu, e Kieran reconhece o grande risco de ajudá-los.

As discussões se voltam para Millie e sobre como ela só pode ser usada como moeda de troca se Isbeth souber que ela e Malik são corações gêmeos. Cas revela sua descoberta de que Millie é a irmã de Poppy e conta a Kieran que ela é um Espectro, mas... não exatamente. Os dois falam sobre a profecia, e Kieran imagina como Millie pode ser um fracasso. Ele presume que Isbeth a tenha transformado em Espectro para salvá-la depois de não sobreviver à Seleção.

Quando Kieran pergunta se Millie foi a primeira tentativa de Isbeth de criar algo para refazer os planos e Poppy a segunda, Cas confirma e Kieran diz que Poppy jamais ajudaria Isbeth. Casteel acrescenta que Millie revelou que ele é o único capaz de deter Poppy, e só conseguirá isso se matá-la. Ao pensar nisso, Kieran sugere que mandem Reaver atear fogo na Espectro. Os dois falam mais um pouco sobre Poppy e percebem que, assim que concluir a Seleção, ela será uma Primordial. Então deduzem que foi ela mesma quem criou a névoa.

Kieran segue Cas para acordar Poppy e diz que ela precisa se alimentar. Casteel morde o pulso de Kieran, que estremece de leve quando Poppy fecha os lábios em torno de sua pele. Porém, o lupino mostra a ela algumas lembranças libidinosas e fica bastante satisfeito com isso.

Kieran faz de tudo para conquistar o meu coração. Se eu tivesse o poder de transferir lembranças e visões, ninguém jamais pensaria em guerra.

Mais tarde, ele abraça Cas, e Poppy pergunta se ele acredita que Millie é irmã dela. Ele responde que não acreditava no início, mas que agora acredita. Quando Reaver parece surpreso com a notícia, Kieran não perde a oportunidade de provocá-lo. Ao discutirem como a Seleção de Millie deu tão errado,

Kieran pergunta por que não usaram o sangue de Ires, e Malik explica que a jaula anula seu éter.

Malik menciona Preela na conversa, e Kieran diz a Poppy que ela era a lupino vinculada a Malik. Enquanto Malik continua a história, Kieran fica indignado ao perceber que ele era o Senhor das Trevas das lembranças de Poppy e que pretendia matá-la enquanto criança. Cas ataca Malik, e Kieran decide não interferir. Recusa-se a se meter na briga e acha que Malik merece tudo que Cas fizer com ele. Quando Poppy usa seu poder para separar os irmãos, Kieran apanha Cas antes que ele caia no chão.

A Rainha chega acompanhada de seus guardas e Callum, e o grupo se prepara para lutar até perceber que não pode. Callum diz a Kieran que sempre quis um lobo de estimação, e Kieran fala para ele ir se foder. Durante o conflito, Callum corta Kieran com uma lâmina de pedra das sombras e sussurra um feitiço. Uma fumaça preto-avermelhada sai da lâmina e penetra na ferida. Sombras pairam sobre o corpo de Kieran e atiram Malik para trás antes de Cas apunhalar Callum no coração.

A Rainha dá um ultimato: ou voltam com Malec, ou Kieran morre. Ao partirem, Malik faz menção de seguir a Rainha, e Cas lhe pede para não fazer isso. Para mantê-lo com eles, Kieran o nocauteia e tenta tranquilizar Poppy, dizendo que ele vai ficar bem e que ela não precisa se preocupar com a maldição que Callum lançou sobre ele.

Kieran permanece na forma de lupino durante a maior parte da viagem para a Padônia, mas faz o possível para tranquilizar Poppy e os demais. Além disso, faz de tudo para proteger Poppy, inclusive salvá-la de si mesma de vez em quando.

Mais tarde, quando Cas o procura, Kieran diz que não quer que eles se sintam obrigados a completar a União só para salvá-lo da maldição, e Cas o recorda de que não são apenas irmãos ou amigos, como também fazem parte de algo maior.

Como eu adoro a conexão dos dois! E ficou melhor ainda depois que as coisas se intensificaram e Poppy entrou na história.

Ao se encontrarem com o resto do grupo, Kieran fica de olho em Malik enquanto Delano se aproxima. Não sabe muito bem como vão ser as coisas, já que Preela, a lupina vinculada a Malik, era irmã de Delano. Mais tarde, ao discutirem seus planos e as estratégias, Kieran percebe que a Floresta Sangrenta existe porque Malec está sepultado ali.

Assim que as coisas se acalmam, Kieran vai conversar com Poppy sobre a União. Primeiro, ele brinca que ninguém recusaria uma união com um Rei e uma Primordial. Quando Poppy tenta tranquilizá-lo, ele lhe pede para não deixar a situação esquisita, mas não consegue impedir que seus sentimentos venham à tona. Diz que não vai fazer isso por causa de títulos ou linhagem, mas porque ama os dois. Quando Poppy pergunta que tipo de amor ele sente, ele responde que é do tipo que o fez jurar que a mataria se necessário.

Depois de uma viagem repleta de obstáculos, Kieran espera por Poppy e Cas no Bosque das Glicínias e brinca dizendo ter achado que eles tinham caído no sono. Quando Poppy indaga sobre os lupinos à sua volta, ele explica que é uma grande honra supervisionarem a tradição. Antes de iniciarem a União, Kieran recorda a Poppy de que ele e Cas não esperam nada dela, mas que não consegue controlar as reações naturais de seu corpo. Ao se postar atrás de Poppy, ele pede desculpas e diz que está tentando se comportar, mas que é duro fazer isso porque ela é linda.

Foi um momento tão bonito e puro que quase me fez chorar. Embora controlar seu comportamento não fosse a única coisa dura ali. Por falar em virilidades sobre as quais vale a pena escrever um diário...

Durante o ato, Kieran tenta manter o clima leve ao provocar Poppy como de costume. No fim, os três ficam abraçadinhos e ele repara que a marca em seu braço desapareceu, embora não tenham certeza se a maldição também sumiu. Depois da União, as coisas mudam para melhor. Eles partilham um vínculo que não pode ser rompido. Kieran sente sua atração por Poppy crescer, mas sabe que é diferente do que Cas sente por ela e que tem relação com os sentimentos que ele tem por Cas também.

Assim que chegam ao Templo dos Ossos, Kieran comenta que o exército Atlante nunca foi tão a oeste antes. Depois que Cas o provoca sobre pensar em fazer sexo com Poppy de armadura, assim como ele, os dois dão a Poppy o mesmo discurso motivacional de Evaemon.

Assim que entregam Malec a Isbeth, Callum usa uma lâmina branco-leitosa para tirar a maldição do braço de Kieran, que o apunhala no coração com uma adaga de pedra de sangue. Millie diz para ele cortar a cabeça da próxima vez se quiser que o Espectro permaneça morto por mais tempo. Depois que Poppy cura seu corte, Kieran garante que está bem e volta a atenção para Isbeth, mas fica chocado quando ela crava uma adaga no peito do coração gêmeo dela.

Poppy grita para Kieran e Cas tirarem a adaga de Malec, mas o caos se instala. Muitos são mortos, e Cas e Kieran derrotam o Espectro que matou Emil. No meio da confusão, ele não deixa de ficar impressionado com as mudanças pelas quais Poppy passa, mas o espanto logo se transforma em outra coisa, pois a onda de choque que ela libera quase destrói todo mundo ali. Por sorte, Cas o protege.

Depois que tudo termina, ele faz Poppy voltar a si e confirma que agora ela tem presas, dizendo que Cas terá de ajudá-la nessa parte, pois é algo que ele não entende.

Ele a conforta quando Poppy vê que seus amigos estão novamente vivos, e ele e Cas contam que ela trouxe todos de volta à vida. Nektas logo os corrige, explicando que foi a Consorte que fez isso por meio de Poppy. Depois de mais revelações, Kieran pergunta o que *é* Nyktos, já que não é o Primordial da Vida e da Morte. E pergunta em voz alta por que honraria a Consorte ao permanecer desconhecido.

Apesar do que está por vir, encontrar e cuidar de Callum está no topo da lista de prioridades de Kieran. Porém, eles têm coisas muito mais importantes com as quais se preocupar. Kolis está livre, e sabe-se lá o que isso significa para os planos...

Tremo só de pensar no que poderá acontecer a todos nós.

Nos túneis subterrâneos de Wayfair, Kieran e Cas se preocupam com Poppy. Ela está gelada e não parece nada bem. Ele e Cas são superprotetores com ela — algo de que Poppy não precisa nem um pouco — e Nektas os chama de adoráveis. Kieran diz que, provavelmente, nunca foi chamado disso antes.

Eu o chamaria assim o dia todo se ele quisesse.

Eles encontram Ires e o ajudam a voltar a si, então descobrem que Jadis deve estar aprisionada nas Planícies dos Salgueiros.

Quando Poppy desmaia e entra em estase, ele e Cas a levam para um quarto vago, e Kieran vai buscar algumas roupas. Ele passa a maior parte do tempo com eles e Delano nos aposentos, observando-a e esperando que ela acorde.

Enquanto Cas conta histórias a Poppy, conversando com ela da forma como Nektas lhe disse para fazer, Kieran escuta e intervém em algumas partes, dizendo-lhe que o que aconteceu não foi culpa dele, perguntando se Cas vai contar a Poppy a história completa sobre Shea e reforçando o vínculo entre os dois.

Ele está fora do quarto quando o Espectro ataca Casteel e, assim que entra, encontra seu Atlante vinculado, não como o deixou, mas como um gato da caverna cheio de pintas. Ele fala com Cas, diz para ele se lembrar e, de repente, consegue ouvi-lo em sua mente. Kieran o impede de devorar Emil, manda o Atlante embora e então ajuda Cas a mudar de forma.

Eles recolhem as adagas de ossos e conversam sobre elas, até que as paredes e o chão começam a rachar, um símbolo aparece e Poppy abre os olhos prateados.

A Primordial de Sangue e Ossos e da Vida e da Morte.

Edição especial

Correio Anual de HighGrove

ENTREVISTA COM KIERAN CONTOU, CONSELHEIRO DA RAINHA E DO REI DE ATLÂNTIA

Por JLA

Bom dia, leitores do Correio Anual de HighGrove, quem escreve aqui é JLA, trazendo para vocês uma entrevista extraordinária com o primeiro e único Kieran Contou, Conselheiro da Rainha e do Rei de Atlântia. Na primeira entrevista do Conselheiro, ele responderá às perguntas enviadas pelos, hã, membros mais curiosos de nossa estimada comunidade.

Gostaria de começar com um pedido de desculpas aos nossos leitores mais reservados e, mais uma vez, ao Conselheiro, pela natureza íntima da maioria das perguntas. Pensei que estivessem mais interessados no papel de Conselheiro e no que podemos esperar da nova Rainha e do novo Rei, mas fui informada de que uma grande porcentagem de leitores do Correio Anual de HighGrove tornou-se membro do Clube do Livro da srta. Willa Colyns, o que os deixou sedentos por detalhes pessoais da vida do Conselheiro.

Então, venha comigo e com Kieran Contou para desvendarmos alguns dos mistérios que cercam nosso novo Conselheiro.

JLA: Muito obrigada por conceder esta entrevista. Sei que você não é muito fã de perguntas.

A CHEGADA DA NOVA RAINHA

O NOVO BRASÃO

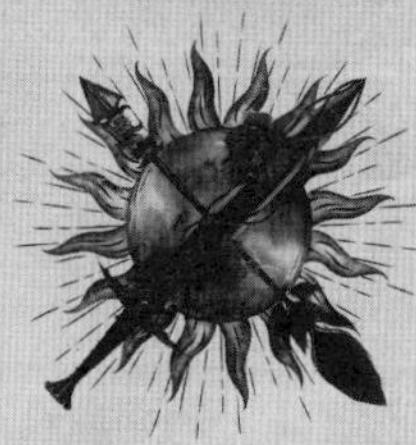

FESTIVAL DOS KIYOU

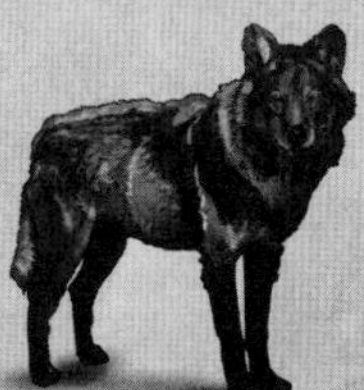

Edição especial

CORREIO ANUAL DE HIGHGROVE

Kieran: Eu adoro que me façam perguntas.

JLA: Acho que estou detectando um pouco de sarcasmo.

Kieran: Sarcasmo? Jamais.

JLA: Então vamos começar. Você ficou surpreso ao ser nomeado Conselheiro da Rainha e do Rei?

Kieran: Fiquei, sim.

JLA: Quem você achava que eles escolheriam?

Kieran: Meu pai. Ou alguém com mais experiência. Mas quando pensei melhor, compreendi que, além de darem valor às minhas ideias, outra pessoa ficaria à beira da loucura ao lidar com eles.

JLA: Quer dizer que é difícil trabalhar com a Rainha e o Rei?

Kieran: Não chamaria de difícil.

JLA: Como chamaria, então?

Kieran: Está mais para... imprevisível. E curioso. Um deles prefere lidar com os insultos arrancando o coração do agressor, e a outra tem uma tendência a apunhalar primeiro e fazer perguntas depois.

JLA: Ah.

Kieran: Mas só se você pisar no calo deles. Sugiro que não faça isso.

JLA: Acho que eu e a comunidade de HighGrove não temos a menor intenção de fazer algo assim.

Kieran: É um alívio saber disso, pois também tenho certas tendências.

JLA: Por exemplo?

Kieran: Rasgar o pescoço de qualquer um que faça mal a eles.

JLA: Bom, não esperaria outra coisa do Conselheiro. Continuando. Vamos a algumas das perguntas feitas pela comunidade, tá bom?

Kieran: Mal posso esperar.

JLA: Se pudesse mudar alguma coisa do seu passado, você mudaria? Se sim, o quê?

Kieran: Eu tento não pensar nisso. Passado é passado. Ficar remoendo os acontecimentos só te leva a pensar em mais coisas que gostaria de ter decidido de outro jeito.

JLA: Sou obrigada a concordar com você. Também tento não ficar remoendo o passado, mas ainda existem coisas que, quando lembro, não consigo evitar desejar que tivessem sido diferentes. Imagino que algo assim também passe pela sua cabeça.

Kieran: Se eu tivesse de dar uma resposta, diria que foi permitir que Cas fosse atrás dos Ascendidos sozinho.

JLA: Gostaria de não ter dado ouvidos a ele?

Kieran: Sim. Gostaria de ter seguido os meus instintos e impedido ou ido atrás de Cas.

JLA: Às vezes, temos que aprender da maneira mais difícil a seguir nossos instintos.

Kieran: Infelizmente, certas pessoas nunca aprendem.

JLA: É verdade. Agora, tenho uma pergunta sobre a sua irmã. Como foi crescer com ela?

Kieran: Difícil.

JLA: Ah. Ora, por essa eu não esperava. Conheci a sua irmã. Ela é tão adorável.

Kieran: Você não teve que conviver com ela. Brincar de boneca com ela. Evitar que ela caísse de um penhasco ou se afogasse antes de aprender a nadar. Afugentar seus pretendentes ou...

JLA: Por falar em pretendentes. Você conhece alguém com quem sua irmã esteja romanticamente envolvida?

Kieran: Não.

JLA: Sério?

Kieran: Sério.

JLA: Tem certeza? Tive a impressão de que havia alguém na vida da sua irmã.

Kieran: Tenho certeza de que, se eu soubesse da presença de um certo alguém na vida da minha irmã, esse alguém já não estaria em posse de tal vida.

JLA: *olha fixo para ele*

Kieran: *retribui o olhar*

JLA: Tá bom. Então, outro membro quer saber se você gosta de ser tocado na forma de lupino?

Kieran: Se eu gostar da pessoa, sim.

JLA: E se não gostar?

Kieran: Nesse caso, tal pessoa perderia a mão.

JLA: É justo. Um deles perguntou se o seu pai realizou a União.

Kieran: Não.

JLA: Qual é a opinião dele sobre você ter feito a União com a Rainha e o Rei?

Kieran: Ele ficou emocionado. É uma honra manter a tradição da União.

JLA: Há um monte de perguntas a respeito da União.

Kieran: Aposto que sim.

Edição especial

CORREIO ANUAL DE HIGHGROVE

JLA: Uma delas foi feita diversas vezes. Os leitores do Correio estão bastante curiosos para saber exatamente onde estavam os seus... "acessórios"?

Kieran: Isso lá importa?

JLA: Parece que sim.

Kieran: Não importa, não.

JLA: Bem...

Kieran: A União foi, antes de mais nada, uma experiência muito emocionante para nós. Tal vínculo, por si só, é um ato de amor e compromisso. Sim, tornou-se física, e estou certo de que não foi nenhuma surpresa para quem estava prestando atenção. Só vou dizer que nós três participamos em pé de igualdade em tudo o que aconteceu.

JLA: Você falou de amor. Você ama a Rainha e o Rei?

Kieran: Claro que sim. Próxima pergunta.

JLA: Hum, alguém quer saber o tamanho do seu sapato.

Kieran: Que pergunta absurda.

JLA: Bem, acho que estão tentando adivinhar qual é o tamanho do seu...

Kieran: Eu sei o que estão tentando adivinhar. Próxima pergunta.

JLA: Deseja secretamente que Reaver se sinta atraído por você?

Reaver: *passa pela sala* É óbvio que deseja!

Kieran: Não.

JLA: De jeito nenhum?

Kieran: Nem de longe.

JLA: Ele é muito bonito.

Kieran: E também pisou na minha pata.

JLA: Tenho certeza de que foi um acidente.

Kieran: Tenho certeza de que não foi.

JLA: Você prefere dormir na forma mortal ou lupina?

Kieran: Prefiro dormir na forma lupina quando acho que eu ou mais alguém possa estar sob ameaça. Se não, tanto faz.

JLA: Há quem diga que, quando nosso Rei foi aprisionado, você dormia na forma de lupino enquanto estava com a Rainha. Era por causa disso?

Kieran: Sim. Eu queria ser capaz de reagir imediatamente a qualquer ameaça, a não ser quando ela tivesse um pesadelo. Só dormiria com ela como lupino enquanto Cas não estivesse presente.

Edição especial

CORREIO ANUAL DE HIGHGROVE

JLA: Há algum motivo para isso?

Kieran: Há, sim.

JLA: E qual é?

Kieran: Era uma maneira de respeitar os limites.

JLA: Isso foi antes da União. Os limites mudaram?

Kieran: Se tivessem mudado, eu é que não contaria a uma população inteira de pessoas interessadas no tamanho do meu sapato ou se tenho sentimentos ocultos por um dragontino imenso.

JLA: É um bom argumento. Poderia me contar no que estava pensando quando Poppy se alimentou de você pela primeira vez? Você pensou em algo que a deixou ruborizada.

Kieran: Pensei mesmo. Poppy estava bisbilhotando meus pensamentos e lembranças sem pedir permissão. Então mostrei a ela algo que, na época, a fez pensar duas vezes antes de fazer isso de novo.

JLA: Pelo jeito, você se divertiu bastante com isso.

Kieran: Obviamente.

JLA: E o que você mostrou a ela?

Kieran: Algo que Poppy já tinha visto, mas fingia que não — ela e Cas me espionando na praia da Enseada de Saion.

JLA: Ah, sim. Nossa Rainha era muito... curiosa nessa época.

Kieran: Até demais.

JLA: Ela ainda é... curiosa?

Kieran: O que você acha?

JLA: Acho que é melhor fazer outra pergunta.

Kieran: *dá uma risadinha*

JLA: Alguém perguntou quem é melhor para... dormir abraçadinho? A Rainha ou o Rei?

Kieran: Devo dizer que sou eu. Afinal de contas, sou um lupino. Nós somos especialistas nisso.

JLA: As outras, hã, as outras perguntas são bastante... pessoais.

Kieran: Mais pessoais do que perguntar onde estavam os meus "acessórios" durante a União?

JLA: Por incrível que pareça, sim.

Kieran: Então acho que a entrevista acaba aqui.

JLA: É, acho que é melhor. Obrigada.

Kieran: O prazer foi todo meu.

JASPER E KIRHA CONTOU

Por ser o líder dos lupinos, além de Ancião do Conselho, Jasper ocupa posições de suma importância não apenas dentro de seu grupo, mas entre os Atlantes como um todo. E sua esposa, Kirha, é reverenciada por mérito próprio. Eis o que sei sobre Jasper...

Cabelo: Desgrenhado e platinado.
Olhos: Azul-claros.
Corpo: Estatura alta.
Rosto: Barba por fazer no queixo. Pele bronzeada de sol.
Traços característicos: Tatuagem preta em ambos os braços, que se estende até os ombros.
Aparência sobrenatural: Espantosamente grande. Pelos prateados.
Curiosidades: Tem o dom de prever o futuro. Sua assinatura pessoal lembra o aroma de solo fértil e grama cortada, com uma sensação terrosa e mentolada.
Personalidade: Apegado à família.
Antecedentes: Líder dos lupinos. Membro do Conselho de Anciões.
Família: Esposa = Kirha. Filho = Kieran. Filhas = Vonetta e uma bebê recém-nascida.

E sua esposa, Kirha...

Cabelo: Trançado em fileiras finas e justas rentes ao couro cabeludo.
Olhos: De um tom de azul invernal.
Rosto: Pele negra como as rosas que florescem à noite. Maçãs do rosto largas. Lábios cheios.
Curiosidades: Às vezes, ela parece saber das coisas, tal como seu marido e filho.
Personalidade: Calorosa e maternal.
Hábitos/Trejeitos/Forças/Fraquezas: Adora tricotar. É boa de jardinagem. Dorme como uma pedra.
Antecedentes: Lupinos.
Família: Marido = Jasper. Filho = Kieran. Filhas = Vonetta e uma bebê recém-nascida. Irmã = Beryn.

A JORNADA DE JASPER E KIRHA ATÉ AGORA:

JASPER:

Jasper e Kirha estão sempre inseridos nas minhas visões acerca de Kieran e Vonetta, mas vou tentar separar algumas de suas aparições mais importantes.

Jasper chega ao Pontal de Spessa durante o jantar, dois dias depois do resto do grupo. Ao encontrar Poppy pela primeira vez, ele tem uma reação visceral. Posso apenas presumir que seja por causa da carga estática que a maioria dos lupinos recebe dela. Quando Alastir revela sua opinião sobre o noivado de Poppy e Casteel, insinuando que o casamento de Cas com Gianna teria fortalecido a relação entre lupinos e Atlantes, Jasper avisa que ele está passando dos limites.

Enquanto o grupo come, Casteel conta suas aventuras com Poppy a Jasper, que se diverte ao saber que ela apunhalou Cas depois de descobrir seus planos. Ele comenta que o Príncipe puxou ao pai no que diz respeito a mulheres e objetos afiados. Depois, deixa clara a sua posição, dizendo que se Cas escolheu Poppy, os outros também podem — e devem — escolher.

Durante o tempo que passa com Poppy, Jasper repara que ela é diferente dos demais. Ele menciona isso, dizendo que ela tem um cheiro diferente, mas familiar, que não consegue identificar muito bem. Quando é dito que Poppy poderia ser descendente da linhagem de Guerreiros Empáticos, ele discorda, já que poucos eram capazes de curar com um simples toque.

Jasper oficializa o casamento de Cas e Poppy, e comenta que Nyktos deu sua aprovação ao enlace quando o dia vira noite durante a cerimônia. Ele menciona que ninguém viu nada parecido desde o casamento de Valyn e Eloana e, mesmo assim, não foi algo tão explícito.

Quando se separam nas Montanhas Skotos, Jasper parte com Emil e Quentyn. O grupo deles é o primeiro a chegar a Pedra Dourada para o encontro.

Jasper chega às Câmaras de Nyktos com o restante dos lupinos depois de Poppy ter sido atacada. Ele também se sente compelido a protegê-la e solta um rosnado de advertência quando Casteel se aproxima dela. Quando as coisas se acalmam, Jasper muda de forma e oferece a Cas seu antigo quarto no palácio para cuidar de Poppy. Quando Poppy se preocupa com a reação dos lupinos, ele a acalma afirmando que, desde que Cas não lhes dê motivo para agirem de forma diferente, os lupinos o protegerão tão ferozmente quanto a ela.

Alguém menciona que o direito de Poppy ao trono é contestável, o que faz Jasper gargalhar. Quando Alastir avança contra Poppy, Jasper muda de forma e o ataca, mas uma flecha embebida em sombrália o acerta em cheio, obrigando-o a voltar à forma mortal antes que sua pele endureça e fique gelada.

Jasper se junta ao grupo que resgata Poppy em Irelone. Mata o Descendido que a alvejou com a besta e ataca Valyn quando ele tenta intervir e impedir Cas de fazer o que precisa ser feito.

Assim que Poppy melhora, ele vai com Kieran até os aposentos dela e de Cas para falarem sobre os Germes e Invisíveis. Fica muito irritado por Valyn não ter lhe contado sobre eles. Os quatro folheiam o livro levado por Jasper, e ele comenta que não são seres vivos.

Mais tarde, revela a localização do Iliseu e alega que Poppy é a única que pode chegar lá com vida. Há quem diga que a névoa é letal para qualquer um que não seja um deus. Além disso, conta a eles que Valyn e Eloana já mataram para manter a localização do Iliseu em segredo.

Ao falarem da magia Primordial, Jasper menciona que Dominik e eu devemos ser os únicos a saber sobre o Iliseu e como usar a magia necessária para conjurar os Germes. Não acho que seja completamente verdade, mas compartilhei o que sabia de bom grado quando me perguntaram.

Quando o irmão de Poppy solicita uma audiência, Jasper se junta ao grupo que vai até o Pontal de Spessa. Depois de conhecer o Ascendido, ele comenta que Ian é um baita ator e que Alastir tem muitas crenças que não fazem o menor sentido.

Após Poppy voltar da Trilha dos Carvalhos, Jasper parte a caminho de Evaemon com Kirha e sua nova filha.

KIRHA:

Grávida e praticamente prestes a dar à luz, Kirha está dormindo durante o ataque dos Invisíveis e Germes.

No dia seguinte, Cas lhe pergunta sobre o paradeiro de Gianna, e ela responde que Gianna deve estar em Evaemon ou ali perto, em algum lugar de Aegea.

Quando encontra Poppy pela primeira vez, Kirha está desembaraçando alguns novelos de lã com Kieran. As duas falam sobre sua gravidez, e ela revela que falta apenas um mês para dar à luz e que os Curandeiros acham que é uma menina. Também menciona a esperança de que seja seu último bebê.

Antes do grupo sair, ela diz a Poppy que sua casa sempre estará aberta para ela e Cas, e a abraça. Acrescenta que os pais de Cas são boas pessoas e que, assim que superarem o choque por tudo que aconteceu, vão recebê-la de braços abertos.

Após anunciarem que os lupinos acompanharão Cas e Poppy à reunião no Pontal de Spessa, Kirha pede que não se preocupem com ela — afinal de contas, não é como se fosse ter o bebê na próxima semana.

Logo após o parto, ela e Jasper partem para Evaemon para se encontrarem com os demais.

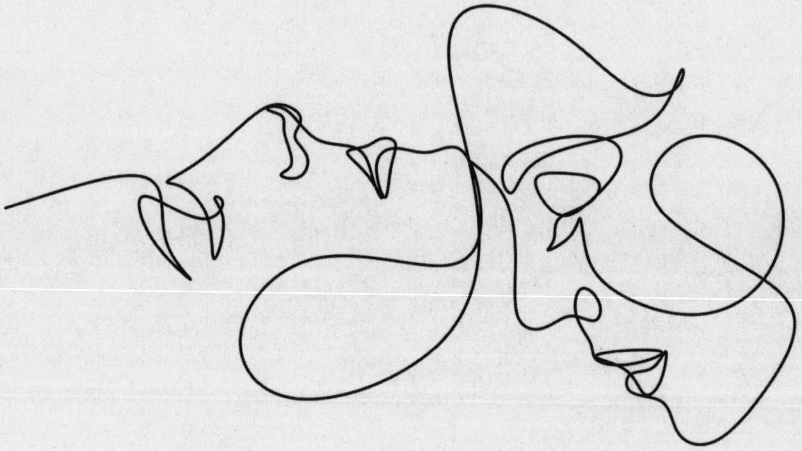

O RETRATO DO DESEJO

Ah, Diário, tenho uma história para te contar.

Já devo ter mencionado o desejo de ser retratada numa pintura. De vez em quando, tento ter minha imagem registrada, só para me lembrar da passagem do tempo. Há momentos em que o tempo se torna um borrão para alguém como eu, que existe há tantos anos.

De qualquer modo, estive presente em uma festa algumas semanas atrás, em que o Lorde e a Lady tinham obras de arte encantadoras penduradas nas paredes de sua fortaleza. Perguntei qual era o artista, e o dono da casa me falou de um casal muito procurado no Pontal de Spessa. Tendo em vista seus dons, logo entendi por que as pessoas cobiçavam suas obras.

Enquanto me banhava naquela noite, tive a visão de um casal deslumbrante. À medida que os acontecimentos se desenrolavam, percebi quem eles eram. A mulher era tia de Kieran e Vonetta Contou, irmã de Kirha, o que os ligava não só ao líder dos lupinos, mas também ao príncipe Atlante e à Coroa.

Com essa informação em mente e muita expectativa, segui viagem e perguntei na taverna local onde poderia encontrar o casal. O estalajadeiro apontou para os arredores da cidade e me informou a direção da residência dos artistas.

Ao subir a encosta, a paisagem me deixou impressionada. A casa de campo ficava perto da costa da Baía de Estígia, cujas águas brilhantes lançavam fragmentos cristalinos sobre a fachada de argila e arenito da residência. As Montanhas Skotos erguiam-se como sentinelas silenciosas mais adiante, emoldurando a área com perfeição. Era o lugar ideal para artistas morarem, pois mesmo alguém como eu, sem nenhum talento artístico digno de menção além da minha capacidade de anotar palavras num papel, podia ver o quão inspirador aquele local era.

Ao desmontar do cavalo e arrumar meu vestido e minha capa, senti um arrepio na espinha. Repuxei os lábios num sorrisinho. Já conhecia essa sensação. Era o meu dom. E, apesar de ainda não ter surgido nenhuma imagem na minha mente, minha intuição sabia que aquele encontro seria surpreendente — em mais de um sentido.

Mesmo agora, enquanto escrevo, lembro-me das sensações que percorreram meu corpo. A excitação. A onda desenfreada de experiências ainda não vivenciadas que eu, como Vidente, já sabia que seriam memoráveis.

Quando bati na porta e ouvi passos lá dentro, todos os pelos da minha nuca e dos meus braços ficaram arrepiados. Embora o frio possa ter influenciado um pouco, a sensação foi uma combinação da euforia por causa do que eu sabia que aconteceria e do mistério do que eu ainda não tinha visto.

Quando o postigo na porta deslizou para o lado, revelando um olho azul-gelo numa pele topázio escuro, minha excitação aumentou.

Com uma voz que soava como sinos numa caverna, ao mesmo tempo delicada e ressonante, ela perguntou se poderia me ajudar.

Atraída por aquela criatura deslumbrante apenas pelo som de sua voz e pela visão daquele olho glacial, falei meu nome a ela e expliquei como descobri sobre eles e, posteriormente, os encontrei.

E então... ela sorriu. Foi como o sol nascendo no dia mais sombrio e me aquecendo imediatamente. Também me fez desejá-la.

Quando ela abriu a porta, vi mais do que um olho e um sorriso num rosto perfeito. Ela parecia uma deusa — e disso eu entendia —, com curvas nos lugares certos, depressões e vales que criavam um mapa que qualquer um gostaria de explorar, além de cabelos da cor das folhas de outono — um castanho-escuro e sedoso.

Ela me disse que seu nome era Beryn Moxley e me apresentou ao marido, Vanian. O homem tinha cerca de 1,98m de altura, ombros largos e coxas musculosas. Em contraste com as tranças escuras da esposa, seu cabelo era de um tom de dourado sedoso, com uma mecha que caía sobre a testa, escondendo um de seus olhos dourados cintilantes. O que mais me impressionou, no entanto, foram suas mãos. Em comparação com seu físico corpulento de guerreiro, as mãos eram quase graciosas. A única coisa que maculava sua perfeição eram as manchas de tinta na pele e as meias-luas escuras sob as unhas. Mas, para mim, isso só o tornava ainda mais atraente.

Quando ele apertou minha mão, uma faísca de eletricidade percorreu minhas sinapses, provocando uma visão de pernas entrelaçadas e suspiros libidinosos. Estremeci novamente.

Durante uma refeição, discutimos minha encomenda, conversando sobre cenário e iluminação, figurinos e tons. Ambos os artistas eram incrivelmente talentosos e experientes, e eu sabia que estava em boas mãos. Bem, estaria em boas mãos em mais de um sentido... só precisava deixar a natureza seguir seu curso.

Eles me ofereceram como hospedagem o sótão de seu estúdio, que haviam equipado com móveis confortáveis para acomodar aqueles que, assim como eu, haviam viajado uma boa distância para terem seus retratos pintados.

Com o passar dos dias, enquanto eu posava de camisola com a alça de babados caindo do meu ombro delicado e reclinada sedutoramente numa espreguiçadeira, o casal e eu fomos nos conhecer. Falamos tanto de assuntos mundanos, como história e filosofia, quanto de vontades e sonhos, o que nos conectou em um nível intelectual que achei incrivelmente sexy.

À medida que os dias passavam, e Beryn ajustava isso ou aquilo em mim, com as mãos sedosas acariciando minha pele, o hálito quente soprando em minha carne enquanto ela se inclinava para me mover de um lado para outro, eu vi – e senti – certas mudanças. Seus toques se tornaram mais demorados. Seus lábios, mais próximos. Sua respiração ficava mais ofegante quando ela se agachava diante de mim para ajustar a bainha da camisola ou ajeitar meu decote.

Sentada ali, observando Vanian me pintar, percebi que ele também não estava indiferente aos meus efeitos. Vi seu peito subir e descer depressa enquanto seus olhos dourados ficavam mais escuros à medida que as pupilas se dilatavam. Notei a mudança nos temas de nossas conversas durante o jantar ao longo dos dias.

Mesmo aqui, na minha escrivaninha, ainda posso sentir o calor de seu olhar e o tremor que a proximidade de Beryn provocava em mim.

No último dia de trabalho, já estava cansada de esperar. Se um deles não desse o primeiro passo, então eu daria. A atração era óbvia, e a tensão sexual das últimas semanas não me deixava dormir à noite. Precisava sentir as mãos dos dois na minha pele. O hálito deles no meu cabelo e corpo. Vê-los acariciar um ao outro com os dedos experientes. Provocar suspiros desenfreados e gritinhos de prazer. Provar suas essências individuais e misturadas. Simplesmente... precisava.

Então, quando Beryn se aproximou para me ajeitar na sessão seguinte, estendi a mão e afastei uma belíssima mecha de seu cabelo sedoso, roçando os dedos pela curva do seu seio e ombro nu. A respiração dela ficou acelerada, empurrando o busto impressionante contra o corpete do vestido e forçando o espartilho.

Seus olhos azul-gelo se fixaram nos meus, e vi suas pupilas se dilatarem, o preto quase engolindo aquele tom glacial.

Em seguida, fiz o que queria fazer desde o instante em que vi metade do rosto dela no postigo da porta. Estendi os braços, deslizei as mãos sob aquela linda mecha de cabelo emoldurando seu belo rosto e a beijei.

Seus lábios eram macios e aveludados como seda. Ela hesitou por um segundo antes de se entregar a mim, dando tudo que podia e suspirando contra os meus lábios. Enfiei a língua em sua boca, provando seu sabor e registrando-o na memória. Ela tinha gosto de baunilha e gelo, e eu queria devorá-la.

Distraidamente, ouvi um pincel cair no chão e parei para olhar Vanian.

Ele estava ao lado do cavalete, com a postura rígida e os olhos extasiados, observando a cena à sua frente. Sem hesitar, acariciei o rosto de Beryn com o polegar esquerdo e estendi o direito para chamá-lo.

Ele tropeçou a princípio, mas depois saiu de trás da tela, passando os laços do avental pela cabeça e deixando-o cair no banquinho antes de vir até nós duas.

Quando ele nos alcançou, Beryn tinha se sentado na espreguiçadeira ao meu lado, com a mão na minha coxa, o polegar acariciando minha pele e me fazendo estremecer. Mas o que realmente me fez arder de desejo foi a expressão de seu marido ao nos ver ali juntas.

Olhei para baixo para encontrar a prova evidente — e impressionante — do quanto ele gostava do que via e estendi novamente a mão, ajeitando-me na espreguiçadeira e puxando Vanian para baixo, de modo que nós três nos sentássemos lado a lado, comigo no meio.

Inclinei-me para trás e coloquei minhas mãos nos ombros dos dois, exercendo uma leve pressão e incentivando-os a se encontrarem no meio, onde eu estava sentada. Suas bocas se encontraram avidamente, com as línguas agitadas e dentes afiados conforme realizavam seus desejos, mostrando em silêncio que havia consentimento entre o casal. Indicando que eu era bem-vinda.

Enquanto um bebia da boca do outro, deslizei as mãos pela cavidade do pescoço deles, até a frente de seus corpos, notando as diferenças e registrando-as na memória. Sentia-me cada vez mais excitada e mal podia esperar para ver aonde a noite nos levaria.

Eles pararam de se beijar e se voltaram para mim, com seus olhares — um azul, outro dourado — me deixando em chamas, e a pele deles — de topázio escuro e alabastro — preenchendo meus sentidos e me fazendo desejar apenas uma coisa.

Mais.

Tirei as mãos dos quadris deles e alcancei os laços já frouxos da camisola, desfazendo-os completamente e me sacudindo até que a parte de cima caísse sobre minha cintura. Vi seus olhares irem para o meu peito arfante e passei as mãos pela barriga para segurar meus seios, jogando a cabeça para trás de prazer.

Ouvi um rosnado baixo à direita e senti alguém afastar a minha mão antes que lábios quentes se colassem ao meu seio latejante. Uma língua ardente roçou em volta do meu mamilo entumecido, e a pulsação no meu âmago ficou ainda mais intensa.

Em seguida, senti lábios igualmente quentes, mas delicados, em meu pescoço e soltei um gemido baixo, movendo as mãos para a parte de trás da cabeça deles conforme meus quadris se erguiam por vontade própria com o aumento do prazer.

Eles me lamberam e chuparam, saborearam e mordiscaram, e eu me deliciei com tamanha atenção. Exultei-me com a decadência. Mas também precisava provar.

Me levantei com delicadeza, e a camisola caiu no chão numa poça ao redor dos meus pés, deixando-me completamente nua. Mais uma vez, ouvi um rosnado baixo de Vanian, dessa vez seguido por um suspiro de Beryn, e um sorriso surgiu em meus lábios.

Virei-me e encarei Vanian com um olhar perspicaz antes de me voltar para sua esposa e ver o mesmo desejo que senti refletido ali. Estendendo uma de minhas mãos para cada um deles, puxei-os para que também ficassem de pé e me virei para Beryn. Puxei-a para mais perto enquanto me encostava em Vanian, sentindo o calor de seus corpos na minha carne nua e carente.

Com movimentos hábeis, tirei todas as peças de roupa de Beryn, acariciando e massageando as áreas à medida que as revelava, tudo isso enquanto apreciava as mãos de Vanian percorrendo meu corpo nu, aprendendo suas curvas, encontrando tanto as áreas macias quanto as firmes. Quando acabei de despir Beryn, agarrei sua nuca com dedos firmes e dei-lhe um beijo ardente, sua respiração se tornando minha conforme respirávamos uma pela outra. E então me virei para o marido dela.

Assim como fizera com Beryn, tirei todas as suas roupas com uma segurança comedida, deslizando os dedos e a palma da mão pela sua pele e observando os pelos finos de seu peito, o V esculpido de músculos em sua cintura e a saliência comprida e orgulhosa de sua ereção. E, assim como ele tinha feito comigo antes, Beryn passou as mãos delicadas pela minha pele, explorando meu corpo. Foi um banquete erótico para os sentidos.

Olhando fixamente para Vanian, dei-lhe um beijo longo e demorado e, depois, estendi a mão para trás e agarrei as duas mãos de Beryn, levando uma ao meu seio e a outra à virilidade de seu marido. Ele sibilou e empurrou os quadris para a frente, e eu apreciei a visão erótica da mão escura dela contra o tom de porcelana da carne dele, a leve elasticidade da pele enquanto ela o acariciava da base até à ponta, girando o polegar sobre a gota de líquido perolado que se encontrava ali e usando-a para facilitar seus movimentos de vaivém.

Meu mamilo entumecido fez pressão contra a palma da mão de Beryn, que a esfregou em mim, criando uma fricção deliciosa que me fez fechar os olhos por um segundo.

Deuses, fiquei toda molhada só de escrever essa cena. Consegue imaginar como me senti naquela hora, absolutamente dominada pelo desejo?

Depois de brincarmos um pouco, sentei-me no chão, me apoiando nos cotovelos com os joelhos dobrados e afastados. Vanian aceitou meu convite prontamente e se acomodou entre as minhas coxas, olhando primeiro para a esposa em busca de aprovação. Quando ela respirou fundo e assentiu, ele mergulhou em mim e eu dei um gritinho de prazer. Mudei de posição, tentando não interromper o fervor do ataque sensual de Vanian, enquanto fazia Beryn ficar de joelhos, puxando-a para baixo até que sua deliciosa pérola cor-de-rosa estivesse ao meu alcance. Imitei o que Vanian fazia comigo em sua gloriosa esposa até que nós três gritamos, clamando aos deuses que provavelmente não estavam nos ouvindo.

Assim que nos recuperamos um pouco, Beryn e eu nos voltamos para Vanian. Incitando-o a se deitar de costas, me aproximei de sua cabeça enquanto Beryn subia em cima dele. Quando ela se posicionou sobre o marido, inclinei-me para tomar sua boca num beijo glorioso ao mesmo tempo em Beryn se agachava sobre o marido. Ele soltou um grunhido, e eu girei a língua, acompanhando o balanço dos quadris de Beryn, e seu ritmo.

Senti a tensão no corpo de Vanian à medida que seu prazer aumentava e notei um belo rubor se espalhar pela pele sedosa e macia de Beryn. Precisando tocá-la, fui para trás dela, abaixando-me e usando a perna de Vanian para criar uma deliciosa fricção no meu âmago enquanto apalpava o seio farto de Beryn com uma das mãos e passava o dedo sobre seu clitóris com a outra.

Num piscar de olhos, ela começou a gritar, e o prazer que senti desencadeou meu próprio orgasmo, que me levou aos céus. Colei a boca à pele salgada do ombro de Beryn para abafar meu gritinho e, em seguida, me afastei para lhe dar espaço.

Mas, pelo visto, Vanian ainda não tinha terminado.

Ele dobrou os joelhos e recuou, sem perder o contato com Beryn, que continuava gozando, então virou a esposa e a penetrou, fazendo-a abrir os olhos e a boca num suspiro sôfrego.

Eu tinha que assistir a isso, então fiquei ao lado da cabeça deles, sem sentir a menor culpa pelo meu voyeurismo enquanto observava Vanian dar prazer a si mesmo e à esposa, penetrando-a repetidamente enquanto colocava a mão sob sua bunda para puxá-la contra si. Ela teve outro orgasmo, seu rosto era uma coisa linda de se ver, e eu não pude deixar de testar minha própria receptividade para mais uma rodada.

Mordendo o lábio, encontrei o olhar de Vanian, e ele pronunciou algo ininteligível antes de investir contra Beryn uma última vez e depois curvar as costas. O movimento fez com que a mesinha de tintas caísse no chão, respingando em nós três um arco-íris de cores e me fazendo explodir de novo.

Foi absolutamente maravilhoso e não me esquecerei disso tão cedo.

Quando tudo acabou, nos deitamos juntos naquele pano em meio à tinta, com as cores transformando nossa carne em tela. Beryn e eu apoiamos a cabeça nos peitorais de Vanian e todos nós continuamos a nos acariciar, arranhar e massagear.

O retrato que Vanian pintou de mim está pendurado acima da lareira, e, toda vez que olho para ele, eu me lembro daquela noite. E que noite!

Willa

EMIL DA'LAHR

Parte central do grupo de Poppy e Cas, Emil aparece quase tanto em minhas visões quanto Kieran, mas sempre à margem, meio nublado.

Cabelo: Castanho-avermelhado e ondulado.
Olhos: Cor de âmbar.
Corpo: Esbelto.
Rosto: Impressionantemente bonito.
Personalidade: Tranquilo. Paquerador. Irônico e sarcástico.
Hábitos/Trejeitos/Forças/Fraquezas: Hábil ao empunhar uma besta. Gosta de flertar com Poppy para irritar Casteel. Parece sempre estar onde Vonetta está.
Antecedentes: Assim como Kieran, ajudou Cas a se lembrar de quem era e que não era um mero *objeto* depois do tempo que o amigo passou em cativeiro.
Família: Quentyn = parentesco desconhecido, mas compartilham o mesmo sobrenome.

A JORNADA DE EMIL ATÉ AGORA:

Emil viaja até a Masadônia para alimentar Cas enquanto ele está disfarçado de Hawke e se oferece para ficar, mas Cas diz que precisa dele em Evaemon para ficar de olho em Alastir e interferir, caso seja necessário.

Emil chega a Novo Paraíso com Alastir pouco antes da tempestade. Desde que foi apresentado a Poppy, ele se diverte bastante com ela — sobretudo por causa de sua tagarelice.

Também adoro isso nela.

Quando Alastir conta que já sabia de sua existência, que ela era a Donzela escolhida pelos deuses, Poppy responde que deve ter sido um choque para eles, já que seus deuses estão em hibernação e não podem escolher ninguém. Emil concorda.

Quando Alastir questiona como uma Atlante passou tanto tempo junto à Coroa de Sangue sem ser descoberta — na época, todos ainda tinham a impressão de que Poppy era apenas parte Atlante, devido ao fato de Cora ou Leo serem descendentes de Atlantes — e Poppy faz um comentário sobre serem de linhagens mistas, Emil assente, mas lança um olhar interrogativo a Kieran quando ela revela que não sabe qual de seus pais era Atlante.

Antes do jantar, Poppy cumprimenta Alastir educadamente, e ele comenta que nenhum dos outros presentes na sala tem boas maneiras. Emil sorri.

Enquanto se sentam para jantar, Cas revela que sua noiva está chateada com ele, e Emil brinca que não é um bom sinal se ele já a chateia antes mesmo de serem casados. Ao conversarem sobre como Poppy e Cas se conheceram, Poppy conta que ele era seu guarda, e Cas a corrige, dizendo que eles se conheceram num bordel — graças a mim, muito obrigada. Emil se engasga com a comida.

Alastir faz mais perguntas a Poppy sobre seu tempo de Donzela e revela presumir que ela estivesse *isolada*, já que todos aguardavam sua Ascensão. Ela confirma e vai ainda mais longe, dizendo que estava praticamente enjaulada. Emil fica atônito ao descobrir que ela ficava presa dentro do quarto o dia inteiro, todos os dias.

Tadinha da Poppy. Ela não passava de uma prisioneira até que Casteel, teoricamente, a raptasse. Irônico, não é?

Emil parte para o Pontal de Spessa com Alastir depois que ele e Casteel argumentam que seria melhor viajar em grupos separados.

Quando Beckett se machuca, Emil chama um Curandeiro. Porém, Poppy acaba curando o jovem lupino, e ele fica pasmo ao ver o brilho emanando das mãos de Poppy.

Mais tarde, quando Alastir e Casteel discutem sobre obrigações, Emil tenta acalmar a situação.

Cas revela que Poppy o apunhalou no peito com uma adaga de pedra de sangue, e Kieran acrescenta que ela pretendia matá-lo. Emil imagina quantas vezes Poppy fez Cas sangrar.

Inúmeras, posso garantir. Mas é por isso que eles são tão divertidos.

Emil interrompe o interlúdio sensual de Cas e Poppy para alertá-los de que o céu está em chamas. Quando o casal chega ao terraço, ele conta o que aconteceu e diz que Delano foi na frente para fazer o reconhecimento. Eles vão até a Colina e contemplam a vista, sabendo que aquilo não é um bom sinal. Depois, Emil conta que os batedores lhe disseram que o exército dos Ascendidos está a caminho, repleto de armamentos.

Ele se dirige a Poppy como *Vossa Alteza*, e ela hesita. Ele e Naill explicam que ela está noiva de um Príncipe, portanto é uma Princesa, e é assim que as coisas são. Emil a parabeniza pelo noivado com um certo tom de ironia, como de costume. Então vai além e diz que, após o casamento, deverão chamá-la de *Vossa Majestade* e dá uma piscadela para Poppy.

Se um olhar fosse capaz de matar o pobre rapaz, ele já seria uma pilha de cinzas a essa altura. Cas não gosta nem um pouco do seu jeito paquerador.

Emil viaja com o grupo pelas Montanhas Skotos. Quando Poppy pergunta sobre os perigos de uma emboscada, ele afirma que não há um ataque de Vorazes no leste desde a guerra. Com Jasper, Emil entra na névoa.

Assim que chegam às árvores de Aios e Jasper menciona as Câmaras de Nyktos, Emil afirma que é um templo logo depois dos Pilares e diz que Poppy devia visitá-lo para ver quão bonito é.

O grupo se separa e concorda em se reencontrar em Pedra Dourada. Emil parte com Jasper e Quentyn e, quando se veem de novo, diz a Poppy que está contente por ela ter sobrevivido e faz uma reverência jovial, deixando Cas ainda mais irritado. Ao contarem como foram suas noites, Emil menciona um tremor nas montanhas. Cas reconhece que também o sentiram, mas não entra em detalhes — e Emil nota.

Após o ataque de Poppy nas Câmaras, Emil assiste aos lupinos se reunirem à sua volta e a Rainha renunciar à coroa, e ele a encara com medo. Quando os lupinos berram, ladram e uivam, ele comenta que devem estar convocando a cidade inteira. Eloana explica que os vínculos entre Atlantes e lupinos foram rompidos e que agora eles obedecem a Poppy. Emil dá um passo para trás, apreensivo, fazendo com que um dos lupinos o persiga. Enquanto se preparam para atacar, Poppy ordena que parem e eles se afastam. Emil lhe agradece pela interferência tão oportuna.

Casteel pede que Emil arranje algumas roupas para Delano e Kieran, e ele acata o pedido do Príncipe. Quando chegam à conclusão de que Beckett levou Poppy até as Câmaras e, portanto, é o responsável pelo ataque, Emil parte com Naill e Delano para procurá-lo. O que não sabem é que não foi Beckett, mas o metamorfo Jansen, disfarçado de Beckett. O pobre jovem lupino já tinha sido morto.

Depois que Alastir rapta Poppy, Emil faz parte do grupo que a resgata de Irelone. Em seguida, ele e os demais escoltam Valyn de volta a Atlântia.

Quando Cas e Poppy chegam ao Templo de Saion, Emil fica aliviado ao vê-los e diz isso a Poppy, dirigindo-se novamente a ela como *Vossa Alteza*.

Ele os informa sobre o grupo que tentou libertar Alastir e reporta que a situação se tornou um tanto sangrenta quando precisaram lidar com eles. Emil devolve a adaga de Poppy, dizendo que a encontrou debaixo de uma árvore de sangue enquanto procurava por provas.

Depois que Cas apanha Alastir, Emil vai buscar Kieran e Poppy, informando-lhes que Alastir acha que Poppy está morta e que ninguém corrigiu tal suposição.

Enquanto esperam pelo chamado de Cas, Emil repara que Poppy está se comportando de um jeito estranho e pergunta se ela está bem. Ela responde que sim. Mais tarde, descobrimos que foi nessa hora que ela ouviu a voz de Kieran em sua cabeça pela primeira vez.

Emil, Naill e Quentyn saem do Templo de Saion mais cedo que o resto do grupo. Nessa noite, Emil janta com os demais na casa dos Contou e fala sobre o Iliseu.

A caminho da capital, Emil e Naill discutem sobre tudo, de uísque a armas. Eles estão sempre implicando um com o outro, mas é evidente que é tudo feito com amor. Os dois são muito amigos e qualquer um pode ver isso.

Quando Poppy menciona que gostaria de ter seu próprio cavalo, Emil se oferece para arranjar um para ela e diz que vai encontrar um animal digno de sua beleza e força, flertando como sempre e despertando a ira de Casteel. Ele logo retorna com Storm.

Os Invisíveis e Germes atacam, e Emil atira um punhal neles. Assim que conseguem respirar, Emil se pergunta o que os Invisíveis pretendiam com aquilo. Logo deduz que quem os avisou do local onde se encontravam deve ter sido alguém que estava na estalagem de Tadous ou que viu Arden a caminho de Evaemon.

Quando o grupo se aproxima do palácio, Emil segue na frente para anunciar sua chegada e, então, espera por eles na entrada do templo com cerca de dez guardas. Quando Cas e Poppy se aproximam da Rainha Eloana, Emil faz uma reverência como todos os presentes. Ele assiste à transferência das coroas e acompanha o casal pelo palácio até a hora da reunião do Conselho. Na verdade, não me lembro de ter visto Emil na reunião conosco, mas suponho que seja um sinal de sua competência como um bom guarda.

Emil se junta a Poppy, Casteel, Kieran, Vonetta e Delano na viagem pelos túneis até o Iliseu. Ele comenta que nem sabia que *havia* túneis sob Evaemon e acrescenta que o único motivo para ir ao Iliseu é por não terem um pingo de juízo. Diz ainda que gostaria de não morrer sufocado pela névoa, se fosse possível.

Nos túneis, o chão desaba sob Vonetta, e Emil a segura quando a lupina cai. De bruços, segurando-a com dificuldade, ele diz a todos que *meio* que a pegou e pede que Vonetta tente agarrar a mão de Kieran. Mas ela não consegue alcançar. Então, com seu jeito brincalhão, Emil diz que se jogará atrás de Vonetta se ela cair, assim poderão descobrir o que há debaixo dos túneis. Quando ela comenta que ambos estariam mortos, ele retruca que é apenas uma questão de semântica. O túnel começa a rachar debaixo de Emil, e Poppy finalmente usa o éter para salvá-los.

De volta ao percurso, o caminho à frente se estreita, e eles não conseguem ver o que há do outro lado da névoa. Emil expressa sua esperança de que não seja um dragontino pronto para assá-los em sua chama. Quando chegam ao Iliseu, gêiseres de terra começam a explodir ao redor, e Emil comenta que aquilo é uma grosseria antes de espiar um dos buracos. Ele solta um palavrão, mas depois fica em silêncio. Ao verem mãos e corpos de esqueletos saindo dali, Vonetta o repreende por não alertá-los, e ele pede desculpas. Enquanto lutam contra os soldados da Consorte, Emil comenta que cortar a cabeça deles não adianta nada — o que já era óbvio para a maioria. Vonetta comenta que ele é um trapalhão, e ele responde dizendo que ela é linda — um flerte até no meio da batalha. Centenas de esqueletos aparecem enquanto Emil luta lado a lado com Vonetta. Quando as cobras de fumaça saem da boca dos soldados, ele lamenta ter vindo na viagem.

Quando Poppy usa o éter para derrotar os esqueletos e declara que é melhor seguirem em frente antes que outros cheguem, Emil partilha a torcida de que isso não aconteça. Ao ver a bela cidade de Dalos, ele comenta que acha que o Vale deve ser assim. Por sorte, eles acatam meu aviso e não entram lá. Quem entra não sai mais.

Ao seguirem em direção ao templo e avistarem as estátuas dos dragontinos, Emil comenta que, se ganharem vida, ele vai dar no pé; ninguém nunca verá um Atlante correr mais rápido do que ele. Quando Poppy toca numa das estátuas e a pedra racha, revelando um olho azul brilhante com a pupila vertical, Emil berra para que todos fujam.

De volta ao plano mortal, eles têm um jantar para discutir a viagem à Trilha dos Carvalhos. O plano é que se dividam em dois grupos, com Emil e Lyra se passando por Poppy e Cas no outro grupo e entrando pelos portões a oeste do Castelo Pedra Vermelha por terra, enquanto Poppy, Cas e os demais chegam por mar.

Infelizmente, o plano fracassa para todos, e Emil, Naill, Hisa, Vonetta e Lyra são capturados pelos Ascendidos. Quando voltam a se encontrar, Emil diz a Poppy que está tudo bem se ela abraçar Tawny.

Quando a rainha exibe os poderes de um Espectro, matando Millie e fazendo com que todos a vejam voltar à vida, Emil comenta com repulsa que aquilo é uma abominação para os deuses.

Em seguida, assiste horrorizado quando Ian é assassinado e testemunha a fúria Primordial de Poppy. Mais tarde, na mata nos arredores da Trilha dos Carvalhos, ele diz a ela que Tawny está ferida, mas viva, e que o sangramento estancou. Tentando lidar com os últimos acontecimentos, ele e Vonetta tomam um gole de uma garrafa, e Emil pergunta qual é o plano. Quando Poppy revela ser uma deusa e que já teve a confirmação disso, Emil pega a garrafa outra vez.

Emil, Delano, Naill e Vonetta acompanham Poppy de volta à Trilha dos Carvalhos para se encontrarem com Jalara. Quando se separam, Poppy diz para Emil tomar cuidado. Mais tarde, ele diz a Delano que está confiante de que pode derrotar os vinte guardas na muralha norte. Ao se reencontrar com o grupo, compartilha sua repulsa e fúria pelo que encontraram na Colina. Naill arrasta a espada pela lateral do quartel para chamar a atenção dos guardas, e Emil comenta: "Bem, é um jeito de acertar as contas."

Kieran pergunta quando é que os mortais vão parar de se referir aos lupinos como cachorros gigantes, e Emil responde que eles não sabem a diferença e então cospe em um guarda prestes a esfaquear Netta.

O grupo encontra um bando de Vorazes, e Emil pergunta por que os Ascendidos manteriam um estábulo cheio deles. Poppy conta a ele sobre as ideias nas quais os mortais de Solis foram levados a acreditar e presume que eles deixavam os Amaldiçoados saírem de vez em quando para aterrorizar os moradores locais. Emil fica chocado ao saber que as pessoas realmente acreditavam naquelas mentiras.

Quando finalmente voltam da Trilha dos Carvalhos, Emil acompanha Vonetta para visitar Poppy e não perde a chance de provocá-la, fazendo uma reverência e chamando-a de *Vossa Alteza*. Quando ela pergunta se ele vai continuar fazendo isso, sua única resposta é: "Provavelmente."

Depois de cumprir a tarefa de espalhar a novidade a respeito de Poppy e dos Atlantes, Vonetta relata que correu tudo bem. Diz que contaram ao povo sobre o casamento de Poppy e Casteel e sobre a divindade de Poppy, e Emil afirma que gostaria de estar lá para ver a reação de todo mundo. Poppy diz não merecer nenhum crédito pela forma como as coisas aconteceram porque revelar as mentiras dos Ascendidos foi ideia de Casteel, porém, Emil ressalta que foi ideia dela divulgar que era uma deusa e, portanto, ela também merece crédito.

Enquanto conversam sobre os desdobramentos de revelar a verdade, Vonetta faz menção de pegar uma fatia de bacon e Emil a apanha primeiro. Ela fica furiosa — eu também ficaria. Bacon é a resposta para tudo, e a resposta é sempre sim —, mas ele se oferece para dividir com ela. Quando Vonetta pergunta por que ele está ali, Emil responde que sentiu falta dela. Ela não acredita nele, e Emil conta que veio porque recebeu uma carta do Duque e da Duquesa Ravarel. As únicas palavras deles são: *Não concordamos com nada* (em resposta à tentativa de negociação de Poppy).

Emil se depara com uma mulher histérica que chama de *viúva*, e Poppy conta que o nome dela é Vessa e que a velha tentou esfaqueá-la. Ela pede que a mulher seja levada para um lugar seguro. Emil pergunta por que ela não é levada para uma *cela*, e Poppy responde que está preocupada com a idade avançada de Vessa e prefere se certificar de que ela não se machuque.

Infelizmente, ela logo se arrependerá disso.

Emil se junta a Kieran e Perry para entregar a caixa lacrada da Rainha de Sangue. Ele explica que um Guarda Real a trouxe, dizendo que era para a Rainha de Atlântia, enviado pela Rainha de Solis, e que ele, logo em seguida, cortou a própria garganta.

Quando Poppy esfrega seu sangue na fechadura, uma sombra vaza da caixa, e então Emil pragueja e faz uma prece ao ver o que está lá dentro — o dedo de Casteel, ainda com sua aliança de casamento. Mais tarde, ele, Naill e Vonetta vão até os pinheiros para se livrarem respeitosamente do conteúdo da caixa.

Ao escrever essas minúcias, notei uma tendência em Emil. Parece que ele sempre se encarrega das tarefas difíceis para poupar aqueles de quem gosta. Ele se esconde atrás de uma máscara de sarcasmo e irreverência, mas tem um bom coração.

Após a tragédia causada pela tempestade de Vessa e a promulgação de seu castigo por Poppy, Emil menciona o deus da morte — a quem chama de Rhain — durante um debate. Reaver o corrige e diz que nunca existiu um deus da morte, e sim um Primordial da Morte. Como sabemos, Rhain é o Deus do Povo e dos Términos.

Quando começam a falar sobre os Espectros e Kolis, Emil confirma para Reaver que os Escolhidos eram os terceiros filhos e filhas.

Emil está presente na reunião de planejamento com os generais e serve vinho e água para quem quiser. Quando Lizeth chama Poppy de *Liessa*, todos fazem uma reverência a ela, inclusive Emil. Mais tarde, quando Valyn pergunta o que vai acontecer na Trilha dos Carvalhos, Emil diz que é melhor se ajoelharem outra vez porque ele não vai gostar nada disso e que Poppy vai dar tudo de si novamente.

Ao partirem para a Trilha dos Carvalhos, Emil e uma pequena horda de guardas flanqueiam Poppy. Eles encontram um grupo de pessoas saindo da cidade, e Emil fica em alerta quando Poppy vai conversar com elas. Quando alguém enfia a mão na bolsa, Emil faz menção de desembainhar a espada para protegê-la, mas Poppy o detém. Assim que tomam conhecimento de mais revelações, Emil comenta que dois Rituais consecutivos não são uma coisa normal — e sim preocupante.

Nos portões da Trilha dos Carvalhos, os Guardas da Colina não acreditam que Poppy seja quem diz ser, apesar de sua afirmação e das abundantes flâmulas reais. Quando a desrespeitam abertamente, Emil evidencia que espera ter a chance de matar o mais tagarela. Quando Forsyth alude ao fato de que os Atlantes são de um reino sem deuses, Emil comenta sobre a ironia de os Ascendidos falarem isso.

Depois que Nithe solta suas chamas e os mortais saem da Colina, ele avisa a Poppy quando o último está desimpedido. Eles lutam para entrar; Emil e Kieran atacam com suas espadas, ao mesmo tempo que Emil alerta a todos sobre os arqueiros do castelo.

Assim que as coisas se acalmam, Poppy diz aos dragontinos para encontrarem um lugar seguro para descansar, e Reaver escolhe o topo do Castelo Pedra Vermelha. Emil fica horrorizado ao ver onde o dragontino decidiu se empoleirar.

Mais tarde, nas câmaras subterrâneas do Castelo Pedra Vermelha, Emil conduz o guarda Tasos, que se dirige para o local onde os Ascendidos se isolam durante o dia. Encontram um monte de criados mortos e acabam se deparando com uma horda de Vorazes. Eles lutam, tentando chegar até Arden. Infelizmente, quando enfim o alcançam, o lupino já está morto. Depois de descobrirem as câmaras cheias de cadáveres dos Escolhidos prestes a se transformar em Vorazes, Emil se oferece para cuidar deles, dizendo que vai se livrar de tudo bem rápido.

Mais uma vez, encarregando-se das tarefas difíceis.

Ao chegar à sala de estalactites, Emil discute com Naill se a palavra existe ou não. Os dois discutiriam até se o céu é azul, juro.

Quando o General Cyr diz que um grupo de moradores quer ir embora dali, Emil concorda com Poppy e Vonetta que devem receber permissão. Enquanto planejam o resgate de Cas, Emil sugere que Poppy, Kieran e Reaver levem uísque consigo como distração e uma forma de garantir que ninguém se aproxime para olhar para eles. Quando se preparam para partir e Poppy declara que confia em Vonetta para governar em seu lugar, Emil pergunta por que não ele. Vonetta o chama de trapalhão de novo e ele provoca Netta, dizendo que ela gosta desse tipo de trapalhada — o que significa que gosta *dele*. Então faz uma reverência para Poppy e lhe diz para buscar o Rei.

Após resgatarem Cas, Emil se encontra com eles em Padônia. Quando Cas abraça Delano e Netta, Emil pergunta se ele sentiu sua falta, ao que Cas responde não ter pensado nele nem uma vez — mas não se preocupe, depois ele recebe um grande abraço do Rei. Emil volta a atenção para Poppy, dizendo que sabia que ela o salvaria — Cas — e colocando a mão em seu peito adornado pela armadura enquanto a encara com respeito. Quando falam de Malik, Emil comenta que ele não se parece em nada com o que imaginava — ou seja, o príncipe tem uma aparência saudável e não de um prisioneiro — e pergunta se é verdade que Malik não queria voltar com eles. Cas responde que é uma situação complicada.

Quando a Colina da Padônia surge diante deles e Poppy comenta que as glicínias são lindas, Cas diz que deveriam ser arrancadas. Emil concorda e acrescenta que as árvores estão enfraquecendo a Colina e chegaram até a romper a muralha leste em algumas áreas. Quando Poppy pergunta sobre os Ascendidos que governavam ali, Emil conta que eles partiram antes da chegada de seu povo, assim como aconteceu em Ponte Branca e Três Rios. Cas indaga a respeito, e Emil conta que os Ascendidos fugiram de Três Rios, mas felizmente deixaram os mortais vivos.

Ao repassarem o que aconteceu enquanto os grupos estavam separados, Emil diz a Poppy que o plano dela deu certo e que as pessoas ficaram sabendo do ocorrido em Massene e na Trilha dos Carvalhos antes mesmo de chegarem a Três Rios. Poppy o corrige e diz que o plano era *deles*, de todos, e Emil fica ruborizado diante do reconhecimento.

Emil não é tão humilde quando Poppy elogia Vonetta pela maneira como a lupina lidou com os exércitos e ela responde que teve ajuda. Sugere que foi *ele* que mais a ajudou.

Pouco antes de Valyn e Malik se reencontrarem, Casteel pede a Emil e Naill para ficarem de olho em seu irmão. Levando a tarefa a sério, Emil e Naill sentam Malik bem no meio dos dois durante o jantar. Quando Sven e o General Aylard criticam Valyn por esconder a verdade a respeito da Coroa de Sangue, Emil comenta que o clima está ficando pesado. Cas então ameaça Aylard, e Kieran brinca que o clima vai ficar ainda *mais* pesado, fazendo Emil rir. Depois do jantar e de um sinal de Casteel, Naill e Emil acompanham Malik para fora da sala.

Após uma batalha contra os Vorazes na Floresta Sangrenta, Emil comenta que as árvores estão vazando e pergunta o que é aquilo. Perry o provoca dizendo que o nome delas já deixa bem óbvio — árvores de *sangue* —, e Emil sente nojo, limpando a mão nas calças. Reaver se junta a eles, e Emil comenta que é muito bom que ele tenha finalmente aparecido... até que o dragontino o ataca. Só *então* é que ele diz que é um prazer vê-lo.

O rapaz só pode estar querendo morrer, sinceramente. Sua boca grande ainda vai metê-lo numa enrascada. Quanto mais descubro sobre ele, mais o adoro, porém...

Poppy lança o feitiço de localização e todos observam com grande curiosidade. Quando as chamas sobem, Vonetta se vira para Emil e diz que é muito bonito. Emil se limita a olhar para ela e balançar a cabeça.

Ora, esse é um casal digno de atenção. A relação dos dois — seja ela qual for — ainda não é muito conhecida, mas também não é exatamente um segredo. E tenho a impressão de que vai evoluir lindamente. Nem é coisa de Vidente, é apenas pura intuição feminina.

Emil fica furioso quando o grupo volta a encontrar um grupo de Germes. A conversa se volta para o motivo de eles terem a boca costurada, e Poppy diz "ainda bem", aludindo ao fato de que, se estivessem abertas, as serpentes sairiam de dentro deles — algo que logo presenciam. Quando um dos Germes solta um gemido baixo, Emil fica bastante perturbado e chega a admitir isso, mas a situação só piora quando as cobras saem para brincar.

Emil passa a noite da União com Vonetta. Deuses, quem me dera ser uma mosquinha para poder ver *essa* noite de prazer.

Na viagem ao Templo dos Ossos, Emil comenta que o povo de Solis deve estar chocado com o fato de os Atlantes não se parecerem com os Vorazes, como foram levados a acreditar. Quando chegam ao templo, Emil e Naill descarregam Malec, e Malik os ajuda a levar o caixão. Ao assistirem a Isbeth se inclinar para beijar Malec, Emil não consegue segurar a língua e comenta que aquilo é nojento.

Quando Isbeth apunhala Malec, uma onda de choque explode e o chão começa a tremer e desabar. Emil comenta que nunca viu os lupinos fugirem de nada antes e vê algo saindo de um dos buracos no chão. Alerta os demais, e todos começam a lutar contra os dakkais. Emil utiliza seus reflexos rápidos para não ser ferido. Durante a luta, avisa que há mais criaturas a caminho. Uma delas rasga o peito de Naill, e Emil joga a criatura para longe, completamente devastado pelo que vê. Mas não há tempo para lamentar. A batalha continua. Enquanto luta contra um Espectro, Emil é alvejado no peito por uma lança e morre.

Sem saber o que aconteceu, Emil de repente se encontra vivo e curado ao lado de Hisa — a única prova do que aconteceu são suas roupas ensanguentadas e rasgadas, além da armadura destruída, que logo remove. Enquanto Nektas conta a história dos planos para Poppy, Emil e os demais se aproximam.

É só o começo. E conhecimento é poder, no fim das contas.

Casteel encarrega Emil de organizar e proteger Wayfair enquanto Poppy entra em estase, algo bastante simples para ele. O complicado é compreender o despertar dos deuses.

Quando Kieran e Cas voltam com Poppy em estase, Emil informa que os lupinos estão protegendo as instalações com Hisa e a Guarda da Coroa, e garante que ninguém vai interrompê-los.

Ele pergunta o que Cas quer fazer com os Ascendidos e obedece quando ele lhe diz para mantê-los em prisão domiciliar.

Emil pergunta sobre Valyn, e Cas lhe pede para enviar uma mensagem a Padônia, mas para omitir a situação de Poppy.

Antes de partir, Emil pede para Casteel dizer a Poppy que ela tem sua devoção eterna e adoração absoluta assim que acordar. Cas o chama de filho da mãe, e ele ri e vai embora.

Ao voltar mais tarde com Kieran, ele descobre que Cas se transformou num gato da caverna malhado e parece ter toda a intenção de devorá-lo. Ele entende a situação e dá o fora assim que Kieran o incita a ir embora.

Querida Netta,

Começo reconhecendo que arrisco minha vida e integridade física ao escrever para você, caso um certo irmão superprotetor intercepte esta mensagem. Rezemos aos deuses adormecidos para que isso não aconteça, pois prefiro que meu coração e outras partes – bem mais excitantes – permaneçam intactos e em pleno funcionamento.

Mas o que tenho a dizer vale o risco.

Sei que você gosta da minha companhia. Ou, especialmente, como você certa vez disse, da "minha língua profanamente pervertida e talentosa". Também sei que acredita que meu interesse por você é apenas físico. Embora seja, sem dúvida, uma questão física, percebi que vai além de não passar a noite sozinho ou aliviar o tesão.

Tudo começou quando percebi que, assim que ficava longe de você, só conseguia pensar no seu gosto e em seus suspiros. Seus beijos. Seu calor úmido. Sua risada. Que os deuses me ajudem, estou soando como Cas, mas é verdade. Posso sentir o gosto da sua risada. É suave e doce, com um toque de especiarias e, embora pareça absolutamente ridículo, nada do que senti quando o chão cedeu por baixo de nós nos túneis pode ser descrito desse jeito.

Meu coração parou de bater.

É sério pra caralho, Netta.

Nunca senti tanto medo assim – em toda a minha vida. E pode acreditar quando digo que já participei de muitas coisas que me deixaram assustado. Mas nada se compara à ideia de nunca mais ouvir a sua risada, ver você sorrir ou até receber um de seus insultos inteligentes e mordazes. Não há nada de passageiro nisso.

Eu gosto de você, Netta. Demais. E, por causa disso, sinto que devo ser sincero antes de buscarmos ter prazer um com o outro, em casa ou na estrada. Quero mais do que algumas horas fugazes. Quero você. Hoje. Esta noite. Amanhã. Quero ver o que o futuro nos reserva.

Reconheço que tenho receio de compartilhar isso com você. Não gostaria que nossa relação acabasse antes mesmo de começar. Mas não posso continuar com isso se você também não quiser ver como o nosso futuro poderia ser.

Se não, vou respeitar e honrar a sua vontade. No entanto, por mais que a minha libido esteja me xingando por admitir, acho que não posso continuar desse jeito. Acredito que meus sentimentos por você só aumentariam, o que não seria justo com nenhum dos dois.

Então, o que vamos fazer agora, Netta? Só depende de você. Achei melhor evitar um constrangimento desnecessário. Se você não me visitar num futuro próximo, vou presumir que já tenho a sua resposta.

Seu,

Emil

P.S. Você estava deslumbrante hoje de manhã com aquela túnica azul.

VONETTA CONTOU

É verdade que, durante muito tempo, Vonetta não passou da irmã de Kieran para mim. Porém, quando ela começou a acompanhar Casteel e Poppy em suas missões e acabou por se tornar Regente da Coroa, passei a vê-la cada vez mais e suspeito que vou continuar vendo.

Cabelo: Tranças nagô — finas — que chegam até a cintura.
Olhos: Azuis como o inverno.
Corpo: Alta.
Rosto: Pele negra, da cor das rosas que florescem à noite. Rosto anguloso. Maçãs do rosto largas. Lábios carnudos.
Traços característicos: Risada rouca e feminina.
Curiosidades: É sessenta anos mais nova do que o irmão, ou seja, tem uns 140 anos de idade.
Personalidade: Descontraída. Gentil. Não tem paciência com homens idiotas.
Hábitos/Trejeitos/Forças/Fraquezas: Adora frutas cristalizadas e faz questão de pedi-las a Kieran quando ele a irrita. Péssima cozinheira. Ágil no uso de lâminas. Achava difícil acreditar que *qualquer um* em Solis fosse inocente até conhecer mais Descendidos.
Aparência sobrenatural: Pelos fulvos/castanhos/areia na forma de lupino, porém é menor do que Kieran. Sua assinatura tem um aroma amadeirado, como carvalho branco e baunilha.
Antecedentes: Guarda da Colina do Pontal de Spessa. Ajudou Casteel a se lembrar de que era mais do que um mero objeto depois do cativeiro.
Família: Mãe = Kirha Contou. Pai = Jasper Contou. Irmão = Kieran. Irmã = bebê ainda sem nome. Tia = Beryn.

A JORNADA DE VONETTA ATÉ AGORA:

Reparei em Vonetta pela primeira vez nas minhas visões e pesquisas quando ela conheceu Poppy na casa dos Contou.

Quando conhece Poppy, ela diz que pode chamá-la de Netta e repreende o irmão por não contar à futura Rainha que ele tem uma irmã. Ao apertarem as mãos, Vonetta sente a mesma carga estática de raio que todos os lupinos sentem. Tal como o irmão, diz que Poppy tem cheiro de algo antigo, mas não de morte, como Kieran disse.

Netta vê Poppy curar Beckett e, assim como os outros, acredita que ela pode ser da linhagem de Guerreiros Empáticos.

A lupina convida Poppy para uma sessão de treinamento e lhe traz um vestido para usar em seu casamento no dia seguinte. Poppy pergunta sobre a União enquanto conversam, e Vonetta conta o que sabe, explicando que o ritual fortalece o vínculo. Acrescenta que nem sempre tem de acontecer durante o casamento — pode ocorrer antes ou depois —, nem sempre é sexual e nunca é constrangedor. Também diz que ninguém *espera* que Poppy faça isso.

Enquanto Vonetta a ajuda a se arrumar, Poppy lamenta ser a causa pela qual tudo que construíram no Pontal de Spessa estar em risco e pede desculpas por trazer problemas. Vonetta garante que não é culpa dela, assim como a batalha inevitável não é.

Ao adicionar joias ao traje de Poppy, Vonetta explica que os diamantes são tradicionais, as lágrimas de alegria dos deuses em forma de cristais. Usá-los significa que os deuses estão em sua presença, mesmo enquanto hibernam.

Poppy pergunta o que acontecerá após o casamento, e Vonetta responde que, assim que ela e Cas chegarem a Evaemon, o Rei e a Rainha farão uma celebração em sua homenagem — que durará dias — para que possam apresentá-la.

Quando a Duquesa Teerman e seus cavaleiros chegam e um combate tem início, a pata traseira de Vonetta é ferida durante a batalha. Assim que as coisas se acalmam e os demais partem, ela fica no Pontal de Spessa, mas pretende voltar em breve para Atlântia para o aniversário da mãe e o nascimento de sua irmãzinha.

Vonetta vai ao Palácio da Enseada para informar aos membros da Realeza, a Cas e a Poppy que há um comboio de Ascendidos no Pontal de Spessa, solicitando uma audiência com Casteel e Poppy. Diz que Ian está liderando o grupo e confirma a Poppy que seu irmão realmente Ascendeu. Tanto ela quanto o irmão sentem a dor de Poppy ao ouvir a notícia.

Os irmãos informam aos pais que terão de voltar para o Pontal de Spessa. É uma viagem árdua, e Vonetta está exausta quando finalmente chegam. Além disso, ainda está se recuperando do fato de ouvir a voz de Poppy em sua cabeça.

Após as discussões com Ian, Vonetta imagina se ele disse a Poppy para despertar Nyktos na esperança de que o Rei dos Deuses mate sua irmã. Porém, ela se dá conta de que Cas e Poppy estão pensando nisso de qualquer jeito, por isso terá de lidar com qualquer coisa que aconteça.

Em Evaemon, Vonetta demonstra uma certa hostilidade em relação a Perry. Dados os últimos acontecimentos, ela age de modo superprotetor, pois os amigos de Cas já o traíram antes. Além disso, decide se tornar a sombra de Poppy em seu primeiro dia no palácio, enquanto aguardam a transferência das coroas.

Vonetta, na forma de lupina, junta-se ao grupo de guardas durante a reunião do Conselho. Lembro-me de vê-la com o irmão naquele dia. Os dois são absolutamente lindos e majestosos como lupinos. Quando Ambrose se recusa a se curvar a Poppy, e Cas diz para ele se curvar perante a Rainha ou sangrar diante dela, Vonetta respalda com um rosnado grave.

Sem querer perder a oportunidade de ver o Iliseu, Vonetta se junta ao grupo que viaja para a Terra dos Deuses. Durante a viagem, ela pergunta sobre o meu diário, dizendo que pode estar interessada em lê-lo — como todos deveriam estar. Bem nessa hora, o chão desaba e ela cai. Por sorte, Emil a segura e Poppy consegue usar o éter para colocar Netta num lugar seguro.

Depois que passam pela névoa e soldados esqueletos começam a surgir do chão, ela repreende Emil por não avisá-los sobre o que viu no buraco e diz que ele é um trapalhão depois que o lupino a chama de linda em meio ao caos. Enquanto o grupo luta contra os esqueletos, Vonetta luta lado a lado com Emil até que Poppy finalmente acaba com eles com seu poder.

Ao contemplar Dalos, ela imagina se há algum deus acordado. Então, percebendo o que cobre o chão, comenta que estão andando sobre diamantes.

De volta ao plano mortal, todos fazem planos de ir à Trilha dos Carvalhos, e Vonetta concorda em seguir com o grupo que viajará por terra. Infelizmente, os Ascendidos os capturam antes que cheguem muito longe.

Durante a exibição da Espectro pela Rainha de Sangue, Vonetta verifica se Millicent está mesmo morta depois de o cavaleiro esfaquear a Espectro no peito. Diz ao grupo que ela não tem pulsação e que sente cheiro de morte.

Na floresta que cerca a Trilha dos Carvalhos, após Cas se tornar prisioneiro, Vonetta mostra o ferimento de Tawny a Poppy e garante que vão trazer Cas de volta. Apesar disso, Poppy perde o controle de seu poder e atira Vonetta para trás por reflexo. Poppy fica mal por isso, mas Netta diz que ela não precisa se desculpar.

De volta à capital, ela segue Poppy na forma de lupina para a reunião com a Rainha-Mãe e pretende ficar até a chegada dos pais e de sua nova irmãzinha.

Vonetta passa a noite com Emil (e o deixa completamente satisfeito).

Netta acompanha Poppy de volta à Trilha dos Carvalhos para entregar uma mensagem na forma da cabeça decapitada do Rei Jalara.

Durante a tomada de Massene, Vonetta ataca da Terra dos Pinheiros depois que Poppy abre o portão leste, matando com prazer um guarda que ameaçou estuprar Poppy. Dentro da Mansão Cauldra, Vonetta, Delano e Sage se dirigem para as câmaras subterrâneas e abrem caminho para Poppy.

Após entregar a mensagem dos Atlantes aos mortais sobre o que está por vir e de procurar mais Descendidos para se juntarem à causa, Vonetta retorna e diz a Poppy que o povo está preparado para que alguém faça alguma coisa em relação aos Ascendidos. Também conta que revelou ao povo que a Donzela não só se casou com o príncipe Atlante como também é uma deusa.

Poppy pede que Vonetta se torne Regente da Coroa, e ela aceita, mas não gosta nem um pouco de ter que ficar para trás quando partem para resgatar Cas.

Quando a caixa com o dedo de Casteel chega da Rainha de Sangue, ela, Naill e Emil se livram do conteúdo. Mais tarde, ao se encontrar com Poppy, as duas conversam sobre Ian e Isbeth. Ela comenta que Ian foi educado e amigável — nada do que ela esperava. Em seguida, repassa as histórias que Ian lhe contou.

Durante uma conversa com Reaver um tempo depois, Vonetta pergunta quem era o deus da morte antes de Rhain. Ele responde que nunca existiu um deus da morte, e sim um Primordial da Morte. Então, ela comenta a semelhança entre Kolis e Solis e pergunta a Reaver por que a magia de Kolis só funcionava com os terceiros filhos e filhas. O que ela não sabe é que não é bem assim. Também funciona com os outros, só que de um jeito… diferente.

Quando o exército Atlante chega — composto de 200 mil homens —, Vonetta avisa Poppy e sugere que ela use a coroa ao se dirigir ao povo. Em seguida, parte para conduzir os lupinos até a cidade e ajudar a proteger o templo.

Depois de encontrarem os Sacerdotes e Sacerdotisas nas câmaras subterrâneas do Castelo Pedra Vermelha, ela empurra um dos Ascendidos em direção a uma faixa de luz do sol depois que o vampiro tenta mordê-la. Assim que encontram a câmara cheia de crianças assassinadas, ela pergunta a Poppy o que vão fazer com o templo e concorda que deveriam simplesmente queimá-lo.

Depois, diz ao General Cyr que se as pessoas quiserem sair da cidade devem receber permissão. Poppy concorda com ela e reforça a confiança da nova Rainha antes de falar para a multidão.

Enquanto fazem planos de se separar, Vonetta promete cuidar de Tawny para Poppy e depois se encontrar com ela Três Rios.

Vonetta e o exército invadem Novo Paraíso e Ponte Branca enquanto Poppy está ausente.

Após o resgate de Casteel, Vonetta encontra o grupo nos arredores da Padônia e cumprimenta Cas em forma de lupina. Ele diz que sentiu falta de Vonetta, que vai cumprimentar Poppy antes de voltar para a cidade, primeiro que todo mundo.

Ela leva Tawny para ver Poppy quando todos já estão acomodados e explica que ela e Gianna têm ensinado Tawny a lutar, comentando que a mulher aprende rápido.

Quando Poppy pede um abraço de Vonetta sobre duas pernas em vez de quatro, ela ri e faz sua vontade. Poppy a elogia por liderar o exército de modo espetacular, e Vonetta responde que não fez isso sozinha.

Durante uma conversa, Vonetta comenta que Malec vai se recuperar do sepultamento mais cedo ou mais tarde e acaba na Floresta Sangrenta enquanto os demais estão à procura do deus. Poppy comenta que ela não deveria estar ali, mas as duas ficam felizes por se verem. Quando Poppy faz o feitiço para localizar Malec, Vonetta pergunta se as ruínas são o lugar certo e comenta que a trilha mágica é linda.

Assim que resgatam Malec, Netta cavalga em frente ao cortejo no caminho de volta à Padônia. Depois, na noite da União de Poppy, Cas e Kieran, ela passa a noite com Emil.

Antes de confrontarem Isbeth, Poppy e Cas decidem que, se nenhum dos dois puder governar, então Vonetta deverá assumir o trono e ordenam-lhe que fique na Padônia com 50 mil soldados. Ela concorda antes de se dar conta do que precisaria acontecer para ser a próxima a governar. Antes que o casal saúde o povo, Vonetta devolve-lhes as coroas e diz que elas só revelam sua verdadeira natureza quando um deus se senta no trono.

Espere só até ela descobrir que Poppy não é uma deusa, e sim uma Primordial.

Emil,

Espero você na minha tenda hoje à noite.

Beijos,

Netta

P.S. Por favor, nunca mais mencione o meu irmão na mesma carta em que fala do meu gosto.

P.S.S. Sei que eu estava bonita hoje de manhã, você não conseguia parar de olhar para mim.

TAWNY LYON

Tawny era a única amiga de Poppy quando ela ainda era a Donzela — mais do que apenas uma criada. Ela era sua confidente e cúmplice quando queria se meter em confusão. A única pessoa a que Poppy se agarrava para tentar manter uma noção de normalidade numa existência bastante anormal.

Cabelo: Cachos castanhos e dourados que se tornaram brancos como a neve após o envenenamento por pedra das sombras.
Olhos: Castanhos que se tornaram quase brancos, exceto pelas pupilas, após o envenenamento por pedra das sombras.
Rosto: Pele negra de tom quente.
Corpo: Alta. Esbelta.
Personalidade: Sarcástica e irreverente.
Hábitos/Trejeitos/Forças/Fraquezas: Pula aleatoriamente de um assunto para o outro durante uma conversa. Tem um fraco por bolos. Adora ficar à toa. Não sabe esconder suas emoções. Enrola o cabelo no dedo quando fica ansiosa. Pode ser insistente em relação ao que quer. Nunca acreditou nos Destinos. Sua memória é notoriamente subjetiva.
Antecedentes: Uma das poucas pessoas autorizadas a falar com a Donzela e vê-la sem o véu. Segunda filha de um comerciante bem-sucedido. Entregue à Corte aos treze anos. Foi incumbida da Donzela pouco depois do Ritual.
Família: Um irmão e uma irmã mais velhos.

A JORNADA DE TAWNY ATÉ AGORA:

Depois de ajudar Poppy a escapulir para o Pérola Vermelha, onde ela encontra Hawke pela primeira vez, Tawny fala sobre o que aconteceu e a iminente Ascensão das duas com a Donzela.

Quando Poppy quase é sequestrada, Tawny ajuda a cuidar de seus ferimentos e a obter os remédios necessários. Também fica sabendo da teoria da Duquesa de que o intruso é um Atlante.

Na noite em que o guarda de Poppy, Rylan Keal, é assassinado por Jericho, Tawny dorme em sua cama, confortando a amiga e aliviando suas apreensões.

Apesar da preparação do Ritual tomar muito de seu tempo, ela encontra alguns momentos para passar com Poppy e descobre que ela e Hawke se beijaram. Por fim, consegue arrancar a história inteira do Pérola Vermelha da amiga.

Como de costume, Tawny acompanha Poppy até o átrio, preparando seus sanduíches preferidos com antecedência. Ela assiste, entretida, a Poppy falar com as Damas de Companhia depois que elas fazem papel de bobas diante de Hawke. No entanto, se sente mal quando o Duque manifesta seu desagrado. Após o castigo de Poppy por falar com as Damas de Companhia, Tawny a ajuda com seus ferimentos.

Na noite do Ritual, Tawny faz companhia à amiga até que Poppy diz para ela se divertir. Mais tarde, quando o caos se instala, suas tentativas de impedir Poppy de entrar na batalha durante o ataque à Colina são inúteis. Depois da ocorrência, ela ajuda Poppy a tomar banho e trocar de roupa, mas não sabe mais o que mais poderia fazer para ajudar a amiga.

Poppy recebe ordens de ir para a capital, e Tawny revela que não pode acompanhá-la — é muito perigoso e ela poderia se tornar uma desvantagem. Antes de se separarem, as duas têm uma despedida comovente nos aposentos da Donzela, na manhã em que Poppy parte para a capital com Hawke e os outros guardas.

Durante o tempo em que Poppy está ausente, a Rainha Ileana fica com Tawny na capital, mas não a Ascende. Imagino se ela já planejava usar a garota como moeda de troca. Quando Poppy chega ao Castelo Pedra Vermelha, Tawny tenta avisar a amiga que a Rainha não é bem o que parece. Ela tenta contar mais coisas, mas Ian a interrompe.

A Rainha faz a exibição da Espectro, e Tawny fica horrorizada quando o cavaleiro esfaqueia e mata Millicent. A garota fica mais traumatizada ainda quando outro corta a cabeça de Ian. Quando o caos se instala — de novo —, Tawny é ferida no ombro durante o combate. Após a rendição de Casteel, a Rainha entrega Tawny aos Atlantes num gesto de *boa vontade*. O corte é bem feio, e suas veias ficam salientes, grossas e escuras. Poppy cura a ferida externa, mas descobre que foi feita por uma lâmina de pedra das sombras, e o veneno começa a se espalhar, subindo pela garganta de Tawny como trepadeiras sombrias.

Assim que retornam à fortaleza, Delano a leva para um quarto para se recuperar, e os Curandeiros e Anciões são convocados. Os Curandeiros e eu conseguimos ajudá-la, mas o veneno a transforma para sempre. Seu cabelo se torna quase incolor e ela não parece mais ser mortal — nem mesmo Poppy consegue ler suas emoções. Ainda não sabemos exatamente *o que* ela é.

Tawny não dá uma resposta objetiva quando é questionada se alguém lhe contou sobre a magia Primordial. Limita-se a responder: "Sim e não." Em seguida, revela que sabia que estava morrendo até ver Vikter e acha que os Destinos fizeram alguma coisa para salvá-la. A experiência mudou tudo em que ela acreditava — ou melhor, em que *não* acreditava.

Ela diz que tudo se passou como um sonho lúcido. Lembra de ter sido esfaqueada e, então, não houve nada por um bom tempo, até que ela viu uma luz prateada. Tawny pensou que estivesse entrando no Vale, mas então viu Vikter. Ele lhe contou que Poppy era uma deusa. Isbeth já havia deixado escapar essa informação antes, mas Tawny não acreditara nela. Ian, por outro lado, acreditara. Ao mencionar o irmão de Poppy, Tawny lamenta o que aconteceu com ele.

Acrescenta que só sabe que Isbeth pretende refazer os planos e que a Rainha acredita que Poppy pode ajudá-la com isso. Admite que não passava muito tempo perto de Isbeth e não sabe por que a chamaram para a capital. Disseram-lhe que receavam que ela também fosse raptada depois da ameaça à vida de Poppy. Quando chegou a Wayfair, Tawny viu as Aias — as Espectros — e percebeu que havia algo muito errado com aquele lugar. Quando a Rainha revelou que Poppy era sua filha, ela presumiu que a mulher estivesse confusa.

No sonho que não era bem um sonho, Vikter contou-lhe coisas que nem ele nem ela poderiam saber, como o fato de Aios ter impedido Poppy de cair do penhasco nas Montanhas Skotos, de Nyktos *e* a Consorte terem aprovado o casamento de Poppy e Casteel, de Cas ter sido aprisionado e de que Poppy o libertaria. Além disso, ele disse que é um *viktor*, o que ela, mais tarde, revela a Poppy.

Ela e Kieran discutem sobre a *inutilidade* daquela informação, e Tawny diz que Vikter acha que eles não conhecem toda a profecia. Então compartilha a versão completa (ver a seção da Profecia).

Eles perguntam se ela já viu ou encontrou alguém chamado Malik, e Tawny responde que não conhece ninguém com esse nome.

E ela realmente não conhece, porque ele se passava por Elian.

Quando Poppy se preocupa com seu destino, ainda mais tendo em conta as partes da profecia que fazem referência ao arauto, Tawny diz não ter tido a impressão de que Vikter acreditasse na destinação de Poppy ao mal. Então revela apenas a Poppy o que Vikter lhe contou sobre a Consorte.

Tawny menciona que não queria acreditar no que Ian lhe contou sobre o que acontece com os terceiros filhos e filhas. Apesar de ser a segunda filha, receia ter se tornado algo parecido com os Espectros — morta, mas não exatamente —, e Poppy promete descobrir o que aconteceu com ela.

Depois de dizer a Poppy que sempre soube o quanto é amada, Tawny promete reencontrar a amiga em Três Rios.

Na verdade, as duas voltam a se encontrar na Padônia, e Tawny conta a Poppy que Netta e Gianna estão ensinando-a a lutar.

Quando Casteel retorna, ela o cumprimenta, e ele diz que está feliz por vê-la viva e com saúde. Ela responde que está feliz por ele amar Poppy tanto quanto sua amiga o ama e por não ter que dar um soco nele por mentir para ela e sequestrar Poppy.

Aposto que foi mais um momento em que Cas pensou que Tawny é a sua pessoa preferida. Qualquer pessoa tão leal à sua Rainha merece respeito.

Quando Poppy parte para confrontar a Rainha e levar Malec para o Templo dos Ossos, Tawny se despede dela.

O LAGO

Poppy

— Você vai nos meter em confusão. — Sob a luz prateada da lua, a silhueta encapuzada de Tawny passou por baixo de um galho. Apesar de ninguém entrar naquela parte do Bosque, nenhuma das duas tirou o capuz por precaução. — Sabe disso, não sabe?

— A ideia foi sua — lembrei a ela. — Eu já estava indo para a cama quando você entrou no meu quarto com esse plano incrível.

A cabeça encapuzada de Tawny se virou para mim. Não conseguia ver o rosto dela, mas ouvia o sorriso em sua voz.

— Como se atreve a me acusar de tamanho disparate?

— Disparate? — Franzi o nariz. — Que palavra mais tola.

— Uma palavra tola para um comportamento tolo — comentou ela. — Foi o que ouvi Rylan dizer um dia desses. Ele disse a Vikter que suspeitava que você estivesse aprontando algum disparate quando deveria estar em seus aposentos.

Era bem provável que Rylan estivesse certo. Sorri ao contornar uma rocha emaranhada por raízes expostas. Tawny e eu já tínhamos seguido aquela trilha tantas vezes durante a noite que o tênue luar que mal afastava as sombras não era nenhum empecilho.

— Se estivesse mesmo, aposto que era outra coisa que você inventou de fazer.

A risada baixinha de Tawny chegou até os meus ouvidos.

— Só para deixar claro, esta noite pode ter sido ideia minha, mas foi você que começou.

— E como foi que eu comecei isso?

— A ideia não foi sua? — Ela passou por baixo de um pinheiro que devia ter tombado contra outro durante uma das tempestades de fim de verão. Os galhos caídos e secos estalavam sob seus passos. — De nadar no lago?

— Talvez. — Para dizer a verdade, não conseguia me lembrar qual de nós duas tinha sugerido o primeiro mergulho noturno.

Olhei para trás, mas não conseguia distinguir nada além do contorno escuro dos pinheiros. Estávamos tão dentro do Bosque que ninguém podia nos ver ali. Qualquer um que estivesse na imensa extensão de mata que separava os ricos dos pobres da Masadônia também não seria capaz de ver as muralhas internas ao redor do castelo, mesmo em plena luz do dia. E não estávamos nem perto do trecho que havia sido limpo para ser usado como parque.

— Tem medo de que alguém nos encontre aqui?

— De jeito nenhum. — Tawny começou a andar mais devagar. — Só tolas como nós se aventuram tão fundo no Bosque. Só estou sendo dramática para não conseguir ouvir o espírito que possa *estar* nos seguindo.

Meu sorriso tornou-se irônico.

— Por mais que eu tenha andado pelo Bosque, ainda não vi nenhum fantasma.

Ela bufou com desdém.

— Você parece decepcionada.

— E estou mesmo.

— Bem, há sempre uma primeira vez — comentou ela. — Só não sei o que seria mais assustador. O espírito de um guarda? Ou de um animal, como um lobo?

Franzi a testa.

— Acho que seria o espírito de um guarda. Se bem que eu achava que os fantasmas daqui tivessem morrido dentro do Bosque.

— Quem vai saber? Para ser sincera, o espírito de um coelho deve ser a coisa mais assustadora de todas.

— Como é que é? — Dei uma gargalhada. — Mal posso esperar para ouvir a sua justificativa.

— Não há nada mais assustador do que um animalzinho tão bonito e fofo que por acaso está morto e reanimado.

— Ah, meus deuses. — Balancei a cabeça. — Não acho que os espíritos sejam os mortos reanimados, Tawny.

— Como é que você sabe?

— Porque eu vi os Vorazes — respondi, com o sorriso sumindo dos lábios. Já tinha visto os mortais *amaldiçoados* morrerem e voltarem à vida. Sabia como eram os mortos reanimados.

— É verdade — murmurou Tawny, detendo-se no instante em que senti o gosto ácido da tristeza. Ela esperou até que eu estivesse ao seu lado e então passou o braço em volta do meu.

— Aliás, sabe o que eu ouvi? — Ela baixou a voz, embora os únicos seres no Bosque além de nós duas fossem bichinhos fofinhos e pássaros grandes. Bem, os únicos seres *vivos*, eu supunha. — Sobre o novo guarda?

— O novo guarda? — perguntei, apesar de saber muito bem de quem ela falava. Só havia um nome na boca de todo mundo nas últimas semanas. *Hawke Flynn*. Senti um nó no estômago, tão emaranhado quanto as raízes em volta daquela rocha. Havia tanta coisa errada naquilo que eu nem sabia por onde começar.

— É, o novo guarda bonitão de quem você parece ter se esquecido completamente — respondeu ela, o tom seco. — Apesar de ter passado as últimas manhãs absorta no treinamento diário dos guardas.

Senti minhas bochechas esquentarem conforme um par de olhos dourados brilhava na minha mente... além de braços fortes e musculosos pelo manejo da espada e escorregadios de suor.

— Não faço a menor ideia do que você está falando.

Tawny deu uma risadinha suave.

— Ah, tá.

Não retruquei porque Tawny sabia que eu estava mentindo. Todo mundo sabia quem era Hawke Flynn. Imaginava que até o Duque Teerman ficava meio absorto ao observar o guarda. Eram os movimentos dele, a graciosidade fluida quando treinava. Ou como, ao entrar no Salão Principal para as sessões do Conselho Municipal, ele não se limitava a andar. *Rondava* o lugar.

Pigarreei.

— O que você ouviu?

— Que ele encontrou alguém com quem ocupar seu tempo livre — revelou ela, enquanto o cheiro de terra molhada se intensificava à nossa volta. — Britta.

— Ah, é? Tenho certeza de que eles formam um belo casal — ouvi-me dizer, enquanto uma pontada de inveja me atravessava o peito. Britta era uma das criadas que trabalhavam no castelo, e não fiquei nem um pouco surpresa ao saber que era uma das muitas mulheres — pelo menos de acordo com as fofocas — que haviam chamado a atenção de Hawke. Não só porque era uma das criadas mais bonitas, mas porque Britta gostava de aproveitar a vida e tudo o que ela tinha a oferecer. Ela era ousada em seus afetos. Era experiente. A única vez que a vi escandalizada foi quando ela falou da dança que viu por trás das cortinas do Pérola Vermelha.

O que me deixou bastante curiosa sobre o tipo de dança que ela tinha visto.

Só não sabia se a inveja se acumulando no meu estômago era direcionada a ela ou simplesmente porque… bem, porque eu não tinha a mínima ideia de como era chamar a atenção de alguém daquele jeito. De ser… desejada. Ser experiente. De viver de verdade.

E provavelmente nunca teria.

Ao avistar a água cintilante por entre as árvores, afastei tais pensamentos. Não valia a pena ficar pensando nisso, não é? O futuro era inevitável, e eu não queria estragar os poucos momentos que tinha com Tawny.

Mais cedo ou mais tarde, não teríamos nada disso.

O lago tranquilo surgiu à nossa frente, suas águas calmas refletindo o luar e captando as sombras dos longos galhos das árvores ainda cheios de folhas. Isso também mudaria em breve. O calor do fim da estação acabaria num piscar de olhos, e eu acordaria uma manhã e veria todas as folhas caídas. Mais um inverno se aproximava.

Desvencilhei-me de Tawny e caminhei à frente. Assim que cheguei à beira da água, estendi a mão e abaixei o capuz, expondo o rosto para o céu noturno. Não havia nada melhor do que sentir o ar fresco nas bochechas e na testa.

— Parece até que você vai virar uma estátua — comentou Tawny.

Sorrindo, olhei para ela. A garota já tinha largado a capa numa rocha plana ali perto e vestia apenas sua combinação enquanto tirava as botas. Ela tinha prendido os cachos cor de caramelo no alto da cabeça, o que fazia suas maçãs do rosto parecerem mais salientes e altas. Estudei a pele lisa de sua testa e face e senti outra pontada indesejada de inveja.

Desviei o olhar, irritada comigo mesma, enquanto abria a capa. Dobrei-a com cuidado antes de colocá-la ao lado da de Tawny, já que não era minha. Nem sabia de quem era, mas devia ser usada por um homem. O perfume característico de água de colônia estava impregnado nela. Eu tinha surrupiado a capa quando a vi caída numa das salas do primeiro andar. Agora, cuidava bem dela. Não sei bem por quê. Afinal de contas, não pretendia devolvê-la para o local onde a encontrara. Eu tinha a mania de guardar roupas coloridas como as outras pessoas colecionavam livros ou bugigangas.

Tawny lançou um sorriso em minha direção enquanto entrava descalça na água. Soltou um gemido baixinho.

— Ah, como a água está gelada. Congelante!

A água estava sempre gelada, o que era estranho, considerando que o fundo do lago era composto de algum tipo de rocha escura. Era de esperar que absorvesse a luz do sol e aquecesse as águas, mas não era o caso.

Tawny avançou diversos metros, com os braços cruzados sobre o peito, enquanto murmurava para si mesma que aquilo era uma péssima ideia.

— E o outro lago? — perguntou Tawny de onde estava, até a cintura na água. — Aquele em Wayfair? Era sempre tão frio assim?

Assenti com a cabeça.

— Era. Até nos dias mais quentes. — Eu não tinha muitas lembranças de passear pelos olmos perto de Wayfair com Ian quando criança, mas me lembrava do lago. Aquele ali era muito parecido, só que era maior e tinha uma cachoeira. No entanto, havia outra coisa que os lagos tinham em comum. Algo que eu não tinha lembrado até agora. — Sabe o que é esquisito?

— Além do fato de eu estar sozinha no lago? — perguntou ela, jogando água em mim.

— Além disso. — Comecei a tirar as botas. — A floresta que circunda o outro lago da Carsodônia também é assombrada. Pelo menos era o que Ian dizia.

— Ian diz um monte de coisas.

Eu ri enquanto desenganchava a bainha com a adaga de pedra de sangue e osso de lupino e a colocava sobre a capa. Aproximei-me da beira da água, sentindo a grama fresca sob os pés.

— Ele dizia que a floresta era… — Apertei os olhos. — Assombrada pelos espíritos dos que tinham medo de enfrentar o julgamento.

— Que coisa mais triste — disse ela, abaixando-se de modo que seus ombros mal ficassem visíveis. — Mas por que eles assombrariam aquela floresta?

— Ele dizia que o lago era uma portal para o mundo que Rhain governava — expliquei a ela. — Entre muitos outros.

— Seu irmão tem uma imaginação muito fértil.

— Tem mesmo — murmurei.

— Ele dizia a mesma coisa sobre este lago? Espera, não responda isso. Prefiro não saber.

Rindo, cheguei mais perto da água.

— Não lembro se ele… — Parei de falar ao sentir a nuca tensa. Minha pele ficou toda arrepiada. Parando, me virei para trás e examinei as árvores.

O Bosque estava silencioso, exceto pela brisa que agitava os galhos e o canto distante dos pássaros.

— Poppy? — chamou Tawny. — Você ouviu alguma coisa?

Olhei novamente para a extensão das árvores.

— Não. É só que... — Franzi a testa. Não sei muito bem o que me fez parar. Não tinha ouvido nada. Apenas... *senti* alguma coisa. Mas o quê? Não faço a menor ideia.

Balancei a cabeça e entrei na água. O frio me tirou o fôlego, mas aguentei, sabendo que era melhor seguir em frente de uma vez. A combinação branca que eu usava se arrastou atrás de mim quando cheguei ao lado de Tawny e vi que ela continuava olhando para a margem do lago.

Segui seu olhar, mas não tinha nada ali. Voltei-me para ela.

— *Você* ouviu alguma coisa?

— Não. — A brisa quente soprou um cacho solto no rosto dela. — Mas estou esperando que um espírito saia das árvores a qualquer momento para espiar nossas partes inomináveis.

— Não sei se você está falando sério ou não — retruquei, afundando o corpo no lago. No instante em que a água chegou até meu peito, pensei que meu coração fosse parar de bater. Mas, depois de alguns segundos, o choque do frio se dissipou. Avancei mais um pouco, deslizando os pés sobre a rocha lisa no fundo do lago. Em seguida, comecei a nadar e cheguei à parte mais funda do lago, onde a água chegava até o meu queixo.

Tawny continuava olhando para a mata.

Aguçei os sentidos um pouquinho. Bem de leve. Senti uma inquietação ácida, quase cítrica, no fundo da garganta.

— Tá tudo bem?

— Aham. Tá, sim. — Ela recuou na água.

— Juro que não vi nem ouvi nada, mas se você quiser voltar, não tem problema. — Peguei impulso no fundo do lago.

— Não. Tá tudo bem. É só uma das minhas esquisitices. — Ela colocou o cacho rebelde atrás da orelha e me encarou. Um momento se passou. — Você não acredita em espíritos, não é? Quero dizer, do tipo que permanecem aqui. Com a gente.

Abri a boca, sem saber o que responder.

— Não sei. Nunca vi nenhum, pelo menos não que eu saiba. — Dei de ombros. — Você acredita?

Ela nadou para perto de mim, mordendo o lábio.

— Antes eu não acreditava.

Minha curiosidade foi aguçada.

— Mas?

— Mas já vi um espírito.

— Sério? — Estreitei os olhos. — Você está sendo sincera comigo?

— Estou, sim. — Ela espirrou água em mim, criando uma onda que se espalhou em ondulações até o meio do lago. — E eu não era mais criança. Foi alguns anos atrás.

Eu a encarei.

— Você viu um espírito aqui? Foi no castelo?

Tawny fez que sim com a cabeça.

— Eu estava no átrio com Loren. A Senhora tinha acabado de sair e Loren estava cochilando. Eu devia estar lendo um livro. E estava. Mais ou menos. — Ela mordeu o lábio inferior outra vez e olhou para a margem. — Mas então senti... sei lá. Uma corrente de ar frio? Do nada. Era como uma rajada de vento. Então olhei para cima e vi um vulto parado ali no canto.

— Um vulto? — sussurrei.

— Uma. Era uma mulher. A princípio, pensei que fosse uma convidada. Ela era sólida. Ou, pelo menos, foi o que me *pareceu* — disse Tawny, enquanto a minha pele ficava toda arrepiada. — Abri um sorriso para ela, mas então percebi que... bem, que havia algo errado com ela.

— Como assim?

— O vestido dela era antigo. — Ela franziu a testa. — Como os usados pelas mulheres em quadros de centenas de anos atrás. E ela era pálida. Não branca. *Pálida*. Estava tão imóvel, e me dei conta de que parecia quase... turva, sabe? Como se suas feições não fossem muito nítidas. No início, pensei que fosse por causa da luz do sol que entrava pelas janelas, mas então percebi que conseguia enxergar através da metade inferior do corpo dela.

Arregalei os olhos.

— Pois é. — Tawny deu uma risada nervosa. — Por um momento, não consegui me mexer nem pensar. Fiquei paralisada. O tempo parou. Nós ficamos olhando uma para a outra.

— Você não estava com medo?

— Não. — Ela passou os dedos pela água. — Mas isso nem foi o mais esquisito. Não tive medo na hora, mas depois fiquei apavorada. Não fiquei mais sozinha no átrio por meses. Mas naquela hora não tive medo. E ela...

Cheguei mais perto dela.

— O quê?

— Ela... — Tawny desviou o olhar, sacudindo a cabeça. — Ela simplesmente sumiu. Desapareceu.

— E foi só isso?

Tawny assentiu.

— Foi.

Não tive nenhuma dúvida de que ela estava falando a verdade sobre o que vira, mas, quando Tawny flutuou para longe de mim, pensei que talvez não fosse só isso.

— Por que você não me contou isso antes?

— Não sei. Eu não contei para ninguém. — Ela girou na água. — Não é que eu pensasse que você acharia que eu era doida ou algo do tipo.

— Bem... — eu a provoquei.

Ela deu uma risada.

— É só que não sei bem o que vi.

— Acho que sabe, sim. — Olhei ao redor do lago, pensando na sensação estranha que tive. — Talvez haja alguma verdade no que Ian disse sobre a floresta.

— Acha mesmo...?

Os galhos de uma das árvores balançaram ruidosamente acima de nós, fazendo com que erguêssemos a cabeça para olhar. Havia algo grande lá em cima. Por reflexo, levei a mão até a coxa, mas então lembrei que tinha deixado minha adaga com a capa. Merda. Vários galhos voltaram a tremer, dessa vez com força suficiente para fazer as folhas caírem no chão.

— Meus deuses — sussurrou Tawny quando um pássaro levantou voo.

Um pássaro *imenso* com o corpo e as asas prateados. Perplexas, assistimos ao pássaro sobrevoar o céu em silêncio. A envergadura de suas asas devia ter um metro e vinte ou até mais. Devia ser uma espécie de falcão ou talvez uma águia, mas eu não conhecia nenhuma *daquele* tamanho — pelo menos não por aquelas bandas de Solis.

Meu coração martelava dentro do peito enquanto o pássaro sumia de vista, desaparecendo sobre o Bosque. Abaixei o queixo lentamente e olhei para Tawny.

— Gostaria de mudar minha declaração anterior sobre os espíritos dos coelhos serem os mais assustadores — começou ela. — Um espírito *dessa* coisa é que seria.

Ri enquanto voltava o olhar para o céu. Não havia nenhum indício do falcão prateado — ao menos pensei que fosse um falcão —, e não pude deixar de me sentir como Tawny ao ver o espírito no castelo. Tive a nítida sensação de não saber o que tinha visto, mas ainda assim ter certeza de que tinha visto *alguma coisa*.

NAILL LA'CROX

Outro membro essencial do grupo de Poppy e Cas, assim como Emil, Naill aparece em quase todos os lugares em que encontro o Atlante da linhagem Fundamental em minhas visões e pesquisas.

Cabelo: Preto, cortado rente à cabeça.
Olhos: Dourado-escuros.
Corpo: Alto.
Rosto: Pele negra retinta. Maçãs do rosto altas e salientes. Sorriso marcante.
Personalidade: Tímido e obediente.
Hábitos/Trejeitos/Forças/Fraquezas: Bastante habilidoso no uso de agulha e linha. Às vezes, parece surgir do nada. Incrivelmente rápido.
Antecedentes: Atlante da linhagem Fundamental. Assim como Emil, ajudou Casteel a se lembrar de quem realmente era, e de que não era um mero objeto quando os sentimentos ruins o dominaram. Conhece-o há mais tempo do que o restante, exceto por Kieran e os Contou.
Família: Seu pai gerencia os moinhos que produzem eletricidade, mantendo as velhas rodas em movimento.

A JORNADA DE NAILL ATÉ AGORA:

Durante a viagem para a capital, quando os guardas são mortos nos estábulos e Poppy é colocada numa cela para sua segurança — e pela paz de espírito dos demais —, Naill vai tirá-la de lá com Delano e a conduz até aposentos mais confortáveis. Ele entra em alerta assim que Jericho chega à masmorra. Outros seis homens surgem atrás dele, e Naill diz que estão sendo uns tolos. Quando o sr. Tulis os insulta, Naill o recorda que não foi a Donzela quem levou seu filho, e sim os Ascendidos. Uma luta inevitável irrompe, e Naill rasga o pescoço de um Descendido. Eventualmente, ele acaba sendo nocauteado.

Quando Poppy cumprimenta Alastir, o lupino mais velho inclui Naill quando diz que o grupo não tem boas maneiras — na minha opinião, Naill é bastante educado. Quando Cas conta a história de como não planejou o pedido de casamento e que Poppy disse "não" de primeira, Naill acrescenta destemidamente que ela também disse que o Príncipe estava maluco, entre muitas outras coisas.

Pouco depois de Cas e Poppy discutirem a linhagem de Guerreiros Empáticos e quase se beijarem, Naill os interrompe com a notícia de que os Ascendidos estão vindo pelas estradas do oeste. Quando os vampiros entram no pátio, Casteel diz a Naill para ser esperto, e o Atlante sai em disparada.

Após o ataque dos Ascendidos, ele inspeciona as estradas a oeste para se certificar de que estão livres e que podem partir o mais rápido possível. Enquanto viajam para Atlântia, ele vê Poppy bater em Cas. Quando Casteel dá de ombros, Naill comenta que aquilo não parecia um tapinha de amor.

Ao passarem pelos ossos dependurados nas árvores, Naill é o primeiro a avistar o Clã dos Ossos Mortos e avisa ao grupo que os inimigos estão nas árvores à esquerda. Ele é atingido por uma flecha na perna durante o conflito e quase é alvejado outra vez antes de Poppy matar o oponente com uma besta. Após o ataque, Naill cavalga na frente para garantir que não encontrem mais nenhum membro do clã. Ao seguirem viagem, Poppy indaga a respeito do Clã dos Ossos Mortos, e Naill explica que eles não antagonizam apenas os Vorazes ao proteger seu território, e sim *todo mundo.*

Quando chegam a Pompeia, Casteel conta sua história trágica, e Poppy se pergunta por que ficou chocada depois de tudo que já ouviu. Naill responde que não é algo com que alguém se acostume e que ele nem gostaria disso. Diz que precisa ficar chocado para que a linha que o separa dos vampiros não se dilua.

Poppy encontra Naill e Delano sentados no muro de frente à baía no Pontal de Spessa. Delano diz que ela parece estar precisando de uma bebida e lhe oferece a garrafa. Naill avisa que tem gosto de mijo de cavalo. É bem provável que ele tenha razão. Já bebi a minha cota de uísque vagabundo e outras bebidas alcoólicas em garrafinhas de aço. Embora cumpram sua função, nem sempre são agradáveis ao paladar.

Emil chama Poppy de *Vossa Alteza*, o que a deixa incomodada. Naill diz é costume se referir a pessoa prestes a ser coroada assim, e seria uma grande desonra se não se dirigissem a ela dessa maneira.

No caminho pelas Montanhas Skotos, Naill parte com Beckett e Delano para atravessar a névoa, e seu grupo é o último a se reunir aos demais em Pedra Dourada.

Apesar de ser tranquilo e controlado, assistir à demonstração de poder de Poppy nas Câmaras de Nyktos é chocante e assustador para ele. Assim como outros Atlantes, Naill é seguido por um lupino, embora tente argumentar com ele. Quando as coisas se acalmam, Casteel ordena que ele se junte a Emil e Delano para procurar e trazer Beckett de volta. Infelizmente, o pobre Beckett já está morto.

Naill faz parte do grupo que resgata Poppy em Irelone e extravasa sua fúria acabando com a raça dos Ascendidos. Ao voltarem por Skotos, ele alimenta Cas numa cabana de caça no sopé das montanhas. Quando Poppy acorda, até mesmo as primeiras mudanças dela — ou seja, sua força e agilidade — o impressionam.

Quando Cas provoca Poppy sobre encontrá-la empoleirada numa janela com um certo livro na mão — o meu diário, caso ainda não tenha adivinhado —, Naill fica muito interessado na história e ainda mais no livro. Espero que o emprestem a ele mais tarde.

Poppy lhe agradece por ajudar Casteel depois de Irelone e, portanto, por ajudá-la também. Então pede que ele a chame de *Poppy* em vez de Penellaphe, o que o faz sorrir. Depois que Kieran se transforma, Naill recolhe suas roupas, mas provoca o lupino e diz que deveria tê-lo deixado voltar para o reino de bunda de fora.

Naill imagina que tipo de tempestade poderia ter retorcido e curvado as árvores e fica ainda mais chocado ao passarem pelas árvores de Aios e ver que as folhas não são mais douradas, e sim vermelho-sangue. No Templo de Saion, Naill tira Alastir das criptas e o obriga a se ajoelhar diante de Cas e Poppy. Depois de cuidar dos traidores, Naill parte com Emil e Quentyn antes do amanhecer.

Ao chegarem à residência dos Contou, Naill janta e conversa com os demais sobre o Iliseu. Em seguida, junta-se ao grupo que se dirige à capital, fazendo suas habituais brincadeiras e provocações com Emil e mencionando que não come uma caçarola de vagem há anos quando falam de comida. Como Emil não para de flertar com Poppy, Naill se pergunta em voz alta se o Atlante não está querendo morrer — eu penso o mesmo!

Os Invisíveis atacam, e Naill é atingido no braço por uma flecha, mas ainda luta com todos para combater os Invisíveis e os Germes. Mais tarde, Poppy pergunta sobre algumas construções e fica sabendo que abrigam máquinas que convertem água em eletricidade. Naill diz que é tudo muito chato e complicado, mas é capaz de citar cada peça e indicar sua utilidade, já que seu pai supervisiona os moinhos.

Durante a transferência da Coroa de Eloana e Valyn para Poppy e Cas, ele fica de guarda e depois passeia com o grupo pelo palácio. Também está presente na reunião do Conselho e na apresentação dos novos governantes ao povo de Atlântia.

Em vez de se juntar ao grupo que parte para o Iliseu, Naill decide ficar na capital para passar um tempo com o pai. Contudo, ele está presente no jantar em que elaboram o plano de irem à Trilha dos Carvalhos. É colocado no grupo que vai servir de distração e acaba sendo capturado pelos Ascendidos.

Quando Poppy acorda na floresta que cerca a Trilha dos Carvalhos após Cas se sacrificar, Naill cuida de uma Tawny inconsciente. Assim que voltam para falar com Eloana, ele monta guarda na porta com Hisa e fica feliz por fazer parte do grupo que acompanhará Poppy à Trilha dos Carvalhos para encontrar o Rei Jalara.

Na viagem para Massene, Naill conversa com Poppy quando ela sente a ansiedade de Arden. Segue na frente com Kieran para investigar e fica horrorizado com o que encontram na Colina — todos os mortais assassinados. Por causa disso e muito mais, junta-se de bom grado à luta contra os guardas. Quando alguns se rendem, Poppy ordena-lhe que leve Arden e fique com os prisioneiros no quartel.

Naill parte com Vonetta e Wren para entregar o ultimato ao Duque e à Duquesa Ravarel, procurar os Descendidos e avisar aos mortais o que acontecerá se suas exigências forem recusadas. Feito isso, todos voltam ao acampamento.

Poppy manda Naill prender Vessa num quarto trancado por fora depois que a anciã a ataca, para que ela não possa ferir a si mesma nem a ninguém. Ele obedece a suas ordens. Infelizmente, isso não impede Vessa de usar a magia Primordial e matar boa parte dos dragontinos.

Depois que a Rainha de Sangue envia sua mensagem pavorosa — o dedo anelar de Casteel —, Naill se junta a Emil e Vonetta para se livrarem respeitosamente do conteúdo da caixa.

Naill corre para ver se Poppy está bem no instante em que a tempestade cai e comenta que é o mesmo tipo de tempestade que aconteceu quando ela Ascendeu à divindade. Quando saem e veem o que está acontecendo com os dragontinos, Naill segura Poppy e a segue quando ela vai cuidar da *viúva*.

Quando Reaver menciona Nyktos, Naill comenta que nunca tinha ouvido falar em Kolis. A conversa passa para o Ritual. Naill pergunta se os Escolhidos tinham a opção de Ascender ou não, e Reaver responde que sim — Eythos sempre os deixava decidir.

Naill faz algo para Poppy vestir — uma roupa branca para mandar a mensagem certa —, e a vigilância aumenta enquanto ele fica de olho nos generais, ciente de que os Invisíveis ainda são uma ameaça.

No templo, Naill encontra outra dupla de religiosos e é o primeiro a revelar que existiam Sacerdotes e Sacerdotisas Ascendidos, algo de que não sabiam antes. Quando Vonetta traz outra Sacerdotisa, Naill junta-se ao grupo que a segue. Eles encontram uma câmara cheia de estalactites de sangue e ossos. Depois de uma discussão ridícula com Emil sobre a palavra *estalactite*, ele ressalta que o buraco no chão é, na verdade, um poço fundo.

Sage é ferida, e Naill ajuda Poppy a curá-la. Quando Reaver se transforma, Naill é pego de surpresa, mas não tanto como quando Sage responde com um "que delícia" diante do que vê. Naill a lembra de que o dragontino cospe fogo, o que não parece incomodá-la. Sei como é. Eu mesma tive uma experiência maravilhosa com um dragontino; eles são uma delicinha mesmo.

Quando Cas volta, Naill espera que todos os lupinos cumprimentem o Rei antes de se aproximar para abraçá-lo. Ele diz a Cas que as coisas não ficam bem sem ele e que nunca mais deve partir. Sua alegria logo se transforma em choque ao ver Malik.

Todos contam a Poppy e Cas o que está acontecendo com a invasão das cidades, e Naill informa que os Ascendidos deixaram uma montanha de corpos mortos em Ponte Branca e na Padônia, assim como fizeram em Pompeia. Ao falarem sobre o Duque de Três Rios, Malik menciona que o conhece. Naill não consegue conter sua raiva e zomba dele, perguntando-lhe como as coisas ficaram complicadas e usando seu título de Príncipe. Mais tarde, Cas pede que ele e Emil fiquem de olho em Malik, e Naill aceita de bom grado.

Na Floresta Sangrenta, à procura de Malec, Naill luta contra um grande grupo de Vorazes com os outros. Quando Reaver chega, ele alerta o grupo sobre a presença do dragontino. Com isso resolvido, Poppy lança o feitiço para encontrar Malec, e Naill fica surpreso com a reação.

Mais tarde, apesar de ter sido encarregado de protegê-lo, Naill não percebe que Malik não está em seus aposentos, mas sim conversando com Poppy nos estábulos.

Quando finalmente chegam ao Templo dos Ossos, Naill comenta que a Rainha de Sangue trouxe alguns amigos. Então ajuda Emil a descarregar Malec e leva o caixão com os outros dois, comentando que o deus é bastante pesado.

Callum tira a maldição de Kieran com uma lâmina branca, e Naill fica chocado ao ver a névoa escura escorrer do ferimento do lupino. Imagino que qualquer coisa relacionada à magia Primordial seja surpreendente, ainda mais por ser novidade para eles.

Depois que Isbeth esfaqueia Malec e a batalha se inicia, Naill tenta salvar um Guarda Real de um dakkai, mas não chega a tempo. Porém, consegue salvar Rune enquanto o dragontino cospe fogo sobre o templo. No fim, ele é derrubado por um dakkai e morre quando seu peito é dilacerado. Ao voltar à vida, Naill encontra todos vivos e saudáveis, mas com evidências da luta ainda presentes.

Quando ouve a história dos planos, ele se dá conta de que é só o começo.

Assim como todos nós.

E então, Naill sai à procura de Malik e Millie.

DELANO AMICU

Delano é um dos queridinhos das minhas visões. Além de ser adorável em sua forma mortal, também é deslumbrante como lupino. Um protetor por natureza, é absurdamente leal e está sempre disponível para quem precisa.

Cabelo: Loiro platinado.
Olhos: Azul-claros e invernais.
Corpo: Alto. Musculoso e forte como um boi.
Rosto: Pele clara. Aparência jovial.
Traços característicos: Testa enrugada praticamente o tempo todo.
Aparência sobrenatural: Pelo branco.
Curiosidades: Sua assinatura é primaveril e leve como uma pena.
Personalidade: Introspectivo.
Hábitos/Trejeitos/Forças/Fraquezas: Muito rápido. Leal até demais.
Antecedentes: Não é vinculado a um Atlante da linhagem Fundamental. Sua matilha inteira foi morta pelos Ascendidos, incluindo a mãe, o pai e as irmãs. Em um relacionamento com Perry.
Família: Mãe †, pai † e número desconhecido de irmãs †. Irmã = Preela †. Namorado = Perry

A JORNADA DE DELANO ATÉ AGORA:

Quando era mais novo, os Ascendidos assassinaram a matilha inteira de Delano, inclusive seus pais e suas irmãs — embora os vampiros tenham esperado um pouco antes de matá-las. Sua outra irmã, Preela, foi posteriormente morta pelo Rei Jalara na frente de Malik, o Atlante vinculado a ela.

Depois que a Coroa de Sangue capturou Casteel e ele escapou, Delano também foi um dos que o ajudaram a se lembrar de que não era um mero *objeto*. Tornou-se parte do círculo de amizade de Cas e, se puder escolher, nunca fica muito longe dele.

Delano acompanha Emil até a Masadônia quando o Atlante vai alimentar Cas, mas só volta a ver o príncipe e Kieran quando os dois chegam a Novo Paraíso com a Donzela. Eles realizam diversas reuniões para discutir os planos e as estratégias, e Elijah o chama de "marshmallow". Quando Delano se irrita, o Descendido diz que o marshmallow está ficando esquentadinho. Delano o ameaça — e é bem feito.

Por outro lado, adoro pensar em Delano como um marshmallow. A imagem me faz sorrir.

Um guarda tenta sair do Forte Paraíso com Poppy, e Delano acaba matando um dos Caçadores nos estábulos durante a tentativa de fuga. Embora não saiba de tudo que aconteceu na Masadônia — Kieran iria deixá-lo a par da situação mais tarde —, ele escolta Poppy até a masmorra.

Enquanto Poppy está lá embaixo, ele leva queijo e pão e comenta que lhe traria um ensopado se tivesse certeza de que ela não jogaria nele. Também diz que ela já estaria morta àquela altura se esse fosse o seu destino ou se pretendessem matá-la.

Delano fica com ela até Hawke chegar e depois vai buscar alguns itens de primeiros socorros, mas pouco depois Jericho e seus comparsas a atacam. Delano e Naill estavam prestes a levar Poppy para um lugar mais confortável, de modo que veem tudo. Delano protege Poppy, chegando ao ponto de jogar sua espada para ela poder lutar.

Depois da tentativa de fuga de Poppy e de Cas persegui-la até a floresta, Casteel revela que Poppy é parte Atlante, o que deixa Delano bastante chocado. Ele se pergunta como o príncipe sabe disso, mas logo vê a marca de mordida no pescoço de Poppy.

Após a mudança de local e da última tentativa de fuga de Poppy, Delano fica de guarda na porta de seu quarto e responde com sarcasmo toda vez que ela exige ser libertada. Em certo momento, ele corre para os aposentos dela, jurando que a ouviu gritar por socorro e chamar seu nome. Quando ela jura que só estava gritando internamente, Delano fica confuso.

Mais tarde, ele viria a descobrir que era o *estigma* Primordial.

Os Ascendidos chegam, e Delano permanece em forma de lupino, à espreita caso seja necessário. Em seguida, ele e Naill vão verificar as estradas ocidentais e voltam para dizer a todos que já podem seguir viagem.

Durante o percurso, o Clã dos Ossos Mortos ataca o grupo. Delano leva os cavalos para a floresta e volta para a batalha. Um dos membros do clã comenta que seu pelo daria uma ótima capa, e Delano o morde com mais força só pelo comentário. Após a batalha, ele pega os cavalos para que possam seguir em frente.

No Pontal de Spessa, Delano oferece uísque a Poppy depois do jantar e pede que ela não apunhale Casteel, pois isso o deixa ansioso.

O céu fica em chamas, e Delano vai investigar a causa. Ele volta ferido — atingido por flechas — e cai no chão, desmaiado. Poppy o cura como fez com Beckett.

Após o casamento de Cas e Poppy, Delano viaja com Naill e Beckett através da névoa das Montanhas Skotos para reencontrar os outros em Pedra Dourada. Seu grupo é o último a chegar, mas tudo dá certo.

Depois do ataque a Poppy nas Câmaras de Nyktos, Delano chega com os demais lupinos. Todos cercam e protegem Poppy, rosnando quando alguém chega perto dela.

Logo se torna evidente que Poppy é bem mais do que parece, e Delano se junta aos outros, curvando-se diante dela e uivando. Ao descobrir que foi Beckett quem levou Poppy às Câmaras e, portanto, ao ataque, Delano, Emil e Naill vão atrás do jovem.

Quando Poppy é capturada e levada para Irelone, Delano se junta ao grupo incumbido de resgatá-la. Mais tarde, durante a viagem de volta, ele descobre que consegue sentir os sonhos de Poppy. Em resposta ao fato de ela pensar que é um monstro durante o sono, Delano diz que Poppy não é um monstro coisa nenhuma, e sim meyaah *Liessa*. Então pede que ela acorde — mas não em voz alta, e sim telepaticamente.

Poppy alivia a dor de Quentyn quando ele recebe a notícia de que Beckett foi assassinado, e os olhos de Delano brilham com raios prateados nas íris, iguais aos dela, fortalecendo seu vínculo com os lupinos.

E ele se tornará um dos mais leais a Poppy.

Uma carruagem atropela uma criança chamada Marji na cidade, e Delano corre para chamar Cas e Poppy. Ele muda de forma e os leva até a menina, mas é tarde demais. O lupino solta um gemido de pesar quando ela morre, mas fica aliviado e surpreso quando Poppy a traz de volta à vida.

Delano convida seu Rei e a *Liessa* para participar da celebração de um casamento lupino. Ele convida a Rainha para dançar, e ela pede que Delano a chame de *Poppy* em vez de um título tão formal.

Após se encontrar com Ian, o irmão de Poppy, Delano se junta ao grupo que parte para a capital. Assim que chegam, ele testemunha a transferência das coroas e protege o casal durante a reunião do Conselho.

Na viagem para o Iliseu, Delano leva espadas duplas na cintura. Quando Cas começa a provocar Poppy sobre o meu diário, ele pede que ela não apunhale o Rei.

Mas também adora o livro.

Vonetta cai no chão do túnel durante a jornada para o Iliseu, e Delano usa uma tocha para iluminar a cena. Sua preocupação triplica quando ele examina o chão e nota que o local não vai aguentar o peso de todos ali por muito tempo.

Na Terra dos Deuses, esqueletos irrompem do chão e Delano pergunta como vão matar soldados que já estão mortos. Depois que Poppy usa seu poder para acabar com a luta e ela e Cas se abraçam, enquanto todos ficam meio constrangidos, Delano comenta que ver o beijo de Poppy e Cas é bem melhor do que lutar.

Delano participa da reunião de planejamento para discutirem a ida à Trilha dos Carvalhos. Ao chegarem à cidade, ele deixa sua capa para quem precisa mais dela, de tão perturbado que fica com o estado do povo. Disfarçado de guarda de Solis, ele se mantém cauteloso ao entrarem na passagem subterrânea do Castelo Pedra Vermelha, pressentindo que os Ascendidos já sabem que estão ali. Não há nenhum guarda na entrada do túnel, como era de esperar, tendo em vista que já havia sido invadido antes.

Ao se depararem com o gato da caverna enjaulado, ele sugere que os Ascendidos devem tê-lo trazido consigo para o Castelo Pedra Vermelha e comenta que o animal parece subnutrido. Quando Poppy toca no animal e ele muda de forma, tornando-se um homem, Delano pede para ela parar de tocar em tudo que vê. Então se pergunta em voz alta se ele não seria um felídeo.

Ao enfrentar Millie e seus guardas, Delano ataca, mas é derrotado em tempo recorde, preso por lâminas encostadas à sua barriga e sob o queixo. Ao lançar insultos sobre Isbeth, Delano afirma que não importa quem seja a Rainha de Sangue porque Poppy é uma deusa.

Depois que Cas se rende e a Coroa de Sangue devolve Tawny, Delano a leva para um quarto em Evaemon e convoca os Curandeiros e a mim.

Delano, Naill, Emil e Vonetta acompanham Poppy de volta à Trilha dos Carvalhos para encontrarem o Rei Jalara e entregarem sua *mensagem*. Pouco antes de matar o Rei, Poppy diz que Delano descende da linhagem de lupinos que recebeu a forma mortal do próprio Nyktos. Depois que ela corta a cabeça do Rei, Delano deixa a cabeça de Jalara aos pés do Espectro e leva a coroa do Rei morto para Poppy.

Durante a viagem para Massene, Delano e Poppy se comunicam por meio do *estigma* Primordial. Ele informa que há vinte Guardas da Colina no portão norte e duas dúzias de mortais na muralha, e afirma que Emil pode cuidar daqueles na Colina. Depois de receberem o sinal e cuidarem dos guardas, ele segue Emil até o portão.

Ao atravessarem as câmaras subterrâneas da Mansão Cauldra, Delano vai na frente com Vonetta e Sage para garantir a segurança de Poppy. Mais tarde, enquanto Poppy vagueia pelas ruínas nos arredores da mansão, ele a acompanha como guarda.

Assim como Poppy, Delano reflete sobre o que Reaver disse que aconteceria se alguém falasse o nome da Consorte no plano mortal. Deduz que, pelo visto, ela é tão poderosa quanto Nyktos.

Quando Poppy perde o controle depois de receber o dedo de Casteel da Rainha de Sangue, Delano protege Perry, porém, em seguida, tenta confortar Poppy quando ela se acalma.

Durante a reunião com os generais, Delano se mantém atento em forma de lupino e rosna quando Aylard insinua que Poppy está mais preocupada com o povo de Solis do que com o povo de Atlântia — seus súditos.

Na volta à Trilha dos Carvalhos, Poppy avisa Delano que estão se aproximando do portão, e ele lhe garante telepaticamente que ela conta com seu apoio. Em seguida, ele, Vonetta, Sage e Arden lideram os lupinos em direção à cidade.

Quando Perry é ferido, Delano senta-se com ele e lê o meu diário — um ótimo material de leitura e uma excelente maneira de passar o tempo. Contudo, imagino que não deixe ninguém muito relaxado. Muito pelo contrário, para falar a verdade. Poppy vai ver como os dois estão e cura Perry. Delano lhe agradece e dá um beijo no parceiro.

Mais tarde, ao discutirem a magia Primordial que tencionam usar para localizar Malec, Delano lembra a todos que, mesmo resolvendo a situação do sangue, ainda precisam de um objeto de valor sentimental.

O grupo se separa e decide se reencontrar em Três Rios. Delano e seu grupo são forçados a ir primeiro para a Padônia, e Poppy entra em contato com ele por meio do *estigma* depois que ela, Reaver, Kieran e Malik saem da Carsodônia com Casteel.

Poppy, Cas e os demais chegam à Padônia, e Delano se joga sobre o Rei. Cas diz a Delano que sentiu sua falta.

Malik se aproxima, hesitante, e ajoelha-se ao lado de Delano, falando baixinho com ele. O lupino cutuca a mão de Malik com a cabeça, então Malik começa a chorar e pousa a mão sobre ele. Os dois sentem falta de Preela, e é a primeira vez que têm a oportunidade de se lamentarem juntos por ela.

Eles descobrem que Malec está sepultado perto da Masadônia, e Delano se dá conta de que a Floresta Sangrenta cresceu ali porque é onde Malec está enterrado. Três dias depois, o grupo se aproxima da Floresta Sangrenta, luta contra um grupo de Vorazes e depois lança o feitiço para localizar o local de sepultamento de Malec.

Ao encontrarem o túnel, Delano concorda com Sage quando ela sugere que os lupinos deveriam entrar primeiro. Durante o ataque dos Germes, Delano repara que eles não atacam Poppy e diz que talvez a reconheçam de alguma forma.

No Templo dos Ossos, Delano deixa evidente sua antipatia por Callum. Quando o caos se instala, Delano salva Malik de um dakkai enquanto ele ajuda Millie, e então tira Poppy do caminho do fogo de um dragontino. Ela lhe diz que precisam chegar a Malec e impedi-lo de morrer, e Delano responde que Poppy pode contar com ele.

Usando seu poder, Isbeth lança a adaga de Poppy na direção dela, e Delano pula na frente de Poppy para salvá-la. A lâmina o atinge no peito, e ele morre.

Depois que Poppy se funde à Consorte e traz todos de volta à vida, ele a cutuca com o focinho e ela o abraça. Delano chega bem perto dela, grato por estar vivo e por aqueles que ama também estarem bem.

Delano acompanha Cas, Poppy, Kieran e Nektas pelos túneis subterrâneos de Wayfair. O grupo resgata Ires, e Poppy entra em estase. Depois, Delano volta com eles e fica com Poppy em forma de lupino, tomando conta dela durante todo o tempo em que dorme.

Quando Malik e Millie chegam, Delano tenta proteger Poppy, mas depois deixa que eles passem algum tempo com ela enquanto Kieran fica de olho nos dois.

Estou muito interessada em ver como Delano lidará com as novidades sobre a transformação de Cas e o despertar de Poppy enquanto Primordial.

PERRY

Cabelo: Preto e raspado bem curto.
Olhos: Âmbar.
Rosto: Pele negra retinta. Bonito, de feições largas e afetuosas.
Personalidade: Sorridente. Generoso.
Antecedentes: Não é vinculado a um lupino. Em um relacionamento com Delano. É um Lorde e tem aposentos no palácio. Gosta de charutos. Seu pai

queria que ele se concentrasse em suas terras e outros empreendimentos comerciais em vez de entrar no exército — com o que Perry concordou.
Família: Pai = Sven. Namorado = Delano.

A JORNADA DE PERRY ATÉ AGORA:

Quando Perry conhece Poppy e cumprimenta o resto do grupo no palácio, Vonetta se aproxima para protegê-la dele. Perry toma isso como uma confirmação de que os boatos que ouviu a respeito da nova Rainha de Atlântia são verdadeiros. Ele ajuda Poppy a desmontar do cavalo e pergunta se Delano está com eles, pois ainda não viu seu amado.

No navio rumo à Trilha dos Carvalhos, Perry diz que Poppy logo se acostumará com o mar. Ela não tem tanta certeza assim. Quando chegam, ele se oferece para manter um navio por perto para que possam retornar a Atlântia, mas é orientado a voltar imediatamente — é muito arriscado.

Perry puxa Casteel de lado e pede que ele fique de olho em Delano enquanto estiverem longe um do outro, dizendo que às vezes o lupino é corajoso até demais. Cas promete que Delano voltará para os braços do namorado.

Perry e a tripulação tencionam levar tudo que o grupo trouxe consigo de volta para Atlântia — inclusive o meu diário.

É muito bom saber que todos o mantêm a salvo.

Perry desempenha com perfeição o papel de capataz enquanto carregam e descarregam caixas de garrafas de vinho para a Trilha dos Carvalhos. O ardil permite que Casteel use a persuasão com os guardas e então passe com os outros pela Colina.

Mais tarde, Perry chega com Kieran e Emil para entregar o *presente* da Rainha de Sangue para Poppy. Ele diz que a caixa possui magia Primordial e explica que aqueles que sabem usá-la conseguem criar feitiços de proteção que só reagem a certas linhagens. Acrescenta que só vai precisar de uma ou duas gotas do sangue dela. Quando lhe perguntam como ele sabe tudo isso, Perry explica que aprendeu sobre a magia Primordial com o pai.

No momento em que Poppy perde o controle ao ver o dedo desmembrado de Casteel, Delano — em forma de lupino — o empurra para longe.

Quando a tempestade se inicia e os dragontinos começam a cair do céu, Perry vai até o quarto de Vessa e vê que ela está usando a magia Primordial.

Reaver conta que o éter é mais forte nos terceiros filhos e filhas, e Perry presta bastante atenção, ouvindo o dragontino explicar que a essência de Kolis fez dos Espectros o que são — nem vivos nem mortos.

Perry tira o medalhão da corrente de ouro e a presenteia a Poppy para pendurar a aliança de Casteel. Então costura o medalhão na armadura — é nitidamente especial.

Além disso, oferece sua caixa de charutos para guardar as coroas de Poppy e Casteel, e se junta aos demais para proteger o casal enquanto passam instruções aos generais.

Mais tarde, Kieran chama Poppy para curar Perry depois que ele é atingido por uma flecha no ombro. O Atlante argumenta que ela não precisa se preocupar com ele quando tem tanta coisa para fazer.

Enquanto conversam sobre o livro que Delano está lendo, Perry comenta que eu tive uma vida muito interessante — nossa, e como tive! — e diz que Casteel deve ter ficado extasiado por ler o meu diário e depois me conhecer na reunião do Conselho.

O prazer foi — e ainda é — todo meu.

Poppy o cura, e então ele e Delano se beijam afetuosamente.

Perry se junta a Poppy e Sven para falarem da magia Primordial. Quando seu pai fica meio disperso, ele lhe dá um pouco de uísque para ajudá-lo a pensar. Depois de se acomodar, Perry pergunta por que ele continua voltando ao feitiço localizador. Ao entrarem em mais detalhes, Perry sugere que o meu diário pode ser o objeto de valor sentimental necessário para o feitiço.

Bem, certamente é um livro valorizado por muitos, mas, tendo em conta o que sei sobre a magia Primordial, acho que não funcionaria do jeito que pretendiam.

Quando Poppy e o grupo voltam à Padônia com Cas, Perry dá um abraço no Rei, diz que ele está com uma ótima aparência e afirma que está de olho em Delano — uma tarefa que tomaria as 24 horas do seu dia. (Aposto que ele não se importa nem um pouco com isso.) Acrescenta que nunca duvidou que Kieran e a Rainha resgatariam Casteel.

Quando vê Malik, fica tenso e cerra o maxilar ao notar que o Príncipe parece muito bem, sem nenhum sinal de que foi prisioneiro durante um século.

Enquanto discutem o que aconteceu enquanto estavam ausentes, Perry conta que não sobrou ninguém vivo em Ponte Branca. Milhares de pessoas foram mortas e transformadas em Vorazes — tanto que até perderam soldados e lupinos durante a batalha.

Assim que descobrem que Eloana e eu enterramos Malec na Floresta Sangrenta, Perry se dá conta de que não sabiam que as árvores de sangue cresciam ali porque era o local do sepultamento de Malec.

Três dias depois, Perry se junta aos demais na luta contra um grande grupo de Vorazes enquanto estão à procura do deus. Ele empunha um machado de pedra de sangue como se fosse uma extensão do próprio braço.

Quando Emil reclama que as árvores dali estão *vazando* algum tipo de líquido e pergunta o que é, Perry responde que o nome já diz tudo — sangue.

Ao reparar que os Germes que protegiam Malec não atacam Poppy, Perry chama a atenção dos outros para o fato e diz que não pode ser o único a perceber isso.

Perdi Perry de vista depois disso. Não sei se ele estava presente quando o grupo partiu para o Templo dos Ossos ou se ficou para trás, mas tenho certeza de que não será a última vez que veremos esse fascinante Atlante da linhagem Fundamental.

HISA FA'MAR

Cabelo: Preto como o azeviche. Ela o mantém preso numa única trança.
Olhos: Cor de âmbar.
Corpo: Alta. Musculosa.
Rosto: Sua pele é marrom-clara com um subtom dourado.
Personalidade: Direta e pragmática.
Hábitos/Trejeitos/Forças/Fraquezas: Tem conhecimento da magia capaz de criar os Germes.
Antecedentes: Atlante da linhagem Fundamental. Comandante da Guarda da Coroa.
Família: Desconhecida. Sua família por escolha é a lupina Lizeth Damron, com quem tem um relacionamento.

A JORNADA DE HISA ATÉ AGORA:

Não sei muito sobre o começo da vida de Hisa, mas espero preencher as lacunas o mais rápido possível. No entanto, posso contar como ela se encaixa na história depois que Poppy e Casteel entram em cena.

Após o ataque dos Invisíveis à casa dos Contou, Hisa ordena que os guardas façam uma busca no local. Ela menciona a máscara de Descendido encontrada em meio ao incêndio criminoso e supõe que isso, o ataque ao pátio e as ruínas estejam conectados e sejam obras dos Invisíveis.

Ela está presente quando Poppy e Casteel se reúnem com Valyn e Eloana no Palácio da Enseada. Também assiste à coroação do casal e começa a acompanhar seus novos protegidos imediatamente.

Ao lado de Kieran, Vonetta, Delano, Emil e Naill, Hisa fica de guarda durante a reunião do Conselho. Lembro-me de vê-la ali — ela é linda, tem presença e chama atenção.

Quando o grupo vai ao Iliseu pela primeira vez, Hisa os guia pelas criptas até os túneis de acesso e usa suas chaves para abrir a porta de entrada. Na hora de partirem, ela pede para tomarem cuidado e diz que o reino quer conhecer seus novos governantes.

Ao participar da reunião de planejamento com os pais de Casteel, ela conclui que o grupo que irá por terra será visto antes que o grupo do mar chegue à Trilha dos Carvalhos — todas as atenções estarão voltadas para eles. Sendo assim, Hisa passa a fazer parte desse grupo, chegando por terra com Lyra e Emil disfarçados de Poppy e Cas. Infelizmente, os Ascendidos os capturam quase de imediato.

Depois que Tawny é ferida, Hisa comenta que nunca viu um mortal ferido por pedra das sombras e imagina/espera que um dos Anciões saiba como ajudar. Por sorte, eu sabia.

Quando está pronta para enviar sua *mensagem*, Poppy pede que Hisa diga à Coroa de Sangue que quer se reunir com eles no final da semana seguinte e para avisar que só falará com o Rei ou a Rainha.

Assim que o grupo chega a Massene, Hisa assume a tarefa de criar um mapa da Trilha dos Carvalhos. Mais tarde, incentiva Poppy a revelar seus planos, e faz questão de estar presente na reunião com os generais. Quando discutem a possibilidade de avisar os mortais antes de invadirem as cidades, Hisa concorda que é uma boa ideia. Em seguida, o grupo analisa a melhor estratégia de batalha e ela afirma que devem matar todos os Ascendidos que atacarem, mas capturar os que se renderem. Durante a discussão, ela expõe uma certa preocupação quanto ao momento ideal do resgate de Casteel e diz discordar dessa parte do plano.

Quando os outros partem, Hisa fica com Valyn para garantir que os planos sejam seguidos à risca. Quando sua namorada, a general Lizeth Damron, parte para cumprir seus deveres, ela lhe pede para tomar cuidado. Lizeth responde: "Mas tenha coragem." E Hisa diz "Sempre" antes de beijá-la.

Adorei essa interação!

Hisa e Valyn guiam o exército até a cidade. Uma vez lá, revista o Castelo Pedra Vermelha com ele e os demais soldados. O grupo descobre e luta contra os Vorazes lá dentro. Assim que encontram os Sacerdotes e Sacerdotisas, Poppy pede que Hisa vigie Framont e seu bando enquanto conversa com Valyn. Depois, seguem a Sacerdotisa Ascendida até a sala onde estão os cadáveres das crianças assassinadas.

Após se instalarem, as discussões se voltam para o uso da magia a fim de localizar Casteel. Pouco tempo depois, chegam duas visitantes de Atlântia — Tawny e Gianna —, e Hisa fica aborrecida por Lin não ter perguntado seus nomes. Quando vê Tawny e as mudanças evidentes na mortal, fica compreensivelmente desconfiada.

Na Padônia, Hisa se junta aos generais na entrada da mansão. Mais tarde, durante o jantar, ela e Lizeth têm um momento de tranquilidade e ela insinua que sabe por que Isbeth quer Malec. Ao imaginar as *consequências*, Hisa pergunta o que será do deus após derrotarem a Coroa de Sangue. Será que vão sepultá-lo de novo? Então é informada de que alguém vai devolvê-lo aos pais, Nyktos e a Consorte — e esse alguém muito provavelmente será Reaver.

Na noite da União de Poppy, Cas e Kieran, Hisa passa seu tempo com Jasper e Valyn.

Assim que recuperam Malec, Hisa cavalga ao lado da carroça para proteger sua carga. Quando Poppy responde ao pedido de Sven de "Tome cuidado" com "Mas tenha coragem", Hisa abre um sorriso.

Durante a grande batalha contra Isbeth no Templo dos Ossos, um Espectro mata Hisa com uma lâmina de pedra das sombras. Mais tarde, ela volta à vida e fica sentada num muro, olhando para Poppy — muito provavelmente com admiração.

LIZETH DAMRON

Cabelo: Na altura do queixo e platinado.
Olhos: De um tom de azul invernal.
Rosto: Pele clara.
Antecedentes: Lupina. General do Exército Atlante.
Família: Desconhecida. Sua família por escolha é a Atlante da Linhagem Fundamental Hisa Fa'Mar, Comandante da Guarda da Coroa.

A JORNADA DE LIZETH ATÉ AGORA:

Assim como Hisa, também não sei muita coisa sobre Lizeth. Portanto, só posso contar o que vi em relação aos outros.

Lizeth começa a aparecer em minhas visões depois que Poppy e Casteel são coroados como Rei e Rainha de Atlântia.

Pouco antes da reunião com os generais, Lizeth chega com o General Aylard e fica curiosa para saber o que está acontecendo. Quando os generais e o restante do grupo discutem a melhor estratégia, Lizeth aprova a avaliação de que controlar o fornecimento aos portos seja uma boa ideia — assim impedirão que os soldados da Coroa de Sangue entrem na cidade por ali. Ao ver o mapa da Trilha dos Carvalhos pela primeira vez, ela logo percebe que foi feito por Hisa.

Quando Poppy exibe todo o seu poder, Lizeth se ajoelha e se dirige a ela como meyaah *Liessa.*

Antes de partir para a Trilha dos Carvalhos, ela e a namorada, Hisa, se despedem com ternura.

Mais tarde, na Padônia, ela comemora a chegada do grupo com Sven.

Durante o jantar, quando ela e a namorada conversam baixinho e Hisa menciona saber por que Isbeth quer Malec, ela presume que é porque a Rainha de Sangue acha que ele lhe dará Atlântia.

Apesar de ser uma general, Lizeth não deseja outra coisa senão acabar com a guerra de uma vez por todas.

ESCAPADINHAS LABIRÍNTICAS

Querido diário,

O encontro desta noite merece ser registrado. Assim que fui embora, satisfeita e sorridente, me dei conta de que queria descrever o evento nos mínimos detalhes.

O ar noturno estava pesado hoje durante meu passeio, embora eu não saiba se era por causa da tempestade que se aproximava ou da minha excitação. De qualquer modo, o vento me beijava ao passar, esvoaçando o vestido e acariciando minha pele nua, provocando arrepios deliciosos. Ainda tenho a mesma sensação enquanto escrevo aqui, um arrepio de expectativa percorrendo minha espinha.

Quase consigo sentir o gosto do uísque que bebi enquanto caminhava, o aroma de jasmim e das rosas noturnas me envolvendo como um perfume elegante me lembrando da loira voluptuosa com quem flertei algumas noites atrás. Ela tinha cheiro de noites proibidas e fantasias libidinosas — que tornamos realidade. Hum. Estou tremendo toda só de lembrar.

Mas voltando à aventura desta noite...

Enquanto caminhava para me juntar ao meu amante em nosso encontro escandaloso, um acordo feito na pista de dança de um baile pré-Ritual de um lorde e sua lady, o labirinto começou a se erguer em ambos os lados, com suas paredes luxuriantes e frondosas, verde-prateadas sob o luar. Estendi a mão e toquei os arbustos; a aspereza de galhos e folhas podados na palma da minha mão e nas pontas dos dedos mais parecia com bigodes numa pele delicada.

Enquanto seguia para o centro do labirinto, lembro-me de pensar no que me aguardava ali. Não uma besta mitológica, mas um homem viril de beleza extraordinária, embora, para ser sincera (e sou sempre sincera comigo), eu esperasse que ele me devoraria de maneiras muito mais prazerosas.

Mesmo agora, aqui em meus aposentos, arregalo os olhos só de me lembrar disso — e das maneiras como tais esperanças foram concretizadas.

Mas estou me adiantando...

Abri caminho pelas sebes sinuosas até chegar ao centro do labirinto, bebendo o último gole do licor ao sair das muralhas de folhas e sentindo a queimação delicada da bebida alcoólica. A sensação calorosa me iluminou por dentro, mas não como a cena que se estendia diante de mim.

Os simpáticos anfitriões das festividades da noite — bem, os que estavam dentro da mansão — haviam enfeitado seu jardim labiríntico com uma mesa e cadeiras ornamentadas de ferro forjado e tochas de arandela com um fogo bruxuleante.

A clareira circular estava repleta de árvores floridas que eu sabia serem de um tom de fúcsia vibrante à luz do dia, mas que tinham a cor de vinho quente sob o brilho incandescente da lua.

Mas não foi isso que chamou a minha atenção. Não, o que me fez parar no meio do caminho e fixar o olhar foi o homem deitado numa espreguiçadeira acolchoada, com a pele firme e tonificada à mostra sob a cauda diáfana de uma das cortinas presas no arco sob o qual estava sentado, cobrindo sua virilidade.

Suas feições eram como eu me lembrava, mas pareciam ainda mais etéreas sob o luar. Bochechas esculpidas, queixo quadrado e uma cicatriz que percorria a maçã do rosto até a têmpora direita. A ferida cicatrizada apenas aumentava seu magnetismo e dava credibilidade à sua força. Ele tinha uma inteligência inconfundível, evidente nos belos olhos verdes levemente encobertos e realçados pelas sobrancelhas escuras. O cabelo castanho-claro e ondulado terminava um pouco acima dos ombros, dando-lhe um ar de rebeldia e sensualidade que me chamou a atenção do outro lado do salão de festas.

Continuei a observá-lo, com o olhar errante percorrendo-o da cabeça aos pés. Mesmo à distância, vi que ele já estava pronto para mim, aguardando ansiosamente a minha chegada.

Lembro-me nitidamente da emoção que percorreu meu corpo, a sensação de poder e orgulho. A mera expectativa de me encontrar ali tinha provocado aquilo num homem que parecia tão controlado no início da noite. Também me lembro de imaginar — e esperar — que ele exercesse o mesmo controle sobre mim.

E não me decepcionou nem um pouco.

Caminhei em sua direção com uma cesta, balançando os quadris e passando a língua pela borda do cálice de cristal que tinha nas mãos, mantendo o olhar fixo nele o tempo todo.

Coloquei o cálice sobre a mesa ao passar, assistindo, extasiada, enquanto o General Ximien se acariciava atrás da cortina transparente, com os músculos contraídos da perna dobrada e o luar brilhando no suor que pontilhava sua pele tentadora da cativante cor de âmbar.

Quando o alcancei, comecei a me despir lentamente, largando as peças e adereços do meu traje de festa na grama orvalhada sob meus pés calçados com sapatilhas, sem desviar os olhos dele nem por um segundo.

Ele me encarou o tempo todo, com os olhos brilhantes, os dentes segurando a carne macia do lábio inferior e o peito impressionante ofegante pela respiração.

Perguntei se ele gostava do que via, e sua única resposta foi um gemido rouco enquanto se acariciava com mais força ainda.

Quando me livrei dos últimos vestígios do meu traje, soltei os cabelos e vi um cacho preto-azulado cair próximo a um mamilo. A sensação sedosa ali se somava ao intenso prazer que já sentia percorrer minha espinha, fazendo os botões entumecidos se arrepiarem dolorosamente no ar úmido da noite.

Ainda assim, ele se limitou a me observar — a apreciação em seu olhar intensificou o meu desejo. A distância entre nós era ainda mais erótica do que se ele tivesse me tocado; o peso no ar criava uma corrente invisível que se transformava em zumbido no meu sangue. Mas, apesar da excitação, senti-me vazia, carente. Precisando ser tocada.

E então comecei a me tocar. Agarrei meus seios, apalpando as esferas pesadas e apertando os mamilos formigantes entre os dedos enquanto fechava os olhos e jogava a cabeça para trás com um suspiro.

Em um piscar de olhos, senti o ar se agitar e ouvi uma movimentação quando o General Ximien, um dos Guardas Reais da Rainha Ileana, me puxou contra seu corpo rijo, com o pau latejante entre nós, deixando um rastro de umidade para trás enquanto mudava de posição para obter melhor acesso. De repente, tive vontade de saber qual seria o gosto dele. Seria defumado? Doce? Azedo?

Porém, antes que pudesse expressar tais desejos, ele enroscou os meus cabelos ao redor do punho e encostou a boca na minha, deslizando o dedo pela fenda do meu traseiro enquanto me puxava com força contra si.

Não foi um beijo hesitante. Foi um beijo exigente — de paixão desenfreada e desejo reprimido, unidos num turbilhão de urgência. Lembro-me de pensar que, se o nosso primeiro beijo foi assim, então o restante da noite seria absolutamente fantástico.

Estendi a mão e apalpei sua ereção impressionante, a maciez da pele sobre tamanha rigidez me arrancando um gemido. Os Arae o tinham abençoado. Meus dedos mal contornavam a espessura de seu pau, e, quando abri a mão e as pontas dos dedos encontraram os cachos ásperos de sua virilha, o tempo que levei para passar da base até a ponta foi um tanto chocante — da maneira mais atraente e excitante possível.

Lembro-me de pensar que mal podia esperar para senti-lo me preenchendo, provocando aquela ardência dentro de mim. Para ver se a curvatura dele me atingiria naquele ponto interno que fazia as galáxias ganharem vida atrás dos meus olhos.

Ele soltou os meus cabelos e me ergueu nos braços fortes. Enrosquei as pernas em torno dele; os sulcos de seu abdômen criaram uma fricção deliciosa que me fez apertar as coxas e remexer os quadris em seu colo.

Ele arqueou a sobrancelha e me lançou um sorriso devastador, murmurando algo sobre eu ser gulosa antes de mordiscar meu lábio. Não lembro se respondi alguma coisa.

Quando o general me deitou na espreguiçadeira, imaginei se iríamos direto para a foda — eu estava mais do que pronta para isso — ou se ele teria outras ideias. Acontece que ele tinha várias ideias.

Ele me empurrou contra a almofada e me puxou para baixo, afundando os dedos nas minhas coxas de um jeito que me fez pensar se eu ficaria com hematomas no dia seguinte. Seriam medalhas de honra na minha pele.

Afastou as minhas coxas, aproximando-se para colocar primeiro uma e depois a outra perna sobre seus ombros largos enquanto me lançava um sorriso lascivo.

E então ele desceu.

Passou a língua túrgida por mim repetidamente antes de mergulhar fundo, girando e torcendo aquele músculo maravilhoso de um jeito que nenhum amante havia feito antes (e já estive com muitos e variados parceiros de cama ao longo da minha longa vida). Assim que me deixou ofegante, ele recuou, mas não muito, apenas para dar uma lambidinha naquele feixe de nervos que já latejava por ele. Por mais.

O general repetiu o processo várias vezes, mantendo-me sempre na expetativa do que iria fazer em seguida. Tudo que eu podia fazer era tentar respirar e agarrar seus cabelos cor de areia com os punhos, incitando-o a continuar enquanto meu corpo ganhava vida própria.

Quando finalmente atingi o clímax e berrei meu prazer para a noite, com os músculos retesados e o âmago convulsionando numa onda interminável, ele bebeu de mim como se eu fosse o melhor vinho de todos.

Com uma última lambida escandalosa, ele ergueu a cabeça com um sorriso malicioso no rosto e me disse que eu era deliciosa antes de me dar um beijo ardente para que eu pudesse provar por mim mesma.

Naquela hora, tive vontade de retribuir o favor. Queria saber qual era o gosto dele e lembrei-me dos pensamentos que tive ao sentir a evidência do seu desejo na minha barriga. Porém, quando lhe disse isso, ele recusou. Não sei se algum homem já havia recusado meus lábios em volta de seu pau. Mas ele disse que queria estar dentro de mim quando atingisse o êxtase. Que queria me sentir apertando-o com tanta força, quase doloroso, antes que eu perdesse o controle e berrasse seu nome aos quatro ventos.

E foi isso que ele fez.

Sem qualquer aviso, ele me penetrou de uma vez só, com força, e a invasão libidinosa me arrancou um suspiro. Como já esperava, ele me esticou deliciosamente e me atingiu tão fundo que a combinação de sensações era semelhante à dor. Porém, a pontada febril de prazer e dor intensificou ainda mais a minha urgência.

Ele estabeleceu um bom ritmo, nem muito rápido nem muito lento, e eu remexi e levantei os quadris para corresponder a cada estocada, agarrando-me à cavalgada, mal conseguindo envolver seu peito e ombros largos enquanto cravava as unhas nele.

A certa altura, o general sibilou e pediu por mais, e eu obedeci, marcando suas costas com as provas do prazer que ele me proporcionava.

Quando ele mudou de posição e encontrou aquele ponto lá dentro de mim, eu vi estrelas. O general me puniu com sua obstinada tenacidade de arrancar de mim até a última gota de prazer, até que eu — como ele tanto queria — gritei seu nome para a lua, e os pássaros noturnos alçaram voo das árvores, seus gritos em harmonia com os meus.

Mesmo agora, no silêncio do meu quarto, lembro-me do êxtase. Senti aquele orgasmo do topo da cabeça até a ponta dos pés e pelo corpo inteiro. Um formigamento e relaxamento absoluto ao me soltar e entregar ao prazer. Foi extraordinário.

Pensei que o general fosse me acompanhar, mas ele me surpreendeu mais uma vez ao me levantar com um movimento hábil e nos levar para a umidade fresca do gramado, o orvalho gelado contrastando com a minha carne quente.

Ele me colocou de quatro no chão, passando a mão calejada pela minha coluna e provocando um arrepio em minha pele antes de acariciar e agarrar uma banda do meu traseiro.

Abaixou a minha cabeça com a mão nos meus cabelos, e senti sua ponta larga na minha entrada. Preparei-me para outra invasão, mas ele me penetrou com uma lentidão dolorosa, pequenos avanços e recuos deliciosos, a fricção do deslizamento fazendo meu corpo ganhar vida própria novamente de um jeito que eu não imaginava ser possível.

Quando a provocação foi demais para mim, empurrei o corpo contra ele, que me segurou a fim de me manter imóvel, advertindo-me gentilmente antes de se inclinar para mordiscar o lóbulo e girar aquela língua incomparável na concha da minha orelha.

Ele continuou com a tortura erótica até que me vi fazer algo que não me lembro de já ter feito antes. Implorei. Roguei. Supliquei encarecidamente pelo êxtase. Gostaria de dizer que me senti mal por isso, mas não. Até mesmo agora, enquanto escrevo estas palavras, não me sinto assim. Adoro que ele tenha me proporcionado algo que eu nunca havia vivenciado antes.

No entanto, aquelas palavras, os sons que emiti, pareceram soltar alguma coisa dentro dele. De repente, o general começou a me penetrar com tanta intensidade que temi que pudesse me partir ao meio, mas... Bem, que bela maneira de se morrer. Quando ele estendeu a mão e pressionou o meu clitóris, tive outro orgasmo intenso, cuja força me deixou sem fôlego.

Com duas últimas estocadas, unindo as coxas às minhas, ele rugiu seu êxtase noite adentro.

Sem conseguir recuperar o fôlego, muito menos me manter naquela posição, mas antes que eu me soltasse ou caísse de cara no chão, ele se levantou e me levou junto, os dois ainda conectados e latejantes. Envolveu a minha garganta com a mão suave, acariciando o ponto de pulsação com o polegar, e me deu um beijo no ombro e no pescoço, provocando uma nova onda de arrepios.

Inclinei a cabeça para o lado para lhe dar melhor acesso, e ele não me decepcionou. Assim que o senti se afastar de mim, ele beijou o ponto atrás da minha orelha, com suavidade e doçura, me fazendo suspirar. E então sussurrou algo que jamais esquecerei.

O general disse: "Você é uma mulher notável e extraordinária, Wilhelmina Colyns. Sua beleza compete com a das deusas e sua astúcia faria qualquer gato da caverna comer poeira. Você me deixou completamente encantado, e eu jamais a esquecerei enquanto viver. Levarei essas lembranças para a batalha na próxima vez que for convocado."

Virei-me em seus braços e o beijei, demonstrando o quanto também tinha gostado daquela noite. Demos um ao outro coisas de que acho que nenhum dos dois havia percebido que sentia falta. Vestimo-nos em silêncio, trocando olhares de apreciação. Ele me ajudou com as últimas peças do espartilho e do vestido, embora não precisasse de ajuda, e eu o ajudei a endireitar as lapelas do colete e os punhos da camisa.

Compartilhamos uma última dança sob as estrelas, nenhuma música a não ser os sons que a natureza proporcionava, e depois nos beijamos com ternura mais uma vez numa despedida íntima.

Virei-me antes de sair da clareira a fim de tirar um retrato mental da cena para levar comigo. O General Ximien estava prendendo o cinto da espada na cintura e enfiando uma adaga de aparência afiada na bota, mas olhou para mim com tamanha reverência que fez meu corpo todo corar.

Ele me disse que me encontraria outra vez, e eu lhe dei uma piscadela atrevida e respondi que poderia tentar, se quisesse. Em seguida, abri caminho pelo intrincado labirinto de sebes, tão tonta de prazer que fiz algumas curvas erradas e tive que voltar tudo de novo.

Quando cheguei à minha carruagem e fui para casa, os acontecimentos da noite continuaram a passar pela minha mente, tal como ocorre agora.

Sempre disse que a vida é para ser vivida e nunca fui de desperdiçar um só dia, mas acho que, se alguém me perguntasse, eu bem que poderia desistir de um desses dias por mais uma hora nos braços daquele homem. O prazer que ele me proporcionou foi inacreditável – e, como você bem sabe, diário, estou bastante habituada à sedução e ao prazer. Além disso, consegui afastar um dos guardas da Rainha de Sangue de seu dever real por um bom tempo. O suficiente para que a minha visão se torne realidade — bem, ao menos é o que espero.

Acho que vamos ter que esperar para ver.

Ainda assim, o encontro de hoje à noite foi certamente digno destas páginas.

Willa

RAINHA ILEANA (TAMBÉM CONHECIDA COMO ISBETH) †

Isbeth é uma governante complexa. A princípio, era uma simples mulher apaixonada, mas as circunstâncias a deixaram amargurada e fizeram com que ela se tornasse uma pessoa fria — isso antes que o resultado de sua incomum Ascensão a afetasse. Talvez eu pudesse lhe dar uma chance; afinal de contas, ela perdeu o filho e teve seu grande amor raptado logo depois de lhe ser negada a única coisa que tanto queria. Por outro lado, todos temos o poder de escolha sobre nosso comportamento e podemos usar as coisas que acontecem na nossa vida para nos tornar pessoas melhores, transmutando a energia negativa a fim de vibrarmos numa frequência mais elevada e, assim, ajudarmos os outros. Ou então entramos em desespero e deixamos que isso nos torne pessoas sombrias. Isbeth se entregou à necessidade de vingança e abandonou toda a sua luz para alcançar seus objetivos.

Cabelo: Castanho-avermelhado, em cachos soltos até a cintura.
Olhos: Quase pretos.
Corpo: Esguia. Cintura absurdamente fina.
Rosto: Pele pálida. Lábios vermelhos e exuberantes. Sobrancelhas altas e arqueadas. Maçãs do rosto salientes.
Traços característicos: Piercing de rubi no nariz. Tênue brilho prateado nas pupilas.
Curiosidades: Também conhecida como Rainha Ileana. Sua risada parece o tilintar de sinos. Tem cheiro de rosas e baunilha.
Personalidade: Cruel. Calculista. Vingativa. Estratégica. Dramática. Narcisista.
Hábitos/Trejeitos/Forças/Fraquezas: Ainda ama Malec. Tem uma obsessão por limpeza. Extremamente detalhista. Usa o anel de Malec no dedo indicador — ouro Atlante com um diamante cor-de-rosa.
Antecedentes: É uma demis — foi Ascendida por um deus. Coração gêmeo de Malec. Rainha de Solis.
Família: Filho = nome desconhecido † (morto por Alastir). Filhas = Millicent e Penellaphe.

A JORNADA DE ISBETH ATÉ AGORA:

Por ser a Rainha de Solis, Ileana sempre esteve no meu radar. Como Atlante, eu não conseguia tolerar o que ela e seu povo faziam. No entanto, quando comecei a ver coisas estranhas — tipo imagens sobrepostas —, *foi aí* que percebi que havia muito mais do que imaginava em relação à Rainha de Sangue.

Quando vi o encontro entre Poppy e Ileana em que ela revelou sua verdadeira identidade, concluí que nada voltaria a ser como antes. A revelação respondeu a muitas perguntas e, ao mesmo tempo, deu origem a uma infinidade de outras.

No segundo em que Poppy, Cas e seus amigos ficam cara a cara com Ileana/Isbeth após o convite de Ian, a Rainha de Sangue já começa a destilar seu sarcasmo. Pelo visto, o narcisismo dela é inesgotável. Quando Poppy lhe responde no mesmo nível, Isbeth comenta que Ian não lhe contou que ela encontrara e afiara a própria língua.

Ela pergunta se Poppy é vinculada a Kieran. Quando ela responde que é vinculada a todos os lupinos, a rainha provoca Malik e diz que ele perdeu o trono. Então acrescenta que sabe que Poppy se tornou Rainha de Atlântia — tal como esperava —, mas que se casou com o irmão errado. Malik entra na conversa e confirma que Poppy seria Ascendida, sim, e que *ele* deveria ser sua Ascensão da carne.

Cas ataca o irmão, e Ileana comenta que ficou curiosa para saber qual dos dois venceria numa luta. Diz que apostaria em Casteel porque ele sempre foi um lutador, mesmo quando estava à beira da ruptura.

Ela esclarece que os convidou para chegarem a um acordo em relação ao futuro. Declara que se importa com Poppy, mas a avisa para não achar que seu amor seja uma fraqueza, pois é a *Rainha* e exige respeito.

Ileana revela que Alastir contou a ela sobre o ultimato que Poppy e Cas vieram lhe dar e não esconde a felicidade ao descobrir que ele está morto. Ao discutirem o acordo, Ileana afirma veementemente que prefere ver o reino arder em chamas a abrir mão de um único acre de terra. Faz uma contraproposta: reivindiquem Atlântia em seu nome e jurem lealdade a ela. Diz que podem manter os títulos de Príncipe e Princesa, mas que enviará seus Duques e Duquesas para assumirem postos reais em Atlântia. Depois de fazerem os cidadãos acreditarem que isso é o melhor para o reino e desmantelarem o exército, deverão trazer a Rainha Eloana e o Rei Valyn para a Carsodônia para serem julgados por traição.

Quando voltam a falar em guerra, Ileana diz que tem mais de cem mil soldados mortais e milhares de Cavaleiros Reais a seu serviço, se for preciso. Mas que eles deveriam estar mais preocupados com os Espectros... pois não são mortais. Mata Millicent para que todos possam vê-la ressuscitar e provar sua afirmação. Em seguida, dá uma explicação sobre os Espectros e diz que já tem o suficiente para formar um exército.

Ela afirma que a Guerra dos Dois Reis nunca terminou; houve apenas uma trégua. Então acrescenta que quer o respeito do povo Atlante, e é só por isso que ainda não atacou. Poppy rebate, como é de costume, e Ileana revela que o povo não vai aceitá-la tão bem quando descobrir que sua nova líder é a filha da Rainha de Solis.

Poppy conta que a Duquesa Teerman disse que Ileana era sua avó. Em resposta, Ileana a chama de leal, mas estúpida. Ela conta a Poppy que é sua mãe e explica por que Cora a criou. Então afirma que não fazia ideia dos maus-tratos que o Duque Teerman infligiu a ela e diz que, se soubesse, teria esfolado a pele de seus ossos e deixado que os abutres o devorassem. Além disso, revela que Cora era um Espectro e que sobreviveu ao ataque dos Vorazes em Lockswood, mas não à sua ira por ter fugido com Poppy.

Após essa grande revelação, Ileana acrescenta que não é uma Ascendida nem foi a primeira vampira. Então detalha seu envenenamento pelas mãos de Eloana, bem como sua Ascensão por Malec, a quem insiste que Eloana arruinou.

Perante a dúvida, Isbeth prova que não é uma Ascendida ao arrancar as cortinas e permanecer ilesa sob a luz do sol. A proeza choca os presentes, mas não tanto quanto a próxima informação. Ela conta que Malec é um deus e que Eloana não sabia disso. Revela o plano de Malec e tudo o mais que aconteceu, afirmando que os antigos Rei e Rainha de Atlântia tiraram tudo dela quando seu único erro foi amar. Assegura que jamais sentirá o que sentia por Malec e jura tirar tudo deles — de Atlântia — por vingança.

Quando Poppy diz que a culpa é dela e de mais ninguém, Isbeth ordena que Ian seja morto, afirmando que o amava como se fosse um filho e virando tudo contra Poppy, dizendo-lhe que a morte de Ian foi culpa *dela*.

Que sociopata manipuladora, hein?

Em sua raiva, o poder de Poppy irrompe, pegando Isbeth de surpresa, mas ela redireciona o éter com um mero movimento dos dedos. Em seguida, diz à filha que sua maior fraqueza é duvidar do que vê e sabe bem no fundo do coração. Explica que as duas são deusas e que devem lutar como tal. A afirmação é seguida por uma demonstração de poder, com Isbeth agarrando Poppy pelo pescoço a fim de lhe dar uma lição.

Lyra ataca para salvar Poppy, e Isbeth a mata sem hesitar. Quando outros fazem menção de atacá-la, ela avisa que, se alguém sequer pensar nisso, quebrará o pescoço de Poppy. Ao voltar sua atenção para a filha, Isbeth diz que Poppy deve entender que nunca teve escolha, apesar de ainda acreditar que tem.

Enquanto Isbeth aperta o pescoço de Poppy com força, Casteel implora que ela pare e se entrega, afirmando que essa é a melhor maneira de a Rainha controlar Poppy — tirando-lhe o que ela mais ama. Isbeth comenta que ele sempre foi seu bichinho de estimação preferido e que, quando Poppy acordar, saberá exatamente o que precisa ser feito para manter o marido vivo.

Ordena a Malik que prenda o irmão e deixa os outros partirem, entregando-lhes Tawny num gesto de *boa vontade*, embora a garota tenha sido ferida com uma pedra das sombras.

Eles partem e voltam para a Carsodônia, onde Isbeth coloca Malik e os demais Espectros para vigiarem Casteel.

Ao visitar o novo prisioneiro, ela tenta convencer Cas a ficar do seu lado e *abrir os olhos*. Quando Cas a acusa de ser a razão de Poppy ter cicatrizes e afirma que ela foi abusada, Isbeth fica nitidamente incomodada e pergunta se a morte do Duque foi dolorosa. Cas responde que sim, que se certificou disso, e ela diz que foi bem feito.

Quando a conversa se volta para os pais de Casteel, Isbeth declara que tinha pena da mãe dele. Ela não a odiava antes, mas agora, sim. Então revela ser uma demis e pergunta o que Cas sabe sobre Malec.

Após Poppy cortar a cabeça de Jalara, Isbeth conta a Casteel o que aconteceu, e ele cai na risada. Acrescenta que Poppy afirmou que Malec está vivo, que sabe onde ele está e ameaçou matá-lo. Quando diz acreditar que Poppy seria capaz de fazer isso, Isbeth pergunta a Cas se é verdade que o deus ainda está vivo e onde ele está. Ele diz que não sabe, e ela acredita nele.

Durante a conversa, Isbeth diz que nunca quis entrar em guerra com a filha. Esperava que Poppy concordasse com seus planos e deixasse Malik Ascendê-la. Acrescenta que não quer apenas Atlântia, e sim muito mais, e que as coisas já estavam em andamento — Poppy está destinada a ajudá-la a atingir seus objetivos.

Casteel a provoca por ter visto um gato da caverna na Trilha dos Carvalhos e pergunta se é o mesmo que Poppy viu quando era criança. Isbeth responde que o gato está bem e no mesmo lugar em que Poppy o viu, então ameaça alimentá-lo com o próximo dedo que tirar de Casteel — o primeiro foi o que ela mandou de presente para Poppy com o bilhete de *desculpas* e sua aliança de casamento.

Pegando-a de surpresa, Cas a apunhala no peito com um osso afiado, errando seu coração por poucos centímetros.

Ao comentar sobre a força de Cas, ela diz que já era de esperar, pois ele é um Atlante da linhagem Fundamental e tem o sangue de Poppy nas veias. Isbeth conta a ele sobre a fraqueza dos Primordiais e que o amor pode ser usado como arma para enfraquecê-los e, assim, acabar com eles, que um Primordial pode nascer no plano mortal — algo que aprendeu com Malec — e que os deuses levaram os Primordiais para a eternidade por meio da Ascensão. No entanto, diz que os Destinos criaram uma brecha que permitia que um poder maior ressurgisse, mas apenas numa mulher da linhagem do Primordial da Vida, sugerindo que não deu à luz uma deusa, e sim uma *Primordial*: Poppy.

Quando Poppy e seu grupo chegam para resgatar Casteel, seus súditos carregam Isbeth para o Salão Principal numa liteira que mais parece uma gaiola de pássaros dourada. Aproveitando a recepção estrondosa que recebe, Isbeth afirma que não vacilará diante de um reino sem deuses e depois anuncia à multidão que o arauto despertou e que Atlântia está destruindo suas cidades enquanto estupra e brutaliza o povo de Solis. Ela segue com a promessa de que o povo será poupado antes de pedir que vinguem seu Rei.

Isbeth dá a *Bênção Real* a um dos súditos, regozijando-se porque a verdade foi revelada e o grupo de Poppy sabe muito bem o que está acontecendo ali. Mais tarde, diz a Poppy que logo vai retomar as cidades perdidas, o que lhe rende alguns insultos da filha. Em seguida, Poppy rompe as barreiras mentais de Malik, e Callum é apunhalado. Isbeth diz que o que Poppy fez não foi nada gentil e ordena que aquela *bagunça* e Malik sejam tirados dali.

Empunhando seu poder, ela agarra Poppy pelo queixo e a lembra de que a carregou no ventre e cuidou dela até que não fosse mais seguro. Esclarece que é por isso que tolera dela o que não aceitaria de mais ninguém e que dará a Poppy o que ela não merece. Diz que poderá ver Casteel ou o pai — o gato da caverna, Ires — mas não ambos, e acrescenta que ela deve escolher naquele instante ou não verá nenhum dos dois.

Isbeth separa Kieran, Reaver e Poppy, e manda Malik escoltar os homens para quartos individuais. Ao guiar Poppy por Wayfair, ela a adverte de que a segurança de Reaver e Kieran depende de seu comportamento, e menciona ver Poppy e Ian correndo pelos corredores por onde caminham, trazendo à tona a dolorosa lembrança da morte de Ian.

Quando vê o estado em que Casteel se encontra, Poppy a ataca, e Isbeth diz que as ameaças são desnecessárias e inúteis, já que os Espectros não podem ser mortos e os dragontinos sobreviventes estão com o exército Atlante.

Isbeth provoca Poppy, dizendo que Cas estaria bem melhor caso se comportasse, e Poppy reage com uma demonstração de poder. Isbeth a alerta de que não tolerará tanto desrespeito, o que faz Poppy recuar. A Rainha comenta que Poppy é poderosa e uma mulher feita, mas que é melhor aprender a controlar seu gênio forte logo.

Ao falar de Coralena, Isbeth insinua que a Aia escondeu a cor verdadeira dos olhos — a tonalidade quase incolor — de Poppy com a magia que *emprestou* a ela.

Algum tempo depois, Callum é apunhalado outra vez, o que deixa Isbeth irritada. Como Millie ri, ela ordena que sua outra filha tire o Espectro dali. Poppy pergunta como Isbeth conseguiu esconder sua identidade dos Ascendidos por tanto tempo, e ela responde que os vampiros não prestam atenção a nada e preferem continuar ignorantes a ver o que está bem diante deles. Além disso, consideram-na um ser divino. Acrescenta que logo se livra daqueles que se *atrevem* a questioná-la.

Ao olhar para a filha, Isbeth diz a Poppy que seus olhos são iguais aos do pai e conta que a essência ficava mais forte e rodopiava em suas pupilas quando ele se zangava. Poppy pergunta como Isbeth capturou Ires, e a Rainha de Sangue responde que ele foi procurá-la duzentos anos depois do fim da guerra, enquanto tentava encontrar o irmão. Acrescenta que *quem estava com ele* — presumivelmente, Jadis — sentiu o sangue de Malec e levou Ires até ela. Também revela que se *livrou* da dragontina.

Isbeth conta que, embora soubesse que Malec tinha um irmão gêmeo, pensou que fosse Malec ao ver Ires pela primeira vez — até ele abrir a boca. Chegou a pensar que poderia *fingir* que era Malec e se apaixonar por Ires. Quando Poppy pergunta, Isbeth garante que não forçou Ires a nada. Foi ele que decidiu ficar. Diz que ele ficou interessado por aquele mundo e curioso sobre os Ascendidos e sobre o que o irmão andava fazendo, mas, quando quis voltar para o Iliseu, ela não deixou. Ires ficou com raiva, mas nas duas vezes que se uniram não foi contra a sua vontade. Não foi um ato de amor, mas ela queria uma criança forte e sabia o que Poppy seria tendo Ires como pai. Para ele, tratava-se apenas de luxúria e ódio. Ele até tentou matá-la logo depois.

Quando Poppy pergunta onde está Ires, Isbeth responde que ele não está em Wayfair, confirmando que a Rainha de Sangue não deixaria que ela o visse mesmo que Poppy o *tivesse* escolhido no lugar de Casteel. Diz que não poderia deixar Ires partir porque precisa dele para criar os Espectros. Também deixa escapar que os entalhes na pedra e a magia *emprestada* são proteções para manter as coisas dentro — ou fora — do castelo.

As duas não param de brigar por vários motivos: porque Poppy não se curva a ela, pelo Ritual, pelos Vorazes e pelo fato de Poppy ser o arauto. Isbeth diz a Poppy que, se o exército Atlante aparecer na capital, ela vai encher a Colina de bebês. Ao que Poppy responde que não fará nenhum acordo com ela.

Isbeth admite que foi a vingança que a manteve viva por todos esses anos e afirma que não quer Atlântia, e sim vê-la arder em chamas com todos os Atlantes mortos. Mas não culpa Eloana, embora tenha algo muito *especial* reservado para ela. Culpa Nyktos por não atender ao pedido de Malec por um teste de corações gêmeos. Esse foi o catalisador e o motivo de Malec tê-la Ascendido. O Primordial poderia ter evitado tudo isso.

Acrescenta que Malec disse que Nyktos gostava bastante dos Atlantes e os via como filhos. Sua criação foi o resultado do primeiro teste de corações gêmeos e fruto do amor. Isbeth sente que, ao eliminá-los, conseguiria a justiça que tanto procura.

Durante a conversa, ela diz que Poppy fará o que nasceu para fazer: levar a morte a seus inimigos. Isbeth diz que Poppy é igual a ela e que vai forçá-la, se necessário, para provar o quanto são parecidas.

Então, numa exibição de poder, mata um casal mortal, esmagando-os com pura vontade. Quando Poppy começa a esbravejar, ela ordena que a escoltem até seu quarto, onde é mantida sob guarda, e diz que conversarão mais tarde.

Depois que Poppy e os outros escapam, Isbeth os alcança e tenta levar Malik de volta. Durante o conflito, Callum fere e amaldiçoa Kieran. Isbeth ordena que Poppy encontre Malec e o traga para ela, e avisa a todos que não há como escapar — estão cercados por Espectros. Acrescenta que, caso se recuse a cumprir a ordem, Poppy se arrependerá até o último suspiro. Dá a ela uma semana para resgatar Malec. Poppy exige três e Isbeth concorda com duas. Quando Poppy diz que precisa de algo de Malec, Isbeth lhe entrega o anel de diamante cor-de-rosa que pertencia ao seu coração gêmeo, dizendo que é tudo que restou dele.

Antes de partir, Isbeth mata Blaz e Clariza, transformando-os num par de cascas ressequidas e proferindo que Descendido bom é Descendido morto.

Isbeth chega ao Templo dos Ossos com um exército considerável. Quando Poppy e os outros também chegam, ela pergunta onde Malec está e se recusa a tirar a maldição de Kieran antes de ver o deus. Assim que o caixão é aberto, Isbeth diz que ele não se erguerá a menos que receba sangue e que nada é capaz de despertá-lo. Ela fala em Atlante antigo com Malec e então dá permissão a Callum para tirar a maldição de Kieran quando Cas a lembra de cumprir sua parte no trato. Volta a afirmar que, se Nyktos tivesse lhes concedido o teste de corações gêmeos, os dois estariam juntos, mesmo que não governassem Atlântia. Viajariam pelo plano mortal, encontrariam um lugar onde se sentissem em paz e viveriam o resto de seus dias com o filho e outras crianças que viessem a ter. Então diz a Malec o quanto o ama e insiste que ele deve saber disso, mesmo em hibernação. Isbeth o beija e reitera o quanto Malec e o filho significam para ela, depois implora para que ele entenda antes de gritar e o apunhalar no coração com uma adaga de pedra das sombras. Soluçando, ela pede desculpas e esbraveja para o exército proteger seu Rei — ou seja, Kolis.

Isbeth continua a provocar Poppy, e uma luta se inicia. Quando Delano morre, a batalha se torna divina. Isbeth é ferida: fica com um corte curvo na têmpora, próximo ao olho esquerdo, e outro na testa, além do nariz e da boca ensanguentados. Mas quando Millie tenta arrancar a adaga do peito de Malec para deter os acontecimentos em andamento, Isbeth ainda tem força suficiente para matar a primeira filha com o éter, comentando que foi traída por *ambas* as filhas.

Quando Poppy assume o controle, ela arranca a coroa da cabeça de Isbeth e a golpeia com o adorno, arrancando-lhe alguns dentes. Em seguida, quando Poppy berra o nome da Consorte, Isbeth se limita a assistir a tudo, atônita. O choque logo se transforma em terror.

Poppy diz a ela que a Consorte já sabia o que Isbeth pretendia fazer e viu tudo enquanto hibernava. Isbeth argumenta que a Consorte sabe que ela fez tudo aquilo por Malec e seu filho — filho e neto da própria Consorte, respectivamente. Poppy responde que foi tudo em vão. A Consorte até perdoaria Malec por Ascender Isbeth, mas sua dor, ódio e sede de vingança a destruíram. O que ela se tornou e causou ao plano mortal não poderá salvá-la, curá-la ou aliviar sua dor. Não lhe trará glória, amor ou paz.

Em seguida, a Consorte, por meio de Poppy, diz que o que Isbeth fez com sua família não será apagado. Nada a respeito dela será registrado na história que ainda está por ser escrita. Ela não será reconhecida nem digna de lembrança. Então Poppy — com a ajuda da Consorte — a ataca com toda a força, quebrando os braços, as pernas e a coluna de Isbeth. Ela fala para Isbeth, na voz da Consorte, que sua morte não será honrosa nem rápida, e que Nyktos a aguarda, pronto para dar início à sua eternidade no Abismo. Isbeth sangra por todos os poros. Sua carne racha e descasca enquanto os músculos e ligamentos se rompem e os ossos se estilhaçam. Seu cabelo cai, desprendendo-se do couro cabeludo.

E, assim, ela deixa de existir.

REI JALARA †

Embora seja uma peça vital do quebra-cabeça, devo admitir que o Rei Jalara é um tanto obscuro para mim. Infelizmente, ele faz parte da história e, portanto, deve ser registrado aqui.

Cabelo: loiro, na altura das orelhas.
Rosto: sobrancelhas espessas. Nariz reto. Maxilar quadrado. Lábios finos.
Traços característicos: bonito.
Personalidade: Presunçoso.
Hábitos/Trejeitos/Forças/Fraquezas: Sempre usa a coroa. Raramente sorri.
Antecedentes: Rei de Solis. Nascido no Arquipélago de Vodina. Quando lutou na Batalha dos Ossos Quebrados, em Pompeia, Malec não estava mais no trono. Dizem que era amigo do pai de Leopold. Viveu sob o reinado dos Atlantes. Matou Preela.

A JORNADA DE JALARA ATÉ AGORA:

Para falar a verdade, Jalara mais parecia fazer parte do cenário durante as minhas pesquisas, até que Isbeth entra em cena. É a partir *daí* que Jalara começa a tirar proveito de sua posição.

Quando Poppy chega à Trilha dos Carvalhos, Jalara não a encontra de imediato. No momento em que enfim a conhece, ele, desrespeitoso, a chama de *Donzela*, mas fica nitidamente chocado ao ver que ela usa a coroa de ossos dourados.

Sem se conter, ele deixa bem claro o que sente pelos lupinos, chamando-os de pagãos nojentos e cachorros gigantes. Além disso, ameaça descontar cada grosseria que Poppy diz em seu marido, dizendo que Casteel não achou a estadia nem um pouco agradável. Então relata que Ileana quase convenceu Cas de que Poppy havia sido capturada, apesar do sacrifício dele, e se deleita com a lembrança de seus berros de raiva, chamando-os de uma serenata memorável.

Quando Poppy chama a Rainha de Sangue de *Isbeth*, Jalara se enfurece e diz que Ileana não é mais Isbeth. Mal posso imaginar como isso deixa Jalara com o orgulho ferido, pois Isbeth era o coração gêmeo de Malec e não sua esposa, e ele sabe que ela nunca o esqueceu. Depois, provoca Poppy, afirmando que ela jamais derrotará Ileana e ri na cara dela, dizendo que, embora tenha o sangue de Nyktos nas veias, ela é — e sempre será — apenas uma Donzela que é metade beleza e metade desastre.

Depois de expressar irritação por terem o chamado para receber uma mensagem que não é de submissão nem rendição, Poppy diz que *ele* é a mensagem.

Kieran, em forma de lupino, o ataca e o segura enquanto Poppy corta a sua cabeça.

PÁGINAS DE REFERÊNCIA

Nyktos
Rei dos Deuses

Rhain
Deus do Povo e dos Términos

Rhahar
O Deus eterno

Ione
Deusa do renascimento

Aios
Deusa do amor, da fertilidade e da beleza

Corações gêmeos
Vínculo de almas gêmeas entre uma divindade e um mortal que une a vida dos dois

Atlantes
Consequência da união de um teste de corações gêmeos

Atlantes da linhagem fundamental
Descendentes diretos dos primeiros atlantes a receberem o dom da vida dos deuses

Dragontinos
Dragões que receberam a forma mortal para serem guardiões e protetores

Outras linhagens
Metamorfos, sirenas, centuriões et

Ascendidos
Os escolhidos que Ascenderam

Seraphena

Rainha dos Deuses

Penellaphe	Saion	Lailah	Theon	Bele
Deusa da sabedoria, da lealdade e do dever	Deus do céu e do solo/da terra, do vento e céu	Deusa da paz e da vingança	Deus dos tratados e da guerra	Deusa da caça

Divindades

Filhos dos deuses

Lupinos

Lobos kiyou que receberam a forma mortal para guiarem e protegerem as divindades

As outras linhagens são descendentes de uma divindade com o primeiro Atlante.

LINHAGENS DE ATLANTES

Lupinos: Lobos kiyou que receberam a forma mortal de um deus — supostamente Nyktos — para guiar e proteger os filhos dos deuses e guiá-los no mundo mortal.
Atlantes da linhagem Fundamental: Atlantes da linhagem mais pura — que pode ser atribuída aos primeiros Atlantes e, portanto, aos deuses. São descendentes do primeiro mortal que se submeteu ao teste de corações gêmeos com uma divindade e, por isso, obteve uma vida mais longa.

Algumas das linhagens mais antigas são descendentes das divindades com os primeiros Atlantes. Sua habilidade de mudança de forma está diretamente relacionada à divindade da qual descendem e, portanto, ao respectivo deus ou Primordial. Algumas das gerações mais novas são descendentes dos Atlantes da linhagem Fundamental com os lupinos. Costuma-se dizer que os metamorfos são fruto da união entre uma divindade e um lupino, embora eu não tenha certeza se isso é verdade em todos os casos.

Sirenas: Capazes de assumir a forma de seres aquáticos.
Felídeos: Capazes de assumir a forma de felinos de grande porte.
Metamorfos: A maioria só consegue assumir a forma de diferentes animais, porém, uma minoria é capaz de assumir a aparência e os trejeitos de outra pessoa. Alguns também têm outras habilidades, tais como os Videntes.

LINHAGENS DE GUERREIROS

As linhagens dos Centuriões — guerreiros inatos, sem treinamento prévio — distinguem-se das outras linhagens de Atlantes. Havia dezenas de linhagens diferentes a certa altura, cada uma marcada por talentos especiais que as tornavam perigosas de enfrentar em uma batalha. Muitas linhagens de Guerreiros morreram centenas de anos antes dos Ascendidos, e suas habilidades mudaram à medida que o sangue mortal foi introduzido nas linhagens.

Empáticos: Também chamados de Devoradores de Almas. Têm a habilidade de ler as emoções dos outros e transformá-las em armas, intensificando seus sentimentos negativos. Também têm o poder da cura. É a linhagem de Guerreiros mais próxima das divindades. Eram hábeis em combate e considerados os mais ousados e corajosos das linhagens de Centuriões.
Primordiais: Capazes de invocar os elementos durante uma batalha — principalmente a terra, o vento ou a chuva.
Cimérios: Capazes de invocar a noite, bloqueando o sol e cegando os inimigos a seus movimentos.
Pryos: Capazes de invocar as chamas para suas lâminas.
Anônimos: Capazes de invocar as almas dos que foram mortos por aqueles que combatiam.

CONSELHO DOS ANCIÕES

Embora eu faça parte do Conselho, nunca pensei em documentar os Anciões ou quaisquer observações dignas de nota sobre cada um de nós. Mas então percebi por que estava criando esses dossiês, e isso me pareceu importante. Então, sem mais delongas, eu lhes apresento... o Conselho.

Antes do reinado de Malec O'Meer [Mierel], quando as divindades ainda governavam, mas as outras linhagens já começavam a superá-las em número, o Conselho dos Anciões foi formado para impedir que alguém fizesse uma escolha ou tomasse uma decisão que pudesse pôr em risco o povo de Atlântia.

A Coroa mantém a autoridade máxima, mas o Conselho intervém em todos os assuntos, e nossas opiniões sempre são levadas em consideração.

Só fomos ignorados duas vezes, e em ambas houve sérias consequências. A primeira foi antes do reinado de Malec, quando concluímos que a coroa deveria ser usada por uma das linhagens e não pelas divindades. A segunda foi quando Malec Ascendeu Isbeth, e nós o aconselhamos a se desculpar e consertar a situação.

Ele se recusou a fazer isso.

Ajudamos a governar ao lado do Rei e da Rainha de Atlântia quando necessário. Normalmente, não somos chamados, a não ser que seja necessário tomar uma decisão importante. Antes da recente transferência de coroas, a última vez que o Conselho se reuniu foi quando Malik se tornou prisioneiro da Coroa de Sangue.

O Conselho é composto por um conjunto de representantes, sempre num total de nove:

JASPER CONTOU

[Para mais informações, consulte o dossiê de Jasper.]

Como líder, Jasper representa os lupinos no Conselho. Contudo, há suplentes caso ele não possa comparecer a uma reunião ou votação (ver a seguir).

LADY CAMBRIA

Cabelo: Loiro com mechas grisalhas.
Ascendência: Lupina.
Personalidade: Acha graça do comportamento ridículo dos outros. Um tanto cautelosa, porém mais estratégica.
Antecedentes: Auxilia na segurança do reino e ocupa uma posição no Exército Atlante.

WILHELMINA COLYNS (é muito estranho escrever sobre mim na terceira pessoa)

Cabelo: Espesso, encaracolado e preto como as asas de um corvo.
Olhos: Castanho-dourados.
Rosto: Pele negra retinta. Lábios carnudos.
Traços característicos: Sorriso travesso. Voz rouca e sedutora.
Ascendência: Metamorfa. Vidente.
Personalidade: Teimosa. Acha graça do comportamento ridículo dos outros. Filosófica. Casamenteira.
Hábitos/Trejeitos/Forças/Fraquezas: Sempre reconhece uma fisionomia, quer esteja parcialmente oculta ou não. Gosta de uísque. Sensual.
Antecedentes: Integrante mais velha do Conselho — tem dois mil anos de idade. Autora do *Diário da senhorita Willa*.

SVEN

Cabelo: Preto.
Olhos: Cor de âmbar.
Rosto: Pele negra retinta. Feições largas e calorosas.
Ascendência: Atlante da linhagem Fundamental.

Personalidade: Fica entediado com facilidade.

Hábitos/Trejeitos/Forças/Fraquezas: Sempre foi fascinado pela magia Primordial — coleciona objetos relacionados a ela e fala sobre o assunto por horas a fio...

Antecedentes: Auxilia na segurança do reino e ocupa uma posição no Exército Atlante.

LORDE GREGORI

Cabelo: Preto, tornando-se grisalho nas têmporas.

Olhos: Amarelo vivo.

Ascendência: Atlante da linhagem Fundamental.

Curiosidades: Bem velho — um dos Anciões mais velhos —, mas pelo menos mil anos mais novo que Wilhelmina.

Personalidade: Inflexível. Ansioso. Um tanto preconceituoso e mente fechada.

LORDE AMBROSE

Cabelo: Loiro platinado.

Olhos: Dourados.

Rosto: Pele clara.

Ascendência: Atlante da linhagem Fundamental.

Personalidade: Apreensivo. Desdenhoso.

JOSHALYNN

Cabelo: Castanho-escuro.

Rosto: Pele cor de areia.

Ascendência: Atlante.

Personalidade: De bom coração.

Antecedentes: Seu marido e seu filho morreram na guerra.

Há mais dois homens no Conselho. Um mortal e outro de linhagem desconhecida. Não sei muito sobre eles e nunca lhes dei muita atenção, por isso vou deixá-los fora deste registro por enquanto.

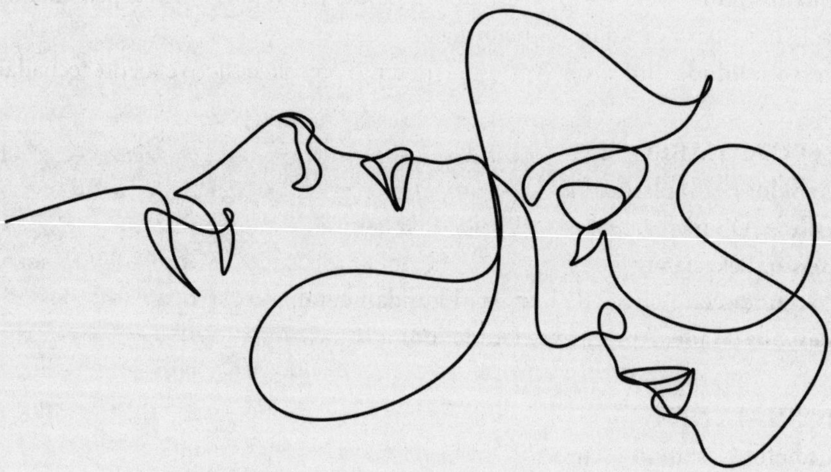

SOB AS ORDENS DOS DESTINOS

Querido diário,

Sentada aqui, de camisola, com meu vestido de seda vermelha, sem mangas e maravilhosamente decotado posicionado ao meu lado no pufe, ainda consigo sentir o caminho que as mãos de meu amante percorreram e seu sabor doce e defumado na língua. Ainda consigo imaginar o que gostaria de fazer com ele.

O Pérola Vermelha não é novidade para mim, como você bem sabe. Assombro o lugar regularmente, como um fantasma carmesim com assuntos inacabados. O motivo é muito simples: a energia do local é inigualável. É um estabelecimento de vícios e prazer e, na base de tudo... vida. As pessoas vêm ao Pérola para viver. E esse, meu caro e velho amigo, é o meu objetivo para cada dia que passo no plano mortal – como está cansado de saber. No entanto, a série de acontecimentos desta noite merece ser registrada aqui. Acredito que já escrevi sobre esse amante antes, mas hoje foi especial. Ele é especial. Tudo que aconteceu foi extraordinário.

Como sou uma Vidente poderosa, não é fácil me pegar desprevenida, mas me surpreendi mais de uma vez esta noite. Primeiro, pela aparição de alguém que jamais imaginei ver no Pérola Vermelha – uma garota de capa azul-clara e máscara de renda –, depois, pela visão do quarto no andar de cima e pelo conhecimento exato do que eu tinha que fazer, sem mencionar as surpresas do restante da noite, que mal posso esperar para registrar em detalhes nestas páginas.

A Donzela veio ao Pérola esta noite, meu caro. A Donzela! Soube que era ela no segundo em que entrou pela porta e não consegui tirar os olhos da garota enquanto ela jogava cartas com alguns guardas, bebia champanhe e apreciava o ambiente como uma pessoa esfomeada que se alimenta pela primeira vez depois de muito tempo. Enquanto a observava, percebi que estava caindo no abismo nebuloso da visão, onde tudo parece ao mesmo tempo surreal e real até demais. Em detalhes vívidos e multicoloridos, vi exatamente o que precisava fazer. Assim, quando surgiu a oportunidade, direcionei a doce Penellaphe para o andar de cima, até a porta que eu já sabia que mudaria a vida dela para sempre.

Depois que ela saiu, voltei a atenção para o motivo da angústia da Donzela. Um homem atraente de meia-idade, com cabelos cor de areia que formavam uma auréola em volta de sua cabeça, pele bronzeada que implorava para ser tocada e olhos de um azul tão claro que era como olhar para o mar — um mar no qual você não se importaria de se afogar. E então vi algo nele que nunca tinha visto antes. Algo que jamais imaginei ver. Minha segunda visão veio à tona e captei a aura inconfundível de um ser de idade imensurável. Algo que eu não via desde que cruzei o caminho de ninguém menos que o tutor anterior de Penellaphe, Leopold. O homem era um viktor. Também havia algo... a mais naquele mortal. Algo absolutamente único.

Fiquei tão chocada com a descoberta que me vi caminhando em sua direção. Já nos conhecíamos — intimamente, na verdade —, mas eu não tinha a menor intenção de passar meu tempo com ele essa noite. Porém, minha mais recente visão tornou a tentação de ir até ele quase insuportável. E não apenas por causa de seu magnetismo pessoal, o que ele tinha de sobra. E sim do poder. Os dons concedidos a mim pelos Destinos apelavam aos que foram concedidos a ele.

Agora que meus olhos estavam abertos, só conseguia pensar em como seria uma noite com ele. Infelizmente, Sariah continuava ajoelhada ao seu lado, deslizando a mão por sua coxa forte e musculosa com um olhar de adoração enquanto estudava seu rosto bonito e quase rude — um rosto que eu sabia que poderia se suavizar e se tornar algo próximo a uma obra de arte. Então reparei que ele esfregava a têmpora, começando a sofrer da enxaqueca que o atormentava com frequência. Gostaria de poder aliviar sua dor.

Com um suspiro, decidi deixá-lo entregue às atenções de Sariah e saí, subindo as escadas no meio do salão, onde uma mesa repousava por baixo de uma mansarda que dava para o telhado. A lua brilhava intensamente do outro lado do vidro, me chamando como o canto de uma sereia. Girei o trinco da janela e empurrei-a para fora, a abertura era grande o suficiente para permitir a passagem de uma pessoa. Depois de subir na mesa e passar para o telhado do Pérola Vermelha, apreciei a paisagem, os sons e os aromas da noite, fechando os olhos e me deleitando com tamanha maravilha antes de me acomodar nas telhas, ajeitando o vestido vermelho ao meu redor.

Com a cabeça inclinada para trás, absorta na noite e pensando no que tinha acabado de ver, me assustei quando alguém afastou meus longos cabelos e deu um beijo suave no meu pescoço. Mantive os olhos fechados, absorvendo a sensação dos lábios firmes rodeados pela barba por fazer e o cheiro de couro e almíscar. Minha aura começou a formigar, e percebi quem estava atrás de mim. Foi como se eu o tivesse conjurado com meus pensamentos.

Ele mordiscou o lóbulo da minha orelha e se acomodou ao meu lado no telhado. Encontrei seus olhos azul-claros e sorri. Quando ele retribuiu a expressão, com um olhar tão lindo naquele rosto brutalmente bonito, meu coração disparou. De certa forma, parecia ser seu maior dom. Ainda assim, vi um pouco de dor nas rugas no canto de seus olhos.

Levantei as saias e sentei-me no seu colo, de frente para ele, olhando-o nos olhos enquanto massageava sua cabeça e suas têmporas, deslizando as unhas pelo couro cabeludo antes de passar para os músculos tensos do pescoço. Ele jogou a cabeça para trás e deixou escapar um gemido de prazer que foi direto ao meu âmago.

Ainda massageando a base do pescoço com os dedos e a têmpora com um dos polegares, levei uma das mãos até sua nuca e percorri seu pescoço com a ponta dos dedos, deleitando-me com o jeito como o seu pomo de adão se movia quando engolia em seco. Ele levantou a cabeça e abriu os olhos, encontrando o meu olhar. A expressão naquelas órbitas azuis era tão intensa que me deixou sem fôlego. Vi ali uma urgência – um desejo compatível com o meu.

Enquanto ele mantinha as mãos firmes nos meus quadris, desfiz os laços de seu colete e sua túnica para tocar a pele dele, traçando, mapeando e memorizando cada cicatriz com os dedos. Ele tinha o corpo preparado para a batalha, e a força que senti não só em sua presença física, mas também em seu caráter, me excitou desde a primeira vez que o vi no Pérola, anos atrás. Com ele agora à minha mercê, de coxas retesadas, pênis rijo e punhos cerrados, senti-me poderosa. Apesar da liderança com seus homens e da brutalidade com seus inimigos, eu sabia que ele era aberto à submissão e, muitas vezes, delicado quando dominante.

Ele deslizou uma das mãos para segurar melhor o meu traseiro e passou a outra por baixo do corpete do meu vestido, segurando o meu seio e fazendo meu mamilo entumecer com sua mão grande e calejada. Joguei a cabeça para trás com um gemido e me aninhei em seu toque, o movimento me colocando em contato direto com seu pau impressionante, consentindo com qualquer coisa que viesse a acontecer.

A descarga elétrica lasciva que o movimento provocou me arrancou um suspiro, fazendo-me voltar a atenção para o rosto dele. Seu olhar estava fixo no meu peito, no seio que havia libertado, e então o vi lamber os lábios. Uma onda de calor me inundou, fazendo-me apertar as coxas de desejo. Apoiei-me sobre os joelhos, ignorando as telhas que pinicavam a minha pele, e mudei de posição para lhe dar melhor acesso. Ele não decepcionou nem um pouco. Num segundo, seus lábios firmes e sua boca cálida estavam em meu seio, deslizando a língua talentosa, que lambia e chupava o meu mamilo sensível. Senti o outro bico entumecer com uma urgência ciumenta, sua fricção contra a seda do corpete aumentando a minha excitação. Ambos os seios estavam pesados – inchados de desejo. Dei um gemido e senti ao mesmo tempo que ouvi a risadinha de Vikter.

Mais frustrada do que contente, puxei a frente única do vestido por cima da cabeça e deixei que o tecido carmesim se acumulasse em volta da minha cintura, ficando nua diante dele. Em seguida, coloquei a ponta do dedo sob seu queixo e levantei sua cabeça para que seu olhar encontrasse o meu. Com a sobrancelha arqueada e um sorriso malicioso, informei-o do que precisava sem dizer nem uma só palavra. E ele não decepcionou. Apertou os meus seios, alternando entre os mamilos com longas lambidas, movimentos circulares da língua e mordidinhas antes de me beijar para aliviar a dor. Fiquei toda molhada só com aquela atenção e me peguei ofegante por mais.

Afastei-me um pouco e sorri ao ouvir o gemido de protesto que ele deu — Vikter gostava mesmo de seios. Sua desaprovação não durou muito, pois logo estendi a mão e apalpei seu pau duro através do tecido das calças. Ele gemeu e levantou os quadris, à procura do meu toque. Eu queria a mesma coisa, por isso não hesitei em desfazer os fechos do cós e enfiar a mão ali.

Ele latejava na palma da minha mão, sua pele macia sobre um calor de aço. Enquanto movia os dedos para cima e para baixo, observei as expressões em seu rosto, deleitando-me com o jeito como ele abria a boca para soltar suspiros curtos e quentes que acariciavam meus mamilos latejantes e atiçavam as chamas de meu desejo.

Passei o polegar sobre a cabeça de seu pau e espalhei o líquido ali, imaginando o prazer que estávamos prestes a experimentar. Quando levantei as saias e mudei de posição para que sua glande pousasse em minha abertura pulsante e úmida, ele ergueu as pálpebras e disse alguma coisa sobre as pessoas lá embaixo e que qualquer um que passasse pelo corredor poderia nos ver ali. Lembro-me de afirmar enfaticamente: "Pois que nos vejam. Vamos ensinar alguma coisa a eles", antes de colocar as mãos em seus ombros e descer sobre ele completamente.

Ambos deixamos escapar suspiros de surpresa com a invasão, que logo se transformaram em grunhidos e gemidos de prazer à medida que diversas sensações nos bombardeavam. Ele me esticava deliciosamente, atingindo aquele ponto lá dentro de mim que me deixou ainda mais molhada — e nenhum de nós havia se movido ainda. Ele levou as mãos aos meus seios mais uma vez, apalpando e acariciando, com os olhos fixos na tarefa. Cada roçar de polegares sobre os meus mamilos fazia meu âmago formigar e convulsionar ao redor dele, fazendo com que ele erguesse os quadris involuntariamente e seguisse atrás do tesouro escondido lá no fundo.

Antes que eu pudesse compreender as sensações, gozei com um gritinho surpreso, as convulsões tão intensas que eram quase dolorosas. Senti-o pulsar dentro de mim enquanto proferia um juramento aos deuses. Em seguida, ele me pegou pelos quadris e começou a me levantar e abaixar sobre o pau com tanta brutalidade que atiçou o meu desejo outra vez e roubou meu fôlego. Quando Vikter me levantou, remexi os quadris, fazendo movimentos circulares em torno de seu pau antes que ele me puxasse de novo para baixo, o que arrancou mais um palavrão dele e uma exclamação ofegante da minha parte.

Voltei a ficar excitada tão rápido que nem tive a chance de recuperar o fôlego do primeiro orgasmo antes que outro explodisse, nos encharcando com o meu prazer. Ele não desistiu nem me deu tempo para me recompor enquanto os tremores secundários seguiam, fazendo com que cada terminação nervosa do meu corpo formigasse.

Antes que eu pudesse entender o que ele estava fazendo, Vikter me levantou e se reclinou, me puxando para que montasse em seu rosto em vez de na cintura. E então afundou a boca em meu âmago, arrancando de mim um grito rouco que logo se transformou num juramento aos deuses enquanto ele se banqueteava. Ele sugou todo o meu néctar, emitindo sons de apreço e deleite que me fizeram pulsar. Girou a língua em torno do meu clitóris inchado, seguindo sua extensão como poucos homens sabem fazer. Mergulhou bem fundo e rodopiou a língua lá dentro; a sensação era tão boa quanto quando ele estava enterrado em mim até as bolas. Mordiscou meus pequenos lábios e depois lambeu a pele dolorida, me estimulando. Eu precisava de algo mais. E comuniquei isso ele.

Com uma rara habilidade, ele conseguiu se levantar e mudar nossas posições, me aproximando da janela. Seu calor me envolveu, apesar do ar frio. Senti-o arrancar o colete e a túnica, e vi as peças de roupa pousarem nas telhas ao meu lado antes que a pele de seu peito tocasse nas minhas costas, com um calor tranquilizador, porém frustrante. Segurou um seio e levantou as saias do meu vestido com a outra mão, deslizando os dedos entre minhas dobras.

Certificando-se de ancorar a ambos, Vikter enfiou dois dedos em mim. Arrancou outro suspiro da minha garganta ao curvar o dedo médio para acariciar aquele ponto lá no fundo, então abriu os dedos pervertidos em tesourinha para me esticar e girou o polegar sobre o meu clitóris de um jeito enlouquecedor. Estava prestes a entrar em combustão. Literalmente ofeguei com as sensações, sem conseguir me recuperar do que ele tinha feito comigo antes.

Atordoada, percebi vagamente que ele tinha se afastado e estava me empurrando para mais perto da janela. Quando Vikter colocou a mão delicada entre as minhas omoplatas e aplicou pressão, entendi o que ele queria e senti os músculos internos se contraírem só de pensar nisso. Abri um sorriso ao me debruçar no peitoril da mansarda e apoiar as mãos na mesa, balançando o traseiro em convite.

Ouvi uma risadinha seguida por um som de protesto e senti um arrepio repentino, mas então fui puxada para trás para que Vikter pudesse colocar suas roupas no peitoril para proteger a minha barriga. Corei, grata pelo afeto e pela consideração dele. Quando me guiou de volta para baixo, fui de boa vontade, me apoiando e preparando para a investida carnal que estava prestes a acontecer.

E ele não decepcionou nem um pouco. Levantou as saias do meu vestido por cima das minhas costas e investiu, arrancando de mim um grito que com certeza todo mundo no corredor podia ouvir — não que fosse muito diferente dos outros sons que saíam do Pérola. Ele estabeleceu um ritmo feroz com suas estocadas, retirando-se quase ao ponto da separação antes de investir outra vez. Era isso mesmo que eu tanto precisava e desejava, só queria... mais. E foi o que pedi a ele.

E Vikter entregou tudo.

Levou uma das mãos até a base do meu pescoço e o apertou de um jeito que atiçou ainda mais as chamas do meu desejo. Nunca me senti ameaçada ou em perigo com ele. E sim conquistada — e, para alguém tão independente e velha como eu, isso é algo muito raro. Sem vacilar em seu ritmo incansável, meus gritos se transformaram em berros, até que explodi num dos orgasmos mais intensos que tive em um bom tempo, o prazer travando todos os músculos do meu corpo e puxando o meu tecido conjuntivo com força até que ele se rompesse como um elástico, fazendo com que eu caísse sobre o peitoril da janela e me apoiasse na mesa.

Neste instante, senti suas coxas contraírem-se contra as minhas e seu membro inchar dentro de mim antes que ele finalmente caísse dos penhascos de prazer e se libertasse dentro mim; seus jatos quentes desencadeando tremores de um orgasmo secundário dentro de mim e trazendo um enorme sorriso e um suspiro de satisfação aos meus lábios.

Quando olhei para cima, avistei alguém descendo o corredor, com sua pele marrom quase cintilando à luz das arandelas e os olhos azuis piscando de alegria enquanto me olhava, me lançava um sorriso malicioso e um aceno de cabeça antes de seguir em frente e bater na sexta porta à esquerda.

Vikter se afastou de mim e depositou um beijo no meio das minhas costas antes que eu o sentisse usar algo para me limpar e depois ajeitar as minhas saias. Em seguida, virou-me de frente para ele. Quando olhei para seu rosto bonito e rude, vi satisfação ali. Relaxamento. Perguntei como estava sua dor de cabeça e ele se limitou a rir; o som estrondoso se instalou bem no fundo da minha barriga, causando sensações que eu não sabia como ainda era capaz de sentir.

Ele me ajudou a ajeitar a parte superior do vestido, e eu o ajudei a se limpar, levantar as calças e vestir a túnica. Vikter ficou com o colete na mão — certamente precisaria ser lavado, e eu quase ri alto ao imaginar o que quem se incumbisse daquele trabalho acharia disso.

Depois que estávamos arrumados, espiei por cima do telhado e vi um grupo de pessoas sorridentes olhando para cima. Acenaram e gritaram para nós, sorrindo de um jeito bobo; um dos casais precisava entrar logo e arranjar um quarto antes que os guardas os prendessem por atentado ao pudor — algo com o que eu mesma deveria estar mais preocupada.

Vikter entrou pela janela e então me ajudou a passar por ali, erguendo-me da mesa como se eu não pesasse nada e me colocando no chão diante de si. Encarou-me por um segundo antes de prender meu queixo entre o polegar e o indicador e inclinar a minha cabeça para trás para me dar um beijo lânguido. Depois, deu um último selinho nos meus lábios, acariciou o meu rosto com as costas dos dedos e se afastou antes de descer as escadas sem dizer uma palavra.

Respirei fundo e encostei na mesa atrás de mim, ouvindo seus passos, seguindo sua partida com os olhos e revivendo o que tinha acabado de acontecer e tudo que descobri nessa noite.

Vikter Wardwell, Guarda Real, também era um viktor, um ser eterno que nasceu com um único objetivo: proteger alguém que os Destinos acreditam estar fadado a trazer grandes mudanças ou propósitos. Mas, pelo que vi, ele era... diferente. E eu mal podia esperar para saber mais.

É isso mesmo, querido diário... Vikter é um viktor, o primeiro, aliás, a ser escolhido e comandado pelos Destinos. Mas eis a reviravolta: a maioria dos viktors não sabe nada sobre suas vidas passadas ou qual é o seu dever na vida atual. Mas, pelo que vi hoje à noite, Vikter é diferente. Ele se lembra e sabe de tudo. E parece haver ainda mais nessa história.

O que me faz pensar no que está por vir para nossa querida Penellaphe Balfour. Tenho certeza de que é ainda maior do que aquilo que vi.

LUPINOS NOTÓRIOS

Muito antes de eu existir, os lobos kiyou receberam uma forma mortal para servirem de guias e protetores dos filhos dos deuses. Fortes e leais, ocupam um lugar de destaque na sociedade porque foram escolhidos pelos próprios deuses. Diversos lupinos desempenharam um papel importante na história, principalmente no que se refere a Poppy e a Casteel. Pretendo registrá-los numa única lista, caso a informação venha a ser necessária.

ALASTIR DAVENWELL †

[para mais informações, ver o dossiê de Alastir]

Cabelo: Comprido e cor de areia.
Olhos: Azul-claros.
Corpo: Ombros largos.
Rosto: Rusticamente bonito.
Traços característicos: Cicatriz profunda no meio da testa.
Curiosidades: Voz rouca. Tem pelo menos oitocentos anos de idade, mas a aparência é de um homem na casa dos quarenta.
Personalidade: Não é propenso à violência. Um tanto alarmista.
Hábitos/Trejeitos/Forças/Fraquezas: Incrivelmente leal ao seu reino.
Antecedentes: Era o lupino vinculado ao Rei Malec, mas não consegue mais mudar de forma desde que o vínculo se rompeu. Conselheiro da Coroa do Rei Valyn e da Rainha Eloana. Depois de trair Cas ao raptar Poppy, ela o mata cortando sua garganta.
Família: Filha = Shea †. Sobrinha = Gianna. Sobrinho-neto = Beckett †.

ARDEN †

Olhos: De um tom vibrante de azul.
Aparência sobrenatural: Pelo branco e prateado.
Curiosidades: O aroma de sua assinatura pessoal lembra a maresia.
Antecedentes: Um dos principais guardas de Poppy. Morre numa câmara subterrânea cheia de Vorazes.

BECKETT DAVENWELL †

Cabelo: Preto.
Olhos: Azuis como o inverno.
Corpo: Físico de um menino de 13 anos.
Rosto: Pele marrom-clara.
Aparência sobrenatural: Pelo preto.
Personalidade: Cheio de energia. Entusiasmado.
Hábitos/Trejeitos/Forças/Fraquezas: Tem a mania de não olhar por onde anda. Adora saltar atrás de folhas e borboletas quando está na forma de lupino.
Antecedentes: Morto por Jansen para que o metamorfo tomasse o seu lugar.
Família: Alastir é seu tio-avô. Shea e Gianna são suas primas.

COULTON

Cabelo: Calvo.
Olhos: Azuis como o inverno.
Rosto: Tom de pele oliva.
Curiosidades: Idoso.
Antecedentes: Trabalha nos estábulos do Pontal de Spessa.

DELANO AMICU

[para mais informações, ver o dossiê de Delano]

Cabelo: Loiro platinado.
Olhos: Azul-claros e invernais.
Corpo: Alto. Musculoso e forte como um boi.
Rosto: Pele clara. Aparência jovial.
Traços característicos: Testa enrugada praticamente o tempo todo.
Aparência sobrenatural: Pelo branco.
Curiosidades: Sua assinatura é primaveril e leve como uma pena.
Personalidade: Introspectivo. De coração mole.
Hábitos/Trejeitos/Forças/Fraquezas: Muito rápido. Leal até demais.
Antecedentes: Não é vinculado a um Atlante da linhagem Fundamental. Sua matilha inteira foi morta pelos Ascendidos, incluindo sua família. Em um relacionamento com Perry.

Família: Mãe †, pai † e número desconhecido de irmãs †. Irmã = Preela †.

EFFIE †

Antecedentes: Morre com um golpe de lança no peito na Trilha dos Carvalhos.

GIANNA DAVENWELL

[para mais informações, ver o dossiê de Alastir]

Cabelo: Loiro escuro e ondulado.
Olhos: Azuis como o inverno e bem separados.
Corpo: Rechonchuda e voluptuosa. Bem mais baixa que Poppy.
Rosto: Sobrancelhas grossas. Maçãs do rosto e nariz angulosos. Boca pequena, com lábios carnudos.
Antecedentes: Segunda noiva de Casteel, depois de Shea.
Família: Tio = Alastir †. Prima = Shea †. Primo de segundo grau= Beckett †.

IVAN †

Aparência sobrenatural: Pelo malhado.
Antecedentes: Comparsa de Jericho. Empalado na parede por Casteel.

JASPER CONTOU

[para mais informações, ver os dossiês de Jasper e Kirha]

Cabelo: Desgrenhado e platinado, ondulando em volta das orelhas e do pescoço.
Olhos: Azul-claros.
Corpo: Alto.
Rosto: Pele bronzeada de sol. Barba por fazer no queixo.
Traços característicos: Tatuagem preta em ambos os braços, estendendo-se até os ombros.
Aparência sobrenatural: Espantosamente grande. Pelos prateados.
Curiosidades: Tem o dom de prever o futuro. Sua assinatura pessoal lembra o aroma de solo fértil e grama cortada, com uma sensação terrosa e mentolada.

Personalidade: Apegado à família.
Antecedentes: Líder dos lupinos. Membro do Conselho de Anciões.
Família: Esposa = Kirha. Filho = Kieran. Filhas = Vonetta e uma bebê recém-nascida.

JERICHO †

Cabelo: Preto e desgrenhado.
Olhos: Azul-claros.
Corpo: Grandalhão.
Rosto: Tem apenas a sombra de uma barba.
Personalidade: Sedento de sangue.
Antecedentes: Fazia parte da equipe de Cas dos tempos no Pérola Vermelha. Mata Rylan e tenta raptar Poppy no processo. Perde a mão esquerda devido à ira de Cas. Tenta matar Poppy na masmorra. Empalado na parede por Casteel ainda vivo. Acaba morto quando este remove os cadáveres da parede.

KEEV †

Rosto: Pele negra como ônix.
Curiosidades: Parece ser dez anos mais velho que Poppy.
Personalidade: Estoico e meio desconfiado.
Antecedentes: Ferido durante o ataque dos Ascendidos, deixa que Poppy alivie sua dor para que possa se curar. Perdeu alguém muito tempo atrás. Morto pelos Ascendidos — teve a cabeça arremessada no Pontal de Spessa.

KIERAN CONTOU

[para mais informações, ver o dossiê de Kieran]

Cabelo: Preto e cortado rente à cabeça.
Olhos: De um tom de azul tão pálido quanto o céu de inverno.
Corpo: Esbelto.
Rosto: Pele negra com um subtom quente. Rosto anguloso. Passa de friamente bonito a extraordinariamente atraente quando sorri.
Traços característicos: Ligeiro sotaque. Marcas desbotadas de garras no peito. Uma ferida cicatrizada perto da cintura.

Aparência sobrenatural: Pelos fulvos/areia/castanhos na forma de lupino. Ligeira presciência — tem sensações que tendem a se tornar realidade. Quase da altura de um homem, mesmo de quatro.
Curiosidades: Fina camada de pelos no peito. Tem mais de duzentos anos de idade. Sua assinatura pessoal lembra o aroma de cedro: intensa, terrosa e amadeirada. Seu sangue tem cheiro de floresta, também terroso e intenso.
Personalidade: Irônico e sarcástico. Um tanto controlador. Não gosta muito de abraços. Nada modesto. Tão transparente quanto um muro de tijolos. Sua expressão usual é de tédio com uma pontada de divertimento.
Hábitos/Trejeitos/Forças/Fraquezas: Move-se com a graça de um bailarino ao lutar. Costuma dormir na forma de lupino e dá chutes durante o sono, mas dorme melhor durante o amanhecer. Adora biscoitos... quer dizer, todo tipo de comida. Não gosta de cidades abarrotadas de gente. Excelente em preparar bebidas alcoólicas. Sua lealdade à família e àqueles que ama vai além de qualquer vínculo, inclusive do *estigma* Primordial.
Antecedentes: Vinculado a Casteel desde o nascimento. Perdeu seu grande amor — Elashya —, que nascera com uma doença degenerativa.
Família: Mãe = Kirha Contou. Pai = Jasper Contou. Irmãs - Vonetta e uma nova irmãzinha, de nome ainda desconhecido. Tia = Beryn.

KIRHA CONTOU

[para mais informações, ver o dossiê de Jasper e Kirha]

Cabelo: Trançado em fileiras finas e justas rentes ao couro cabeludo.
Olhos: De um tom de azul invernal.
Rosto: Pele negra como as rosas que florescem à noite. Maçãs do rosto largas. Lábios cheios.
Curiosidades: Às vezes, ela parece saber das coisas, tal como seu marido e seu filho.
Personalidade: Calorosa e maternal.
Hábitos/Trejeitos/Forças/Fraquezas: Adora tricotar. É boa com jardinagem. Dorme muito mal.
Família: Marido = Jasper. Filho = Kieran. Filhas = Vonetta e uma bebê recém-nascida. Irmã = Beryn.

KRIEG †

Antecedentes: Morto na batalha de Massene. Sua cabeça foi deixada numa estaca perto da fronteira com a Pompeia.

KYLEY †

Antecedentes: Morto na batalha de Massene. Sua cabeça foi deixada numa estaca perto da fronteira com a Pompeia.

LADY CAMBRIA

Cabelo: Loiro com mechas grisalhas.
Ascendência: Lupina.
Personalidade: Acha graça do comportamento ridículo dos outros. Um tanto cautelosa, porém estratégica.
Antecedentes: Auxilia na segurança do reino e faz parte do Exército Atlante.

LIZETH DAMRON

[para mais informações, ver o dossiê de Hisa Fa'Mar]

Cabelo: Na altura do queixo e platinado.
Olhos: Azuis como o inverno.
Rosto: Pele clara.
Personalidade: Corajosa.
Antecedentes: General lupina. Namorada de Hisa Fa'Mar.

LYRA †

Cabelo: Liso e castanho-escuro.
Olhos: Azul-claros.
Rosto: Pele marrom-clara de subtom dourado.
Aparência sobrenatural: De porte menor. Pelo marrom-escuro.
Curiosidades: Sua assinatura é como águas mornas e cascateantes. Um pouco mais nova que Kieran.
Personalidade: Corajosa. Doce.
Antecedentes: É a amiga colorida de Kieran. Foi assassinada por Isbeth.

PREELA †

Antecedentes: Lupina vinculada a Malik. Foi capturada e torturada pela Coroa de Sangue antes de ser morta pelo Rei Jalara. Teve os ossos transformados em sete adagas.
Família: Irmão = Delano.

ROALD †

Antecedentes: Morto na batalha de Massene. Sua cabeça foi deixada numa estaca perto da fronteira com a Pompeia.

ROLF †

Aparência sobrenatural: Pelo marrom.
Antecedentes: Comparsa de Jericho. Ataca Poppy na masmorra e é morto por ela com uma foice e depois empalado na parede com uma pedra de sangue por Cas, como um sinal de advertência.

RUNE

Aparência sobrenatural: Pelo marrom e preto.
Antecedentes: Estava com o grupo no Templo dos Ossos. Salva por Naill e depois morta por um dakkai, mas trazida de volta à vida por Poppy quando ela se funde a Sera.

SAGE

Cabelo: Curto, preto e espetado.
Aparência sobrenatural: Pelo cinza-escuro.
Curiosidades: Sua assinatura pessoal é de chuva fresca.
Hábitos/Trejeitos/Forças/Fraquezas: Apreciadora da forma física masculina — especialmente a de Reaver.

SHEA DAVENWELL †

[para mais informações, ver o dossiê de Alastir]

Personalidade: Rebelde. Corajosa. Inteligente. Não desiste de nada. Sincera.
Hábitos/Trejeitos/Forças/Fraquezas: Sabe se defender. Nunca pede ajuda e muitas vezes a recusa quando alguém oferece.
Antecedentes: Noiva de Casteel. Torna-se uma traidora ao tentar resgatar Casteel e acaba morta por ele.
Família: Pai = Alastir †. Prima = Gianna. Primo de segundo grau = Beckett †.

VONETTA CONTOU

[para mais informações, ver o dossiê de Vonetta]

Cabelo: Tranças nagô — finas — que chegam até a cintura.
Olhos: Azuis como o inverno.
Corpo: Alta.
Rosto: Pele negra, da cor das rosas que florescem à noite. Rosto anguloso. Maçãs do rosto largas. Lábios carnudos.
Traços característicos: Risada rouca e feminina.
Curiosidades: É sessenta anos mais nova do que o irmão, ou seja, tem uns 140 anos de idade.
Personalidade: Descontraída. Gentil. Não tem paciência com homens idiotas.
Hábitos/Trejeitos/Forças/Fraquezas: Adora frutas cristalizadas e exige-as de Kieran quando ele a deixa irritada. Péssima cozinheira. Ágil no uso de lâminas. Achava difícil acreditar que *qualquer um* em Solis fosse inocente até conhecer mais Descendidos.
Aparência sobrenatural: Pelos fulvos/castanhos/areia na forma de lupino, menor do que Kieran. Sua assinatura tem um aroma amadeirado, como carvalho-branco e baunilha.
Antecedentes: Guarda da Colina do Pontal de Spessa. Ajudou Casteel a se lembrar de que era mais do que um mero objeto depois do cativeiro.
Família: Mãe = Kirha Contou. Pai = Jasper Contou. Irmão = Kieran. Irmã = bebê ainda sem nome. Tia = Beryn.

PERSONAGENS DE ATLÂNTIA

Alastir Davenwell †
Lupino
Conselheiro da Coroa (Rei Valyn e Rainha Eloana)
Lupino vinculado a Malec
Traiu Casteel e foi morto por Poppy

Arden †
Lupino
Morreu durante o ataque de Vorazes nas câmaras subterrâneas

Aurelia
Dragontina
A única fêmea entre os três dragontinos despertos

Beckett Davenwell †
Jovem lupino
É curado por Poppy
Morto por Jansen para que este tomasse o seu lugar

Casteel Da'Neer
Atlante da linhagem Fundamental
Novo Rei de Atlântia
Coração gêmeo de Poppy
Realizou a União com Poppy e Kieran
Condutor de carruagem
Da Enseada de Saion

Coulton
Lupino
Trabalha nos estábulos do Pontal de Spessa

Dante †
Atlante
Foi morto enquanto fazia o reconhecimento com Delano perto do Pontal de Spessa

Delano Amicu
Lupino
Parte do círculo de amizades de Cas e Poppy

Dominik
Atlante
Comandante da Guarda da Coroa

Effie †
Lupina
Morta durante a batalha na Trilha dos Carvalhos

Elian Da'Neer †
Um antepassado Da'Neer que invocou um deus

Elijah Payne †
Atlante
Residente de Novo Paraíso
Morto pelos Ascendidos, teve a cabeça arremessada no Pontal de Spessa

Eloana Da'Neer
Atlante da linhagem Fundamental
Rainha anterior de Atlântia
Ajudou a sepultar Malec

Emil Da'Lahr
Atlante da linhagem Fundamental
Parte do círculo de amizades de Cas e Poppy
Tem um relacionamento casual com Vonetta

Gayla La'Sere
Atlante
General do Exército Atlante

General Aylard
Atlante
General do Exército Atlante

Gianna Davenwell
Lupina
Segunda noiva de Casteel depois de Shea

Griffith Jansen †
Atlante
Metamorfo
Do tipo raro de metamorfo capaz de assumir a forma de outra pessoa
Morto por Poppy

Harlan
Mortal ou metamorfo
Trabalha nos estábulos da Enseada de Saion

Hisa Fa'Mar
Atlante
Comandante da Guarda da Coroa
Namorada de Lizeth

Ivan †
Lupino
Membro do grupo que tentou matar Poppy na masmorra
Empalado na parede por Casteel

Jasper Contou
Líder dos Lupinos
Pai de Kieran e Vonetta

Jericho †
Lupino
Teve a mão esquerda cortada como punição por tentar raptar Poppy sem ter sido ordenado e depois é empalado vivo na parede por Casteel — pouco antes de ser morto

Joshalynn
Atlante
Anciã do Conselho

KEEV †
Lupino
Morto em Novo Paraíso

Kieran Contou
Lupino
Vinculado a Casteel
Novo Conselheiro da Coroa
Realizou a União com Poppy e Cas

Kirha Contou
Lupina
Mãe de Kieran e Vonetta

Lady Cambria
Lupina
Suplente do Conselho do Anciões

Landell
Atlante
Residente de Novo Paraíso
Foi contra Poppy se tornar Rainha
Casteel arrancou o coração do seu peito

Lin
Atlante
Soldado do regimento de Aylard

Lizeth Damron
Lupina
General do Exército Atlante
Namorada de Hisa

Lorde Gregori
Atlante
Ancião do Conselho

Lorde Murin
Atlante
Metamorfo
General do Exército Atlante

Lyra †
Lupina
Era a amiga colorida de Kieran
Morta por Isbeth

Magda †
Atlante
Residente de Novo Paraíso
Morta pelos Ascendidos
Sobrinha de Elijah

Malec O'Meer [Mierel]
Deus
Filho de Nyktos e Sera
Está sepultado há eras
Foi o primeiro a Ascender alguém — Isbeth (transformando-a numa demis)

Malik Da'Neer
Atlante da linhagem Fundamental
Príncipe de Atlântia
Foi mantido em cativeiro pela Coroa de Sangue durante anos
Coração gêmeo de Millicent

Marji
Criança Atlante
Foi trazida de volta à vida por Poppy

Pai de Marji
Atlante
Residente da Enseada de Saion

Mãe de Marji
Atlante
Residente da Enseada de Saion

Naill La'Crox
Atlante da linhagem Fundamental
Parte do círculo de amizades de Poppy e Casteel

Pai de Naill
Atlante da linhagem Fundamental
Gerencia os moinhos em Evaemon

Nektas
Dragontino
Primeiro dragontino criado
Vinculado a Nyktos
Sua filha, Jadis, foi raptada pela Coroa de Sangue

Nithe
Dragontino
Um dos dragontinos convocados por Poppy

Nova
Atlante
Guardiã

Odell Cyr
Atlante
General do Exército Atlante

Penellaphe Balfour
Primordial de Sangue e Ossos e a *verdadeira* Primordial da Vida e da Morte
Ex-Donzela
Neta de Nyktos e Sera
Filha de Ires e Isbeth
Coração gêmeo de Casteel
Realizou a União com Cas e Kieran

Perry
Atlante da linhagem Fundamental
Amigo de Casteel
Tem um relacionamento com Delano

Preela †
Lupina
Vinculada a Malik
Morta pelo Rei Jalara
Teve os ossos transformados em sete adagas de pedra de sangue

Quentyn Da'Lahr
Atlante da linhagem Fundamental
Adolescente

Raul
Mortal
Residente de Evaemon
Cavalariço

Reaver
Dragontino
Foi o primeiro a despertar quando Poppy convoca os guardas de Nyktos

Renfern Octis †
Mortal
Jovem
Morto por Lorde Chaney

Roald †
Lupino
Morto perto da fronteira da Pompeia

Rolf †
Lupino
Membro do grupo que tentou matar Poppy na masmorra
Decapitado por Poppy com uma foice
Empalado na parede por Casteel

Rose
Mortal
Governanta do palácio em Evaemon

Rune
Lupina
Presente na batalha do Templo dos Ossos

Sage
Lupina
Tem uma queda por Reaver

Senhorita Seleana
Mortal
Costureira da Enseada de Saion

Shea Davenwell †
Lupina
Filha de Alastir
Noiva de Casteel
Traiu os Da'Neer
Casteel a matou com as próprias mãos

Sven
Atlante da linhagem Fundamental
Ancião do Conselho

Pai de Perry
Fascinado pela magia Primordial e conhecedor dela

Talia
Atlante
Curandeira

Thad
Dragontino
Integrante do grupo convocado por Poppy
Sera o trouxe de volta à vida nos tempos dos deuses

Valyn Da'Neer
Rei anterior de Atlântia
Pai de Casteel

Vonetta Contou
Lupina
Irmã de Kieran
Tem um relacionamento casual com Emil

Wilhelmina Colyns
Atlante
Metamorfa
Vidente
Anciã mais velha do Conselho
Adora registar seus encontros carnais em diários picantes

Wren
Mortal
Descendido

PERSONAGENS DE SOLIS

Agnes
Mortal
Residente da Masadônia
Esposa (amaldiçoada) de Marlowe

Blaz †
Mortal
Descendido
Marido de Clariza
Trabalhava com Malik quando este se passava por Elian
Morto por Isbeth

Britta
Mortal
Criada
Tinha um caso com Casteel

Bryant †
Mortal
Caçador/Guarda
Morre durante o ardil de Hawke

Callum
É o primeiro Espectro
Já existia no tempo dos deuses
Irmão de Sotoria

Clariza †
Mortal
Descendida
Esposa de Blaz

Trabalhava com Malik quando este se passava por Elian
Morta por Isbeth

Comandante Forsyth †
Comandante da Guarda da Colina na Trilha dos Carvalhos
Morto durante a invasão da Trilha dos Carvalhos

Comandante Jansen
Atlante
Metamorfo
Assume o papel de guarda como parte do ardil de Casteel para raptar a Donzela
Morto por Poppy quando revela suas verdadeiras intenções

Coralena †
Espectro
Aia
Mãe adotiva de Poppy
Foi morta quando Isbeth a fez ingerir sangue de dragontino

Dafina †
Mortal
Dama de Companhia
Morre durante o massacre do Ritual

Diana †
Mortal
É uma segunda filha — tinha dez anos de idade
Morta pelos Ascendidos

Duque Dorian Teerman †
Ascendido
Tutor de Poppy
Governante da Masadônia
Morto por Hawke

Duque Ravarel
Ascendido
Governante da Trilha dos Carvalhos
Desaparecido

Duque Silvan †
Ascendido
Governante de Massene
Morto por Poppy

Duquesa Jacinda Teerman †
Ascendida
Tutora de Poppy
Governante da Masadônia
Morta por Poppy

Duquesa Ravarel
Ascendida
Governante da Trilha dos Carvalhos
Desaparecida

Framont †
Ascendido
Sacerdote
Morto por Poppy

Hannes †
Mortal
Integrante da Guarda Real da Donzela
Morreu durante o sono

Hawke Flynn
Atlante da linhagem Fundamental
Alter ego de Casteel
Guarda Real da Donzela

Ian Balfour †
Ascendido
Irmão de Poppy
Filho de Cora e Leo
Foi morto por Isbeth

Leopold †
Viktor
Pai adotivo de Poppy
Ninguém sabe ao certo o que aconteceu com ele, embora se presuma que tenha voltado ao Monte Lotho para aguardar o renascimento.

Lev Barron †
Mortal
Descendido
Perdeu um irmão para a febre e o outro para o Ritual
Supostamente morto pelo Duque Teerman

Lorde Brandole Mazeen †
Ascendido
Amigo do Duque Teerman
Costumava torturar Poppy
Poppy cortou seu braço e depois sua cabeça

Lorde Chaney †
Ascendido
Morto por Poppy

Lorde Haverton †
Ascendido
Governante de Novo Paraíso
Secretamente falecido

Loren †
Mortal
Dama de Companhia
Morre durante o massacre do Ritual

Luddie †
Mortal
Caçador
Casteel o mata com uma flecha de besta no pescoço

Mac
Descendido
Trabalha no bairro dos frigoríficos

Magnus
Mortal
Mordomo do Duque Teerman

Malessa Axton †
Mortal
Dama de Companhia
Supostamente morta por Lorde Mazeen, sem nenhuma gota de sangue no corpo

Millicent
Espectro
Filha de Isbeth e Ires
Coração gêmeo de Malik
Irmã de Poppy

Murphy †
Mortal
Levado e morto durante o Ritual

Noah †
Mortal
Caçador
Foi morto enquanto escoltava Poppy para a capital

Pence
Mortal
Guarda da Colina

Peter †
Mortal
Levado e morto durante o Ritual

Rainha Ileana/Isbeth †
Demis
Rainha de Solis
Coração gêmeo de Malec
Mãe de Poppy e Millicent
Esposa do Rei Jalara

Ramon
Mortal
Seu filho, Abel, foi levado pelos Ascendidos

Ramsey
Mortal
Um dos mordomos do Duque

Rei Jalara †
Rei anterior de Solis
Marido de Ileana/Isbeth
Matou Preela
Poppy o decapita para mandar uma mensagem a Isbeth

Rylan Keal †
Mortal
Guarda Real
Morto por Jericho durante o ardil de Hawke

Sacerdotisa Analia
Ascendida
Sacerdotisa
Professora de Poppy

Sir Terrlynn †
Ascendido
Cavaleiro Real
Cas corta-lhe a cabeça

Sr. Tulis †
Mortal
Descendido
Morto depois de tentar matar Poppy — empalado na parede por Cas

Sra. Tulis †
Mortal
Morta pelo Lorde Chaney

Srta. Willa Colyns
Atlante
Metamorfa
Anciã do Conselho
Vidente
Morou em Solis por um bom tempo
Gosta de se disfarçar de Dama no Pérola Vermelha
Autora do diário encontrado no Ateneu

Tasos
Mortal
Guarda da Colina na Trilha dos Carvalhos
Mostrou ao grupo as câmaras subterrâneas cheias de Vorazes e crianças mortas durante o Ritual

Tawny
Mortal
Dama de Companhia
Criada e amiga de Poppy
Foi apunhalada com uma lâmina de pedra das sombras e transformada em algo ainda desconhecido

Tenente Smyth
Mortal
Guarda Real
Adora se meter nos assuntos de Hawke

Tobias Tulis †
Mortal
Criança entregue ao Ritual

Vikter Wardwell †
Viktor
Guarda, amigo e treinador de Poppy
O único *viktor* que se lembra de todas as suas vidas

Wren
Mortal
Descendido

DESCENDIDOS E APOIADORES NOTÓRIOS

Os Descendidos são mortais e Atlantes que apoiam o Senhor das Trevas e desejam ver Atlântia ressurgir das cinzas. Acredita-se que sejam responsáveis pelo desaparecimento de vários Ascendidos, e são conhecidos por iniciarem tumultos. Alguns Descendidos, mas não todos, têm sangue Atlante ou são parentes de quem lutou ao lado dos Atlantes durante a guerra e, portanto, sabem a verdade.

Embora sigam o Senhor das Trevas, os Descendidos não são governados por ele. Fazem o que querem e seu amor pelo reino está acima de qualquer outra lealdade.

Alastir Davenwell †
Lupino
Conselheiro da Coroa (Rei Valyn e Rainha Eloana)
Vinculado a Malec
Traiu Casteel e foi morto por Poppy

Blaz †
Mortal
Marido de Clariza
Trabalhava com Malik quando este se passava por Elian
Morto por Isbeth

Clariza †
Mortal
Esposa de Blaz
Trabalhava com Malik quando este se passava por Elian
Morta por Isbeth

Elijah Payne †
Atlante
Residente de Novo Paraíso
Morto pelos Ascendidos, teve a cabeça arremessada no Pontal de Spessa

Invisíveis
Irmandade/organização secreta exclusivamente masculina
Usam máscaras que lembram a face de lupinos

Ivan †
Lupino
Membro do grupo que tentou matar Poppy na masmorra
Empalado na parede por Casteel

Jericho †
Lupino
Teve a mão esquerda cortada e depois foi empalado vivo na parede por Casteel — pouco antes de ser morto

Keev †
Lupino
Morto em Novo Paraíso

Landell
Atlante
Residente de Novo Paraíso
Foi contra Poppy se tornar rainha
Casteel arranca o coração do seu peito

Lev Barron †
Mortal
Loiro
Supostamente morto pelo Duque Teerman

Mac
Mortal
Careca
Líder do grupo de Descendidos no matadouro

Magda †
Atlante
Residente de Novo Paraíso
Morta pelos Ascendidos
Sobrinha de Elijah

Rolf †
Lupino
Membro do grupo que tentou matar Poppy na masmorra
Decapitado por Poppy com uma foice
Empalado na parede por Casteel

Sr. Tulis †
Mortal
Morto depois de tentar matar Poppy — empalado na parede por Cas

Wren
Mortal

GUARDIÃS

Soldadas de elite de Atlântia. As Guardiãs são um batalhão exclusivamente feminino de guerreiras fortes e poderosas, nascidas das antigas linhagens de Guerreiros.

Atributos físicos:
Força de combate exclusivamente feminina.
Sua líder é Nova, uma mulher alta e loira.
Vestem-se de preto.

Habilidades sobrenaturais:
Apenas as mulheres têm habilidades especiais devido à sua linhagem.
Em termos de força e mortalidade, são iguais aos Atlantes da linhagem Fundamental.
Precisam de sangue para sobreviver.

Hábitos e trejeitos:
As Guardiãs sempre treinam os exércitos de Atlântia.
Uma Guardiã equivale a vinte soldados treinados.
Têm um grito de guerra longo e estridente.
Usam espadas de pedra que se incendeiam quando/se forem batidas uma contra a outra.

História e tradição:
As últimas da linhagem, elas nasceram de uma longa sucessão de Guardiães que juraram defender Atlântia até o último suspiro.
As Guardiãs são a única linhagem de Guerreiros que resta.
Sobraram apenas umas duzentas Guardiãs.

DRAGONTINOS NOTÓRIOS

Há muito tempo, bem antes dos Primordiais, dos deuses e, certamente, de mim, os dragões existiam tanto no plano mortal quanto na Terra dos Deuses. Quando os deuses surgiram, Eythos, o Primordial da Vida, fez amizade com os dragões. Ele queria conhecer a sua história, por isso ofereceu-lhes uma forma mortal. Os dragões que aceitaram sua proposta ficaram conhecidos como dragontinos.

Aurelia

Aparência sobrenatural: Escamas marrom-esverdeadas. Pescoço comprido. Asas do comprimento do corpo. Maior que Nithe e Thad, mas menor que Reaver. Fileiras de chifres e cristas em volta do pescoço.
Antecedentes: Uma das três fêmeas entre os 23 dragontinos despertos. Apresentou todos os dragontinos para Poppy para que ela soubesse quem era cada um.

Basilia

Antecedentes: Dragontina de Attes.

Crolee

Aparência sobrenatural: Escamas pretas e marrons.
Família: Primos distantes = Ehthawn e Orphine †.

Davina †

Cabelo: Comprido e cor de mel.
Olhos: Azuis vívidos.
Rosto: Pele marrom-avermelhada.
Aparência sobrenatural: Pequena. Escamas marrom-avermelhadas.
Curiosidades: A maioria a chama de "Dav".
Personalidade: É difícil desvendar se ela gosta de alguém ou se está prestes a atear fogo na pessoa.

Hábitos/Trejeitos/Forças/Fraquezas: Carrega uma adaga fina e de lâmina preta no antebraço e outra na coxa.
Antecedentes: Levava as refeições para Sera. Foi morta quando Kolis enviou seus dragontinos.
Família: Sua irmã mais velha morreu há muito tempo.

Diaval

Cabelo: Comprido, ondulado e loiro.
Olhos: Vermelhos como o rubi.
Rosto: Bonito, porém presunçoso.
Antecedentes: Dragontino de Kolis.

Ehthawn

Aparência sobrenatural: Grande. Escamas da cor do ônix.
Família: Irmã gêmea = Orphine †.

Iason

Cabelo: Preto.
Antecedentes: Dragontino de Kolis.

Jadis

Cabelo: Preto.
Aparência sobrenatural: Escamas marrom-esverdeadas. Pescoço comprido. Cabeça de formato oval.
Personalidade: Destemida. Curiosa.
Antecedentes: Aprisionada pela Coroa de Sangue.
Família: Pai = Nektas. Mãe = Halayna †.

Naberius

Aparência sobrenatural: Preto com escamas de ponta vermelha. Mandíbula ampla e nariz largo e achatado. Seus chifres brotam da cabeça e curvam-se

para trás — do tamanho de uma perna humana. Asas de ampla envergadura e cauda espetada.
Antecedentes: Dragontino de Kolis.

Nektas

Cabelo: Comprido e preto com mechas ruivas (e depois com mechas grisalhas).
Olhos: Vermelhos como o sangue e de pupilas verticais (depois azuis como a safira e de pupilas verticais).
Corpo: Alto. Pernas compridas.
Rosto: Pele da cor do cobre. Feições amplas e orgulhosas.
Traços característicos: Tem cristas na pele que se assemelham a escamas.
Características sobrenaturais: Escamas pretas e cinza-escuras. Cauda espetada. Tem o tamanho de três cavalos grandes. Pescoço comprido e gracioso. Cabeça com o mesmo tamanho da metade do corpo de um cavalo. Nariz achatado e largo. Mandíbula ampla. Chifres espetados como uma coroa no alto da cabeça. Corpo de uns seis metros de comprimento.
Personalidade: Calmo. Reservado. Sábio.
Hábitos/Trejeitos/Forças/Fraquezas: Audição extraordinária. Manifesta roupas com o poder da mente.
Antecedentes: Foi o dragontino vinculado a Eythos, o primeiro de todos — já era amigo dele antes de receber a natureza dupla. Criou o primeiro mortal com Eythos. Quando o Primordial morreu, o vínculo foi rompido e ele acabou vinculado a Nyktos por vontade própria.
Família: Filha = Jadis. Companheira = Halayna †. Parente distante = Thad. Primordiais vinculados = Eythos e depois Nyktos.

Nithe

Cabelo: Ondas suaves e preto-azuladas logo abaixo do queixo.
Olhos: Azuis como a safira e pupilas verticais.
Corpo: Pouco mais de 1,80 metro. Ombros largos. Coxas grossas. Cintura e quadris bem tonificados.
Rosto: Maçãs do rosto altas. Queixo quadrado e anguloso. Lábios macios.
Traços característicos: Covinha no queixo. Cristas na pele que se assemelham a escamas.

Aparência sobrenatural: Escamas da cor das cinzas. Um pouco maior do que um cavalo (menor que Reaver e Aurelia, mas maior que Thad). Asas da cor da meia-noite. Fileiras de chifres e frisados em volta do pescoço.
Personalidade: É do tipo forte e caladão.

Orphine †

Cabelo: Comprido e preto.
Olhos: Carmim com pupilas verticais no tempo dos deuses.
Corpo: Alta. Quadris arredondados. Aparência suave.
Rosto: Pele clara.
Aparência sobrenatural: Grande. Escamas da cor do ônix ou da meia-noite.
Curiosidades: Parece ter vinte e poucos anos.
Hábitos/Trejeitos/Forças/Fraquezas: Gosta de ler.
Família: Irmão gêmeo = Ehthawn. Primo distante = Crolee.

Reaver

Cabelo: Loiro, na altura dos ombros.
Olhos: Carmim com pupilas verticais no tempo dos deuses. Azuis com pupilas verticais no presente.
Corpo: Pernas compridas.
Rosto: Pele cor de areia. Queixo pontudo, forte e marcante. Olhos separados e inclinados para baixo no canto interno. Lábios carnudos em forma de arco. Não tem uma beleza clássica, mas é interessante e atraente.
Traços característicos: Ligeiro padrão de escamas perceptível na pele.
Aparência sobrenatural: Escamas preto-arroxeadas. Grande, porém menor que Nektas. Seus chifres pretos e lisos começam no meio da ponte achatada do nariz e sobem até o meio da cabeça em formato de diamante. Os que estão ao redor dos olhos são menores, mas se alongam em pontas afiadas que se projetam dos frisados que sobem por sua cabeça.
Curiosidades: Voz rouca. É capaz de transformar os dentes em presas e cuspir fogo enquanto está em forma divina.
Personalidade: Indiferente. Sarcástico. Irrita-se facilmente.
Antecedentes: Era criança quando o que Kolis fez foi revelado. Foi escondido com os outros filhotes. Primeiro dragontino a surgir depois que Poppy convoca os guardas de Nyktos.

Sax

Antecedentes: Dragontino de Kolis.

Thad

Cabelo: Loiro.
Olhos: Carmim com pupilas verticais.
Rosto: Pele clara. Feições suaves.
Aparência sobrenatural: Escamas preto-amarronzadas. Pescoço comprido com fileiras de chifres e frisados.
Curiosidades: Parece ser alguns anos mais novo do que Sera.
Personalidade: Tolerante.
Antecedentes: Sera é forçada a matá-lo e depois o traz de volta à vida.
Família: Parente distante = Nektas.

OBSERVAÇÃO: Dezessete dos vinte e três dragontinos que Poppy convocou foram mortos durante a tempestade Primordial conjurada por Vessa.

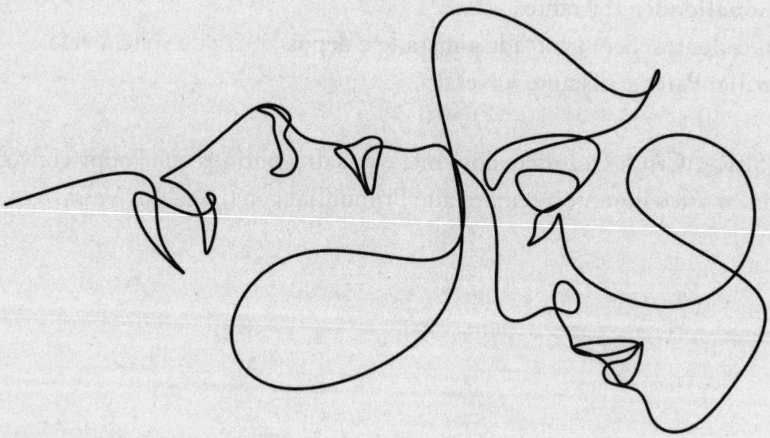

A PRIMEIRA VEZ DE CARNE E FOGO

Querido diário,

Esta noite foi cheia de novidades, e você sabe muito bem que isso é raro para mim — embora não seja por falta de tentativas.

A seguinte passagem é dedicada à nova Rainha de Atlântia, porque, sem ela, isso jamais teria acontecido. No entanto, eu me sinto, sim, um tanto mal por me deleitar com eventos decorrentes de circunstâncias bastante penosas e insuportáveis. Ora, foi um mergulho no lago do tempo, um instante de prazer roubado em meio ao caos, e por essa razão merece ser celebrado.

Eu estava viajando a negócios do Conselho e acabei nos arredores do Pontal de Spessa. Naquela noite, tive uma visão de chamas bruxuleantes e escamas reluzentes, e concluí que Penellaphe havia convocado os guardas do Rei dos Deuses para ajudar a resgatar seu marido e pôr um fim à Coroa de Sangue. Como tinha visto relances dos próximos acontecimentos, eu já tinha uma ideia do que estava por vir.

Mas vamos voltar à minha visão de fogo... pois foi o que veio a ser.

Ah, me desculpe, estou me adiantando outra vez. A culpa é do fascínio prolongado e da saciedade persistente. Tenho um sorriso nos lábios até agora...

Em vez de partir, solicitei mais uma noite de estadia no estabelecimento onde havia alugado um quarto no último andar e decidi esperar para ver o que aconteceria. Algo na minha visão, apesar de vago e indistinto, me incitou a ficar. E foi o que fiz. É preciso seguir seus instintos, ou a vida seria monótona demais.

Assim que o dia começou a escurecer, visitei uma taverna local na mesma rua da minha estalagem e me acomodei com um copo de uísque e um prato de ensopado. Quando já estava prestes a desistir e voltar para o quarto, a porta se abriu e um dos homens mais bonitos que já vi entrou ali.

Ele tinha pouco mais de 1,80 metro de altura, ombros largos e coxas grossas; a parte superior de seu corpo era um triângulo delicioso que ia se estreitando até a cintura, com quadris bem tonificados. Seu cabelo caía em ondas suaves logo abaixo do queixo, e eu fiquei de boca aberta quando ele ergueu a mão para passar os dedos pelas mechas.

Ele usava roupas casuais em vários tons de cinza com alguns detalhes em preto e exalava um ar de poder Primordial com um toque de perigo.

Quando o homem se aproximou e ficou postado sob a luz da lareira que incidia pelo salão, examinei seu rosto. Ele tinha maçãs do rosto salientes e um queixo quadrado com uma covinha no meio que fiquei com vontade de lamber. Seus lábios eram macios e convidativos. Até seu pomo de adão era atraente quando ele engolia em seco.

Ele olhou ao redor da taverna, provavelmente tentando encontrar um lugar para sentar. Quando seu olhar alcançou a mesa onde eu estava jantando, estudei seus olhos. Eram de um tom suave e brilhoso de safira — algo bem raro. Os lupinos tinham olhos azuis como gelo, um sinal de sua dupla natureza. Aquela tonalidade de azul tinha o mesmo significado, mas as pupilas verticais em meio ao mar cerúleo confirmaram a suposição que fiz assim que ele entrou na taverna. Diante de mim, havia um dragontino em sua forma divina.

Apontei para o assento vazio à minha mesa e inclinei a cabeça enquanto cruzava as pernas, deixando que a fenda da minha saia fornecesse a visão convidativa de uma coxa e panturrilha negras e tonificadas. O dragontino acompanhou o movimento e depois voltou a me encarar, olhando de relance para a cadeira à frente antes de finalmente seguir em minha direção.

Meu coração martelava dentro do peito, tomado de empolgação. Quando ele se sentou à minha frente, sem desviar o olhar cativante do meu, sua aura quase me fez cair da cadeira. Aquilo era poder. Poder ancestral. O poder dos deuses encarnado. E isso me deixou excitada.

Por fim, recuperei a voz e o cumprimentei, dizendo-lhe meu nome e perguntando o dele. Houve um silêncio tão longo que receei tê-lo assustado, mas então ele me respondeu com um timbre grave que ressoou e provocou um calor no meu peito e nas minhas entranhas.

O dragontino me disse que seu nome era Nithe e perguntou se eu sabia o que ele era. Presumi que ele podia sentir o sangue metamorfo em mim e talvez até soubesse que eu era uma Vidente. Respondi que sim e começamos a conversar. Ele era muito engraçado, o que foi uma surpresa. Também era bastante educado e me fez sentir valorizada, vista e ouvida. Bebemos uísque e aproveitamos o fogo e a companhia um do outro até o garçom dizer que estava na hora de fechar a taverna.

Sem tirar os olhos dos dele, reuni toda a coragem e perguntei se ele gostaria de voltar comigo para o meu quarto. Ele hesitou por apenas um segundo antes de concordar, em seguida, se levantou e pegou a minha mão. Segui na frente, descendo a rua, e subi a escada até o meu quarto, remexendo ligeiramente os quadris.

Assim que fechei a porta, Nithe me puxou contra si, com as saliências rijas do corpo friccionando as superfícies macias do meu. Beijou-me como se estivesse faminto, enroscando uma das mãos no meu cabelo enquanto a outra fazia uma viagem exploratória pelas depressões e vales do meu traseiro.

Senti o volume impressionante de sua virilidade por trás da braguilha das calças, e meu corpo reagiu com uma onda de calor e desejo.

Ele se afastou para levar as mãos até os fechos do meu vestido, e eu segui seu exemplo, desatando os cordões em seu pescoço e cintura, e afrouxando a braguilha o suficiente para ver a cabeça de seu pau. Fiquei com água na boca e não pude deixar de imaginar se as escamas apareceriam em algum lugar enquanto ele estava na forma mortal.

Afastei esses pensamentos da cabeça e continuei despindo suas roupas, virando o dragontino para ajudá-lo a se livrar da camisa e notando a tênue fileira de cristas que lembravam escamas nas costas dele. Em seguida, ajudei-o a tirar as minhas roupas até ficarmos gloriosamente nus diante um do outro — e bota gloriosamente nisso. Nithe era uma obra de arte de peitorais e bíceps bem esculpidos, tríceps e ombros salientes. Seu pau era longo, duro e um pouco inclinado para a esquerda, algo que, pela minha vasta experiência, significava ter sensações maravilhosas.

Enquanto ele percorria meu corpo com seu olhar de lápis-lazúli, meus mamilos entumeceram, e senti um tremor nas coxas. Perdi o fôlego e fiquei completamente paralisada, presa por sua atenção. Seu poder. Deleitei-me com aquilo, jogando a cabeça para trás e deixando um suspiro baixinho escapar.

Nithe encarou minha reação como um convite e avançou, lambendo e chupando meu pescoço e meus seios. Não consegui fazer nada além de puxar as mechas sedosas de seu cabelo preto-azulado e me entregar às variadas sensações.

Quando ele me pegou nos braços, enrosquei as pernas de bom grado em volta dele, juntando os tornozelos atrás de suas costas e nos aproximando enquanto me esfregava descaradamente contra sua ereção. Ele soltou um grunhido baixo e retumbante que senti em meu peito e âmago, e tomei sua boca sem nenhum escrúpulo.

Só o soltei quando ele me deitou na cama, apoiando-se nos braços por cima de mim e voltando a me examinar da cabeça aos pés; seu olhar era como uma carícia física. Então comentou que eu parecia uma deusa, com os cabelos espalhados ao redor da cabeça, e eu fiquei ligeiramente corada. Era bem possível que ele soubesse das coisas em primeira mão — pelo menos mais do que eu.

Inverti nossas posições, e ele deixou, deitando-se no colchão com a deliciosa parte superior de seu corpo apoiada nos cotovelos. Ele me observou extasiado, com as pupilas verticais se expandindo no mar azul enquanto eu o pegava na mão e levava a boca até seu pau. Engoli o máximo que pude, usando a mão para lhe dar ainda mais prazer, e sorri de leve quando uma vibração o fez gemer e cair na cama. Quanto mais trabalhava nele e apreciava seu êxtase, mais excitada eu ficava.

Como se pudesse sentir — ou farejar — a mudança, ele assumiu o controle, trocando de posição para me colocar de quatro, de frente para a porta da varanda. Passou as pontas dos dedos calejados pela minha coluna, demorando-se nas curvas do meu traseiro por um segundo antes que eu o sentisse na minha entrada.

Ele me penetrou bem devagar, mas o estiramento foi magnífico. À medida que entrava cada vez mais, a plenitude parecia maior do que eu era capaz de suportar. Quando por fim entrou completamente, atingindo o ponto dentro de mim que fazia com que clarões de cor explodissem atrás das minhas pálpebras, entreguei-me ao prazer.

Implorei por mais, e ele me entregou tudo, dando estocadas rápidas e fortes e me levando às alturas. Senti que estava no pico mais alto das Montanhas Skotos, prestes a saltar. Mas não haveria queda. Na verdade, eu tinha certeza de que sairia voando dali.

Com uma das mãos no meu quadril para me firmar, ele levou a outra até meu seio, pressionando o mamilo contra a palma. Apertou-me de leve, quase até o ponto da dor, e senti uma pulsação bem no lugar onde estávamos unidos. Ele também sentiu, pois começou a gemer e agitar os quadris enquanto dava suas estocadas, atingindo tanto a minha pérola de prazer quanto o ponto mágico bem lá no fundo.

Para ser sincera, não sei como ainda estava consciente, pois o prazer era quase insuportável, embora ainda não tivesse gozado. Quando ele deslizou a mão pelo meu corpo e girou o dedo indicador sobre o meu clitóris, dei um gritinho, com o corpo convulsionando em torno do dele e puxando-o ainda mais fundo conforme apertava sua ereção de aço com minha pele de seda.

Nithe tirou o membro de mim enquanto eu ainda tremia por dentro e por fora, e eu quase berrei de frustração antes que ele me virasse de frente e me tomasse outra vez, olhando nos meus olhos enquanto me penetrava e erguia meus quadris contra os seus, com o suor escorrendo da testa e reluzindo no peito.

Cravei as unhas em sua carne com força suficiente para marcar, mas não tirar sangue, e ele sibilou, fechando os olhos. Assim que ele voltou a remexer os quadris, senti meu âmago se contrair mais uma vez, então estendi a mão por trás dele e brinquei delicadamente com aquele nó tenso de músculo, fazendo com que ele perdesse o controle do ritmo. Na estocada seguinte, gozei com mais um grito.

Ele me penetrou de novo. Com força. Bem lá no fundo. Então arqueou as costas e soltou um rugido, sua essência me banhando com um calor diferente de tudo que eu já tinha experimentado antes. Os tremores secundários do meu orgasmo extraíram tudo que puderam dele até que o dragontino desabou em cima de mim, respirando pesadamente e parecendo absorver todo o meu cheiro.

Acariciei suas costas, deslizando o dedo pela transpiração e tocando as cristas que eram um sonho sensorial, maravilhada ao ver como cada músculo de seu corpo parecia esculpido em pedra.

Devo ter caído no sono, pois fui acordada por um beijo suave na têmpora. Nithe estava ao lado da cama, ainda maravilhosamente nu. Ele afastou algumas mechas de cabelo do meu rosto e se abaixou para beijar meus lábios. Ao se levantar, disse que precisava ir embora, mas garantiu que não se esqueceria do nosso encontro por um bom tempo. Respondi que também não me esqueceria e então o observei caminhar até a varanda, flexionando o traseiro rijo a cada passo.

Ele abriu a porta, olhou para mim por cima do ombro com um sorriso e pulou.

Engoli em seco, saí da cama para o peitoril da varanda e olhei para baixo. Como não vi nada, ergui o olhar e avistei uma criatura magnífica no céu. As escamas eram da cor das cinzas e suas asas eram enormes e mais escuras que a meia-noite. Ele tinha chifres pretos que se projetavam do focinho e subiam até o centro de sua enorme cabeça. Quanto mais para trás subiam, mais longos e afiados se tornavam, até se projetarem de frisados grossos. Nithe deu meia-volta e desceu, inclinando-se no último segundo para chegar o mais perto que se atrevia da estalagem.

Senti o roçar do ar no rosto e no corpo e levei a mão até o peito, absolutamente maravilhada. Foi como uma onda, e eu não me esqueceria daquilo tão cedo.

Assisti a seu voo até não conseguir mais vê-lo enquanto ele seguia em direção ao Pontal de Spessa, e depois voltei para o quarto, trancando a porta da varanda atrás de mim.

Apanhei a camisa que ele tinha deixado no chão, vestia-a por cima da cabeça e puxei o tecido até o nariz, inalando e absorvendo seu cheiro amadeirado e terroso.

Cercada por seu aroma e ainda latejante devido ao nosso encontro, adormeci e tive sonhos belíssimos.

Willa

O ÚLTIMO ORÁCULO

Ainda não há muitas revelações a respeito do último oráculo nascido, mas o que sabemos é *bastante* significativo.

As profecias são os sonhos dos Antigos. São compartilhadas com os oráculos — raros mortais capazes de se comunicar com os deuses sem precisar invocá-los — e depois repassadas aos Deuses da Divinação.

A profecia que hoje conhecemos foi a última sonhada pelos Antigos. É uma *promessa* conhecida por poucas pessoas, e mencionada por menos ainda, e repetida apenas por um descendente dos Deuses da Divinação — como Penellaphe, a Deusa da Sabedoria, da Lealdade e do Dever — e pelo último oráculo.

Esse oráculo tinha o sobrenome Balfour. Era amável e uma grande conversadora, e dizem que a Princesa Kayleigh Balfour de Irelone era muito parecida com ela.

Sabemos que Poppy herdou o sobrenome Balfour dos pais adotivos, Leopold e Coralena. Isso nos faz imaginar o que mais estará oculto nessa simples informação, não é mesmo?

O CLÃ DOS OSSOS MORTOS

O Clã dos Ossos Mortos é um grupo de mortais cruéis e canibais que habitam as terras nos arredores da Colina. Eles costumavam viver por todo o reino de Solis, sobretudo onde hoje se ergue a Floresta Sangrenta. A maioria das pessoas supunha que tivessem morrido quando os Ascendidos atearam fogo ao território entre Novo Paraíso e Pompeia. Mas, em algum momento das últimas centenas de anos, acabaram por se estabelecer perto do Pontal de Spessa.

Descrição Física: Usam máscaras feitas de pele humana.
Hábitos/Trejeitos/Forças/Fraquezas: Penduram seu símbolo nas árvores — uma corda marrom em forma de círculo ou laço com um osso atravessado no meio. O símbolo é parecido com o Brasão Real, mas, em vez de uma linha reta ou flecha inclinada para o centro, é um osso projetado para fora. Também o recriam com pedras catadas no solo da floresta. Supostamente, matam e comem qualquer coisa ou pessoa que considerem uma ameaça. Não são apenas

contra os Vorazes quando se trata de manter as pessoas fora de seu território, mas contra tudo e todos. Em geral, só atacam quando estão com fome. São canibais — mas ninguém sabe o porquê.

A PROFECIA

Deuses, o que posso dizer sobre a profecia? Ela mudou mais vezes do que eu troco os amantes que levo para a cama. Por outro lado… será mesmo? O que *mudou* foi a interpretação do que foi profetizado nos ossos da xará de Penellaphe Balfour, uma Deusa da Divinação. E continua mudando até hoje.

Que tal darmos uma olhada no que sabemos até agora?

Do desespero das coroas de ouro e nascido da carne mortal, um grande Poder Primordial surge como herdeiro das terras e dos mares, dos céus e de todos os planos. Uma sombra na brasa, uma luz na chama, para se tornar o fogo na carne. Para aquela nascida do sangue e das cinzas, a portadora de duas coroas e mensageira da vida para mortais, deuses e dragontinos, uma fera prateada com sangue escorrendo das mandíbulas de fogo e banhada nas chamas da lua mais brilhante que já nasceu se tornará uma só.

Quando as estrelas caírem do céu, as grandes montanhas ruírem no mar e velhos ossos brandirem as espadas ao lado dos deuses, a falsa deusa será despojada da glória e (SÓ ENTÃO) os poderosos vão tropeçar e cair, alguns de uma só vez, desabando em meio ao fogo até atingirem o nada. Aqueles que permanecerem de pé irão tremer e se ajoelhar, cada vez mais enfraquecidos conforme se tornam irrelevantes e acabam esquecidos. Pois finalmente surge o Primordial, o doador do sangue e o portador do osso, o Primordial de Sangue e Cinzas.

Duas nascidas do mesmo delito e do mesmo Poder Primordial no plano mortal. A primeira filha, com o sangue repleto de fogo, destinada ao Rei outrora prometido. E a segunda filha, com o sangue cheio de cinzas e gelo, a outra metade do futuro Rei. Juntos, eles vão refazer os planos e trazer o fim dos tempos. Com o sangue derramado da última Escolhida, o grande conspirador nascido da carne e do fogo dos Primordiais despertará como o Arauto e o Portador da Morte e da Destruição das terras concedidas pelos deuses. Cuidado, pois o fim virá do oeste para destruir o leste e devastar tudo o que existe entre esses dois pontos.

É, sei que é complicada. Nem mesmo eu, que tenho outras fontes de informação, consegui decifrar tudo. Mas posso contar o que *"sei"*. Vou decompor a profecia por partes e relatar tudo que consegui decifrar. Tenha em mente que, embora seja uma Vidente, não sou uma Deusa da Divinação. E, à medida que os acontecimentos se desenrolam, o mesmo acontece com sua interpretação e os possíveis duplos sentidos de algumas estrofes da profecia.

Do desespero das coroas de ouro [**o Rei Dourado, Rei Roderick, pretendendo deter a Devastação**] *e nascido da carne mortal* [**Rei Lamont** e **Rainha Calliphe**], *um grande Poder Primordial surge como herdeiro das terras e dos mares, dos céus e de todos os planos* [**Seraphena Mierel, a verdadeira Primordial da Vida e Rainha dos Deuses, portadora da única brasa da vida e, portanto, a única razão pela qual tudo vive/existe**]. *Uma sombra na brasa* [**Nyktos**], *uma luz na chama* [**Sera**], *para se tornar o fogo na carne* [**a união que dá origem a Poppy**]. *Para aquela nascida do sangue e das cinzas, a portadora de duas coroas* [**Sera**] *e mensageira da vida para mortais, deuses e dragontinos* [**a Primordial**], *uma fera prateada com sangue escorrendo das mandíbulas de fogo* [**Ash**] *e banhada nas chamas da lua mais brilhante que já nasceu* [**Sera outra vez**] *se tornará uma só.*

Quando as estrelas caírem do céu [**a Guerra dos Primordiais**], *as grandes montanhas ruírem no mar e velhos ossos brandirem as espadas ao lado dos deuses* [**os soldados e dragontinos da Consorte**], *a falsa deusa será despojada da glória e* [**só então!**] *os poderosos vão tropeçar e cair, alguns de uma só vez, desabando em meio ao fogo até atingirem o nada. Aqueles que permanecerem de pé irão tremer e se ajoelhar, cada vez mais enfraquecidos conforme se tornam irrelevantes e acabam esquecidos. Pois finalmente surge o Primordial, o doador* [**Sera**] *do sangue e o portador* [**Nyktos**] *do osso, o Primordial de Sangue e Cinzas.*

Duas nascidas do mesmo delito [**a captura de Ires e Jadis — como Isbeth ficou grávida**] *e do mesmo Poder Primordial no plano mortal* [**Millicent e Poppy, nascidas de Ires, filho da verdadeira Primordial da Vida e de um Primordial da Morte**]. *A primeira filha* [**Millicent**], *com o sangue repleto de* *fogo* [**Espectro com brasas no sangue**], *destinada ao Rei outrora prometido* [**coração gêmeo de Malik**]. *E a segunda filha* [**Poppy**], *com o sangue cheio de cinzas e gelo* [**neta do Sombrio e de... Morte — ou seja, Ash**], *a outra metade do futuro Rei* [**coração gêmeo de Casteel**]. *Juntas, eles vão refazer os planos e trazer o fim dos tempos* [**o Despertar**]. *Com o sangue derramado da última Escolhida* [**Poppy foi a última Escolhida e teve o sangue derramado — no nascimento**], *o grande conspirador* [**Kolis**] *nascido da carne e do fogo dos Primordiais despertará como o Arauto e o Portador da Morte e da Destruição das terras concedidas pelos deuses. Cuidado, pois o fim virá do oeste* [**plano mortal**] *para destruir o leste* [**Iliseu**] *e devastar tudo o que existe entre esses dois pontos.*

*Lembrete pessoal: certifique-se de atualizar esses registros à medida que as estrofes se tornarem mais claras ou as visões se manifestarem.

FRASES MARCANTES

Sabe quando alguém diz alguma coisa que o deixa tão impressionado que você acaba fazendo uma anotação mental? Bem, vivi uma porção desses momentos enquanto tinha visões com Poppy, Cas, Sera e Nyktos ao longo dos anos — sem falar dos demais. Segue uma lista de frases que fiz questão de anotar para registro posterior.

DE SANGUE E CINZAS

"Você é uma criaturinha absolutamente deslumbrante e assassina."

"Medo e coragem costumam ser a mesma coisa. Podem transformá-la em uma guerreira ou em uma covarde. A única diferença é a pessoa em quem esses sentimentos residem."

"A morte é como uma velha amiga que faz uma visita: às vezes surge quando menos se espera, e outras, quando você está esperando por ela. Não é a primeira nem a última vez que a morte faz uma visita, mas ela não deixa de ser dura e implacável."

"Com a minha espada e com a minha vida, eu juro mantê-la em segurança, Penellaphe. A partir deste momento até o fim, eu sou seu."

"Prometa que não vai se esquecer disso, Poppy. Que não importa o que aconteça amanhã, no dia seguinte, na semana seguinte, você não vai se esquecer disso... que isso foi verdadeiro."

"Nada nunca é simples. E quando é, raramente vale a pena."

"Algumas verdades não fazem nada além de destruir e deteriorar o que não podem apagar. A verdade nem sempre liberta. Só um tolo que passou a vida inteira ouvindo mentiras acredita nisso."

"Na próxima vez que sair, use sapatos apropriados e uma roupa mais pesada. Essas sapatilhas vão acabar com você, e aquele vestido... comigo."

"Você é uma péssima influência." [...] "Só os maus podem ser influenciados, Princesa."

"Bravura e força não são equivalentes a bondade."

"E repito. Não me importo com o que você é. Eu me importo com quem você é."

"Algumas coisas, depois de proferidas, ganhavam vida própria."

"Havia sempre alguém cuja dor era tão profunda, tão crua, que a angústia se tornava uma entidade palpável."

"A solidão muitas vezes trazia consigo uma camada pesada de vergonha e constrangimento."

"Você é importante para mim, Poppy. Não porque é a Donzela, mas porque você é... você."

"Hawke não foi o catalisador. Ele era a recompensa."

UM REINO DE CARNE E FOGO

"O seu coração, Poppy, é um presente que não mereço. Mas é um presente que vou proteger até o meu último suspiro."

"O mundo, não importa como pareça grande, geralmente é menor do que imaginamos."

"Você não merece nada do que eu a fiz passar e certamente não merece o fato de que ainda estou tentando ficar com você. Quando chegar a hora de ir embora, eu ainda vou querer você. Mesmo quando inevitavelmente partir, eu ainda vou querer você."

"Eu não quero fingir. Eu sou Poppy e você é Casteel, e isso é de verdade."

"Mas Casteel foi a primeira coisa que escolhi para mim."

"Vamos fazer um acordo para não pensarmos hoje sobre os problemas de amanhã."

"*Sempre*. O seu coração sempre *esteve* seguro comigo. E sempre estará. Não há *nada* que irei proteger mais ferozmente nem com mais devoção, Poppy. Confie nisso, no que você sente de mim."

"Mas disfuncional é muito mais divertido, não é mesmo?"

"Eu me apaixonei quando você era Hawke e continuei me apaixonando quando se tornou Casteel."

"Mas às vezes o sofrimento que acompanha o amor vale a pena, mesmo que amar essa pessoa signifique ter de dizer adeus a ela."

"Casteel era o vilão e o herói, o monstro e o matador de monstros."

"Preciso sentir os seus lábios nos meus. Preciso sentir a sua respiração nos meus pulmões. Preciso sentir a sua vida dentro de mim. Eu simplesmente *preciso* de você. É uma dor. Essa necessidade. Posso ter você? Por inteiro?"

"Você é linda quando fica calada e séria, mas quando ri? Só o nascer do sol nas Montanhas Skotos poderia se comparar."

"Bons Deuses, você deu um cavalo para ela? Daqui a pouco, ela vai atropelar um de nós em vez de nos apunhalar."

"Não há nenhum lado seu que não seja tão bonito quanto a outra metade. Nem sequer um centímetro que não seja deslumbrante. Isso era verdade na primeira vez que eu disse a você, ainda é verdade hoje e será amanhã."

"Tinha todo o meu coração, desde o momento em que deixou que eu me defendesse e ficou ao meu lado em vez de na minha frente."

"Uma cela é uma cela, não importa o quanto seja confortável."

"Os sentimentos não eram estáticos. Nem as opiniões e as crenças, e, se parássemos de acreditar que as pessoas eram capazes de mudar, então poderíamos muito bem atear fogo no mundo."

"Eu não sei o que você quer de mim." [...] "Tudo. Eu quero *tudo*."

"Quando se trata de bacon, a resposta é sempre sim."

"Mas certa vez me disseram que os melhores relacionamentos são aqueles em que a paixão é intensa."

"A beleza, minha doce criança, muitas vezes é imperfeita e afiada, e sempre inesperada."

"A mudança pode ser boa ou ruim."

"Obrigado." "Pelo quê?" "Por me escolher."

"E beijá-lo era como me atrever a beijar o sol."

A COROA DE OSSOS DOURADOS

"Você vai se curvar perante a Rainha. Ou sangrar diante dela. A escolha é sua."

"Se você está chocado com o que fiz, então precisa entender que eu faria qualquer coisa pela *minha esposa*. Nada é arriscado ou sagrado demais. Porque ela é *tudo* para mim. Não há nada maior do que ela, e eu estou falando sério quando digo *nada*."

"Você é a fundação que me ajuda a ficar de pé. Você é as minhas paredes e o meu telhado. O meu abrigo. *Você* é o meu lar."

"A coragem é uma criatura volúvel, não é? Sempre aparece para trazer problemas, mas some assim que você consegue o que deseja."

"Eu amo você, Penellaphe. *Você*. Seu coração destemido, sua inteligência e sua força. Amo a sua capacidade infinita para a bondade. Amo como você me aceita. A sua compreensão. Estou apaixonado por você e continuarei apaixonado quando der o último suspiro e muito depois no Vale."

"O coração não se importa com quanto tempo você pode ter com alguém. Ele só se importa que você tenha a pessoa pelo tempo que puder."

"Você é tudo de que eu preciso. Agora e para sempre."

"A vida não espera você desvendar o último enigma antes de lhe entregar o próximo."

"Não pode haver igualdade de poder quando não há escolha."

A GUERRA DAS DUAS RAINHAS

"A preocupação de vocês com a nudez é tão cansativa."

"Se reinasse sobre todas as terras e mares ou fosse a Rainha de nada além de uma pilha de cinzas e ossos, ela seria, ela *será*, sempre a *minha* rainha. Amor é uma emoção muito fraca para descrever o que ela significa para mim e o que sinto por ela. Ela é tudo para mim."

"Temos dois corações... mas só uma alma. Vamos nos encontrar outra vez. Sempre vamos..."

"Tome cuidado, mas tenha coragem."

"Que eu te amo... Com todo o coração e a alma, no presente e no futuro. Jamais vou me cansar de você."

"*Jamais* deixei de ficar admirado por você. Fico sempre hipnotizado. E nunca vou deixar de me sentir assim. Agora e para sempre."

"De sangue e cinzas... nós ressurgiremos!"

"Falar o nome dela é trazer as estrelas do céu e derrubar as montanhas no mar."

"Um vazio frio e dolorido que havia despertado nos últimos 23 dias. Tinha o gosto da promessa de vingança. De ira."

"Você não é só uma Rainha. Ou uma deusa prestes a se tornar uma Primordial. Você é Penellaphe Da'Neer, uma mulher destemida."

UMA SOMBRA NA BRASA

"Eu sei o que sou. Sempre soube. Sou da pior espécie. Um verdadeiro monstro. Mas *jamais* me diga como me sinto."

"É muito mais fácil ser enganado do que reconhecer que foi enganado."

"Quero te beijar, mesmo que não haja nenhum motivo para fazer isso além de querer."

"Você é a herdeira das terras e mares, dos céus e de todos os planos. Uma Rainha em vez de um Rei. Você é a Primordial da Vida."

"Não sei como seria possível seduzir alguém e fazê-lo se apaixonar depois de o apunhalar no peito."

"Uma das coisas mais corajosas a se fazer é aceitar a ajuda dos outros."

"Ele era como a estrela mais brilhante e o céu mais escuro da noite em forma mortal. E era absolutamente lindo nessa forma e completamente aterrorizante."

"Para onde foi toda a sua coragem?" [...] "Minha coragem acaba quando me deparo com algo que pode me engolir de uma vez só."

"Acho que ele escorregou e caiu em cima da minha lâmina." ... "Foi a garganta dele que caiu em cima da sua lâmina?" "Que estranho, não?" "Muito estranho."

"Caso esteja se perguntando, esse sou eu olhando para você *de propósito*." "Pervertido."

"Não. Não quero ouvir nem uma palavra." [...] "Como é que é?" [...] "Caso não saiba contar, já são quatro palavras."

"Você é encrenca."

"Um monstro não se importaria de ser um monstro."

"Você me interessa porque parece haver pouco tempo entre o que se passa na sua cabeça e o que sai da sua boca. E pouca consideração pelas consequências."

"De que a vida de qualquer ser é tão frágil quanto a chama de uma vela: facilmente extinta e apagada."

"O amor é a única coisa que nem mesmo o destino é capaz de enfrentar."

"*Você* é uma bênção, Sera. Não importa o que os outros digam ou acreditem, você é uma bênção. Sempre foi. Precisa acreditar nisso."

UMA LUZ NA CHAMA

"Nunca quis amar. Até conhecer você, *liessa*."

"Eu a amaria se fosse capaz disso. Nada me impediria de amá-la."

"Consigo sentir o seu desejo, Sera. O *gosto*. Você está se afogando nele." [...] "*Eu* estou me afogando nele." [...] "Então se afogue comigo."

"Precisar de mim ou de qualquer pessoa para cuidar de você não significa que seja fraca, que não seja capaz de se defender sozinha ou que esteja com medo. Todos precisamos de alguém que olhe por nós."

"Pela primeira vez na vida, senti que era mais do que um destino com o qual jamais concordei. Mais do que as brasas que carregava. Senti-me como... algo *mais*."

"Porque você acabou de despedaçar um deus com as próprias mãos, e eu achei isso muito... excitante."

"Só porque alguém é seu parente de sangue não significa que essa pessoa seja digna do seu tempo e pensamentos."

"Papai Nyktos não está lá muito contente."

"Você é um *viktor* chamado Vikter?"

"Sofrerei de bom grado qualquer coisa que Kolis lance contra mim contanto que meu sangue seja derramado em vez do seu."

"Só não se esqueça de ser tão primorosamente imprudente mais tarde."

"Você nunca sabe o quanto é capaz de suportar até não suportar mais."

"O perdão beneficia quem perdoa, e é fácil de dar. Já a compreensão significa que aceitamos as coisas como são, o que é muito mais difícil."

"O destino apenas vê todos os resultados possíveis do livre-arbítrio."

UMA ALMA DE CINZAS E SANGUE

"Pode me chamar assim. Ou pode me chamar de morte. Como preferir."

"Mas eu não era um homem bom. Eu só era dela."

"Como, se quando eu estava com ela, não pensava no passado nem no futuro? Eu apenas vivia."

"Mas eu voltaria. Procuraria por ela. E se não estivesse mais ali? Eu a encontraria de novo. O quanto antes. Ela seria minha."

"Pensei que talvez, em uma outra vida, eu fosse feito exatamente para aquilo."

"Poppy... Ela valia o risco. Valia tudo isso para conseguir dar a ela a chance de viver de verdade."

"Você vai colocar uma roupa?" "Eu preciso colocar?" "Bom, é seu pau aí de fora, não o meu."

"Era fácil pra porra só... só viver junto a Poppy. E, Deuses, eu queria aquilo. Demais."

"Eu sabia que aquilo era verdadeiro. O que existia entre nós. O que ela sentia por mim. O que eu sentia por ela. Aquilo. Era verdadeiro."

UM FOGO NA CARNE

"Eu sabia que nada de ruim poderia me atingir, assustar ou perturbar ali. Porque eu não estava sozinha. Um lobo estava sentado na margem do meu lago, um mais prateado que branco. De guarda. E eu sabia que estava segura."

"Porque eu o amava. Eu estava *apaixonada* por ele. E, certa ou errada, faria qualquer coisa por ele."

"— Não sou nada sem você, *liessa* — sussurrou ele enquanto começava a desaparecer, as brasas zumbindo em meu peito. — E haverá nada sem você."

"Vou *sempre* encontrar você, Sera."

"Mesmo que não esteja te olhando, você continua sendo tudo o que enxergo."

"Eu jamais desejei até você."

"Eu vivi por sua causa."

"Soube que não fazia parte do ciclo da vida. Eu *era* o ciclo. O início. O meio. O último suspiro antes do fim. A fiel companheira da Morte. Eu era a Vida."

"Ele era o pesadelo que se tornara meu sonho. A calma em minha tempestade. Minha força quando eu estava fraca. O ar quando eu não conseguia respirar. Ele era mais do que meu Rei. Meu marido. Ash era a outra metade de meu coração e de minha alma."

"Mas, ainda assim, me apaixonei, Sera. Perdidamente. Irrevogavelmente. Mesmo sem minha *kardia*, eu me apaixonei por você."

"Você é simplesmente minha primeira, Sera, e será minha última."

PLAYLISTS DE MÚSICAS

Você já teve momentos na vida que pareciam merecer uma trilha sonora? Às vezes, me sinto assim em relação às minhas visões. De vez em quando, chego até a escutar as notas flutuando na brisa enquanto a cena se desenrola na minha cabeça. As jornadas de Poppy e Casteel e de Sera e Nyktos são sinfonias por si sós, mas a batida, o ritmo e a cadência de cada marco em suas vidas são um complemento perfeito para algumas canções que já existem por aí.

Segue uma lista de músicas que, na minha opinião, você deveria conferir e relacionar aos acontecimentos da vida deles.

DE SANGUE E CINZAS:

Mr. Brightside – The Killers
The Hand That Feeds – Nine Inch Nails
Coming Undone – Korn
Heavy In Your Arms – Florence + The Machine
Stand By Me – Ki: Theory
Freak on a Leash – Korn
Story of My Life – One Direction
I Am the Storm – Ramin Djawadi
Hunger of the Pine – alt-J

Carrion Flowers – Chelsea Wolfe
Everybody Knows – Sigrid
If I Had a Heart – Fever Ray
Castle (The Huntsman: Winter's War Version) – Halsey
Running Up That Hill – Placebo
Spoils of War, Pt. 1 – Ramin Djawadi
Hunter – RIAYA (featuring John Mark McMillan)

UM REINO DE CARNE E FOGO:

Hunger of the Pine – alt-J
If I Had a Heart – Fever Ray
Legend Has It – Run the Jewels
Heathens – Twenty One Pilots
You Don't Own Me – Grace
In the Shadows – Amy Stroup
Animals – Maroon 5
Hunter – RIAYA (featuring John Mark McMillan)
Deadcrush – alt-J
Sympathy for the Devil – The Rolling Stones
Spark – Tori Amos
Precious Things – Tori Amos
Shut Up and Dance – Walk the Moon
In Every Dream Home a Heartache – Roxy Music
What I've Done – Linkin Park
Running Up That Hill – Placebo
No Light, No Light – Florence + The Machine
Everybody Knows – Sigrid
Take it All – Ruelle
I'm Afraid of Americans – David Bowie
Castle – Halsey
The Outsider – A Perfect Circle
Young Forever – Jay-Z (featuring Mr. Hudson)
Freak on a Leash – Korn
Suga Suga – Baby Bash
Elastic Heart – Sia (featuring The Weeknd and Diplo)
Fresh Blood – Eels
Wrong – MAX (featuring Lil Uzi Vert)

Grey Blue Eyes – Dave Matthews
Bottom of the River – Delta Rae
Hurt – Johnny Cash
Cry Little Sister – Gerard McMann
Keep Hope Alive – The Crystal Method
Welcome to the Party – Diplo
Scars to Your Beautiful – Alessia Cara
Castle on the Hill – Ed Sheeran
Say You Won't Let Go – James Arthur
Titanium – David Guetta (featuring Sia)
Set the Fire to the Third Bar – Snow Patrol
Head – Otep
The Hanging Tree – James Newton Howard (featuring Jennifer Lawrence)
Just Say Yes – Snow Patrol
Cosmic Love – Florence + The Machine
The Bells – Ramin Djawadi
The Last War – Ramin Djawadi
Heroes – Peter Gabriel
Closer – Nine Inch Nails
The Perfect Drug – Nine Inch Nails
Human – Rag'n'Bone Man
Khaleesi – Ramin Djawadi
Guardians at the Gate – Audiomachine
O' Death – Jen Titus
Requiem for a Tower – London Music Works
Seven Devils – Florence + The Machine
Crown – Camila Cabello and Grey
Gold Dust Woman – Hole

A COROA DE OSSOS DOURADOS:

All Your Rage, All Your Pain – Secession Studios
Hallelujah – Jeff Buckley
Arcade – Duncan Laurence
What a Wonderful World – Alala
Heart of Courage – Two Steps from Hell
Mythical and Mighty – Secession Studios
Dracarys – Ramin Djawadi

Wicked Game – Ursine Vulpine (featuring Annaca)
Get Ur Freak On – Missy Elliott
The River – Blues Saraceno
Woke Up This Morning – Alabama 3
Wildest Dreams – Duomo
#1 Crush – Garbage
Bomb Intro – Missy Elliott
Cold Wind Blowin' – The Barrows
Killing Machine – Tony Crown
Heathens – Twenty One Pilots
Heart of Darkness – Secession Studios
My Songs Know What You Did in the Dark – Fall Out Boy
Power – Kanye West
The Night King – Ramin Djawadi
WAP – Cardi B (featuring Megan Thee Stallion)
Immigrant Song – Led Zeppelin
Why Can't We Be Friends – War
Wrong – MAX (featuring Lil Uzi Vert)
The Army of the Dead – Ramin Djawadi
Guardians at the Gate – Audiomachine

A GUERRA DAS DUAS RAINHAS:

Hurt – Nine Inch Nails
Deadwood – Really Slow Motion
My Body Is a Cage – Peter Gabriel
Stand by Me – Ki: Theory (VIP Remix)
The Rains of Castamere – The National
Coming Undone – Korn
Desperado – love shayla (Rihanna Remix)
Wildest Dreams – Duomo
Cold Wind Blowin' – The Barrows
Red Warrior – Audiomachine
Heathens – Twenty One Pilots
Find My Baby – Moby
Seven Nation Army – The White Stripes
I Am the Storm – Ramin Djawadi
The Storm – Secession Studios

Human – Rag'n'Bone Man
If I Had a Heart – Fever Ray
Raspberry Swirl – Tori Amos
Precious Things – Tori Amos
Arcade – Duncan Laurence
Elastic Heart – Sia (featuring Diplo and The Weeknd)
Monster – Kanye West (featuring Bon Iver, JAY-Z, Nicki Minaj and Rick Ross)
Make Me Bad – Korn
Warrior – Atreyu (featuring Travis Barker)
Take it All – Ruelle
Running Up That Hill – Placebo
Counting Bodies Like Sheep to the Rhythm of the War Drums – A Perfect Circle
Castle (The Huntsman: Winter's War Version) – Halsey
Tokyo – Tomandandy
Warriors to the End – Epic Score
Closer – Nine Inch Nails
Don't Let Me Down – The Chainsmokers
Earned It – The Weeknd
Head – Otep
In the Air Tonight – Phil Collins
All Your Rage, All Your Pain – Secession Studios
INDUSTRY BABY – Lil Nas X
No Light, No Light – Florence + The Machine
Centuries – Fall out Boy
Cosmic Love – Florence + The Machine
Collapsing Universe – Really Slow Motion
Change (In the House of Flies) – Deftones
Castle on the Hill – Ed Sheeran
WAP – Cardi B (featuring Megan Thee Stallion)
Love Me Like You Do – Ellie Goulding
Winds of Winter – Ramin Djawadi
The Bells – Ramin Djawadi
The Night King – Ramin Djawadi
Mythical and Mighty – Secession Studios
Hunger of the Pine – alt-J

UMA SOMBRA NA BRASA:

Venom – Eminem
Freak on a Leash – Korn
Heathens – Twenty One Pilots
Not Meant for Me – Wayne Static
Change (In the House of Flies) – Deftones
Bodies – Drowning Pool
Slept so Long – Jay Gordon
Down with the Sickness – Disturbed
Cold – Static-X
Excess – Tricky
No One Quite Like You – Trentemøller/Tricky
Running Up That Hill – Placebo
Wicked Game – Ursine Vulpine (featuring Annaca)
Arrival to Earth – Steve Jablonsky
Desperado (Slowed Remix) – Rihanna
Power – Kanye West
Hurt – Johnny Cash
Legend Has It – Run the Jewels
The Last War – Ramin Djawadi
My Body is a Cage – Peter Gabriel

UMA LUZ NA CHAMA:

Venom – Eminem
Darkness – Eminem
My Little Box – John Frizzell
Money Power Glory – Lana Del Rey
I Did Something Bad – Taylor Swift
Requiem for a Tower – London Music Works
Mythical and Mighty – Secession Studios
Seven Devils – Florence + The Machine
The Bells – Ramin Djawadi
Heavy in Your Arms – Florence + The Machine
Radioactive – Imagine Dragons
Let It Rock – Kevin Rudolf (featuring Lil Wayne)
Paint It, Black – The Rolling Stones
Say Something – Christina Aguilera

The Monster – Eminem (featuring Rihanna)
Sucker for Pain – Lil Wayne, Logic, Imagine Dragons, Wiz Khalifa, and Ty Dolla $ign
Free Bird – Lynyrd Skynyrd
Heathens – Twenty One Pilots
Running Up That Hill – Placebo
Fallout – Neoni
Figured You Out – Nickelback
Cry Little Sister – Gerard McMann
Out of My Mind – Reuben and The Dark
Red Right Hand – Nick Cave
Wrong – MAX (featuring Lil Uzi Vert)
Alone and Forsaken – Epic Geek (The Last of Us)
Darkside – Neoni
When It's Cold I'd Like to Die – Moby
Glitter & Gold – Barns Courtney
Can't Hold Us – Macklemore & Ryan Lewis
Otherside – Macklemore & Ryan Lewis (featuring Fences)
Protector of the Earth – Two Steps from Hell
All Your Rage, All Your Pain – Secession Studios
Day Ones – Baauer (featuring Novelist and Leikeli47)
Tokyo Drift – Teriyaki Boyz
New Blood – Zayde Wolf
I Am the Storm – Ramin Djawadi
Jenny of Oldstones – Florence + The Machine
Warriors to the End – Epic Score
In the Air Tonight – Phil Collins
Ligeti: Requiem: II. Kyrie – György Ligeti, Jonathan Knott
Every Other Freckle – alt-J
Gold Dust Woman – Fleetwood Mac

UMA ALMA DE CINZAS E SANGUE:

Save Yourself – Stabbing Westward
Happy – NF
What Do I Have to Do – Stabbing Westward
Welcome to the Party – Diplo, French Montana & Lil Pump (featuring Zhavia)
Tear Down the Bridges – IMAscore

Let You Down – NF
Sick Boi – Ren
Out Of My Mind – Reuben and The Dark
Keep Hope Alive – The Crystal Method
Andrew's Song – IMAscore
The Search – NF
Interests of the Realm – Ramin Djawadi
Hi Ren – Ren
Homeland – Searching for Light (featuring Jenna Carlie)
Illest of Our Time – Ren
The Outsider – A Perfect Circle
Human – Rag'n'Bone Man
Fate of the Kingdoms – Ramin Djawadi
Unholy – Sam Smith (featuring Kim Petras)
Fading Memories – IMAscore
Castle of Ice – IMAscore
Where We Rise – Neoni
Darkside – Neoni
Fallout – UNSECRET and Neoni
Money Power Glory – Lana Del Rey
House of the Rising Sun – Five Finger Death Punch
When It's Cold I'd Like to Die – Moby
Let It Rock – Kevin Rudolf (featuring Lil Wayne)
Last to Fall – Will van de Crommert
Seven Nation Army – The White Stripes
Wildest Dreams – Taylor Swift
Warriors to the End – Epic Score
I Am the Storm – Ramin Djawadi
Godzilla – Eminem (featuring Juice WRLD)
Animal Flow – Ren

UM FOGO NA CARNE:

Start a Riot – BANNERS
A Dangerous Thing – AURORA
Hollowed Kings – Ursine Vulpine (featuring Annaca)
Birdy – Shady FX

For This You Were Born – UNSECRET (featuring Fleurie)
We Have It All – Pim Stones
Faint – Oliver Riot
Ultraviolet – Freya Ridings
Risk It All – Christian Reindl (featuring Ruuth)
After Night – MXMS
Fangs – Little Red Lung
Tears of Gold – Faouzia
Lost Without You – Freya Ridings
Wolves – Freya Ridings
Something Sweeter – LUME
Handmade Heaven – MARINA
Slip Away – UNSECRET (featuring Ruelle)
Waking Up Slow (Piano Version) – Gabrielle Aplin
If the World – Josh Levi
Love and War – Fleurie
Believe – Tales of the Forgotten (featuring Jane Decker)
Walking on Fire – Skylar Grey and Th3rdstream
One Last Time – Jaymes Young
Down – Simon (featuring Trella)
Hypnotic (Vanic Remix) – Zella Day
Exist for Love – AURORA
Cold – Oliver Riot
The Enemy – Andrew Belle
Comply – Llynks
Fallout – UNSECRET and Neoni
Heartbeat (Acoustic) – Ghostly Kisses
I am not a woman, I'm a god – Halsey
I Feel Love – Freya Ridings
Play With Fire – Sam Tinnesz, Ruelle, and Violents

ILISEU
Abismo
Vale
Pilares de Asphodel
Rio Vermelho
Bosques Moribundos
Floresta Vermelha
Cidade de Lethe
Vathi
Terras Sombrias
Baía das Trevas
Casa de Haides
Mar de Lassa
N
O
L
S
Cárceres
Cárceres
Terra dos Ossos

PLANÍCIES DE THYIA
SIRTA
KITHREIA
LOTHO
ILHAS CALLASTA
ARQUIPÉLAGO DE TRITÃO
Cidade dos Deuses
Árvores de Aios
Palácio Cor
HYGEIA
DALOS
* Cárceres
TERRA DOS OSSOS

LINHA TEMPORAL DE CARNE E FOGO

Este é um panorama dos eventos que se desenrolaram antes de Sera adentrar o Iliseu. Alguns detalhes foram através de pesquisas e conversas com outras pessoas, por isso, podem ser imprecisos, já que tal conhecimento ainda não foi relatado nem está disponível. Outras partes são coisas que eu mesma *vi*.

Cerca de mil anos antes do nascimento de Sera:

- Kolis vê Sotoria colhendo flores e se apaixona por ela no mesmo instante.
- Ela o vê, se assusta e cai dos Penhascos da Tristeza.
- Callum tenta se matar, mas Kolis o transforma em um Espectro.
- Kolis implora a Eythos que traga Sotoria de volta à vida, mas ele se recusa.
- Eythos acredita que o irmão gêmeo aceitou sua decisão.
- Eythos conhece Mycella, que se torna sua Consorte.

Várias décadas depois:

- Kolis descobre uma maneira de trazer Sotoria de volta à vida, tornando-se o Primordial da Vida.
- Kolis destrói todos os registros da verdade em ambos os planos.
- Ele troca de destino com o irmão.
- Como resultado do que Kolis fez, milhares de deuses e Primordiais morrem.
- Kolis traz Sotoria de volta à vida.
- Ela fica horrorizada com o que ele fez.
- Kolis não entende por que ela está tão triste.
- Sotoria faz greve de fome.
- Kolis não consegue fazer com que ela o ame.

- Sotoria possivelmente luta contra ele.
- Ela morre de novo.
- Eythos e Keella a marcam para o renascimento.
- A alma de Sotoria nunca entrará no Vale e seguirá reencarnando para sempre.
- Kolis mata Mycella enquanto ela está grávida e destrói a sua alma.
- De alguma forma, Nyktos milagrosamente sobrevive.

Duzentos anos antes do nascimento de Sera:

- O Rei Roderick promete que a filha primogênita dos Mierel se tornará a Consorte do Primordial da Morte.
- Nyktos tem cerca de 19 anos quando o acordo é feito.
- Eythos retira brasas de si mesmo e de Nyktos e as esconde na linhagem dos Mierel.
- Ele acredita que está escondendo as brasas no único ser capaz de deter Kolis — a reencarnação de Sotoria.
- Eythos é morto — enfraquecido por causa de uma punhalada de pedra das sombras no coração.
- Kolis retém sua alma e a coloca no diamante Estrela.

O início da vida de Sera:

- Sera nasce — um parto empelicado, com a bolsa amniótica intacta.
- A Devastação surge no plano mortal — e, talvez, também no Iliseu.
- Os mortais acreditam que se trata de uma contagem regressiva para o prazo final do acordo feito pelo Rei Roderick.

Dez anos depois:

- Há um vazamento de petróleo no Mar de Stroud, e um Phanos enfurecido irrompe da água em um turbilhão e destrói todos os navios no porto, matando centenas de pessoas. Seu rugido de fúria causa tremores por toda a terra e faz os ouvidos sangrarem. Depois disso, as águas ficaram livres de poluentes.

- Creio que Phanos estava canalizando os Antigos quando fez isso.

17 anos após o nascimento de Sera (no dia do aniversário dela):

- Sera é apresentada ao Primordial da Morte para se tornar sua Consorte.
- Nyktos a rejeita.

20 anos após o nascimento de Sera (outro aniversário):

- O Primordial da Morte aceita Sera como sua Consorte.

21 anos após o nascimento de Sera:

Sera está fadada a morrer aos 21 anos, a menos que seja Ascendida por Nyktos. O problema é que... ele precisa amá-la. E ele é incapaz de amar sem sua *kardia*.

Não está claro se ela vai morrer por causa da Seleção/do sangue de Nyktos, pelas mãos de Kolis ou de outra maneira.

Se Sera morrer, ambos os planos morrerão com ela.

Felizmente, por serem corações gêmeos, Nyktos é *capaz* de amá-la. Sendo assim, quando ele decide ser egoísta e Ascendê-la em vez de tomar as brasas e deixá-la morrer, Sera se torna a verdadeira Primordial da Vida.

PERSONAGENS DE CARNE E FOGO

Como na parte anterior, esta seção contém informações importantes sobre personalidades relevantes do tempo dos deuses. Também registrei aqui os fatos que descobri por meio de pesquisas ou através das minhas *visões*, documentando-as para serem usadas como material de referência. Se alguma coisa estiver faltando, é provável que seja pela falta de registros — o que é uma possibilidade, já que, por exemplo, toda e qualquer menção à Consorte foi apagada — ou porque eu nunca vi o acontecimento em minhas visões. Se outros fatos vierem à tona mais tarde, seja por meio de referências posteriormente descobertas, seja pela minha visão, atualizarei os registros conforme necessário. Mas, por enquanto, este é um registro bastante abrangente do que ocorreu quando Seraphena Mierel foi para o Iliseu e sobre todos os envolvidos nos subsequentes eventos impactantes e transformadores para ambos os planos.

SERAPHENA "SERA" MIEREL

Consorte do Primordial da Morte / *A* Primordial da Vida
Corte: As Terras Sombrias

Ah, minha querida Sera. Ela tem um fogo que invejo e um passado digno de simpatia. Prometida a um homem mais de duzentos anos antes de nascer, seu futuro nunca lhe pertenceu. Usada como uma ferramenta, um simples peão na tentativa de corrigir um erro, foi despojada de seus direitos de nascença e forçada a cometer atos indescritíveis. Por sorte, as coisas deram certo — ao menos a maior parte —, mas sua jornada não foi nada fácil.

Como não conheço a Consorte pessoalmente, meus arquivos a respeito dela são extensos. Por não saber ao certo o que as pessoas considerariam importante, anotei em detalhes quase tudo que *vi*. Além disso, ela e Ash me fascinam, e me dei conta de que *queria* registrar o máximo de informações possível.

Cabelo: Loiro claro. Ondulado. Cai até a altura da cintura/dos quadris.
Olhos: Verde-floresta intenso. Tornam-se prateados após a Ascensão. Levemente inclinados nos cantos.
Corpo: Alta. Voluptuosa.

Rosto: Maxilar firme.
Traços característicos: Marca de nascença de lua crescente acima da omoplata esquerda — invisível aos olhos dos mortais, mas às vezes perceptível ao toque. Tem 36 sardas no rosto e 12 nas costas. Uma constelação de marcas de nascença na coxa. Gravação dourada de Consorte na mão direita. Destra — usa a adaga no quadril direito.
Características/habilidades sobrenaturais: É capaz de sentir emoções alheias e pressentir a morte. Ao curar/ressuscitar alguém, um brilho irrompe sob sua pele e escorre das mãos. Às vezes, seu poder é acompanhado pelo perfume de lilases frescos. Consegue persuadir Primordiais. Tem o poder de se transformar em um gato da caverna branco-prateado com olhos verdes entremeados de prata.
Personalidade: Impetuosa. Corajosa. Teimosa. Do contra. Curiosa. Impulsiva. Imprudente.
Hábitos/Trejeitos/Forças/Fraquezas: Tem medo de cobras. Sofre de ansiedade intensa. Sabe manejar armas. Foi treinada como acompanhante. Não tem aptidão para se lembrar das vozes dos outros. Não sabe nadar. Caminha quando não consegue dormir. Divaga quando está nervosa. Gosta de ler. É excelente em não passar despercebida. Consegue prender a respiração debaixo d'água por uns dois minutos, mas também a prende para controlar a ansiedade.
Curiosidades: Tem vinte anos de idade. Seu aniversário é no inverno. Título completo de Consorte = Aquela que nasceu de Sangue e Cinzas, *da* Luz e do Fogo, e *da* Lua *Mais* Brilhante. Antes de ser sequestrada por Kolis, matou 22 pessoas com as próprias mãos.
Antecedentes: Prometida como Consorte duzentos anos antes de nascer. Tentou tirar a própria vida.
Família: Mãe = Rainha Calliphe. Pai = Lamont †. Antepassado = Roderick Mierel †. Meia-irmã = Ezmeria "Ezra". Meio-irmão = Tavius †. Padrasto = Ernald †. Alma compartilhada = Sotoria †.

A JORNADA DE SERAPHENA ATÉ AGORA:

Passados seis verões desde seu nascimento, Sera descobriu que tinha um dom. Um gato de celeiro muito querido, Butters, morreu, e Sera e Ezra o encontraram. Sera o trouxe de volta à vida sem sequer tentar. Infelizmente, seu meio-irmão Tavius viu e contou tudo à Rainha, dificultando ainda mais a vida da menina.

Aos sete anos, sua família a deixou sozinha para passar as férias na casa de campo. Ela nunca podia jantar com eles. Nem sequer lhe era permitido ter uma criada, por receio de que fosse uma má influência. Acho isso muito triste e fico de coração partido por ela.

Ainda nova, Sera começou a treinar o uso de armas e combate corpo a corpo, tornando-se mais habilidosa do que a maioria dos membros da Guarda Real.

Aos onze anos, torceu o tornozelo, e Sir Holland, o cavaleiro encarregado de seu treinamento, fez um curativo nela, sendo mais carinhoso do que qualquer pessoa de sua família.

Seu pai se suicidou quando ela ainda era criança — não sei a idade exata, mas era tão nova que nem chegou a conhecê-lo. Isso a mudou para sempre.

Nos meses que antecederam seu aniversário de 17 anos, Sera treinou com as Amantes de Jade em combate sensual e foi informada de que a arma mais perigosa não é a violência.

Elas têm toda a razão. Sou conhecida por usar minhas artimanhas para conseguir o que quero, mas nunca fui forçada a isso, muito menos quando era adolescente. Ainda mais para uma tarefa em que não poderia falhar, como a de Sera: tornar-se a Consorte do Primordial da Morte, fazendo com que ele se apaixonasse por ela e o enfraquecendo só para depois... acabar com ele.

Apesar de ser filha da atual Rainha e do falecido Rei de Lasania, Sera só foi reconhecida como membro da realeza e Princesa três vezes na vida. Ainda assim, ser a Donzela a tornava um alvo. Houve pelo menos duas tentativas de sequestro.

Aos 17 anos, Sera se sentiu nua, exposta e indefesa quando foi amarrada e preparada para ser apresentada ao Primordial da Morte. Para seu azar, ele a rejeitou publicamente, tornando a vida dela ainda mais difícil nos anos seguintes — algo do que ele viria a se arrepender profundamente.

Apesar das adversidades e de sua vida deplorável, Sera encontrou uma maneira de passar o tempo e se sentir útil. Ezra passou a ajudar os menos afortunados de Lasania, e Sera auxiliava a meia-irmã, roubando os excedentes de comida da cozinha e afanando qualquer coisa que pudesse ser proveitosa. Também ajudava os pobres de outras formas e protegia os desencaminhados.

Aos 19 anos, Sera começou a ter dores de cabeça fortes, incômodas e preocupantes. Mais ou menos na mesma época, tornou-se sexualmente ativa e passou a usar o sexo como uma forma de se sentir menos vazia.

Deuses, sinto muito por essa pobre garota. Ela é uma graça. O sexo deveria ser uma celebração da vida, não um substituto para as coisas de que precisamos para sobreviver e prosperar. Mas Sera tira partido de tudo que deu errado, consolando-se com a ironia de que, por não ter se tornado a Consorte do Primordial, não precisa mais se esconder nem permanecer pura.

Como você pode ver, a educação dela não foi nada fácil e sua adolescência foi ainda mais inquietante porque a Rainha Calliphe a mandava cometer atos indescritíveis de violência pelos menores delitos.

Mas vamos voltar ao momento em que tudo mudou. Antes de completar os 17 anos, Sera já treinava com as Amantes de Jade, era melhor em combate do que a maioria dos guardas e estava sob vigilância constante por causa de seu status de Donzela. Tudo isso contribuía para o aumento de sua ansiedade, que ela tentava controlar a todo custo com exercícios de respiração.

Como já mencionei, no seu aniversário de 17 anos, Sera foi preparada para ser oferecida ao Primordial da Morte como Consorte, a fim de honrar o acordo firmado entre o Primordial e o Rei Roderick Mierel duzentos anos antes de seu nascimento.

Lady Kala leva Sera a três Sacerdotes das Sombras, que a conduzem até uma câmara circular, para ser apresentada ao Primordial. Ele é convocado, e Sera fica apavorada quando o vê chegar. Mesmo assim, seguindo seu treinamento, sorri timidamente e se ajoelha em súplica, mas então ele surge diante dela. O Primordial lhe parece frio, e sua frieza aumenta ainda mais quando se aproxima dela e diz que não precisa de uma Consorte. Tão rápido quanto chegou, ele se vai. No início, ela fica aliviada por ter sido deixada para trás, mas depois entra em pânico — e com toda a razão. Os próximos três anos seriam terríveis para nossa querida Sera.

Apesar de não ser responsável pelo que aconteceu, todos a culpam — sua mãe é uma das piores —, e isso destrói e murcha algo dentro dela, mudando-a para sempre.

Os Sacerdotes a apresentam nos três aniversários seguintes, mas o Primordial da Morte nunca mais aparece. Mais tarde, descobri que eles nunca convocaram Nyktos.

No seu aniversário de 20 anos, a mãe de Sera ordena que ela mostre aos lordes do Arquipélago de Vodina a belezinha que ela é — o apelido que lhe deram ao falar uma grosseria — e mate a todos.

A cada ano em que o Primordial da Morte não a aceitava como sua Consorte as coisas ficavam mais difíceis para Sera, mas os seis meses que se seguiram ao seu vigésimo aniversário foram os piores. As refeições não eram mais enviadas aos seus aposentos, fazendo com que ela precisasse saquear a cozinha. Ela não recebia mais roupas e era sempre deixada sozinha. A única vez que viu a mãe foi quando recebeu ordens para *mandar uma mensagem*.

Ora, sei que Calliphe tinha dificuldade em olhar para Sera desde criança porque ela se parece demais com o pai, e a Rainha sentia a falta dele como se sente falta de um membro decepado, mas negligenciar e maltratar a filha desse jeito? Isso me deixa furiosa.

Mas de volta ao assassinato. Atrás dos lordes do Arquipélago de Vodina, Sera se dirige às docas e mata os quatro, soltando o navio para ser encontrado mais tarde por quem quer que seja. Em seguida, vai para o Luxo, mas escuta um grito estridente e segue o som, então vê uma mulher matar um homem com éter. Sente um calor no peito e vê um homem atirar uma criança morta para o lado. Sera deduz que o homem e a mulher são deuses e jura matar ao menos um deles — o homem, com toda a certeza. Ela sabe que é bem provável que acabe morta e se conforma com isso.

Quando está prestes a atacar, alguém a agarra e a leva embora. Há algo estranhamente familiar em sua voz. Ela aponta a adaga para ele e acaba imprensada contra o muro. Ao encontrar seu olhar, Sera percebe que ele *também* é um deus. Pergunta-se se ele é das Terras Sombrias, a Corte do Primordial da Morte, e se sabe quem ela é.

E ele sabia muito bem!

Quando os três deuses assassinos retornam, ela e o deus se escondem à vista de todos, se beijando intensamente contra o muro. Assim que o caminho fica desimpedido, ele ordena-lhe que vá para casa. Bem do feitio de Seraphena, ela simplesmente se afasta, ignorando-o.

Quando se reencontram, Sera conclui que ele também estava seguindo os outros deuses. Os dois decidem investigar a casa dos Kazin, e ela acha estranho que os deuses tenham matado a família e queiram que a morte permaneça desconhecida. Então descobre que não é a primeira vez que aqueles deuses fazem algo do tipo e ouve falar das outras vítimas.

Sera sente choques toda vez que ela e o deus se tocam, e o éter em seus olhos a faz pensar no Primordial da Morte. Apesar do que sente e da confusão que isso lhe causa, não hesita em puxar a adaga de pedra das sombras e colocá-la contra o pescoço dele. Ele comenta sobre a arma e pergunta onde ela a encontrou. Sera mente e diz que pegou do meio-irmão.

Após ser desarmada sem muita dificuldade, é obrigada a responder por que se precipita com tanta avidez em direção à morte. Diz para ele matá-la de uma vez, mas sente vontade de relaxar em seus braços. Antes que possa desvendar tais pensamentos, ele a aconselha a tomar cuidado e vai embora.

Na próxima vez que treina com Sir Holland, ele comenta que ela anda distraída, e Sera percebe que está tentando aceitar o fato de ter ameaçado e beijado um *deus*. E quanto mais pensa nisso, mais ela percebe como parecia certo estar com ele.

Holland a chama de *Princesa*, o que deixa Sera irritada, e ela o corrige dizendo que é uma assassina e uma isca. Ele a corrige de *volta*, mas ela insiste que não passa de uma arma… e talvez uma mártir. Estava preparada para morrer ao matar os deuses assassinos, mas sabe que não sobreviverá se matar o Primordial da Morte.

Sera vai ver Odetta e pergunta o que significa ser tocada pela vida e pela morte — algo que já lhe disseram antes. Odetta responde que só os Destinos sabem.

É a resposta mais contundente que já ouvi e me faz pensar se Odetta não sabia mais do que dava a entender.

Após ver o quadro do pai nos aposentos da mãe e brigar com a Rainha, Sera segue para a Colina das Pedras e sente um calor no peito, indicando que uma pessoa próxima havia morrido. Volta a ver o deus Madis e entra no ateliê de Joanis, mas encontra a costureira morta. O cheiro de carne carbonizada e algo mais fresco impregna o ar. Seria o aroma de lilases?

Ela sente alguém se aproximar furtivamente e gira o corpo, golpeando a adaga e acertando... o deus — o deus sexy dela — bem no peito. Atônita, Sera o vê arrancar a lâmina e destruí-la. Ela o ameaça e diz que não ficou nem um pouco impressionada com essa demonstração de força, o que não é nenhuma surpresa, dada sua habitual falta de autopreservação. Ele pergunta se alguma coisa a assusta e a chama de *liessa*. Mais uma vez, ela tem a sensação de que tudo está... certo ao estar com ele. Ainda mais quando ele diz que ela sente terror, mas não está aterrorizada.

Nunca ninguém a entendera tanto assim.

Ao discutirem por que não param de se encontrar, ele confessa que tem ficado de olho nela, e mais ainda, que *quis* fazer isso.

Esse, *sim*, é um comentário que significa bem mais do que parece, pois sabemos que ele a observa desde que ela era criança.

De repente, Sera tem uma sensação estranha no peito, no local exato em que seus dons costumam reagir à morte. Um peso toma conta dela, que se volta para o corpo da costureira sem qualquer razão aparente, sentindo o cheiro de lilases podres no ar.

A costureira morta se agita, levanta e ataca. O deus intervém e apunhala Andreia com uma espada de pedra das sombras. Depois que a mulher é morta, Sera pergunta ao deus o significado de *liessa* — como a tem chamado. Ele explica que a palavra refere-se a várias coisas, mas é sempre algo belo e poderoso.

Se isso não a deixou toda prosa, não sei o que deixaria.

Mais tarde, ao treinar com Sir Holland, Ezra vai atrás dela — despertando a ira do cavaleiro — e pede sua ajuda, contando-lhe sobre um cara abusivo chamado Nor e seus filhos. Sera concorda em ajudar.

Depois de vestir um traje mais adequado, ela vai atrás de Nor. No caminho, Sera e Ezra falam sobre a Devastação que está dizimando o território inteiro. Perto do Templo de Keella, Sera ouve manifestantes falarem sobre a Devastação e a Coroa. Embora suas reclamações tenham fundamento, as palavras usadas a incomodam. Apesar disso, há um trabalho a ser feito, então ela mata Nor, cuida de uma mulher agredida e resgata o filho maltratado do homem.

Enquanto caminha pelos olmos até o lago, Sera avista um lobo kiyou marrom-avermelhado que foi atingido no peito por uma flecha. Aproxima-se, tentando ajudar, e acaba trazendo o animal de volta à vida. Ele lambe a mão dela, e Sera sente no peito o mesmo calor que costuma sentir perto da morte ou quando usa o dom de cura, só que ainda mais forte. Questiona-se se é por causa do tamanho do lobo.

Ela chega ao lago e fica maravilhada com a sensação de finalmente estar em casa. Mergulha e se diverte até perceber que não está sozinha. Ela pede para quem quer que esteja ali aparecer logo e fica surpresa quando o deus sai de trás da cachoeira. Tenta repreendê-lo por estar ali. Quando ele responde que chegou primeiro, Sera percebe que o deus a viu se despir e fica chocada — sobretudo quando ele diz que ela é uma deusa feita de prata e luar. Apesar disso, ela exige que ele vá embora.

Mais uma vez, a voz do deus — semelhante a uma carícia esfumada e sombria — soa-lhe familiar, e ela se sente inexplicavelmente cálida.

Sera lhe pergunta sobre as tatuagens, e ele se esquiva. Durante a conversa, ela volta a ameaçá-lo — que surpresa, hein? — e então revela ser uma Princesa. Ela pergunta qual é o nome dele e vê sua tatuagem inteira. O deus responde que algumas pessoas o chamam de Ash e acrescenta que é a abreviação de muitas coisas.

Sera sai do lago e começa a se vestir, mas só tem tempo de colocar a combinação antes de ele avisar que não estão mais sozinhos ali. Sera vê os Germes pela primeira vez e o cheiro daqueles seres a faz se lembrar de alguma coisa. Fica preocupada com a chance de matarem o deus, mas não consegue deixar a discussão de lado enquanto lutam contra as criaturas.

Por fim, ela acaba inconsciente durante a batalha. Ao acordar, Sera chama Ash de lindo e se vê deitada na grama com a cabeça apoiada na coxa dele. Surpresa por ele ter ficado ali, conversa mais com ele, que a põe a par de algumas coisas questionadas por ela. Muitas das coisas que Ash diz surpreendem — e encantam — Sera, que fica bastante impressionada.

Ela percebe que está sorrindo, e o deus brinca, dizendo que Sera já o presenteou com três sorrisos. Quando ela pergunta se os outros deuses também eram tão gentis, ele a corrige, dizendo que *não* é gentil coisa nenhuma, mas logo admite que talvez tenha um único osso gentil e decente no corpo — reservado apenas para ela.

Sem conseguir se conter, ela pergunta por quê, e ele responde que quer e precisa beijá-la. Sera se dá conta de que também se sente atraída por ele de forma visceral e lhe dá permissão para beijá-la como deseja.

O deus abre um sorriso, e ela vê suas presas pela primeira vez antes de partilharem o melhor beijo de todos. Quando Ash lhe pede para mostrar o que quer, ela não hesita. Explica o que a deixa excitada e controla os movimentos dele enquanto ele lhe dá prazer com a mão. Após Sera atingir o clímax, ele chupa os dedos, dizendo que ela tem gosto de sol.

Sera faz menção de retribuir, mas Ash confessa que se ela fizer isso não ficará só nos beijos e toques, admitindo o quanto a deseja. Ela responde que também se sente assim antes de voltarem a se beijar, abraçar e conversar. Algum tempo depois, os dois se despedem.

De volta ao castelo, Sera fica sabendo do tumulto da noite anterior e conversa com Ezra sobre o governante de que Lasania precisa. Apesar da importância do assunto, ela não consegue parar de pensar em Ash.

Sera saqueia a cozinha e reúne tudo que encontra por lá antes de visitar uma família de fazendeiros que vive nos arredores da cidade. Infelizmente, descobre que os Couper sucumbiram às agruras da Devastação. Perturbada, vai visitar o Rei para falar sobre os Couper e a situação do reino. Tavius já estava lá, e os dois brigam como sempre. Durante a discussão, ela sente algo sombrio no peito, bem no local em que seu dom costuma vir à tona, mas dessa vez parece algo pegajoso e frio.

A caminho do treinamento, Sera ouve um criado pedindo ajuda e decide investigar, mas descobre que se trata de uma armadilha. Durante o ataque, informa a seus agressores que não impedirão a Devastação apenas matando-a e descobre que os Guardas Reais foram pagos para acabar com ela. Sera se defende e aumenta seu número de mortos para dezessete pessoas. Quando é descoberta, ela mente, dizendo que, quando encontrara os guardas, eles já estavam mortos. Também vê o deus dourado que mais tarde descobrimos ser Callum — que não é um deus coisa nenhuma.

Mais tarde, Sera ouve Ezra dar instruções a um cocheiro e o segue. Acaba ajudando o Curandeiro Dirks a sarar alguns moradores feridos no centro da cidade. Ela e Ezra conversam sobre o ataque e o papel desempenhado pela criada, e Sera descobre que Tavius está falido — uma insinuação de que não havia chance de ele ter subornado os guardas. Ela não tem certeza se acredita nisso.

Ector chega ao plano mortal e confronta Sera. Ela sabe que ele é um deus, mas Ector lhe pede para não se ajoelhar, o que a faz se dar conta de que nunca se ajoelhou diante de Ash. Ector diz que recebeu ordens de lhe dar uma coisa e a presenteia com uma caixa de bétula. Ela fica surpresa ao encontrar uma linda adaga de pedra das sombras ali dentro e se emociona. Sera nunca havia ganhado um presente antes.

Isso é tão triste. Todo mundo deveria ganhar um presente em algum momento da vida, especialmente quando se é jovem.

A ama de Sera morre, e ela começa a se sentir mal após o funeral. Ela relata os sintomas a Sir Holland, que a instrui a descansar, afirmando que vai trazer algo para ajudá-la a se sentir melhor. Ao retornar, ele conta a história de Sotoria e diz que Sera o faz se lembrar dela. Além disso, assegura que tudo vai correr bem no que diz respeito a Sera se tornar a Consorte e ao destino do plano.

Por ser um Arae, ele sabe muito bem do que está falando... Mas Sera ainda não sabe disso.

O dia do Ritual chega e Sera comparece, fazendo-se passar pela aia da Rainha. No Templo do Sol, Sera sente a energia do lugar impregnando o ar e crepitando em sua pele. Essa sensação a faz se lembrar do choque que sentiu quando Ash a tocou.

Ao observar a meia-irmã, ela se dá conta de que tem ciúme de Ezra e deseja ser digna de sua família. Um Escolhido é apresentado ao Rei dos Deuses, e Sera fica abalada quando Kolis olha fixamente para *ela*. Talvez estivesse imaginando coisas, mas pensar nisso faz sua cabeça doer ainda mais.

Em seguida, Ezra procura Sera, visivelmente nervosa e pedindo ajuda. Quando descobre o motivo, Sera percebe que Mari — amiga de Ezra — está morta. A irmã implora que salve Marisol, e Sera chega à conclusão de que Ezra ama aquela mulher. Sera a traz de volta dos mortos e fica preocupada com a possibilidade de ela voltar como a costureira — que não era mais mortal. O receio some quando vê que Mari não tem presas. Ezra agradece e declara que ela é e sempre foi uma bênção, não um fracasso. As duas se abraçam e sua meia-irmã diz que a ama. Apesar do resultado positivo, Sera se preocupa com a sensação de pavor que a domina. Teme que esteja bancando a Primordial e ser castigada por isso.

Depois de uma noite cheia de pesadelos em que perseguia um homem de cabelo preto e era *perseguida* por lobos e serpentes, Sera acorda tarde na manhã seguinte, pensando — e esperando — que o Primordial da Morte não sabe o que ela fez. Ao despertar, vê Tavius dentro do quarto. Estende a mão em direção à adaga, mas não a encontra. Sera acusa Tavius de estar por trás do ataque que aconteceu no outro dia, e ele retruca que não desperdiçaria seu dinheiro com ela.

Vendo a adaga com Tavius, ela avança para pegá-la e ele a prende à cama. Diz que o Rei está morto e que agora é o governante de Lasania. Ela descobre que Sir Holland foi transferido e enviado para o Arquipélago de Vodina no intuito de firmar um suposto tratado de paz. Sera sabe que isso não é verdade. Ele foi enviado até lá para morrer, pois o povo de Vodina com certeza quer vingança pelo que ela fez com seus Lordes.

Sera pergunta ao meio-irmão por que ele a odeia tanto e percebe que ele a vê — a última herdeira legítima dos Mierel — como uma ameaça. Nem tinha pensado nisso... Ainda assim, diz que ele não é e nunca *será* seu Rei. Ele chama os guardas, que a levam para o Salão Principal.

Tavius amarra Sera à estátua do Primordial e a chicoteia. Ao sentir algo sombrio e oleoso faiscar dentro de si, um fogo gélido sai do corpo dela, seu sangue começa a vibrar e seu peito lateja. Sera sente o gosto de sombras e morte na garganta e jura matar Tavius — decepar suas mãos e arrancar o coração de seu peito antes de atear fogo nele. E então uma risada irrompe de sua garganta; um som ancestral, interminável e sombrio que não pertence a ela.

O Primordial da Morte aparece de súbito, e ela fica surpresa ao ver que é Ash. Ele dilacera um guarda, o que a faz rir de maneira sombria. Quando Ash a reivindica como Consorte, Sera dá outra risada.

Ela devia estar em estado de choque, e os ferimentos só pioravam a situação.

Ash confronta Tavius, e o fogo gélido volta a correr nas veias de Sera quando ela vê a mãe a implorar pela vida do meio-irmão. Em vez de matá-lo, Ash deixa Tavius para Sera, e então *ela* o mata. Cheia de adrenalina por lidar com aquela ameaça, Sera se dá conta de que a familiaridade que sentia com Ash fazia todo o sentido e fica possessa. Furiosa, ela o ataca.

Ash diz que, se a deixar no plano mortal, Sera se tornará um alvo, mesmo que consiga escapar da punição por matar o novo Rei. Então, ele a reivindica. Diz que ela não tem mais escolha e pede desculpas, prometendo que sua família ficará a salvo.

Os dois saem do castelo, e Sera pergunta por que Ash não lhe disse quem era. Ele pergunta se *ela* ainda teria interesse nele se soubesse que era o Primordial da Morte. Ela não sabe como responder a essa pergunta.

Quando chegam ao lago, Sera descobre por que se sentia tão bem ali — era uma maneira de chegar até ele. Os dois partem para o Iliseu, e Sera fica espantada ao descobrir que uma das colinas que vê é um dragão. Bem, na verdade... é um *dragontino*. Ela conhece Nektas, e Ash a incentiva a fazer carinho nele. Ela hesita, com medo de ser devorada, mas obedece. Surgem mais três dragontinos.

Sera avista o palácio e presume que Ash empalou os corpos cravados no muro. Isso a faz assumir uma postura cautelosa. Rhain se aproxima e os dois são apresentados. Ash confessa que esperava que demorasse algum tempo até os outros perceberem que tinha chegado com uma convidada. Diz que poucos sabem a respeito dela, mas pergunta se pode apresentá-la como sua Consorte. Ela concorda.

Depois de conhecer Aios, a deusa a leva até seus aposentos e manda prepararem comida e água para o banho. Ash chega algum tempo depois, quando Sera está na banheira, e a informa que Tavius foi enviado para o Abismo. Ele se oferece para ajudá-la a lavar o cabelo, e ela aceita. Enquanto realiza a tarefa, os dois conversam, e Ash pergunta sobre seu treinamento. Ela mente e pergunta por que ele nunca mais voltou. Ele responde que os Sacerdotes não o convocaram. Admite o que sentiu emanando dela no dia em que apareceu e explica por que fez aquilo, deixando Sera espantada com a informação de que ele é capaz de sentir as emoções dos outros.

Sera pergunta a Ash o que o levou a fazer o acordo e ele diz que a resposta é complicada. Garante que vai lhe contar quando ela estiver vestida. A tensão sexual entre eles aumenta outra vez, e Ash revela estar ciente de que ela gosta e deseja seu toque, o que não tem nada a ver com o acordo. Ambos estão muito interessados em certos aspectos da união. Ele volta a lhe dar prazer com uma das mãos e admite que pensa no tempo que passaram no lago toda vez que se masturba.

Ele aplica uma pomada nas costas de Sera e a lembra de que ainda é o mesmo de antes, embora agora ela saiba que ele é o Primordial da Morte. Então acrescenta que ela sabe mais sobre ele do que a maioria das pessoas.

Mais do que a maioria? Ela o conhece por inteiro. Afinal de contas, os dois são corações gêmeos.

Sera pergunta sobre o acordo com o Rei Roderick e descobre que não foi Ash quem o fez, e sim o pai dele. Explica que o acordo foi transferido para ele quando seu pai morreu, assim como todos os poderes e as responsabilidades do Primordial da Morte. Sera percebe que o que ele disse quando a levou para o Iliseu, sobre a perda da escolha, também se aplica a ele. Ele também não escolheu nada disso.

Ela aprende mais coisas sobre os pais dele, e Ash revela que mandava outras pessoas ficarem de olho nela. Quando a conversa se volta para Madis, Cressa e Taric, Ash diz não acreditar que os assassinatos estejam ligados a ela, embora diga que esperou bastante tempo para voltar a procurá-la por medo de a expor.

Sera conclui que todas suas ideias sobre o Primordial da Morte estavam erradas. Ele é um bom homem, mas isso não importa, porque ela tem um dever a cumprir. Volta ao assunto de Lathan — o amigo que Ash mandou ficar de olho nela e que foi obrigado a matar — e pergunta por que ele o mandou cuidar dela. Ele explica que seus inimigos passarão a ser inimigos dela também. Ao perceber a situação na qual se encontra, Sera lamenta tanta injustiça e considera tudo que vai acontecer depois que o matar.

Quando Sera encontra Aios, a deusa a põe a par de várias coisas sobre as quais ela andava refletindo. Aios conta como chegou às Terras Sombrias e que todos se sentem seguros na Corte de Nyktos. Depois que ela vai embora, Sera descobre que Ector está de vigia na porta de seu quarto e percebe que não tem permissão para sair. O deus diz que está ali para protegê-la. Quando ela chama Nyktos de *Ash*, Ector fica atônito e diz duvidar que até mesmo o Primordial da Morte saiba o que fazer com ela.

Poucos saberiam. Sera é mesmo especial e maravilhosa.

Davina assume a função de criada e chama Sera de meyaah *Liessa*. Sera descobre o significado: minha Rainha. A dragontina conta a ela sobre os perigos que cercam a Casa de Haides.

Saion a escolta escada abaixo, e Ash devolve a adaga que havia lhe dado, agora com uma bainha. Ela prende a arma à coxa direita antes de lhe fazer algumas perguntas.

Sera descobre que ele não consegue ler a sua mente e que não se alimenta mais. Quando ela pergunta se Ash é um prisioneiro, ele diz que já foi muitas coisas e hesita em responder. Ela pergunta se ele prefere que os dois se conheçam ou sejam estranhos e fica surpresa quando ele confessa que quer que eles fiquem tão íntimos quanto estavam no lago, mas que seu aprisionamento não está aberto a discussão.

Sera conhece Jadis e aprende tudo sobre a dragontina, achando-a fascinante.

Na próxima vez que vê Ash, Sera esbarra nele, que estremece e sibila. Ela fica preocupada. Ainda mais quando ele lhe pede para não tocar nele. Sera insinua duvidar do interesse de Ash por ela e diz que ele só ladra, não morde. Ele a imprensa contra a parede e afirma — além de mostrar — o quanto seu interesse é verdadeiro e potente. Expressa o quanto quer estar dentro dela e que sabe que ela também quer, sem sequer precisar ler as suas emoções. Ela diz não gostar dele — uma mentira — e ele responde que é melhor assim.

Os dois podem resistir o quanto quiserem, mas é inútil. Não seria ótimo poder dizer isso a certas pessoas, para elas pararem de perder tempo e aproveitarem o que está diante delas?

Sera passeia pela Casa de Haides e fica sabendo que sua coroação acontecerá dali a duas semanas. Ao perguntar se será Ascendida, surpreende-se com a resposta de Ash. Ele diz que não foi uma escolha dela e que não tem a intenção de forçá-la a viver uma eternidade daquilo. Também descobre que ele encara o amor como um risco desnecessário.

Pensando nisso, Sera deduz que a mãe de Ash deve ter sido assassinada por outro Primordial e considera que Ash pode ser mesmo incapaz de amar, dado o que aconteceu com seus pais. Além disso, imagina como ele vai reagir ao seu raro dom.

Alguns dias depois, uma Primordial chega e Ector leva Sera a um lugar seguro. Ela prefere ficar sozinha na biblioteca, sai do quarto e acaba testemunhando a interação entre Veses e Ash. Os sentimentos que a cena desperta nela são confusos, mas Sera decide deixá-los de lado por enquanto.

Mais tarde, ela passeia pelo terreno do castelo e acaba na Floresta Vermelha. Ela encontra um falcão prateado ferido — que mais tarde descobre ser um dos familiares de Attes, uma extensão dele em sua forma *estigmatizada* — e cura o animal, impelida por um antigo e poderoso instinto. Depois, vê as semelhanças entre a Devastação em Lasania e o que está acontecendo nos Bosques Moribundos e na Floresta Vermelha.

Caçadores e deuses sepultados atacam Sera, e ela conclui que não é capaz de matar todos. Ash surge de repente e a salva, e ela aprende sobre os deuses sepultados e as árvores de sangue. Após o ataque, Saion a acompanha de volta à Casa de Haides e vê que ela está ferida. Ela desmaia e, ao voltar a si, depara-se com Nektas na forma de deus. Ele diz que Sera só não está morta porque Ash usou um antídoto raro nela.

Ela acredita que todas as decisões e ações de Ash se devem ao acordo. Não faz a menor ideia de que ele a ama, embora nem ele tenha se dado conta disso, devido à ausência de *kardia*.

Ash chega e pergunta como ela consegue ser tão forte, pois parece não ter ficado nem um pouco perturbada com o fato de que quase morreu. Ela responde que *teve* de ser forte. A conversa se volta para o ataque na floresta e como os deuses se libertaram, e Sera descobre que a morte das Terras Sombrias não tem nada a ver com o acordo.

Ash diz que pediu a todos que o deixassem em paz e admite que a tem evitado porque passar mais do que alguns minutos na presença dela faz com que o desejo supere todo o seu bom senso. Ela bufa, zombando. Ele a beija e admite não saber por que luta contra isso, já que ela o aceitaria. Ele lhe dá prazer mais uma vez.

Aleatoriamente, Ash diz que contou suas sardas e revela que são 36 no rosto, dizendo-lhe que não deveria duvidar de seu interesse por ela. Ela percebe que ele também chegou ao clímax, embora não o tenha tocado. Ele pergunta se pode deitar ali com ela e Sera concorda, confessando que já teve relações sexuais antes e descobrindo que Ash é virgem. Ela fica chocada e se pergunta em voz alta por quê. Sera percebe que a vida dele é tão solitária quanto a sua e que Ash está arriscando tudo com ela porque não consegue evitar — embora ache que os dois acabarão odiando-o por isso. Ele adormece ao seu lado, mas não está mais ali quando ela acorda.

Aios leva o café da manhã para Sera e come com ela em seus aposentos antes de irem dar um passeio e ajudar Reaver a voar. A deusa conta a ela que Ash nunca teve nenhum interesse sexual ou romântico por ninguém antes de Sera. Depois, ela conhece Bele e Rhahar. Bele é a primeira a se curvar diante dela e explica por que é tão importante que todos façam isso. Também conta que as outras Cortes estão apostando quanto tempo Sera vai permanecer viva.

Mais tarde, uma costureira é convocada para fazer a prova de um vestido, e a conversa gira em torno da coroação, dos Escolhidos e da Ascensão. Ash confere se está tudo bem com Sera e revela que nenhum mortal Ascendeu nas últimas centenas de anos, então conta a verdade sobre o destino dos Escolhidos e que Kolis sabe disso, mas não se importa. Também explica que alguns Escolhidos estão desaparecendo. Ela exige que os dois encontrem uma forma de impedir os Rituais e descobre que Ash está escondendo os Escolhidos, embora prefira fingir que não está fazendo nada. Ela precisa se fortalecer. Lasania é tudo que importa. Não pode se preocupar com os mortais. Os Escolhidos não são problema dela.

Naquela noite, sem conseguir dormir, Sera vai até a varanda e encontra Ash. Ela diz que está lidando com tudo que descobriu, e os dois discutem as dificuldades de suas respectivas posições e como a morte afetou a ambos. Ele diz que ela não é um monstro e a toca, provocando um choque que passa entre os dois. Então acrescenta que um monstro não se importa em ser um monstro. Ela dá um beijo nele.

Ao ver que Ash também está passando por dificuldades, Sera diz que ele não é responsável pelas ações dos outros e começa a explorar seu corpo. Apreciando o clima brincalhão que compartilha com ele — algo que nunca teve com outro homem —, ela lhe dá prazer, maravilhada por fazer o Primordial da Morte estremecer de êxtase. Depois, os dois se deitam abraçadinhos e ela adormece, pensando em todas as experiências vividas durante o breve tempo ao lado de Ash.

Na manhã seguinte, ela percebe que alguma coisa mudara naquela noite, antes de dormirem, como se algo além de luxúria estivesse crescendo entre os dois. Sera se sente conectada a ele independentemente do acordo, e o sentimento provoca uma sensação boa em seu peito. Ela se choca ao encontrar Nektas ali, e fica ainda mais surpresa quando ele revela nunca ter visto Ash dormir tão profundamente antes e a chama de filha.

Tendo sua ida à corte negada por causa dos riscos e sem nada para fazer a não ser pensar, ela fica feliz por passear com Ector, apesar de não conseguir tirar da cabeça o jeito como Ash ameniza a escuridão dela e os sentimentos que brotaram entre os dois. Sera aprende mais sobre o deus e descobre que ele conhecia os pais de Ash e sabe do acordo.

Ela e a dragontina o seguem para ver o que está acontecendo no portão sul, e Sera sente um calor no peito ao ver Gemma e perceber que a mortal está morta. O calor vibra em seu peito, batendo contra um instinto que nunca sentiu de modo tão intenso. Imagina se a dragontina consegue sentir o que está crescendo dentro dela.

Sera começa a emitir um tênue brilho prateado e sente o perfume de lilases recém-floridos no ar. O zumbido cresce em seus ouvidos, despertando um chamado que se sobrepõe a qualquer pensamento. O éter gira em torno de seus dedos, a garganta fica seca e os batimentos aceleram quando uma luz brilha em toda a pele de Gemma, que volta à vida. Ash comenta com espanto que Sera carrega a brasa da vida dentro de si.

Os pensamentos de Sera se voltam para Sir Holland e a menção de que ela carregava uma brasa da vida, a esperança e a possibilidade de um futuro dentro de si. Fica sabendo que os deuses e dragontinos presentes sentiram a reverberação de poder, algo provavelmente sentido por todos no Iliseu. Ela descobre que muitos virão à procura de sua origem, o que pode ser muito ruim.

E é. *Muito* ruim mesmo. Embora as verdadeiras ameaças já soubessem disso.

Ash diz já ter sentido aquilo antes e pergunta quantas vezes ela usou seu dom. Ele revela que os Caçadores e deuses assassinos deviam estar à procura dela e que, se estivesse mais perto, também seria atraído. Sera revela como curou o falcão na floresta e trouxe Marisol de volta à vida antes de deixar o plano mortal. O deus diz a ela que seu dom vem do Primordial da Vida, mas não de Kolis, e sim do verdadeiro: o pai de Ash. Ela descobre que Eythos era o verdadeiro Primordial da Vida e que a brasa pertencia a ele — e depois a Ash — antes que Kolis, o irmão gêmeo de Eythos, a roubasse.

Sera aprende a história de Eythos, Kolis e Sotoria. Admite que nunca usara o dom em um mortal antes de Mari porque não queria tal poder nem a capacidade de decidir o destino de alguém ou de usar seu dom sempre que a oportunidade lhe fosse apresentada. Acha que isso a torna fraca, mas Nektas diz o contrário. Ela pergunta — com certo horror — se ela e Ash são parentes e fica feliz ao descobrir que não, mas continua a questionar como seu dom pode ajudar alguém. Então descobre que Kolis tem a alma de Eythos. E, já que as papoulas começaram a florescer assim que ela chegou, depois de ficarem adormecidas por centenas de anos, Nektas insiste que sua mera presença está trazendo a vida de volta ao plano.

A Devastação no Iliseu foi causada pela diminuição dos poderes de Kolis e, embora Sera argumente que é por causa do prazo de validade do acordo, é informada que não tem nada a ver com isso. Sera fica chocada ao descobrir que a situação em Lasania teria ocorrido independentemente do acordo e, de repente, compreende que o tempo não estava passando para o reino, e sim para *ela*.

Sera fica aliviada por não ter de manipular e matar Ash como foi treinada a fazer. Apesar de tirar um peso de seus ombros, ela é tomada pela culpa. Bele desconfia dos motivos de Sera, que confirma suas suspeitas. Explica que esse era o motivo de sempre voltar ao templo. Sera conclui que está prestes a morrer e não pode mais pensar em Ash como... bem, Ash. Ele é Nyktos. Ele diz que ela morreria no segundo em que tirasse a lâmina de pedra das sombras de seu peito após matá-lo. Ela tenta se desculpar, mas é informada de que estão cercados.

Sera se oferece para ajudar e lembra a todos de seu treinamento, dizendo que o perigo está lá por sua causa e que não vai ficar parada sem fazer nada. Ela não é um perigo para o povo e não pretende lhes fazer mal, embora Ash acredite que seja um perigo para ele. Ainda assim, ela cavalga com Ash, Rhahar, Saion e Rhain até os portões da baía e revela ser capaz de sentir a morte — as almas deixando seus respectivos corpos. Ash lhe diz para ficar com Ector e Rhain, e ela começa a disparar flechas nos dakkais.

Após a batalha, Sera aprende as regras envolvidas ao atacar a Corte de outro Primordial. De repente, ela se dá conta de que, se Kolis a quiser morta, não terá como fugir. Ele já sabe que há *algo* nas Terras Sombrias, mesmo desconhecendo a origem. Nyktos insiste que manterá as coisas assim, não importa o que aconteça.

Em meio à rixa, os dois trocam farpas e Sera grita com Nyktos para que ele pare de ler suas emoções, ainda mais se não acredita no que ela sente. Acrescenta que nunca quis cumprir seu dever e nada do que fez com ele foi fingimento.

Sentindo-se um monstro, ela se oferece para curar as feridas de Nyktos, e ele deixa claro que não confia nela a esse ponto. Isso dói. Preocupada com ele e sem querer que algo de ruim aconteça, Sera pergunta a Nektas como pode fazer Nyktos se alimentar. Ele responde que Ash está tão bravo com Sera que a chance de conseguir convencê-lo a se alimentar dela é bem alta.

Ora, que ótimo, então.

O dragontino pergunta a Sera se ela mataria Ash caso não tivesse descoberto que isso não salvaria seu povo. Ela não consegue dizer que sim. Nektas afirma que Ash também sabe disso, e é por esse motivo que se alimentará. Então, ela vai até ele e o manda beber seu sangue. Admite que sempre soube que morreria jovem. Ele a manda embora e diz que, se não for, então vai se alimentar e fodê-la. Sera o provoca, perguntando se é uma promessa. Ele admite que poderia matá-la. Ainda assim, chama-a de *liessa*.

Os dois transam cheios de raiva, embora seja uma transa mais carregada de frustração, e ele começa a se curar.

Depois de perguntar se ele bebeu sangue suficiente, ela faz menção de ir embora. Ash diz para ela descansar, e Sera o manda se foder. Quando ele a agarra, Sera percebe que sua pele está quente, para variar. Ash confessa que ela não é uma ameaça porque ele jamais a amaria, e ela pergunta se tem certeza disso. Sera se submete enquanto ele a toma outra vez, mordendo o polegar dele e chupando seu sangue. Ele dá um tapinha nela, e Sera percebe que nenhum dos dois será o mesmo.

Mais tarde, ela acorda sozinha e com dor de cabeça, imaginando se o corpo de Nyktos estava quente por ter se alimentado. Acha que não vai conseguir consertar as coisas com ele, mas quer sua amizade pelo menos. Se possível. Então pensa se há outra maneira de salvar seu povo. Talvez a brasa tenha sido colocada nela por outro motivo. De repente, Sera fica enojada com a ideia de Kolis ir atrás de Nyktos e admite, mesmo que apenas para si mesma, sua preocupação com ele e seu povo. Sabe que, se for apanhada por Kolis, morrerá, e que isso apressará a morte de ambos os planos.

Paxton traz água para o banho, e Sera tem vontade de chorar diante da gentileza do gesto. Ela descobre a história do rapaz, que conta que o povo está ansioso pela sua coroação e ficará orgulhoso de tê-la como Consorte.

Durante o banho, Sera é atacada. Hamid tenta estrangulá-la. Ela se defende, quebrando um banquinho e golpeando-o com uma das pernas de madeira. Ele cai e bate a cabeça na banheira. Quando os outros chegam, falam sobre o mortal e seus motivos, e ela se recorda da visita de Hamid a Gemma.

De repente, Sera perde o equilíbrio, sentindo fortes dores no rosto e na cabeça. Ela fica tonta e explica ter enxaquecas como a mãe, mas acrescenta que seus dentes têm sangrado nos últimos dias. Nyktos lhe traz um chá — o mesmo que ela tomava com Sir Holland — e pergunta quando aquilo começou. Explicam que ela está passando pela Seleção e por quê.

Nyktos a mantém longe e diz que ela será sua Consorte, mas só de fachada. Acrescenta que ela não passa de um recipiente para a brasa que carrega dentro de si — não haverá amizade nem amor nisso.

Que golpe baixo, Nyktos. Mas, considerando o que vi pouco tempo depois, entendo suas intenções…

Após o café da manhã, Sera vê Gemma e descobre que seu toque desfaz todas as feridas. Diz à garota que Nyktos não a responsabilizará pelas ações de Hamid, pois ela não o mandou atacar Sera. É aí que as coisas ficam complicadas. Sera descobre que é *ela* que Kolis procura. Sua *graeca* — seu amor ou vida. Além disso, descobre o que Kolis está fazendo com os Escolhidos desaparecidos: transformando-os em Espectros.

Na verdade, sabemos que ele os está transformando em Ascendidos *e* Espectros.

Sera pede desculpas a Gemma por trazê-la de volta à vida e depois conta a Bele e Aios que Odetta mencionou ter sido tocada pela vida e pela morte. Ela pergunta se podem procurar os Destinos e insiste em encontrar Nyktos imediatamente e lhe contar tudo que Gemma e Odetta falaram.

Cressa, Madis e Taric aparecem. Sera é derrubada e Taric bebe seu sangue, além de fazer mais alguma coisa que Sera não consegue compreender. Ela o esfaqueia no peito com a faca de manteiga que escondeu no café da manhã. Durante a escaramuça, ele tenta usar a persuasão nela, mas não funciona.

Saion checa se Sera está bem, e ela lhe diz para procurar Bele, ferida na luta. Sera sente um calor no peito que a deixa toda arrepiada, certa de que vem da deusa. Ela vê os deuses assassinos morrerem, e então Nyktos aparece. Explica que Taric fez alguma coisa com ela.

Ele pede para Sera se lembrar de que pode até sentir medo, mas jamais ser medrosa, e lhe devolve a adaga. Ela pergunta se pode tentar salvar Bele e é informada que a brasa que tem dentro de si não é forte a ponto de trazer uma deusa de volta à vida. Quando insiste que a deusa morreu por sua causa e mais uma vez pede permissão para tentar, Nyktos lhe recomenda não assumir essa culpa, mas permite a ida até Bele. Ela traz a deusa de volta à vida e descobre que não foi só isso. Também a Ascendeu.

Depois disso, Sera aguarda no escritório de Nyktos com Saion e Ector, e pergunta se os dois têm medo dela. Como não sabe o que Ascensão significa para uma deusa, Ector e Saion contam a ela. Nyktos entra e lhe agradece por salvar Bele. Ele cuida dos ferimentos de Sera e conta que convocou os Destinos, ressaltando que Kolis vai recuar até descobrir com o que está lidando. Também informa que nem todos os deuses que ela trouxer de volta à vida vão Ascender — precisam estar destinados a isso.

Isso me fez pensar sobre a história toda. Se os Primordiais foram hibernar porque os deuses estavam Ascendendo rápido demais, *como* e *por que* isso aconteceu? Por sorte, conseguirei encaixar essa peça do quebra-cabeça mais cedo ou mais tarde.

Após cochilar um pouco, Sera acorda e é informada de que os Destinos responderam à convocação. Nektas está esperando por ela e por Nyktos na sala do trono. Nyktos parece preocupado com o bem-estar de Sera, que revela ter perdido muito sangue, e por culpa de Taric, não dele. Ele a beija, e seus lábios estão quentes. Depois, diz a ela que o beijo não muda nada. Ainda assim, Sera fica esperançosa.

E tem toda a razão. Não muda nada porque Nyktos já sabe que ela é a pessoa certa para ele.

Quando entra na sala do trono, Sera fica chocada ao encontrar Sir Holland. Ela fica aliviada ao ver que ele não foi mandado para o Arquipélago de Vodina, mas então entende o motivo de ele não ter envelhecido depois de todos esses anos que o conhece. Fica sabendo que os Arae não podem mais interferir no seu destino e descobre o que Eythos fez — ela tem a essência do poder dele dentro de si.

Sera também descobre que ela e Nyktos são almas gêmeas — o que explica por que os dois se sentem tão bem juntos. Ela confessa se sentir assim e diz que teve dificuldade em se afastar dele. Imagina se é por isso que ele a acha tão interessante. Mas o fato de serem almas gêmeas não é a única razão — ela se sente atraída por *quem* ele é.

Sera e Nyktos tentam desvendar a profecia e imaginam que significa a destruição de todas as terras por Kolis. Holland afirma que ela tem muitos caminhos possíveis a seguir, mas todos terminam do mesmo jeito. Ela diz que quer saber mais e descobre que está destinada a morrer antes dos 21 anos de idade. Sua morte poderá acontecer pelas mãos de um deus, um mortal mal-informado, Kolis ou até do próprio Nyktos — embora possa ser um acidente.

Sera descobre que o sangue de Nyktos a forçará a passar pela Seleção e, sendo uma mortal, ela não sobreviverá ao processo. Não há como impedir isso. Nyktos fica horrorizado, e ela garante que não é culpa dele.

Holland enfatiza que sua imprudência e impulsividade podem dar uma chance para o que quer que Eythos tenha acreditado ao ouvir a profecia se concretize, e então lhe mostra o fio do destino partido. Ele explica que a única coisa fora do controle dos Destinos é o amor. Acrescenta que ela não sobreviverá à Seleção sem a força de vontade do que é mais poderoso que o destino ou até mesmo a morte — não sem o amor de alguém para ajudá-la a passar pela Ascensão.

Sera pergunta se precisa do sangue de um deus que a ama para sobreviver e descobre que precisa ser o amor de um Primordial. E não de um Primordial qualquer, mas sim daquele a quem a brasa pertencia: Nyktos.

Isso é injusto demais com os dois.

Em seguida, Sera constata algo ainda mais chocante: ela já teve inúmeras vidas e é a reencarnação de Sotoria, a obsessão de Kolis. Sera fica em negação, mas as coisas só pioram dali em diante. Ela descobre que a vida só continuou por causa da brasa em sua linhagem, aquela que agora carrega dentro de si e que é a única brasa da vida em ambos os planos. Isso significa que... se ela morrer, tudo e todos que existem em ambos os planos morrerão com ela.

Ela é a Primordial da Vida.

Nyktos se curva diante de Sera, mas ela pede para ele não fazer isso e começa a ter um ataque de pânico. Ele a acalma. Ao recuperar o fôlego, ela comenta que as profecias são inúteis e aprende mais a respeito delas, dos oráculos e dos Deuses da Divinação.

Os dois discutem a Ascensão de Bele, se ela se parece com Sotoria, sobre os Vorazes e se ela *correrá* para Kolis ou *fugirá* dele.

Sera pergunta o que Kolis fará com Nyktos se descobrir que ele está a escondendo e descobre que Kolis não pode matar seu sobrinho. A vida não pode existir sem a morte. O que a leva a pensar num Primordial da Vida *e* da Morte.

Nyktos admite ter removido sua *kardia*. Como Sera parece confusa, Penellaphe lhe explica o que é uma *kardia* e o significado disso: ele é *incapaz* de amar. Isso a deixa chocada.

Sera fica chateada por Holland não ter explicado que seu dever era inútil quando ainda estavam no plano mortal e se preocupa com quanto tempo os planos ainda têm.

A conversa gira em torno de como protegê-la ao máximo, e Vikter Ward, um *viktor*, chega para colocar um feitiço em forma de desenhos em seus braços, explicando o funcionamento. Holland vê sua angústia e diz a ela para não desistir, lembrando-a do fio partido e dizendo que o destino não está escrito em ossos e sangue. Pode ser tão errático quanto os pensamentos e o coração de alguém. Ela o recorda de que Nyktos não pode amar, e ele responde que o amor é mais poderoso do que os Arae poderiam imaginar.

Antes de partir, Sera pergunta a Holland se voltará a vê-lo, mas ele não pode responder. Ainda assim, ele a lembra de algo que ela já sabe: seu treinamento não foi em vão. Ela *é* a fraqueza dele. Só que *ele* não é Nyktos, e sim Kolis. Ela percebe que seu verdadeiro destino é ser uma arma contra o falso Primordial da Vida, mesmo não querendo seduzir Kolis. Fica enojada só de pensar nisso.

Nyktos a leva de volta ao escritório e pergunta no que ela está pensando. Os dois falam sobre a remoção da *kardia* dele e sobre quem sabe disso, e Sera pergunta se doeu e o que o levou a fazer isso. Ele conta a ela, embora seja apenas uma parte da verdade. Os dois decidem seguir com seus planos e mantê-la escondida.

Sera não vê o menor sentido na coroação se vai morrer dali a cinco meses, e Nyktos pergunta se a ideia da morte a incomoda. Em resposta, ela enumera todas as coisas com as quais está lidando — inclusive a morte. *Lidar* não tem nada a ver com o que ela sente a respeito disso. Quando ele diz que é injusto, ela fica surpresa e retruca que também não é justo com ele.

Sera sugere que a segurança que a coroação lhe proporcionaria não vale a pena, e Nyktos afirma que sua segurança vale qualquer risco, até mesmo de perder as Terras Sombrias. Porém, estraga o momento ao dizer que as brasas são importantes, e não que *ela* é importante.

Quando Saion a acompanha até seus aposentos, os dois têm uma discussão séria sobre a posição dela agora que a verdade foi revelada.

Sera conhece Orphine, que também deseja matá-la por sequer *cogitar* ferir Nyktos. Mas acrescenta que Sera também é especial para eles; afinal de contas, ela é a vida.

Mais tarde, Sera acorda com um baque ensurdecedor, coberta por uma manta que não havia pegado antes de dormir. Orphine entra correndo no quarto e diz para ela não ir para a varanda. Ela vai mesmo assim e acaba se deparando com a batalha em andamento.

Orphine e Sera discutem sobre a ajuda de Sera, e ela aprende um monte de coisas sobre a dragontina. Durante a batalha, Orphine a impede de ressuscitar um guarda, e Ector a impede de trazer Davina de volta à vida.

Uma explosão de éter quase a atinge, mas, no fim, acaba acertando Orphine. Um deus de cabelo loiro e pele clara vem até Sera, nitidamente à sua procura. Ele não impede que um deus sepultado a ataque. Durante o combate corpo a corpo, Sera é ferida no ombro e no antebraço.

Sera vê Nyktos assumir sua verdadeira forma Primordial e eliminar o resto dos deuses sepultados, partindo o último ao meio. Mais tarde, admite para ele que achou a cena bastante excitante.

Quero dizer... há algo muito sexy nesse tipo de beleza e controle selvagens.

Nyktos a leva para dentro do palácio, e ela tenta lhe explicar que não está ferida. Ele informa que pode sentir o gosto de sua dor, acrescentando que ela precisa de sangue porque não vai conseguir se curar enquanto estiver na Seleção. Recusa-se a deixar Sera com dor e pede que o deixe ajudá-la.

Sera bebe o sangue dele e conclui que o líquido tem gosto de mel. A mordida faz com que um formigamento percorra todo o seu corpo, e ela sente o poder dele vibrando em seu peito. A dor desaparece, e uma sensação de paz a toma. Além disso, fica ainda mais sensível ao toque de Nyktos. Com a pele zumbindo e o sangue quente, Sera imagina que seja um efeito colateral. Nyktos, por sua vez, diz que consegue sentir o gosto do desejo dela. Que está praticamente se afogando nele. Sera lhe diz para se afogar *com* ela.

Os dois transam, e Sera não se contém. Quer que ele ouça, veja e saiba o que faz com ela.

Mais tarde, com os guardas, Sera garante a Bele que ela não tem culpa de nada. A deusa lhe agradece por salvar sua vida. Quando Sera conta ao grupo sobre o deus que estava disposto a deixá-la morrer, Nyktos fica visivelmente irritado. Chegam à conclusão de que o ataque deve ter sido liderado por outro Primordial, pois são os únicos capazes de controlar os dragontinos.

Por saber que as brasas e a alma de Sotoria fazem dela a arma perfeita para ser usada contra Kolis, Sera escala a muralha do palácio e chega à Baía das Trevas, na esperança de embarcar clandestinamente em um navio e seguir até Dalos, a corte de Kolis, a fim de salvar as Terras Sombrias.

Um falcão prateado — que, na verdade, é Attes em sua forma *estigmatizada* — a salva das Sombras na floresta, e ela quase traz uma delas de volta à vida. Quando Nyktos aparece, Sera foge dele, determinada a cumprir seu destino. Ela não é capaz de deter a Devastação nem de protegê-lo. Só tem um objetivo em mente. Furioso, ele a enfrenta, mas absorve o impacto, exigindo saber por que ela estava fugindo dele. Ela responde que estava tentando *salvá-lo*.

Sera confessa o que acredita ser seu verdadeiro destino. Ela é a fraqueza de Kolis; seja lá o que lhe aconteça, valerá a pena. O plano mortal pode ser salvo, *ele* pode ser salvo e mais ninguém precisa se machucar. Nyktos diz que sofrerá de bom grado tudo que Kolis fizer com ele, desde que ela seja poupada, mas menciona as brasas de novo. Sera fica zangada e grita. O poder explode dela, atirando Nyktos pelos ares.

Em questão de segundos, Nektas se agacha na frente de Sera para protegê-la de qualquer retaliação instintiva que o Primordial da Morte possa desferir. À beira das lágrimas, ela pede desculpas e admite que nem sabe ao certo o que aconteceu, mas receia que possa se repetir.

Sera percebe que Nyktos nunca a deixará partir, e ele confirma. Ela argumenta que não passa de uma prisioneira, e ele diz que a escolha é dela. Afirma que o destino de Sera não é morrer pelas mãos de Kolis e insiste que deve haver outra forma de resolverem as coisas.

De volta ao palácio, Nyktos adverte que, da próxima vez que ela encostar uma adaga no pescoço de alguém — mesmo no dele —, é melhor que seja a sério; em seguida, ordena que Sera vá para o quarto. Ele a segue até seus aposentos e informa que ela dormirá bem perto dele a partir de agora, então a leva para seu quarto e a joga na cama. Teimosa, Sera se recusa a se despir, obrigando-o a fazer isso por ela antes de irem dormir.

Na manhã seguinte, Sera acorda sozinha no quarto, e Baines traz água para o banho. Orphine avisa que vai acompanhá-la até Nyktos assim que ela estiver pronta. Enquanto caminham, Sera repara pela primeira vez no desenho da porta da sala do trono — o lobo. Ao entrarem, Nyktos conta a todos que Sera tentou ir atrás de Kolis para proteger as Terras Sombrias e ressalta que a sua bravura é incomparável. Então sussurra que ninguém deve pensar mal dela, e sim vê-la como é: corajosa e valente. Caso contrário, tais pensamentos negativos sobre ela serão os últimos. Jura destruí-los, por mais leais que sejam às Terras Sombrias. Ele diz a Sera que ela é corajosa, forte e digna deles.

Ela sente que ele quis dizer algo *além* com isso.

Nyktos sugere que tentem retirar as brasas dela, e Sera fica espantada. Achava que não fosse possível. Nektas diz que as brasas não são inteiramente dela até que ela Ascenda, por isso, é *provável* que consigam removê-las. Assim, o sangue de Nyktos garantiria sua sobrevivência à Ascensão, embora possa se tornar uma deusa.

Depois de discutirem quando ir para os Poços de Divanash, a conversa passa para outros assuntos, e Sera descobre como Halayna, companheira de Nektas, morreu e que ele foi o primeiro dragontino de todos e quem ajudou Eythos a criar os mortais.

Ao conversarem sobre a remoção das brasas, ela descobre que só a *trupe de sempre* das Terras Sombrias tem conhecimento do plano — e apenas que ela tem as brasas dentro de si. Todos estão de acordo, até quanto à Ascensão dela. No entanto, só Nektas sabe da alma de Sotoria, e é melhor assim. Seria muito arriscado se os outros soubessem.

Sera pergunta a Nyktos se ele vai continuar realizando o Ritual depois de se tornar o Primordial da Vida e descobre por que isso começou. Ela explica como é a vida de um Escolhido no plano mortal e fica sabendo que foram os mortais que começaram aquilo, não os deuses. Sera imagina se todos os

Escolhidos desaparecidos foram transformados em Vorazes, como foi com a costureira — embora já saiba sobre os Espectros. Então pergunta o que acontecerá com Kolis e a Devastação se conseguirem retirar as brasas. Eles respondem que talvez nunca consigam matar o falso Primordial da Vida por causa do equilíbrio necessário, mas podem enfraquecê-lo o suficiente para sepultá-lo. Sera tenta dizer que há uma maneira muito óbvia de matá-lo — ela mesma —, mas Nyktos se recusa a ouvir.

O barulho do caos lá fora os interrompe, e Sera é informada a respeito dos Cimérios e sua luta. Ela decide abusar da sorte e se juntar à batalha. Mata um Cimério prestes a atacar Rhain e é lembrada de que pode acabar morta; o inimigo não sabe o que há dentro dela.

Durante o combate, Sera é ferida no lado esquerdo da cintura, e Nyktos vai até ela. Os dois flertam enquanto os combatentes morrem à sua volta. Seu dom vem à tona por causa das mortes, e Nektas rosna para ela em advertência, dizendo-lhe para se controlar.

Quando a batalha chega ao fim, Rhain agradece a Sera com relutância pela ajuda e a ataca verbalmente. Ele menciona que Nyktos suportou e sacrificou muitas coisas por ela, despertando seu interesse. Ector tenta disfarçar e logo diz que Rhain está sendo dramático.

Nyktos reaparece e Sera grita com ele, avisando que não receberá ordens como se não tivesse mais controle sobre a própria vida, ainda mais quando pode ajudar — apesar dos riscos. Depois, recorda a ele que nunca lhe foi permitido dar valor à sua vida ou pensar por si mesma.

Nyktos questiona que tipo de vida Sera teve, mas ela não responde. E ele também não conta o que sacrificou quando ela pergunta.

Sera imagina se Taric sentiu o gosto das brasas quando bebeu seu sangue. Nyktos diz que mais ninguém vai se alimentar dela — não permitirá uma coisa dessas —, mas... sim, o deus deve ter sentido o gosto das brasas. Então acrescenta que o sangue dela tem o gosto de uma tempestade de verão e sol. De calor, poder e vida. Macio e aerado como um pão de ló.

Sério, esse Primordial é um poeta.

Nyktos explica o que é caminhar nas sombras, e Sera pergunta se conseguirá fazer isso depois que Ascender. Ele responde que sim, reafirmando sua fé no plano. Também falam sobre Tavius, e ele a chama de corajosa e forte.

Ela fica toda emocionada.

Nyktos diz que Sera precisa descansar — além de estar passando pela Seleção, ela sofreu um corte feito por uma lâmina de pedra das sombras. Acrescenta que não sabe como as brasas a protegem, pois uma mortal ou semideusa já teria morrido. Nem mesmo o seu sangue nas veias dela poderia impedir isso.

Mais tarde, de volta ao quarto, ela repara que a ferida parece ter vários dias em vez de algumas horas, o que a faz pensar o quão fortes são as brasas. Após se acomodar, pensa em Ash enquanto se masturba, de alguma forma *ciente* de que ele a observa no quarto, embora não possa vê-lo. Sera vê uma massa de sombras e sabe que é ele. *Sente* seu toque. Chega ao clímax chamando seu nome, mas não há resposta. Assim que começa a cochilar, Sera jura sentir a cama se mexer como se alguém tivesse se deitado no colchão.

No dia seguinte, Nektas pergunta sua opinião sobre o plano de remoção das brasas, e ela revela estar esperançosa, mas com ressalvas. Ao conversarem sobre a jornada até o Vale, ela descobre que o lugar não é perigoso, mas o caminho até lá é.

Nyktos chega pouco tempo depois, logo após Jadis atear fogo em uma cadeira. Ele faz um comentário impertinente sobre o vestido de Sera que a deixa irritada, e então a conversa passa para assuntos mais importantes. Ela descobre que o exército está a postos porque Nyktos pretende entrar em guerra com Kolis. Infelizmente, Sera percebe que ele não confia nela o suficiente para falar de maneira clara e objetiva perto dela, o que a incomoda muito.

Nyktos a dispensa, mas ela diz que prefere ficar ali. Enquanto ele trabalha, Sera pergunta sobre os Livros dos Mortos. Ela tenta provocá-lo, mencionando outras pessoas com quem poderia passar o tempo, e ele avisa que ela deve ser seletiva em relação a como passa seu tempo com os outros. Os dois comentam sobre a noite anterior e suas necessidades, e ela propõe um acordo: prazer pela simples vontade de ter prazer.

Nyktos a chama de imprudente, mas o momento é cortado quando, de repente, ele pergunta se ela está com a adaga, avisando que terão companhia. Ele pede desculpas pelo que está prestes a acontecer, e Sera é apresentada a Attes. O Primordial chama Sera de acessório, e ela o ameaça sem hesitação. Nyktos pede para ela se comportar, mas Attes lhe pergunta se sabe que não deve repetir o que vai ouvir ali e Sera não consegue segurar a língua, atacando-o novamente. Ela descobre que Kolis está negando seu direito à coroação.

Sera xinga ao ficar sabendo que Nyktos deve receber permissão para tomar uma Consorte. Attes informa que Kolis vai convocá-los quando estiver pronto.

Após a partida do Primordial, Nyktos lhe pede para discutir com ele para distraí-lo de sua raiva. Em vez disso, ela dá um beijo nele.

Sera presume que Kolis deve achar que as brasas estão em Nyktos e que ele Ascendeu Bele, porém, é informada de que o falso Primordial da Vida sabe que não — ele já testou Nyktos. Ao se dar conta de quais seriam esses *testes*, ela conclui que Nyktos precisou convencer Kolis de uma infinidade de coisas.

Ele diz que Attes estava provocando Sera, tentando influenciá-la com sua essência Primordial. Como não teve nenhuma reação, Attes percebeu que ela é mais do que diziam. Ector conta quem é ou não afetado pela presença de um Primordial, e Sera percebe que Attes pode saber que é ela quem carrega as brasas dentro de si.

Sera descobre que Kolis poderia ter proibido Nyktos de tomar uma Consorte e, embora ele ainda possa reivindicá-la, ela não terá qualquer proteção.

Pensando em como será o encontro com Kolis, ela teme se parecer com Sotoria e fica preocupada. Nyktos jura não deixar que o Primordial toque nela. Ela argumenta, dizendo que não será a causa de mais mortes, e ele diz que nunca foi. Sera não tem tanta certeza assim. No entanto, ela não se esconderá e ele não a colocará em perigo — embora tenha estado em perigo a vida *toda*.

Nektas acompanha Sera de volta aos seus aposentos e a chama de meyaah *Liessa*. Em troca, ela o chama de meyaah dragontino, dizendo que, assim como é sua rainha, ele é seu dragontino. Nektas pergunta se Ash estava errado ao duvidar de suas motivações, e ela confessa que provocar Kolis nunca passou pela sua cabeça — pelo menos não recentemente. Então descobre do que Nyktos teve que convencer o tio e o que Kolis fará se descobrir a verdade. A constatação a afeta bastante.

Sera argumenta que não é tão pessoal para ela como é para Nyktos. Afinal, ela não é Sotoria. Nektas pergunta por que ela parou de chamar Nyktos de *Ash* e conta que o pai dele o chamava assim. Diz que significa muito o fato de ele ter se apresentado a ela como Ash, dizendo que ele é o que ela desejar que seja.

Sera passa o restante da tarde treinando e conclui que não quer que Nyktos precise escolher entre as Terras Sombrias e ela. Mais tarde, em seu quarto antes de dormir, ele pede desculpas por questionar suas motivações, dizendo que não esconderá a convocação dela quando chegar a hora. A conversa muda para o motivo pelo qual ela prende a respiração e como lida com a ansiedade, e então Sera percebe que deixou a adaga em seu quarto. Ela está desprotegida pela primeira vez na vida...

A confiança entre os dois estava solidificada.

Sera acorda no que deveria ser o dia de sua coroação e, mais uma vez, pensa em sumir. A fim de se recompor, vai tomar o café da manhã com Saion e Reaver e pergunta a Saion de onde ele é. Ele conta a história de como Nyktos salvou ele e seu primo, Rhahar.

Mais tarde, ela vê os outros treinando e descobre que fazem isso todas as manhãs. Sera fica chocada quando Saion se recusa a treinar com ela. Sem se deixar intimidar, ela enfrenta Nyktos e acaba cortando uma mecha de cabelo dele. Enquanto duelam, Sera faz uma lista de exigências.

Depois de derrotá-lo por pouco — aposto que ele deixou que ela o derrotasse —, para sua surpresa, Nyktos declara que vai treiná-la. Antes que ele possa mudar de ideia, ela faz uma reverência e vai embora.

Nyktos manda preparar um banho para Sera em seus aposentos, e ela acaba cochilando na banheira. Sera acorda, e ele esquenta outra vez a água para ela. Movida pelo tesão, ela diz que seu desejo por ele é uma escolha e que ao menos tem a coragem de admitir, e então tenta ir embora.

Antes que ela possa partir, ele admite que também a deseja e o quanto. Confessa que pensa nela o tempo todo. Sera o provoca sobre o boquete que fez nele e pergunta se ele quer repetir ou se é só conversa-fiada.

A partir daí, os dois não ficam só de conversa…

Compartilham um com o outro como eram suas vidas antes de se conhecerem, e Sera diz que era praticamente um fantasma em Lasania. Ele a manda dormir e diz que ela nunca foi um fantasma para ele.

Ela acorda com Nektas no quarto e conversa um pouco com o dragontino. Sera comenta que é impossível que Ash a tenha perdoado, mesmo compreendendo e aceitando *por que* fizera tais planos. Nektas responde que, se Ash não compreendesse ou aceitasse, ela não estaria onde está, com o cheiro do Primordial, e ele não teria sentido a paz em Ash quando os encontrou juntos.

Ash e Sera jantam a sós, e ele diz que os dois vão visitar Ezra no dia seguinte no plano mortal, mas certifica-se de que ela compreenda que não podem demorar muito. Nem contar nada a respeito de Kolis.

Os dois falam sobre os planos de ir aos Poços de Divanash e muito mais. Ela conta a Nyktos que espera que seu plano dê certo porque ele é bom e deve ser o Primordial da Vida. Ele lhe diz para não confundir o fato de tratá-la bem com *bondade*. Ela explica que também não é uma boa pessoa. Nyktos a lembra de que ela estava disposta a se sacrificar pelos outros, o que faz com que *seja* uma boa pessoa, mas então diz que não existe nenhum Primordial bom e conta a história deles. Acrescenta que ela não é boa nem má por causa das brasas.

Sera sente uma ligeira alteração entre os dois e nota que a pele dele voltou a ficar quente. Nyktos comenta sobre as suas sardas, e ela sente uma mudança ainda maior. O desejo não é alimentado pela necessidade de sangue ou alimentação, muito menos estimulado pela raiva. Era genuíno. Ela o beija porque aquilo era diferente, e ele a chama de *liessa*.

Os dois vão para o plano mortal, e Sera observa como os mortais se comportam na presença de Ash. Ao se reunirem com Ezra, Sera conta à meia-irmã que matar o Primordial não deteria a Devastação. Quando Ezra confessa suas dúvidas de que Sera conseguiria fazer com que o Primordial da Morte se apaixonasse por ela, Sera fica surpresa. Ezra acrescenta que imaginou que ela acabaria morta depois de perder a paciência e o apunhalar do nada, o que faz Sera morrer de rir.

Na saída, Sera e Ash encontram Calliphe. Sera tenta partir, mas sua mãe a impede, dizendo que não sabia das intenções de Tavius. Ash diz que ela deveria se dar por satisfeita e agradecer à filha, pois é só por causa dela que continua viva.

De volta ao Iliseu, após treinar com Bele e passar momentos prazerosos com Ash, Sera vai ao escritório visitá-lo. Ele a leva ao subsolo para lhe mostrar algo, e ela vê as celas. Ela percebe que não consegue distinguir a diferença entre as brasas e seu coração excitado por estar perto dele e acredita que Nyktos removeu sua *kardia* para proteger os outros, não a si mesmo. Ele conta a ela sobre as correntes de ossos e aqueles com vidas duplas, depois a leva até a câmara da piscina. Sera fica surpresa e pergunta por que ele ia para o lago quando tinha aquilo ali. Ele responde que ia lá porque era o lago *dela*.

Meu coração até disparou.

Sera descobre que Ash a visitou antes de seu aniversário de 17 anos porque estava curioso — agora sei que foi bem antes disso. Ela fica comovida com a ação.

A fim de fazer um teste, Nyktos diz que pretende tirar o éter dela, incitando-a a usá-lo nele, e informa que, se ela se comportar, poderá dar um mergulho ou ser fodida. Sera não quer fazer isso, para não machucá-lo sem querer, mas ele pede com educação, e ela confessa detestar quando ele diz "por favor".

Eles lutam corpo a corpo, e o éter se acumula dentro dela ao pensar em perder um combate contra Taric. Quando Ash a agarra, ela o distrai com um papo sexual na tentativa de se desvencilhar. Nyktos a prende, e ela admite que gosta de se submeter a ele — e demonstra. Ele a toma em uma mesa de pedra e garante que ela sempre está segura com ele, chamando-a de *liessa*.

Os dois passam algum tempo na piscina, e Ash conta mais a respeito de Lathan. Admite que Sera é uma das pessoas mais fortes que conhece, tanto mental quanto fisicamente — mortal ou não. Depois acrescenta que sua afirmação nada tem a ver com as brasas. Eles voltam a brincar na piscina, e aquela sensação atinge Sera outra vez, de que os dois se tornaram algo... mais.

Ela passa o resto do dia com Aios e os filhotes e nota que, além de voltar a chamar Nyktos de Ash, passou a enxergá-lo assim. Chamá-lo de Nyktos não lhe parece certo. Sera quer deter Kolis e a Devastação, e restaurar o destino legítimo de Ash, mas não quer fazer o necessário para enfraquecer Kolis. Ela quer ter um futuro próprio, um que inclua Ash. *Deseja* ser a Consorte dele.

Sera decide lidar com a epifania de que gosta de Ash como faz com todo o resto — *não* lidando com isso de forma alguma.

Ao conversar com Ash mais tarde, ela conta que os olhos de Nektas se tornaram azuis por um instante e descobre que todos os dragontinos tinham olhos azuis antes que Kolis roubasse as brasas. Depois disso que se tornaram vermelhos. No entanto, a mudança de cor de Nektas pode significar que Sera está mais próxima da Ascensão do que imaginavam.

Sera decide que Ash não precisa saber de seus sentimentos por ele. Sabe que ele se importa com ela, embora ache que suas próprias emoções podem ser algo mais forte do que simples preocupação. Será que é amor?

Os dois partem para os Poços de Divanash, e Nyktos mostra a ela as papoulas que crescem na Floresta Vermelha. Ao se aproximarem dos Pilares, as brasas de Sera começam a vibrar e ela vê as almas dos que já partiram. Ash conta que Eythos achava difícil ficar perto dos Pilares quando era o Primordial da Morte e pergunta se ela sente necessidade de usar as brasas ou se isso a consome. Ela mente e nega.

Ele a recorda de que é mais forte do que pensa — *ela*, não as brasas — e pede para Sera ver se consegue descobrir alguma coisa sobre as almas. Ela tenta, mas então desiste, decidindo que não precisa fazer isso, pois as brasas logo voltarão para Nyktos. Ainda assim, não param de pulsar dentro dela.

Eles se deparam com os cavaleiros, e os três se curvam diante dela. Quando chegam ao seu destino, Ash manda Nektas cuidar dela, dizendo que Sera é muito importante para ele. Novamente: *ela*, não as brasas. Sem conseguir se conter, Sera confessa a Ash que quer ser sua Consorte. Ele beija os nós dos dedos e a palma da mão dela e diz que estará à sua espera quando ela retornar.

Nektas e Sera entram no Vale. Ela confirma para o dragontino que estava falando sério na encruzilhada: importa-se com Ash. Diz também que, se tivesse conseguido matar Nyktos, Nektas não precisaria matá-la porque ela mesma faria o trabalho. Ele responde que, se isso for verdade, está ainda mais certo do que imaginava. Explica que Ash poderia ter acabado com ele nos Bosques Moribundos depois do ataque de Sera, mas se conteve porque se importa com ela. Sera admite que já sabe disso.

O dragontino conta a Sera que Ash removeu sua *kardia* não porque não quisesse ser igual ao pai, mas para que não ficasse igual ao tio. Nektas insinua que ela ama Nyktos, e ela logo contesta, insistindo que nem sabe como é a sensação de amar.

Depois de encontrarem o Sudário e resistirem ao canto das sereias, os dois finalmente chegam aos Poços. Nektas explica o que ela deve fazer para ativá-los: revelar um grande segredo. Sera confessa que tentou tirar a própria vida. Os Poços aceitam a revelação como sacrifício, e ela vê Delfai com Kayleigh Balfour em Irelone.

Ao saírem do Vale, Nektas insiste que Sera pode falar com ele se *não* estiver bem. Nesse caso, vai garantir que ela *fique* bem.

Aquele dragontino pode ser ranzinza, mas, assim como o Primordial a quem é vinculado, Nektas tem um coração de ouro.

Ele a detém no meio da viagem e revela que estão prestes a ter companhia, alertando-a para não atacar primeiro. Fala com ela sobre as ninfas, e os dois acabam lutando contra elas. A fúria toma conta de Sera, que as mata com uma rajada de éter — do tipo que só o Primordial da Vida é capaz de empunhar. Um poder capaz de matar outro Primordial.

Imagino que saber disso fez Sera querer *matar* Kolis em vez de sepultá-lo.

Quando retornam à Casa de Haides, Sera flagra Veses montada em Ash e se alimentando dele. Ela foge para a câmara da piscina no subsolo e sua raiva faz o palácio inteiro tremer. As raízes a envolvem em um gesto protetor. Ash tenta acalmar Sera, lembrando-a dos exercícios de respiração, mas é forçado a usar a persuasão para fazê-la adormecer.

Sera acorda nua no quarto de Ash com Bele e Rhain, deixando Rhain um pouco chocado. Ele diz que ela é poderosa e que nunca viu nada parecido com o que Sera fez — nem mesmo de um Primordial passando pela Seleção. Ela descobre que esteve em estase durante três dias e que esses dias *poderiam* ter se estendido por semanas a fio. Poderia até ter morrido. Ao perguntar sobre as raízes, ela descobre que estavam tentando protegê-la. Rhain acrescenta que, se Sera voltar a perder a cabeça daquele jeito, pode não acordar mais. Os dois explicam o que ela precisa fazer para se manter forte.

Sera descobre onde Ash está, e os deuses dizem que ele está preocupado com ela. Ela vai para o próprio quarto e decide não ter mais nenhum contato físico com Ash. Ficará em seus aposentos e usará a sala de banho dali, apesar das más recordações. Precisa se distanciar dele e criar um futuro para si mesma.

Sera pede água para o banho e consegue se lavar na sua banheira. Depois, Bele pergunta o que aconteceu antes dos eventos na câmara da piscina e revela que sabia que Veses estava no palácio. Acrescenta que pensou que a Primordial não fosse mais visitá-lo e que Nyktos nunca se comportou daquela maneira antes de Sera — e isso não era só por causa das brasas.

Bele conta a Sera que ele os massacrou verbalmente após declarar como ela era corajosa e que, além disso, já viu Veses se alimentando de Nyktos, mas nunca pegou os dois transando. Explica que a alimentação nem sempre leva ao sexo e tenta tranquilizar Sera, dizendo que Nyktos não confia nem *gosta* de Veses.

Sera não tem tanta certeza assim. Afinal, ela viu os dois juntos.

Ash vai visitar Sera e pede desculpas pelo que ela acha que viu. Ela o lembra que isso aconteceu poucas horas depois de lhe dizer que queria ser sua Consorte, mas se recusa a admitir que está magoada. Mas briga com ele mesmo assim, dizendo que a alegação de virgindade de Ash é uma mentira. Tentando chegar ao fundo da questão, Sera pergunta o que foi que viu e ele responde que é complicado. Por fim, ela admite sua mágoa e rompe o acordo de prazer mútuo, anunciando que quer se livrar dele assim que as brasas saírem de suas veias.

Mais tarde, Sera vai falar com ele sobre Irelone e é extremamente educada — o que não é do seu feitio. Imagina que Nektas pode visitar Delfai com ela, mas Ash declara que vai acompanhá-la para ouvir o que ele dirá sobre a remoção das brasas. Sera afirma que quer partir naquele instante, mas Ash pede que ela espere porque o dragontino de Kyn foi visto nas proximidades.

Por fim, ele comenta que não gosta do que ela se tornou — de como foi ensinada a ser: vazia e inexpressiva. Pede-lhe para ser ela mesma e aceita a culpa por tudo que aconteceu, implorando para que não mude. Ela admite que não quer ser assim, mas não aceitará se sentir daquele jeito nunca mais.

A autopreservação é um caminho perigoso.

A convocação chega, e Sera percebe que pode acabar aprisionada em Dalos. Ela teme que Kolis seja capaz de sentir as brasas nela e é informada de que isso pode ser explicado — afinal, *bebeu* muito sangue de Ash. Quando ela pergunta se terão de ser muito amáveis com o falso Primordial, Rhain lhe diz para fazer tudo que Kolis pedir, acrescentando que Nyktos só pode recusar algumas coisas em seu nome.

Sera se recusa a ser responsável pelo que quer que Kolis faça em retaliação por Ash não atender à sua convocação em tempo hábil e insiste que devem partir imediatamente. Ele tenta dizer que Sera é mais importante, mas ela o interrompe. Reaver a defende junto a Nyktos, deixando Sera encantada, embora fique surpresa ao saber que ele a está protegendo *de* Ash.

Novamente, ela se recusa a fazer qualquer coisa antes de atender à convocação. Ash capitula, e os dois fazem planos de partir para Dalos dali a uma hora. Sera muda de roupa, e Aios pergunta se ela tentará matar Kolis. Ela conversa com a deusa sobre Sotoria e confessa ser a *graeca* de Kolis. Explica que seu destino é matar Kolis, e não ser a Consorte de Nyktos.

Aios pergunta por que não pode ser as duas coisas e, então, conta a Sera sobre o tempo que passou em Dalos como uma das *favoritas* de Kolis. Sera não consegue acreditar naquelas palavras, diz que sente muito e que Aios é muito forte. A deusa diz que Kolis é incapaz de amar, mesmo a sua *graeca*. Ou seja... ele não tem fraqueza alguma.

Sera não acredita que isso possa ser verdade para ninguém. Ao se encontrar com Ash, ele diz que ela é linda, e Sera lhe pede para não falar mais assim. Ele explica que, enquanto estiverem em Dalos, terão de agir como fizeram com Attes — como se não pudessem ficar longe um do outro. Isso só irrita Sera, pois não entra na cabeça dela que ele não percebe que *jamais* foi fingimento. Sera diz a Ash que já é tarde demais para essas coisas, e ele pergunta por que ela queria isso dele para começo de conversa.

Sera confessa que quer uma vida, um futuro, e que não tentará deter Kolis. No entanto, teme que ele a reconheça e tente reivindicá-la para si. Ash a lembra de que ela não pertence a ninguém. Nyktos assegura que vai protegê-la, mas que existe a *possibilidade* de Kolis tentar ficar com ela. No entanto, prefere destruir Dalos e deixá-la em ruínas a permitir isso. Ela implora para que ele não interfira se Kolis a reconhecer como Sotoria, e ele diz em um grunhido que as brasas não são a única coisa que importa. Ela também é importante.

Sera pergunta a Ash o que deve esperar e descobre que a tatuagem na pele dele é uma coleção de 110 gotas de sangue para cada uma das coisas que Kolis o exigiu. Ele volta a lembrar que ela é uma boa pessoa, não importa o que aconteça, dizendo que Sera não é um monstro agora nem será quando voltarem. Ash a abraça e beija sua testa enquanto caminham nas sombras.

Sera quase fica inconsciente, e Ash diz que é melhor retirarem as brasas dela logo — é evidente que estão cada vez mais fortes. Enquanto seguem caminho, ele diz para ela não deixar ninguém atraí-la para longe dele e a alerta para não confiar em ninguém. Conta que Dalos também é chamada de Cidade dos Mortos, algo em que Sera acredita após ver os deuses dependurados à entrada do palácio. A essência Primordial vem à tona.

Sera implora a Ash que a impeça de tentar ressuscitá-los, pedindo-lhe para usar a persuasão nela. Em vez disso, ele a beija, usando suas sombras para bloquear a visão dela, e a chama de forte e corajosa.

Na presença de Attes e Dyses, Sera começa a fazer uma reverência, mas Nyktos a impede. Então descobre que era um teste de Dyses. Ash o mata, mas ela pode jurar que viu sua mão se contrair. Além disso, não sentiu as brasas reagirem à morte dele.

Depois de conversar com Attes, ela comenta que o Primordial sente um prazer perverso em irritar Ash e que parece que está cuidando dela. Pergunta-se se ele pode ser um amigo — ou um aliado, pelo menos.

Nyktos a ajuda a respirar e fazer uma reverência, e ela volta a se esconder atrás de um véu de inexpressividade. Sera fica aliviada quando Kolis não a reconhece como Sotoria. Mas seu alívio dura pouco, pois Dyses — a quem viu Ash matar — entra na sala. Imagina se ele seria um Espectro.

Quando Kolis os repreende por não pedir sua permissão, Sera diz que a gafe foi culpa dela, pois temia que ele a considerasse indigna. Kolis decreta sua punição, e Sera fica enojada ao perceber que ele espera que ela mate um filhote de dragontino. Questiona o que o rapaz fez para merecer isso e o que acontecerá caso se recuse. O jovem dragontino lhe responde, dizendo que Kolis vai matá-lo de qualquer jeito, e a ela em seguida, e depois vai trazer um dragontino das Terras Sombrias para ser morto também.

Sera pergunta a Kolis por que escolheu tal punição. Quer saber o que ele ganha com isso. Sabe qual foi a resposta dele? "Tudo. Isso vai me dizer tudo que preciso saber." Antes de prosseguir, ela pergunta o nome do dragontino. Ele replica que não importa e que não vale a pena se lembrar dele. De repente,

Sera sente algo mudar dentro de si. Ela sente as partes perversas e maléficas da essência de Kolis até que um poder ancestral desperta dentro dela. É uma fúria, absoluta e Primordial. Sera percebe que o poder que havia nele era dela, roubado do Primordial da Vida. Então sente Sotoria e pensa que sua dor, retaliação, vingança e sangue serão dela. Sotoria, por meio de Sera, paga o preço exigido por Kolis.

Sera sabe que a morte do dragontino a marcará e que parte de sua bondade ficou no átrio. Ainda assim, sente Sotoria e percebe que a mulher se recolheu para esperar o que lhe é devido.

Mais tarde, depois de partirem, Sera pede que Ash a leve para Vathi. Chega ao ponto de implorar. Ele diz que os dois devem sobreviver para honrar o sacrifício feito pelo dragontino, mas ela responde que isso não é suficiente. Ash cede e a leva, e Sera pede que Attes lhe traga o corpo do rapaz. Ela agradece a Ash por ter feito o que lhe pediu e explica que precisa fazer isso. Recusa seu toque e pergunta por que Kolis faria uma coisa dessas. Ele responde que o falso Primordial da Vida queria que Kyn se tornasse seu inimigo.

Nossa, e como conseguiu! Não que o Primordial precisasse de ajuda nisso...

Quando Attes retorna, Sera pergunta se podem confiar nele. Ash diz que é tarde demais. Quando ela traz o jovem dragontino de volta à vida, ele a chama de meyaah *Liessa*. Os dois se apresentam — ela descobre que o nome dele é Thad. Depois, Attes se curva diante de Sera e jura não trair sua confiança nem contar a ninguém o que ela fez. Ele *também* a chama de meyaah *Liessa*. Sera pede para ele não fazer isso e insiste que não é coisa nenhuma.

Ash pergunta por que Sera tomou a frente da situação e diz que ela não merece o que foi obrigada a fazer. Ela argumenta que ele também não merecia e então confessa que fez aquilo por ele.

Sera pergunta se Dyses é o que Gemma mencionou: um Espectro. Ou talvez um demis. Também pergunta por que Kolis não reagiu ao fato de que o sobrinho sabe que ele *não* tem o poder de Ascender mais ninguém. Ash responde que é para que Kolis não se exponha como a fraude que é.

Ela lembra a Ash que agora podem prosseguir com a coroação, e ele responde que não é só isso. Também descobrem que Kolis não a reconheceu. Ele pergunta sobre o ocorrido em Dalos, dizendo que Sera parecia diferente. Ela responde que a raiva não era só dela, mas também de Sotoria. Ash comenta que Holland estava errado. É óbvio que Sera tem duas almas: a própria *e* a de Sotoria.

Seu plano é realizar a coroação no dia seguinte e partirem para Irelone a fim de conversar com Delfai. Sera anda pelos corredores e pátios do castelo com Reaver e chora, e nota que está chorando lágrimas de sangue. Mais tarde, ela janta com Aios, Bele e Reaver na sala de visitas antes de voltar aos seus aposentos.

Logo depois, tem uma sensação semelhante à presença de Ash pouco antes de Ector entrar voando na sala, seguido por Veses. Sera deduz que a Primordial deve ter soltado as Sombras como uma distração, tal como Taric fizera. Quando Veses diz a Rhain que não veio atrás de Nyktos, Sera vê o medo nos olhos do deus.

A Primordial insulta Sera e pergunta como ela se tornou a Consorte, afirmando que sabe que ela é Consorte apenas no título. Sera diz a Veses que Ash a chamou de *pior espécie de pessoa* e continua a insultar a Primordial, dizendo que seu futuro com Nyktos não tem nada a ver com ela. Para completar, Sera a chama de patética.

Reaver se move para proteger Sera, e ela tenta impedi-lo. Infelizmente, não consegue impedir Veses de ferir Reaver. Furiosa, Sera crava a adaga em um dos olhos de Veses e é atingida por um raio de éter. Então descobre que foi Veses quem mandou o dragontino para as Terras Sombrias, pensando que estivesse *ajudando* Nyktos.

Veses insinua que ou Sera tem muito sangue de Nyktos nas veias, ou ele encontrou uma Primordial no meio da Seleção. Sera diz que teve Nyktos por *inteiro*, não apenas seu sangue, e dá um soco no pescoço de Veses. Então corre em direção a Reaver, mas é jogada no sofá do outro lado da sala.

Quando Bele chega, a deusa avisa a Sera que o dragontino está gravemente ferido. Sera sente que a morte é iminente. Por sorte, é capaz de salvá-lo, e a sensação é de completo alívio. Ela atira uma adaga em Veses, mas a Primordial detém a arma em pleno ar.

Sera surta por Veses saber seu segredo, mas Ash diz que ela não terá a chance de contar nada a Kolis porque nunca sairá da cela em que estão prestes a colocá-la. Sera insiste que Veses não queria contar a Kolis sobre ela, e sim *matá-la*. Mas a Primordial teve medo de continuar com isso quando viu do que Sera era capaz.

Sera pede desculpas a Ash por ele ter de matar as Sombras — sabe que ele não gosta de fazer isso, dando-lhes seu derradeiro fim — e conta que foi

Veses quem enviou o dragontino inimigo que os atacou *e* libertou os deuses sepultados.

Ela agradece a Bele pela ajuda com Veses e descobre por Saion que Ector vai ficar bem, apesar do que a Primordial fez com ele. Sera reconhece que precisa do sangue de Ash para se recuperar do conflito — não pode se arriscar a entrar em estase de novo —, por isso bebe o que precisa de Ash e se sente em paz ao rever uma recordação dos dois duelando no pátio durante o treinamento.

Sera pergunta a ele sobre isso e descobre por que viu aquela cena. Então diz a Ash que não o odeia. Ash ordena que Sera transe com ele, e ela aceita de bom grado. Mais uma vez, parece-lhe algo *mais*. Depois, ela diz que ele pode se alimentar dela se precisar. Ele recusa, dizendo que não merece.

Mais tarde, Sera sente as brasas vibrarem em seu peito, mas não com o tipo de energia que restaura a vida, e sim com aquela que acaba com tudo. Ash explica por que Veses conseguia sentir Sera mas Kolis não, e ela descobre que a Primordial nunca deixou transparecer que a sentia.

Enquanto descansa com Reaver, Sera não quer deixar o filhote nem correr o risco de acordá-lo se mexendo, mas pergunta por que Ash disse a Veses que ela é sua Consorte apenas no título. Ele responde que Veses é diferente e a situação é complicada. Sera indaga sem rodeios se ele se importa com Veses, e Ash diz que tem pena e detesta a Primordial. Então pergunta o que Ash sente por *ela*, e ele responde que sente curiosidade, excitação, alegria, anseio, necessidade, desejo, raiva, admiração constante e... paz.

Erlina chega e Sera discute a coroação com ela e com Bele. A costureira cumprimenta Sera formalmente, e ela pede à mulher para não fazer isso. Bele se limita a olhar de esguelha para Sera. Seus pensamentos se voltam para Veses; ela teme que os demais deem falta da Primordial. Mas descobre que não — a maioria ficará feliz por ela estar ausente.

Sera pede para ver Rhain, no intuito de compreender o que está acontecendo entre Veses e Nyktos, e descobre o preço que Nyktos teve que pagar pelo silêncio de Veses, algo feito apenas para protegê-la de Kolis. Então se dá conta de que Ash não estava protegendo as brasas, mas a *ela*.

Ao descobrir que Ash está sempre frio por causa da forma como Veses se alimenta, Sera fica furiosa. Suas emoções explodem, e o palácio volta a tremer. Rhain faz o possível para acalmá-la. Ela consegue se acalmar, mas jura a Rhain que vai matar Veses e começa a seguir em sua direção.

O deus bloqueia o caminho e promete cuidar de Veses. De repente, Sera percebe que, quando Nyktos Ascender, ele poderá Ascender outro deus para substituir Veses nas Ilhas Callasta. Rhain a chama de *Vossa Alteza*, o que a deixa surpresa. Diz ainda que ela será e *já é* a sua rainha.

Sera descobre que apenas Rhain, Ector e Nektas estavam cientes da situação entre Veses e Nyktos. Depois de refletir sobre a situação, ela diz que Ash não deveria sentir vergonha da chantagem, embora ache que também se sentiria assim.

Rhain pergunta se ela ama Nyktos, e Sera não consegue responder. Ele diz que sua hesitação é a resposta de que precisava e afirma que estava enganado a respeito dela. De repente, Sera se dá conta de que *ama* Ash, e isso faz seu estômago embrulhar.

Reconhecer a verdade pode mesmo fazer isso com alguém.

Sem pensar, Sera confessa a Ector que *quer* ser a Consorte de Nyktos, deixando tanto ela quanto ele boquiabertos.

Rhahar, Rhain, Ector, Saion e os gêmeos escoltam Sera até a coroação. Aios e Kars — um guarda — a levam pelo resto do caminho. Sera pergunta se Aios já se apaixonou, e a deusa diz que a sensação não é igual para todo mundo. Acrescenta que, para ela, era como se sentir em casa em um lugar desconhecido. Como se fosse vista, ouvida e compreendida de verdade. E, quando se dá conta de que faria qualquer coisa pela outra pessoa, isso sim é o amor.

É uma maneira belíssima de explicar.

Sera compreende por que arcou com as consequências no lugar de Ash em Dalos e por que o sexo com ele sempre pareceu algo *mais* — porque é. Ele sempre foi Ash para ela. Por mais que quisesse que isso mudasse, levando em conta tudo que estava acontecendo e tudo o que aconteceu, isso nunca mudou. Ela está definitivamente apaixonada por ele.

Ash se aproxima de Sera e pega sua mão que Aios segurava, dizendo-lhe para respirar fundo. Usa as sombras para escondê-los da visão dos outros enquanto ela se acalma.

Ela repara na coroa de Ash, e ele diz que ela só precisará usar uma depois daquela noite. Ash lê as emoções de Sera, que lhe pede gentilmente para não fazer mais isso. Porém, se abre com ele, afirmando que ainda quer a coroação e o chama de Ash.

Ele confessa que contar as sardas dela se tornou um hábito e diz que Sera tem doze nas costas. Ela sente um quentinho no coração e nota as brasas zumbirem em seu peito. Antes, havia um sentimento de adequação em relação a ele, mas aquilo era diferente. Era algo mais.

Sera vê sua coroa pela primeira vez, e é linda. Quando Ash se curva diante dela, Sera e a multidão ficam atônitos. Afinal de contas, ele é o Primordial da Morte. Ash a coroa e concede a ela seu novo título: Aquela que nasceu de Sangue e Cinzas, da Luz e do Fogo, e da Lua Mais Brilhante. De repente, uma marca dourada aparece em sua mão direita, e Sera pergunta se foi Ash que fez isso. Ele explica que os Arae devem ter reconhecido a união dos dois.

Ele conta a Sera sobre a marca e as bênçãos, e ela pergunta se é por causa das brasas. Ash explica que a marca só desaparece com a morte. Também conta a ela sobre Keella e os outros Primordiais. Sera pergunta se Keella sabe sobre a alma de Sotoria, já que é a Primordial do Renascimento. Ele responde que não tem certeza, afinal, não foi bem um renascimento. Mas é muito provável.

Sera nota que seu novo título contém trechos da profecia da deusa Penellaphe. Ela pergunta a Ash sobre isso, e ele responde que não conseguia parar de pensar no cabelo dela, tão parecido com o luar. Também lhe conta os diferentes simbolismos do sangue e das cinzas.

Ela descobre que nada aconteceu em Vathi desde sua última visita e fica aliviada ao saber que a Corte não foi atacada depois do que fez com o jovem dragontino quando trouxe Thad de volta à vida.

Ash insinua que ela fará parte das próximas discussões, o que a deixa satisfeita, e Sera projeta tal emoção para ele. Fala que é muito bom ser incluída. Ainda assim, fica imaginando qual assunto Attes pretende discutir com eles. Ash pede desculpas por ter contribuído para sua sensação de insignificância. Afirma que Sera é importante. Sempre. E beija sua têmpora.

Keella se aproxima do casal, e Sera sente um choque de energia subir pelo braço enquanto a Primordial segura sua mão marcada. Ela intui que o título de Sera também pode ser uma bênção, assim como a marca. As brasas vibram dentro de Sera em resposta à interação, e ela nota o sorriso inteligente e sábio de Keella enquanto a Primordial diz as coisas sem revelar nada de mais.

Os dois enfrentam a procissão de cumprimentos dos Primordiais, e Ash a mantém firme com a mão sobre a sua. Por fim, as coroas são retiradas e Ash informa que mandou seus soldados se certificarem de que a estrada esteja desimpedida. Pede que ela se sente com ele e massageia seu pescoço. Sera volta a chamá-lo de Ash quando lhe agradece e pergunta se isso o incomoda. Ele admite que sentiu falta disso.

Ash fala abertamente sobre certas coisas que não conseguia parar de pensar. 1) Sera o chamar de Ash com o vestido de coroação. 2) Vê-la sem o vestido. 3) Vê-la nua em seu novo trono. E 4) Vê-la completamente nua, *exceto* pela coroa. E então questiona se é digno de explorar a sua lista de recentes obsessões. Ao passar as mãos pelo corpo dela, ele encontra a adaga e revisa sua lista. Diz que vê-la só com a adaga acabou de tomar o segundo lugar e que ouvi-la chamando-o de Ash quando estiver gozando passou para o primeiro. Ela declara que vai chamá-lo do que ele quiser.

Sera se rende ao desejo e diz que precisa dele dentro de si quando chamá-lo de Ash. Depois, em um momento de vulnerabilidade, admite que não quer dormir sozinha — e sim ficar com ele. Para conversar ou... seja lá o que for. Ele a chama de linda, o que arranca um sorriso dela.

Ash pergunta o que Sera achou da coroação, e ela o indaga a respeito dos dakkais e de Vathi. Sera diz acreditar que Keella sabe que ela possui a alma de Sotoria, e Ash conta que a Primordial do Renascimento é uma das poucas pessoas em quem confia um pouco, embora não confie completamente em ninguém quando se trata dela.

Sera está nervosa e animada para ir a Irelone e feliz porque Ash enfim será o Primordial da Vida que sempre deveria ter sido. Ele diz que salvar a vida dela é a parte mais importante do plano. Depois, pergunta-lhe o que mudou para ela querer se tornar sua Consorte. Ela afirma que tem o direito de mudar de ideia, e ele responde que ela tem direito ao *plano* inteiro, deixando-a emocionada.

Sera explica que suas emoções não mudaram, apenas a forma como decidiu proceder. Ela projeta seus sentimentos, mas percebe que ele não compreende o que sente. Sera sabe muito bem por quê, e isso a entristece. Ela confessa saber do acordo dele com Veses e agradece o sacrifício. Mas deixa claro que matará a Primordial se Ash não lidar com ela por conta própria.

Ash enfim desabafa sobre o que acontece com Veses, e Sera fica furiosa ao descobrir que ela também o forçava a ter prazer. O fato de a Primordial querer Kolis e não Ash torna tudo pior. Quando descobre que o acordo já dura três anos, ela fica indignada. Ash a acalma e diz que não se arrepende de tê-la mantido longe das garras de Kolis, então lhe agradece por ser quem é. Ele começa a dizer o que deseja, mas para no meio da frase e a beija.

Sera diz para Ash se alimentar quando ele confessa que está com fome e percebe que sua relutância está ligada ao passado e a ser forçado a beber sangue. Isso a deixa triste.

E me deixa muito triste também.

Ela cede, e quer se mover sob ele, mas lembra que Veses costumava ultrapassar os limites, então permite que ele tenha todo o controle. Ash a penetra enquanto se alimenta, e o calor retorna ao seu corpo. Isso deixa Sera toda orgulhosa. Mais uma vez, ele tenta expressar seus desejos, mas se cala antes de concluir.

Os dois vão a Irelone para se encontrar com Delfai. Dessa vez, Sera não desmaia durante a viagem e nota que as brasas ficam cada vez mais poderosas. Ash comenta que Sera está projetando ansiedade, e ela descobre qual é o gosto e a sensação da emoção para ele.

Quando chegam ao destino, Sera vê como os guardas reagem a Ash e sua demonstração de poder, e percebe como Kolis teria sido recebido no plano mortal — como *Sotoria* deve ter reagido a ele.

Ela e Ash se encontram com Kayleigh, e Sera pergunta sobre Delfai, contando à Princesa tudo o que sabe sobre ele. Kayleigh fica perplexa com a situação, considerando a última vez que viu Sera, mas ela decide não contar como acabou ao lado de Nyktos. Teme que sua verdadeira identidade mortal — Kayleigh nunca soube que ela era uma Princesa — e seu novo título causem problemas.

Sera descobre que Kayleigh ainda não sabia se seria forçada a voltar para Tavius e se sente mal. Gostaria de ter enviado uma mensagem sobre a morte dele para que Kayleigh pudesse continuar com a sua vida. Durante a conversa, Kayleigh insinua que Sera não era criada da Rainha coisa nenhuma, mas ela se recusa a confirmar suas suspeitas. Então Ash conta a verdade para a Princesa, deixando Sera chocada.

Durante o encontro com Delfai, Sera toma conhecimento do diamante Estrela e conclui que Holland mentiu sobre o fato de não saber como Kolis roubou as brasas. Observa que um dos Destinos ter dado a Estrela a Kolis deveria ser considerado uma baita interferência. Então fica sabendo que Kolis ainda está com o diamante, mas que não precisam dele para remover as brasas. O processo dela é um pouco diferente.

Delfai refere-se a ela como um recipiente, deixando Ash furioso e Sera atônita. Mas logo Sera descobre que a remoção das brasas terá pouco impacto nos planos, fazendo-a sentir alívio e pavor. Até que descobre *como* o processo é feito e o que significa: ela vai morrer.

Sera não consegue conter uma gargalhada, pois sempre presumiu que acabaria morta de qualquer jeito. Delfai diz que há três opções. Ou Nyktos se torna o verdadeiro Primordial da Vida e restaura o equilíbrio aos planos. Ou outro Primordial toma as brasas para si. Ou Sera completa a Ascensão e… ela interrompe Delfai para que não conclua a frase, pois sabe muito bem aonde ele quer chegar.

Ash não consegue conter a raiva e parte para cima de Delfai. Sera lhe pede para não matar o Deus da Divinação, pois não é culpa dele. Ash não merece receber outra marca por mais uma morte. Delfai fica chocado quando Ash se acalma, já que previu sua morte. Então diz algumas bobagens sobre uma fera prateada, a lua mais brilhante e duas luas que se tornam uma.

Estranhamente, Sera se sente mais livre ao saber que seu fim está próximo. Diz para Ash ir em frente: remover as brasas dela e matá-la. De repente, ela se dá conta de que ele sabia como tirar as brasas o tempo todo e já poderia ter feito isso, só não fez porque sabia que teria de acabar com a vida dela. Ela lhe recorda de que retirar as brasas dela irá matá-la de qualquer maneira e confessa que não quer morrer. Afirma que quer viver, mas precisa de um futuro em que Kolis tenha sido derrotado e a Devastação não exista mais. Precisa que os planos estejam a salvo. É a única coisa que importa. Ash argumenta que *ela* é importante. Não os planos. Ela.

Sera diz que ele não fez nada de errado e pede desculpas por tudo. Afirma que não havia a menor garantia de que ele a amasse, mesmo se ainda tivesse sua *kardia*. Ash insiste que sim, nada o impediria de amá-la e poderia salvar Sera. Assim que as palavras saem de sua boca, ele se deixa dominar pela angústia.

Ela lhe pede que a beije, e ele deixa escapar um gemido desolado.

Os dois fazem sexo, e ele confessa que gostaria de não ter removido a *kardia*, dizendo que nunca quis amar ninguém antes de conhecê-la. Sera vê seus olhos vermelhos, cheios de lágrimas de tristeza, e fica de coração partido. Mesmo assim, deve aceitar o que precisa acontecer. Sera pede que ele a leve para o lago quando for a hora, e Ash promete que vai fazer isso.

O lago é um catalisador de mudanças na história de amor de Sera e Ash.

Ao caminharem nas sombras de volta ao Iliseu, os dois encontram as Terras Sombrias sob ataque. Saion explica o que está acontecendo, descreve a gravidade da situação e quem está envolvido. Quando Sera faz menção de ver o que ele hesita em contar, Saion tenta impedi-la. Ela se desvencilha dele e avista a cena, então tenta impedir Ash de ver o que acabou de testemunhar — tantos súditos mortos.

Sera pede que Saion a ajude a tirar Aios de uma estaca. Ele hesita, mas ela lhe ordena enquanto Consorte. Quando finalmente conseguem colocá-la no chão, Saion a alerta de que o uso do seu poder atrairá os dakkais. Sera exclama: "Fodam-se os dakkais", e Saion diz que gosta dela. Ela retribui o sentimento.

Depois de ajudar Aios, ela faz menção de salvar Ector, mas Saion a impede, fisicamente dessa vez. Ele reitera que o uso do éter atrairá mais dakkais e que ela será cercada e morta. Os dakkais atacam de qualquer maneira, e tudo que resta do deus é uma pilha de carne dilacerada. Ver Ector assim faz algo explodir dentro de Sera. Ela grita de raiva e libera uma pulsação de energia que vaporiza os dakkais completamente. Seu nariz começa a sangrar, e ela sente uma exaustão profunda. Mal sente o toque de Rhain quando ele a segura, e tenta a todo custo não perder a consciência.

Sera vê Ash atraindo os dakkais para si com a névoa Primordial e sente seus fios por toda a pele. De repente, escuta a voz dele em sua cabeça mandando-a fugir. Em vez disso, Sera corre em sua direção e as sombras a engolem.

Se pudesse me ver, você saberia que não estou nem um pouco chocada por Sera não seguir as ordens. Ela nunca vai mudar. E, para ser sincera, espero que não mude mesmo.

Sera perde a espada que tinha encontrado e bate contra uma muralha, caindo e vendo um clarão de cabelos e roupas douradas. Ela se dá conta de que precisa encontrar Ash e fazer com que ele remova as brasas dela agora, antes que mais inocentes morram.

Ao sentir alguém atrás de si, Sera se vira para trás e se depara com Attes. Por crer que o Primordial vinha em seu auxílio, ela agradece, mas ele pede para Sera não lhe agradecer ainda. Confundindo-a, Attes afirma que o que está prestes a fazer é a única saída. Ele a desarma e a puxa contra si, e Sera ouve Ash gritar seu nome. Attes diz que só querem Sera e ordena que ela remova o feitiço que a mantém nas Terras Sombrias. Garante que, se ela obedecer, nenhuma outra vida será perdida.

Sera ouve Ash gritar seu nome outra vez e hesita. Attes avisa que, se ela se recusar a ir com ele, Kyn não deixará ninguém além do Primordial — Ash —

vivo. Sera avista Ash e o ouve gritar por ela. Encara-o por um momento e faz Attes prometer que mais ninguém será ferido. Ele dá a sua palavra de honra, e ela aceita partir. Com essas palavras, Sera tem uma sensação parecida ao que sentiu quando Viktor colocou o feitiço nela. Attes diz que ela fez a escolha certa, embora Sera saiba que não havia escolha.

E não havia mesmo. Porém, as razões por trás disso só se tornarão nítidas mais tarde. Por mais que eu adore Attes, eu o detestei no momento em que *vi* essa cena.

Inconsciente, Sera sonha com o lago e um lobo mais prateado do que branco ao luar vendo-a nadar. Ela se sente segura, mergulha, volta à superfície e encontra Ash no lugar do lobo. Ela se lembra do cheiro de fumaça, carne carbonizada e morte da batalha. O cheiro de mofo do navio para onde Attes os leva usando o caminhar nas sombras. Recorda-se da pontada de dor atrás da cabeça quando Attes finalmente a soltou.

Pergunta-se há quanto tempo o Primordial dos Tratados e da Guerra está de conluio com Kolis e se ele cumpriu sua palavra de interromper o ataque às Terras Sombrias. Está preocupada com seu povo. Com todas as forças, gostaria de ver Ash mais uma vez e dizer que o ama.

Ela acorda com o cheiro de lilases podres e sente um aro em volta da garganta — estava acorrentada. Alguém comenta que ela está acordada, e Sera reconhece a voz. É informada de que ficou inconsciente por dois dias e que Attes não devia ter batido nela com tanta força assim.

Sera vê a marca em sua mão e sabe que Ash continua vivo. Ao olhar ao redor, descobre que está numa gaiola dourada, e Callum — o dono da voz — revela que já sabem que ela é uma mortal com as brasas dentro de si. Sera percebe que as ditas brasas estão assustadoramente silenciosas para variar.

A pessoa que está falando entra em seu campo de visão, e Sera reconhece o Espectro. Ele a cumprimenta usando seu nome completo e informa que Attes cumpriu a promessa. Kyn interrompeu o ataque. A notícia deveria deixá-la aliviada. Em vez disso, só a torna ainda mais consciente da situação em que se encontra. Ela vê que está vestida com um tecido dourado e transparente. Callum diz que ela estava coberta de sujeira e fedia às Terras Sombrias e ao Primordial de lá, o que precisava ser corrigido. Sera diz a *ele* que o único fedor nela vem de onde está no momento. Callum a alerta para não deixar que Kolis a ouça dizer uma coisa dessas.

Sera descobre que Callum contou a Calliphe como matar um Primordial e que Kolis sabe de tudo desde o seu nascimento. Aparentemente, seu pai o convocou para fazer um novo acordo substituindo o do Rei Roderick, na tentativa de poupar Sera. Quanto mais ouve, mais Sera percebe que *graeca*, que lhe disseram significar tanto amor quanto vida, sempre significou vida para Kolis — as brasas da vida. Kolis soube que estavam dentro dela desde o dia em que Sera nasceu.

Com uma nitidez doentia, ela se dá conta de que todas as ações e os sacrifícios de Ash foram em vão. No entanto, repara que Callum nunca menciona Sotoria e presume que Kolis ainda não sabe dessa parte. Sera pergunta por que o falso Primordial da Vida não tomou as brasas dela antes. Por que esperou até que ela estivesse nas Terras Sombrias? Então é lembrada do sangue e das cinzas.

Sera vê Kolis e pensa sobre seu verdadeiro dever. De repente, sente uma onda de terror e fúria, mas percebe que apenas uma parte das emoções é sua. Ela se dá conta de que Sotoria ficou numa jaula daquelas depois que Kolis trouxe a mortal de volta à vida. Subitamente entorpecida, Sera veste o véu de inexpressividade e se recusa a se ajoelhar diante do falso Rei.

Os dois falam sobre o último oráculo, e Sera descobre que a visão da deusa Penellaphe não estava completa e quem sabia de tudo não está mais vivo para contar a história. Ela aprende que as profecias geralmente vêm em grupos de três e parecem não ter relação alguma até que sejam reunidas. Callum e Kolis contam-lhe sobre a profecia, e Sera comenta que Kolis é o grande conspirador. Ele diz que sua atitude o diverte. Eles terminam de lhe contar a profecia, e ela reconhece seu novo título em meio aos versos. Sera presume que Delfai, Keella e Veses também deviam conhecer a profecia inteira, assim como Kolis.

O Primordial diz que ela é a portadora de duas coroas, e Sera conclui que ele precisava que ela fosse coroada e restaurasse a vida do dragontino para cumprir tais partes da profecia. Kolis revela que precisava ter certeza de que as brasas tinham chegado a um certo ponto de poder para que o resto da profecia se realizasse.

Os dois acabam de transmitir o resto dos versos, e Sera percebe que se trata de uma referência a um Primordial da Vida *e* da Morte. Ao saber mais sobre os planos de Kolis, ela ri dele e diz que a profecia o levará à morte.

À medida que mais detalhes vêm à tona, Sera fica chocada ao descobrir que Kolis quer matar todos os Primordiais. Ela pergunta por que ele precisa de mais poder e o chama de egoísta. Em resposta, ele a agarra pelo pescoço, dizendo que Nyktos tomaria as brasas dela no momento em que se sentisse pronto. Eythos estava preparando seu filho para se tornar *o* Primordial para que Nyktos pudesse ressuscitar o pai dos mortos assim que assumisse tal papel. Em seguida, Kolis diz que vai drená-la, tomar as brasas e completar sua Ascensão final. Então a provoca, dizendo que ela sabe o que isso significa para seu sobrinho.

Ele se regozija de que nada será proibido ou impossível depois que Ascender e a morde acima do aro em seu pescoço. Sera imagina se Ash pode sentir sua dor e constata que ele saberá que ela está morta quando sua marca desaparecer.

Subitamente, Sera sente as brasas se inflamarem e ouve Sotoria gritar em sua cabeça: "Não!" Ela fala com a voz de Sotoria e diz: "Você está me matando de novo, depois de todos esses anos." Apesar de seus esforços, Sera não sente mais dor, apenas raiva. Ela ri, conta a Kolis que é Sotoria e explica tudo o que Eythos fez.

Kolis para de mordê-la e a abraça contra o peito. Ela vê o horror em seu rosto quando ele percebe quem tem de matar — de novo — para conseguir o que tanto quer.

Antes de desmaiar, Sera se volta para as portas abertas e vê um lobo prateado agachado junto às árvores e banhado pelo luar.

E sabe que é Ash.

Sera volta a si, acorrentada em uma jaula no meio de uma câmara circular. Kolis puxa a corrente e pergunta se ela é mesmo Sotoria. Chorando, Sera imagina se as lágrimas são só suas. Ela está com medo — até da voz de Kolis.

Attes informa a Kolis que Sera não está bem e pede que ele a veja. Callum toma outra atitude e fala para Kolis tomar logo as brasas. Diz que, caso Sera morra, as brasas morrerão com ela. Acrescenta que Kolis precisa tomá-las para si e Ascender. Attes relembra que, se Sera morrer, Kolis perderá sua *graeca*.

Ao ouvir a palavra de novo, Sera pensa que há um terceiro significado além de amor e vida — obsessão. Fica claro que essa é a origem dos sentimentos de Kolis por Sotoria. Com esse pensamento, Sera volta a perder a consciência.

Ela sente uma tempestade de poder crescente, e então o lobo se aproxima — há névoa e sombras por toda parte. Sera vê o trono ruir, uma rajada de energia jogar Attes para o lado e levantar Callum, atirando-o contra as grades da jaula.

Ash assume a forma Primordial e desafia Kolis. De repente, Hanan aparece e Sera assiste a Ash destruir a lança do Primordial e depois matá-lo. Por algum motivo, ela considera sua demonstração de poder perturbadoramente excitante.

Um terremoto abala a construção, e a coroa de Hanan desaparece. Sera sabe que todo mundo, em todos os lugares, deve ter sentido aquilo e conclui que Bele deve ter se tornado a nova Primordial da Caça.

Kolis coloca Sera no chão com delicadeza, mas, antes que possa soltá-la, Ash manda o tio tirar as mãos de sua esposa. Ela observa a interação dos dois e percebe que Kolis não pode matar Ash. É necessário manter o equilíbrio.

Ash pega Sera em seus braços, mas é afastado dela. Os dois Primordiais discutem sobre guerra, traição, costumes e fé. Então, começam a lutar.

Enquanto isso, Attes agarra Sera. Ela o chama de traidor. Attes retruca que sabe o que fez, mas não há mais tempo para isso. Avisa que Kolis vai matar Ash. A contragosto, Sera pede a ajuda dele para se levantar, depois pega uma de suas adagas de pedra das sombras. Quando Attes se enfurece, ela usa suas últimas forças para mandá-lo se acalmar, dizendo que ele não vale tanto esforço.

Sera evoca as brasas, usa a persuasão para fazer com que Ash e Kolis parem de lutar e leva a adaga ao pescoço. Ameaça tirar a própria vida, e os dois imploram para que ela abaixe a arma.

Quando Kolis apunhala Ash no peito, Nyktos manda Sera fugir. Attes lembra a ela que Ash ainda está vivo e depois grita a Kolis que *Sotoria* precisa de sua ajuda, na esperança de impedir o falso Rei de ferir Ash ainda mais. Ele finalmente desiste e se aproxima de Sera, pegando-a no colo.

Na mente de Sera, Sotoria sussurra que não é justo, referindo-se a morrer de novo.

Sera volta a si nos braços de Kolis e pensa em Ash. O falso Rei diz que ela continuará viva se for quem afirma ser. Ele a leva para a água, e Sera vê as sirenas nadando à sua volta.

Kolis convoca Phanos. Ao chegar, o Primordial diz que achava que Sera fosse a Consorte de Nyktos. Kolis ignora o comentário e ordena que ele o ajude.

Phanos pega Sera e menciona que Nyktos tirou Saion e Rhahar dele enquanto caminha. Diz que deveria se divertir com o que está acontecendo, mas não acha a menor graça nisso. Conta a ela que estão nas águas do Arquipélago de Tritão, perto da costa de Higeia, explicando que a água é a fonte de toda a vida e cura.

De repente, Sera ouve uma cantoria. Phanos explica que o que acontecerá curaria a maioria das pessoas, mas, com as brasas dentro de si, não é algo possível para Sera — trata-se apenas de uma solução temporária. Ele menciona um custo alto e a manda se lembrar dos dons que está prestes a receber.

Ele respira em sua boca e depois a manda para a água, onde as sirenas seguem seu exemplo, morrendo ao darem a própria vida em troca da dela.

É uma cena tão trágica que me deixou de coração partido quando a vi.

Sera pergunta por que Kolis fez isso, e ele responde que não permitirá que ela morra. Sera diz que não quer que ninguém morra por ela, e ele retruca que *ela* não tem escolha, depois a provoca dizendo que, se ela fosse Sotoria, já saberia disso.

Ele diz que se a olhar e ouvir com bastante atenção, consegue ver Sotoria nela.

Sera corre até os guardas e pega uma espada. Kolis ordena que ninguém toque nela e manda os guardas saírem, comentando que já *esperava* que ela fugisse. Exige que Sera abaixe a arma, mas ela o manda obrigá-la a fazer isso e o apunhala no peito. Kolis diz que não achou a menor graça e explica que ela deveria ter se esforçado mais.

Sera começa a correr e ele a segura pelos cabelos, dizendo que está acostumado com isto: sua fuga. Os dois lutam. Kolis bate em Sera, mas se sente mal por isso. Ela pragueja, e Kolis diz que nunca quis ser um vilão, colocando a culpa em Eythos.

Sera pergunta se há algo pelo qual ele *não* culpe o irmão. Kolis diz para ela não o deixar irritado e a chama de *so'lis*.

O falso Rei ameaça Ash, e Sera o ameaça também. Kolis a agarra pela garganta, e ela sussurra que ele está matando-a de novo.

Quando diz que vão para *casa*, Sera se despede dele. Kolis fica furioso e assume sua forma letal, assustando-a e usando a persuasão nela.

Assim que a persuasão passa, Sera se vê molhada e em outra jaula dourada ainda maior. Lembra-se do cativeiro de Aios e entra em desespero. O éter racha a cela. Ela tenta se acalmar e examina os arredores, vendo o que parece ser um conjunto de diamantes no topo da gaiola, o trono e a disposição das áreas de estar. Sua fúria volta a irromper e faz uma rachadura na pedra das sombras.

Sera sabe que precisa se acalmar e se lembra da voz de Ash dizendo para respirar fundo. Ao fazer isso, começa a chorar e percebe que está chorando as lágrimas de sangue de um Primordial.

Sera reflete que o plano de Eythos não foi muito bem pensado. Sotoria despertou, e Sera não gosta nada da ideia de estar aprisionada. Lamenta tudo que aconteceu até o momento.

Ciente de que precisa de uma arma, Sera começa a olhar à sua volta. Vasculha alguns baús na gaiola e encontra um deles cheio de pênis de vidro. Pega um e o quebra, transformando-o numa arma útil — embora incomum.

Uma dor a atinge ao tocar as grades da jaula, e ela percebe que não será fácil se livrar da situação em que se encontra.

Como precisa tirar as roupas molhadas, ela procura outra coisa para vestir e se depara com opções que a enchem de repulsa. Sem escolha, pega um vestido e se troca, depois finge dormir quando Callum entra no aposento.

Quando ele se aproxima, Sera o golpeia repetidamente com a adaga improvisada e pega a chave dele. Ela está prestes a fugir, mas decide que seria mais inteligente deixar a chave ali para o caso de ser capturada e devolvida à cela. Joga-a para debaixo da cama e sai correndo. Ao sair, encontra um guarda e o golpeia, depois vê alguns Escolhidos. Diz que não vai machucá-los, mas um deles chama os guardas.

Ao avançar, Sera se depara com uma orgia e sente o cheiro de sangue. Encontra uma mulher bebendo o sangue de um homem, mas não se parece em nada com as alimentações que já viu. Com olhos escuros como o breu, a mulher diz que Sera tem cheiro de Espectro e de deusa. De vida. Ela se lança sobre Sera, que a apunhala. Sera observa a mulher virar cinzas e fica chocada. Vai até o homem e o encontra morto.

Os guardas entram e Sera pega um deles, mas descobre que é um dragontino. Ele acha graça, o que a deixa irritada, então Sera o ataca com o éter.

O homem antes morto avança e a ataca, transformado em Voraz.

Sera fica inconsciente e sonha com o lago. Ao acordar, ela se vê de volta à jaula com Kolis. Menciona ser uma prisioneira, mas ele diz que ela é uma *convidada*. Sera imagina há quanto tempo Kolis está ali, e ele pergunta se isso a incomoda. Ela pragueja, e ele diz que sua linguagem é bem mais grosseira do que se lembrava.

Ele a cheira e conta o que sente, e Sera percebe que ele está sentindo o cheiro do lago. Só não sabe como isso é possível. Kolis diz que está irritado e recorda-lhe o que acontece quando ela o desagrada.

Sera menciona suas *favoritas*, e ele retruca que eram todas umas ingratas, depois diz que pode sentir as brasas nela. Quando volta a chamá-la de *so'lis*, ela pergunta o significado da palavra. Ele então explica como as antigas palavras da linguagem Primordial se formam e diz que Kolis significa "nossa alma", portanto, *so'lis* significa "minha alma". A revelação a enoja.

Ela se lembra do que Holland lhe disse e considera o que precisa fazer, avaliando suas opções. Traz à mente todas as pessoas que conhece e pensa como são importantes. Cada uma delas. Pensando nisso, Sera conclui que precisa se tornar uma tela em branco e fazer o que é necessário.

Ela tira a chave de baixo da cama e a esconde com os panos para menstruação — onde um homem jamais procuraria.

Callum entra na sala e pergunta como deve se referir a ela, esclarecendo que não acredita que Sera seja Sotoria. Ela indaga sobre Ash, mas ele a ignora, continuando a lhe dar instruções.

Ele menciona conhecer sua mãe, Calliphe, e menciona os feitiços de proteção que Nyktos colocou na família dela. Quando ele diz algo sobre ser convidado, Sera descobre que os Espectros precisam ser convidados para entrar em algum lugar.

Callum diz que a observa há anos. Ela o provoca e ameaça contar a Kolis que foi ele que revelou como um Primordial pode ser morto.

Ele traz os Escolhidos e avisa que, se ela não seguir suas instruções, vai matá-los. Ela é teimosa, e Callum não hesita em quebrar o pescoço de um Escolhido. Antes que ele mate mais outro, ela promete se comportar. Ele a manda tomar banho, e Sera ameaça acabar com a raça dele. Porém, obedece a contragosto, reprimindo o estresse pós-traumático por ter que usar a banheira.

Quando se olha no espelho, Sera vê o éter em seus olhos. Ao ouvir um som, ela olha para a janela perto do teto e vê uma sombra bloqueando a luz. Um enorme falcão prateado passa voando logo depois, fixando os olhos azuis nos dela. Sera jura sentir um Primordial. Enquanto pensa isso, o pássaro muda de forma e se torna Attes.

Sera o ataca, e Attes diz que mereceu o golpe, embora a lembre que a salvou, chamando-a de diabinha. Quando ela zomba, ele explica que impediu o que poderia ter acontecido se a levasse dali.

Attes evoca uma muda de roupas, deixando Sera com inveja de sua habilidade. Depois de vestida, Attes conta que não foi a primeira vez que a salvou.

Ela está cética, mas ele a recorda de quando o falcão a salvou na floresta. Era ele. Quando ela pergunta sobre a mudança de forma dos Primordiais e menciona Eythos, Attes diz que ele se transformava em lobo, não em falcão, mas que Kolis assume, *sim*, uma forma *estigmatizada* de falcão.

Ela pergunta por que não o sentiu, e Attes explica que os Primordiais não são detectáveis na forma *estigmatizada*. É como se ainda fossem os mesmos, só que... não exatamente. Diz que os outros falcões prateados que ela viu eram *familiares* dele — uma extensão viva de Attes.

Attes revela que sabe sobre ela há mais tempo que Kolis e Nyktos. Quando ela pergunta por que ele ficou surpreso com Thad se sabia que Sera tinha as brasas dentro de si, ele responde que fazia muito tempo que não via a vida ser restaurada a alguém e diz achar que Sera é capaz disso porque as brasas estão se unindo a ela.

Enquanto conversam sobre os acontecimentos que trouxeram ao presente, ele conta que os Destinos proibiram Eythos de contar a Nyktos o que ele fez. Era uma forma de tentar restabelecer o equilíbrio.

Sera ordena que Attes tire Ash de Dalos. Ele diz que faria isso se pudesse, então conta a ela sobre os ossos dos Antigos. Quando ela menciona que os ossos podem ser destruídos, tendo em conta o que Ash fez com a lança de Hanan, ele diz que apenas o Primordial da Vida e o Primordial da Morte podem destruí-los.

Sera pergunta sobre Ash, e Attes explica que ele não está consciente, aprisionado nas Masmorras, dizendo que a prisão é horrível e que não pode ajudá-lo. Quando ela retruca que ele só diz isso porque está preocupado consigo mesmo, Attes a corrige, dizendo que está mais preocupado com o que Kolis fará com ela e com Nyktos. Acrescenta que só é leal ao verdadeiro Primordial da Vida, ou seja, a ela.

Attes mostra a cicatriz no rosto e conta que foi Kolis que a causou. Também revela que Kolis raptou e matou seus filhos, dizendo que nunca apoiou o falso Primordial da Vida.

Explica que agora as coisas são diferentes por causa dela, não das brasas. Mas por causa de quem é capaz de matar Kolis. Sotoria. Ele pergunta abertamente se ela é Sotoria, mas depois diz a si mesmo que não, acrescentando que, se fosse, Sera seria parecida com Sotoria e que ela não teria falado *por meio de* Sera antes.

Sera pergunta qual é a diferença entre renascer e voltar à vida, e Attes explica. Então imagina por que os Arae contaram a Kolis como roubar as brasas.

Ele insinua que a alma de Sotoria está presa dentro de Sera, o que a incomoda. Sera pergunta se alguém sabe o que acontecerá com Sotoria se ela morrer, e Attes responde que não.

A discussão termina com ele afirmando que ela não é a arma que Eythos pensou ter criado.

Quando Sera insiste que ainda poderá cumprir seu dever, Attes diz que pode até ter razão, mas ela será incapaz de matar Kolis.

Ela espera que ele esteja errado.

Sera conta a Attes que apunhalou Kolis, o que o deixa chocado. Ele diz que o falso Rei deve ser mais fraco do que imaginava.

Attes volta a mencionar que a alma de Sotoria está perdida, o que deixa Sera furiosa. Dispara que sabe que a alma de Sotoria é mais importante, mas ele responde que *ela* também é.

Sera menciona ter um plano, surpreendendo Attes — faz pouco tempo que ela está naquele plano. Ao pensar nisso, ela imagina o que acontecerá se conseguir libertar Ash. Ele não voltará de cabeça baixa para as Terras Sombrias. Attes diz que ele fará isso se for inteligente. Então explica que todos já sabem o que Nyktos fez e quão poderoso ele é, o segundo na lista de Primordiais que ninguém gostaria de enfurecer. Sera presume que Attes seja o terceiro, e ele a chama de espertinha.

Ela diz que ele é extremamente merecedor de uma facada, e ele responde que já ouviu isso antes. Assumindo seu papel de Primordial da Vida, ela ordena que Attes apoie Nyktos, e ele faz um juramento — um vínculo eterno. Em seguida, curva-se diante dela e empenha sua espada e sua vida, embora não tenha uma espada *de fato* consigo no momento.

Sera volta a perguntar sobre Sotoria, e Attes diz que está procurando uma maneira de proteger a alma dela. Quando ela pergunta se o nome de Sotoria significa algo como Kolis e *so'lis*, ele responde que significa "minha linda papoula".

Sera pede a Attes que consiga para ela uma arma feita com os ossos dos Antigos, e ele enumera todos os motivos pelos quais seria uma péssima ideia. Ela desiste. Ele pergunta se ela consegue sentir Sotoria. Quando ela responde que sim, Attes diz que espera que ela escute o que está prestes a dizer e afirma que vai salvá-la dessa vez. Em seguida, ele vai embora.

Sem mais nada para fazer, Sera treina, perguntando-se por qual *motivo* foi treinada e se Holland sabia o tempo todo que não era uma arma coisa nenhuma.

Ela se lembra do lobo que viu enquanto catava pedrinhas quando criança e se entrega à sensação de sentir falta de Ash. Pensa em fazer Ash jurar continuar vivo antes de sua própria morte e fazê-lo entender que não tem culpa de nada.

Mais tarde, Sera parece acordar, mas, na verdade, continua dormindo. Ela está no lago, e as cores da paisagem a lembram das Terras Sombrias.

Ash chega.

Pede que Sera olhe para ele. Ela obedece, e os dois acham que estão sonhando. Na verdade, é um sonho compartilhado. Sem se importar com isso, cedem ao desejo de se tocarem e transam. Ela diz que o ama, e ele diz que ela é linda.

De repente, ele vê seus hematomas e fica com raiva. Sera começa a acordar, dizendo que não consegue mais senti-lo. Em seguida, ela se vê de volta à cela, mas ainda consegue sentir onde se tocaram e o que fizeram.

Os Escolhidos vêm cuidar de suas tarefas, e Sera se comporta. Callum a encara, e ela pergunta se ele quer alguma coisa, depois diz achar que ele não está muito bem da cabeça — por morrer o tempo todo e tudo o mais.

Ela pergunta a ele sobre o Escolhido que viu durante sua tentativa de fuga. Antes que ele possa responder, Kolis entra na sala e pergunta o que os dois estão discutindo. Callum explica que estavam falando de Antonis — que se transformou em Voraz.

Kolis responde que os Vorazes são um infeliz efeito colateral da criação dos Ascendidos. Quando Sera aponta as diferenças entre Eythos Ascender os Escolhidos e o que Kolis faz, ele fica furioso. Manda Callum sair e pergunta se ela tem descansado. Sera se força a seguir o plano e porta-se bem.

Ele ordena que ela beba um pouco de água frutada, e Sera pergunta onde Nyktos está. Kolis quer saber por quê. Ela responde que é só uma curiosidade e pergunta sobre o exército. Ele conta que os soldados não saíram das fronteiras de Dalos e diz que estão nas Terras dos Ossos, ao sul da costa, além das Masmorras. Acrescenta que o lugar é cheio de templos esquecidos e ossos de dragões.

Sera pergunta por que ele não os forçou a sair de lá, uma vez que quer ser todo-poderoso, e sua resposta a faz perceber que Kolis precisa de súditos para governar. Ele diz que os mortais se tornaram complacentes e que pretende assumir um papel mais ativo.

Sera pergunta se o sequestro dela aumentará as tensões, e ele responde que só lhe trará problemas se os outros Primordiais acharem que vale a pena entrar em guerra por sua causa. Ele fala mais um pouco, e ela percebe que Kolis basicamente admitiu que, em seu estado atual, teme ser derrotado se as coisas piorarem.

Ele indaga de novo por que ela perguntou sobre Nyktos, e Sera lhe dá a mesma resposta. Kolis diz que ela nunca gritou de terror por causa *dele* e a alerta para não dizer nada imprudente. Sera admite que gosta de Ash, moderando o que *realmente* quer dizer, e depois diz que Kolis a assustou.

Ele afirma que não teve intenção, e ela explica sua *afeição* por Ash. Kolis quebra o copo que está segurando. Sera tenta acalmá-lo, dizendo que Nyktos só queria as brasas, não ela, e conta a Kolis que Ash não sabia o que Eythos havia feito. Ele lhe pede para não mentir, e ela fala que não é mentira.

Kolis pergunta se ela já transou com Nyktos e Sera responde com cautela que os dois se sentem atraídos um pelo outro. Kolis ressalta que uma pessoa não mataria outra por alguém que não ama, e ela retruca que as pessoas matam por todo e qualquer motivo ou até sem motivo algum. Ele argumenta que os Primordiais não agem assim e diz que todas as vidas que já tirou foram por amor. Sera diz lamentar que o amor só tenha inspirado a morte para ele.

Ela revela que Ash removeu sua *kardia*, e Kolis conta que Nyktos está em estase. Sera pergunta se ele está sepultado, e Kolis confirma. Ela pergunta por que isso não aconteceu antes, e ele explica que a câmara é feita de pedra das sombras, ou seja, fogo de dragão e tudo que está morto. Poucas coisas conseguem penetrá-la, e a terra não é uma delas. Explica que a pedra das sombras absorve o éter, assim como a luz.

Durante a conversa, Sera insiste que estava falando a verdade sobre Ash e sua *kardia*, e Kolis diz que acredita nela. É típico de seu sobrinho. Nyktos deve achar que isso o impediria de atacar alguém que ama. Admite que Ash tem medo de se tornar igual a ele e diz que se certificou de que ele se sentisse assim.

As brasas de Sera se acendem, e Kolis pede para ela se acalmar. Ela começa a brilhar. Depois que Kolis ordena que ela se sente e a chama de boa menina como se fosse um dakkai de estimação, ele diz que não acredita no que ela disse sobre seus sentimentos por Nyktos. Afirma que a gravação de casamento prova a existência de amor entre os dois e pondera o que fazer. Ela diz que a marca apareceu do nada e explica a diferença entre amar alguém e estar *apai-*

xonada por essa pessoa. Em seguida, volta a se fechar e torna-se o recipiente vazio que precisa ser.

Kolis diz que está apaixonado por Sotoria, e Sera pergunta como ele sabe se está apaixonado ou não. Então o manda provar, libertando Nyktos. Ele exprime, ranzinza, que o pedido prova que ela ama seu sobrinho. Sera não nega — já disse que amava Ash —, mas diz que isso lhe mostraria que ele estava disposto a fazer qualquer coisa por ela. Kolis enumera o que já fez, e ela retruca que é o mínimo necessário para demonstrar amor, acrescentando que libertar Nyktos seria importante porque ele não quer fazer isso, mas sabe que a agradaria.

Quando ele pergunta por quê, ela revela a razão e acrescenta que Kolis só a colocou em perigo. Ele pergunta por que Sera estaria interessada em se apaixonar, e ela responde que é porque nunca conheceu esse sentimento. Sera argumenta que o fato de terem algo em comum pode aproximá-los, e Kolis pergunta se ela acha que ele é um idiota. Sua resposta é que o amor nos torna idiotas. Ele rebate, dizendo que ela tentou matá-lo, mas Sera diz que também apunhalou Nyktos.

Kolis pergunta o que mudará se libertar Nyktos, e ela diz que não lutará mais contra ele. Ele imagina que isso significa que Sera vai se submeter... Kolis a avisa que, se ela estiver mentindo sobre Sotoria, tomará sua alma na vida *e* na morte.

Mais tarde, Callum lê um livro enquanto Sera mordisca sua refeição. Ela pergunta se os Espectros se alimentam, e ele responde que não precisam de comida nem sangue — na verdade, não precisam de nada. Ela presume que é porque estão mortos, e ele diz que tal suposição é uma grosseria, mas não a corrige com o verdadeiro motivo.

Os dois debatem se os Espectros deveriam morrer, e Sera pergunta se Callum era um Escolhido. Ele diz que não, e ela ressalta que ele não é como os outros Ascendidos. Callum diz que não há ninguém igual a ele.

Bem... *ainda* não. Sabemos que essa exclusividade muda. Por assim dizer.

Sera o enche de questionamentos, e ele acaba dizendo que ela terá uma morte dolorosa quando Kolis descobrir que não é Sotoria.

Ela pergunta sobre as máscaras pintadas que todos usam, e ele conta que são simbólicas. Mostram a quem servem os Escolhidos, Espectros e deuses.

Quando Sera diz que viu Kolis assumir sua forma Primordial, Callum fica chocado. Esclarece que isso significa que ela viu a verdadeira Morte.

No dia seguinte, os Escolhidos preparam Sera. Kolis entra de coroa na cabeça e diz para ela não se dirigir a ninguém.

Ela não sabe muito bem o que esperar, por isso limita-se a ver Kolis se sentar no trono. Elias escolta os deuses até a câmara, e Sera não gosta dos olhares e expressões no rosto deles. Ao pensar nisso, ela percebe que não teve a sagacidade de esclarecer em que estado Ash deveria estar quando fosse libertado. Com isso em mente, ela se comporta enquanto Kolis parece cada vez mais nervoso.

De repente, o falso Rei pergunta a um deus se ele a considera uma distração. O deus pede desculpas e diz que ela é interessante de olhar. Agradável aos olhos. Kolis pede que ele detalhe quais partes são tão *agradáveis*. Quando o deus começa a enumerar tais partes, Sera não se consegue mais se conter e acaba por perguntar: "Mas que porra?".

Kolis diz que Uros — o deus em questão — deve ter ofendido Sera e pergunta se ela se ofendeu. Ela responde que ficou pouco impressionada. Kolis se volta para o deus, diz que Uros ofendeu a *ele* e então o implode. Sera fica boquiaberta quando ele se vira para ela e pergunta se acha Uros mais impressionante nesse estado.

Ele diz que está admirado com a calma dela, depois chama Elias e o manda pedir a Callum para encontrar um substituto para Uros no Templo do Sol. O deus pergunta se deveria arranjar alguém para limpar a bagunça, mas Kolis faz um simples gesto com a mão e toda a sujeira desaparece.

Uma deusa entra e revela para que veio. Kolis interrompe Dametria, nitidamente tenso, e pede licença.

A deusa caminha até as grades da gaiola de Sera. Enquanto Sera a observa, Dametria pergunta se ela gosta do que está vendo, porque gosta do que vê por baixo do vestido dela. Sera pergunta à deusa em que reino se encontra o Templo do Sol que representa, e Dametria fica chocada por Sera ter falado com ela. Diz que nenhuma garota fez isso antes — referindo-se às *favoritas*. Em seguida, diz a Sera que ouviu boatos de que ela é a Consorte dos Terras Sombrias.

Ela revela que o Templo fica em Terra. Com base no que Dametria diz sobre a vinda de habitantes de Lasania, pedindo bênçãos para seu trabalho com Terra, Sera supõe que Ezra conseguiu fortalecer a relação entre os reinos.

A deusa insinua que Kolis saiu para se masturbar, o que desperta uma sensação de nojo em Sera. Elias pragueja, e Dametria menciona que estava na coroação, por isso sabe que Sera é a Consorte.

Sera usa a sala de banho enquanto Kolis está ausente. Ao retornar, ele parece mais relaxado, dando crédito às insinuações de Dametria.

Kyn aparece, e Kolis pergunta se ele trouxe notícias. O Primordial responde que sim, mas sugere que falem em particular. Kolis diz que não há o menor problema em conversarem na frente de Sera, já que ela não vai a lugar algum.

Ela ouve os dois e os assiste discutirem sobre o exército e os próximos passos.

Kyn sugere que uma mensagem nítida ainda pode ser enviada, e provavelmente é necessária por causa de Sera, chamando-a de *essa aí*. A discussão continua, e Kyn diz que não está preocupado com represálias, inclusive de Nektas, e Sera começa a rir. Ele lhe pergunta se fez alguma piada.

Sera rememora a Kolis seu comentário de que não queria entrar em guerra, e ele diz a Kyn que o Primordial é corajoso, leal e tem toda a sua gratidão. Kyn declara que Kolis tem mais do que coragem e lealdade de sua parte — também tem o exército e seu comando. Além disso, acrescenta que os planos mudaram. Reafirma que ele precisa das brasas.

Os dois falam sobre equilíbrio, provocação e necessidade, e depois discutem que Nyktos será um problema se for libertado.

Quando Kolis repara que Kyn está olhando para Sera, ele alega que ela chama a atenção. Sera não quer que o que aconteceu com Uros se repita. Em vez disso, Kolis pede que ela se aproxime. Ela volta a ficar inexpressiva e caminha até ele. Kolis pergunta o que Kyn acha dela. Kyn a come com os olhos e volta a dizer que Sera chama atenção.

Kolis concorda e acrescenta que não quer pensar nisso, mas pensa mesmo assim. Então pergunta ao Primordial o que ele faria se Sera não estivesse numa jaula e fosse sua. Insinua que Kyn se meteria no meio de suas coxas ou traseiro num piscar de olhos.

Kyn pergunta o que vai acontecer se Sera não for a sua *graeca*, e Kolis responde que o Primordial pode ficar com ela depois que ele acabar com a garota. Kyn parece satisfeito e concorda.

Sera sabe que não sobreviverá se isso acontecer.

Os Primordiais fecham o acordo, e Kyn diz a Kolis que se sente honrado e que o presente do Rei o deixa comovido. Depois menciona que está contente por também ter trazido um presente para Kolis.

Ele chama o dragontino de Kolis, Diaval, e o homem traz alguém amarrado com um capuz na cabeça. Diaval põe a pessoa de joelhos, e Kyn diz que seu presente está meio surrado e ensanguentado, mas que foi preciso convencê-lo.

Kyn arranca o capuz, e Sera vê que é Rhain.

Ele foi mordido e espancado. Se não fosse um deus, já estaria morto. Kyn confirma seu nome para Kolis e diz que ele é originário das Ilhas Callasta. Sera fica chocada ao descobrir que ele é da Corte de Veses.

Kolis confirma que é ele o filho de Daniil e comenta que Rhain se parece com o pai na última vez que o viu, aludindo ao fato de Daniil também ter sido espancado.

Rhain esbraveja, e os três falam sobre seu pai e seu irmão. Sera se dá conta de que sabe muito pouco sobre Rhain.

Enquanto trocam piadas e insultos, Sera pensa na chave e tem uma visão quase profética. Ela sabe por que Kyn trouxe Rhain vivo. Para que Kolis o matasse.

Sera presta atenção enquanto eles falam sobre os dons que o pai e o irmão de Rhain tinham e a suposição de que ele também os tenha. De repente, Sera ouve a voz de Rhain dizer seu nome em sua cabeça.

Enquanto Kolis continua tagarelando, Rhain pede para Sera usar a essência e pôr o palácio abaixo.

Quando Kolis encontra o colar que Rhain traz numa bolsinha ao pescoço, Sera fica chocada ao vê-lo, pois sabe que pertence a Aios. Ela mente e diz a Kolis que é seu, mas insiste que não sabia do que Rhain era capaz.

Todas as mentiras têm seu toque de verdade…

E então revela que Rhain nem gosta dela. Quando Kolis pergunta por quê, Sera diz que deve ser por ter apunhalado Nyktos e enumera todos os traços de personalidade de que o deus provavelmente não gosta nela.

Sera tenta contornar a suposição de que Rhain seja um espião, dizendo que todos já sabem que ela está no Palácio Cor. Mas então Kolis diz que não é bem assim.

Kyn e Sera discutem, e Kolis a adverte. Em seguida, vira-se para Rhain e diz que acredita em Sera, por isso vai fazer com que a morte do deus seja rápida.

Sera grita e implora que Kolis não o mate, acrescentando que ele é leal a Nyktos. Kolis vocifera que Rhain deveria ser leal a *ele.* Sera se corrige, dizendo que Rhain está preocupado com Nyktos e que Kolis deveria ficar contente com isso.

Kolis fica confuso, então Sera explica que os deuses das Cortes deveriam se preocupar com seus respectivos Primordiais. Caso contrário, por que eles se preocupariam com o Rei? Diz que a lealdade não deveria ser punida com a morte ou a tortura.

Rhain diz telepaticamente a Sera que está tudo bem. Está preparado para morrer.

Sera se recusa a aceitar.

Ela diz a Kolis que há outra opção. Ele poderia libertar Rhain. O gesto mostraria que é um governante benevolente. Se o deus for libertado no estado em que se encontra, o ato provaria que Kolis pode ser ao mesmo tempo feroz e generoso. Ela diz que fará tudo que ele quiser, desde que Kolis deixe o deus partir. Kolis deixa Rhain inconsciente e pergunta por que Sera quer salvar o deus. Ela responde que está tentando prevenir uma guerra e afirma que fará qualquer coisa se Kolis prometer que Rhain voltará às Terras Sombrias sem mais nenhum machucado. Outro acordo.

Kolis dispensa Kyn, mas o Primordial se vangloria em seu último olhar para Sera. Depois que Rhain é retirado da câmara, Kolis a informa que dividirão a cama naquela noite.

Depois do jantar, Sera toma banho e vê uma camisola dourada separada para ela. Kolis aparece e diz que ela está muito mais ousada do que antes, ou seja, quando era Sotoria. Ele pergunta se o que pediu a ela foi uma surpresa, e Sera responde que só a surpreendeu porque ele a ofereceu a Kyn poucos minutos antes. Ele comenta que seu conselho foi sábio e que libertar Rhain demonstra que é razoável e justo — além de digno de lealdade. Conta que Rhain voltou para casa, e Sera agradece. Ela garante a ele coisas que são mentiras e teme que agora seja uma mentirosa completa.

Os dois vão para a cama.

E Sera permanece acordada.

No dia seguinte, Callum atira uma adaga para o alto e pergunta se ela dormiu bem. Sera mente, dizendo que descansou bastante. Callum comenta que ela está quieta e insinua que ela aprendeu a se prostituir para conseguir o que quer. Sera fica irritada e usa o éter para redirecionar a adaga do Espectro, quase o acertando, mas, infelizmente, ele consegue se desviar bem a tempo.

Ela o chama de *Cal*, e ele fica puto. Então diz que sabe que não está no Palácio Cor. Ele revela que Sera está no Vita, um santuário na Cidade dos Deuses.

Kolis entra de coroa na cabeça, trazendo uma deusa de aparência tímida. Ele a apresenta como Ione e diz que ela é da Corte de Keella. Então acrescenta que a deusa é especial. É capaz de ler os pensamentos das pessoas e descobrir verdades, mentiras e tudo o que for necessário.

Oh-oh.

Kolis diz a Sera que não vai demorar muito, que Ione será rápida e eficiente. Ele ordena a Sera para se sentar, e ela sente Sotoria se manifestar, enchendo-a de raiva e medo. Kolis diz que Sera parece nervosa, e ela responde que é porque um deus já fez isso antes e doeu muito.

Callum conta a Kolis sobre Taric. Kolis pergunta a Sera se Taric a encontrou, e ela responde que foram ele, Cressa e Madis, então pergunta por que ele ordenou a Taric procurar as brasas se já sabia onde estavam. Ele conta a ela que mandou Taric encontrar sua *graeca*.

Kolis pergunta se os outros deuses se alimentaram dela, e Sera responde que foi apenas Taric. Então pergunta se o deus contou a ela o que viu, e Sera diz que ele não teve chance de dizer nada antes de morrer.

Ione diz a Sera que o que vai fazer não dói. Mas acrescenta que será desconfortável e provavelmente a deixará cansada e com dor de cabeça. Sera diz que ela não pode fazer isso, e Kolis usa a persuasão nela, mandando Ione se apressar.

Ione se ajoelha e explica que precisa beber o sangue de Sera. Quando percebe que ela não consegue responder, a deusa pega a mão de Sera, vê a marca ali e olha em seus olhos. Kolis pergunta se há algo errado, e Ione diz que não antes de abaixar sua mão e pegar a outra. Ela morde o pulso, e Sera sente uma ardência percorrendo seu corpo até ter uma sensação de coceira na mente.

As visões passam rapidamente, e Sera treme por dentro. Lágrimas ameaçam vir à tona. Ela é tomada por uma dor terrível e se preocupa que Ash também a sinta, mesmo em estase. As brasas inflamam dentro dela, e Sera empurra Ione com a mente, jogando a cabeça dela para trás e fazendo-a deslizar pelo chão de pedra das sombras.

Callum chama o que ela fez de inapropriado, e Kolis exige saber o que Ione viu. A deusa diz que as brasas em Sera são poderosas, e ele retruca que já sabe disso. Pergunta se Sera é sua *graeca*, e Ione diz que ela traz a alma chamada Sotoria dentro de si. Que é ela mesma.

Sera fica paralisada ao se dar conta de que a deusa mentiu. Kolis faz mais perguntas e ela diz outras meias-verdades. Sera percebe que Ione está mentindo sobre basicamente tudo e se pergunta por quê.

Kolis fica emocionado, e Callum diz que deve ser mentira. Ione diz que não mente nem tem motivo algum para fazer tal coisa. Sera percebe o enorme risco que isso representa para a deusa.

Discutem que Sera não se parece com Sotoria, e Ione tenta explicar. Depois diz a Kolis que está feliz por ele ter encontrado sua *graeca*, e Sera quase se engasga com um copo d'água.

A deusa pergunta se Kolis precisa de mais alguma coisa dela, e ele agradece por sua ajuda. Ao se virar para sair, ela se dirige a Sera como *Consorte.* Kolis intervém, dizendo que a coroação não foi reconhecida nem aprovada.

Enjoada, Sera percebe que ninguém pode contestar a afirmação de Kolis. Callum continua a discutir, mas Kolis rejeita seus argumentos. Quando Sera afirma que sempre disse a verdade, Kolis diz que agora compreende que sim e dispensa Callum. Ele se aproxima de Sera, dizendo que ela fica mais parecida com Sotoria quando sorri. Quando Sera pergunta sobre Nyktos e pede que Kolis honre o acordo, ele fica com raiva e a morde.

A agonia toma conta de Sera, e Sotoria grita dentro dela. As brasas se inflamam, e Sera tem dificuldade de se controlar. Tenta usar suas técnicas de respiração para recuperar a calma e pensa em Ash para se distanciar do presente.

Kolis enfim a solta, e Sera se põe de pé num salto. Repara que ele atingiu o orgasmo enquanto se alimentava e fica com nojo. Ele pede desculpas, dizendo que envergonhou a ambos. Perdeu o controle. Sera não consegue evitar sua reação de lutar ou fugir, e ele insiste que aquilo não vai acontecer outra vez. Kolis implora que ela diga alguma coisa, e tudo que Sera consegue dizer é que precisa de um banho.

Enquanto se lava, ela pensa em tudo que aconteceu. A violação. E detesta se sentir fraca por causa disso.

Depois do café da manhã do dia seguinte, o falcão prateado voa até ela e se transforma em Attes. Ele a chama de Rainha e volta a manifestar uma muda de roupas. Sera diz que tem muita inveja dele. Ele pede desculpas por não ter voltado antes, mas diz que tem novidades. Então repara na mordida em seu pulso. A ferida o deixa chateado, mas Sera diz que está bem. Attes não acredita nela, mas ela insiste.

Attes conta a Sera que Nyktos está sendo despertado da estase e presume que ela progrediu em seus planos. Ela diz que Kolis prometeu libertar Nyktos e que precisa se assegurar de que ele não tenha nenhum motivo para voltar atrás ou arranjar um jeito de não honrar sua palavra.

Attes confirma que sabe do acordo que ela fez para libertar Rhain e pergunta se ela fez um acordo semelhante para libertar Nyktos.

Sera chama Kyn de cretino. Attes concorda, mas diz que nem sempre foi assim.

Conta a ela como os Primordiais lidam com suas longas vidas e o que acontece se não hibernarem ou forem para Arcádia.

Sera pergunta como Kyn reagirá ao fato de Nyktos assumir seu lugar de direito como Rei dos Deuses, e Attes diz esperar que ele aja com sabedoria. Então pergunta se ela está bem, o que a surpreende.

Sera diz que sim, e ele aceita sua resposta a contragosto antes de se transformar em falcão e partir.

Mais tarde, Callum a aguarda na câmara vestido de preto, o que deixa Sera mais incomodada do que suas roupas brancas. Ela percebe que já faz um dia desde a visita de Attes e teme que Kolis tenha mudado de ideia. No entanto, lembra que ele não pode mudar de ideia porque fez um acordo com ela.

Callum diz a Sera que não acredita nela, e ela pergunta no que exatamente o Espectro não acredita. Ele responde que não acredita que ela esteja disposta a amar Kolis como afirmou, e que acha que ela tentará escapar na primeira oportunidade que tiver.

Sera diz que não se importa com o que ele pensa e o chama de insignificante. Ele retruca que ela *deveria* se importar porque Kolis vai acabar descobrindo tudo. Insiste outra vez que ela não é Sotoria, e Sera pergunta por que ele tem tanta certeza assim. Ele responde que é por causa de sua aparência, e Sera percebe que ele deve ser muito velho para ter conhecido Sotoria. Pergunta a ele. Callum diz que é velho, sim, mas que não a conhecia.

O que ele quis dizer é que não conhecia *Sera*...

Callum comenta que Kolis gosta dela, e Sera insinua que a verdadeira preocupação dele é ser substituído na vida do Primordial. Ele alega estar preocupado com a destruição dos planos por conta de uma charlatã.

Insiste que Kolis está tentando salvar os planos, e Sera se limita a encará-lo. Callum se emenda, dizendo que agora Kolis está mais preocupado que seu grande amor tenha voltado para seus braços.

Sera esclarece a situação e pergunta como se tornar um Primordial que jamais existiu e se matar todos que se recusam a se curvar diante dele poderia salvar os planos. Callum diz que a vida deve ser criada. Não importa o que aconteça.

Sera pergunta se é isso que Kolis está fazendo com os Escolhidos, mas Callum desconversa, dizendo que não importa.

Ela discorda.

Callum diz que ela está tentando mudar de assunto — e está mesmo. Depois afirma que Kolis tem seus próprios motivos para querer se tornar o Primordial da Vida e da Morte/do Sangue e dos Ossos. Diz que será horrível quando ele descobrir a verdade, mas Sera dá de ombros, indicando que a verdade foi validada e confirmada.

Callum diz que Ione mentiu para ele.

Sera se preocupa com Ione caso Kolis descubra que ela mentiu. Diz que Callum deve estar delirando se acha que uma deusa se arriscaria a provocar a fúria de Kolis.

Ele basicamente volta a chamá-la de prostituta, e Sera tem de se conter. Mesmo assim, pergunta se Callum se lembra do que prometeu a ele. O Espectro é insolente, e ela detalha como sua morte será digna de um pesadelo.

As brasas assumem o controle e conjuram uma tempestade. Callum é pego de surpresa, mas permanece calmo. Kolis entra e pergunta por que os dois sempre parecem prestes a se atracarem. Sera responde que Callum ainda não acredita que ela seja Sotoria. Kolis argumenta que o Espectro está em negação, então solta uma bomba.

Callum é o irmão caçula de Sotoria.

A notícia a faz engasgar, e Sera mal consegue exclamar tamanha incredulidade. Acontece que ele está dizendo a verdade, e ela se pergunta sobre a abundância de péssimos irmãos em ambos os planos. Começa a discutir com o Espectro, e Kolis comenta que a briga dos dois o lembra de como costumava brigar com seu irmão. Depois conta que ela tinha dois irmãos: uma irmã mais velha e Callum, o caçula.

Kolis conta a Sera que procurou a família de Sotoria quando ela o deixou — ou seja, quando *morreu* enquanto fugia dele — e pediu desculpas. Diz que seus pais ficaram assustados e com medo. Apenas Callum permaneceu destemido. Relata a ela que os dois conversaram, e Callum partilhou detalhes sobre Sotoria, dizendo que ela era forte e valente e que sempre cuidou dele.

Kolis acrescenta que ele — Callum — lamentou sua morte e se sentiu culpado. Quando Sera pergunta por que ele se sentiria assim, Kolis responde que Callum deveria estar com Sotoria, mas, em vez de acompanhar a irmã, estava ocupado transando com a filha do padeiro.

Sera pergunta como Callum se tornou um Espectro, e Kolis conta que Callum usou uma faca para cortar a própria garganta. Revela a Sera que segurou os dois enquanto morriam, adicionando que não podia permitir que ele morresse, por isso a Morte lhe concedeu a vida.

Ela pede explicações, querendo saber se os Espectros são demis. Mas Kolis nega e acrescenta que terão essa conversa quando não tiverem assuntos mais urgentes para tratar. Então manda Callum seguir na frente.

Ele chama Sera de *so'lis* e quer falar sobre o acordo entre os dois. Diz que Nyktos não foi libertado, acrescentando que não está dando para trás, mas, como Nyktos está em estase, precisa resolver isso primeiro.

Ela pergunta o que Kolis quer dizer com isso, e ele responde que Ash é jovem, mas poderoso. Por isso, quando acordou, Kolis teve de se certificar de que ele se comportasse bem.

Sera pergunta como ele está, e Kolis diz que saber disso a deixaria chateada. Ela argumenta que não saber fará com que fique ainda mais preocupada. Kolis conta que deixou Nyktos incapacitado e que ele precisa de tempo para se recuperar. Quando Sera reage, ele diz que não é fácil vê-la afetada por notícias de outro homem. Inclui que a preocupação praticamente escorre de seus poros.

Sera fica alerta e lembra a ele que disse que se preocupava com Nyktos. Kolis reclama que não consegue pensar em outra coisa e menciona observá-lo em estase. Sera presume que ele deve ter ficado furioso.

Kolis imagina o que inspira sua afeição por Nyktos e seu medo *dele*. Diz que ela não tinha medo dele no começo, mas que as coisas mudaram. Em seguida, menciona que Eythos tinha uma intuição e vidência aguçadas. Acrescenta que entende o motivo de Sera ficar assustada depois que ele ameaçou alguém que ela gosta e o viu como a Morte, mas não por que houve essa mudança naquele momento em particular.

Ela fica chocada por ele não entender por que está com medo, e ele reafirma que pediu desculpas e que aquilo não voltaria a acontecer. Sera sabe que seria melhor mentir, mas não consegue e retruca que o pedido de desculpas e uma promessa não fazem com que suas ações sejam aceitáveis. Fala abertamente que ele se impôs a ela.

Kolis reformula a frase e diz ter consciência de que sua *demonstração de amor* foi intensa. As palavras a deixam enojada. Ele acrescenta que sabe que perdeu o controle. Sera diz que foi muito mais do que isso e que não foi nada certo. Ele pergunta como as coisas podem ficar bem entre os dois.

Ela responde que precisa de tempo para pensar.

Kolis argumenta que sua palavra deveria ser suficiente para fazê-la confiar nele, mas ela diz que não o conhece. Ele se enfurece e berra que é o Rei dos Deuses.

Sera afirma que a demonstração de raiva dele não a ajuda a perder o medo. Ele se afasta e ordena que ela diga alguma coisa. Ela relutantemente agradece.

Sera volta a se perguntar sobre o estado em que Ash se encontra.

Kolis se vira para ela e pede desculpas novamente. Até parece sincero, mas então passa a repreendê-la por usar as brasas. Sera argumenta que Callum a provocou, e ele retruca que a essência não pertence a ela. As brasas começam a latejar em reação antes de ele lhe dar uma advertência. Sera jura que, assim que Ash for libertado, se tornará o pior pesadelo de Kolis.

Quando fica sozinha, Sera procura a chave e a encontra no mesmo lugar. Depois do jantar, ela treina para queimar o excesso de energia e combater o tédio. Ao fazer isso, preocupa-se com Ash. Rhain. Aios. Orphine. Bele. E todos os outros. Começa a repassar tudo que deveria ter feito e jura nunca mais ser indefesa.

Ao dormir, ela vai até o lago. Ash se junta a ela novamente, e os dois falam que aquilo não parece um sonho. Ash pergunta se Kolis a machucou e afirma saber que sim — ele se lembra da última vez que estiveram juntos e dos hematomas. Ela responde que não quer falar sobre isso. Ela é a Sera ali no lago e outra pessoa na gaiola.

Ash lhe recorda de que é corajosa e, mesmo quando sente medo, jamais é medrosa. Então pergunta se ela tem acesso a alguma arma, e Sera conta do pênis de vidro. Ele pergunta se ela contou a Kolis o que acontecerá quando iniciar a Ascensão — que apenas Ash é capaz de Ascendê-la. Ele a incita a contar a Kolis que morrerá sem Ash, dizendo que Kolis fará o necessário para manter Sotoria viva porque ela é o seu ponto fraco.

Ash menciona que só o Primordial da Vida pode invocar os Destinos e faz Sera prometer que vai contar a Kolis e invocar os Arae. Ela promete, mas depois pergunta como vai saber se ele foi libertado. Ele diz que Kolis vai fazer um espetáculo e tanto. Ela vai saber.

Ash diz que lutará por ela e a libertará mesmo que cause a ruína de Dalos, então afirma que não é nada sem Sera e que não *haverá* nada sem ela.

Ela acorda e encontra Kolis observando-a durante o sono. De novo. Ele pergunta com quem Sera estava sonhando e diz que ela estava sorrindo. Então comenta que ela tem cheiro de ar da montanha e frutas cítricas, o que a choca, pois esse é o cheiro que Ash tem para ela.

Sera responde que não se lembra de seus sonhos, e ele afirma que vão recomeçar do zero. Pergunta como melhorar a situação, dizendo que não há limites para o que fará por ela. Kolis lhe oferece banalidades, e ela diz que quer sair da gaiola.

Kolis imagina que isso signifique que Sera quer passar mais tempo com ele, o que o deixa feliz. Ela pergunta o que Kolis pretende fazer com as brasas, e ele responde que vai tomá-las e depois Ascendê-la, sem saber que Sera já está no meio do processo. Sera pergunta o que a Ascensão fará com ela, e Kolis conta que ela se tornará uma Ascendida. Ela só consegue pensar na mulher que matou.

Então pergunta o que acontecerá quando *ele* Ascender, e Kolis responde que fará com que ambos os planos sejam leais a ele.

Depois do café da manhã, Kolis a solta. Os dois passeiam, e Elias se junta a eles. Sera pergunta se será noite em breve, e Kolis responde que será dali a uma semana. Explica que só é noite uma vez por mês, o que equivale a três dias no plano mortal. Sera fica chocada ao descobrir que já está ali há três semanas. Kolis revela que ela dormiu por dias a fio após a tentativa de fuga.

Observando a cidade, Sera se lembra de dizer a Ash como o lugar era lindo e de Ash retrucar que só era assim na superfície e olhando de longe. Ela pergunta a Kolis quantas pessoas vivem na Cidade dos Deuses, e ele diz que não são muitas. Quando ela questiona o que aconteceu, ele responde que estão todos mortos. Sera achava que ele as tinha matado, mas ele diz que foram os Destinos. Então indaga sobre o cheiro atual de morte ali, e Kolis revela que essas mortes, sim, *foram* causadas por ele. Alguns deuses o decepcionaram.

Kolis se afasta, e Elias lembra a Sera de ter cuidado com a forma como fala com Kolis, avisando-a de que ele se enfurece facilmente. Ela agradece a ele.

O falso Rei volta, e os três retomam o passeio. Sera vê todas as alcovas, e Kolis comenta que ela parece perplexa. Ela comenta que é bastante sexo. Ele pergunta se isso a incomoda, e Sera diz que não; é apenas demais. Ele explica que estar tão perto da Morte faz com que as pessoas queiram *viver*. E existe jeito melhor de se sentir vivo?

Eles chegam ao Salão do Conselho, e as brasas começam a vibrar dentro dela, deixando-a nervosa. Kolis pergunta por quê, e ela diz que é por causa da multidão ali. Ele lhe assegura que não precisa se preocupar. Quando Sera diz que sabe disso, Kolis entende que ela acha que está segura com ele.

Mas não é nada disso.

Ao entrarem, Sera vê um dragontino cochilando e o trono. Ela troca olhares com Kyn e imagina se ele sabe que o presente de Kolis não está mais à sua disposição. Em seguida, avista Attes e Keella. A Primordial tem um olhar tristonho. Sera se pergunta se ela sabe que seus planos deram errado.

Phanos e Embris não estão presentes, nem Maia ou Veses — embora isso já seja esperado, pois ela ainda é prisioneira na Casa de Haides.

Callum traz uma almofada para o chão, e Sera é obrigada a se sentar aos pés de Kolis, como um cão de caça. Observa a entrada dos criados e ouve Kolis se dirigir à assembleia. Ela repara em Diaval, outro belo deus ao seu lado, e mais dragontinos. Também vê Dyses, o Espectro.

Kolis ordena que ela beba quando um criado traz uma bandeja e depois se volta para Keella. A Primordial diz que veio por causa de Sera e que sabe quem ela é. Kolis concorda, insinuando que Keella sabe de quem é a alma de Sera. Então pergunta se ela já tinha conhecimento disso antes da coroação.

Keella se dirige a Sera usando seu título nas Terras Sombrias e pergunta sobre Nyktos. Kolis se irrita e diz que ele está onde deveria estar, já que matou Hanan. Keella pergunta se ele fez isso para proteger sua Consorte, referindo-se à lei. Kolis afirma que as ações de seu sobrinho poderiam ter tido consequências duradouras. Keella rebate que outra Primordial Ascendeu, o que é uma verdadeira bênção, e pergunta se ele vai parar com o que está fazendo, pois vai contra a tradição e a honra.

Kolis pergunta "desde quando?" e acrescenta que não sancionou a coroação. Voltando-se para Kyn, pergunta se deu permissão para tal, e Kyn mente e diz que não.

Keella pergunta se Sera será libertada junto com Nyktos, e Kolis responde que ela não vai voltar para ele. Quando a Primordial questiona se ela está ali por vontade própria, Kolis a manda perguntar para Sera. Sera tem vontade de gritar que não está ali porque quer, mas sabe que é uma péssima ideia. Diz que está em Dalos por livre e espontânea vontade e sente um nó no estômago.

Sera vê um deus agarrar uma criada que passava e mordê-la. Ela fica furiosa. Pergunta se os Escolhidos têm alguma escolha, e Kolis responde que praticamente todas as escolhas foram feitas por eles durante toda a sua vida. Ele olha para o casal e comenta que a criada parece estar se divertindo. Sera discorda. Kolis conta que, embora ninguém possa tocar nem falar com eles no plano mortal, é diferente em Dalos. Diz que Sera os vê como vítimas, ao passo que ele os vê como pessoas ávidas pelo que lhes foi proibido. Afirma que os Escolhidos têm oportunidades em Dalos. Podem tirar o véu assim como podem Ascender.

Kolis revela que eles se chamam Orval e Malka, e que os dois se conhecem. Sera indaga o que aconteceria se não fosse o caso, e Kolis pergunta se isso importa. Ela diz enfaticamente que sim, e ele aponta para outro casal. Menciona que o nome da criada é Jacinta e que o deus é Evander. Em seguida, conta que é a dor que excita Evander. Olhando para Sera, pergunta o que ela faria se tivesse permissão. Ela diz que o mataria e depois pergunta o que Kolis faria com ela. Ele responde que não faria nada.

Ao ver lágrimas no rosto de Jacinta, Sera se põe de pé e pede uma arma. Kolis chama Elias, que lhe entrega uma de suas adagas. Sera olha de relance para Callum e o vê sorrindo.

É um baita sinal de alerta.

Ela se aproxima de Jacinta e Evander, agarra o deus pelos cabelos e manda a mulher se afastar. Então o golpeia.

E a gritaria começa.

Sera começa a dizer a Jacinta que agora está tudo bem, mas a mulher surta. Tenta fazer com que o deus volte a si, chamando-o de "Evan". Naberius — o dragontino adormecido — acorda, e Sera percebe que Keella levou a mão ao peito.

Kolis ordena que Jacinta e o corpo de Evander sejam tirados dali, e Naberius avança em direção a Sera. Kolis o manda se retirar.

Attes chama Sera e diz para ela voltar ao estrado. Ela entra em pânico e pergunta por que Jacinta agiria daquele jeito se estava sendo abusada e traumatizada. Kolis pergunta como ela sabia que era isso que acontecia entre os dois. Sera começa a dizer que foi ele quem disse, mas Kolis a interrompe, aludindo que perguntou o que ela faria, não que Evander estivesse forçando Jacinta.

Sera argumenta que viu as lágrimas no rosto de Jacinta, e Kolis indaga se eram lágrimas de dor ou prazer. Também diz que ela só ouve o que quer ouvir e só pensa em si mesma. Ela tenta se justificar mais e depois pergunta qual era a Corte de Evander. Kolis responde que ele era das Planícies de Thyia. É aí que Sera entende tudo. Kolis não queria provar uma versão distorcida da realidade, e sim se vingar de Keella e usar Sera para isso.

Quando Kolis sorri, Sera só consegue pensar em como ele é vil e corrupto. As brasas começam a zumbir, e ela sente Sotoria dentro de si. O poder ancestral toma conta dela e desperta sua fúria Primordial.

Attes chama Kolis, dizendo-lhe que está na hora de dar início à corte. Kolis ordena que Sera se sente, e ela vê um dakkai roer um fêmur e depois assiste a Kolis matar um deus. Quando ele comenta que Sera parece infeliz, ela pergunta se é assim que Kolis quer passar o tempo que têm juntos. Ele diz que consegue fazer várias coisas ao mesmo tempo. Sera acrescenta que não era bem o que esperava quando pediu para sair da jaula, e ele pergunta o que ela quer dizer com isso. Ela responde que ele só lhe mostrou a morte. Kolis faz mais perguntas, e ela menciona Evander. Ele diz que é culpa dela, e ela analisa os erros de tal afirmação, depois acrescenta que Kolis matou um deus por chamar o outro de trapaceiro.

Ele explica que se trata de manter o controle e o equilíbrio. Ela questiona isso, e Kolis diz que toda ação tem uma reação. O desrespeito é recebido com uma única resposta: a morte. Sera pergunta se *ela* será condenada à morte, e ele diz que é diferente. Não vai puni-la.

Kolis a manda se levantar e ir até ele, ordenando que Sera se sente em seu colo. Continua com o que estava dizendo, repetindo que não vai puni-la, mas repensará o acordo feito entre os dois. Então pergunta se ela entendeu. Quando Sera assente, Kolis diz ser capaz de muito mais do que apenas matar alguém.

Sera examina a multidão e encontra Kyn com uma mulher no colo, bebendo seu sangue e acariciando-a. O olhar dele está fixo em Sera.

De repente, ela vê um brilho vermelho e dourado e o segue, mas perde o fôlego ao ver uma coroa seguida por uma silhueta familiar, magra e de cabelo loiro.

Veses.

A Primordial está livre e parece muito bem. Veses abre um sorriso e a fúria toma conta de Sera, que sente as brasas se inflamarem. Sotoria fica agitada e Sera sente seu nervosismo. Preocupa-se com o que Kolis fará em relação ao seu poder. Ela se lembra do que Kolis disse sobre punição e nem consegue imaginar o que ele fez com Sotoria.

Veses cumprimenta Kolis, que lhe pede para se aproximar. Enquanto ela e Kolis conversam, Sera reflete sobre Veses e Ash, e seus verdadeiros sentimentos.

Kolis pergunta se Veses reconhece Sera. A Primordial diz que não tem certeza e Sera a chama de mentirosa. Conta a Kolis que as duas se conheceram na Casa de Haides.

Veses e Kolis conversam mais um pouco, e, enquanto Kolis provoca Veses, Sera percebe que ele está se divertindo. Quando as coisas se tornam descorteses e Kolis insinua que Veses faria *tudo* que ele pedisse — e ela concorda —, o estômago de Sera se revira.

Veses pergunta por que Sera está ali, dizendo achar que ela fosse a Consorte das Terras Sombrias. Kolis afirma que ela está enganada e que nunca deu sua autorização. Veses presume que a presença de Sera deve ser uma punição, mas ele a corrige. Ela dispara que poderia arranjar algo menos pesado para Kolis aquecer o colo, se for esse o caso. Ele ordena que a Primordial se desculpe, e ela fica surpresa. Ele conta a Veses que ela está falando com a sua *graeca*. Veses diz que é impossível e que deve ser mentira, mas Kolis insiste em confirmar o fato.

Quando Kolis ordena que ela se desculpe outra vez, Veses obedece, mas de um jeito mordaz. Depois, declara que está feliz por Kolis. Antes de sair, Kolis a chama de volta e alega que ela o decepcionou e deverá ser punida. Ele chama Kyn, e Sera percebe o que está prestes a acontecer. Ela assiste horrorizada ao desenrolar dos acontecimentos e, quando a situação começa a piorar, dá um berro. Veses diz que não precisa que Sera interfira, e as brasas começam a zumbir dentro dela.

Kolis pergunta o que ela está fazendo, e Sera responde que aquilo não está certo e lhe pede para parar. Ele recua, e ela diz que é a coisa certa. Furioso, ele se levanta e diz que vão voltar para seus aposentos. Antes de partirem, Phanos diz a Kolis que precisa falar com ele. Kolis diz que voltará em breve.

Os dois voltam para a gaiola, e Kolis repreende Sera, lembrando que lhe pediu para não questioná-lo nem usar as brasas e, mesmo assim, ela fez as duas coisas. Lista tudo que fez por ela e diz que Sera não é nem um pouco grata. Conta que queria mostrar o que está arriscando por ela, deixando-a confusa. Kolis volta a chamá-la de sua alma, mas diz que é seu Rei e, portanto, Sera deve obedecer a ele.

Ele a acorrenta, esticando seus membros de uma maneira dolorosa, e diz que gostaria de odiar Sera por obrigá-lo a fazer isso, mas que só consegue amá-la. Ela zomba dele. Kolis contrapõe que ela continua viva — se fosse qualquer outra pessoa, não estaria. Que isso é uma prova de seu amor. E então começa a chorar.

Depois que Kolis vai embora, Callum se vangloria, pensando em voz alta na dor que ela deve estar sentindo. Confessa que quase sente pena dela. Sera não lhe dá a satisfação de responder. O Espectro continua afirmando que Sera não é sua irmã, e ela retruca dizendo que o fato de ele achar que o que está sendo feito é errado apenas se ela for sua irmã justifica seu desdém por ele.

Callum admite que a punição no Salão foi errada e indigna de Kolis, mas insiste que ele é melhor do que isso. Sera pergunta *quando* ele foi melhor do que alguma coisa. Callum responde que ele era uma pessoa melhor antes da morte de Eythos, que Kolis amava o irmão.

Ela pensa melhor e conclui que tal demonstração era apenas uma forma de Kolis exibir seu poder. Callum diz que tudo mudou depois da morte de Eythos e pergunta se Sera acha que é melhor do que os outros depois de ela afirmar que foi a única pessoa disposta a intervir no Salão. Ela concorda com ele e responde que sim — como seria qualquer pessoa disposta a tentar.

Sera chama Callum de cachorrinho fiel, e ele afirma que sempre será leal a Kolis. Afinal de contas, Kolis o perdoou por não manter Sotoria a salvo e lhe concedeu a vida eterna. Além disso, mantém os planos de pé.

Isso irrita Sera. Ela imagina se Callum já foi uma boa pessoa, mas o chama de desequilibrado. Igual a Kolis. Callum diz que ficará contente em partilhar essa ofensa com o Rei. Em resposta, ela ameaça contar a Kolis que seu *primogênito* contou à Calliphe como matar um Primordial. Os dois discutem sobre as motivações de Kolis e se Sera é quem afirma ser. Ela comete um deslize e chama Sotoria de *ela*, e Callum a pega no flagra. Sera retira o que disse, mas Callum revela que foi Eythos quem matou Sotoria na segunda vez. Sera não acredita nisso. Repassa todas as perguntas e seu sofrimento.

Finalmente, Kolis entra e a liberta das algemas. Sera deixa escapar uma exclamação de angústia e, desamparada, desaba em seus braços. Kolis pede desculpas repetidamente.

Os Escolhidos preparam tudo para um banho, e Kolis a manda se banhar e descansar que tudo ficará bem. Sera tenta não gargalhar. Antes de sair, ele menciona que interrompeu a punição de Veses. Nessa hora, ela não consegue segurar a risada.

E não consegue mais parar.

Dessa vez, ao dormir, Sera não sonha com nada. Callum está novamente no sofá da sala quando ela acorda sentindo o início de uma enxaqueca da Seleção. Kolis entra, e ela percebe que precisa agir como se nada tivesse acontecido. Ele diz que Sera está linda, e ela faz sua parte e pede desculpas, deixando os dois chocados. Kolis diz que entende, e ela insiste ainda mais.

Callum fica furioso, e Sera tenta conter sua alegria.

Kolis a chama para dar um passeio, com Callum e Elias logo atrás. Ele a leva para algum lugar e depois chama Iason e Dyses. O Espectro e o dragontino chegam com um Escolhido. De repente, Sera se dá conta do que vai acontecer.

Ela diz que Kolis não precisa provar nada, e ele insiste que precisa lhe mostrar do que é capaz. Sera tenta dissuadi-lo, mas ele instrui o Escolhido a tirar o véu. Kolis pergunta ao Escolhido — que ela descobre se chamar Jove — se ele está bem e diz que será abençoado.

Jove responde que é uma honra, e Sera tenta impedir novamente Kolis, sabendo que é tudo menos isso. Quando ela faz menção de detê-lo, Kolis diz que Sera sempre teve um coração bondoso, fazendo com que ela e Sotoria estremeçam.

Ele diz que Sera precisa saber por que aquilo é tão importante e a deixa decidir o que será feito — Jove pode ser transformado ou usado como alimento. O equilíbrio é necessário.

Sera pergunta se ele poderia ao menos fazer com que não fosse doloroso. Kolis atende seu pedido, mas Sera se dá conta de que ele pode ter transformado a dor em prazer forçado. Não sabe o que é pior, e a ideia a deixa enojada.

Kolis explica o processo e pede que Elias dê seu sangue a Jove. Sera percebe que ele não pode usar o próprio sangue porque é o verdadeiro Primordial da Morte. Ele diz que, sem as brasas da vida, os Escolhidos se tornam Ascendidos. Então conta que está tentando minimizar os efeitos negativos, como a intolerância ao sol e a sede de sangue.

Sera pergunta o que acontece quando eles não conseguem controlar a fome, e Kolis explica que são abatidos. Acrescenta que os deuses glutões também eram mortos durante o reinado de Eythos e que ele era o encarregado de exterminá-los.

Kolis parece realmente acreditar que está criando vida e se importar com isso. Ela pergunta qual é a diferença entre os Ascendidos e os Vorazes, e ele diz que os Vorazes estão mortos, revelando mais a respeito deles. Sera pensa em Andreia.

Conta que os Ascendidos recém-criados são vigiados e que aquele encontrado por Sera também o seria se ela não tivesse tentado fugir e tirado os guardas de seus postos.

Ela questiona o que acontece se um Ascendido decidir não se alimentar, e Kolis responde que ele perde as forças e seu corpo entra em falência. Sera pergunta por que um Ascendido tomaria essa decisão, mas então imagina que seja para não se tornar um assassino em série. Kolis retruca que tudo que é criado ou que nasce tem o potencial de ser um assassino.

Sera fica frustrada quando Kolis não entende o que ela quer dizer sobre escolha e consentimento, e ele volta a falar de equilíbrio. Diz ainda que o Primordial da Morte deve permanecer distante de qualquer pessoa que possa ter de julgar eventualmente — exceto pelos outros Primordiais e os dragontinos. Queixa-se de que o mesmo não acontece com o Primordial da Vida. Acrescenta que fazia sentido para os Arae e que tudo se resume ao equilíbrio estabelecido no tempo em que os Antigos criaram os planos.

Sera comenta que pensava que Eythos tinha criado os planos, e Kolis diz que ele criou alguns, mas não *os* planos. Os Antigos não foram os primeiros Primordiais e nenhum Primordial pode se tornar um Antigo. Revela que sempre deve haver um verdadeiro Primordial da Vida e um verdadeiro Primordial da Morte.

Ela conclui que isso significa que Kolis não pode ser morto.

Sente-se desanimada e pensa em Holland, Eythos e Keella. Por que será que eles fizeram tudo aquilo se Kolis não pode ser morto?

Mais tarde, na gaiola, Sera imagina se a Estrela seria capaz de conter as brasas *e* uma alma ao mesmo tempo. Callum pergunta o que ela está fazendo, e Sera diz que está rezando. Quando as brasas respondem à aproximação de um Primordial, Callum comenta que aquilo é muito estranho porque Kolis está ocupado.

Veses entra de supetão e bate com a porta na cara de Callum. Ele diz que Kolis não está ali, e ela responde que não foi lá atrás dele. Callum acrescenta que não é sensato ir contra os decretos de Sua Majestade, e Veses diz que não pretende que ele descubra.

Sera chama Callum de servo fiel e insinua que ele vai contar tudo. Veses diz a Sera que ela e Callum têm algo em comum: a lealdade. Callum a adverte, mas Veses jura que não vai machucar Sera e o manipula, dizendo que quer falar com ela sobre o que aconteceu no Salão.

Frustrado, Callum avisa que ela tem dez minutos e vai embora. No segundo em que ele sai da sala, Veses revela suas verdadeiras intenções. Diz a Sera que gostou do que Kyn fez, entrando em detalhes.

Sera diz que, embora Veses tenha gozado, ainda foi sem consentimento. Pergunta como ela escapou da masmorra na Casa de Haides, e Veses descreve como mastigou a carne dos próprios braços. Revela que a morte de Hanan a despertou da estase e que concluiu que Nyktos o havia matado.

Em seguida, conta tudo que a surpreendeu e diz que ficou *arrasada*. Embora não muito por Hanan.

Veses diz que está entusiasmada com a invasão de Dalos pelas Terras Sombrias e diz que sabe do acordo que Sera fez em troca da liberdade de Nyktos. Revela que há dúvidas a respeito de quem ela afirma ser e diz que os Primordiais que já viviam quando Kolis se tornou o Primordial da Vida se lembram da aparência de Sotoria.

Sera reitera o que não para de ouvir: cor de cabelo errada, muitas sardas, curvas demais…

Ela confessa a Veses que não a entende. A Primordial é linda — pelo menos por fora — e poderia ter qualquer homem que quisesse. Por que perde tanto tempo atrás dos dois seres mais inadequados em ambos os planos? Ela avisa a Veses que provavelmente contará a Kolis sobre sua visita, e a Primordial diz que Sera não vai fazer isso porque sabe como ele reagiria e é *boa* demais para colocá-la em apuros.

Sera diz que prefere vê-la morta a punida e conta que sabe sobre seu acordo com Nyktos. A Primordial tenta provocar Sera, mas ela não morde a isca. Diz que não entende como ela poderia fazer isso com alguém, pois sabe como é ser forçada.

Veses insiste que tentou proteger Nyktos, e Sera a chama de patética. Ela reage, chamando-a de prostituta. Ambas revelam o quanto sabem uma da outra, e Veses diz que suas reações violentas quando se trata daqueles que amam são as mesmas.

Acrescenta que, quando a verdade a respeito de Sotoria for revelada, Sera verá como Kyn é sádico. Sera a chama de vadia doente, mas Veses argumenta que não está doente — só está cansada. Em seguida, diz que não vai perder Kolis para Sotoria outra vez. Prefere vê-lo morto.

Ela diz que está preocupada com Nyktos e sugere que Sera deveria se sacrificar.

Antes de Veses partir, Sera pede desculpas pelo que aconteceu no Salão, mas menciona que ainda pretende ver a Primordial arder em chamas.

Quando Sera surge mais tarde, Kolis está na cama à sua espera. Ela diz que está cansada, e ele comenta que não tem problema. Podem dormir juntos novamente.

Sera pergunta sobre Nyktos, e Kolis responde que ele está sendo preparado para ser solto — a menos que dê algum motivo para que isso não aconteça.

Ela hesita em ir até ele e disfarça, dizendo que não sabe o que Kolis espera dela. Ele ressalta que esperou por Sera, ao passo que ela não esperou por ele. Sua virtude está a salvo.

Mais tarde, as gengivas de Sera começam a sangrar e ela deduz que o efeito das sirenas devia estar passando. Está a um passo da Ascensão.

Kolis sugere um passeio, e Sera pergunta por Callum. Ele explica que mandou o Espectro tratar de um assunto importante. Sera pergunta sobre os Espectros. Quer saber se eles precisam de amizade, amor e sexo. Ele diz que não. São movidos apenas pelo desejo de servir ao seu criador.

Sera diz que é difícil imaginar não desejar nada, e ele comenta que deve ser libertador. Já ela pensa que é uma imitação barata da vida.

Ela volta ao assunto de Callum e comenta que ele é diferente. Kolis reconhece e revela que ele é *cheio* de desejos e necessidades. Depois manda Elias se afastar e vai com Sera até uma escadaria. Kolis diz que foi informado de que a motivação desempenha um papel importante, é a magia da criação. Sentir = ser. Mas declara não ter tanta certeza assim, pois já tentou com outros e nunca deu certo. Sera acha que é porque seus sentimentos em relação a Callum eram verdadeiros. Com os outros, ele estava apenas fingindo.

Ele a leva para o alto para ver a Cidade dos Deuses. Ela examina as construções reluzentes e as Masmorras, reparando nos depósitos de pedra das sombras em seu interior. Sera conclui que é ali que Ash está. Pergunta a ele sobre os Destinos terem dizimado a cidade, e Kolis diz que eles fazem o que bem entenderem. Sobretudo quando o equilíbrio é perturbado.

Explica que, quando se tornou o Primordial da Vida, ofereceu uma escolha aos deuses em Dalos. Poderiam servi-lo ou morrer. Matou metade deles. O ato desagradou aos Destinos, que por isso dizimaram o resto. Kolis admite que deveria ter sido menos precipitado.

Olha para Sera e diz que, às vezes consegue ver Sotoria como era antes, mas tudo nela é amplificado. Acrescenta que gostaria que ela tivesse a mesma aparência. Sera se sente ofendida, e ele não consegue entender por quê. Mais uma vez, pergunta o que ela quer e precisa para perdoá-lo. Ela se lembra do diamante Estrela quando ele fala em "joias" e decide tentar a sorte.

Sera inventa uma história sobre sua mãe e um diamante prateado e multifacetado. Ele se oferece para buscar para ela, mas Sera pensa rápido e diz achar que Calliphe já não o possui mais. Kolis comenta que tem um diamante desses, e ela pede para vê-lo. Ele a leva de volta à gaiola, deixando-a confusa, até que convoca o conjunto no topo, que se transforma diante de seus olhos em um diamante prateado em forma de estrela.

Kolis conta que o diamante se chamava Estrela e foi criado pelo fogo dos dragões muito antes que os Primordiais fossem capazes de derramar lágrimas de alegria. Acrescenta que o encontrou por acaso, mas ela sabe que isso não é verdade.

Ela pergunta por que Kolis o mantém escondido, e ele diz que o guarda junto do que julga mais importante. O comentário faz seu estômago revirar. Ela pede para segurar a pedra. Assim que ele permite, Sera sente um sobressalto e vê as listras brancas leitosas no interior do diamante. Imagens vêm à sua mente, e ela vê o Antigo, o dragão e a destruição da montanha que criaram o diamante Estrela. Assiste à pedra se enterrar. Em seguida, as visões passam para Eythos e Kolis, e os acontecimentos que se sucederam nos últimos momentos da vida de Eythos.

De repente, Sera deixa escapar: "Você chorou", e Kolis surta. Pergunta o que ela viu e arranca o diamante de suas mãos. Ele assume a forma de Primordial, e ela fica furiosa. Sera usa as brasas, e ele a lembra de seus alertas, dizendo que o que vier a acontecer será culpa dela.

Kolis a prende e ela entra em pânico, mas então tem um momento de lucidez. É capaz de destruir as grades, já que, para todos os efeitos, ela é a Primordial da Vida. Sera assume o controle, liberando toda a sua fúria e destruindo a gaiola e a câmara. Depois, ataca Kolis. Ele a manda parar, mas ela atira as palavras que ouviu na visão na cara dele.

Kolis se dá conta de que Sera assistiu aos últimos momentos da vida de Eythos. Em seguida, ela o apunhala com um osso. Depois, se aproxima e diz querer que ele se lembre do quanto deseja matá-lo. Sera o apunhala repetidamente, deixando o osso enterrado num lugar bastante sensível.

Ela se projeta astralmente e encontra Ash no meio do caminho. Vê o Primordial aniquilar tudo à sua procura. Em seguida, fica repleta de éter, mas não se sente bem e desmaia. Ash chega até ela e a pega nos braços, dizendo-lhe para abrir os olhos e garantindo que vai cuidar dela.

Sera vê um clarão lá fora e fica tensa, mas Ash diz que é Nektas. Ela mal consegue falar, mas se força a perguntar se está sonhando. Ele responde que tudo é real. Quando ela pergunta se Ash está bem, ele começa a rir, dadas as circunstâncias. Sera o recorda de que estava aprisionado, mas ele retruca que ela também estava, só que de uma maneira diferente.

Os dois debatem a respeito de Veses e o que fazer com Kolis. Também falam sobre tudo que aconteceu, e Sera é obrigada a dissipar a raiva de Ash. Diz que ele precisa levá-la a um lugar seguro e remover as brasas dela.

Elias chega e os três discutem a respeito de sua lealdade. Ash se contém e não o mata — por pouco —, e ele jura fidelidade a Sera. Diz que mandou uma mensagem para Attes e insiste que pode levar Kolis a algum lugar para lhes dar mais tempo.

Attes chega e os incentiva a darem o fora dali. Quando Ash tenta atacá-lo, Attes se defende e Sera diz que o outro Primordial é de confiança. Conta que ele salvou a sua vida.

Sera fica tonta, e Attes explica que ela está assumindo sua forma Primordial. Quando Elias repete que pode levar Kolis para longe dali, Sera pergunta se ele ficará em segurança, e ele se sente honrado com a preocupação dela.

Attes conjura Setti e coloca Kolis em cima do cavalo. Quando estão prestes a partir, Sera se lembra do diamante Estrela. Diz que precisam buscá-lo e planejam como fazer isso. Então revela a Ash que a alma de seu pai está no diamante, e ele pergunta se ela tem a certeza disso. Sera diz que sim.

Ela invoca o diamante, mas Ash diz que não consegue sentir nenhuma alma ali. Sera imagina como vão fazer para colocar a alma de Sotoria na pedra, e Ash diz que Keella deve saber como colocar e tirar uma alma lá dentro.

Ash caminha nas sombras até uma bela gruta de águas termais no plano mortal, e Sera conta a história de Kolis e Eythos, deixando de fora a parte sobre a mãe dele. Quando Ash pede para segurar a Estrela, Sera não deixa, explicando que não quer que ele veja o que ela viu.

Enquanto se banham, uma coisa leva à outra e os dois transam. Perdem-se um no outro por algum tempo.

Ao passarem aquele tempo juntos, os dois falam sobre tudo que aconteceu e colocam a conversa em dia, falando sobre o significado dos eventos e do que está por vir. Discutem a forma *estigmatizada* e Primordial de Ash, que vai buscar roupas para ela em seguida.

Ao retornar, ele conta que foi às Terras dos Ossos, e Sera pergunta por Bele e Aios. Conversam mais sobre a libertação da alma de Eythos, e Sera imagina se Ash conseguirá interagir com ela.

Quando a conversa se volta para Attes e Ash deixa claro que ainda não confia nele, Sera tenta fazê-lo compreender por que Attes jamais seria leal a Kolis. Então conta o que Phanos fez. Ao se dar conta do que ele está pensando, Sera intervém e insiste que mais ninguém sacrificará a própria vida para salvar a sua.

Os dois partem para as Terras dos Ossos, e Ash conta que os Antigos ficaram descontentes com o progresso e que eram conectados a todos os seres vivos. Assim, quando perceberam que os mortais e a terra não conseguiam coexistir, decidiram expurgar a terra. Foi então que criaram os Primordiais, dividindo a essência entre todos e criando um equilíbrio compartilhado. Mais tarde, os Primordiais e deuses se juntaram aos mortais para lutar contra os Antigos.

Ash pergunta como Sera está, e ela admite que se sente cansada e dolorida. Bele chega e abraça Sera, algo que nunca fez antes, então a agradece por salvar Aios. Pergunta por Kolis, e Sera conta que lhe deu uma bela surra.

As duas falam sobre a nova posição de Bele e o que fizeram com Elias, e Bele conta que Veses está livre. Sera diz à nova Primordial que já sabe disso.

Sera encontra Elias amarrado a uma coluna e vê um dragontino atirar uma pedra nele. Quando Ehthawn se transforma, Sera pergunta por Orphine e descobre que ela não sobreviveu. O pesar toma conta dela, que pede desculpas.

Sera se esforça para subir a escadaria. Ash a ajuda, e Saion e Rhahar chegam e dão um abraço nele. De repente, Lailah aparece com Rhain. Sera se sente grata ao perceber que Ash não ficará sozinho depois que ela se for.

Ela avista Crolee, e Saion e Rhahar a cumprimentam. Ash diz que Sera o salvou, e Rhain conta que muitos deles não estariam mais vivos não fosse por ela.

Attes chega com sua dragontina, e Sera observa a interação dos dragontinos. Há uma boa dose de flerte entre Aurelia e Nektas, e Sera se lembra de Reaver comentar que achava que Nek tinha uma queda por ela. Ao voltar sua atenção para o Primordial, também testemunha um flerte entre ele e Lailah, e descobre que Lailah é originária da Corte de Attes.

Ao discutirem a Estrela, Keella aparece e explica tudo que precisam fazer. Sera liberta Eythos e depois fica inconsciente.

Voltando a si, Sera se vê na Corte de Keella. Pergunta o que aconteceu e Ash diz que está tudo bem. Ela pede desculpas por interromper seu tempo com o pai, e ele responde que Eythos estava pronto para partir. Em seguida, conta o que Eythos lhe disse antes de ir embora.

Sera nota que Ash deu a ela o próprio sangue e o repreende, dizendo que não quer vê-lo fraco. Os dois brigam como sempre, e Nektas chega rindo da discussão. Diz que o tempo que Ash ganhou ao lhe dar o sangue não é nenhum desperdício. Acrescenta que pode sentir o cheiro da morte dela, e os dois partilham um momento de ternura.

Attes, Ash e Sera discutem sobre a alma de Sotoria, e Sera explica a eles que a alma está viva. Attes conta como a conheceu depois que Kolis a trouxe de volta à vida. Depois, todos analisam o que acontecerá se as brasas morrerem com Sera. Falam como a Estrela é capaz de conter tanto as brasas quanto uma alma, e o que deve acontecer para acabarem com Kolis de uma vez por todas.

Sera diz que vai haver uma guerra, e Ash insiste que só se preocupa com ela. Attes diz que é muito maior do que isso, mas Ash afirma que ela é importante. Então, ela se dá conta de que está na hora. Sera diz que o ama. Attes entra na conversa e pergunta se a *kardia* de Nyktos foi removida corretamente.

Keella explica que uma alma não pode ser trazida de volta duas vezes. Ao menos não sem a intervenção dos Arae — que nunca ocorre como o esperado. Imagina se não foi por causa dos Destinos que ela nasceu com a alma de Sotoria e não *como* Sotoria.

Keella pergunta se Ash já sentiu almas duplas. Ele responde que só sente a alma de Sera. A Primordial o manda se ancorar à alma de sua Consorte. Ela invoca a alma e Sotoria se preocupa com Sera, o que, por sua vez, deixa *Sera* preocupada. Por fim, tiram-na de Sera e a transferem para o diamante. Ao partir, Sotoria diz mentalmente a Sera que as duas voltarão a se encontrar.

Nas Terras dos Ossos, Attes promete a Sera que apoiará Ash. Elias desperta e pergunta o que aconteceu com o diamante. Ela responde que deu tudo certo. Os dois conversam até Rhain chegar. Ele diz que, mesmo quando os outros não a viam com bons olhos, Ash sempre a encarou dessa maneira. Ash chega, e Sera pensa que ele daria um ótimo pai. Ele lê suas emoções, e ela o manda parar com isso.

Saion aparece e brinca com o fato de estarem brigando de novo. Rhahar se junta a eles e faz uma aposta. Saion diz que os dois não conseguiriam passar mais de uma hora sem discutir. Sera se vira para Ash e brinca que os dois são amigos dele. Ele diz que *eram*. O coração de Sera se derrete ao ouvi-lo reconhecê-los como amigos.

Sera olha à sua volta e sente que gostaria de ter mais tempo. Pensa em todo mundo e procura por cada um. Depois pede que Ash a leve para o lago, lembrando-o de sua promessa.

Saion lhe deseja uma boa viagem, e Rhain se aproxima dela. Ele se ajoelha e estende a espada. Os outros seguem seu exemplo. Os dragontinos baixam a cabeça. Rhain faz o juramento, terminando com "para sempre", e todos destroem suas espadas.

Pelo visto, com a devida intenção, o éter não é inteiramente bloqueado pela pedra das sombras, e *pode* ser afetado por algo além.

Sera fala para Ash que quer conversar, mas ele se recusa a olhar para ela. Diz que, mesmo que não esteja olhando para ela, Sera é tudo que vê. Ela diz que o ama e que não é culpa dele, fazendo-o compreender a situação. Ele enumera todas as coisas que preferiria fazer, e Sera quase se distrai porque várias são supersensuais. Porém, acrescenta que deseja que Ash continue vivo. Que se torne Rei. Ele argumenta que é o lugar dela, mas Sera diz que não quer que ele fique sozinho. E sim que ele ame.

Ash fica com raiva, e ela o faz prometer. Ele promete a Sera. Depois, os dois fazem amor de uma maneira linda e de partir o coração.

Ele lista todas as coisas que adora nela e que nunca quis antes de conhecê-la. Um trovão estronda pelos ares, e Ash chega à conclusão de que Kolis foi encontrado. Ela lamenta não terem mais tempo, mas conta tudo o que queria e diz que ele lhe deu tudo. Repete que o ama e, então, anuncia que está na hora.

Ele a leva para a água e se alimenta enquanto Sera relembra tudo que passaram, jurando que não se esquecerá. Quando ela começa a perder a consciência, Ash exclama: "fodam-se as brasas" e a manda beber seu sangue. Diz que não vai deixar que ela morra. Vai Ascendê-la.

Sera pergunta o que se tornará, e ele responde que não sabe ao certo. Ela implora que ele retire as brasas, mas Ash a manda calar a boca e diz que, se a perder, os planos e tudo o mais deixarão de existir — pois destruirá tudo. Pede que ela não morra. Que se foda o bem maior. Sera afirma que Ash é um bom homem, mas ele insiste que não.

Por fim, ela bebe o sangue dele. Vê imagens de si e da mãe. De Holland, Ezra, Jadis. Dos deuses. Todos os outros. Ash implora para ela não partir e diz que a ama, mesmo que não seja capaz disso. Confessa que está *apaixonado* por ela.

Sera vê Odetta. A mulher a manda abrir os olhos. Ela obedece e assiste à criação. Inteira. Vê a explosão, o Primordial da Vida, a criação dos dragontinos e dos mortais. Vê tudo e compreende. Os Antigos não podem despertar nunca mais. São o fim que abalará todos os planos. Serão o sangue e os ossos e a ruína e a ira do majestoso começo dos outros tempos. Sera se dá conta de que é o início, o meio e o último suspiro antes do fim. É a própria vida. A fiel companheira da morte.

O poder absoluto toma conta de Sera, que acorda nos braços de Ash. Uma onda de choque irrompe dela e o atira para trás. Ela se *torna* a essência.

Durante a estase, Sera escuta a conversa dos demais. Ouve as histórias que Ash conta. Ouve-o dizer que não estava despreparado para se sentir vivo desse jeito junto a ela. Admitir que ainda tinha sentimentos depois da remoção de sua *kardia*, mas não com tanta intensidade. Não antes de conhecê-la. Assume que deveria ter percebido desde o primeiro beijo o que representavam um para o outro.

Ele relembra o primeiro encontro dos dois, a coragem de Sera em ir atrás de Kolis por conta própria, sua lealdade equivocada. Depois fala sobre seu pai. Sera vê tudo e sente Jadis aos seus pés.

Quando Ash diz que queria ser forte como Eythos, Nektas diz que não se trata de força. Ele conta como Eythos ficou depois da morte de Mycella, e Ash diz que teria destruído os planos e tudo o mais que existe se perdesse Sera.

Nektas relembra a Ash que a salvou, e ele jura a Sera que vai esperar por ela.

Sera se dá conta, de repente, de que está na margem do lago, mas dessa vez vê um gato da caverna branco-prateado com dois filhotes cinzentos. Quando se encaram, ela vê a si mesma.

Ela começa a acordar, e Ash lhe diz para não se apressar. Sera tem fome e sede, e está inquieta. De repente, recebe uma infinidade de informações em sua mente. Ela se torna poderosa, e Ash a lembra de como os dois são juntos. Como gostam de ser. Diz que Sera precisa dele. De seu sangue. E que pertence a ela.

Sera afirma que o Primordial da Vida nunca se alimentou do Primordial da Morte antes. Devem ser duas metades de um mesmo ciclo, mas à parte. Ash diz que é todo dela, e Sera se alimenta.

Depois, Ash pergunta se ela sabe quem ele é, e Sera responde que sempre saberá.

Ash confessa que estava apavorado com a ideia de perdê-la. Sera diz que ele a salvou. Ash continua, revelando que estava com medo de que ela não se lembrasse de nada e acabasse perdendo-a. Sera insiste que ele não vai perdê-la. Jamais. Ele fica tenso e a manda fugir assim que a soltar. Ela fica confusa. Então, Ash explica que precisa tanto dela que não conseguirá se controlar. Vai acabar mudando de forma. Sera diz que confia nele. E que pertence a ele. Pede para Ash tomá-la para si. Como bem entender.

Ele atende ao seu pedido, usando os fios de sombra para aumentar o prazer dela. Confessa que a ama e diz não saber ao certo quando tudo começou. Ela estremece e diz que pensou que fosse morrer sem saber como era o amor dele. Ash diz que jamais permitiria uma coisa dessas. Promete passar toda a eternidade certificando-se de que Sera saiba como se sente.

Nektas pergunta se os dois estão bem, e Ash o ameaça. Sera se dá conta de que Ascendeu sem morrer. As brasas são suas. Ela é a Primordial da Vida. A Rainha dos Deuses.

Ela faz o anúncio, e Ash diz que é seu Consorte. Sera diz que ele é o Rei.

O Rei fode sua Rainha.

E é maravilhoso.

Sera questiona se, em algum momento, vai se acostumar com as presas, e Ash garante que sim. Ela pergunta se algum Primordial já Ascendeu sem recuperar a memória, e ele conta sobre os que tiveram dificuldades com isso e menciona que Kyn nunca recuperou.

Quando voltam a transar, Sera começa a ficar tensa quando ele faz menção de se alimentar. Ash diz que está tudo bem e que sentiu o desconforto dela, embora seja mais difícil ler suas emoções agora. Além disso, precisam se comportar porque têm muito a discutir. Sera diz que deveriam falar sobre Kolis, e Ash concorda, mas não naquele momento. Conta que todos os Primordiais sentiram a Ascensão dela e promete que vão lidar com seja lá o que vier. Juntos.

Ash explica por que não a aceitou como Consorte antes. Além de mantê-la oculta de Kolis, teve um sonho na noite em que ela nasceu. Sera no lago, sorrindo para ele. Depois, Ash a viu morrer e… Pensou que fosse só imaginação até ver o lago de verdade. Seguiu o rastro dela. A visão o deixou tão apavorado que removeu a *kardia* pouco antes de trazê-la para as Terras Sombrias.

Ash pede desculpas pela vida que ela teve por causa dele. Insiste que foi um covarde. Sera nega, mas ele conta o que a visão lhe mostrou depois que ela morreu. Destruiu tudo, pois estava apaixonado por ela. Então tentou impedir que isso acontecesse, mas se apaixonou mesmo assim. Sera diz que sentiu algo além de amor quando ele a abraçou no lago. Ash diz que só há uma razão para isso. Os dois são corações gêmeos.

Ash conta que, quando os Arae veem dois fios do destino unidos, não podem intervir. Afirma que suas almas unidas criaram a primeira Rainha dos Deuses. Sera se lembra de Holland dizer que o amor é mais poderoso do que os Destinos. Os dois comentam que os Arae andam no limite entre o que é permitido e o que é considerado interferência, e Sera vai até a varanda, de onde vê a vida voltar ao plano. Conseguiu deter a Devastação.

Ao descansar, Sera encontra uma caixa ao lado da cama de Ash e a abre, encontrando todos os laços de cabelo que ele removeu ao desfazer as tranças dela. Seu coração fica todo quentinho com a descoberta.

Quando Ash retorna, os dois trocam doces palavras de amor, e ele diz que quer que confiem um no outro, afirmando que sempre a verá como uma mulher forte, não importa o que aconteça. Dá a entender que acha que sabe o que aconteceu com ela em Dalos e conversa com Sera sobre Rhain. Ela pede que Ash não faça nem diga nada sobre o que aconteceu quando seus planos foram revelados.

Sera presume que Holland já sabia de tudo e conta a Ash o que o Arae havia lhe dito. Que o amor é mais poderoso do que os Destinos. Os dois refletem sobre o assunto e falam sobre o poder da vida, e Sera imagina que deveria se preocupar com outras coisas e pensar no futuro, mas só consegue pensar em uma coisa.

Pede que Ash diga novamente que a ama, e ele diz. Repetidas vezes. E então…

Os dois fazem amor.

PRINCESA/RAINHA EZMERIA "EZRA"

Cabelo: Castanho-claro.
Olhos: Castanhos.
Rosto: Maxilar tenso e firme.
Personalidade: Gentil. Solidária. Inteligente. Esperta.
Hábitos/Trejeitos/Forças/Fraquezas: Parece imune ao calor e à umidade. Passa boa parte de seu tempo fazendo obras de caridade. Não sabe se defender sozinha. Não gosta de falar sobre o acordo que o Rei Roderick fez com os deuses. Usa joias com frequência. Divaga quando fica nervosa. Acredita que não se pode odiar alguém que nunca conheceu. Adora pãezinhos de chocolate. Gosta de chá gelado. Gosta de ler, mas não aprecia ficções de drama.
Curiosidades: Tem cerca de 19 anos de idade.
Antecedentes: É a Princesa de Lasania, que mais tarde se torna Rainha.
Família: Pai = Rei Ernald †. Irmão = Tavius †. Meia-irmã = Seraphena. Madrasta = Rainha Calliphe. Consorte = Marisol Faber.

A JORNADA DE EZMERIA ATÉ AGORA:

Ezmeria era uma das poucas pessoas que não tratavam Sera como moeda de troca ou mero objeto. Ela a tratava como uma pessoa e não uma cura. É por isso que gosto dela.

Ezra está presente quando Seraphena se apresenta ao Primordial da Morte para honrar o acordo do Rei Roderick — algo que ela detesta. Nyktos a recusa, criando um baita alvoroço entre aqueles que sabem disso.

Mais tarde, Ezra vai atrás de Sera, implorando por sua ajuda. Diz que precisa da habilidade de Sera para roubar comida da cozinha para os órfãos e depois lhe conta sobre Nor — um abusador horrível — e seus filhos. Ezra oferece a Sera um vestido para a excursão e conversa com ela sobre a Devastação. Quando Sera volta do passeio e conta que Nor "tropeçou e caiu com o pescoço em cima da sua lâmina", Ezra comenta que ela a assusta um pouco.

Sera e Ezra discutem a situação em Lasania e o motim na Travessia dos Chalés. Quando a conversa se volta outra vez para a Devastação, as duas debatem quem seria a melhor governante para Lasania. Ezra diz a Sera que *ela* é a Rainha de que Lasania tanto precisa.

Quando os Curandeiros ficam sobrecarregados após um ataque, Ezra e Sera ajudam o Curandeiro Dirks. Segundo Ezra, Tavius não parecer ser tão idiota a ponto de tentar matar Sera, já que ela é a única pessoa capaz de deter a Devastação — ao menos até onde sabem.

Ezra vê o braço machucado de Sera e descobre que Tavius é o responsável. Diz a Sera que acredita que seu irmão seja mau. Também divulga informações sobre o deus que viu — alguém que, agora sabemos, não era um deus coisa nenhuma.

Callum é um enigma envolto em mistério, e descobrir mais a seu respeito é, ao mesmo tempo, intrigante e um pouco assustador. Mas chega de divagação...

Quando Odetta falece, Ezra comparece ao funeral e depois ao Ritual. No entanto, um desastre ocorre na noite da cerimônia e Ezra se apressa a buscar Sera para salvar o amor da sua vida. Sera acha que não pode ajudá-la, dado o estado de Marisol, mas Ezra implora, dizendo que deveria tentar usar suas habilidades em alguém que mereça. Ezra acrescenta que ama Mari e não pode ficar sem ela.

Sera cura a mulher. Quando Mari volta a si, Ezra pergunta se ela está bem e interrompe a resposta com um beijo apaixonado. Agradece a Sera e diz que ela é e sempre foi uma bênção — e não um fracasso. Então revela que não contou ao Rei e à Rainha sobre Mari porque, se o fizesse, eles planejariam um casamento antes mesmo de haver um noivado. Ezra admite que a relação é recente, mas acredita que Marisol a ama de forma recíproca e que foram feitas uma para a outra.

Ezra pega Tavius chicoteando Sera e pergunta se ele perdeu o juízo. Mais tarde, quando Nyktos aparece, ela e a Rainha são as primeiras a se ajoelharem diante do Primordial. Quando a atenção do deus se volta para Tavius e Calliphe implora por sua vida, Ezra intervém, afirmando que ele sempre foi um monstro. Então concorda com Nyktos, dizendo que Tavius tem pouca importância. Depois, Ezra assiste a Sera matar Tavius e ser retirado do Salão Principal.

Quando Sera e Ash retornam ao plano mortal, Ezra está no meio de uma reunião na Câmara Municipal. Assim que descobre sobre a chegada de Sera, manda os guardas saírem do Salão Principal, mantendo apenas dois atrás das portas fechadas. Enquanto conversam, Ezra confessa que nunca gostou do acordo, pois era injusto com Sera.

Sera revela a verdade, e Ezra acredita nela imediatamente, apesar de não contar — pois não tem permissão — o que causou a Devastação, apenas que o cumprimento do acordo não a teria impedido. Ezra sabe como foi e *é* importante para Sera salvar Lasania e até a chama de seu reino, acreditando que Sera devia reconhecer sua posição de Rainha.

Durante seu governo, Ezra implementa diversas mudanças para ajudar o reino. Começa a construir despensas para o povo imediatamente, não só para os membros da realeza, e cria um banco de alimentos a que as pessoas possam recorrer em determinados dias e horários, caso precisem. Além disso, está em negociações com a Rainha de Terra, tentando fortalecer sua fé em Lasania e provar que uma aliança seria mutuamente benéfica. Diz à Rainha que Terra tem campos férteis prontos para as plantações e que Lasania tem mão de obra disponível. Quem quiser se mudar para Terra durante uma parte do ano poderá trabalhar nos campos.

Ezra conta que perderam mais algumas fazendas, mas que o ritmo da Devastação não tem acelerado. Depois confessa que não acreditava que Sera conseguiria fazer com que o Primordial da Morte se apaixonasse por ela. Na verdade, pensou que ela acabaria morta por ficar impaciente e o apunhalar do nada.

Quando Sera pergunta por Marisol, Ezra diz que ela é perfeita e está com o pai. Acrescenta que enviou uma carta para o Arquipélago de Vodina para ter notícias de Sir Holland, mas que ainda não obteve resposta.

Enquanto se despedem, Ezra diz a Sera que espera vê-la novamente e em breve — sente muito a sua falta. Em seguida, conta que muitos dos planos de Sera já foram postos em prática, como a construção de casas na Travessa dos Chalés.

É só o que *vi* da nossa querida Ezra, mas imagino que haja muito mais. Sei que, durante o seu reinado, ela introduziu mudanças bastante significativas.

Templo do So
Cidade
Baixa
Mar de Stroud
Castelo Wayfair
La
N
O
L
S
Olmos
Sombrios

Travessia dos Chalés
Ponte Dourada
BAIRRO
DOS JARDINS
Luxe
Templo das Sombras
Queda Leste
Sera
Penhascos da Tristeza
Picos Elísios
MAPA DE
LASANIA

Marisol "Mari" Faber

Olhos: Pretos.
Rosto: Pele negra.
Antecedentes: Torna-se a Rainha Consorte de Lasania.
Família: Pai = Lorde Faber.

A JORNADA DE MARISOL ATÉ AGORA:

Marisol é brilhante como o pai e tenta encontrar uma maneira natural de deter a Devastação.

Quando Sera vai salvar um menino maltratado, Marisol diz que vai dirigir por aí para que Ezra não faça nenhuma tolice.

Depois que Nyktos se recusa a aceitar Sera como Consorte, Marisol não a trata de forma diferente.

Após comparecer ao Ritual, ela é ferida ao ajudar uma criança na taverna Três Pedras, na Cidade Baixa. O passeio não deveria ser perigoso, mas, quando alguns homens começam a brigar, Mari acaba no meio da confusão e cai no chão, batendo a cabeça.

Quando Ezra leva Sera até ela, Marisol já está morta. Sera a traz de volta à vida, e ela não se lembra nem de ter se ferido. Dá um beijo apaixonado em Ezra, confirmando a Sera o vínculo entre as duas mulheres.

Mais tarde, Marisol se torna a Consorte da Rainha Ezmeria e tem um reinado bem-sucedido.

Rainha Calliphe

Bem, só vou dizer uma coisa: Calliphe é um capacho. E uma tremenda ignorante. Entendo seu luto. De verdade. Mas uma mãe ignorar a própria filha porque ela se parece com o marido que morreu? É imperdoável. Pior ainda é usá-la como um mero peão e instrumento, e jamais tratá-la como uma pessoa. Além de defender quem *machucou* a filha de forma tão terrível! Não tem perdão mesmo. Fico do lado de Ash, dizendo "sim" a mandar Calliphe direto para o Abismo.

Cabelo: Um pouco mais escuro do que o loiro claro de Sera.
Olhos: Castanho-escuros.
Rosto: Tem um sorriso lindo.
Traços característicos: Algumas rugas e olheiras sob os olhos.
Personalidade: Fria — ao menos com Sera. Rígida.
Hábitos/Trejeitos/Forças/Fraquezas: Difícil de decifrar. Nunca sorri para Sera, embora o faça para os outros. Costuma ter enxaquecas e precisa tomar poções de cura para se recuperar. Mantém um retrato do Rei Lamont por perto e passa horas com ele. Usa muitas joias.
Antecedentes: Casou-se com Ernald pouco depois da morte de Lamont, mas nunca deixou de amar o primeiro marido. Após descobrir sobre o dom de Sera, passou a temer que a filha o usasse no Primordial da Morte.
Família: Primeiro marido = Lamont Mierel †. Segundo marido = Rei Ernald †. Enteado = Tavius †. Enteada = Ezmeria. Filha = Seraphena.

A JORNADA DE CALLIPHE ATÉ AGORA:

A Rainha Calliphe é uma mulher difícil, e posso dizer sem um pingo de culpa que não gosto muito dela.

Quando Seraphena está prestes a se apresentar diante do Primordial da Morte para se oferecer como sua Consorte, a Rainha Calliphe diz que a filha não pode falhar. Depois que Nyktos recusa Sera, Calliphe grita com ela e pergunta o que aconteceu. Antes que Sera possa responder, ela dá um tapa na filha, perguntando o que foi que ela fez e dizendo que ela falhou com Lasania e tudo está perdido.

Calliphe costuma ter ares de superioridade, como quando se dirige aos Lordes, cuja mera presença é encarada como um insulto. Ela propõe uma aliança com o Arquipélago de Vodina em troca de auxílio. O acordo: dois anos de colheitas. Referindo-se a Sera como *aia*, ela se oferece para mostrar a Lorde Claus e aos demais Lordes do Arquipélago de Vodina a "belezinha" que sua filha é depois de alguns comentários grosseiros, sabendo que, qualquer coisa, pode ordenar que Sera os mate.

Após a reunião, Calliphe flagra Sera em seus aposentos e acaba discutindo com ela e a insultando — como de costume. Diz que deve manter as aparências, algo desnecessário caso ela não tivesse falhado. Menciona que os reinos costumavam rezar por uma aliança com Lasania, mas agora a chamam de Rainha Mendiga.

Calliphe, Callum e alguns guardas encontram Sera depois que ela é atacada. A Rainha não acredita na *mentira* de Sera sobre encontrar os guardas mortos, mas não diz nada na frente de um *deus*. Depois passa o resto da noite lamentando a destruição de seu tapete caro e insubstituível.

É sério?

Na noite do Ritual, Calliphe fica com raiva ao encontrar Sera ali. Mais tarde, encontra Tavius chicoteando Sera e pergunta, com um ar chocado, o que, em nome dos deuses, ele está fazendo. Pessoalmente, acho que ela sempre soube do abuso — afinal, também era abusiva com Sera —, mas é só a minha humilde opinião.

Quando Nyktos aparece, Calliphe é uma das primeiras pessoas a se ajoelhar diante do Primordial. Assim que Nyktos prende Tavius à estátua do Primordial com um chicote enrolado no pescoço, ela grita, corre e implora pela vida do enteado. Informa a Nyktos que Tavius é o herdeiro do trono e jura que ele nunca mais fará isso. Quando Nyktos recua, Calliphe agradece. Ele a manda calar a boca e, para surpresa de todos, ela obedece. E então assiste a Sera matar Tavius.

Nesse momento, ela finalmente *enxerga* Sera e vê no que moldou a filha ao treiná-la para se tornar sua assassina pessoal. Ector e Saion a levam para fora do Salão Principal.

Mais tarde, depois que Sera parte para o Iliseu, um guarda diz a Calliphe que sua filha voltou ao plano mortal com o Primordial. Ela acha que não é verdade, mas vai investigar mesmo assim. Acaba por encontrar Sera quando ela e Ash saem do Salão Principal, e a detém antes de ir embora, dizendo que não sabia dos planos de Tavius. Nyktos a interrompe, dizendo que ela deveria ter morrido naquele dia e que só continua viva graças a uma indulgência da qual não é digna. Calliphe agradece a ele, e Ash conta que foi Sera quem pediu que ela fosse poupada — por ele, mandaria Calliphe para o Abismo, seu devido lugar. Em seguida, diz para ela passar o resto de sua vida indigna agradecendo à filha.

PRÍNCIPE TAVIUS †

Cabelo: Castanho-claro.
Olhos: Azuis.
Rosto: Bonito.
Personalidade: Cruel. Classista. Temperamental. Arrogante. Abusivo.

Hábitos/Trejeitos/Forças/Fraquezas: Bebe demais. Mulherengo. Não respeita aqueles que colocam comida em sua mesa.
Curiosidades: Acabou de fazer 22 anos de idade.
Antecedentes: Tem um caso tórrido com a recém-viúva srta. Anneka, esposa de um comerciante. Noivo da Princesa Kayleigh de Irelone.
Família: Mãe = desconhecida. Pai = Rei Ernald †. Madrasta = Rainha Calliphe. Irmã = Ezmeria. Meia-irmã = Seraphena.

A JORNADA DE TAVIUS ATÉ AGORA:

Tavius entra no meu radar ao provocar Sera, o que parece ser o passatempo favorito desse Príncipe mimado. Ele menciona que sua noiva, a Princesa Kayleigh de Irelone, está nervosa com a noite de núpcias e garante que será gentil com ela — só de pensar nisso já fico toda arrepiada. Então diz a Sera que o Primordial da Morte é monstruoso e por isso não é retratado em nenhuma obra de arte, acrescentando que tem presas e escamas como as feras que o protegem. Ele provoca a meia-irmã a respeito do *beijo de sangue* e revela que sabe que ela estava sob a tutela das Amantes de Jade, portanto, mal pode esperar para *servir* ao Primordial.

Tavius está ao lado do pai quando Lorde Claus retorna com o Conselheiro de Lasania, que agora não passa de uma cabeça decepada, algo que deixa o Príncipe bastante chocado. Mas seu espanto não dura muito tempo. Logo comenta que Sera deveria ter sido entregue ao Lorde.

Sera encontrou Tavius chicoteando um cavalo na semana anterior e o deixou com um olho roxo, ameaçando usar o chicote *nele*. Por isso, ele decide usar o chicote *nela* na primeira oportunidade que tiver.

Assim que Sera volta após verificar as fazendas, Tavius a culpa pela morte dos Couper. Discute com ela e diz que mal pode esperar para assumir o trono.

Quando Ernald ordena que ele saia, Tavius joga uma tigela de tâmaras em Sera, acertando-a no braço. Seu pai declara que não quer vê-lo pelo restante do dia e o ameaça antes de mandá-lo sair outra vez.

O fato de o Rei tratar Tavius, aos 22 anos, como uma criança que tem de ficar de castigo me faz morrer de rir. Mas o que mais esperar desse idiota?

Tavius comparece ao Ritual e alerta a madrasta sobre a presença de Sera. Depois que Sera é atacada, Tavius entra em seus aposentos enquanto ela acorda. Quando Sera menciona o ataque, ele afirma que não teve nada a ver com isso e que não desperdiçaria uma única moeda com ela. Sera diz que ser chamada de sua irmã é um insulto, deixando-o furioso. Em seguida, Tavius revela que está com a adaga dela — a que Sera sempre mantém ao alcance da mão. Ele a prende à cama, dizendo que o Rei morreu na noite passada durante o sono — de enfarte. Acrescenta que agora *ele* é o Rei.

Na minha opinião, ele teve alguma participação nisso. O momento da morte do Rei me parece ser coincidência demais, *mesmo* que tenha sido resultado de Sera usar seu dom para restaurar a vida. Só não tenho certeza de que essa foi a única causa. Mas, enfim, só pensando em voz alta — ou no papel, quero dizer.

Sera o insulta, e ele cospe nela, dizendo que não acredita nem por um segundo que o Primordial da Morte virá buscá-la. Acrescenta que sempre a encarou, a última herdeira da linhagem dos Mierel, como uma ameaça à ascensão ao trono. Quando Tavius exige que ela reconheça seu título e Sera se recusa, ele se anima porque finalmente pode puni-la por traição — o que faz explicitamente ao chicoteá-la.

Ao reaparecer, o Primordial da Morte ameaça Tavius, mas acaba por poupá-lo, permitindo que Sera o mate. Ash o condena ao Fosso das Chamas Eternas, onde arderá até ser libertado, ocasião em que Nyktos fará muito pior do que Sera. Coisas verdadeiramente inimagináveis.

Será perverso da minha parte sorrir ao pensar no que Nyktos faz com Tavius quando o *visita* no Abismo?

PRINCESA KAYLEIGH BALFOUR

A outrora noiva de Tavius — um casamento político, com toda a certeza —, Kayleigh se torna Rainha do reino vizinho de Lasania. Além disso, ela tem amigos bastante interessantes, como Delfai, um Deus da Divinação, que muitos achavam que já estava morto.

Há algo muito intrigante a respeito de Kayleigh. Talvez porque eu veja a conexão entre ela, Coralena, Leopold e Poppy. Ou talvez porque ela seja descendente do último oráculo. Ou não. Talvez seja algo que ainda não sei.

Cabelo: Comprido, grosso e loiro acastanhado.
Olhos: Verdes.
Corpo: Ombros empertigados.
Rosto: Pele rosada e bronzeada pelo sol. Rosto em formato de coração.

Personalidade: Gentil. Boa ouvinte.
Hábitos/Trejeitos/Forças/Fraquezas: Prefere a Mansão Cauldra ao Castelo Pedra Vermelha.
Curiosidades: Tem um gato preto e branco.
Antecedentes: Era noiva do Príncipe Tavius de Lasania. Tramou com Sera para ficar doente e cancelar o casamento. Já viu Primordiais suficientes para saber que seus olhos são prateados.
Família: Pai = Rei Saegar. Mãe = Rainha Geneva. Descendente do último oráculo.

A JORNADA DE KAYLEIGH ATÉ AGORA:

Vou começar por dizer que fiquei *muito* feliz que a Princesa tenha conseguido se livrar do casamento com o Príncipe Tavius.

Certa vez, Sera a encontrou chorando nos jardins depois que Tavius a machucou, e Kayleigh não ficou nem um pouco surpresa quando Sera a alertou sobre o meio-irmão. Depois disso, as duas arquitetaram um plano para que ela estivesse *indisponível* durante o anúncio do noivado real. Sera obteve de um curandeiro uma poção que faria Kayleigh parecer muito doente, obrigando-a a adiar o noivado. Kayleigh convenceu os pais de que seu estado era consequência do clima quente e úmido.

Ao procurar Delfai, Sera descobre sua localização ao usar os Poços de Divanash e vê que ele está na Mansão Cauldra com a Princesa. Após Sera e Nyktos chegarem em Irelone, Kayleigh reconhece Sera e tem ciência de que seu companheiro é um Primordial. Ela fica temerosa pois sabe que os Primordiais se ofendem facilmente se não receberem o devido respeito.

Quando Sera pergunta sobre Delfai e o descreve, Kayleigh o chama de *erudito* e confirma que ele está mesmo em Cauldra. Acrescenta que ele vive na mansão há alguns anos, ensinando-a a ler a língua antiga.

Aproveitando a oportunidade, Kayleigh agradece a Sera por sua ajuda com Tavius e o noivado. Durante a conversa, Nyktos pede desculpas pela forma como os outros Primordiais têm agido. Ao perguntar sobre a sua Corte, Kayleigh fica chocada ao descobrir que ele é das Terras Sombrias. Pergunta a Sera como foi que ela acabou ficando com ele, e Sera responde que é uma longa história.

O casal pede que ela os leve até Delfai. Kayleigh revela que Irelone já sabe que Ezmeria assumiu o trono de Lasania, e Nyktos a informa que Tavius está no Abismo. Ela fica aliviada e sorri antes de confessar que estava preocupada em ser forçada a voltar para ele e aguardava a notícia de que ele tivesse se tornado noivo de outra. A notícia de que agora está livre traz lágrimas aos seus olhos.

Kayleigh se dá conta de que Sera nunca foi a criada da Rainha. Quando Nyktos conta a ela quem Sera é e está destinada a ser, Kayleigh não fica nem um pouco surpresa.

SEMPRE A SALVO COMIGO

Ash

— Maldição — rosnou Sera, com a essência dos Primordiais crescendo dentro dela e se espalhando pelo ar à nossa volta.

Sua frustração arrancou uma risada de mim conforme eu a puxava de encontro ao peito. Seu cheiro de baunilha e lavanda me envolveu.

— Como você vai se livrar de mim agora? — perguntei, olhando para seu lindo cabelo platinado. Meus dedos ansiavam por afundar naqueles fios macios. Infelizmente, isso não a ajudaria a controlar a essência que vibrava em seu corpo.

— Não consegue alcançar a adaga nem arma nenhuma, mesmo que tivesse outra. O que vai fazer então?

Ela se debateu contra mim, mas só conseguiu me deixar ainda mais consciente de todas as suas curvas voluptuosas.

— Gritar?

Repuxei os lábios ao olhar para as paredes de pedra cinza da câmara subterrânea nas profundezas da Casa de Haides.

— Não.

— Implorar?

Com um sorriso no rosto, inclinei a cabeça em direção a seu pescoço delicado.

— Há pouquíssimas coisas em que eu estaria interessado em ouvi-la implorar — eu disse a ela, sentindo-a tensa contra mim. — E a sua vida não é uma delas.

Meu toque? Minha mordida? Meu pau? Eu não me importaria de ouvi-la implorar por tais coisas usando aquela boquinha linda. Cerrei o maxilar.

Porra, preciso me concentrar.

O que estamos fazendo aqui é muito importante. Não tem nada a ver com ela implorar nem com o meu pau.

— Consigo sentir a essência crescendo dentro de você. Já está aqui. Deixando o ar carregado. Você pode invocar o éter. Desejar que se manifeste em energia capaz de romper o meu controle. Não vai me machucar.

Ela inclinou a cabeça para me encarar.

— Não estou preocupada em machucar você.

— O que está impedindo você, então?

— As pouquíssimas coisas em que você está interessado em me ouvir implorar.

Meu corpo todo se retesou. Imediatamente, lembrei-me do que tinha pensado segundos atrás.

Meu toque.

Minha mordida.

Meu pau.

Três coisas pelas quais nunca quis ouvir ninguém me implorar antes de conhecê-la. Por outro lado, Sera não precisaria implorar por nada, o que deveria me deixar preocupado. Bastante. Em vez disso, um raio de luxúria percorreu meu corpo inteiro. Veloz e intenso.

Observei os lábios de Sera se curvarem de leve enquanto ela inclinava a cabeça contra meu peito.

— Aposto que consigo adivinhar pelo menos uma dessas coisas.

— E o que seria?

Sera virou a cabeça em direção à minha.

— Não sei se devo falar. Talvez seja ousado demais.

Que coisa mais interessante para Sera — de todas as pessoas — dizer.

— Não acredito nem por um segundo que você esteja preocupada em ser ousada demais.

— Mas você pode achar que eu estou… distraindo você.

Achar que Sera é uma distração? Não houve um único instante desde que a encontrei naquela passarela perfumada em que ela *não* me distraísse.

Já devia estar acostumado com isso.

Ou seja, também devia ser capaz de superar esse fato. Focar e me comportar.

Mas era como se eu fosse uma pessoa diferente quando estava com ela. Alguém sem passado. Alguém que não está preso ao presente nem ao futuro e a toda a merda que o acompanha. Sequer era um Primordial. Era apenas um homem que...

Desejava.

Mexi o braço antes de me dar conta do que estava fazendo — ou talvez bastante consciente. Coloquei-a na ponta dos pés e puxei seu traseiro redondo contra o meu pau. Percebi o instante exato em que ela me sentiu. Imediatamente, senti sua paixão picante e defumada.

— Eu já estou distraído.

Ela mordeu o lábio inferior.

— E pode ficar ainda *mais*.

Apesar de saber que poderia e *deveria* bloquear sua excitação, não fiz nada disso. A pessoa que eu me tornava perto de Sera só queria se afogar nela.

— Me diga o que acha que eu gostaria de ouvi-la implorar. — Fiz uma pausa, apreciando o leve movimento que ela fazia com os quadris. — Ou isso não passa de conversa-fiada?

Sua risada era melodia pura, um som que eu não ouvia o suficiente e que me distraiu ainda mais quando ela se alongou, esfregando o traseiro contra o meu pau.

Caramba.

Sua boca estava a menos de um centímetro da minha.

— Pelo seu *pau* — sussurrou ela.

Caramba.

De repente, senti o pé dolorido quando Sera pisou com a bota em cima de mim. Com força. A surpresa me desarmou, seguida por um bocado de divertimento. Foi só um segundo, e ainda assim o suficiente para ela tirar vantagem.

Sera se desvencilhou de mim e girou o corpo na minha direção. Uma expressão de mais absoluta arrogância ficou estampada em seus lábios carnudos enquanto ela caminhava pelo chão duro de pedra.

— É assim que me livro de você.

O éter começou a pulsar pelo meu corpo conforme a fera se agitava dentro de mim, despertada pela presunção no sorriso dela.

— Essa é a sua grande estratégia de batalha para quando não tiver acesso a armas? Falar em paus?

— Se der certo, por que não? — Ela baixou o olhar e um leve rubor cor-de-rosa se espalhou por suas bochechas sardentas. — E não há a menor dúvida de que deu.

Aquele foi o eufemismo do século.

— Talvez até demais.

Sera estava ofegante quando finalmente voltou a me encarar. Seus olhos verde-esmeralda estavam em chamas.

— É mesmo?

Caminhei em direção a ela, sentindo-me mais como o lobo dentro de mim do que um deus. O dever e a responsabilidade caíram no esquecimento quando vi o desafio em seu olhar. O *desejo*.

Sera ficou imóvel quando me aproximei, mas eu sabia que não devia confiar que ela não tentaria fazer nada. Ela também estava distraída. Mas continuava alerta.

Sera gostava de vencer.

Talvez fosse a única coisa de que ela gostava mais do que do meu toque, da minha mordida e do meu pau.

Como já era de esperar, Sera entrou em ação quando eu estava a uns trinta centímetros dela.

Esquivou-se para a esquerda, despertando a urgência do meu lobo — assim como a minha — de caçá-la. A expectativa ardia em mim quando girei o corpo, agarrando-a com um braço só. Puxei-a contra mim, mantendo o braço dobrado sobre seu peito.

— Essa foi fácil demais, Sera. — Espalmei a outra mão sobre seu baixo-ventre, dando um sorriso largo quando ela se sobressaltou. — Acho que não está tentando fugir de mim coisa nenhuma.

— O quê…? — Ela perdeu o fôlego quando levei a mão até os laços delicados amarrados na frente de sua calça. — Acha mesmo?

— Eu diria que é óbvio. — Ao senti-la afastar as pernas, logo percebi o que Sera queria. Deslizei a mão entre suas coxas e senti o gosto de seu desejo na garganta. Ela ofegou quando meus dedos pressionaram seu âmago. — Você queria ser pega.

— Eu não gosto de ser pega. — Seus quadris se contraíram quando comecei a mover o dedo em círculos lentos e pequenos. — De jeito nenhum.

Dei uma gargalhada.

— Mentirosa.

Um arrepio percorreu seu corpo, e ela agarrou o braço com que eu a segurava.

— Se bem que ser pega desse jeito não é tão ruim assim. — Um gemido baixo e ofegante saiu dos lábios dela quando meus dedos encontraram a joia sensível sob o tecido fino da calça. — Todos os Primordiais lutam assim?

Parei de mexer os dedos. Só de pensar em outro tocando em Sera daquele jeito me fez soltar um rosnado brutal das profundezas da minha alma.

O divertimento de Sera adoçou o gosto de seu desejo. Ela puxou o meu braço, deu um chute para trás e girou o corpo, enroscando a perna em volta da minha.

Ou ao menos foi o que tentou fazer.

Com o treinamento encerrado, não aceitaria mais nada disso.

Agora já tinha outras ideias em mente.

— Péssima jogada. — Levantei-a do chão e segui em direção à velha mesa de pedra, onde sua adaga permanecia cravada. — Mas acho que você não se esforçou muito outra vez.

E não se esforçou mesmo.

Eu era mais forte e mais rápido do que Sera, mas ela era muito mais habilidosa em combate do que deixava transparecer.

Sera deixou escapar um gemidinho doce quando deitei seu tronco com cuidado em cima da mesa. Seus pés mal alcançavam o chão, o que acabava fazendo com que seu traseiro em forma de coração se erguesse no ar. Era uma bela visão. Ela fez menção de me atacar, mas eu fui mais rápido. Pressionando-a, enfiei a perna entre as suas para evitar que ela as usasse contra mim.

Ela podia fazer um estrago e tanto com aqueles músculos.

Suas pernas eram poderosas, quer estivesse dando pontapés num inimigo ou ao meu redor apertando meus quadris.

Sem querer que sua pele delicada raspasse na extremidade áspera da mesa, passei o braço direito sob sua bochecha e me inclinei sobre ela, prendendo-a entre mim e a mesa.

Inspirei seu cheiro requintado, deixando-o invadir todo o meu ser. Um zumbido baixo e vibrante começou a emanar do meu peito. A sensação dela sob mim, macia, quente e flexível, era como um milagre, enchendo-me de sensações. De conforto? De pertencimento? Não sei ao certo, mas, o que quer que fosse, eu não conseguia me cansar disso — nem dela.

Sera tinha gosto de luz do sol, mas era mais parecida com a lua e me atraía como as marés, o tempo e a luz.

Nunca me cansarei dessa sensação. Jamais.

Cerrei o maxilar de desejo. Uma pulsação de luxúria subiu até a ponta do meu pau. Com a cabeça inclinada, meu hálito agitou os fios de cabelo em sua têmpora.

Lutei contra o transe do desejo e a necessidade latente de assumir o controle — de *possuí-la*. Sabia que Sera não gostava quando eu lia suas emoções, mas o que ela sentia e o que podia estar pensando eram coisas importantes demais para que eu não soubesse. Aguçei os sentidos enquanto ela fechava os dedos contra a pedra áspera, procurando algum indício de pânico ou temor, mas tudo que encontrei foi o tempero forte e sensual de sua paixão. O desejo que eu sentia era ainda maior nela, aumentando a cada momento que a mantinha presa sob o meu corpo.

Respirei fundo, com uma compreensão súbita, enquanto fechava os sentidos para ela.

— Você gosta disso — grunhi, atônito com a constatação. Sera, a minha corajosa e bela *lutadora*, não estava apenas entusiasmada. E sim extremamente excitada ao ser dominada. A surpresa deu lugar ao espanto quando levei a mão até seus quadris. Senti a mesma coisa na noite em que me alimentei de Sera pela primeira vez, mas atribuí a reação dela à minha alimentação. — Você gosta desse *jeitinho*.

Sera não disse nada, mas senti um ligeiro arrepio percorrer seu corpo. Não havia como escapar do que ela sentia — seu pico de excitação era tão potente que destruiu minhas barreira mentais. Sabia que tinha razão.

— Dá para sentir o *gosto* do seu desejo. — Rocei os lábios em sua bochecha. — Picante. Defumado. — Rosnei enquanto esfregava os quadris no traseiro dela. Sera estremeceu. — Nem preciso ler suas emoções.

Deslizei a mão pelo seu corpo e a enfiei no meio de suas coxas. Ela empurrou o corpo contra os dedos que a procuravam.

— Gosto… gosto, sim.

Através das calças, seu calor era escaldante — divino pra caralho — enquanto eu tentava reconciliar os dois lados tão diferentes dela que só tinha visto uma vez antes.

— Por quê? Me conta.

— Eu… — Sera gemeu enquanto eu a acariciava. — Não sei.

Mentirosa.

— Acho que sabe, sim. — Mudei o braço de posição, levando a mão até os laços de suas calças. Encontrei o nó e o desfiz facilmente. Seu suspiro trouxe um sorriso ao meu rosto. — Mas quem sabe eu estou errado, e você não sabe de nada? — Passei a mão pelo vão entre as calças e a sua cintura, ansioso por me meter entre as coxas dela, mas tive o cuidado de me dar tempo para senti-la

— para me maravilhar com a maciez quente de sua pele, barriga e, por fim, lá embaixo, onde ela era ainda mais macia. Onde estava tão molhada. — Só não estou errado quanto a você gostar disso.

Sera arrebitou o traseiro num pedido silencioso que eu faria tudo que estivesse ao meu alcance para atender. Sabia o que ela queria. Inspirei seu cheiro doce e introduzi o dedo em seu calor apertado.

— Eu gosto... — Sera ofegou quando assentei meu peso sobre suas costas.

— De quê? — perguntei enquanto ela apertava as coxas. — De ser dominada?

Seu corpo inteiro tremeu quando ela agarrou a mão que pus perto dela.

— Eu gosto de me... *render* a *você*.

— *Puta merda*. — Estremeci contra ela, fechando os olhos. Já sabia qual seria a resposta dela. Não teria continuado com aquilo se não soubesse. Mas ouvi-la admitir isso me fez enxergar que aquilo era algo mais — muito mais do que luxúria e sexo. Mais do que gozar. Dei um suspiro ofegante. — Você nunca se rende a mim.

Sera virou a cabeça e seus lindos olhos encontraram os meus.

— Estou me rendendo agora.

Uma sensação peculiar e intensa tomou conta de mim, invadindo as minhas entranhas conforme eu sentia o éter subir até a superfície da minha carne. O sangue pulsava nas minhas veias, abafando os sons baixos da água corrente na piscina.

— É isso que você quer? Agora? — Sabia que era, mas queria que Sera admitisse. — Desse jeitinho?

Um rubor subiu às suas faces.

— Acho que você pode sentir que sim.

Ah, podia mesmo. Foi o que ouvi quando enrosquei o dedo dentro dela.

— Posso, sim.

Sera engoliu em seco. Depois de um momento, sussurrou:

— Sei que posso deixar que isso aconteça.

Fiquei completamente imóvel. O que senti antes estava correto. Aquilo era muito maior. Era uma questão de confiança.

E ela confiava em mim.

Em *mim*.

Não sei o que fiz para merecer isso. Ainda podia vê-la estremecer — ainda sentia o gosto da vergonha que a fiz sentir quando tudo estava quieto.

— Acho que entendo — disse, sentindo-me meio tonto.

Sera entreabriu os lábios enquanto eu sustentava seu olhar. Enfiei o dedo mais duas vezes nela antes de tirar a mão. Não desviei meus olhos dos dela. Ela também não. Com o coração disparado, puxei suas calças até os joelhos antes de fazer o mesmo com as minhas. Sua respiração acelerou quando segurei meu pau e deslizei a cabeça sobre a curva do traseiro dela. Nenhum dos dois disse nada enquanto eu me enfiava no meio de suas coxas, entrando em seu calor úmido e apertado.

Destinos.

A sensação do corpo de Sera apertando meu pau fez com que todos os músculos do meu corpo se contraíssem. Um prazer puro e intenso me invadiu, despertando mais uma vez a fera que havia em mim. Queria que eu a fodesse. *Eu* queria fodê-la, com força e depressa. Mas senti que a minha forma de deus começava a se dissipar. Vi na mão que ela segurava com tanta força. A carne estava começando a afinar, revelando as sombras sob a pele.

Merda.

E se eu me entregasse e a possuísse na forma Primordial? Um arrepio de medo tomou conta de mim. Ela era mortal, algo que eu estava muito longe de ser.

Ela era... ela era importante demais para mim.

Eu não podia perder o controle. Não faria isso. Afinal, poderia ser tão forte quanto ela. Sera merecia isso.

Agarrando-me a isso, dei um suspiro exasperado. Os segundos se passaram, movendo-se ao mesmo tempo depressa e devagar demais. Controlando-me, recuei, sentindo cada maldito centímetro. Minhas terminações nervosas dispararam explosões de prazer quando coloquei só a pontinha na entrada de Sera e depois voltei a mergulhar nela. O gemido dela se perdeu em meio ao meu rosnado.

Suas unhas arranharam a pedra e se cravaram na minha carne quando acelerei o ritmo. Cada estocada era como milhares de explosões que sacudiam nossos corpos. Meus quadris se moviam mais e mais rápido, levando-nos cada vez mais perto da beira da loucura.

— Com mais força — arfou ela, apertando o meu punho. — Me possua.

Estremeci, mergulhando nela.

Sera se retesou contra mim, e sua voz era febril quando sussurrou:

— Me fode.

Arfei em sua bochecha enquanto a mantinha no lugar como Sera tanto queria — e precisava que eu fizesse.

Então, dei tudo a ela.

Enfiei o pau em sua maciez repetidas vezes. Estoquei com *força* enquanto virava a mão sob a dela. Eu a *possuí* enquanto entrelaçava os nossos dedos. *Fodi Sera* com vontade enquanto segurava a sua mão.

Seus gemidos despertaram uma satisfação selvagem em mim. Enfiei o pau nela, cada vez mais fundo, enquanto a sentia se contrair à minha volta.

Passei a ponte do nariz pelo seu maxilar e rocei os lábios pelo pescoço de Sera enquanto arremetia dentro dela. Abri a boca ao me apoiar nela e raspei as presas ao longo da pele do seu pescoço.

Sera começou a estremecer à medida que o clímax se apoderava dela e deixou escapar todo o prazer acumulado em seu âmago. O êxtase percorreu minha espinha. Ao gozar, ela me levou consigo até a beira do penhasco. Uni nossos corpos, sem deixar nenhum espaço entre nós dois. Nossos gemidos se misturaram. Queria sentir cada contração dos músculos dela. E precisava que ela sentisse cada bombada do meu pau enquanto o meu corpo encontrava o mesmo prazer que o dela.

Sentimos os tremores secundários e diminuí os movimentos enquanto seu corpo se tornava lânguido sob o meu. Quando a tensão abandonou o corpo dela, senti um gosto doce na garganta, parecido com chocolate — chocolate e frutas vermelhas.

Sem entender o que estava captando de Sera, afastei a boca e me certifiquei de não ter perfurado sua pele.

Não perfurei, não.

— Você estará sempre a salvo comigo, *liessa* — prometi.

É um juramento que jamais quebrarei.

Porque ela confia em mim.

E sua confiança é uma dádiva que vou estimar e proteger a todo custo.

NYKTOS

Também conhecido como Ash
O Primordial da Morte / Rei dos Deuses na linha temporal de Sangue e Cinzas
Corte: As Terras Sombrias

Cabelo: Denso. Castanho-avermelhado. Ondulado. Alguns fios caem na altura das bochechas.
Olhos: Prateados.
Corpo: Incrivelmente alto. Ombros largos. Abdômen esguio. Peitoral definido.
Rosto: Pele de um delicioso tom marrom-dourado como o trigo. Maçãs do rosto salientes e amplas. Nariz reto. Lábios carnudos e boca larga. Cílios volumosos. Parece ter vinte e poucos anos.
Traços característicos: Usa um bracelete prateado ao redor do bíceps direito. Cicatriz no queixo. Tem linhas pretas sobre os quadris que se curvam para baixo, descendo pelas laterais de seu corpo — são 110 gotas de sangue. A tatuagem se estende até as costas. No meio de sua coluna, o desenho é um redemoinho circular e retorcido que cresce e se estende em fios espessos que envolvem sua cintura e se conectam às tatuagens que descem pelos quadris. As gotas representam as vidas que ele teve de tirar. A gravação de casamento está em sua mão esquerda.
Características sobrenaturais: O éter gira em seus olhos. Algumas vezes ele brilha ao usar seus poderes. Quando assume a forma Primordial, sombras

surgem sob sua pele e começam a rodopiar, acompanhadas por veias brancas e reluzentes. Uma escuridão impregnada de éter escorre dele. O ar fica denso e crepita conforme asas feitas de éter se abrem em suas costas. Sua pele fica da cor da meia-noite com listras de puro éter, e se torna dura como pedra. Suas asas podem se tornar sólidas como as de um dragontino — uma massa fervilhante prateada e preta. Os olhos brilham com tanta intensidade que suas pupilas desaparecem.

Personalidade: Sério. Reservado. Não gosta da atenção dos outros deuses.

Hábitos/Trejeitos/Forças/Fraquezas: Risada grave e rouca. Capaz de ler e sentir o gosto das emoções dos outros. É um dos Primordiais mais fortes. Considerado jovem para ser um Primordial. Capaz de invocar seu cavalo Odin a qualquer momento; o equino se transforma em sombras e mergulha na pele ao redor do bracelete prateado de Nyktos quando não é mais necessário — tornando-se parte dele. Pode ver as almas dos que já partiram. Caminha nas sombras para qualquer lugar, não importa a distância. Tem a habilidade de invocar uma alma com um simples toque. Sabe usar a persuasão. Pode se transformar num lobo branco-prateado. Não tem o hábito de punir os mortais por falarem o que pensam. Luta com graciosidade. Morde o lábio quando sente atração por alguém. Costumava gostar de ler. Não gosta que toquem nele — exceto Sera. Aprende bem rápido quando se trata de sexo. Encara o amor como uma arma — um risco desnecessário. Adora nadar e costumava passar muito tempo no lago quando era mais novo. Tem uma bela caligrafia.

Curiosidades: Tem 220 anos de idade. Tem um cheiro fresco e de frutas cítricas. Seu gosto é amadeirado e defumado — como uísque. O sangue tem gosto de mel, porém defumado. Teve a *kardia* removida, por isso é incapaz de amar. Também chamado de: O Sombrio. Aquele que é Abençoado. O Guardião das Almas. *O* Primordial do Povo e dos Términos.

Antecedentes: Foi forçado a matar seu amigo Lathan — algo que o assombra até hoje. Fez um acordo com Veses muitos anos antes de conhecer Sera para mantê-la a salvo. Teve a mãe assassinada quando ainda estava em seu ventre. No início, rejeitou Sera por causa do que captou nela naquele dia: determinação, angústia e desespero. Tinha acabado de completar a Seleção quando o acordo com a família Mierel foi fechado. Todo o poder e responsabilidades de Eythos foram transferidos para Nyktos após a morte de seu pai. Certa vez, foi forçado a se alimentar até matar. Sabe como é ser um prisioneiro. (Para mais informações sobre seus Antecedentes, consulte o dossiê a seguir.)

Família: Mãe = Mycella †. Pai = Eythos †. Tio = Kolis. Prima de Segundo Grau = Aios.

A JORNADA DE NYKTOS ATÉ AGORA:

Ah, minha nossa! O que posso dizer sobre nosso querido Nyktos? Uma alma tão bela e torturada. Tão atencioso. Teve má sorte desde que nasceu, mas superou as desventuras e conseguiu perseverar. Tudo que sei sobre o Primordial da Morte foi o que consegui coletar a partir de minhas pesquisas e esparsas visões. Gostaria de ter visto Sera e ele com a clareza que vi Casteel e Poppy, mas infelizmente não foi o que aconteceu. Ainda assim, o que descobri e vi de Nyktos fez me apaixonar por ele — de modo geral, é claro. Seraphena é uma Primordial muito sortuda.

Vamos começar com um pouco de história…

Num acesso de fúria vingativa e determinado a punir o irmão gêmeo por fazê-lo perder seu grande amor (Sotoria), Kolis mata a cunhada, Mycella, que estava grávida de Nyktos. De alguma forma, Nyktos sobrevive. Não se sabe exatamente *como*, mas isso lhe rendeu a alcunha "Aquele que é Abençoado", parte de seu título. Nyktos cresceu vendo uma tristeza constante no rosto do pai pela perda de sua Consorte. Mais tarde, ao concluir que o amor poderia se tornar uma arma e que era um risco perigoso e desnecessário, pede à deusa Maia que retire sua *kardia*, impossibilitando-o de amar.

Logo descobrimos que isso ocorreu pouco *antes* da chegada de Sera às Terras Sombrias por causa de uma visão que Nyktos teve do que aconteceria caso se apaixonasse por ela e a perdesse.

Nyktos mal havia completado a Seleção quando seu pai fez o acordo que afetou a linhagem dos Mierel — sobre o qual Eythos lhe contou antes de morrer, embora não tenha explicado *por que* fez isso. Na ocasião, Nyktos não foi afetado porque ainda não era o Primordial da Morte. Mas quando Kolis assassinou Eythos, depois de trocar de lugar com ele, todo o poder e responsabilidades do pai foram transferidos para Nyktos.

Quando Phanos, o Primordial do Céu, do Mar, da Terra e do Vento, destrói Phythe por causa de uma suposta ofensa, Saion e Rhahar fogem do Arquipélago de Tritão. Infelizmente, a deserção de uma Corte é considerada um crime punível com a morte. Nyktos intervém em nome dos Primordiais, encontrando-se com eles durante o cativeiro e tocando no ombro de cada um. No dia seguinte, durante a corte, informa que Phanos não pode mais castigar os deuses, pois agora pertencem a *ele*. É que, ao tocar neles, Nyktos tomou posse da alma deles, transformando os deuses em súditos e libertando-os do Arquipélago de Tritão, podendo partir como tanto queriam. Depois disso, os dois se tornam incrivelmente leais a Nyktos e parte de seu círculo de amizade.

No papel de Primordial da Morte e sabendo ser o responsável pelo acordo feito com Roderick Mierel, Nyktos espia Seraphena de vez em quando, pois fica curioso a seu respeito. Ele a vê no lago e considera tal visão reconfortante.

Na verdade, começou a observá-la quando Sera ainda era criança. Ele a viu catar pedras, nadar no lago e fazer outras inúmeras coisas. E tudo isso começou por causa de um sonho que Nyktos teve no dia em que ela nasceu, mostrando-lhe o que poderia acontecer no futuro.

Durante seus primeiros dias de Primordial da Morte, Kolis o obrigava a visitá-lo em Dalos, e Nyktos tinha que fingir não odiar o tio com todas as forças e convencê-lo de sua lealdade. Na verdade, Nyktos nunca aceitou seu modo de vida e vinha procurando uma maneira de destruir o tio ou sepultá-lo desde que Ascendeu. Ver o jeito como Kolis tratava suas *favoritas* reforçou a aversão que ele sentia pelo tio, e ser forçado a arrancar o coração do peito de um semideus por se atrever a não se curvar adequadamente a Kolis ou se alimentar até matar aumentou seu ódio mais ainda.

Antes que os mortais começassem a perder a fé, Nyktos era convocado ao plano mortal com bastante frequência. Às vezes, atendia ao pedido do peticionário de tirar a vida de alguém, caso a pessoa em questão fosse má e merecesse isso. Outras vezes, matava o invocador se o pedido fosse apenas por lucro ou alguma mesquinharia. Com o passar do tempo, suas visitas ao plano mortal foram diminuindo.

Até que foi convocado para aceitar Sera como sua Consorte.

Quando Sera completou 17 anos, ele mandou Ector e Lathan ficarem de olho nela, antes de ser forçado a tirar a vida de Lathan. Mas quando os Sacerdotes o convocam a Lasania para reivindicar Seraphena e honrar o acordo feito por seu antepassado, ele chega ao castelo com um estrondo, apagando todas as velas antes de lançar chamas em direção ao teto. Quando o ar se abre, o éter jorra dele e Nyktos aparece, rodeado de sombras agitadas. Ele identifica os sentimentos de Seraphena e sussurra que não precisa de uma Consorte antes de apagar as velas com um sopro e sumir seguido de mais um estrondo. Quando as velas voltam a se acender, Nyktos já se foi. Ele diz que nunca mais foi convocado, apesar de Sera ser levada a acreditar que sim.

Quando Nyktos vê Sera pessoalmente outra vez, ela está mais velha, e ele, no plano mortal — algo que continua não fazendo com muita frequência. Passando-se por Ash, ele a vê seguir os mesmos deuses que está vigiando e a agarra antes que ela se precipite. Sera se debate e ralha com ele, o que o diverte imensamente. Ele a questiona a respeito do que pretendia fazer e diz que ter entrado em cena para salvá-la acabou com seus planos. Além disso, afirma que não tem um único osso decente em todo o corpo.

Sera o ataca, e ele a imprensa contra a parede, momento em que se dá conta de quem ela é. Promete que os três deuses vão pagar pelo que fizeram. Ao sentir que Taric, Madis e Cressa estão de volta, manda Sera enroscar as pernas ao redor dele e beijá-lo para se esconderem bem à vista de todos. Ela fica irritada e o morde. Ele a beija e retribui a mordida, chupando o sangue de seu dedo. Depois, faz questão de esclarecer que não estava fingindo gostar do beijo e admite que talvez tenha *um* osso decente no corpo.

Na minha opinião, Nyktos é repleto de bondade. Embora nenhum Primordial seja inerentemente *bom*, ele é o melhor de todos. E apesar de Nyktos não gostar de admitir, aposto que não sou a única que o vê dessa maneira.

Ao fazer um balanço da situação, Ash acha que os outros deuses não sentiram a sua presença e manda Sera ir para casa. Quando ela o desafia e pergunta se Nyktos vai embora, ele informa que não.

Mais tarde, Nyktos a surpreende à porta dos Kazin que ambos investigavam e confirma que também estava seguindo os deuses. Divertindo-se outra vez com a valentia de Sera, sugere que vasculhem a casa juntos, já que têm objetivos em comum. Informa a ela que os deuses já fizeram isso antes e confessa que pretendia capturar um deles para terem uma *conversinha*. Embora tencione chegar ao fundo da questão, Nyktos a alerta para esquecer do assunto.

Sera, que não tem medo de quase nada — nem de um deus, como considera que Ash seja —, pressiona sua adaga de pedra das sombras contra o pescoço dele. Ele lhe indaga a respeito da arma, já que pedras das sombras são raras no plano mortal. Após discutirem o assunto, ela diz que a roubou do meio--irmão — uma mentira. Quando pergunta se ela sabe o que aconteceria caso tentasse usar a adaga contra ele e Sera responde que sim, Nyktos confessa que saber que ela tentaria mesmo assim o faz pensar no beijo de antes e na língua dela em sua boca.

Que diabinho mais atrevido!

Ash a desarma e diz que Sera é muito corajosa, chamando-a de *liessa* pela primeira vez. Então pergunta o que sufoca seu medo e a faz correr tão avidamente em direção à morte. Ela responde que não sabe. Depois de discutirem mais, Sera o manda ir em frente e matá-la. Nyktos fica surpreso e entretido por ela achar que ele faria uma coisa dessas. Ele a manda tomar cuidado, mas avisa que vai ficar de olho nela.

Mais tarde, ao seguir os deuses, Ash entra no ateliê de Joanis. Por instinto, Sera o apunhala no peito. Ele a repreende por ser imprudente, puxa a adaga e a destrói. Sem aprender a lição sobre autopreservação, ela o ameaça e não parece impressionada com sua demonstração de força e energia — o que só o faz rir.

Nyktos pergunta o que a assusta e volta a chamá-la de *liessa*, percebendo que ela só parece se assustar em um nível superficial. Sem ser capaz de evitar tocá-la, Nyktos acaricia seu rosto e diz que, embora seja capaz de sentir terror, Sera não está aterrorizada. Sarcástica, ela pergunta se ele é o Deus dos Pensamentos e das Emoções, fazendo-o rir outra vez.

É nítido que Sera vai dar trabalho, mas ele não consegue ficar longe dela.

Ash confessa a Sera que foi alertado sobre a entrada dos deuses no plano mortal. Revela que ficou de olho nela para evitar que ela se metesse em encrenca. Quando Sera expressa que não é necessário, ele responde que *quis* fazer isso — algo que o surpreendeu. Os dois compartilham informações e ele diz que não descobriu nada sobre os assassinatos da família Kazin nem encontrou nenhuma prova que explique por que Madis fez aquilo, embora insinue que o deus foi preguiçoso da última vez.

Nyktos explica que as almas das vítimas dos deuses simplesmente deixaram de existir, um destino mais cruel do que serem enviadas para o Abismo, onde ao menos ainda seriam *alguma coisa*. Quando Sera pergunta, ele confirma que é mesmo das Terras Sombrias e conta o que acontece com a alma quando alguém morre.

Durante a conversa, Andreia Joanis — que julgavam morta assim que chegaram ali — começa a se mexer, e logo se levanta e ataca os dois. Ele mata a costureira com sua espada de pedra das sombras e comenta com Sera que nunca viu nem ouviu falar de nada parecido com o que acabaram de testemunhar. Conclui que Madis não só a matou, mas fez alguma coisa com ela — algo perturbador.

Quando Ash diz que precisa ir embora, ele a incentiva a seguir seu exemplo e a chama novamente de *liessa*. Sera pergunta qual é o significado da palavra, e ele responde que *liessa* tem significados diferentes para pessoas diferentes, mas é sempre algo belo e poderoso.

Testemunhei essa conversa numa visão do passado e tenho de admitir que quase desmaiei.

Algum tempo depois, Ash se esconde e observa Sera nadar no lago. Quando ela exige que ele se revele, Ash sai de trás da cachoeira e diz que Sera é uma deusa feita de prata e luar — e é mesmo. Seraphena é absolutamente deslumbrante. Ela o inferniza como de costume, e Ash a chama de mentirosa quando Sera declara que não quer que ele fique ali. A discussão continua, e ele admite que está excitado, mas com um pouco de medo dela e tomando bastante cuidado, apesar da atração que o incita a agir de modo ruim.

Quando Sera pergunta qual é o seu nome, ele responde que é Ash. Ela questiona se é abreviação de alguma coisa, e ele explica que é a abreviação de um monte de coisas. Sera pergunta sobre as tatuagens, mas ele muda de assunto, mandando-a se vestir e prometendo não espiá-la. Pouco depois, ele percebe que já não estão a sós e a instrui a desembainhar a adaga, dizendo que o que está por vir não é do plano mortal.

Ele explica que as criaturas de pesadelo que ela está vendo se chamam Germes, mais especificamente Caçadores, e que estão à procura de alguma coisa. Mais uma vez, Nyktos a manda ir para casa e os dois discutem enquanto lutam contra os Germes. Apesar dos trajes perturbadores de Sera — uma peça de roupa minúscula — sobre o quais ele faz questão de comentar, Ash diz que está impressionado por ela saber lutar e explica a melhor maneira de matar um Germe.

Sera revela sua repulsa por cobras ao descobrir o que há dentro dos Caçadores, e Ash, obviamente, a provoca por isso. Em defesa de Sera, também não sou chegada a cobras. Ash esclarece que a costureira não se transformou em Germe, mas que ainda não sabe *o que* aconteceu no ateliê de Joanis. Em seguida, explica os diferentes tipos de Germes para Sera, e, quando ela pergunta se os Sacerdotes são Germes devido às suas bocas costuradas e assustadoras, ele confirma que sim.

Ash sugere que os Caçadores possam estar à sua procura, pois tem muitos inimigos. Quando Sera insinua que ele fez algo errado para despertar sua inimizade, Ash a questiona e diz que ela está sendo preconceituosa com ele.

Depois, Ash conta um segredo a Sera: o conhecimento dos mortais a respeito dos deuses, dos Primordiais e do Iliseu nem sempre é preciso. Rapaz, é uma verdade e tanto! Te juro: as coisas mudam toda vez que faço uma anotação nesses arquivos. Diz ainda que alguns Primordiais são muito jovens e que alguns deuses existem há mais tempo do que eles.

Com tantos Germes mortos à sua volta, Ash diz a Sera que tirar uma vida sempre deve deixar uma marca na pessoa. Para descontrair, Ash a provoca, dizendo que ela está olhando descaradamente para o corpo dele. Sera nega, e Ash brinca que ela mente muito bem e volta a chamá-la de *liessa*.

Ash insiste que os dois têm interesse um pelo outro e que é por isso que ficaram no lago. Diz ainda que se sente assim em relação a Sera porque ela fala o que pensa sem se importar com as consequências.

Uma mulher que segue o próprio coração.

Ash admite a Sera que só mata quando precisa e que nunca gostou de fazer isso. Ela diz que sente muito, o que o surpreende. Ele conta a ela sobre Lathan e que foi forçado a tirar a vida dele. Sua surpresa logo se transforma em choque quando Sera demonstra compaixão por Ash ter sido obrigado a matar o amigo.

Não sei se alguém havia demonstrado compaixão por ele antes.

Ash pergunta por que ela está à beira do lago. Quando Sera responde que ali é um lugar tranquilo, ele compreende perfeitamente. Fica intrigado por ela ir até o lago sem ser seguida ou escoltada. À medida que os dois conversam e o lado autodepreciativo de Sera se revela, Ash se irrita por ela questionar a própria beleza. Admite ter ficado impressionado com suas habilidades de luta e a provoca, afirmando que ela gosta dele.

Sera o questiona, querendo saber sobre o Iliseu e as Terras Sombrias, e ele descreve a ambos, pedindo para acariciar os cabelos dela enquanto conversam. Explica que a morte tornou as Terras Sombrias menos magníficas do que eram no passado.

Ele consegue fazê-la sorrir algumas vezes durante a conversa e comenta que ela o agraciou com aqueles sorrisos. Quando Sera diz que Ash é gentil, ele fica surpreso e nega. Mas admite que talvez tenha *um* osso decente em todo o corpo. Para ela, pelo menos.

Como disse antes, Nyktos tem muitos ossos decentes no corpo, só precisa que as pessoas à sua volta, assim como Sera, o façam enxergar isso.

Tomado de desejo, Ash confessa que quer e precisa beijá-la. Então Sera pede que ele faça isso. Admitindo que nunca quis tanto ouvir a palavra *sim*, Ash morde o lábio dela com as presas. Ela fica ofegante, e ele revela o quanto gosta disso. Então a deita no chão e a provoca, dizendo que o beijo foi… satisfatório. Depois de beijá-la mais uma vez, ele faz uma pausa, extasiado, porém a beija novamente e arrasta as presas pelo pescoço dela. Quando Sera diz o nome dele, Ash fica imóvel e admite que nunca ouviu ninguém falar seu nome daquele jeito antes, então acrescenta que ela pode chamá-lo do que quiser.

Pelo visto, o único osso gentil e decente em seu corpo era orientado por partes bem mais pervertidas e indecentes. E eu, obviamente, adoro isso!

Ash implora que Sera mostre do que gosta, e ela mostra a ele como dá prazer a si mesma. Ao tocá-la, diz que Sera se parece com seda e luz do sol — controle-se, meu coração. Assumindo o controle dos movimentos enquanto ela segura seu pulso, Ash a chama de *liessa* e a manda foder sua mão. Ela faz isso com prazer. Garota esperta. Depois, ele prova o prazer dela em seus dedos e diz que Sera tem gosto de sol.

De *sol*... Ah, meus deuses. As palavras que saem da boca desse Primordial... Ele é especial, não tenho a menor dúvida.

Sera o toca, mas Ash hesita. Confessa o quanto deseja ela — e *não* a mão dela — em volta do próprio pau, mas não quer seduzi-la no chão (ele não deveria dispensar uma boa trepada no chão) nem fazer com que ela se arrependa depois. Admite que não tem muita experiência e a distrai com mais beijos.

Enquanto ficam deitados ali, Ash confessa que quer contar suas sardas e brinca com o cabelo dela. Depois de levantarem e se vestirem, ele a aconselha a ir para casa depressa e tomar cuidado.

Ash envia Ector para o plano mortal com uma nova adaga de pedra das sombras para Sera substituir a que ele destruiu e se manter em segurança. Adoro o fato de ele se preocupar com ela, mas ter consciência de que Sera também sabe tomar conta de si mesma.

Alguns dias depois, Nyktos sente as emoções de Sera no plano dos deuses, quando Tavius a tortura e chicoteia, e intervém, com a fúria à flor da pele. Ao afirmar ser o Sombrio, Aquele que é Abençoado, o Guardião das Almas, *o* Primordial do Povo e dos Términos e o Primordial da Morte, deixa todos os presentes aterrorizados — menos Sera.

Ele exige saber quem participou daquilo e mata quatro guardas pela transgressão. Em seguida, volta-se para Tavius e reivindica Sera como Consorte. Como punição pelo que o Rei moleque fez, Ash o prende à estátua do Primordial com o chicote em volta do pescoço. A Rainha implora pela vida de Tavius, o que o deixa ainda mais furioso.

Sera pede que ele solte Tavius, e Ash faz o que ela deseja, chamando-a de *liessa* e percebendo que, na verdade, *ela* quer matar aquele desgraçado. Sera cumpre a promessa de cortar os braços dele, esfaqueá-lo no peito e enfiar o chicote na garganta do meio-irmão. Depois de uma conversa bastante normal, algo se rompe dentro de Sera e ela ataca Nyktos. Imagino que tenha sido por causa de tudo que ele a fez passar por não reivindicá-la antes e por não contar quem era quando ela o reencontrou. Ash a lembra que, apesar de ser um Primordial, ainda sente dor e admite ter um pouco de medo dela mais uma vez.

Sera o chama de Nyktos num acesso de raiva, pois agora sabe de sua verdadeira identidade e detesta não poder mais descontar as frustrações nele. Ash pede que Sera não o chame assim, dizendo que não é Nyktos para ela.

Ash a informa do que vai acontecer agora que a reivindicou e percebe que Sera imaginou que ele a deixaria enfrentar as consequências do que fez a Tavius. Ele se recusa a permitir que ela seja executada e promete que sua família ficará a salvo, embora ache que não mereçam.

Ele explica como sabia que deveria chegar naquele momento, sem conseguir parar de tocar nela. Sera comenta que seu toque é frio, o que ele retruca perguntando como ela acha que é a Morte. Quando ela questiona por que ele não contou quem era antes, Ash indaga se ela se interessaria por ele se soubesse que era o Primordial da Morte. Enfatiza que nunca mentiu para ela. Foi Sera quem supôs que ele fosse um deus.

A caminho do lago a fim de atravessarem para o Iliseu, Ash se diverte por ela se sentir tão dona daquele lugar e diz que há uma boa razão para achá-lo tão tranquilo: o lago é um portal até ele. Então admite que poderia — e *deveria* — ter contado quem era antes, mas ela era tão destemida, ele estava tão interessado e, embora não quisesse nem esperasse o que aconteceu entre os dois até o momento, gostava da ideia de poderem ser quem eram... sem acordo nem obrigações. Sera *queria* que ele tocasse nela, e não porque achasse que era o que Ash *tinha* de fazer. Ash explica que estava se divertindo e que não queria que tudo acabasse.

Uma vez no plano dos deuses, Ash salienta que todas as colinas que ela vê na verdade são dragontinos e explica as diferenças entre um dragão e um dragontino.

Depois de passarem por uma Colina cheia de pessoas empaladas, sua chegada é notada. Ele diz que esperava que tivessem mais tempo antes que alguém reparasse que Sera estava ali, pois pouquíssimas pessoas sabiam a seu respeito. Pergunta se pode apresentá-la como sua Consorte, e ela concorda.

Quando começam a encontrar os deuses nas Terras Sombrias, Ash fica irritado por Lailah mencionar a suposta tradição familiar de raptar garotas mortais, aludindo à obsessão de Kolis por Sotoria.

Ash pede que Aios leve Sera para seus aposentos e mande comida para ela. A deusa se assusta quando sente um choque ao tocar Sera e olha para Ash. Ele se limitar a dizer: "Eu sei." Então diz a Sera para confiar em Aios e promete voltar logo.

Mais tarde, Ash encontra Sera tomando banho. Ao cuidar de seus ferimentos, confessa que mal pode esperar para visitar Tavius no Abismo e fazê-lo sofrer. Traz uma pomada para ajudar com a dor e a cicatrização e se oferece para lavar o cabelo dela — algo que nunca tinha feito antes, mas fica tentado por não ser capaz de resistir aos cachos iluminados pela lua.

Ash pergunta como foi a vida de Sera depois de rejeitá-la e descobre que um cavaleiro a treinou no uso de armas e combate corpo a corpo para que ela pudesse se defender. Ele esperava que ela tivesse seguido com sua vida depois da rejeição. Quando Sera pergunta por que ele não voltou, Ash diz que os Sacerdotes nunca mais o convocaram e tenta fazê-la compreender que o que aconteceu não foi pessoal.

Ah, mas era pessoal, sim, só que não do jeito que ela imaginava. Era muito mais do que isso. E bem mais doce, ainda que de partir o coração.

Ash diz que ela não fez nada de errado quando o rejeitou e explica o que captou dela naquele dia — que Sera estava com medo e pensando que não tinha escolha —, revelando que consegue ler e sentir o gosto de suas emoções. Acrescenta que a achou corajosa, mas sentiu sua angústia e desesperança — uma pessoa obrigada a cumprir uma promessa que não havia feito. Não precisava de uma Consorte forçada a se casar com ele, e foi o que disse a ela.

Sera sai do banho e ele a enxuga, revelando saber como ela se sente quando a toca — seus gemidos não são fingidos; ela o deixa tocá-la porque gosta. Ele explica que lê a linguagem corporal dela, mas não se aprofunda em suas emoções.

Mais interessado em certas partes da união e do acordo, Ash volta a dar prazer a Sera, confessando que pensa nela e no tempo que passaram no lago toda vez que se masturba. Depois espalha a pomada em suas costas e insiste ser o mesmo homem que Sera conheceu, embora agora ela saiba mais sobre ele e sua verdadeira identidade. Afirma ter lhe dito coisas que não contou a mais ninguém e que nunca mentiu para ela.

Quando Sera pergunta sobre os deuses que viu empalados na Colina assim que entraram, Nyktos fica espantado por ela achar que foi *ele* quem fez aquilo.

Por isso explica a política de Iliseu, revelando que não fez o acordo com o antepassado dela, e sim seu pai.

Ash conta que todos os poderes, responsabilidades e acordos foram transferidos para ele quando o pai morreu, ascendendo-o ao seu status de Primordial. Diz que seus pais se amavam muito e que o pai era viúvo quando fez o acordo com Roderick. Eythos morreu apaixonado pela esposa, de modo que Ash nunca entendeu por que ele combinou aquilo.

Um ponto em comum entre os dois é que nem ele nem Sera consentiram com o acordo. Ele diz que pensou em procurá-la e lhe contar tudo antes dos últimos acontecimentos, mas achou melhor limitar o contato. Não queria expô-la.

A discussão se volta para os assassinatos, e Ash afirma não achar que estejam relacionados a ela. Nyktos explica melhor o que aconteceu com Lathan e, quando Sera pergunta por que ele ficou de olho nela, já que não haveria consequências em relação ao acordo, responde que não tem certeza e insinua que deveria tê-la deixado em paz. Embora pudesse ser assassinada por Madis e seus comparsas, talvez a morte fosse um destino melhor. Ao menos seus inimigos não se voltariam contra ela.

Chega a notícia de que as Sombras andam à solta nos Bosques Moribundos, por isso Ash deixa Sera para resolver o problema. Ao retornar da missão, toma café da manhã com ela.

Enquanto discutem a dinâmica na Casa de Haides, ele explica que manter Sera em seus aposentos é um mal necessário, mas, se ela acha que é a mesma coisa que um cativeiro, então não faz a menor ideia do que está falando. Admite que, infelizmente, conhece bem a sensação, referindo-se ao tempo que passou em Dalos.

Detesto saber que, pouco tempo depois, ela também passa por isso.

Ash devolve a adaga que dera a ela, agora com uma bainha, e pede desculpas por perturbá-la e mantê-la isolada.

A conversa passa a ser sobre alimentação, e ele explica como funciona e por que o enfraquecimento é um fator a ser considerado, admitindo que já não se alimenta. Nunca. Apenas certifica-se de nunca ficar muito fraco. Quando ela pergunta se ele já foi feito prisioneiro, referindo-se ao que disse sobre estar familiarizado com a sensação do cativeiro, Ash responde que já foi muitas coisas, deixando por isso mesmo e sem entrar em detalhes. Sera tenta fazer com que ele se abra, propondo que conheçam mais um sobre o outro. Ash admite que não quer que sejam dois estranhos e que preferiria que fossem tão íntimos como no lago. No entanto, não está disposto a falar sobre seu tempo encarcerado.

Ele muda de assunto e conversa com Sera sobre os dragontinos. Ash explica que convive com eles há tanto tempo que consegue entendê-los mesmo quando estão na forma de dragontinos. Dá um pedaço de bacon à pequena Jadis e admite que Nektas o queimará vivo se descobrir que Ash deixou a filha dele comer aquilo.

Ash provoca Sera sobre o apunhalar no peito no plano mortal, informando que espera que ela não volte a fazer isso. Depois explica que Nektas sabia que ele não tinha sido gravemente ferido naquele dia por causa do vínculo entre os dois. Caso contrário, o dragontino teria ido atrás dele. Sera comenta que precisa aprender a controlar a raiva, e ele confessa que acha esse aspecto dela... interessante.

Mais tarde, Nyktos volta depois de cumprir com seu dever e fala com Sera sobre o futuro dela nas Terras Sombrias. Quando ela esbarra em Nyktos sem querer, ele estremece e sibila, pedindo-lhe para não tocar nele por receio de revelar sua fraqueza. Quando Sera alude ao fato de duvidar de sua atração, ele fica perplexo e afirma estar *muito* interessado. Diz ainda que a necessidade é real e poderosa, como uma entidade tangível.

Sera diz que ele só ladra e não morde, então ele a encosta contra a parede a fim de esclarecer as coisas. Confessa que a última coisa que quer é ser controlado ou decente quando está perto dela. Quer estar tão fundo dentro de Sera que chegue a esquecer o próprio nome — e sabe que ela também quer isso. Então a lambe e mordisca. Sera, sempre tentando contrariar, insiste que não gosta dele, e Ash diz que é melhor assim.

Ele leva Sera para conhecer a Casa de Haides e depois a biblioteca, para discutir mais regras. Ali, revela que machucou as costas durante o confronto com as Sombras — o que explica o porquê de ter estremecido antes. Mas a pobre Sera só fica sabendo disso depois e acha que ele está desanimado com ela por algum motivo.

Ao explicar as regras e o funcionamento do Iliseu, Ash conta que a regra de não ferir a Consorte foi quebrada só uma vez e, como quer se assegurar de que ela esteja em segurança, diz que a coroação acontecerá dali a duas semanas.

Quando Sera pergunta sobre a Ascensão, Ash fica incomodado e conta o que isso implica, explicando que não vai Ascendê-la. Não foi uma escolha sua, e ele se recusa a forçar alguém a viver quase uma eternidade enfrentando as mesmas coisas que ele.

Viu só? O que foi que eu disse? Ele é atencioso, sim — mesmo que não goste de admitir.

Sera o chama de *Vossa Alteza* pela primeira vez, o que o deixa excitado, apesar do tom sarcástico que ela usa. Após contar a ela sobre a morte dos pais, Ash afirma que o amor é um risco perigoso e desnecessário.

Dias depois, Ash faz a corte e olha diretamente para Sera, que está escondida numa alcova, pensando que faz tempo que não fica em sua presença, apesar de achar que ele não sabe que ela está ali. Em seguida, Theon anuncia que Veses chegou, e Ash manda Ector levar Sera para um lugar seguro enquanto acompanha a Primordial até seu escritório.

Sera sai de fininho e entra na Floresta Vermelha. Ash vai atrás dela, aparecendo no exato momento em que um bando de deuses sepultados se levanta e a ataca. Ele a manda ficar em silêncio e explica sobre os deuses e as árvores de sangue e, então, pede a Saion para levar Sera de volta ao palácio e trazer Rhahar para se juntar a ele na verificação das tumbas. Infelizmente, Sera sucumbe aos ferimentos da batalha.

Depois que ele e Rhahar resolvem as coisas na floresta, Ash retorna e admite que usou a persuasão para fazer Sera beber o antídoto, voltando a chamá-la de *liessa* enquanto discutem o ataque. Revela que os deuses foram libertados de propósito, provavelmente por outro deus curioso para ver o que aconteceria. Afirma que teriam atacado qualquer pessoa que abrisse a tumba.

Ash explica que as Terras Sombrias estão morrendo e se surpreende quando ela diz acreditar que deve ter alguma relação com o acordo feito por seu antepassado. Não é nada disso.

Quando a conversa se volta para Veses, Ash percebe que Sera está com ciúme. Em seguida, diz que odeia cada segundo em que fica na presença da Primordial e a chama de víbora.

Ash admite ter dito a todos para darem algum tempo a Sera após sua provação e que a tem evitado. Confessa que ficar perto dela por mais de alguns minutos faz com que o desejo supere seu bom senso. Incapaz de se conter, ele a beija, depois cede aos seus desejos e a manda ficar quieta enquanto dá prazer a ela com as próprias mãos. Lambe a essência dela dos dedos e a beija novamente, deixando-a experimentar seu sabor delicioso.

Ash diz esperar que não haja dúvidas no que diz respeito ao seu interesse por ela e confessa que contou suas sardas — são trinta e seis no total. Então pergunta se pode deitar ali com ela e admite que é virgem, explicando que nunca deixou as coisas chegarem tão longe com ninguém porque é muito arriscado. Quando Sera pergunta por que Ash está correndo esse risco agora, ele confessa que não consegue se conter, embora saiba que os dois vão acabar se arrependendo. Acabam dormindo juntos, mas ele se levanta e sai do quarto antes que ela acorde.

Ash trata de alguns assuntos nos Pilares e encontra Sera depois da prova da costureira. Fica surpreso ao descobrir que os mortais acham que os Escolhidos são Ascendidos. Conta a ela o verdadeiro destino dos Escolhidos sob o governo de Kolis e admite que não sabe por que o Ritual ainda é realizado. Explica que esconde os Escolhidos para protegê-los, embora prefira que as pessoas pensem que não faz nada. Em seguida, diz que alguns Escolhidos desapareceram. Simplesmente… sumiram.

À noite, na varanda, Ash confessa que sempre pensa nos Escolhidos e pede que Sera se junte a ele. Quando ela atende ao seu pedido, revela que não conseguiu dormir porque não parava de olhar para a porta conectando os quartos dos dois e de pensar nela.

Ao conversarem sobre suas atribuições, Ash diz que tem dificuldade em julgar as almas das pessoas e explica que costumava atender às convocações, mas parou de fazer isso quando as mortes deixaram de deixar uma marca nele — algo que sempre deveria acontecer. Embora gostasse do sentimento de justiça quando os mortais percebiam quem ele era e que podia matá-los e ficar com a alma deles por toda a eternidade.

Ele descobre que Sera também matou várias pessoas, sobretudo homens maus, mas também outros por ordem da mãe. Ash assegura que não acha que ela seja um monstro e sente um choque ao se tocarem, dizendo que um monstro não saberia que é um monstro — ou ao menos não se importaria.

Após beijar sua cicatriz, Sera pergunta sobre as tatuagens dele. Quando Ash explica, ela comenta que ele não é responsável pelas ações dos outros. Ela sorri, e ele lhe pede para não fazer isso, dizendo que não há nada que não a deixaria fazer quando sorri. Sera interpreta isso como um convite e usa a própria boca para dar prazer a ele.

No dia seguinte, Ash é obrigado a realizar a corte novamente e informa que Sera não pode comparecer — é arriscado demais. Depois de ouvir os argumentos dela, Ash volta a questionar sua imprudência, dizendo que a maioria dos mortais não vive como se sua vida já estivesse perdida.

Gemma é atacada enquanto Ash está ausente, mas ele chega no exato momento em que ela morre. Sera começa a brilhar, e ele grita por ela, atônito. Ash a vê trazer Gemma de volta à vida e comenta que Sera carrega uma brasa da vida dentro de si.

Quando ele se dá conta do que está acontecendo e o que seu pai fez, o espanto dá lugar à admiração, que logo se transforma em esperança. As sombras começam a girar sob sua pele, e ele exige que ninguém fale do que acabou de presenciar. Depois revela que aquilo deve ter criado uma reverberação de poder que seria sentida por todo o Iliseu e detectada por muitos deuses e Primordiais. Avisa a Sera que alguns deles virão à procura da origem daquele poder. De repente, percebe que já tinha sentido aquilo antes, mas não conseguiu identificar o local na hora. Por isso sabe que não foi a primeira vez que ela trouxe alguém ou algo de volta à vida. Então afirma que os Germes Caçadores e deuses assassinos no plano mortal estão à procura *dela*.

À medida que suas emoções se intensificam, as sombras atrás de Ash ganham a forma de asas. Ele pergunta por que Sera não contou que tinha um dom. Ao descobrir que ela já trouxe vários seres de volta à vida, ele começa a rir — sua lista inclui Marisol, o lobo, o que aconteceu na Floresta Vermelha...

Ash explica que seu pai era o verdadeiro Primordial da Vida e supõe que a brasa que ela tem dentro de si era dele — e de Ash antes que o irmão gêmeo de Eythos a roubasse.

Ele conta a história de Eythos, Kolis e Sotoria, e explica por que os Primordiais não intervieram. Diz que a brasa nela é uma chance de vida e explica que as papoulas voltaram a crescer depois de terem desaparecido por centenas de anos. Além disso, revela que Kolis tem a alma de Eythos.

Quando ela menciona o acordo, ele diz que a Devastação é uma consequência da perda dos poderes que Kolis roubou e não tem nada a ver com o que Roderick fez.

Sera começa a agir de forma estranha, e Ash fica preocupado, achando que há sensações demais para ser um mero choque ou confusão. É então que ela revela suas motivações — seu verdadeiro plano. Sera conta que foi treinada com um propósito em mente: encerrar o acordo em favor do invocador, fazendo-o se apaixonar para depois acabar com ele. Quando ela tenta se desculpar, Ash rosna para ela e a manda não fazer isso.

Uma trombeta soa ao longe, alertando que as Terras Sombrias estão sitiadas. Após mandar que ninguém comente as descobertas — as brasas e a traição —, Ash envia Saion, Bele e Rhahar para verem o que está acontecendo.

Depois de se armar, Ash é informado sobre o naufrágio do navio. Quando Sera diz que está se sentindo mal, ele fica surpreso ao descobrir que ela pode sentir a morte e conta o que está vivenciando. Pede que ela fique com Ector e Rhain, e diz aos deuses para garantir que ela continue viva. Em seguida, Ash, Saion, Rhahar e Theon saem pelo portão.

O grupo desce os penhascos, enfrentando os dakkais que avançam sobre as casas em Lethe. Ele, Bele, Saion, Rhahar e Theon montam a cavalo, disparando flechas contra o inimigo. Ao chegar à baia, invoca Odin de volta a seu braço e luta corpo a corpo.

De repente, vários dakkais que estavam prestes a atacá-lo por trás caem mortos, e Ash vê Sera disparando flechas contra eles.

Os dragontinos incineram os dakkais, e Ash procura Sera com o olhar para checar se ela está bem. Nektas abate o dragontino inimigo, e Ash ordena que Rhain e Ector levem Sera de volta ao palácio. Mais tarde, chega com Saion e Nektas, e pergunta se ela se feriu. Confirma que Kolis estava por trás do ataque e provavelmente sabe que há *alguma coisa* nas Terras Sombrias, mas não a sua origem.

Ash diz a Sera que seu pai não teria colocado a brasa num corpo mortal sem um bom motivo e, até que descubram que motivo foi esse, Kolis não pode colocar as mãos nela.

Quando Sera se envergonha do que fez, ele ri da cara dela, considerando-a uma excelente atriz. Acrescenta a atuação à lista de seus inúmeros talentos e a deixa ainda mais constrangida, fazendo pouco-caso de sua dor. Fiquei triste ao ver essa cena, pois era tão óbvio que Ash só descontou nela porque *ele* estava magoado.

Sera o repreende por ler suas emoções e jura que suas ações e sentimentos não eram fingimento. Depois acrescenta que ficou aliviada por ele não tê-la aceitado três anos atrás, pois assim não teria de fazer o que se esperava dela.

Nektas sussurra algo para Ash, que tenta mandar o dragontino para a muralha, dizendo que está bem. Por fim, admite que a maior parte do sangue em suas roupas é *dele mesmo.*

Apesar da dor e de seu estado cada vez mais enfraquecido, Ash não acredita que a brasa de Sera seja tão poderosa a ponto de funcionar em um deus ou Primordial — depois, descobrimos quão enganado ele está De qualquer forma, não confia nela o suficiente para que Sera tente curá-lo.

Ash ordena que Nektas a ponha num lugar seguro, em que esteja protegida inclusive de si mesma, pois ela não dá o menor valor à própria vida. Quando

Nektas a leva até ele, Ash fica furioso. Nektas comenta que achou que estivesse seguindo suas ordens — um dragontino casamenteiro!

Quando Sera sugere que ele precisa se alimentar, Ash fica furioso e a manda embora. Mas, antes que ela saia, pergunta se Sera não tem medo de morrer.

Sera se recusa a sair, e ele grita, mandando-a dar o fora, avisando que, se ela não sair, vai se alimentar e fodê-la. Sera o provoca, e ele a chama de imprudente, admitindo que pode matá-la se beber seu sangue — já que não se alimenta há décadas.

Ash cede, se alimenta e arranca o vestido dela, sem conseguir deter a torrente de emoções que tomam conta dele. Quando Sera sugere que não bebeu o bastante, Ash retruca que o que ele consumiu vai *ter* de bastar. Conforme as sensações provocadas pela mordida se intensificam, Sera começa a se masturbar. Uma coisa leva a outra, e ele volta a se alimentar enquanto a possui, o olhar fixo no ponto em que estão unidos, com o contorno sombrio e nebuloso das asas de éter se formando atrás de si enquanto luta contra sua verdadeira natureza.

Ash confessa que nunca sentiu nada assim antes. Quando Sera diz que também não, Ash lhe pede para não mentir e avisa que sua fé nele é imprudente.

Qual é a novidade? Ela sempre é imprudente.

Após o êxtase, ele não consegue deixar de perguntar como ela consegue ser tão convincente. Ela fica ofendida e o repreende outra vez.

Ash insiste que já bebeu sangue o suficiente e admite que arrancar o vestido dela será sua recordação favorita pelos próximos anos.

Vindo de alguém que já se perdeu nos estertores da paixão e viu o outro perder o controle, devo dizer que *é* bastante excitante e difícil de esquecer.

Depois de mandar Sera descansar — o que ela não gosta nem um pouco —, Ash diz que ela jamais fará com que ele se apaixone e reforça que nunca será capaz de enfraquecê-lo a ponto de se tornar uma ameaça. Ela duvida dessa suposição — como duvida de quase tudo.

Ash passa algum tempo longe de Sera. Quando a vê novamente, é logo após ela lutar contra o ataque de Hamid na banheira. Ele revela que sentiu o gosto do seu medo e saiu depressa a sua procura. Quando Sera fica com raiva por ele ter lido suas emoções outra vez, Ash acha engraçado e fica excitado ao mesmo tempo.

Ao ouvir os detalhes do que aconteceu, fica chocado ao descobrir que o agressor tentou estrangulá-la. Quando Sera declara que nunca mais tomará banho ali, ele fica bastante irritado. Ash está prestes a questionar Hamid quando Ector o mata, deixando-o ainda mais furioso.

Ele leva Sera para seus aposentos e admite que ainda não conseguiu designar um guarda para ela. Pergunta-lhe sobre o ataque e se Hamid disse alguma coisa. Em seguida, ordena que Rhain e Aios fiquem com Gemma e os instrui a fazerem uma busca da casa de Hamid à procura de alguma pista.

Apesar das circunstâncias e de não confiar nela, Ash fica apreensivo quando Sera começa a sentir dor e fraqueza. Preocupa-se de ter bebido sangue demais e imagina se não seria a Seleção — algo impossível, já que ela é mortal. Mesmo assim, pede a um guarda que fique com ela e vai buscar um chá curativo.

Depois que Ash retorna, Sera menciona que o chá é o mesmo que seu cavaleiro, Sir Holland, costumava lhe dar. Ele fica surpreso ao descobrir que os chás são iguais e imagina como uma mortal saberia disso. Ele explica que as dores de cabeça e o sangramento nas gengivas de Sera são sintomas da Seleção dos deuses e acha que a brasa dentro dela está causando efeitos colaterais semelhantes. Calcula que ela terá mais algumas semanas ou meses dessas ocorrências até que os sintomas diminuam, embora não vá Ascender.

Ash diz para Sera não esperar se os sintomas voltarem e pedir o chá logo. Depois determina que os dois não farão mais sexo. Ela ficará em segurança nas Terras Sombrias e se tornará sua Consorte como planejado, mas nenhum deles queria isso e o amor nunca fez parte do acordo.

Ash afirma que nunca pensaria nela, mesmo que considerasse uma amizade, e esbraveja, dizendo que Sera não passa de um recipiente para a brasa. Não consegue se manter indiferente à mágoa dela, mas declara que não há mais nada a discutir.

Ele é chamado a Lethe para tratar de um incidente: Cressa e Madis levaram as Sombras para a cidade, e Ash precisa cuidar da confusão.

Quando os deuses atacam, Ash ruge com eles por se atreverem a entrar em sua Corte e tocar no que é seu. Explode Cressa e ordena que Madis se junte à irmã.

Taric tenta usar o éter contra Ash, o que o irrita. Ele avança sobre o deus, agarra-o pelo pulso e destrói a espada dele. Taric o provoca, mandando Ash o matar logo e chamando-o de Abençoado. Mas então diz que isso não importa e avisa que *ele* não vai parar — referindo-se ao falso Primordial da Vida. Afirma que Kolis vai destruir os dois planos, o que não será nada em comparação com o que fará com Nyktos. Acrescenta que ele não tem como deter o tio, assim como Eythos não o deteve, e jura que Kolis *terá* Sera. Em resposta, Nyktos arranca o coração do peito dele.

Ash descobre que Taric examinou as lembranças de Sera quando a mordeu e lhe pede para não esquecer que pode até sentir medo, mas jamais ser medrosa. Para reforçar seu ponto de vista, devolve a adaga para ela.

Quando as coisas começam a se acalmar, descobre que Bele foi morta durante o ataque. Sera se aproxima dela, mas Ash diz que a brasa que tem dentro de si não é suficientemente forte para trazer uma deusa de volta à vida. Aios implora para que ele a deixe tentar mesmo assim. Quando Sera diz que a culpa pela morte de Bele é dela, Nyktos fica furioso — pois *não* é culpa dela coisa nenhuma.

Pouco antes de dar permissão, Ash manda Nektas se certificar de que os guardas estejam preparados para qualquer coisa e então diz para Sera seguir em frente. Ele assiste a tudo e fica perplexo quando dá certo e Bele revive.

Nyktos comenta que aquilo é impossível — a brasa não deveria ser tão poderosa assim. Apesar de tudo, Sera acabou de Ascender Bele.

Ao discutirem as implicações, Nyktos conta a Sera que agora Bele pode desafiar Hanan pelo controle de sua Corte.

Os dois conversam sobre o que ela fez e discutem o que está por vir. Ash a agradece novamente por salvar sua amiga e fica chocado ao notar que sua gratidão a surpreende. Então ajuda Sera a se limpar porque quer, não porque se sente obrigado a fazer isso, e diz que convocou os Destinos.

Nyktos avisa a Sera que Kolis vai esperar até descobrir com o que está lidando. Ao falarem mais sobre a Ascensão, Nyktos concorda com Saion que nem todos os deuses que Sera trouxer de volta à vida vão Ascender — eles precisam estar *destinados* a isso. Em seguida, explica como a vida e a morte dos deuses diferem das dos mortais.

Ao perguntar se Taric disse alguma coisa para ela, Sera conta que os deuses estavam à sua procura em Lasania e que os *viktors* a protegeram. Ash comenta que faz muito tempo que não ouve falar deles.

Quando pergunta se Sera quer tomar banho ou descansar, fica incomodado ao perceber que ela não quer voltar para o quarto por causa do que Hamid fez. Em vez disso, Ash a leva para seus aposentos e adormece, sendo acordado por Reaver um tempo depois, que informa que Nektas está de volta e na sala do trono. Nyktos conta a Sera que os Destinos responderam ao seu chamado.

Tomado pela emoção, Nyktos beija Sera, mas logo diz que isso não muda nada. O pobre Primordial não consegue lutar contra o que sente por ela, embora ache que deveria.

Quando descem as escadas, fica surpreso ao ver a deusa Penellaphe. É informado de que ela veio por causa de Sera e que trouxe um Arae consigo.

Sera fica chocada com a aparência do Arae, e Nyktos descobre que Holland é o cavaleiro que a treinou no plano mortal. Acusa Holland de interferir no destino ao se passar por mortal e finalmente entende como *ele* sabia sobre o chá curativo.

Enquanto Sir Holland e Sera se reencontram, Nyktos acusa o Arae de saber do acordo e tomar o lugar de alguém que deveria treinar Sera para matá-lo. Holland o corrige e diz que a treinou para *matar*, não para matar ele especificamente. Nyktos pergunta por que Holland nunca informou Sera sobre a inutilidade de sua tarefa e demonstra seu aborrecimento pela intervenção dos Arae.

Em seguida, pergunta se ele já sabia do que aconteceria com Eythos. Holland diz que não, mas afirma que, se soubesse, teria intervindo e que se danassem as consequências.

Nyktos pergunta por que seu pai fez aquilo e ouve que o importante é *o que* ele fez. Descobre que Eythos tirou a brasa que passou para ele para mantê-lo a salvo. Também fica sabendo que ele e Sera são almas gêmeas. Depois de Sera falar sobre a sensação de pertencimento que sentiu com ele desde o primeiro dia, Ash confessa que também se sentiu assim.

Ao questionar as motivações do pai, ouve a respeito da visão de Penellaphe e da profecia. Acredita que o grande conspirador e portador da morte deve ser Kolis e revela que ele e Eythos viviam no oeste — mais ou menos onde fica a Carsodônia nos dias de hoje.

Ao discutirem a cronologia dos acontecimentos, Nyktos jura que não vai deixar Sera morrer antes de completar 21 anos de idade. Quando é informado de que não pode deter o destino, manda-o se foder.

Holland revela os fios do destino, e Nyktos fica chocado e furioso ao descobrir que alguns deles indicam que matará Sera. Há muitas maneiras de fazer isso, mas uma delas não é proposital. É nesse momento que ele fica arrasado por saber que seu sangue fará Sera passar pela Seleção, o que o deixa horrorizado porque sabe que ela não sobreviverá a isso. Sera diz que não é culpa dele.

Holland mostra a ele o único fio capaz de alterar o destino — o amor inesperado — e diz que ele está certo, Sera não sobreviverá à Seleção sem a força de vontade daquilo que é mais poderoso que os Destinos e que a morte. Ela precisa do amor de alguém para ajudá-la a passar pela Ascensão.

Além disso, descobre que a única maneira de Sera sobreviver é com o sangue e o amor do Primordial a quem a brasa pertencia. A revelação o deixa horrorizado por causa de algo que fez há muitos anos.

Muitos mais do que Sera imagina a essa altura dos acontecimentos.

Sera diz que isso não é justo, e ele responde que é ainda mais injusto com *ela*. Então Holland faz uma grande revelação: declara que Sera é a reencarnação de Sotoria, a obsessão há muito perdida de Kolis, e Ash constata *exatamente* o que seu pai fez e por quê. Nenhum deus nasceu desde que Eythos escondeu a brasa na linhagem dos Mierel — bem, até Sera Ascender Bele. A última informação que recebe não é muito melhor. Ele é informado de que a vida só continua porque a brasa ainda está em Sera. Se ela morrer, tudo e todos morrerão junto a ela.

Isso só pode significar uma coisa.

Seraphena é a Primordial da Vida.

Nyktos se curva diante de Sera e relata a conclusão a que acabou de chegar. Ela esbraveja que não merece ser a Primordial da Vida. Quando começa a ter um ataque de pânico, Nyktos a acalma e pergunta a Holland e Penellaphe se têm certeza de que ninguém mais sabe o que Sera é. Eles respondem que Eythos, Embris e Kolis tinham conhecimento da profecia, mas era tudo o que os dois sabiam.

Sera deixa claro o que pensa sobre profecias, e Nyktos concorda. Então conta que os atos de Kolis mataram centenas de deuses e que os Deuses da Divinação foram os mais atingidos. Desde então, nenhum mortal nasce como oráculo.

Nyktos lembra a Sera que só os presentes no momento do ocorrido sabem que ela ascendeu Bele. Nem Hanan nem ninguém conhece a extensão total do que Eythos fez ao colocar a brasa em sua linhagem.

Sera conta que viu Kolis no plano mortal e a notícia deixa Nyktos atônito. Afirma que Sotoria não pertencia a Kolis na época e que Seraphena não pertence a ele agora.

Então diz a Penellaphe e Holland que Kolis sabe que há *alguma coisa* nas Terras Sombrias e já enviou um dragontino e os dakkais. Presume que, como Primordial da Vida, Kolis não pode entrar nas Terras Sombrias, e pede a confirmação de Holland. O Arae se recusa a responder.

Nyktos garante a Sera que Kolis não é tolo e não faria nada contra ela na frente dos outros para não arruinar sua fachada de *Rei justo e legítimo*, mas promete que não deixará Kolis encostar nem um dedo nela. Quando Sera revela que não está preocupada consigo mesma, mas sim com *ele*, Nyktos não fica nem um pouco surpreso. Diz que tem mais medo de ela correr até Kolis do que para *longe* dele.

Conta que o tio ainda não o convocou, embora espere que isso aconteça em breve, e que só pode adiar o inevitável, não recusar a ordem.

Nyktos pergunta a Holland sobre os Espectros e descobre que não são a única imitação malfeita de vida criada por Kolis. Também existem os Vorazes — no que Andreia Joanis se transformou.

Ele tenta convencer Sera de que ela não matou seu padrasto por força do destino e explica que, embora os Arae sejam faxineiros cósmicos, o equilíbrio das regras só se aplica aos mortais, não aos deuses. Portanto, não deve haver mortes inocentes devido à Ascensão de Bele.

Durante a conversa, Nyktos esclarece a Sera que um Primordial da Vida e da Morte não deveria existir. Diz que tal ser seria incontrolável e capaz de destruir os planos com o mesmo fôlego que cria novos.

Conta que Kolis quer governar ambos os planos e imagina que as *criações* do tio têm como objetivo ajudá-lo em sua tentativa de dominar Lasania e os outros reinos, e transformar os mortais em seres subservientes a ele.

Holland revela a Sera que Nyktos não pode salvá-la como é agora. Como ela não entende, Nyktos conta que se certificou de que o amor não fosse uma fraqueza a ser explorada e fez com que a Primordial Maia removesse sua *kardia*. Ele se importa com os outros, mas o amor não influencia mais suas ações.

As discussões se voltam sobre como evitar que Kolis — ou qualquer pessoa — rapte Sera das Terras Sombrias, e Penellaphe conta a eles sobre um feitiço. Nyktos fica surpreso ao saber disso.

Depois de agradecer a Penellaphe por tudo o que fez, a deusa o chama para conversar em particular, mas ele fica de olho em Sera enquanto fala com a deusa.

Assim que Penellaphe e Holland vão embora, Nyktos pergunta no que Sera está pensando. Sentiu-a passar da raiva à tristeza e ao pesar. Diz que é difícil não ler suas emoções, pois ela projeta demais. Ela pergunta sobre a *kardia*, e ele é evasivo quanto à data em que a removeu, dizendo que não importa. Conta que só Maia e Nektas sabem o que ele fez. Mas então confessa o quanto doeu e revela que quase perdeu a consciência. Se realmente tivesse ficado inconsciente, teria entrado em estase. Em seguida, explica por que fez isso: não queria colocar ninguém em perigo por causa de seus sentimentos. Nyktos realmente acredita que se importa mais porque não pode amar. Cuidar dos outros é mais importante para ele do que amar alguém.

Nyktos diz que Sera precisa continuar escondida. Ninguém vai achar que o fato de ser sua Consorte e o poder que sentiram é mera coincidência, ainda mais se a conhecerem e sentirem o éter dentro dela. Não há a menor dúvida de que vão imaginar o que ela é.

Nyktos confessa que seu plano original o deixou irritado, mas não é por isso que está zangado agora. O que o enfurece é ela não dar o menor valor à própria vida, algo que notou desde que se conheceram. Acrescenta que não é um insulto, mas apenas uma observação. Então passa a dizer que a segurança dela vale tudo — até o risco de perder as Terras Sombrias —, e deixa claro que está falando sério.

Nyktos é muito sensível, apesar de ser tão forte e poderoso.

Ao dizer que as brasas são importantes demais para colocá-la em perigo, ele vê a dor em seu rosto e percebe que Sera deve estar ofendida por ter mencionado as brasas e não a ela. Mas antes que ele possa dizer qualquer coisa, Rhahar chega e diz que há um problema nos Pilares.

Nyktos garante a Sera que continuarão a conversa mais tarde.

Depois de ficar sabendo dos deuses sepultados à solta nos Bosques, Nyktos se dirige para lá com Rhahar e Saion para prendê-los.

Sera é ferida. Na forma de Primordial, Nyktos mata os deuses libertados com o éter, rasgando o último ao meio com as próprias mãos — algo que Sera admite achar excitante.

Nyktos repara que ela está ferida e a leva para a Casa de Haides, sentindo o gosto de sua dor por todo o caminho. Colocando-a numa sala vaga no primeiro andar, ele fecha a porta e move uma cadeira com o éter antes de acender a lareira.

Sera fala do deus que não a ajudou no pátio e a teria deixado morrer enquanto Nyktos examina seus ferimentos. Ele diz que ela precisa de sangue e que, embora não vá morrer, não quer que Sera sinta dor. Além disso, ela não vai se curar enquanto estiver na Seleção.

Nyktos pede permissão para ajudá-la. Diz até "por favor". Sera concorda, e ele agradece, depois comenta que tem certeza de que ela vai gostar. Enquanto ela bebe seu sangue, Nyktos não consegue deixar de sentir arrepios percorrendo seu corpo inteiro. Ele penteia o cabelo dela para trás, afasta o pulso e explica que seu sangue está fazendo com que ela se sinta assim — sua expressão de desejo é visível. Diz que vão ser os minutos mais longos de sua vida e confessa estar se afogando no desejo dela.

Sera pede para Nyktos se afogar com ela.

Nyktos reitera que é seu sangue que a faz dizer essas coisas e não ele, mas Sera admite que sempre se sente assim quando ele a toca. Ele a incentiva a se masturbar e pede para ela não parar, mesmo quando Nektas está do outro lado da porta, checando se os dois estão bem. Controlando seu ritmo com a mão, ele a leva ao clímax e lambe o êxtase dos dedos dela.

Mais tarde, enquanto se prepara para uma reunião, Nyktos fica surpreso com o pedido de Sera para participar. Uma vez com os outros deuses, diz a Bele que precisa dela nas Terras Sombrias, onde é mais seguro. Não quer que ela se esconda para sempre, mas, até que todos *vejam* que ela Ascendeu, é impossível ter certeza. Quando Rhain sugere que Veses conhece a aparência de Sera, Nyktos concorda e declara que ninguém nas Terras Sombrias entregaria sua identidade para outra Corte. Sera discorda e o lembra de Hamid.

Sera escapole do palácio, mas é atacada pelas Sombras nos Bosques Moribundos. Nyktos vai atrás dela, mas ela foge dele. Ele avança sobre Sera — absorvendo o impacto — e pergunta por que ela fugiu. A fúria irrompe de seu corpo, despedaçando as árvores à sua volta e transformando as em cinzas.

Vou te dizer uma coisa... foi *muito* sexy.

Depois, ele pergunta por que Sera tentou fugir e fica espantado quando ela responde que estava tentando salvá lo. Ela se desvencilha, mas Nyktos a segura — bem a tempo de encostar a lâmina em seu pescoço.

Ele a manda cortar bem fundo, até atingir sua coluna. E mesmo assim só vai ficar fora de combate por cerca de um minuto. Ela não vai conseguir sair das Terras Sombrias.

Os dois brigam e lutam, e ele lhe pede que diga que está enganado sobre seus planos. Nyktos assume a forma verdadeira e bate as asas no chão enquanto Sera se explica. Assim que ela termina, afirma que sofrerá de bom grado qualquer coisa que Kolis faça com ele, desde que seu sangue seja derramado e não o dela. Reitera que as brasas são importantes. Sera dá um grito de frustração e o poder irrompe dela, atirando-o pelos ares.

Enquanto ele se levanta, as árvores quebram, a temperatura cai drasticamente e uma luz prateada crepita e ondula por todo o seu corpo. Nektas chega, tendo sentido o conflito. Sera fica assustada, mas Nyktos diz que o dragontino não é uma ameaça; ele a está *protegendo*… dele. O dragontino está preocupado que o Primordial revide por instinto. Mais tarde, Nyktos confessa que quase fez isso.

Nyktos leva um bom tempo para se recuperar. Ele supôs que a Seleção de Sera seria parecida com a de uma semideusa, não de uma deusa. Ao explicar a diferença para ela, conta que as brasas estão deixando-a mais forte.

Ela pergunta se Nyktos precisa se alimentar, e ele responde que vai se certificar de que isso não volte a acontecer.

Sera muda de assunto e conta a Nyktos sobre a Sombra que começou a voltar à vida depois que ela a tocou. Os dois perguntam a Nektas se isso é possível. Quando decifram o que a Sombra disse e Nektas termina de falar sobre Eythos, Nyktos se dá conta de que não sabia que o pai podia ressuscitar os mortos.

Quando voltam a discutir a fuga de Sera, Nyktos diz que nunca a deixará partir. Se ficará ali como uma prisioneira ou sua Consorte, só depende dela. Reitera que seu destino não é morrer nas mãos de Kolis e que talvez haja alguma maneira de evitar sua morte se ela lhe der algum tempo e paz para pensar.

Depois de invocar Odin, diz a Sera que o cavalo está muito descontente com ela — é natural que esteja, pois são um só em muitos aspectos — e que, da próxima vez que encostar uma adaga no pescoço de alguém, é melhor que seja pra valer. Especialmente se for o dele.

Nyktos ordena que Sera vá para seus aposentos, e ela os expõe como amantes com seus resmungos. Ele a alcança no quarto andar e a aconselha a não ter outra explosão. Sera retruca que, se seus guardas soubessem a verdade sobre o que tentou fazer, eles a teriam ajudado e ficariam felizes em vê-la desaparecida — ou morta. Ele exige saber por que ela pensa assim, mas Sera se recusa a responder. Então toma uma decisão e informa que ela dormirá ao seu lado a partir daquele momento.

Aos se aproximarem de seus aposentos, Nyktos deduz que ela escapuliu do quarto pela varanda. Fica impressionado, mas diz que ela é corajosa demais para o próprio bem. Ainda assim, uma parte pervertida dele até que gostaria que ela usasse o éter contra ele de novo.

Nyktos a leva para seus aposentos, mas Sera se recusa a se despir. Então ele faz isso por ela e destrança seus cabelos. Depois de apagar as luzes com a magia, os dois vão para a cama — bem juntinhos.

Mais tarde, Nyktos começa a tremer e ofegar, acordando Sera. Ele a faz prometer que nunca mais irá atrás de Kolis.

No dia seguinte, Nyktos reúne todos na sala do trono e conta que Sera tentou ir atrás do Rei dos Deuses para proteger as Terras Sombrias. Enfatiza que sua bravura é incomparável e elogia sua disposição de se sacrificar por eles, acreditando que ela é a causa dos recentes ataques. Sussurra que ninguém deve pensar mal dela, e sim vê-la como ela é: corajosa e valente. Alerta os presentes que quaisquer pensamentos negativos sobre Sera serão os últimos. Jura destruí-los, por mais leais que sejam às Terras Sombrias. Certificando-se de que Sera compreenda que estava falando sério, reitera: ela é corajosa, forte e uma Consorte digna deles.

Nyktos se junta a Jadis, Nektas e Sera depois de repreender os guardas, e abraça Jadis antes de insistir que Sera coma alguma coisa. Afirma que a Seleção vai enfraquecê-la e que, se não comer o suficiente, correrá o, risco de entrar em estase.

Conta que quer tirar as brasas dela, dizendo que, se conseguirem removê-las, Sera será como qualquer semideusa que esteja passando pela Seleção e seu sangue garantirá que ela sobreviva à Ascensão. Acrescenta que a alternativa é inaceitável e alude ao fato de que ela pode se tornar uma deusa.

Nyktos revela o que Penellaphe contou a ele em particular, pois isso o incomoda. Ela diz que Delfai daria as boas-vindas a Sera. Então explica quem ele é.

Quando a conversa passa para como encontrar Delfai e obter mais informações, Nyktos conta que transferiu os Poços de Divanash para o Vale, aonde nem ele nem Kolis podem ir. Dessa forma, Sotoria continuaria escondida. Isso deixa Sera animada, mas Nyktos diz que só a deixará ir depois da coroação — para segurança dela. Não pode impedir que alguma criatura ou outros Primordiais a ataquem antes que ela seja oficialmente reivindicada como sua Consorte.

Sera pergunta se a remoção das brasas provocará os mesmos efeitos que causou quando Kolis fez isso com Eythos. Nyktos nega. As brasas irão para ele, que se tornará o que estava destinado a ser.

Nyktos explica a Sera o que aconteceu com Halayna, a companheira de Nektas, e conta que Nektas foi o primeiro dragontino, que ajudou Eythos a criar os mortais. Os dragontinos podem viver tanto quanto os Primordiais. Apenas os Arae são imortais, embora os *viktors* sejam eternos de uma maneira diferente, dado o constante renascimento.

Conta que poucos sabem do plano de remover as brasas de Sera — só a *trupe de sempre* das Terras Sombrias — e que há mais de uma brasa nela. Mas todos estão de acordo com o plano... inclusive com sua Ascensão. No entanto, só Nektas sabe da alma de Sotoria. Seria muito arriscado se os outros soubessem disso.

Quando a conversa se volta para as criaturas de Kolis, Nyktos diz não achar que Espectros e Vorazes sejam a mesma coisa e espera que os Escolhidos desaparecidos não tenham sido transformados em nenhum deles.

Depois explica que, se o plano der certo, Ascenderá novamente e todos sentirão que Kolis já não é o Primordial da Vida. Embora seja o Primordial mais velho ainda vivo e talvez não possam matá-lo, é possível que consigam enfraquecê-lo o suficiente para colocá-lo numa tumba.

Sera afirma mais uma vez que é a chave de tudo, mas Nyktos nega, afirmando que jamais aceitará isso como verdade.

Ao discutirem a Devastação, ele afirma acreditar que desaparecerá se tudo ocorrer como o esperado.

A conversa passa para a coroação e o fato de todos precisarem de alguém para garantir a proteção deles — incluindo Nyktos.

Nyktos pega o Livro dos Mortos, mas, antes que possa fazer qualquer coisa, Saion entra e avisa que há Cimérios no portão. Nyktos pede que Sera fique dentro do castelo, para não contrariá-lo, e lembra que ela não tem nenhuma proteção até ser coroada, mesmo com o feitiço que Vikter colocou nela.

Ao sair para avaliar a situação, Nyktos discute com Dorcan e deduz que os Cimérios vieram da Corte de Hanan por causa de Bele. Segue-se uma batalha; ele mata um Cimério que atira um punhal em Sera e depois sorri quando ela mata outro que o ataca pelas costas.

Encontra-se com Sera na Colina e conclui que ela foi ferida — sente o cheiro de seu sangue. Apesar de querer sentir o gosto dela, ordena que Sera lhe obedeça e fique na Colina enquanto vai tratar de Dorcan.

Antes de chegarem lá, Saion conta que Dorcan viu Sera. Durante a conversa, Dorcan diz que recusar o pedido de Hanan vai acabar mal para Nyktos. Mais guerreiros vão procurá-lo. Em resposta, Nyktos corta a cabeça do Cimério.

Depois disso, ele vai para o escritório e repreende Sera por arriscar sua vida e a de Saion, já que ele estava encarregado de protegê-la e mantê-la longe de encrenca. Nyktos ordena que Rhain e Ector busquem suprimentos para limpar o ferimento dela e aconselha Sera que ouça seus instintos e valorize a própria vida. Repete que não se trata de um insulto, só está tentando entender como ela se tornou o que é. Pergunta como era a sua vida. Quando Sera questiona o que Nyktos sacrificou — referindo-se ao que Ector lhe disse enquanto ele estava lá fora —, ele se recusa a responder.

Nyktos vê que a ferida não é tão profunda assim para precisar de sangue, por isso não precisa se preocupar que ele se aproveite dela. Sera o recorda de que não fez isso antes e que está atraída por ele.

Ele diz a Sera que Taric deve ter sentido o gosto das brasas quando a mordeu e bebeu seu sangue, mas jura que mais ninguém se alimentará dela.

Sente que ela está com vontade de matar alguém e pergunta quem. Sera fala do meio-irmão, e ele pergunta se Tavius a machucou antes do dia em que foi buscá-la. Ela hesita, mas ele percebe que sim. Sera conta a ele sobre Tavius e suas manias, e também sobre Kayleigh, e Nyktos se dá conta de que Sera era punida porque ele não a aceitara como Consorte. Ao descobrir o que teria acontecido com Sera se ele não buscasse ela, fica furioso. Fica surpreso ao vê-la defender as pessoas que sabiam de tudo, mas não faziam nada a respeito. Em uma triste reviravolta, ele percebe que não lhe deu liberdade ao recusá-la. Diz que sente muito e que sua simpatia e pedido de desculpas estão disponíveis caso Sera venha a precisar deles.

Nyktos diz que é melhor Sera descansar um pouco, afirmando que a pedra das sombras teria matado uma mortal ou semideusa e que nem mesmo o seu sangue teria impedido isso. Começa a questionar de que outras formas as brasas a protegem...

Naquela noite, Nyktos visita Sera em seu quarto na forma de sombra, observando enquanto ela se masturba e a acariciando com excitantes dedos feitos de escuridão.

É uma das imagens mais eróticas que já recebi por meio de uma visão. Estou me abanando só de pensar nisso.

Mais tarde, Sera pergunta se ele pretende entrar em guerra com Kolis, e Nyktos muda de assunto para não responder, contando a ela sobre o Livro dos Mortos.

Sera o provoca, tentando arrancar alguma reação dele ao mencionar outros amantes. Nyktos a alerta de que ela deverá ser *bastante* seletiva em relação a como passa seu tempo com os outros depois que for sua Consorte. Tradução: só poderá ficar com ele. Nyktos acrescenta que o que ele fez aos deuses assassinos na sala do trono será insignificante em comparação com o que fará com qualquer um que se atreva a satisfazer as necessidades dela.

Ele percebe que estão prestes a ter companhia e pergunta se ela está com a adaga. Ordena que Sera fique em seu colo e pede desculpas pela forma como vai se comportar.

Attes chega, arrogante como sempre, e faz perguntas cujas respostas Nyktos não gostaria de dar. Diz ao outro Primordial que Sera é uma semideusa prestes a completar a Seleção e depois ameaça arrancar os olhos de suas órbitas e dá-los de comer a Setti, o cavalo de guerra de Attes, se continuar olhando para ela daquele jeito.

Attes pergunta por que Nyktos matou os Cimérios, sobretudo Dorcan, já que achava que os dois fossem amigos.

O outro Primordial pergunta como um deus Ascendeu nas Terras Sombrias, e Nyktos responde que deve ter sido Kolis. Quando Attes sugere que Nyktos ainda tem as brasas da vida dentro de si, ele começa a rir. Tantas perguntas e insinuações fazem Nyktos imaginar se Attes está ali por simples curiosidade ou em nome de Kolis. Então, para piorar uma visita já desagradável, Attes informa que Kolis decidiu negar seu pedido de uma coroação e em breve convocará o casal para sua Corte.

Nyktos manda o outro Primordial ir embora antes que precise ser levado dali.

Assim que Attes vai embora, Nyktos pede para Sera discutir com ele para não ir atrás de Attes, porque, se fizer isso, as coisas não acabarão bem. Quando ela pergunta o que vai acontecer em Dalos, limita-se a dizer que vai mentir — já teve de convencer Kolis de muitas coisas ao longo dos anos.

Acrescenta que Attes estava provocando Sera e explica tudo. Conta que somente outro Primordial seria imune aos dons de Attes, o que poderia revelar sua verdadeira natureza. E diz que poderia ter sido pior. Kolis poderia tê-lo proibido de ter uma Consorte. Embora as coisas não estejam nada bem, volta a jurar que não deixará Kolis tocar nela.

Sera discute com ele, dizendo que não será a causa de mais mortes. Ele retruca que nunca foi. Sabe que ela não vai se esconder, mas não vai colocá-la em perigo.

Mais tarde, Nyktos vai ao seu quarto e lembra que Sera prometeu não ir atrás de Kolis. Também comenta que vive com medo de não conseguir se controlar com ela. Pede desculpas por questionar suas motivações e promete não esconder a convocação de Sera.

Durante o treinamento, Nyktos enfrenta Sera. Ela corta o cabelo dele em meio ao duelo, e ele diz que jamais se atreveria a cortar o cabelo *dela* — sabemos o quanto o adora. Enquanto se enfrentam, ela faz uma lista de exigências e declara que ele é de carne e sangue e ela é de carne e fogo. Nyktos afirma que ela só tinha de pedir para treinar — seu primeiro pedido. Depois pergunta quais são as outras exigências. Enquanto Sera as enumera, ele diz que não quer apenas manter as brasas a salvo, mas também protegê-la. Ele a desarma, mas fica tenso quando ela o lembra de que se recusa a reivindicá-la. Pegando-o desprevenido, Sera encosta a adaga no pescoço dele, e Nyktos diz que é *ele* quem vai treiná-la.

Mais tarde, Nyktos prepara um banho para Sera, dizendo-lhe para usar a banheira a seu critério, pois sabe que ela deve estar sofrendo de estresse pós-traumático.

Que fofo!

Como Sera demora mais do que o esperado na banheira, ele vai checar como ela está e a encontra cochilando. Esquenta a água para ela com um simples toque e, quando Sera acorda, fica surpreso por ela deixá-lo olhar para suas *partes inomináveis*. Ao observá-la, sussurra que tudo que ela faz é sedutor.

Sera diz que é sua escolha desejá-lo e que ao menos tem a coragem de admitir isso. Ele confessa que a deseja e só pensa em ficar com Sera, mesmo quando não está olhando para ela. Nyktos considerou o acordo que ela ofereceu em seu escritório — prazer pelo prazer — e tentou se convencer de que Sera não sabia que ele estava em seus aposentos na outra noite, na forma de sombra. Admite que a quer. Que gosta de sua ousadia e rebeldia. Então pergunta se sua confissão foi suficientemente corajosa e sincera para ela.

Sera seduz e provoca Nyktos, que volta a chamá-la de *liessa*. Por fim, dá prazer a ele, e logo ele entra na banheira. Nyktos a senta na borda e retribui o favor. Enquanto ele se alimenta de seus lugares mais delicados, Sera o chama de Ash, restabelecendo sua conexão e fazendo-o rosnar. Quando acabam de brincar na banheira, ele a chama de linda e a leva para a cama.

Nyktos descobre que Sera não era conhecida em seu reino. Tinha que permanecer escondida como se não existisse. Além disso, precisava usar um véu e nunca foi reconhecida como Princesa. Era praticamente um fantasma. Nyktos afirma que ela nunca foi um fantasma para ele.

Gosto tanto disso! Tudo que alguém quer é ser visto. Compreendido. Mesmo que não se goste de socializar, como acontece com Sera, só queremos que alguém nos olhe e nos *veja*. Queremos estar vivos para alguém além de nós mesmos.

Depois de realizar a corte na cidade, Nyktos e Sera conversam sobre suas aventuras íntimas e a habilidade de Nyktos de curar as feridas que causa. Eles jantam juntos — algo que ela pediu durante o duelo — e ele conta como foi seu dia. Nyktos percebe que Sera está acostumada a se culpar por tudo e a lembra de que ela não fracassou. Afirma que espera que ela viva mais do que o tempo necessário para transferir as brasas.

A conversa se volta para os Poços de Divanash, e os dois percebem que não têm muito tempo. O plano é partirem dali a três dias. Nyktos confessa que temia que Sera pensasse que estava tentando controlá-la e não gostasse nada disso. Depois admite que é difícil encontrar o equilíbrio entre protegê-la e fazer o que precisa ser feito.

Eles discutem sobre as exigências dela e falam sobre Dorcan. Sera diz que é bom ter amigos e pede desculpas por ele ter precisado matado mais alguém por sua causa. Ele argumenta que não é bom se importar com os outros se a sua amizade fizer com que sejam torturados e mortos.

Conversam um pouco mais sobre Kolis, e ele conta que o Rei dos Deuses trata todos os Primordiais da mesma forma, e que caem em desgraça com a mesma frequência com que ele muda de roupa. Sera diz esperar que o plano dê certo, mas não porque esteja pensando no futuro. Ele a lembra de que não é bom, pede para ela não confundir o modo como a trata com bondade e a incentiva a ter isso em mente.

Ele é bom, sim. Até demais... só não gosta de admitir. Sua bondade é uma força que poucos têm e que a maioria das pessoas só pode sonhar em alcançar.

Nyktos lembra que ela estava disposta a se sacrificar pelos outros e, portanto, é uma boa pessoa, mas que não existe um *bom* Primordial. Acrescenta que as brasas também não a tornam nem boa nem má.

Nyktos conta as sardas de Sera enquanto a despe e decide nomear a constelação das marcas de nascença na coxa dela. Eles fazem amor, e sua aparência muda — a pele fica mais rígida, as sombras se acumulam sob sua carne e o éter enche as veias de seus olhos. Volta a chamá-la de *liessa* ao atingir o clímax.

Antes que Sera acorde, ele sai, mas volta para preparar seu banho e tomar café da manhã. Quando partem para o plano mortal, promete levá-la ao lago assim que for seguro e diz que ela pode ir lá quantas vezes quiser. Depois explica a Sera o que os mortais sentem com sua presença e diz que seus instintos de autopreservação não o incomodam.

Ao chegarem em Lasania, Nyktos pega a mão de Sera enquanto se aproximam de Ezra, comentando que ela está no meio de uma reunião na Câmara Municipal. Ele assusta um guarda para chegar à nova Rainha. Quando Sera conta um pouco do que aconteceu a Ezra, Nyktos fica chocado ao ver que Ezmeria parece acreditar nela sem um pingo de hesitação.

Ezra confessa que duvidava que Sera conseguisse fazer com que Nyktos se apaixonasse e admite que achava que ela acabaria morta depois de perder a paciência e o apunhalar do nada, o que o faz morrer de rir.

Calliphe aparece, e Nyktos revela que queria matá-la junto com Tavius quando veio reivindicar sua Consorte, mas a filha a poupou do Abismo. Também acrescenta que ela deveria agradecer a Sera.

Mais tarde, retira-se para o escritório e escreve no Livro dos Mortos quando Sera entra. Nyktos a leva para o porão da Casa de Haides e conta sobre as correntes de ossos. Depois vai com Sera até a câmara da piscina, pois sabe que ela vai gostar.

Nyktos revela que a visitava antes do seu aniversário de 17 anos e conta que era atraído pelo lago. Diz que queria mostrar a piscina a ela havia um bom tempo.

Seu plano é tirar o éter de Sera, por isso a incita a usá-lo contra ele. Confessa que acha engraçado que ela odeie quando ele pede "por favor" e afirma que a recompensará com um mergulho e sexo caso se comporte. Em seguida, os dois travam combate corpo a corpo para atrair o éter.

Nyktos sente o éter crescendo em Sera e sabe que ela pode invocá-lo e usá-lo apenas com sua força de vontade. Ordena que ela faça isso. No fim, ele a prende contra a mesa, e Sera confessa que gosta de se submeter a Nyktos. Ele a toma ali mesmo, sobre a pedra, à sua maneira provocante, e diz que Sera está sempre segura com ele, voltando a chamá-la de *liessa*.

Os dois flutuam na piscina, e ele conta sobre a ansiedade de Lathan, discutindo as técnicas de respiração de Sera e do amigo. Diz que ela é uma das pessoas mais fortes que já conheceu, tanto física quanto mentalmente — mortal ou não. Com ou sem as brasas. Brincam na água mais um pouco e depois seguem com o resto do dia.

Nyktos treina no pátio com os guardas enquanto Sera passa seu tempo com Aios e os filhotes. Mais tarde, conta a Sera sobre o *estigma* Primordial e explica por que acha que os olhos de Nektas se tornaram azuis para ela — talvez esteja mais perto da Ascensão do que imaginavam.

Depois dos preparativos para a viagem aos Pilares, Nyktos a beija na frente dos guardas, dizendo que estava procurando um motivo para isso. Sera diz que ele não *precisa* de nenhum motivo para beijá-la e que pode fazer isso quando quiser.

Ele dá a Sera uma égua chamada Gala sem pensar muito nisso, pois é costume trocar presentes de casamento. Ela fica preocupada por não ter nada para ele, mas Nyktos responde que as brasas serão seu presente.

Seu plano é cavalgar com ela em Gala até os Pilares e depois levar Odin de volta à Casa de Haides. Durante a viagem, revela que nunca aceitou aquele estilo de vida e planeja destruir ou sepultar Kolis desde que Ascendeu. Explica o que vai acontecer se as coisas chegarem a esse ponto e quantas pessoas podem acabar mortas. Revela que se sentia incapaz de evitar a guerra até saber que ela tinha as brasas dentro de si. Agora, ele tem esperança. Porém, avisa que Kolis já está de olho no plano mortal.

Acredita firmemente que o plano vai dar certo e que Kolis será despojado de sua glória e enfraquecido até poder ser sepultado. Ainda assim, será difícil derrotá-lo. Nyktos mostra as papoulas que tinha mencionado antes e diz que as flores lhe dão esperança — assim como ela.

Pergunta se a necessidade de usar as brasas a consome e sabe que Sera mente ao responder que não. Confirma que ter as brasas é o suficiente para que ela sofra o mesmo impacto que Eythos e repete o comentário de Nektas — Sera é mais forte do que imagina. Acrescenta que *ela* é forte, não as brasas.

Ele e Nektas contam a Sera sobre os cavaleiros com que deparam, explicando que seus nomes significam guerra, pestilência e fome. Ao cavalgarem, os três levam o fim por onde passam, pois a morte os acompanha. Nyktos fica impressionado quando eles fazem uma reverência diante de Sera, e diz que nunca os viu fazerem isso antes.

Entrega duas espadas para ela, só por garantia, e diz a Nektas que Sera é muito importante para ele. Ela deixa escapar que quer ser sua Consorte, deixando-o paralisado. Nyktos a lembra de respirar e manter a calma, então beija suas mãos e diz que estará à espera de Sera quando ela e Nektas voltarem dos Poços.

Veses chega para cobrar sua parte no trato, e Nyktos aperta o braço do sofá do escritório enquanto a Primordial sobe em cima dele e morde seu pescoço, se alimentando. Infelizmente, Sera presencia a cena e não reage nada bem à situação. Vai até a câmara da piscina e surta, quase destruindo todo o palácio. Nyktos tenta acalmá-la, mas acaba sendo forçado a usar a persuasão nela, algo pelo qual pede desculpas mais tarde.

Quando Sera acorda, Nyktos está nos Pilares, tratando de almas atormentadas. Na volta, vai visitá-la e pede desculpas novamente pela persuasão e pelo que ela pensou ter visto. Ainda assim, recusa-se a contar o que está acontecendo. Quando Sera esbraveja, dizendo que ele ficou com Veses poucas horas depois de confessar que queria ser sua Consorte, Nyktos estremece e pede desculpas mais uma vez. Diz que não pretendia magoá-la, reitera que era virgem quando se conheceram e que nunca quis ninguém além dela. Jamais.

Sera pergunta *o que* foi que viu, já que não é o que está pensando, e ele responde que é complicado. Ela rompe o acordo de "prazer pelo prazer" e anuncia que quer se livrar dele assim que as brasas forem removidas.

Mais tarde, Sera fala com ele sobre a visita a Delfai em Irelone, onde o Deus da Divinação se encontra com Kayleigh Balfour. Nyktos diz que ela tem todo o tempo que quiser e conta que irá com Sera — precisa ouvir o que Delfai tem a dizer para remover as brasas corretamente. Porém, pede que ela espere mais um dia, já que o dragontino de Kyn está nas proximidades.

Revela que os outros Primordiais sabem que ele tem um exército considerável, embora ninguém saiba o tamanho exato. Relutante, ele admite que tem de aprender a lidar com o fato de Sera querer ajudar e lutar — embora se preocupe a cada segundo com a possibilidade de ela ser morta.

Nyktos informa que os dois vão caminhar nas sombras até Irelone, já que não há nenhum portal por perto em que confie. Menciona as ninfas que Sera e Nektas encontraram no caminho de volta do Vale, dizendo que ela não deveria ser capaz de matar uma delas e que não gosta de como as coisas ficaram entre os dois. Sera está agindo conforme foi treinada: vazia e sem emoção. E ele não gosta nada disso.

Kolis convoca os dois; uma barra preto-avermelhada através de um círculo surge no meio da mão de Nyktos, ardendo e fazendo seus olhos se encherem de éter.

Ele diz a Sera e aos demais que Kolis sentirá que ela não é uma semideusa, como deu a entender a Attes. Espera usar a desculpa de que Sera bebeu seu sangue como explicação.

Reitera que vão encontrar Delfai primeiro e só depois atenderão à convocação, mas Sera insiste que devem ir logo para Dalos.

Nyktos sabe que as coisas estão diferentes entre os dois, mas diz que precisam atuar como fizeram na frente de Attes. Sera afirma que nunca fingiu estar apaixonada por ele. Não era fingimento. Ele pergunta se é tarde demais para Sera querer ser sua Consorte e servir às Terras Sombrias e ao Iliseu. Não sabe muito bem por que toca no assunto, mas gostaria de saber por que Sera queria algo que era incapaz de lhe dar. Então diz que ela merece alguém que a ame incondicionalmente. Alguém que tenha a coragem de dizer o que sente.

Nyktos diz a Sera que haverá guerra se Kolis a reconhecer como Sotoria e tentar ficar com ela. Jura deixar Dalos em ruínas se o Rei dos Deuses se atrever a tocar nela. Sera implora para que ele não intervenha caso Kolis a reconheça. Ele vocifera que as brasas não são a única coisa que importa. Ela também é importante. Acrescenta que Sera está pedindo que ele faça o que teve de fazer durante toda a sua vida: deixar os outros sofrerem. Viver enquanto já está morto por dentro.

Nyktos diz que, mesmo se ainda tivesse sua *kardia*, seria incapaz de amar depois do que teve de fazer. Se entregasse Sera a Kolis, a bondade que ainda restava nele desapareceria para sempre e se tornaria algo pior do que o falso Primordial da Vida.

Ele a prepara para caminhar nas sombras e conta o que a espera, explicando que as 110 gotas de sangue tatuadas em sua pele representam vidas que Kolis o obrigou a tirar. Lembra a Sera de que ela é uma boa pessoa e não um monstro, e então parte para Dalos.

Os dois se deparam com corpos dependurados, e Nyktos tenta acalmar Sera, que perdeu o controle do éter. Ela lhe pede para detê-la, e ele a beija, invocando sombras para bloquear sua luz e reação.

Attes os interrompe e Nyktos não esconde sua raiva, dizendo que ele parece estar determinado a perder os olhos.

Mais tarde, ao falar com Dyses, reforça que Sera é sua Consorte. Dyses reage com certa hostilidade e exige que Sera se curve diante dele. Nyktos ordena que ela não faça isso e diz a Dyses que Sera só se curvará diante de quem merece respeito. Caminha nas sombras para se colocar atrás do homem e arranca seu coração, dizendo que *ele* é que vai se curvar diante de *Sera*. Depois comenta que, assim como Dyses, há muito tempo que todos os servos de Kolis parecem meio esquisitos. Não sentiu uma alma em Dyses quando o matou.

Os dois falam de coisas aleatórias — o ciúme de Nyktos, Dyses, o brasão da família, o significado do lobo e do falcão... Quando Sera conta que viu um falcão prateado nos Bosques Moribundos, Nyktos diz que é impossível, insistindo que nem mesmo eles entrariam naquelas matas — o que sabemos não ser verdade, já que era Attes na forma *estigmatizada*.

Quando Hanan irrita Nyktos por causa da Ascensão de uma deusa em sua Corte e por ter matado os guerreiros mandados para as Terras Sombrias, ele o ameaça e o derruba no chão. O Primordial se queixa da Ascensão de Bele e Nyktos se faz de desentendido, dizendo que só pode ter sido Kolis e provocando-o por duvidar da força do Rei.

Nyktos ajuda Sera a respirar e a se curvar diante de Kolis, e diz que o pai de Sera é um deus e sua mãe, uma mortal, tentando desviar sua atenção do éter. Reitera que Kolis está sentindo seu sangue nas veias dela. Quando Kolis parece prestes a tocar no cabelo de Sera, Nyktos pega sua mão e ameaça fazer com ele a mesma coisa que Kolis faz com quem se atreve a tocar nas pessoas que lhe pertencem, então anuncia que Sera não deve ser tocada por mais *ninguém*.

Fazendo sua parte, Nyktos pede desculpas a Kolis por não ter pedido aprovação para a coroação. Quando é questionado sobre o que fez com Dyses, limita-se a dizer que não gostou do jeito que o homem falou com ele. Em seguida, conta que também sentiu a Ascensão de uma deusa e procurou a origem do poder, mas não encontrou nada. Pensou que Kolis tivesse feito isso. Hanan o desafia, mas ele argumenta que só o Primordial da Vida é capaz de Ascender um deus.

Dyses entra na sala, vivo e aparentemente bem, e Nyktos fica tenso. Ainda assim, diz que ficou surpreso com a Ascensão pelo mesmo motivo de Attes: fazia um bom tempo que isso não acontecia. Afirma que os dakkais nas Terras Sombrias também o surpreenderam. Kolis responde que foi apenas uma coincidência infeliz. Os dakkais foram mandados para lá porque Nyktos não pediu aprovação para aceitar Sera como sua Consorte.

Aham, até parece!

Sera tenta assumir a responsabilidade, dizendo que a culpa foi dela e tentando intervir. Nyktos fica furioso. É instruído a ficar quieto ou não será ele a sofrer.

Kolis segue seu joguinho doentio e pergunta a Nyktos qual é a punição por desrespeito. Ele responde que é a vida de alguém. Kolis explica que Sera deve matar um jovem dragontino — Thad — em troca. Nyktos tenta intervir outra vez, mas é instruído a ficar em silêncio ou Kolis arrancará o coração de Sera e avisa que, se alguém pagar o preço por ela, então *Sera* pagará com o próprio sangue.

Após a terrível provação, e assim que voltam às Terras Sombrias, Sera pede que ele a leve até Vathi. Nyktos lhe conta que os dragontinos são como os deuses; portanto, caso Sera traga um deles de volta à vida, isso não fará com que outra vida seja tirada em troca. No entanto, ela não pode fazer nada para ajudar o jovem dragontino. Todos sentiriam isso.

Ele acaba levando Sera para Vathi mesmo assim e ordena que Attes traga Thad. Nyktos tenta confortá-la, pedindo que Sera não agradeça a ele e explicando que Kolis queria tornar Kyn seu inimigo ao forçá-la a tirar a vida de um dragontino de sua Corte. Quando é questionado, afirma que é tarde demais para se perguntarem se podem confiar em Attes.

Sera vai até o jovem dragontino, e Nyktos manda Attes não comentar com ninguém o que está prestes a ver, ameaçando destruir Vathi e ir atrás do Primordial.

Assim que Sera traz Thad de volta à vida, Nyktos ordena que Attes mantenha o rapaz escondido e depois pede para levá-lo para as Terras Sombrias, onde Nektas pode mantê-lo em segurança. Alerta Attes que Kolis pode mandar os dakkais para lá após sentir a reverberação de poder e pergunta por que o Primordial não contou suas suspeitas a Kolis a fim de cair nas graças dele. Attes responde que se lembra de quem era o pai de Nyktos e quem ele estava destinado a ser.

Nyktos diz confiar em Attes com o segredo e acha que ele ficará de boca fechada até a coroação. Depois pergunta por que ela tomou a frente da situação. Diz que Sera não merece isso e fica surpreso quando ela afirma que ele também não. Ele brinca que já está acostumado e fica espantado quando Sera confessa que fez aquilo por sua causa. Nyktos insiste que não merece nada disso.

Os dois falam sobre a ressurreição de Dyses e os Espectros. Nyktos espera que Kolis não tenha muitos deles. Sabe que Dyses não é um demis — um falso deus criado quando um deus Ascende um mortal — e tem certeza de que Kolis não tem mais as brasas de vida. Por isso, não sabe muito bem o que pensar de suas *criações*.

Nyktos se lembra do que Gemma disse sobre o que viu e supõe que ela encontrou Espectros em vários estágios de criação. O que importa é que Kolis descobriu uma maneira de criar a vida sem as brasas — a fim de convencer as outras Cortes de que ainda é poderoso.

Nyktos sabe que Kolis não acredita que ele de fato pense que Bele foi Ascendida pelo falso Primordial da Vida. Só estava mantendo a pose. Apesar disso, gostaria de ter conversado com Attes sobre Dyses.

Ele lembra a Sera que Kolis não a reconheceu como Sotoria. Sente uma fúria vinda de Sera e pergunta o que aconteceu, dizendo que ela estava diferente. Tinha um gosto diferente. Ela responde que a raiva não era apenas sua, mas também de Sotoria. Nyktos supõe que Holland estava enganado. Ela não é uma simples reencarnação. Há duas almas em Sera — a dela *e* a de Sotoria.

Nyktos sai para lidar com um bando de Sombras desgarradas. Na volta, Bele conta que Veses já sabe sobre Sera. Ele atinge a Primordial com uma rajada de éter depois de mandá-la calar a boca enquanto ela tenta explicar por que atacou Sera. Ordena que Veses seja trancada em uma das celas sob a Casa de Haides.

Fica sabendo que Veses queria matar Sera sem contar a Kolis, mas surtou depois de quase matar Reaver e ver Sera salvá-lo. Depois de tudo isso, Nyktos conclui que foi ela que soltou as Sombras. Então descobre que Veses enviou o dragontino que atacou as Terras Sombrias *e* libertou os deuses sepultados.

Ao cuidar de Sera, Nyktos ri do fato de ter apunhalado Veses e pede que ela se alimente. Convence-a a beber seu sangue e deixa que ela veja a lembrança do pedido de treinamento. Explica tudo a Sera e diz que vai esperar por ela em seus aposentos.

Sera admite a Nyktos que não o odeia, o que o deixa excitado. Ele pede que Sera o foda e diz que não há nada igual a ela. Sera lhe recorda de que ele pode se alimentar se quiser, mas Nyktos diz que não quer — nem vai fazer isso —, pois acha que não merece.

Nyktos sabe que não pode manter Veses presa, mas também não pode libertá-la porque ela vai contar tudo a Kolis e provavelmente não respeitará as regras da Corte. Explica que Veses foi capaz de sentir a presença de Sera, mas Kolis não, porque é a Primordial dos Rituais.

No dia da coroação, Nyktos se aproxima de Sera e a toma de Aios, dizendo para ela respirar fundo e chamando-a de *liessa*. Usa as sombras para escondê-los dos demais enquanto Sera se acalma, e diz que ela não precisa usar a coroa depois daquela noite. Sera declara que ainda quer ser sua Consorte e o chama de Ash. Ele fica todo emocionado.

Durante a coroação, pega a coroa de Rhain e se curva diante de Sera, deixando os presentes surpresos. Em seguida, ele a coroa, revelando seu título — Aquela que nasceu de Sangue e Cinzas, *da* Luz e do Fogo, e *da* Lua Mais Brilhante. As gravações de casamento aparecem, chocando a todos, e Nyktos declara que os Arae deram sua bênção. Mais tarde, explica que as marcas e bênçãos pertenciam a ela e admite ter mentido para que os outros pensassem que os Destinos tinham abençoado a união.

Nyktos conta a Sera a respeito de Keella, a Primordial do Renascimento. Quando é questionado se a Primordial sabe que a alma de Sotoria está em Sera, responde que não tem certeza, pois o caso dela não foi exatamente um renascimento.

Sera diz que gostou do título, o que o deixa contente. Nele, há uma referência à profecia de Penellaphe, mas a verdade é que ele não conseguia parar de pensar que o cabelo dela o lembra do luar. Quando Sera pergunta sobre a parte do sangue e das cinzas, Nyktos explica seus diversos simbolismos.

Attes pede um momento para falar com eles e, apesar da frieza da conversa, Ash concorda e diz que vai arranjar um tempo. Sente a satisfação de Sera e pergunta o motivo. Ela responde que gostou de ser incluída na discussão. Isso o leva a dizer que odeia que Sera tenha se sentido insignificante por tanto tempo e que tenha piorado a situação. Faz questão que Sera entenda que é vista e ouvida e a chama de *liessa*, reforçando que ela sempre será importante enquanto dá um beijo em sua têmpora.

Quando Sera conhece Keella, a Primordial comenta que seu título talvez seja mais uma bênção. Nyktos é questionado sobre sua inspiração e confessa que foi o cabelo dela. Antes de partir, Keella diz que seu pai ficaria orgulhoso dele.

Nyktos mantém a mão sobre a de Sera, pousada no colo dela, para apoiá-la durante os cumprimentos. Por fim, as coroas são retiradas, e Nyktos conta que os soldados vão garantir que a estrada para Irelone esteja livre. Pede que ela sente ali com ele e massageia seu pescoço. Quando ela o chama de Ash, fica tenso. Sera pergunta se ele não gostou, e ele confessa que sentiu falta de ouvi-la chamá-lo assim.

Nyktos pergunta o que a fez mudar de ideia sobre a coroação e passar a desejar a cerimônia. Após Sera responder, revela o que passa por sua cabeça: Sera chamando-o de Ash com o vestido de coroação, vê-la sem o vestido, vê-la nua no trono e depois apenas com a coroa. Imagina se é digno de explorar tais obsessões e decide que não importa. É ganancioso e egoísta demais para dar a mínima. Ao encontrar a adaga de Sera, afirma que vê-la só com a adaga acabou de tomar o segundo lugar e que ouvi-la chamando-o de Ash quando estiver gozando passou para o primeiro. É tudo que deseja.

Sera diz que precisa dele dentro de si e o chama de Ash em meio ao prazer.

Em seguida, os dois conversam sobre o que ela pensa sobre a coroação, Vathi, os dakkais, Keella e Sotoria. Ash conta que Keella é uma das poucas Primordiais em quem confia. A discussão se volta para o encontro com Delfai, e ele afirma estar animado para aprender a transferir as brasas. Reitera que salvar a vida de Sera é o mais importante, e não se tornar o Primordial da Vida.

Quando pergunta o que a fez mudar de opinião a respeito da coroação, Sera explica que suas emoções não mudaram, apenas a ideia de como proceder. Ela projeta suas emoções, e Ash sente gosto de chocolate e morangos.

Amor!

Ela confessa saber de seu acordo com Veses, e ele quebra o copo que segurava. Sera retira os cacos de vidro de sua mão, e ele pergunta se ela só voltou a chamá-lo de Ash por pena. Sera nega e diz que vai matar Veses se ele não der um jeito na Primordial. Ash conta tudo que acontece com Veses e que, na verdade, ela quer Kolis. Agradece a Sera por ela simplesmente ser quem é e a beija, prestes a compartilhar um desejo — mas se detém antes de colocá-lo em palavras.

Ele confessa estar com fome, e Sera pede que Ash se alimente dela. Ele o faz e transa com ela, voltando a mencionar o que deseja... mas não conclui o que queria dizer.

Os dois partem para Irelone, e Nyktos conforta Sera, dizendo que ela vai se livrar das brasas em breve. Sente o gosto de sua ansiedade e pergunta qual é a sensação. Ela conta, e ele diz que gostaria de poder fazer alguma coisa para mudar isso.

Quando os guardas recusam sua entrada na fortaleza, Ash dá uma demonstração de poder e distribui moedas de ouro para eles.

Ao se encontrarem com Kayleigh, ele pede desculpas por seu comportamento e o de outros Primordiais, e depois conta a ela quem Sera está destinada a ser.

Os dois conhecem Delfai e o acham meio incoerente. Nyktos interrompe o Deus da Divinação e explica por que estão ali. Aprendem sobre o diamante Estrela e como usá-lo, e Nyktos fica surpreso ao descobrir que o processo de remoção de brasas é muito simples.

Então ficam sabendo que Kolis está com o diamante, mas não precisam dele para remover as brasas de Sera. Quando Delfai se refere a Sera como um *recipiente*, Ash fica furioso. O deus pede desculpas e dá mais detalhes sobre como remover as brasas dela. Porém... há uma pegadinha. Ash terá de Ascender Sera, o que significa que ela acabará morrendo.

Ash quase perde o controle ao descobrir que é impossível transferir as brasas sem matar Sera. Recusa-se a acreditar nisso e discute com Delfai. Então fica sabendo que seu pai só sobreviveu porque era um deus e estava destinado a Ascender. As brasas pertenciam a ele. Mas não pertencem a Sera, foram apenas escondidas nela. É informado de que há três opções: ou Nyktos se torna o verdadeiro Primordial da Vida e restaura o equilíbrio aos planos, ou outro Primordial toma as brasas para si, ou Sera completa a Ascensão — ou seja, ela vai morrer de qualquer maneira.

Nyktos caminha nas sombras e agarra Delfai pelo pescoço, rosnando que não matará Sera e que tal opção é inaceitável. Assume sua forma de Primordial e jura mandar Delfai para o Abismo, mas Sera lhe implora para não machucar o Deus da Divinação, pois ele não merece isso e Ash não merece ganhar mais uma marca. Por fim, ele solta Delfai.

Sera pede que Ash faça o que tem de ser feito. Ele se recusa e confessa que achava que beber todo o sangue dela seria uma possibilidade, mas, como sabia que não foi o que Kolis fez com seu pai, imaginou que houvesse outra maneira. Cogita usar a Estrela, mas ela o lembra de que a remoção das brasas vai matá-la de qualquer maneira. Ainda assim, fica entusiasmado quando Sera admite que não quer morrer — já estava na hora de ela dar valor à própria vida.

Ela diz que quer viver, mas que os planos *precisam* sobreviver. É a única coisa que importa. Ele explode, afirmando que *ela* é importante, não os planos. Sera o chama de Ash no meio da conversa, mas ele implora que ela não faça isso enquanto discutem a sua morte.

Quando Sera insiste que ele não fez nada de errado — ao remover sua *kardia* —, Ash fica furioso. Lamenta não poder salvá-la. Sera argumenta que não havia a menor garantia de que ele fosse amá-la. Ele afirma que a amaria, sim. Nada o impediria de amá-la.

Ela pede que Ash a beije, e ele obedece, soltando um gemido de partir o coração. Os dois transam, e ele confessa que gostaria de não ter removido a *kardia*. Nunca quis conhecer o amor antes de conhecê-la. Seus olhos ficam vermelhos ao chorar lágrimas Primordiais de tristeza.

Sera pede que ele a leve para o lago quando chegar a hora para que possa morrer lá, e ele promete que cumprirá seu desejo.

Ao voltarem às Terras Sombrias, percebem que há algo errado. Há um ataque em andamento. Ash pula da varanda até o pátio, e Saion o põe a par da situação. Capta suas emoções e avista corpos no pátio oeste, cambaleando para trás diante da cena medonha. Saion conta onde Kyn está, e Nyktos ordena que ele convoque o exército.

Nyktos assume sua verdadeira forma e sobe aos céus para lutar contra Davon, o dragontino, transformando-se numa tempestade. Nota que Sera, Rhain, Rhahar e Saion não conseguem chegar à Casa de Haides, por isso derrama a névoa Primordial do próprio corpo, mandando Sera *fugir* por meio de telepatia.

Enquanto as sombras engolem o pátio, Ash grita por Sera e vê Attes ali com ela. Ruge e grita seu nome, tentando chegar até ela. Rasga um Cimério ao meio. Vaporiza um dakkai com um simples toque. Ela está a poucos metros de distância, com os olhos fixos nos seus, mas então… desaparece, engolida pela fumaça e pelas sombras.

Na próxima vez que a vê, Ash espera por ela à porta do Palácio Cor, agachado no meio das árvores.

Na forma de um lobo branco-prateado.

Ele vê Sera sucumbir à obsessão e aos assédios doentios de Kolis. Acaba por matar Hanan e manda Kolis tirar as mãos de sua esposa. Ameaça matar o tio e luta com ele enquanto Kolis diz que está dando início a uma guerra.

Sera força os dois a pararem de lutar e ameaça tirar a própria vida. Ash implora que ela não faça isso. No fim, Kolis o fere com repetidas punhaladas até que seja levado sob custódia e aprisionado nas Masmorras.

Durante a estase, Ash partilha seus sonhos com Sera e a manda alertar Kolis de que somente ele pode Ascendê-la. Depois disso, deverá convocar os Destinos.

No tempo que passa nas Masmorras, Kolis o observa e incapacita assim que ele acorda. Não pode censurá-lo por isso. De jeito nenhum. Afinal de contas, estava disposto a fazer *qualquer coisa* para chegar a Sera.

Ao derrubar Kolis, Sera enfraquece os feitiços de proteção. Entre isso e o fato de sentir o que Sera realmente é, foge e vai atrás dela. Mata todos que ousam atravessar seu caminho e a encontra quase desmaiada.

Sera mal consegue falar, mas questiona se aquilo é um sonho. Ele responde que é tudo real. Quando ela pergunta se Ash está bem, ele começa a rir, lembrando-a de que também estava presa e provavelmente teve de lidar com coisa pior do que vingança e hibernação.

Os dois discutem um pouco sobre Veses e o que fazer com Kolis. Também falam sobre o que aconteceu em Dalos com Sera, que tem de acalmar Nyktos. Ela diz que ele precisa levá-la a algum lugar seguro e remover as brasas logo.

Elias entra, e Ash quase o mata, até que Sera garante que é um amigo, e o deus jura lealdade a ela.

Attes chega e os incentiva a seguirem viagem. Quando Ash tenta atacá-lo, Attes se defende e Sera diz que o Primordial é de confiança — ele salvou sua vida mais de uma vez.

Ela fica tonta e percebe que começou a assumir sua forma Primordial.

Quando estão prestes a caminhar nas sombras, Sera se lembra da Estrela e diz que precisa buscá-la. Debatem como fazer isso, e ela conta a Ash que a alma de seu pai está no diamante. Ele pergunta se Sera tem certeza, e ela confirma.

Ash não consegue sentir a alma dentro do diamante, mas Sera garante que está ali. Ela imagina como colocar a alma de Sotoria na pedra, e Ash diz que Keella deve saber como colocar e tirar uma alma na Estrela.

Ele caminha nas sombras até uma fonte de águas termais no plano mortal e ouve Sera contar o que sabe sobre seu pai e seu tio. Quando pede para segurar a Estrela, ela não deixa, explicando que não quer que Ash veja o que ela fez.

Os dois tiram um tempo para si mesmos e se perdem um no outro.

Ao passarem o tempo juntos, falam de tudo que aconteceu e põem a conversa em dia, debatendo o significado dos acontecimentos e o que está por vir. Depois de discutirem sua forma *estigmatizada* e Primordial, Ash vai às Terras dos Ossos para buscar algumas roupas.

A conversa se volta para Attes, e Ash deixa claro que não confia no Primordial, mas Sera tenta fazê-lo compreender que Attes jamais seria leal a Kolis. Então, conta o que Phanos fez. Ele começa a pensar em alguma maneira de usar a informação para salvá-la, mas Sera o interrompe e insiste que mais ninguém dará a própria vida para salvar a sua.

Leva-a para as Terras dos Ossos e conta que os Antigos, conectados a todos os seres vivos, ficaram descontentes com as ações dos mortais. Concluíram que os mortais e a terra não podiam coexistir e decidiram expurgar a terra. Foi então que criaram os Primordiais, dividindo a essência entre todos e criando um equilíbrio compartilhado. Mais tarde, os Primordiais e deuses se juntaram aos mortais para lutar contra os Antigos.

Ash pergunta como Sera está, e ela admite que se sente cansada e dolorida.

Sera se esforça para subir as escadas, e Ash a ajuda. Saion e Rhahar chegam e dão um abraço em Ash. Depois, Lailah se junta aos demais, seguida por Rhain.

Ash conta ao grupo que Sera o salvou, e Rhain diz que muitos deles não estariam mais vivos não fosse por ela.

Ao discutirem a Estrela, Keella aparece e explica tudo que precisam fazer. Sera liberta Eythos e depois fica inconsciente.

Ash leva Sera para a Corte de Keella quando ela desmaia. Ao voltar a si, Sera pede desculpas por interromper seu tempo com o pai, e ele responde que Eythos estava pronto para partir. Conta que Eythos disse que estava orgulhoso dele e pediu para se lembrar do que tinham dito um ao outro junto ao Rio Vermelho. O problema é que ele não se lembra do quê.

Sera nota que Ash deu o próprio sangue a ela e o repreende. Os dois brigam como sempre, e Nektas chega e ri da discussão.

Attes, Ash e Sera discutem sobre Sotoria, e Sera os faz entender que a alma está viva. Attes conta como a conheceu depois que Kolis a trouxe de volta à vida. Depois, todos debatem o que acontecerá se as brasas morrerem com Sera. Falam como a Estrela é capaz de conter tanto as brasas quanto uma alma, e o que precisa acontecer para acabarem com Kolis de uma vez por todas.

Sera declara que haverá uma guerra, e Ash insiste que só se preocupa com ela. Attes diz que é muito maior do que isso, mas Ash afirma que ela é importante. Sera diz que o ama, e ele sente emoções avassaladoras em relação a ela.

Keella pergunta se Ash já sentiu almas duplas. Ele responde que só sente a alma de Sera. A Primordial o manda se ancorar à alma de sua Consorte, e ele obedece.

Ash se aproxima enquanto Sera conversa com Rhain. Lê suas emoções, e ela o manda parar com isso.

Saion aparece e brinca com o fato de estarem brigando de novo. Rhahar se junta a eles e faz uma aposta. Saion diz que os dois não conseguiriam passar mais de uma hora sem discutir. Sera se vira para Ash e brinca que os dois são amigos dele. Ele diz que *eram*, olhando-os de cara feia.

Sera pede que Ash a leve para o lago, lembrando-o de sua promessa. Ele não pode fazer nada além de obedecer, mesmo que isso lhe parta o coração.

Ash vê os deuses se curvarem diante de sua esposa com todo o respeito.

Sera diz que quer conversar com Ash, que se recusa a olhar para ela. Ele diz que, mesmo que não esteja olhando para ela, Sera é tudo que vê. Ela diz que o ama e que não é culpa dele, e Ash finalmente compreende. Ele lista todas as coisas que preferiria fazer naquele momento. Tudo, menos aquilo. Sera acrescenta que quer que Ash viva e se torne Rei. Ele argumenta que é o lugar dela, mas Sera diz que não quer que Ash fique sozinho — e sim que volte a amar.

Ash fica com raiva, e ela o faz jurar tentar A contragosto, ele promete a Sera. Depois, demonstram um ao outro com seus corpos o quanto se importam, consolidando que sua conexão vai além dos planos.

Ele lista todas as coisas que adora nela e que nunca quis antes de conhecê-la. Um trovão estronda pelos ares, e Ash conclui que Kolis foi encontrado. Ela lamenta não terem mais tempo, mas conta tudo o que queria e diz que ele lhe deu tudo. Repete que o ama e então diz que está na hora.

Ele a leva para a água e se alimenta. Quando ela começa a perder a consciência, Ash exclama: "fodam-se as brasas" e a manda beber seu sangue. Diz que não vai deixar que ela morra. Vai Ascendê-la.

Sera pergunta o que se tornará, e ele responde que não sabe ao certo. Ela implora que ele retire as brasas, mas Ash a manda calar a boca e diz que, se a perder, os planos e tudo o mais deixarão de existir — pois destruirá tudo. Pede que ela não morra. Foda-se o bem maior. Sera afirma que *Ash* é um bom homem.

Por fim, Sera bebe o sangue dele. Quando ela acorda, uma rajada de éter o atira para trás.

Durante a estase, Ash conta histórias para Sera. Diz que não estava preparado para se sentir tão vivo com ela. Admite que ainda tinha sentimentos depois da remoção da *kardia*, mas não com tanta intensidade. Não antes de conhecê-la. Diz que devia ter percebido desde o primeiro beijo o que representavam um para o outro.

Ele relembra o primeiro encontro dos dois, a coragem de Sera em ir atrás de Kolis por conta própria, sua lealdade equivocada.

Quando Ash diz que queria ser forte como Eythos, Nektas diz que não se trata de força. Ele conta como Eythos ficou depois da morte de Mycella, e Ash diz que teria destruído os planos e tudo o mais que existe se perdesse Sera.

Nektas relembra que Ash a salvou, e ele jura a Sera que vai esperar por ela.

Ela começa a acordar, e Ash lhe diz para não se apressar. Ele a lembra de como os dois são juntos. Como gostam de ser. Diz que Sera precisa dele. De seu sangue. E que ele pertence a ela.

Sera afirma que o Primordial da Vida nunca se alimentou do Primordial da Morte antes. Devem ser duas metades de um mesmo ciclo, mas à parte. Ash diz que é todo dela, e Sera se alimenta.

Depois, Ash pergunta se ela sabe quem ele é, e Sera afirma que sempre saberá.

Ash confessa que estava com medo de perdê-la. Sera responde que ele a salvou. Ash diz que estava com medo de que ela não se lembrasse de nada e acabasse perdendo-a. Sera insiste que ele não vai perdê-la. Jamais. Ele fica tenso e a manda fugir assim que a soltar, explicando que precisa tanto dela que não vai conseguir se controlar. Vai acabar mudando de forma. Sera diz que confia nele. E que pertence a ele. Pede para Ash tomá-la para si.

Ele atende ao seu pedido, usando os fios de sombra para aumentar o prazer dela. Confessa que a ama e diz não saber ao certo quando tudo começou.

Ela estremece e diz que pensou que fosse morrer sem saber como era o amor dele. Ash diz que jamais permitiria uma coisa dessas e promete passar toda a eternidade certificando-se de que Sera saiba quão fortes são seus sentimentos.

Nektas pergunta se os dois estão bem, e Ash o ameaça. Quando Sera diz que agora é Rainha, Ash concorda e diz que é seu Consorte. Ela o corrige e afirma que ele é o Rei.

Ash concorda.

E então o Rei fode a Rainha.

Ash sente Sera retesar o corpo quando faz menção de se alimentar e percebe que aconteceram mais coisas em Dalos do que ela deu a entender. Espera que ela se sinta à vontade para lhe contar tudo algum dia. Ressalta que todos os Primordiais sentiram a Ascensão dela e diz que ele e ela vão lidar com o que vier. Juntos.

Ash explica por que não a aceitou como Consorte antes. Além de mantê-la oculta de Kolis, teve um sonho na noite em que ela nasceu. Sera no lago, sorrindo para ele. Depois, viu-a morrer e pensou que fosse só imaginação até encontrar o lago de verdade. A visão o deixou tão apavorado que removeu a *kardia* pouco antes de trazê-la para as Terras Sombrias.

Ash pede desculpas por saber como era a vida de Sera por sua causa e insiste ter sido um covarde. Sera nega, mas ele conta o que a visão lhe mostrou. Suas ações demonstraram que estava apaixonado por ela, então tentou impedir isso. Confessa que se apaixonou mesmo assim, e Sera diz que sentiu algo mais do que amor quando ele a abraçou no lago. Ash diz que só há uma razão para isso. Os dois são corações gêmeos.

Conta que, quando os Arae veem dois fios do destino unidos, não podem intervir. Afirma que suas almas unidas criaram a primeira Rainha dos Deuses. Sera se lembra de Holland dizer que o amor é mais poderoso do que os Destinos. Os dois comentam que os Arae andam no limite entre o que é permitido e o que é considerado interferência.

Quando Sera vai até a varanda, ele a segue e vê a vida voltar ao plano.

Os dois trocam doces palavras de amor, e ele diz que quer que confiem um no outro, afirmando que sempre a verá como uma mulher forte, não importa o que aconteça. Dá a entender que acha que sabe o que aconteceu com ela em Dalos e conversa com Sera sobre Rhain. Ela pede que Ash não faça nem diga nada sobre o que aconteceu quando seus planos foram revelados. Ele concorda.

Sera conta a Ash o que Holland lhe disse quando foi à Casa de Haides com Penellaphe. Que o amor é mais poderoso do que os Destinos. Os dois refletem sobre o assunto e falam sobre o poder da vida.

Pede que Ash diga novamente que a ama, e ele diz. Repetidas vezes. Com prazer. E então os dois fazem amor.

EYTHOS †

Primordial da Vida transformado em Primordial da Morte
Corte: de Dalos para as Terras Sombrias

Cabelo: Na altura dos ombros. Preto.
Olhos: Prateados.
Rosto: Pele bronzeada pelo sol. Queixo acentuado. Maçãs do rosto largas. Nariz reto. Boca grande.
Personalidade: Esperto. Estratégico. Sábio. Gentil. Generoso. Justo. Protetor.
Hábitos/Trejeitos/Forças/Fraquezas: Adora falcões prateados. Tem um fraco por lobos — pode até se transformar num deles. É fascinado pela vida — principalmente a mortal.
Curiosidades: Não consegue ver as almas, mas sabe o nome e o que aconteceu na vida de cada uma delas. Objetos que o representam = máscaras de asas prateadas, do mesmo tom das asas de um falcão.
Antecedentes: Era o Primordial da Vida antes de Kolis trocar de destino com ele; depois disso, tornou-se o Primordial da Morte.
Família: Consorte = Mycella †. Filho = Nyktos. Irmão gêmeo = Kolis.

A JORNADA DE EYTHOS ATÉ AGORA:

Adquiri meu conhecimento sobre Eythos na forma de histórias. Portanto, é assim que vou relatar a vida dele…

Há muito tempo, um poderoso Primordial fez amizade com os dragões. Ele queria conhecer suas histórias e, quando jovem, era bastante impulsivo. Sabia que uma maneira de falar com eles seria através da voz, por isso lhes concedeu uma forma divina e permitiu que alternassem entre as duas. Esse Primordial se chamava Eythos, aquele que outrora fora o Primordial da Vida. Porém, os dragontinos não foram as únicas criaturas às quais o jovem deus concedeu vidas duplas.

Eythos tinha um gêmeo idêntico — Kolis. Um irmão estava destinado a representar a vida; o outro, a morte. Eythos era o Primordial da Vida, e Kolis, o Primordial da Morte. Os dois reinaram juntos por eras. Até que… Kolis se apaixonou. Ou, mais precisamente, ficou obcecado.

Porém, as coisas tiveram início antes disso. Tudo começou muito antes de Lasania ser um reino no plano mortal. Não se sabe se a relação entre os irmãos sempre foi tensa ou se houve paz entre os dois em algum momento. De qualquer forma, sempre foram muito competitivos. Além disso, havia uma questão de inveja.

O Primordial da Vida era adorado e amado tanto pelos deuses quanto pelos mortais, pois Eythos era um Rei justo, gentil e generoso. Ele era fascinado por todo o tipo de vida, especialmente a dos mortais. Mesmo depois de se tornar o Primordial da Morte — o que abordarei logo mais —, não deixava de ficar admirado com tudo que os mortais eram capazes de fazer em um período de tempo que até os deuses consideravam curto. Além disso, interagia com eles como muitos Primordiais faziam na época.

Kolis, por outro lado, era respeitado, mas temido, e nunca conseguiu ser visto como uma etapa necessária na vida — um portal para a próxima fase. Quando entrava no plano mortal, as pessoas se encolhiam e se recusavam a encará-lo.

Durante uma viagem, Kolis avistou uma bela jovem colhendo flores para o casamento da irmã. Essa mulher se chamava Sotoria. Foi amor à primeira vista para Kolis. Ficou tão apaixonado por ela que saiu de seu esconderijo em meio às árvores para falar com a bela mortal. Naquela época, os mortais sabiam como era o Primordial da Morte, já que pinturas e esculturas retratavam seus traços — que eram iguais aos de seu irmão, o Primordial da Vida. Sotoria reconheceu Kolis assim que ele se aproximou e fugiu assustada, despencando para a morte dos Penhascos da Tristeza.

Kolis implorou que Eythos restaurasse a vida a Sotoria, uma ação de que era capaz e que já tivera no passado como Primordial da Vida, embora tivesse regras que regulavam *quando* concedia a vida. Uma dessas diretrizes dizia que não poderia tirar uma alma do Vale. Sim, Sotoria morreu jovem e cedo demais, mas aceitou a morte. Sua alma chegou às Terras Sombrias, passou pelos Pilares e entrou no Vale em poucos minutos. E Eythos se recusava a tirar uma alma do Vale. Era errado e proibido, tanto para ele como para Kolis.

Eythos tentou relembrar essa regra ao irmão. Quando fracassou, tentou fazer com que Kolis compreendesse que não era justo conceder vida a alguém e recusá-la a outra pessoa que também a merecia. Mas esse era um dos defeitos de Eythos. Ele acreditava que podia decidir se uma pessoa era digna ou não. Talvez, por ser o Primordial da Vida, até pudesse. Mas ainda assim…

Talvez tenha sido por pura arrogância, mas Eythos não imaginou que seu poder poderia ser usado contra ele — muito menos pelo próprio irmão. Se não tivesse usado seu dom nos mortais, Kolis não esperaria que ele fizesse isso com Sotoria. Mas a recusa de Eythos em atender ao pedido do irmão gêmeo em relação à mulher que acreditava amar deu início a tudo: centenas de anos de dor e sofrimento para milhares de inocentes. Eras de arrependimento por causa de suas decisões.

A princípio, nada aconteceu, e Eythos pensou que Kolis tivesse aceitado sua decisão de manter o equilíbrio. Foi nessa época que conheceu sua consorte, Mycella, e sua vida era bem normal. Muito boa, até. Mas, na verdade, era apenas o silêncio antes da tempestade.

Kolis passou as próximas décadas tentando trazer Sotoria de volta à vida, embora não pudesse visitá-la no Vale, pelo menos não sem arriscar a destruição da alma dela. Após anos de pesquisa, chegou à conclusão de que só havia uma forma de conseguir o que queria. Só um Primordial com poder sobre a vida seria capaz de restaurar a de Sotoria. Então, encontrou uma maneira de se tornar tal ser.

Ele foi bem-sucedido ao trocar de lugar e destino com o irmão gêmeo, embora ninguém além dos irmãos soubesse, e ainda não saiba, exatamente como fazer isso. Sabemos apenas que foi necessário utilizar o diamante Estrela e uma magia poderosa. Independentemente do *como*, o ato foi catastrófico. Matou centenas de deuses que serviam a ambos e enfraqueceu muitos Primordiais — chegando até a matar alguns deles e a forçar os deuses na linha de sucessão a Ascenderem da divindade ao poder Primordial. Diversos dragontinos foram mortos e o plano mortal sofreu terremotos e tsunamis, pois as ações de Kolis perturbaram o equilíbrio. Vários lugares foram destruídos e inúmeras extensões de terra se separaram; algumas formando ilhas enquanto outras afundaram.

Eythos percebeu imediatamente por que o irmão fez aquilo. Alertou Kolis a não trazê-la de volta, afirmando que Sotoria estava em paz na próxima fase de sua vida e que já fazia muito tempo. Avisou que, se ele conseguisse fazer o que pretendia, Sotoria não voltaria como era antes. Seria um ato antinatural que perturbaria o equilíbrio instável entre vida e morte.

Ainda assim, Sotoria foi trazida de volta à vida e, como Eythos avisou, não era a mesma. Sentia-se deprimida e horrorizada com o que lhe fizeram. Quando enfim morreu, Eythos fez algo para garantir que o irmão jamais chegasse a ela. Algo que só o Primordial da Morte poderia fazer. Com a ajuda da Primordial Keella, Eythos marcou a alma de Sotoria, tornando-a destinada ao renascimento. Ou seja, sua alma nunca entraria nas Terras Sombrias para ser julgada. Em vez disso, reencarnaria repetidamente. As lembranças de suas vidas passadas não seriam muito substanciais — isso se tivesse alguma. Eythos esperava que isso permitisse que a pobre garota tivesse um pouco de paz.

Ao longo dos séculos, Kolis continuou atrás de Sotoria. Sabia que ela nasceria em uma membrana fetal por causa do que Eythos e Keella fizeram, por isso não deixou de procurá-la no plano mortal.

Tanto Eythos como Keella pagaram caro por isso. Kolis passou a desprezar o irmão e jurou se vingar dele. Acabou por matar Mycella enquanto ela estava grávida, pois achava justo que Eythos perdesse seu grande amor, assim como acontecera com ele. Para piorar a situação, Kolis destruiu sua alma, provocando a morte derradeira dela. Perdê-la custou a Eythos uma parte de si que ele jamais recuperou.

Kolis destruiu todos os registros da verdade — tanto no plano mortal quanto no Iliseu. Foi então que o Primordial da Morte passou a não ser mais retratado em obras de arte ou literatura. Ele fez de tudo para esconder o fato de que não deveria ser o Primordial da Vida, mesmo quando ficou evidente que havia algo errado. Começou a perder a habilidade de criar e manter a vida. Tal destino nunca foi dele, assim como o de Primordial da Morte não era o de Eythos.

Quando a profecia de Penellaphe surgiu, Eythos assumiu a responsabilidade de frustrar os planos do irmão e, com sorte, restaurar o equilíbrio em algum momento. Mesmo após a mudança de destino, Eythos conservou um pouco de brasas da vida, assim como Kolis reteve uma parte de brasas da morte. Então, quando Ash foi concebido, parte daquelas brasas da vida passou para ele — uma ínfima centelha de poder. Não tão forte quanto a brasa que permaneceu em Eythos, mas o suficiente. Eythos removeu a brasa dele antes que Kolis pudesse saber de sua existência, adicionou a que restava em si mesmo e colocou ambas na linhagem dos Mierel. Escondeu-a onde poderia crescer em poder até que um novo Primordial estivesse pronto para nascer — no único ser capaz de enfraquecer Kolis. Em seguida, fez um acordo com o Rei de Lasania e deu aos mortais e a seu filho ao menos uma chance de fazer alguma coisa: deter as consequências dos atos de Kolis — o clima antinatural, a Devastação, a instabilidade do equilíbrio.

Infelizmente, Kolis acabou matando o irmão e usou o que restava de suas brasas da morte para apreender a alma dele. A morte de Eythos rompeu o vínculo entre ele e seu dragontino e perturbou ainda mais o equilíbrio. Assim, mesmo que Ash tenha nascido para Ascender e assumir o papel de Primordial da Morte, aquele destino não era exatamente seu. Para não falar que agora sua brasa da vida vivia em um recipiente mortal vulnerável e com data de validade.

Além disso, por não ser uma situação natural, nenhum Primordial nasceu depois de Ash. Seraphena tem a única brasa da vida em ambos os planos. É por sua causa que a vida continua. Se ela morrer, só haverá morte em todos os reinos e planos. Ela se tornou o que Eythos estava destinado a ser: a *verdadeira* Primordial da Vida.

MYCELLA †

Consorte de Eythos, o Primordial da Morte
Corte: de Lotho para as Terras Sombrias

Cabelo: Da cor do vinho tinto.
Olhos: Prateados.
Rosto: Pele rosada. Rosto oval. Testa imponente. Maçãs do rosto salientes. Lábios cheios.
Hábitos/Trejeitos/Forças/Fraquezas: Era capaz de ler as emoções.
Antecedentes: Sua família veio da Corte de Lotho. Costumava contar histórias a Aios.
Família: Marido = Eythos †. Filho = Nyktos. Prima = Aios. Tinha uma tia ou tio da Corte de Kithreia.

A JORNADA DE MYCELLA ATÉ AGORA:

Depois de dizer ao irmão gêmeo que não iria interferir na jornada da alma de Sotoria, Eythos conheceu Mycella, que se tornou sua Consorte.

Em algum momento durante as décadas em que Kolis procurou uma maneira de trazer Sotoria de volta à vida, Mycella concebeu Nyktos/Ash.

Kolis se vingou do irmão ao matar Mycella enquanto Nyktos ainda estava em seu ventre — ele, de alguma forma, conseguiu sobreviver, e é por isso que o chamam de *Aquele que é Abençoado*. Kolis então destruiu sua alma, provocando a morte derradeira dela.

KOLIS

Primordial da Morte transformado em Primordial da Vida
Corte: das Terras Sombrias para Dalos

Cabelo: Loiro. Quase na altura dos ombros.
Olhos: Prateados com manchas douradas.
Corpo: Musculoso.
Rosto: Pele bronzeada pelo sol com subtom dourado. Maxilar acentuado e bem delineado. Maçãs do rosto angulosas. Boca larga e sensual.
Traços característicos: Bracelete dourado em torno do bíceps. Sua voz tem um tom cortante e amargo.
Características sobrenaturais: Por ser o Primordial da Morte, podia ver e invocar as almas (não se sabe se ainda pode). É capaz de se transformar em um falcão dourado.
Personalidade: Imprudente. Rebelde. Mimado. Competitivo. Reservado. Frio. Prefere a solidão. Sabe ser charmoso quando quer. Manipulador. Invejoso.
Hábitos/Trejeitos/Forças/Fraquezas: Odeia Nektas por tê-lo abandonado. Adora a cor dourada. Prefere ruivas e loiras. Enquanto Primordial da Morte, reivindicava as almas das pessoas que o irritavam. Considera os outros Primordiais pirralhos irritantes, rabugentos e chorões que se esqueceram dos costumes. Mantém suas *favoritas* presas em gaiolas douradas

por eras. Acredita que os mortais devem servir aos deuses. Tem seguidores leais em todas as Cortes.

Curiosidades: O símbolo de sua Corte é um círculo com uma barra atravessada.

Antecedentes: Era o Primordial da Morte até roubar as brasas do irmão gêmeo e mudar de destino, tornando-se o Primordial da Vida — tudo por causa de uma breve paixão. Matou Halayna. (Mais Antecedentes serão descritos a seguir.)

Família: Irmão gêmeo = Eythos †. Sobrinho = Nyktos.

A JORNADA DE KOLIS ATÉ AGORA:

Enquanto Primordial da Morte, Kolis reinou ao lado do irmão gêmeo, Eythos, por eras. Durante uma viagem ao plano mortal, encontra uma jovem colhendo flores. Kolis se apaixona à primeira vista. Quando sai do meio das árvores para falar com ela, a jovem se assusta e foge, despencando para a morte dos Penhascos da Tristeza.

Kolis implora que Eythos restaure a vida a Sotoria, mas Eythos se recusa a tirar uma alma do Vale. Diz que é errado e proibido, e tenta relembrar essa regra ao irmão. Quando fracassa, acrescenta que não é justo conceder vida a alguém e recusá-la a outra pessoa que também é merecedora.

Kolis passa as próximas décadas tentando trazer Sotoria de volta do Vale. Por ser o Primordial da Morte, não pode visitá-la sem arriscar a destruição da alma dela. Após anos de pesquisa e passando a desprezar o irmão, vinga-se ao matar Mycella, a Consorte de Eythos, enquanto ela estava grávida, e destrói a alma da cunhada. Acredita que o irmão deveria sentir a mesma dor que *ele* sentiu ao perder a pessoa amada. Quando chega à conclusão de que só há uma forma de conseguir o que quer, procura alguma maneira de se tornar o Primordial da Vida e trocar de lugar com o irmão.

De acordo com seu plano, Kolis realiza o que se propôs a fazer — supostamente com o auxílio do diamante Estrela que recebeu de um dos Destinos. Troca de lugar com o irmão, tornando-se o Primordial da Vida, e Eythos, o novo Primordial da Morte, e depois destrói todas as provas de como as coisas costumavam ser. Eythos percebe imediatamente por que o irmão fez aquilo. Ainda assim, alerta a Kolis que trazer Sotoria de volta à vida seria um ato antinatural, que perturbaria o frágil equilíbrio entre vida e morte, e que ela não voltaria como era antes — afinal de contas, já fazia muito tempo e a garota estava em paz na fase seguinte de sua vida. Kolis não lhe dá ouvidos e a tira do Vale. Porém, como Eythos avisou, Sotoria não é mais a mesma. Fica deprimida e horrorizada com o que ele lhe fez.

Quando Sotoria morre outra vez, Eythos e Keella intervêm, marcando sua alma e garantindo que Kolis não consiga encontrá-la. Mesmo assim, ele continua atrás dela. Dado o conhecimento sobre o que os dois fizeram para assegurar sua reencarnação, Kolis sabe que ela vai renascer numa membrana fetal, por isso procura por qualquer garota que tenha nascido assim no plano mortal.

Depois de tomar o lugar do irmão em Dalos, convoca Halayna, a companheira de Nektas, e a mata para punir o dragontino por não ter ficado ao seu lado.

Na noite em que Sera nasce no plano mortal, seu pai, o Rei Lamont, convoca Kolis e tenta fazer outro acordo para salvar a filha e melhorar o acordo que o Rei Roderick fez com Eythos depois que ele se tornou o Primordial da Morte.

Kolis havia conservado algumas brasas da morte, assim como Eythos conservara algumas brasas da vida — poder suficiente para arrebanhar e aprisionar uma alma. E é isso que faz com seu irmão gêmeo.

Embora o controle de Kolis enquanto Primordial da Vida diminua, é diferente com seu poder *inato*. É o mais velho e formidável de todos os primordiais, capaz de matar qualquer Primordial, mas e depois? Não há como surgir outro para tomar seu lugar. Não sem a vida. E ele perdeu a habilidade de criá-la. O que não o impede de continuar com seu reinado de crueldade. Os dragontinos geralmente se vinculam aos Primordiais por vontade própria, mas tal vínculo *pode* ser forçado, e Kolis faz isso com frequência.

Também sente um enorme prazer em selecionar suas *favoritas* e prendê-las em gaiolas douradas. Proporciona-lhes tudo o que querem e precisam — exceto a liberdade. Porém, quando se cansa delas, diverte-se torturando-as e matando-as.

Quando Gemma chega à Terra dos Deuses como uma Escolhida, Kolis se apega a ela. Mantém a garota por perto e menciona o poder que pressentiu, de tão obcecado que está. Diz que fará qualquer coisa para encontrar sua *graeca* — uma antiga palavra Primordial que pode significar amor ou vida —, mas não fala disso como se fosse uma pessoa, algo que vive e respira. Dá a entender que não passa de um objeto, uma posse. Não chega a contar a Gemma o que pretende fazer com a *graeca* depois de encontrá-la, mas ela sabe que Kolis está fazendo alguma coisa com os Escolhidos. Muitos deles desaparecem e voltam… meio esquisitos. Diferentes. Frios e sem vida. Alguns ficam dentro de casa, só se movimentam durante as breves horas da noite, e seus olhos se tornam da cor da pedra das sombras. Sabemos que os outros têm olhos quase incolores. São tão assustadores quanto Kolis, que os chama de renascidos ou Espectros. Ele diz que são um trabalho em andamento e que só precisa de sua *graeca* para aperfeiçoá-los.

Kolis não põe os pés nas Terras Sombrias desde que trocou de destino com Eythos, embora ninguém saiba se ele ainda *pode* fazer isso. No entanto, presume-se que ele saiba das brasas da vida e acredite que pode usá-las. Presume-se também que ele sabe sobre Taric e os outros deuses que Nyktos matou, e que a Ascensão de Bele tenha perturbado a ele e aos demais Primordiais.

Kolis envia Attes à Casa de Haides para informar Nyktos e Sera de que não aprova a coroação e ordena-lhes que se reúnam com ele em Dalos assim que os convocar.

No dia em que Sera chega ao Palácio Cor, Kolis entra no átrio, seguido pelo aroma fétido de lilases podres. O éter dourado se espalha pelo chão, enrolando-se como uma víbora em volta de seus pés. Ele ordena que todos se sentem — exceto por Sera. Caminha nas sombras até ela e tenta forçá-la com o éter a olhar para ele.

Comenta que Sera não parece ser uma semideusa, como lhe disseram, e percebe que ela está protegida por um feitiço. Chama Nyktos de esperto. Quando tenta tocar no cabelo de Sera, Nyktos entra em seu caminho e o ameaça. Kolis diz que o gesto de Nyktos o agrada, mas o avisa para soltá-lo imediatamente.

Afirma estar magoado por Nyktos não ter pedido sua aprovação para o casamento e pergunta se ele sabe por que foram convocados. Hanan se pronuncia e Kolis repreende o Primordial por falar sem autorização, exercendo todo o seu poder.

Quando a discussão se volta para a Ascensão sentida por todos, confirma que é o único Primordial capaz de restaurar a vida e Ascender um deus, embora saiba que não é verdade. Volta a atenção para Hanan outra vez e repreende o Primordial pela sua falta de fé, ordenando-lhe que saia e não volte até ser convocado. Em seguida, pede desculpas a Sera.

Kolis traz Dyses, seu Espectro, e comenta que Attes e Nyktos parecem surpresos com ele. Então pergunta se os dois têm as mesmas dúvidas e falta de fé que Hanan. Ambos respondem que fazia muito tempo que o Primordial da Vida não restaurava a vida de ninguém. Nyktos acrescenta que também ficou chocado com os dakkais, e Kolis diz que o ataque foi um castigo pelo sobrinho não ter pedido sua aprovação.

Acrescenta que não deixará impune o desrespeito de Nyktos. Sera diz que foi culpa dela, e Kolis a chama de corajosa. Então volta sua atenção para Nyktos e diz que Sera deve obter permissão da mesma forma que ele.

Kolis se vira para Kyn e pergunta se o Primordial trouxe o que lhe pediu. Depois, instrui Sera a matar um jovem dragontino. Nyktos intervém, mas Kolis o manda calar a boca e diz que não será ele quem sofrerá se desobedecer.

Sera pergunta o que vai acontecer caso se recuse a fazer isso, e Kolis ri quando Thad diz que não vai fazer a menor diferença. Kolis a manda obedecer ou então matará Thad, ela e mais um dragontino das Terras Sombrias.

Sera pergunta o que ele vai ganhar ao obrigá-la a fazer tal coisa, e Kolis responde que isso lhe dirá tudo que precisa saber.

Infelizmente, sabemos que ele está dizendo a verdade.

Nyktos tenta intervir, e Kolis o alerta, dizendo que arrancará o coração de Sera se ele fizer isso mais uma vez. Então se volta para Sera e declara que o dragontino é jovem o suficiente para ser morto com um golpe na cabeça ou no coração, acrescentando que, se alguém pagar o preço por Sera, exigirá que ela pague com o *próprio* sangue.

Sera mata o dragontino e Kolis dá uma gargalhada. Depois, cheio de arrogância, dá permissão ao casal para o casamento e a coroação, e os dispensa.

Depois que Attes rapta Sera, Kolis entra por uma parede divisória e diz que está contente ao vê-la acordada. Volta a chamá-la de corajosa e diz que ela o traiu no segundo em que partiu, usando o que não era seu para roubar a vida que lhe devia — ao ir à Corte de Kyn e trazer Thad de volta à vida.

Sera pergunta o que significa Sangue e Cinzas. Ele conta a ela sobre a profecia e faz Callum recitar quase tudo, apenas terminando a parte final. Afirma saber que Sera já a ouviu antes. Quando ela comenta que *Kolis* é o grande conspirador, começa a rir.

Os dois tentam decifrar a profecia, e ele diz acreditar que Mycella era a primeira filha e Sera é a segunda. Também acha que a seção intermediária da profecia é algo que acontecerá em algum momento no futuro e que o fim da profecia tem tudo a ver com ela.

Kolis diz que Sera é a portadora de duas coroas e que precisava que ela restaurasse a vida de um dragontino para ter certeza de que as brasas tinham chegado a um certo ponto de poder para que o restante da profecia se realizasse. Então a chama de esperta e afirma que ela não passa de um recipiente que lhe dará o que tanto deseja.

Comenta que os Antigos não imaginavam que ele faria algo para mudar o que previram e, pelo visto, era prenunciado que Eythos daria início a tudo. Porém, subestimaram-no ao pensar que Kolis ficaria parado e deixaria que isso acontecesse.

Declara que não há a necessidade de *outros* Primordiais se existir um Primordial da Vida *e* da Morte, e revela que se não fizer nada, vai acabar morrendo.

Quando Sera pergunta por que, ele precisa de mais poder, Kolis responde: "O poder não é algo ilimitado ou infinito. Pode surgir outro. O poder pode ser tomado." Em seguida, a segura pelo pescoço e diz que Nyktos tiraria as brasas dela no instante em que se sentisse preparado e insinua que ele seria capaz de ressuscitar Eythos.

Explica por que Eythos o odiava e confessa que, se o irmão trouxesse Sotoria de volta à vida, isso não mudaria nada, porém, teria salvado todas as vidas que Nyktos teve de tirar no lugar dele. Conta a Sera que vai beber todo o seu sangue, pegar as brasas e completar sua última Ascensão. Depois a provoca, dizendo que ela sabe o que vai acontecer com seu sobrinho quando fizer isso.

Kolis se gaba de que mais nada será proibido ou impossível, nem mesmo o que foi escondido dele, e a ataca, mordendo Sera bem acima do aro em seu pescoço. Ela tenta se salvar, dizendo ser a reencarnação de Sotoria, mas ele a chama de mentirosa. Attes interrompe a conversa e lembra que Keella ajudou a encontrá-la, embora ele tenha perseguido todos os mortais que possuíam uma aura. Então sugere que Kolis não conseguiu encontrá-la nos últimos séculos porque ela havia renascido e lembra que Eythos era inteligente, e faria isso só para foder com ele.

Trêmulo, Kolis solta Sera, mas a segura antes de se ajoelhar e a abraçar com o horror estampado no rosto ao se dar conta de quem tem de matar de novo — Sotoria.

Kolis a abraça com força e pergunta se ela é mesmo Sotoria. Callum o incentiva a tirar as brasas de Seraphena e Ascender logo, ao passo que Attes diz que, se ele não salvar Sera, sua *graeca* será perdida.

Uma tempestade de poder se forma, e Kolis vê Nyktos na forma *estigmatizada* passar para a forma Primordial. Seu sobrinho o chama. Com seu grande amor nos braços, vê o sobrinho matar o Primordial da Caça e da Justiça Divina.

Kolis coloca sua *graeca* com cuidado no chão e se vira para o sobrinho quando Nyktos ordena que ele tire as mãos de sua esposa. Diz que pode ver como Nyktos está poderoso e o repreende por esconder isso dele. Oferece-lhe a oportunidade de ir embora, mas só porque são da mesma família.

Ordena que Nyktos volte à sua Corte e mande Bele se apresentar e jurar lealdade a ele imediatamente. Em vez disso, Nyktos tenta pegar Sera, e Kolis o atira para trás, dizendo que ele começou uma guerra. Seu sobrinho retruca que foi *ele* que começou no momento em que se afastou da tradição e da fé.

Kolis o provoca, dizendo que matou Eythos, e Nyktos lhe jurou lealdade mesmo assim. Nyktos ataca, e Kolis o acusa de traição.

Quando Nyktos diz que Sera não pertence a Kolis, o falso rei argumenta que, se ela é quem diz ser, também nunca pertenceu a Nyktos. Os dois lutam, e Kolis o deixa inconsciente.

Attes o chama, dizendo que Sotoria precisa de sua ajuda. Ele vai até ela e a coloca no colo, depois manda os guardas prenderem Nyktos em uma cela.

Sera acorda em seus braços, e Kolis garante que ela vai sobreviver se for quem diz ser. Ele entra na água e convoca Phanos. O Primordial chega e diz que Sera é a Consorte de Nyktos. Kolis diz que isso é irrelevante. Como Phanos não para de falar, Kolis reclama que ele faz perguntas demais e diz que precisa dele para assegurar que Sera não morra.

Phanos pergunta por que Kolis não pode transformá-la em Espectro, e ele diz que suas criações não passam da morte reencarnada. O Primordial do Mar e do Céu pergunta se ela é a sua *graeca*, e Kolis responde que acha que sim. Conta que está segurando a alma dela em seu corpo, mas não pode fazer isso por muito tempo.

O Primordial pergunta se Kolis sabe o que está lhe pedindo, e ele diz que isso *não é* um pedido.

Por fim, Phanos pega Sera, e Kolis o vê levá-la para o fundo do mar. Em seguida, uma sirena após a outra flutua até a superfície, todas mortas.

Quando volta a si, Sera pergunta por que Kolis fez aquilo, e ele responde que não pode deixar que ela morra. Sera diz que não quer que ninguém morra por ela, mas Kolis retruca que ela não tem escolha e a provoca, dizendo que, se fosse Sotoria, então já saberia disso.

Sera sai correndo e pega uma espada. Kolis dispensa o guarda e comenta que já esperava que ela fugisse.

Pede que Sera abaixe a espada, e ela o manda obrigá-la a fazer isso.

Antes que ele possa reagir, ela o apunhala no peito.

Kolis não acha a menor graça disso.

Sera começa a correr, mas ele a detém. Os dois lutam. Kolis bate em Sera, mas se sente mal por isso. Ela pragueja, e Kolis diz que nunca quis ser um vilão, culpando Eythos. Sera pergunta se há algo pelo qual não culpe o irmão.

Kolis a alerta para não irritá-lo e a chama de *so'lis*. Para mantê-la na linha, ameaça Ash. Sera diz que não se importa, mas ele não acredita nela. Irritado, Kolis a segura pela garganta sem se dar conta do que está fazendo, até que ela sussurra que ele a está matando de novo.

Ele informa que vão voltar para casa e usa a persuasão nela.

Após Sera tentar escapar, Kolis vai visitá-la e pergunta o que ela e Callum estavam discutindo. Callum responde que estavam falando de Antonis, que Kolis descobre ter se transformado em Voraz. Ele conta a Sera que os Vorazes são um infeliz efeito colateral da criação dos Ascendidos.

Sera salienta as diferenças entre a Ascensão dos Escolhidos por ele ou pelo irmão, o que o deixa irritado. Ordena que Callum saia e pergunta se ela já descansou. Manda Sera beber alguma coisa.

Quando Sera pergunta sobre Nyktos, Kolis quer saber por quê. Ela diz ser mera curiosidade e pergunta sobre o exército. Ele conta que os soldados não saíram das fronteiras de Dalos e diz que estão nas Terras dos Ossos, ao sul da costa, além das Masmorras.

Sera pergunta por que Kolis não os forçou a sair de lá, e ele diz que os mortais se tornaram complacentes e que pretende assumir um papel mais ativo quando se tornar o Primordial da Vida e da Morte.

Aposto que sim...

Sera pergunta se o sequestro dela aumentará as tensões, e ele responde que só lhe trará problemas se os outros Primordiais acharem que vale a pena entrar em guerra por sua causa.

Ele questiona a relação dela com Nyktos e a resposta o enfurece. Sera diz que Nyktos só queria as brasas, não a ela, e que não sabia o que Eythos havia feito. Kolis acha que ela está mentindo para ele.

Kolis pergunta se ela já transou com Nyktos, e Sera responde que os dois se sentem atraídos um pelo outro, então… sim. Kolis diz que uma pessoa não entraria em guerra ou mataria outra por alguém que não ama. Ela retruca que as pessoas matam o tempo todo e por qualquer motivo. Ele rebate que os Primordiais não agem assim.

Informa que o sobrinho está em estase e observa a reação dela. Quando Sera pergunta por que ele não foi sepultado antes, ele explica que a terra não consegue penetrar na câmara de pedra das sombras.

Ela conta que Nyktos removeu sua *kardia*, e Kolis diz acreditar nela — parece mesmo algo que o sobrinho faria se achasse que isso o impediria de atacar alguém que ama. Sobretudo porque não queria se tornar igual ao tio.

Quando Sera começa a brilhar e invoca as brasas, Kolis fica furioso e a manda se acalmar. Depois ordena que ela se sente e diz que não acredita no que ela disse sobre seus sentimentos por Nyktos. Afirma que a gravação de casamento prova que há amor entre os dois. Ela explica a diferença entre amar alguém e estar apaixonada por essa pessoa. Kolis admite que ama Sotoria. Diz que está apaixonado por ela.

Sera o manda provar seu amor libertando Nyktos. Kolis diz que o pedido prova que ela ama seu sobrinho, e Sera afirma que isso lhe mostraria que ele estava disposto a fazer qualquer coisa por ela. Kolis enumera o que já fez, e ela retruca que é o mínimo para demonstrar amor a alguém.

Kolis questiona por que Sera estaria interessada em se apaixonar, e ela responde que é porque nunca soube como é estar apaixonada e gostaria muito de ter essa experiência.

Pergunta se Sera acha que ele é um idiota e lembra que ela tentou matá-lo. Mas Sera conta que também apunhalou Nyktos, o que o deixa surpreso. Kolis pergunta o que mudará se libertar Nyktos, e ela diz que vai se submeter a ele. Kolis diz que, se ela estiver mentindo, tomará sua alma na vida e na morte.

Kolis a faz vestir uma roupa mais apresentável para que possa realizar a corte em seus aposentos. Quando os deuses entram, repara no jeito que olham para Sera e decide brincar com eles. Uros lhe lança um olhar demorado, e Kolis declara que o deus ofendeu a *ele,* e então o implode. Tenso, pede licença para se ausentar.

Quando ele retorna, Kyn entra na câmara. Kolis pergunta se o Primordial trouxe notícias. Kyn conta que falou com um dos comandantes das Terras

Sombrias e diz que eles não estão dispostos a desistir. Os dois discutem a separação do exército e o que fazer a respeito. Kyn insiste que precisam agir depressa e Kolis pergunta se ele tem alguma sugestão. O Primordial indaga se pode levar seus soldados para atacarem o destacamento a leste. Kolis alerta que vão acabar mortos. Afinal de contas, Nektas está lá. Com isso em mente, Kyn pergunta se pode terminar o que começou e tomar as Terras Sombrias enquanto os mais fortes estão ausentes.

Kolis imagina o que Attes pensaria sobre isso, e Kyn afirma que ele é mais interessado em tratados do que na guerra. Então afirma não estar preocupado com represálias nem com Nektas. Kolis diz que ele é corajoso, leal e tem toda a sua gratidão. O Primordial puxa o saco dele.

Quando a conversa se volta para as brasas, Kolis diz que manteve o equilíbrio por muito tempo, e que as coisas não mudarão tão cedo. Afirma que não levantará um dedo contra as Terras Sombrias, a menos que seja provocado. Quando Kyn pergunta o que acontecerá nesse caso, Kolis diz que vai fazer o que deve ser feito. Os dois conversam sobre Nyktos e, quando Kolis repara que Kyn está olhando para Sera, afirma que a garota chama a atenção e pede a ela que se aproxime. Kolis pergunta o que Kyn acha, e o Primordial concorda com ele. Então diz que, se Sera não for a sua *graeca*, ele a dará de presente a Kyn depois que acabar com a garota. Kyn aceita e diz que está contente por também ter trazido um presente para Kolis.

O homem traz alguém com um capuz preto na cabeça, e Kolis descobre que se trata de Rhain. Lembra do pai e do irmão dele, e do que os dois eram capazes. Rhain fica furioso quando Kolis fala do pai dele e o chama traidor. Kolis pergunta se Rhain foi capturado de propósito e se estava procurando por Nyktos.

Kolis revista o deus e encontra uma bolsinha com um colar. Presume que é o objeto de feitiço dele e recebe a confirmação quando Sera diz que aquilo é seu, mas insiste que não sabia do que Rhain era capaz. Ouve Kyn e Sera discutirem e os manda parar com isso. Volta-se para Rhain e diz que acredita em Sera, portanto, fará com que sua morte seja rápida. Sera argumenta, afirmando que ele só estava sendo leal ao Primordial de sua Corte, mas Kolis insiste que Rhain deveria ser leal a *ele* — seu Rei.

Quando Sera diz que Rhain está preocupado com Nyktos e que Kolis deveria ficar contente com isso, ele fica confuso. Por isso, Sera explica que os deuses das Cortes deveriam se preocupar com seus respectivos Primordiais. Caso contrário, por que eles se preocupariam com o Rei?

Ela diz que fará tudo que ele quiser, desde que Kolis deixe Rhain partir. Kolis pergunta por que Sera quer salvar o deus, e ela responde que está tentando prevenir uma guerra. Repete que fará qualquer coisa se Kolis prometer que Rhain voltará às Terras Sombrias sem mais nenhum ferimento. Ele concorda e dispensa Kyn. Depois informa a ela que dividirão a cama naquela noite.

Após Sera tomar banho e se vestir, Kolis entra e diz que ela está muito mais ousada do que antes. Então pergunta se o pedido dele a surpreendeu. Sera responde que só ficou surpresa porque ele tinha a oferecido a Kyn poucos minutos antes. Kolis afirma que seu conselho sobre libertar Rhain foi sábio e demonstra que ele é razoável, justo e digno de lealdade. Conta que o deus já voltou para casa.

Os dois vão para a cama.

No dia seguinte, Kolis traz Ione até Sera. Diz que a deusa é capaz de ler os pensamentos das pessoas e descobrir verdades, mentiras e tudo o que for necessário.

Explica a Sera que não vai demorar muito, que Ione será rápida e eficiente. Ele ordena que Sera se sente. Kolis observa o seu comportamento e diz que Sera parece nervosa. Ela responde que é porque um deus já fez isso antes e doeu muito.

Callum conta a Kolis sobre Taric. Kolis pergunta a Sera se Taric a encontrou. Ela responde que foram ele, Cressa e Madis, então pergunta por que ele mandou Taric procurar as brasas se já sabia onde estavam. Ele responde que ordenou que Taric procurasse sua *graeca*, não as brasas.

Kolis pergunta se os outros deuses se alimentaram dela, e Sera responde que foi apenas Taric. Então pergunta se o deus contou a ela o que viu, e Sera diz que ele não teve chance de dizer nada antes de Nyktos matá-lo.

Kolis vê Ione ser expulsa da mente de Sera e exige saber o que ela viu. A deusa diz que as brasas em Sera são poderosas, e ele fica exasperado. Pergunta se Sera é sua *graeca*, e Ione diz que ela traz a alma chamada Sotoria dentro de si. Que é ela mesma.

Ele fica maravilhado.

Faz mais perguntas, que a deusa responde de forma satisfatória.

Ele fica emocionado, e Callum diz que deve ser mentira. Ione diz que não mente nem tem motivo algum para fazer isso.

Discutem sobre o fato de Sera não se parecer com Sotoria, e Ione explica o motivo. Depois diz a Kolis que está feliz por ele ter encontrado sua *graeca*.

A deusa pergunta se Kolis precisa de mais alguma coisa dela, e ele agradece por sua ajuda. Ao se virar para sair, ela se dirige a Sera como *Consorte*. Kolis fica furioso, dizendo que a coroação de Sera não foi reconhecida nem aprovada.

A deusa sai, e Sera afirma que sempre falou a verdade. Kolis diz que agora compreende que sim e dispensa Callum. Ele se aproxima de Sera, dizendo que ela fica mais parecida com Sotoria quando sorri. Quando Sera pergunta sobre Nyktos e pede que Kolis honre o acordo, ele fica com raiva e a morde.

Kolis perde o controle e atinge o êxtase. Insiste que aquilo não vai se repetir e implora que ela diga alguma coisa. Tudo que Sera consegue dizer é que precisa de um banho.

Mais tarde, Kolis entra nos aposentos de Sera e pergunta por que ela e Callum sempre parecem prestes a se atracar. Sera responde que Callum ainda não acredita que ela seja Sotoria. Kolis diz que o Espectro está em negação e revela que ele é o irmão caçula de Sotoria.

Ela continua a discutir com o Espectro, e Kolis comenta que a briga dos dois o lembra de como costumava brigar com Eythos. Depois conta que Sera — na pele de Sotoria — tinha dois irmãos: Anthea e Callum.

Kolis conta a Sera que procurou a família de Sotoria para pedir desculpas depois que ela o deixou, lembrando que seus pais ficaram com medo dele. Apenas Callum permaneceu firme, sem demonstrar receio. Conta que os dois conversaram, e Callum compartilhou detalhes sobre Sotoria.

Acrescenta que ele lamentava a morte da irmã e se sentia culpado. Quando Sera pergunta por que ele se sentiria assim, Kolis responde que Callum deveria estar com Sotoria, mas estava ocupado transando com a filha do padeiro.

Sera pergunta como Callum se tornou um Espectro, e Kolis revela que Callum usou uma faca para cortar o próprio pescoço. Conta a Sera que segurou os dois enquanto morriam, acrescentando que não podia permitir que ele morresse, por isso a Morte lhe concedeu a vida.

Ela pergunta se os Espectros são demis. Ele responde que não e acrescenta que terão essa conversa quando não tiverem assuntos mais urgentes para tratar. Então manda Callum embora.

Kolis quer conversar sobre o acordo que os dois fizeram. Diz que Nyktos não foi libertado, acrescentando que não está quebrando o acordo, mas, como Nyktos está em estase, isso precisa ser resolvido primeiro.

Ela pergunta o que Kolis quer dizer com isso, e ele responde que Ash o atacou quando voltou a si, por isso teve de se certificar de que ele se comportasse bem.

Sera pergunta como ele está, e Kolis diz que essa informação a deixaria chateada. Ela argumenta que *não* saber fará com que fique ainda mais preocupada. Ele diz que não é fácil vê-la tão afetada por notícias de outro homem e acrescenta que a preocupação praticamente escorre de seus poros.

Kolis imagina o que inspira sua afeição por Nyktos e seu medo *dele*. Diz que ela não tinha medo dele no começo, mas que as coisas mudaram. Em seguida, menciona que Eythos tinha uma intuição e vidência aguçadas. Acrescenta que entende o motivo de Sera ficar assustada depois que ele ameaçou alguém que ela gosta e o viu como a Morte, mas não por que essa mudança aconteceu naquele momento em particular.

Sera fica chocada, e ele reafirma que pediu desculpas e que aquilo não se repetirá. Sera insinua que ele se impôs a ela.

Kolis diz ter consciência de que sua *demonstração de amor* foi intensa, mas ela diz que foi muito mais do que isso.

Ele pergunta como as coisas podem ficar bem entre os dois.

Sera responde que precisa de tempo para pensar.

Kolis argumenta que sua palavra deveria ser suficiente para fazê-la confiar nele, mas ela diz que não o conhece. É um golpe duro para ele, que se enfurece e berra que é o Rei dos Deuses.

Quando Sera fica assustada, Kolis se afasta e ordena que ela diga alguma coisa. Ela apenas agradece, relutante.

Kolis pede desculpas outra vez, mas então a repreende por usar as brasas. Sera argumenta que Callum a provocou, e ele retruca que a essência não pertence a ela.

Ele sai para tratar de algumas coisas e depois vigia o sono de sua *so'lis*. Quando ela acorda, pergunta com quem Sera estava sonhando e diz que ela estava sorrindo. Sente o cheiro de ar da montanha e frutas cítricas.

Sera responde que não se lembra dos sonhos, e ele afirma que vão recomeçar do zero. Pergunta como melhorar a situação, dizendo que não há limites para suas ações. Kolis lhe oferece banalidades, e ela diz que quer sair da gaiola.

Kolis fica feliz, pois imagina que isso signifique que Sera quer passar mais tempo com ele. Ela pergunta o que Kolis pretende fazer com as brasas, e ele responde que vai tomá-las e Ascendê-la. Sera pergunta o que a Ascensão fará com ela, e Kolis conta que ela se tornará uma Ascendida.

Então pergunta o que acontecerá quando *ele* Ascender, e Kolis responde que fará com que ambos os planos sejam leais a ele.

Depois do café da manhã, Kolis a solta. Os dois passeiam, e Elias se junta a eles. Sera pergunta se será noite em breve, e Kolis responde que será dali a uma semana. Explica que só é noite uma vez por mês, o que equivale a três dias no plano mortal. Sera fica chocada ao descobrir que já está ali há três semanas. Kolis revela que ela dormiu por vários dias após a tentativa de fuga.

Sera pergunta quantas pessoas vivem na Cidade dos Deuses, e ele diz que não são muitas. Quando ela indaga o que aconteceu, Kolis conta que morreram nas mãos dos Destinos, mas admite que também participou de algumas mortes.

Quando Sera vê todas as alcovas, e Kolis comenta que ela parece perplexa. Ela responde que é bastante sexo. Ele pergunta se isso a incomoda, e Sera diz que não. Ao sentir sua confusão, ele explica que estar tão perto da Morte faz com que as pessoas queiram *viver*.

Os dois chegam ao Salão do Conselho, e Kolis sente o nervosismo dela. Sera diz que é por causa da multidão. Ele assegura a ela que não precisa se preocupar com nada. Quando Sera responde que sabe disso, Kolis fica feliz por ela confiar nele.

Kolis senta no trono, e Callum traz uma almofada para Sera se acomodar no chão. Um criado traz uma bandeja, e Kolis ordena que ela beba alguma coisa.

Repara em Keella e comenta que não a vê faz tempo. A Primordial diz que veio por causa de Sera e que sabe quem ela é. Kolis concorda, insinuando que Keella conhece a *verdadeira* identidade de Sera. Então pergunta se ela já sabia disso antes da coroação.

Keella se dirige a Sera usando seu título nas Terras Sombrias e pergunta sobre Nyktos. Kolis se irrita e diz que o assassino de Primordiais está onde deveria estar. Keella pergunta se ele fez isso para proteger sua Consorte. Kolis afirma que as ações de seu sobrinho poderiam ter tido consequências duradouras.

Keella rebate que outra Primordial Ascendeu, o que é motivo de celebração e uma bênção. Então pergunta se ele vai parar com o que está fazendo, pois vai contra a tradição e a honra.

Kolis diz que não sancionou a coroação. Voltando-se para Kyn, pergunta se deu permissão, e Kyn mente e diz que não.

Keella pergunta se Sera será libertada junto com Nyktos, e Kolis responde que ela não vai voltar para ele. Quando a Primordial pergunta se ela está ali por vontade própria, Kolis a manda perguntar para Sera, que responde que está em Dalos por livre e espontânea vontade.

Ao observar uma conversa entre um deus e uma criada, Sera pergunta se os Escolhidos têm livre-arbítrio. Kolis responde que praticamente todas as escolhas foram feitas por eles durante toda a sua vida, então olha para o casal e comenta que a criada parece estar se divertindo. Sera discorda. Kolis conta que, embora ninguém possa tocar nem falar com eles no plano mortal, é diferente em Dalos. Diz que Sera os vê como vítimas, enquanto ele os vê como pessoas ávidas pelo que lhes foi proibido. Afirma que os Escolhidos têm oportunidades em Dalos. Tanto podem tirar o véu quanto Ascender.

Kolis revela que eles se chamam Orval e Malka, e que os dois se conhecem. Sera indaga o que aconteceria se não fosse o caso, e Kolis pergunta se isso importa. Ela diz enfaticamente que sim, e ele aponta para outro casal. Menciona que o nome da criada é Jacinta e o deus é Evander. Em seguida, revela que o que excita Evander é a dor. Olhando para Sera, pergunta o que ela faria se tivesse permissão. Ela diz que o mataria e depois pergunta o que Kolis faria com ela. Ele afirma que não faria nada.

Sera se põe de pé e pede uma arma. Kolis chama Elias, que lhe entrega uma de suas adagas.

Divertido, Kolis a vê se aproximar de Jacinta e Evander, agarrar o deus pelos cabelos e mandar a mulher se afastar. Então, Sera o golpeia.

E a gritaria começa.

Kolis ordena que Jacinta e o corpo de Evander sejam tirados dali. Quando Naberius avança em direção a Sera, Kolis o manda se retirar.

Sera volta ao estrado, e Kolis pergunta por que ela pensou que sabia o que acontecia entre os dois. Sera começa a dizer que foi ele quem disse, mas Kolis a corta, rebatendo que só perguntou o que ela faria. Nunca disse que Evander forçava Jacinta a nada.

Sera argumenta que viu as lágrimas no rosto de Jacinta, e Kolis pergunta se eram lágrimas de dor ou prazer. Diz que ela só ouve o que quer ouvir e só pensa em si mesma, igual ao seu sobrinho e irmão. Ela insiste um pouco mais na discussão e, então, pergunta a qual Corte Evander pertencia. Kolis responde que ele era das Planícies de Thyia.

Ou seja, Kolis se vingou de Keella por duvidar dele.

Attes chama Kolis, dizendo-lhe que está na hora de dar início à corte. Kolis ordena que Sera se sente. Conversa com dois deuses e decide que já está farto de tanto desrespeito. Mata um deles por acusar o outro de trapaceiro e se recusar a demonstrar o devido respeito ao seu Rei.

Sera parece infeliz e pergunta se é assim que Kolis quer passar o tempo que têm juntos. Ele diz que consegue fazer várias coisas ao mesmo tempo. Quer ficar com ela, mas tem deveres a cumprir. Sera acrescenta que não era bem o que esperava quando pediu para sair da jaula, e ele pergunta o que ela quer dizer com isso. Ela responde que ele só lhe mostrou a morte. Kolis faz mais perguntas, e ela menciona Evander. Ele diz que é culpa dela, e ela analisa os erros de tal afirmação, depois acrescenta que Kolis matou um deus por chamar o outro de trapaceiro.

Ele explica que se trata de manter o controle e o equilíbrio. Ela questiona isso, e Kolis diz que toda ação tem uma reação. O desrespeito é recebido com uma única resposta: a morte. Sera pergunta se *ela* será condenada à morte, e ele responde que o caso dela é diferente. Não vai puni-la.

E não vai mesmo. A menos que ela o obrigue.

Kolis a manda se levantar e ir até ele, ordenando que Sera se sente em seu colo. Continua o que estava dizendo, repetindo que não vai puni-la, mas repensará o acordo entre os dois. Então pergunta se ela entendeu. Quando Sera assente, Kolis diz ser capaz de muito mais do que só matar alguém.

Kolis gostaria que os demais também vissem isso.

Não imagino como…

Veses cumprimenta Kolis, que lhe pede para se aproximar. Os dois conversam.

Kolis pergunta se ela reconhece Sera. A Primordial diz que não tem certeza, e Sera a chama de mentirosa. Conta que as duas se conheceram nas Terras Sombrias.

Ele acha isso muito interessante, pois a Primordial nunca lhe contou.

Veses e Kolis conversam mais um pouco e ele a provoca, se divertindo bastante. Ela é tão fácil de manipular. Quando insinua que Veses faria *tudo* que lhe pedisse e ela concorda, Kolis vê o desgosto estampado na cara de Sera.

Ótimo, Sotoria não gosta de vê-lo com outra.

Ele está delirando...

Veses pergunta por que Sera está ali, dizendo achar que ela fosse a Consorte das Terras Sombrias. Kolis afirma que ela está enganada e que nunca deu sua autorização. Veses presume que a presença de Sera deve ser uma punição, mas ele a corrige. Ela dispara que poderia arranjar algo menos pesado para Kolis aquecer o colo, se for esse o caso. Ele ordena que a Primordial se desculpe, e ela fica surpresa. Ele conta a Veses que ela está falando com a sua *graeca*. Veses diz que isso é impossível e que deve ser mentira, mas Kolis insiste ter confirmado o fato.

Quando Kolis ordena que ela se desculpe outra vez, Veses obedece, mas num tom mordaz. Depois, afirma estar feliz por Kolis.

Ele não acredita nisso nem por um segundo.

Antes que Veses saia, Kolis a chama de volta e diz que ela o decepcionou e deverá ser punida. Chama Kyn e assiste, divertindo-se, enquanto o Primordial a castiga.

Sera tenta intervir, e Kolis pergunta o que ela está fazendo. Ela responde que aquilo não está certo e lhe pede para parar. Ele recua, e ela diz que é a coisa certa. Furioso, levanta-se e anuncia que vão voltar para seus aposentos. Antes de partirem, Phanos diz a Kolis que precisa de falar com ele. Kolis diz que voltará em breve.

Os dois voltam para a gaiola, e Kolis repreende Sera, lembrando que lhe pediu para não questioná-lo nem usar as brasas e, mesmo assim, ela fez as duas coisas. Relata tudo que fez por ela e a chama de ingrata. Conta que queria mostrar o que está arriscando por ela e ordena que Sera obedeça ao seu Rei.

Em meio ao choro, ele a acorrenta e diz que gostaria de odiar Sera por obrigá-lo a fazer isso, mas só consegue amá-la. Ela não acredita nele, mas Kolis retruca que ela continua viva, e que, se fosse qualquer outra pessoa, não estaria. Sua vida é uma prova de seu amor.

Após a corte, Kolis entra e solta as algemas. Sera dá um berro e desaba em seus braços. Kolis pede desculpas repetidamente.

Os Escolhidos preparam tudo para um banho, e Kolis a manda se banhar e descansar que tudo ficará bem.

Depois que Sera acorda, Kolis volta e diz que ela está linda. Ela pede desculpas, o que o surpreende, mas ele logo se compõe dizendo que a entende.

Kolis a chama para dar um passeio, com Callum e Elias logo atrás. Ele a leva para uma câmara oculta e chama Iason e Dyses, que chegam com um Escolhido chamado Jove.

Ela diz que Kolis não precisa provar nada, e ele insiste que deve lhe mostrar do que é capaz. Sera tenta dissuadi-lo, mas ele instrui o Escolhido a tirar o véu. Kolis pergunta ao Escolhido se ele está bem e diz que será abençoado.

Jove responde que é uma honra. Sera tenta impedir Kolis, que diz que ela sempre teve um coração bondoso.

Insiste que ela precisa saber por que aquilo é tão importante. O equilíbrio é necessário.

Sera pergunta se ele poderia ao menos fazer com que não fosse doloroso. Kolis considera o pedido bastante simples. Em vez disso, certifica-se de que Jove tenha prazer.

À medida que as etapas são concluídas, Kolis explica o processo e pede que Elias dê seu sangue a Jove. Informa que, sem as brasas da vida, os Escolhidos se tornam Ascendidos. Porém, conta que está tentando minimizar os efeitos negativos, como a intolerância ao sol e a sede de sangue.

Sera pergunta o que acontece quando eles não conseguem controlar a fome, e Kolis responde que são abatidos. Acrescenta que os deuses glutões também eram mortos durante o reinado de Eythos e que *ele* era o encarregado disso.

Kolis fala sobre a criação da vida e o quanto se importa com isso. Ela pergunta qual é a diferença entre Ascendidos e Vorazes, e ele responde que os Vorazes estão mortos, revelando mais detalhes a seu respeito.

Assegura que os Ascendidos recém-criados são vigiados e que aquele encontrado por Sera também seria se ela não tivesse tentado fugir e tirado os guardas de seus postos.

Ela pergunta o que acontece se um Ascendido decidir não se alimentar, e Kolis responde que ele perde as forças e seu corpo entra em falência. Debatem que tudo que é criado ou nascido tem o potencial para se tornar um assassino.

Kolis diz que o Primordial da Morte deve permanecer distante de qualquer pessoa que possa ter de julgar eventualmente — exceto pelos outros Primordiais e os dragontinos. Queixa-se de que o mesmo não acontece com o Primordial da Vida, acrescenta que fazia sentido para os Arae e que tudo se resume ao equilíbrio estabelecido no tempo em que os Antigos criaram os planos.

Sera diz que pensava que Eythos tinha criado os planos. Kolis diz que ele criou alguns, mas não *os* planos. Os Antigos não foram os primeiros Primordiais, e nenhum Primordial pode se tornar um Antigo. Revela que sempre deve haver um verdadeiro Primordial da Vida e um verdadeiro Primordial da Morte.

Mais tarde, Kolis sugere outro passeio, e Sera pergunta por Callum. Ele explica que mandou o Espectro tratar de um assunto importante. Sera tem dúvidas sobre os Espectros; quer saber se eles precisam de amizade, amor e sexo. Ele diz que não, assim como não precisam de comida nem de sangue. São movidos apenas pelo desejo de servir ao seu criador.

Sera diz que é difícil imaginar viver sem desejar nada, e ele comenta que deve ser libertador.

Ela volta ao assunto de Callum e diz que ele é diferente. Kolis reconhece e revela que ele é *cheio* de desejos e necessidades. Depois manda Elias se afastar e vai com Sera até uma escadaria. Kolis diz que foi informado de que a motivação desempenha um papel importante, é a magia da criação. Por exemplo, sentir implica em ser. Mas declara não ter tanta certeza assim, pois já tentou com outros e nunca deu certo.

Kolis a leva para o alto para ver a Cidade dos Deuses. Ela pergunta a ele sobre os Destinos terem dizimado a cidade, e Kolis responde que eles fazem o que bem entenderem. Sobretudo quando o equilíbrio é perturbado.

Explica que, quando se tornou o Primordial da Vida, ofereceu uma escolha aos deuses em Dalos. Poderiam servi-lo ou morrer. Matou metade deles. O ato desagradou aos Destinos, que por isso dizimaram o resto. Kolis admite que deveria ter sido menos precipitado.

Olha para Sera e vê Sotoria como era antes, mas tudo nela é... amplificado. Acrescenta que gostaria que ela tivesse a mesma aparência. Sera fica ofendida, e ele não consegue entender por quê. Mais uma vez, pergunta o que ela quer e precisa para perdoá-lo.

Ela fala de um diamante prateado e multifacetado que cobiçava, e Kolis se oferece para buscá-lo. Sera diz achar que Calliphe já não o possui mais, contudo, Kolis comenta que tem um diamante desses. Quando ela pede para vê-lo, ele é incapaz de recusar seu pedido. Ele a leva de volta à jaula e convoca o conjunto no topo, que se transforma em um diamante prateado em forma de estrela.

Kolis conta que o diamante se chama Estrela e foi criado pelo fogo dos dragões muito antes que os Primordiais fossem capazes de derramar lágrimas de alegria. Acrescenta que o encontrou por acaso.

Ela pergunta por que Kolis o mantém escondido, e ele diz que o guarda junto do que julga mais importante. Quando Sera pede para segurar a pedra, ele permite e observa sua reação.

De repente, Sera deixa escapar: "Você chorou", e Kolis surta. Pergunta o que ela viu e arranca o diamante de suas mãos. Ele assume a forma de Primordial, e ela usa as brasas contra ele. Kolis a recorda de seus alertas, dizendo que o que vier a acontecer será culpa dela.

Ele a prende, mas Sera assume o controle, destruindo a gaiola e a câmara ao seu redor. Depois, ataca Kolis. Ele a manda parar, mas ela atira as palavras que ouviu na visão na cara dele.

Kolis se dá conta de que Sera assistiu aos últimos momentos da vida de Eythos. Quando é apunhalado com um osso, sequer luta com ela. Sera se aproxima e diz querer que ele se lembre do quanto ela deseja matá-lo. Então o apunhala repetidamente, deixando-o tão fraco que Kolis entra em estase.

SOTORIA †

Mortal

Eis alguns detalhes sobre a irmã de Callum e a obsessão do falso Rei dos Deuses (detesto me referir a ela dessa maneira. Sotoria é uma mortal. Uma bela mulher — com uma história trágica)...

Cabelo: Da cor do vinho tinto, caíam até o meio de suas costas.
Olhos: Verdes como a grama na primavera.
Corpo: Um pouco mais baixa do que a média e voluptuosamente curvilínea.
Rosto: Oval, com maçãs do rosto angulosas. Lábios carnudos em forma de arco, da cor de frutas vermelhas. Sobrancelhas marcantes. Sardas espalhadas do nariz até os olhos. Nariz delicado.
Personalidade: Tímida, mas combativa. Gentil. Feroz. Defensora do irmão.
Antecedentes: Morreu ao cair de um penhasco enquanto colhia flores para o casamento da irmã e se assustou com Kolis. Foi trazida de volta à vida e mantida como prisioneira. Morreu novamente, mas teve a alma marcada para renascer continuamente. Acaba compartilhando a alma com Seraphena e, depois, é transferida para o diamante Estrela. Por fim, reencarna — acredito que Poppy é a reencarnação de Sotoria, mas ainda não recebi a confirmação disso.
Família: Irmão = Callum. Irmã = Anthea †.

A JORNADA DE SOTORIA ATÉ AGORA:

A pobre Sotoria teve uma vida difícil. Primeiro, Kolis a vê colhendo flores para o casamento de Anthea e fica completamente apaixonado. Assim que ele se revela, ela fica tão assustada que cai dos Penhascos da Tristeza.

Ela entra no Vale e aceita seu destino, até que Kolis a arranca de lá, trazendo-a de volta à vida. Mas Sotoria não volta como era antes. Está triste e ressentida. Para piorar a situação, é presa em uma gaiola.

Morre outra vez — a causa é desconhecida, embora haja boatos de que Eythos a tenha matado —, e Eythos e Keella tomam medidas para garantir que ela não possa ser tirada do Vale de novo. Marcam sua alma, fazendo com que Sotoria renasça continuamente.

Eythos toma medidas extras e esconde sua alma em Seraphena. Ela não renasce como Sera; as duas partilham o mesmo corpo.

Dentro de Sera, fica furiosa ao ver Kolis em Dalos e o preço que ele obriga Sera a pagar — a morte do jovem dragontino. Sua fúria toma conta de Sera.

Quando Sera é capturada e levada de volta a Dalos, a raiva e o pânico de Sotoria tomam conta — é um lembrete do que Sotoria teve de suportar.

Enquanto Sera está presa em Dalos, Sotoria emerge várias vezes, deixando-a sentir sua dor, seu medo e pânico. Também libera toda a sua raiva e fúria quando as brasas se inflamam dentro de Sera.

Assim que Sera foge, Sotoria se sente que está sendo separada dela e pergunta à Primordial, Keella, se Sera ficará bem. Após ser tranquilizada, ela finalmente relaxa, permitindo que sua essência seja transferida para o diamante Estrela.

Ao partir, diz a Sera que as duas voltarão a se encontrar.

CALLUM

O Primeiro Espectro
Corte: Dalos

Cabelo: Loiro. Na altura dos ombros.
Olhos: Azul-claros — praticamente incolores — e entremeados de éter.
Corpo: Alto.
Rosto: Pele com um subtom dourado. Contorno delicado nas bochechas e no queixo.
Traços característicos: Tem uma pinta sob o olho direito. Voz melodiosa.
Características/habilidades sobrenaturais: Capaz de voltar à vida. Telecinese.
Personalidade: Apático. Irreverente. Cruel. Arrogante. Esconde-se atrás de fortes barreiras emocionais.
Hábitos/Trejeitos/Forças/Fraquezas: Usa roupas douradas. Costuma ser visto com uma pintura facial de asas douradas — em homenagem a Kolis. Domina a magia Primordial. Costuma carregar uma espada presa às costas e, às vezes, um punhal na coxa. Ou então duas espadas nas costas — com os punhos voltados para baixo — e uma adaga preta presa ao peito. Adora a palavra "fugiu".
Curiosidades: É absurdamente velho.
Antecedentes: Ensinou Isbeth a criar os Espectros. Ezmeria pensou que ele fosse um deus. Contou a Calliphe como matar um Primordial.
Família: Irmãs = Sotoria † e Anthea †.

A JORNADA DE CALLUM ATÉ AGORA:

Se eu tivesse que escolher alguém que me intriga e aterroriza ao mesmo tempo, diria que é Callum. Ele é muito enigmático, mas, sendo alguém ainda mais velho do que eu e que já foi aliado dos piores vilões, admito que o Espectro me assusta.

Callum entrou no meu radar nas visões que tive quando Sera foi atacada pelos guardas. Assim como Ezra, pensei que ele fosse um deus. Mas ele logo me irritou ao sentir um prazer evidente por Sera ter matado os guardas e depois mentido sobre o ocorrido.

Mais tarde, aparece em Dalos quando Kolis se encontra com Sera, espiando atrás da cortina e dizendo ao dragontino Davon que os dois têm algo a tratar.

Depois disso, *suspeito* tê-lo visto à espreita nas sombras durante o ataque de Cimérios ordenado por Kyn à Casa de Haides, mas não tenho nenhuma confirmação.

Callum está presente quando Sera volta a si após ter sido sequestrada por Attes, revelando que ela ficou inconsciente por dois dias e que o Primordial não devia ter batido nela com tanta força assim. Então diz que não é mais segredo que ela é uma mortal que carrega as brasas da vida dentro de si, cumprimenta-a pelo nome completo e pergunta se Sera se lembra dele.

Callum a insulta, dizendo que ela fede às Terras Sombrias e ao Primordial de lá, em seguida, a alerta para não desrespeitar Kolis. Quando a conversa passa para a vida de Sera no plano mortal, Callum diz que teve a impressão de que a Rainha não era uma boa mãe, confessa que manteve contato regular com Calliphe por anos e que foi ele quem lhe contou como matar um Primordial — primeiro faça com que ele se apaixone e depois mate-o.

Acrescenta que Kolis sabe de tudo desde o nascimento dela e conta que o Rei Lamont, pai de Sera, convocou o Primordial da Vida para fazer outro acordo. Comenta que foi inteligente da parte de Eythos esconder brasas em uma mera mortal, especialmente alguém que um dia pertenceria a seu filho.

Sera pergunta por que Kolis não tomou as brasas dela antes. Por que esperou até que ela estivesse nas Terras Sombrias? Então, Callum e Kolis revelam a profecia e reiteram o trecho a respeito de *Sangue e Cinzas*.

Durante a conversa, Callum ri quando Kolis expressa que a pergunta de Sera sobre querer mais poder é uma tolice e o alerta para tomar cuidado com Attes. Diz que o Primordial está tentando enganá-lo e não é digno de confiança. Attes afirma saber como matar Callum — com o sangue de um dragontino — e o ameaça caso volte a desrespeitá-lo.

Callum vigia Sera enquanto ela está aprisionada em Dalos. Não acredita nem por um segundo que ela seja Sotoria e deixa isso bem nítido. Enquanto isso, discutem e se provocam o tempo todo.

Os dois brigam como irmãos — isso se tal irmão e irmã tivessem o assassinato um do outro em mente, é óbvio.

Quando Kolis revela que Callum é o irmão de Sotoria, ele reconhece o valor da irmã, chamando-a de doce, destemida e carinhosa. Mas sente um imenso prazer toda vez que Seraphena sofre e está disposto a fazer qualquer coisa para garantir que Kolis ascenda ao poder ao qual sempre esteve destinado. Afinal, deve lealdade a ele. O Rei o perdoou por deixar Sotoria na mão e concedeu-lhe a vida eterna.

Quando vi Callum novamente foi durante uma das minhas visões mais recentes sobre Poppy e Casteel. Primeiro o vi entrar na masmorra com cinco Aias e Isbeth quando a Rainha de Sangue prendeu Cas. Callum comenta que Casteel é esperto quando ele descobre o que Isbeth realmente é, e fica interessado quando ela pergunta o que Cas sabe sobre Malec.

Quando Poppy corta a cabeça do Rei Jalara, Callum fica meio atordoado. Toma cuidado para não tocar na cabeça enquanto avança para confrontá-la.

Mais tarde, de volta às masmorras, Casteel ameaça matá-lo, e Callum diz que já ouviu isso um monte de vezes, mas confessa que Cas é a primeira pessoa que pode conseguir realizar tal proeza. Em seguida, pega uma adaga de pedra das sombras e apunhala o novo Rei de Atlântia.

Casteel sempre chama Callum de *Menino Dourado*, o que o deixa fulo da vida. (Adorei o apelido e comecei a chamá-lo assim também.) Ele berra e diz que não é um *menino* coisa nenhuma. Quando Cas apunhala Isbeth com um osso afiado, Callum o observa atentamente e informa à Rainha de Sangue que ele precisa se alimentar. Quando tentam forçá-lo, segura Cas, mas o Atlante lhe dá uma cotovelada no queixo e uma cabeçada, e depois o atira contra a parede, obrigando Callum a reconhecer sua força.

Callum afasta Kieran e Reaver, e cumprimenta Poppy formalmente, dizendo que é uma honra conhecê-la. Quando ela tenta ler suas emoções, depara-se com barreiras grossas e sombrias.

Poppy ameaça Isbeth, o que lhe dá arrepios. Comenta que há muito tempo não sentia um poder assim. Reaver pergunta quanto tempo e ele se limita a responder: "Bastante." Imagino que estivesse aludindo ao fato de Poppy se parecer com Sera, a Consorte, com quem Callum conviveu por um bom tempo.

Callum leva Poppy, Isbeth e Millie até a cela de Casteel na masmorra e coloca uma venda nos olhos de Poppy quando chegam ao subsolo. Examina as cicatrizes dela e comenta que as feridas devem ter doído bastante. Poppy retruca que ele vai acabar sentindo a mesma dor se continuar tão próximo dela. Callum se afasta por ordem da rainha.

Ao levar Poppy até Cas, a alerta para não ficar muito perto dele, pois o Atlante está igual a um *animal raivoso*. Poppy promete a Callum que garantirá que ele tenha uma morte dolorosa. Quando Callum comenta que ficou surpreso ao ver Cas falando, já que ele só espumava pela boca da última vez, Poppy diz que mudou de ideia e vai matá-lo na primeira oportunidade. Em seguida, faz uma breve demonstração do seu poder, deixando-o transparecer em sua voz, o que faz com que o Espectro sibile e fique todo empertigado.

Mais tarde, pergunta se ela acha que Cas merece receber comida, e ela o apunhala no coração com a adaga. Ele pragueja, e Millie o tira dali.

No dia seguinte, diz a Casteel que sua arrogância é impressionante e admite que Poppy o apunhalou com sua própria arma. Conta que já viu o amor derrotar os seres mais poderosos, mas que só viu o amor deter a morte uma vez — com Nyktos e sua Consorte. Callum provoca Casteel, dizendo que o amor é uma fraqueza e que ele devia ter se alimentado de Poppy quando teve a chance. Em seguida, esfaqueia Cas, errando seu coração de propósito e o levando à sede de sangue. Retira a adaga, lambe a lâmina e lhe deseja sorte.

Quando o grupo foge, Callum corre para avisar Isbeth e dá de cara com Malik. Os dois começam a lutar.

Callum e mais meia dúzia de Espectros confrontam o grupo; Callum diz a Reaver que talvez saiba o que ele é e depois provoca Kieran, dizendo que quer ficar com ele, pois sempre quis ter um lobo de estimação. Ao voltar sua atenção a Poppy, afirma que a humanidade é uma fraqueza.

A Rainha ordena que Malik seja trazido até ela, e Callum tenta avisá-la de que não é o momento certo, mas ela o manda calar a boca. Enquanto todos estão distraídos, ele avança e corta o braço de Kieran enquanto sussurra um feitiço. Casteel o apunhala no peito em retaliação, e ele comenta que doeu antes de morrer.

Ao voltar à vida, alguns minutos depois, Callum vê Isbeth tirar seu anel e fica espantado quando Kieran deixa Malik inconsciente.

Depois que a Rainha mata Clariza e Blaz com seu poder, ele diz a Poppy para não se dar ao trabalho de tentar ressuscitar o casal porque ninguém volta de uma morte daquelas, mas sente um prazer evidente em observar a reação dela à morte dos dois.

O grupo leva Malec ao Templo dos Ossos, e Poppy enumera suas exigências. Ele a provoca, perguntando: "Senão?" Quando Cas responde que vão colocar fogo no caixão e matar Malec, Callum volta a atenção para ele.

Ao se aproximar de Kieran, Callum fica chocado ao ver que a marca da maldição desapareceu. Ainda assim, usa uma lâmina branca — feita do osso de um Antigo — para cortar a pele de Kieran. Uma fumaça escura sai da ferida conforme a maldição desaparece. Depois, diz a Kieran que não há nada que possa lhe fazer mal agora — referindo-se indiretamente à União. O lupino crava uma adaga de pedra de sangue no coração dele em sinal de agradecimento.

Callum volta à vida bem a tempo de ver Isbeth esfaquear Malec. Quando os acontecimentos se desenrolam, agradece a Poppy por cumprir seu propósito e seguir o que foi profetizado. Explica a profecia — mais ou menos — e diz que, já que ela e Malec têm o sangue do Primordial da Vida nas veias e são amados, *ele* será restaurado — referindo-se a Kolis. Acrescenta que Isbeth só precisava de alguém da linhagem de Kolis para encontrar Malec, mas Ires se recusou a fazer isso.

Callum não sabia que Isbeth mataria Malec até ela perguntar por ele. Calculava que havia uma probabilidade de cinquenta por cento de quem mataria: seu coração gêmeo ou Poppy. Explica que Isbeth é o arauto e Millie era o alerta. Então afirma que Poppy levaria eras para se tornar tão poderosa a ponto de destruir os planos e acrescenta que está na hora de se curvarem diante do Verdadeiro Rei dos Planos.

Como provocação final, diz que deveria ter sido Poppy no altar e que sempre se tratou dela e de Millie, prometendo que lidaria com as duas mais tarde. Também explica que Kolis estava hibernando sob o Templo de Theon, mas era bem alimentado. O Ritual extra o fortalecera o suficiente para acordar, e a Ascensão de Poppy o fez despertar completamente. Quando Malec der o último suspiro, recuperará sua força plena. Ao recitar um verso da canção de ninar sombria que Poppy ouviu quando era criança, Casteel o silencia arrancando o coração dele.

Com um buraco no peito, Callum se levanta e diz ao grupo que os guardas do Verdadeiro Rei estão chegando — os dakkais.

Callum luta com Malik e depois foge assim que Poppy pronuncia o nome da Consorte — pois sabe muito bem o que isso significa.

O grupo jura encontrá-lo e tratar dele mais tarde, e espero que façam isso. No entanto, temo que ainda ouviremos falar de Callum. Ele sabe mais, viveu mais e participou de mais eventos do que qualquer pessoa. Seus objetivos ainda são um mistério para mim.

NEKTAS

O primeiro dragontino
Corte: de Dalos para as Terras Sombrias

Cabelo: Comprido e preto com mechas ruivas (que mais tarde se tornam prateadas).
Olhos: Vermelho-sangue com pupilas verticais (depois se tornam azul-safira com pupilas verticais).
Corpo: Alto. Pernas compridas.
Rosto: Pele cor de cobre. Traços largos e feição orgulhosa.
Traços característicos: Cristas ao longo das costas que se assemelham a escamas — podem surgir em outras partes do corpo se ele estiver prestes a mudar de forma.
Características sobrenaturais: Escamas pretas e cinza-escuras. Cauda com espinhos. Tamanho equivalente ao de três cavalos grandes. Pescoço longo e gracioso. Cabeça com metade do tamanho do corpo de um cavalo. Nariz achatado e largo. Mandíbula ampla. Chifres pontiagudos como uma coroa no alto da cabeça. Corpo de uns seis metros de comprimento.
Personalidade: Calmo. Reservado. Sabedoria quase ancestral.
Hábitos/Trejeitos/Forças/Fraquezas: Audição aguçada. Manifesta roupas com o poder da mente.
Antecedentes: Foi o dragontino vinculado a Eythos — o primeiro de todos —, já era amigo dele antes de receber a natureza dupla. Criou o primeiro mortal com Eythos. Quando o Primordial morreu, o vínculo foi rompido, e acabou vinculado a Nyktos por escolha própria.
Família: Filha = Jadis. Companheira = Halayna †. Parente distante = Thad. Primordiais vinculados = Eythos e depois Nyktos.

A JORNADA DE NEKTAS ATÉ AGORA:

Quando conhece Sera, Nektas quer que ela o acaricie e fica magoado quando ela pensa que ele vai mordê-la. Não tem o menor interesse em devorá-la nem a qualquer um dos deuses — principalmente Saion. Dado seu vínculo com Ash (também conhecido como Nyktos), sabia que Sera o tinha apunhalado e contou isso a ele, mas também sabia que o ferimento não tinha sido grave. Se tivesse sido, teria ido atrás do Primordial.

Depois que Sera é atacada na floresta, ela acorda com Nektas ao seu lado. Ele revela que a única razão pela qual ainda está viva é porque Ash usou um antídoto raro nela, o que o surpreendeu. É sincero e diz que seria melhor se ele não a tivesse salvado. Quando Sera o questiona, admite achar que *nenhuma* das decisões de Ash tenha algo a ver com o acordo feito pelo Rei Roderick.

Nektas vigia Sera e Jadis durante o sono. Quando Sera acorda, ele informa que estava à procura da filha e imaginou que ela estivesse com Ash. Não esperava que Sera também estivesse ali. Conta que nunca viu o Primordial dormir tão profundamente, nem quando era criança, e explica que conhecia os pais de Ash. Ele deixa claro que considera Ash parte de sua família e diz a Sera que a chamará de filha, já que ela lhe trouxe paz.

Após Sera trazer Gemma de volta à vida, Nektas aparece e diz que todos os dragontinos sentiram o que ela fez. Em seguida, parte com Reaver.

Vi muitas coisas sem importância em minhas visões entre esses acontecimentos e os que ainda vou relatar, mas há uma coisa que vale a pena mencionar: Nektas é um pai incrível e um cuidador maravilhoso. Ele tem um coração enorme, e, apesar do seu jeito meio estoico, qualquer um pode ver isso.

Na sala de guerra, Nektas conta que Eythos era um Rei justo — bondoso, generoso e curioso por natureza. Revela que foi ele quem concedeu aos dragões suas formas divinas. Então descreve o que aconteceu quando Kolis trocou de destino com o irmão e supõe que a mera presença de Sera está trazendo a vida de volta ao Iliseu.

Durante a primeira grande batalha, Nektas chega com o restante dos dragontinos vindos do oeste e lança fogo sobre as docas, o litoral e o mar. Ataca o dragontino carmesim que persegue Sera, Ector e Rhain. Ele cai, e Nektas o circunda enquanto Ash se aproxima.

Nektas chega ao palácio com Nyktos e Saion. Tenta convencer Ash a se alimentar, mas o Primordial é teimoso e insiste que vai se curar sozinho. Nektas desiste, mas diz a Sera que o Primordial pode se tornar perigoso caso não se alimente e, mesmo que não o faça, continua enfraquecido e incapaz de se curar, algo que ninguém quer que aconteça. Conta que Nyktos não se alimenta porque foi forçado a isso e que Kolis fez barbaridades com ele.

Quando o plano de Sera é revelado, Nektas pensa um pouco e diz que podem fazer com que Ash se alimente dela — afinal de contas, está furioso com ela. Pergunta se Sera quer mesmo fazer isso, pois não vão forçá-la a nada, e ele fica aliviado quando ela concorda.

Quando Sera é levada de volta a seus aposentos, Nektas diz que está atendendo ao pedido de Ash e colocando-a num lugar seguro. Acrescenta que Nyktos não vai atender se ela bater à porta adjacente, mas aposta que está destrancada. Em seguida, pergunta se Sera mataria Ash se não tivesse descoberto que isso não salvaria seu povo.

Ela não sabe como responder.

Sera sente dores por causa da Seleção, e Ash vai buscar um chá curativo para ela. Nektas chega assim que ele sai e fica sentado na varanda para protegê-la. Conversa com ela sobre o vínculo entre dragontinos e Primordiais, e diz que gosta de ser vinculado a Ash. Ao falarem do dragontino carmesim que os atacou, Nektas afirma não saber se foi decisão dele se vincular a Kolis porque o Primordial não costuma lhes dar escolha.

Quando Ash volta, Nektas conta que Sera mentiu sobre se sentir melhor. Diz que tudo tem um cheiro e cada pessoa tem um cheiro único. Acrescenta que Sera cheira a morte, referindo-se a Ash, e que o banho não vai tirar isso dela. Fica desapontado quando Sera não quer saber que *outro* cheiro sentiu nela.

Sera toma o chá, e Nektas diz que ficou impressionado por ela ter engolido tão depressa. Explica que a bebida não era conhecida no plano mortal. Quando Sera diz achar que é o mesmo chá que Holland lhe dava, Nektas pergunta se ele era mortal e contesta tal afirmação.

Quando os deuses vingativos atacam, Nektas entra pelo teto e ateia fogo em Madis. Grunhe um sinal de alerta quando Taric materializa uma espada de éter e grita para Sera usar seu dom. Ash ordena que ele se certifique de que os guardas estejam preparados para tudo, e Nektas chama os outros dragontinos, que respondem imediatamente.

Ele vê Sera trazer Bele de volta à vida e vibra quando a deusa recupera o fôlego.

Nektas parte para convocar os Destinos e, na volta, aguarda Ash e Sera na sala do trono. Por fim, pede que Reaver vá buscá-los. Quando os Arae atendem ao chamado, Nektas fica a postos com Rhahar, Ector, Ward e Penellaphe à porta da sala do trono, com Reaver ao seu lado, e diz a Sera e Ash que vão esperar — pelos dois.

Depois do ataque dos dakkais, Nektas vai ver se Ash e Sera estão bem. Mais tarde, comenta na sala de guerra que não conhece todos os dragontinos, mas sentiu que o dragontino inimigo era jovem — jovem *demais* para fazer uma bobagem daquelas. Imagina se o deus envolvido no ataque dos dakkais viu Sera e quis raptá-la, e tenta acalmar Ash quando ele descobre que o deus pretendia deixar Sera morrer.

Afirma que um Primordial estava por trás do ataque, pois mais ninguém seria capaz de comandar um dragontino. A questão é: *quem* estaria disposto a irritar Kolis e Nyktos ao deixar Sera entregue à própria morte?

Nektas chega aos Bosques Moribundos bem a tempo de ver Sera e Nyktos no meio de uma luta. Pousa e se agacha sobre Sera depois que ela atinge Nyktos com uma rajada de éter para protegê-la, pois ele pode retaliar por reflexo. Quando Nyktos se acalma e pousa, ele o cutuca e ouve que Ash está bem e só precisa de um minuto.

Nektas muda de forma e sorri quando Sera o vê nu. Manifesta um par de calças para benefício dela. Então pergunta o que a Sombra lhe disse e faz uma careta quando ela explica o ocorrido. Afirma que são as brasas e explica que Eythos podia ressuscitar os mortos. Acrescenta que só se lembra dele ter feito isso uma vez e que não é a mesma coisa que restaurar a vida de um recém-falecido — por isso que ninguém sentiu o que aconteceu com as Sombras como sentiu com as outras coisas feitas por Sera. Reitera que as brasas estão bastante fortes nela e pergunta se Ash já está melhor.

Diz ainda que acha que nem mesmo Kolis sabia que Eythos podia ressuscitar os mortos dessa maneira e os instrui a voltar para o palácio, já que as Sombras não ficarão assustadas por muito tempo. Volta à forma de dragontino e sai voando.

Nektas passa algum tempo com Jadis e Sera depois que Ash coloca os outros deuses em seus devidos lugares quanto a ela e sua bravura. Diz a Sera que está ali porque quer. Quando Sera pergunta sobre Davina, a dragontina que morreu durante a batalha, Nektas explica sobre a família dela, dizendo que não haverá ritual de enterro e contando o porquê.

Quando os criados trazem comida, Nektas ri e revela achar engraçado que Ash pense que ele não sabe que deixa Jadis comer o que bem entender. Então diz a Sera que a filha pode comer se usar o garfo em vez de seus dedinhos imundos. Sera consegue fazer com que ela coma usando o utensílio, e Nektas a olha com espanto e diz que todo mundo já tentou, mas ninguém foi capaz de convencê-la — nem mesmo Reaver. Acha que Sera faz Jadis se lembrar da mãe e explica o que sabe sobre casamento e corações gêmeos. Admite saber de tudo que Eythos fez, e diz a Sera que o custo sempre importa — referindo-se ao risco de ir atrás de Kolis sozinha.

Quando Nyktos e Sera discutem, Nektas acha graça. Insinua que a morte não é uma certeza para Sera porque as brasas não são inteiramente suas até Ascender. Antes disso, podem ser removidas. Acrescenta que, quando Eythos era o Primordial da Vida e Ascendia os Escolhidos, estes tornavam-se semideuses porque o éter era forte neles. Nenhum chegou a ser um deus, pois não tinham as brasas dentro de si. Afirma que tudo é possível com Sera e a lembra de que alguém deve ter contado como tirar as brasas de Eythos para Kolis.

Ao discutirem as possibilidades, Nektas conta a Sera como encontrar Delfai com o auxílio dos Poços de Divanash, mas acrescenta que os deuses são temperamentais e que não pode pedir nada a eles. Tem que ser ela.

Quando os Cimérios atacam as Terras Sombrias, Nektas chega à batalha matando um com uma mordida e partindo-o ao meio. Sente o éter vibrar em Sera e ergue o olhar para lhe dar um grunhido de alerta.

Após o ataque, Nektas traz o café da manhã e se senta com Sera. Pergunta se ela quer acompanhá-lo para ver como Jadis está e indaga o que ela acha dos planos de Ash de remover as brasas dela. Revela que o caminho até o Vale é perigoso. Ao conversarem sobre fraquezas, diz que pode incendiar qualquer um, exceto se for um Primordial — ninguém pode lutar contra um Primordial a menos que ataque Nyktos ou sua Consorte primeiro.

Nektas diz que Ash pode feri-la se perder a compostura, mas não vai arriscar se Sera estiver perto dele. Depois, revela acreditar que Kolis vai usar a convocação como desculpa para descobrir a origem das brasas da vida e oferecer a permissão para a coroação em troca.

Depois de acompanhar Sera a seus aposentos, Nektas a chama de meyaah *Liessa*, e ela o chama de meyaah dragontino. Reconhece que Sera não gosta de ser chamada de Rainha e diz não saber que era *seu* dragontino, depois afirma que ela é a Rainha com ou sem coroação. Sera tem as brasas da vida, logo, *é* a Rainha.

Nektas conta que Ash teve de convencer Kolis de que é submisso a ele e o que aconteceria se o Primordial soubesse a verdade. Quando discutem mais a fundo, afirma que tudo que está acontecendo é pessoal para Sera porque Sotoria faz parte dela. Então pergunta por que ela não chama Nyktos de *Ash* e explica que Eythos o chamava assim. É significativo que Ash tenha se apresentando a ela dessa maneira.

Sera e Nektas falam sobre Ash e a Corte, e se o Primordial a perdoou pelo que ela pretendia fazer. Nektas comenta que nunca disse que Ash a perdoou, apenas compreendeu e aceitou a situação. Caso contrário, ela não estaria em sua cama com o cheiro dele e Nektas não teria sentido a paz de Ash.

Nektas visita Vathi para ver Aurelia — Reaver acha que ele gosta dela. Na volta, Sera o culpa por tudo que aconteceu desde que ele partiu e depois diz que seus olhos se tornaram azuis. Nektas conta que aquilo acontece *de vez em quando*. Ele menciona o ocorrido para Ash e leva os filhotes embora.

Após o planejamento da viagem, Nektas diz que encontrará os dois a caminho do Vale. Depois de se encontrarem, conta a Sera sobre o tempo de Eythos como Primordial da Vida e explica que estar perto dos Pilares era difícil para ele. Tenta convencê-la de que Sera é mais forte do que pensa e a chama de meyaah *Liessa*, acrescentando que é ela quem o faz dizer isso, não as brasas.

Ele e Nyktos contam a Sera sobre os cavaleiros. Os três fazem uma reverência a ela e Nektas comenta que não os vê fazer isso há muito tempo. Quando ele e Sera se separam de Ash e o Primordial diz que ela é muito importante para ele, Nektas responde: "Eu sei."

Nektas conta que já sabia que Sera gostava de Nyktos antes que ela admitisse a si mesma. Sera diz que, se tivesse matado Ash, ele não precisaria matá-la porque tiraria a própria vida. Nektas responde que, se isso for verdade, então estava mais certo do que imaginava.

Ao conversarem sobre a situação nos Bosques Moribundos, conta que Ash podia ter acabado com ele. É por isso que sabe que os sentimentos do Primordial vão além da afeição. Nyktos gosta muito de Sera.

Nektas revela que Ash não removeu a *kardia* para que não se tornasse igual ao pai, enlutado por Mycella, mas para que não se tornasse igual ao tio. Sugere que Sera ama Ash e diz que o amor *deveria* ser assustador.

Quando se aproximam do Sudário, Nektas impede Sera de chegar muito perto e conta sobre as sereias. Para mantê-la por perto, segura as rédeas do cavalo dela e só solta horas mais tarde para atravessar a passagem sob a montanha até os Poços de Divanash.

Nektas diz a Sera que sente o cheiro de Ash nela, mas também de morte — com *m* minúsculo. Seu corpo está morrendo; não vai sobreviver à Seleção. Em seguida, tenta explicar como é o cheiro da vida e da morte para ele.

Nos Poços, revela o que ela tem de fazer, mas admite que nunca viu aquilo dar certo. Escuta Sera confessar sua tentativa de suicídio. Volta a chamá-la de meyaah *Liessa* e conta que deu certo antes de apontar para Delfai na água dos Poços.

Quando veem onde Delfai está, Nektas comenta que é coisa do destino que ele esteja com uma conhecida de Sera. Sera explica quem é Kayleigh, e o dragontino diz que Ash sente muito prazer em visitar Tavius no Abismo com bastante frequência.

Durante a conversa, Nektas recorda a Sera de que estava presente e ajudou na criação dos mortais, que o destino não é absoluto e que nada é mais poderoso do que a habilidade de sentir.

Após saírem do Vale, Nektas pergunta se ela está bem e garante que pode falar com ele se não estiver. Nesse caso, vai garantir que ela fique bem.

Durante a viagem de volta, pressente as ninfas e manda Sera parar. Explica sobre as ninfas, e os dois acabam lutando contra elas. Sera as mata, e Nektas revela que só o Primordial da Vida é capaz de empunhar o éter necessário para matar as ninfas — é o mesmo tipo que pode matar outro Primordial.

Nektas escuta a conversa de Sera e Ash, e traz os filhotes para se despedirem do casal. Gostaria de ir com eles, mas só os dois podem atender à convocação de Kolis. Diz a Sera que *vai* vê-la em breve.

Nektas e Jadis vão para as montanhas. No dia da coroação, ele retorna, mas deixa os filhotes lá. Pousa em frente aos tronos em forma de dragontino e permanece ali o tempo todo. Attes vai conversar com ele depois de cumprimentar Sera e Nyktos. Ele cutuca o braço de Keella em resposta a algo que a Primordial diz, e ela acaricia sua bochecha.

Durante o próximo ataque, Nektas e Orphine tentam se defender do dragontino inimigo que ataca Lethe. Depois, ele ateia fogo nos dakkais, incendiando os que estão na frente enquanto Orphine ataca os que estão atrás de Nyktos.

Nektas vai em socorro de Ash quando ele se liberta das Masmorras e parte para resgatar Sera. Quando Ash a Ascende, Nektas está presente para ajudá-lo a cuidar dela e falar com Ash enquanto *ele* fala com a Rainha. A certa altura, pergunta se os dois estão bem e é ameaçado pelo amigo.

Tem certeza de que os dois vão ficar bem.

Minhas próximas visões de Nektas aconteceram na época de Poppy e Casteel.

Nektas desperta quando Poppy toca nele, rosnando e cheirando-a antes de dar um trinado baixo.

Quando ela volta ao Iliseu pela segunda vez, ele está em sua forma divina e conta que Nyktos voltou a se juntar à Consorte na hibernação. Pede que ela tenha certeza antes de proferir as palavras que não poderão mais ser esquecidas e diz que assim que invocar a carne e o fogo dos deuses para protegê-la, servi-la e mantê-la a salvo, os dragontinos serão moldados no fogo e entalhados na carne. Então pergunta se Poppy quer que destruam a Coroa de Sangue e é informado de que ela quer que lutem contra os Espectros e Ascendidos. Que lutem ao lado de Atlântia, não *por* eles. Ela acrescenta que não quer que nenhuma cidade seja destruída nem que inocentes sejam mortos.

Nektas pergunta se Poppy pretende tomar o que é seu por direito e se conseguirá suportar o peso de duas coroas. Pede que ela traga de volta o que os dragontinos têm o dever de proteger e que permitirá o despertar da Consorte — seu pai. Acrescenta que Malec está perdido, que se foi muito antes que se dessem conta, e revela que o deus não é o pai dela. Foi seu irmão gêmeo, Ires, que a gerou.

Ele conta a Poppy que Ires foi atraído do Iliseu e levado para o plano mortal com a sua filha enquanto todos hibernavam. Informa que os dragontinos não podem sair à procura de Ires sem serem convocados e, embora o deus não os tenha chamado, sabe que ele ainda está vivo.

Nektas diz que Ires gostava de assumir a forma de um gato cinza da caverna, tal como Malec, e fica surpreso ao descobrir que Poppy o viu e sabe que ele está nas garras da Coroa de Sangue.

Poppy diz que Isbeth afirma ser uma deusa porque Malec a Ascendeu, e Nektas cai na gargalhada. Conta que os deuses nascem, não são criados, e que ela, tal como os Espectros, é uma abominação de tudo que é divino. Então conclui que a inimiga de Poppy também é inimiga deles.

Quando a conversa se volta novamente para Malec, Nektas diz que um deus sepultado pelos ossos das divindades iria definhar, mas não morrer. Existiria num lugar entre a vida e a morte, vivo, mas preso.

Em seguida, manda Poppy proferir as palavras e receber o que tinha ido buscar no Iliseu. Assim que Poppy faz isso, Nektas diz que os dragontinos pertencem a ela a partir daquele momento até o fim e a chama de Rainha de Carne e Fogo.

Quando Poppy se torna uma Primordial no Templo dos Ossos, Nektas chega e derrota os dakkais na Colina. Revela que Reaver levou Malec para o Iliseu depois do esfaqueamento e que ele está vivo — por enquanto. Em seguida, conta que Jadis está viva no plano mortal.

Ao falarem sobre o que aconteceu durante a ressurreição em massa, Nektas conta que Poppy não trouxe todos de volta à vida sozinha, a Primordial da Vida a ajudou e Nyktos capturou a alma deles antes que pudessem entrar no Vale ou no Abismo. Mas alerta que deve haver um equilíbrio.

Poppy anuncia que a Consorte é a verdadeira Primordial da Vida, e Nektas replica que a Consorte é a herdeira da terra e dos mares, dos céus e dos planos. Ela é o fogo na carne, a Primordial da Vida e a Rainha dos Deuses. A Primordial mais poderosa que existe. Mas depois acrescenta: "Por enquanto."

Fala-lhes de Eythos e Kolis e de suas verdadeiras funções, conta a história de Sotoria e suas consequências, e afirma que Nyktos é *um* Primordial da Morte, mas não o verdadeiro. Jamais foi o Primordial da Vida e da Morte, pois tal Primordial não existe, e nunca teria respondido a esse título.

Poppy argumenta que é um absurdo que ninguém possa falar — ou saber — quem é a Consorte. Afirma que é uma baboseira sexista e patriarcal. Nektas conta que foi a Consorte quem escolheu isso. Ela prefere continuar anônima, e Nyktos honra seus desejos por causa de tudo que fizeram e sacrificaram para evitar o que acabara de acontecer no Templo dos Ossos.

Nektas acrescenta que, se Poppy tiver filhos, serão os primeiros Primordiais nascidos desde Nyktos. Se Kolis não tivesse roubado a essência de Eythos, Nyktos se tornaria o Primordial da Vida, e Ires e Malec nasceriam como Primordiais, mas *apenas* se uma mulher nascesse primeiro.

Ele diz que Poppy não deve pedir desculpas por existir e acrescenta que Malec e Ires já estavam prestes a nascer quando a trama que levou ao seu nascimento teve início. O plano que seguiram para deter Kolis implicava que Malec e Ires jamais pudessem se arriscar a ter filhos, mas Malec fez isso mesmo assim. Criar o reinício cósmico permitiria que o que foi feito a Kolis pudesse ser *desfeito*.

Em seguida, conta que Callum sabia o que pronunciar o nome da Consorte provocaria. Todos se dão conta de que o Espectro está desaparecido e concordam que é preciso lidar com ele.

Nektas diz que Poppy é a Primordial de Sangue e Ossos, a verdadeira Primordial da Vida *e* da Morte, e acrescenta que as duas essências nunca existiram em uma única pessoa.

Quando Poppy revela saber onde Ires está, Nektas pede que ela o leve até lá. Então percebe que todos pensam que impediram os planos de Kolis e afirma que não impediram coisa nenhuma. O que aconteceu no Templo dos Ossos libertou Kolis; somente retardaram o inevitável, impedindo-o de recuperar o poder e voltar em carne e osso, mas ele voltará se não for controlado.

Nektas diz que precisam matar Kolis, embora não saiba como — presumo que sejam capazes disso agora, já que Poppy é o equilíbrio entre a vida e a morte. Por ora, ele diz que precisa chegar a Ires, encontrar Jadis e voltar para o Iliseu.

Também menciona que a Consorte e Nyktos não estão mais em hibernação, o que significa que os demais deuses também vão despertar e nem todos são leais ao Primordial da Vida.

A guerra está só começando.

Nektas parte para levar Ires para casa, ciente de que voltará para buscar a filha.

REAVER

Dragontino
Corte: As Terras Sombrias

Cabelo: Loiro, na altura dos ombros.
Olhos: Vermelhos com pupilas verticais no tempo dos deuses. Azuis com pupilas verticais atualmente.
Corpo: Pernas compridas.
Rosto: Pele cor de areia. Maxilar marcado, forte e anguloso. Olhos espaçados e inclinados para baixo nos cantos internos. Lábios carnudos em forma de arco. Não tem uma beleza clássica, mas é interessante e atraente.
Traços característicos: Padrão de escamas sutil, mas perceptível, na pele.
Aparência sobrenatural: Escamas em tons de preto-arroxeado. Grande, mas não tanto quanto Nektas. Chifres pretos e lisos que começam no meio da ponte achatada do nariz e sobem até o meio da cabeça em formato de diamante. Os chifres ao redor dos olhos são menores, mas se alongam em pontas afiadas que se projetam das cristas que sobem por sua cabeça.
Curiosidades: Voz áspera. É capaz de transformar os dentes em presas e cuspir fogo enquanto está em sua forma divina.
Personalidade: Indiferente. Sarcástico. Se irrita com facilidade.
Antecedentes: Era criança quando o que Kolis fez foi revelado. Foi escondido com os outros filhotes. Primeiro dragontino a surgir depois que Poppy convoca os guardas de Nyktos.

A JORNADA DE REAVER ATÉ AGORA:

Reaver surgiu em minhas visões como um adorável e precoce dragontino de 10 anos de idade que estava aprendendo a voar.

Ele passa bastante tempo com Sera depois que ela chega às Terras Sombrias, importunando e sendo importunado pela pequena Jadis e se metendo em encrenca.

Quando Sera traz Gemma de volta à vida, o ato afeta Reaver — assim como afeta os outros dragontinos.

Na sala do trono, depois de Sera tentar ir atrás de Kolis sozinha, Reaver solta um grito estridente e espantoso quando Nyktos diz que sua coragem é inigualável.

Reaver fica com Jadis, Bele e Aios quando os Cimérios chegam. Após a batalha, junta-se a Nektas, Sera e Jadis, com quem brinca. Ele diz que não gosta da filha de Nektas, mas é tão gentil com ela! Como na vez que trouxe seu cobertor favorito para ela enquanto a menina cochilava na forma mortal.

À medida que o tempo passa e as brasas de Sera ficam mais fortes, Reaver se torna cada vez mais próximo dela — e mais protetor. A certa altura, chega a dar um rosnado de advertência a Nyktos, apesar de saber que o Primordial não lhe fará mal. Não gosta que Sera fique chateada.

Quando Veses ataca Sera em seus aposentos, Reaver tenta protegê-la e é atirado contra a parede pela Primordial. Sua morte é iminente, mas Sera consegue salvá-lo. Ao abrir os olhos, suas pupilas passam do vermelho-sangue para o azul-celeste, e ele a chama de *liessa*.

No dia da coroação, Reaver fica nas montanhas com Jadis.

Quando vi Reaver de novo, ele já era um imenso e lindo dragontino preto-arroxeado no Iliseu. É o primeiro a irromper do chão, rugindo e cuspindo fogo prateado.

De volta ao plano mortal, Reaver e Kieran se tornam oponentes desde o primeiro segundo. Reaver quase morde Kieran quando o lupino chega muito perto dele enquanto aquele estava descansando, e os dois se envolvem em um confronto de olhares épico na Trilha dos Carvalhos.

Quando Poppy entrega sua *mensagem* ao Rei Jalara, Reaver a acompanha. Pousa diante dos Espectros, soltando um rugido ensurdecedor e atingindo-os no peito com a cauda espetada.

No salão de banquetes da Mansão Cauldra, Reaver se diverte com a interação entre Poppy e Kieran. Como de costume, passa o tempo todo encarando Kieran — provavelmente porque sabe que isso incomoda o lupino. Kieran esbraveja contra ele e Poppy o repreende, o que faz Reaver rir. Ela o repreende também, e ele solta um pouco de fumaça, ofendido.

Vonetta pergunta como foi que ele conseguiu entrar no salão de banquetes, e ele se limita a bater com a cauda no chão em resposta.

Mais tarde, Reaver diz que Poppy está cheia de apreensão e que todos os dragontinos podem senti-la, mesmo os ausentes. Confirma que todos os dragontinos são vinculados a Poppy e fica surpreso por ela não ter percebido antes. Conta que Poppy não pode se comunicar com eles telepaticamente, como faz com os lupinos, mas que atenderão à sua vontade, acrescentando que sempre foi assim com Primordiais.

Reaver explica que um deus é capaz de matar outro e que um golpe de pedra das sombras na cabeça ou no coração também é eficaz. Em seguida, diz que um mortal apunhalado com pedra das sombras normalmente morreria, acrescentando que Tawny deve estar viva por um bom motivo.

Ele afirma que Poppy é a primeira descendente mulher do Primordial da Vida, o ser mais poderoso de todos. E que, com o tempo, ela se tornará mais forte do que seu pai, Ires. Conta que Ires deixou o Iliseu enquanto os dragontinos hibernavam, mas acordou uma delas para acompanhá-lo. Reaver só descobriu o que aconteceu dezoito anos antes, quando o Primordial despertou. Afirma que os dragontinos sentiram seu nascimento e que foi nessa hora que perceberam que Malec, Ires e Jadis tinham sumido.

Reaver explica a situação entre Ires e Malec, e o que Malec precisaria fazer para se manter forte no plano mortal — alimentar-se com bastante frequência. Diz que Poppy não terá de se alimentar com tanta frequência assim quando atingir o poder... a menos que seja ferida. Porém, até lá, precisa tomar cuidado para não enfraquecer por não ter completado a Seleção, acrescentando que sentiria se esse fosse o caso.

Revela que ninguém pode se alimentar dos dragontinos. O sangue queimaria as entranhas da maioria das pessoas, até dos Primordiais.

Quando Reaver chama Poppy de meyaah *Liessa* pela primeira vez, ela fica atônita. Ele aproveita para lhe falar do equilíbrio de poderes e que o fogo que os dragontinos cospem é a essência dos deuses, embora sua utilização os enfraqueça e os torne mais lentos. Conta que até os Primordiais têm suas fraquezas e que só um é infinito.

Enquanto Poppy fala, Reaver diz que ela se parece muito com a Consorte e confirma que a Consorte despertará quando Ires voltar ao Iliseu. Acrescenta que os deuses acabarão despertando também. Quando Poppy pergunta o nome da Consorte, sua resposta é: uma sombra na brasa, uma luz na chama e um fogo na carne; falar o nome dela é trazer as estrelas do céu e derrubar as montanhas no mar.

Quando o *presente* de Isbeth é entregue, Reaver está presente e solta um rugido de espanto ao presenciar a reação de Poppy ao dedo de Casteel. Mais tarde, aceita o pedido de Poppy para se juntar a ela e Kieran na missão de resgate de Cas.

Durante a tempestade de Vessa, Reaver assiste a tudo, atônito, e emite um uivo baixo e pesaroso quando os dragontinos morrem e caem do céu. Poppy faz menção de curá-los, mas ele explica que ela não pode ressuscitar um ser de natureza dupla e que só o Primordial da Vida é capaz de restaurar a vida a um ser de dois mundos. Depois de contarem os mortos, diz a todos que não foi uma tempestade, e sim um despertar da morte.

Explica que Vessa tinha cheiro de morte, dizendo que o cheiro do Primordial da Morte é oleoso, sombrio e sufocante, assim como o dela — o que não faz sentido. Quando a conversa se volta para o deus da morte, diz que conheceu Rhain antes de ser o deus que todos reconhecem agora e que ele não era um deus da morte. *Não* existe deus da morte, apenas um Primordial da Morte. Depois acrescenta que Nyktos não é o Primordial da Vida e da Morte, e que nunca foi o verdadeiro Primordial da Morte — esse era Kolis. Mas ninguém sabe disso porque Kolis apagou essa parte da história. Acrescenta que Kolis foi sepultado, caso contrário ninguém estaria mais vivo. A única maneira de ser libertado é com a ajuda do Primordial da Vida.

Mais tarde, Reaver se dá conta do que são os Espectros e comenta que deveria ter percebido isso antes. Conta como os primeiros mortais foram criados, que os terceiros filhos e filhas são especiais e que os Espectros eram o projeto favorito de Kolis. Fala sobre o Ritual, o Ritual original, e que Eythos sempre dava o poder de decisão aos Escolhidos.

Quando a conversa se volta para Jadis, confessa acreditar que ela esteja morta, mas diz que uma gota de sangue de dragontino, não importa a idade, pode matar um Espectro.

Reaver está presente durante a reunião de Poppy com os generais; fica de olho em Valyn e se irrita com a sugestão de Murin de deixar os dragontinos sobrevoarem a Trilha dos Carvalhos e incinerarem tudo.

Mais tarde, derruba o portão da Trilha dos Carvalhos com *fogo* e enfrenta os soldados no interior da cidade com Nithe antes que os lupinos sejam derrotados. Em seguida, ele, Nithe e Aurelia derrubam a Colina interna antes de Poppy chamar todos de volta e mandá-los descansar. Reaver se empoleira no topo do Castelo Pedra Vermelha e solta um rugido ensurdecedor.

Após a descoberta macabra nos túneis e no templo, Poppy ordena-lhe que incendeie o lugar. Ele sobrevoa, cercando a construção de fogo. Com todo o prazer.

Ao compartilhar a refeição com Poppy, Reaver comenta que ainda bem que não entendem o que os Ascendidos fizeram ali. Enfatiza que Nyktos é o Verdadeiro Rei e não aprovaria aquilo, é lamentável que o Sacerdote pense que seja outra pessoa. Acrescenta que a Consorte também não gostava de limitações e ri quando Poppy imagina que o Primordial da Vida não deve gostar que ela traga as pessoas de volta à vida. Diz que Nyktos teria sentimentos conflitantes em relação a isso. Ficaria feliz com a vida, mas se preocuparia com a justiça, ao passo que a Consorte pesaria as preocupações, as deixaria de lado, torceria para que ninguém estivesse olhando e faria o que bem entendesse.

Reaver explica que a Consorte hiberna porque é a única maneira de impedi-la de causar um mal irremediável em sua raiva por ter os filhos tirados dela. Com Ires em mente, Reaver lembra a Poppy que não podem se esquecer dele. O deus precisa voltar para casa, no Iliseu.

Reaver usa as roupas de Kieran — para desgosto do lupino — enquanto prepara os cavalos e a carroça de uísque para a viagem à capital.

Conta-lhes a verdade sobre os demis durante a viagem e diz que são tão raros que nunca viu nenhum deles. Explica que um demis é um deus criado, não nascido. São mortais — embora não Escolhidos — Ascendidos por um deus. Diz que poucos existiam porque o ato era proibido e a maioria não sobrevivia à Ascensão. Porém, aqueles que sobreviveram se tornaram praticamente deuses, compartilhando as mesmas fraquezas.

Ao ver a situação de Solis, Reaver se entristece. Confidencia a Poppy e Kieran que já esteve no plano mortal quando aquela área ainda era Lasania, mas só quando necessário. Revela que a Consorte nasceu ali com uma brasa de puro poder Primordial dentro de si, ao contrário dos Escolhidos.

Reaver vê na estrada outro grupo que não é de Caçadores, e se oferece para incinerar os soldados. Poppy diz para ele não fazer isso, pois não quer que sua identidade seja revelada.

Quando Millie os detém, diz que, se ela quiser Poppy, deve permitir que ele e seu conselheiro — Kieran — a acompanhem em sinal de boa-fé.

Em Affair, Reaver fica num aposento abaixo do quarto de Poppy, sob guarda. Ainda assim, comporta-se e é levado até Kieran toda vez que o lupino pede.

Poppy vai ver como ele está, e Reaver a segue para se encontrarem com a rainha.

Millie escolta Reaver, Poppy e Kieran até o Salão Principal. Ele olha para a estátua no meio do salão. Poppy acredita que seja Nyktos, o Primordial da Vida, mas Reaver diz que não. Millie confirma.

Diz que não gosta do jeito como os Ascendidos olham para Poppy. Quando Poppy comenta que ele e Kieran são lindos e que ela é imperfeita, por isso não conseguem entender por que está com eles, Reaver declara que essa é a coisa mais idiota que ouviu nos últimos tempos, e olha que já ouviu muita idiotice em sua vida.

Quando Isbeth entra, ele não se curva diante dela. A Rainha comenta que não se lembra dele, e Reaver replica que não teria como se lembrar mesmo.

Depois de conhecer Callum e o ouvir dizer que havia muito tempo não sentia um poder como o de Poppy, Reaver fica bastante interessado e pergunta quanto tempo. A resposta do Espectro? "Bastante."

Mais tarde, durante a tentativa de resgate e fuga, arrebenta a porta das escadas e aparece encharcado de sangue. Quando Poppy e Kieran o encaram, diz que faz muita bagunça quando come e promete cuidar de todos os Espectros que encontrarem.

Ao ser confrontado pelos Cavaleiros Reais, confessa que até ficaria ofendido com suas ameaças se o que restava da alma deles não estivesse prestes a ser levado para o Abismo.

Reaver se diverte na batalha, derrotando vários soldados e comentando suas proezas.

Poppy chama o Templo das Sombras de Templo de Nyktos, e Reaver a corrige. Conta que havia o Templo do Sol para o Primordial da Vida e o Templo das Sombras para o Primordial da Morte quando ali ainda era Lasania. Confirma que o Templo das Sombras fica no Bairro dos Jardins, próximo a Luxe, e sabe o caminho.

Ele conta a Poppy que Nyktos ficou no trono por pouquíssimo tempo. Quando as velas reagem à presença de Poppy, diz que ela possui o sangue do Primordial e está em seu Templo, então a provoca por ser *especial*.

Reaver sugere usarem o feitiço no intuito de descobrir aonde ir para encontrarem Casteel e se vira quando Malik chega. Recorda a todos de que não têm tempo para distrações e diz para matá-lo ou garantir que ele não possa traí-los.

Depois de encontrarem Casteel, Reaver concorda com a ideia de Poppy de que Callum deveria estar morto e ajuda a manter Cas sob controle, removendo as algemas de pedra das sombras de seus tornozelos e pescoço, e trocando-as por correntes de ossos.

Pouco depois, Poppy pergunta se Reaver pode quebrar as correntes nos pulsos de Cas, o que ele faz prontamente. Quando Casteel volta a si, apresenta-se e diz que está contente por Cas não o ter mordido e não ter de queimá-lo vivo.

Quando Cas revela que Millie, a Espectro, é irmã de Poppy, Reaver fica atônito. Pergunta se Ires também é pai dela e comenta que a Consorte vai ficar furiosa.

Mais tarde, confirma que Poppy é uma Primordial nascida da carne mortal. Diz que pensava que ela já sabia disso, mas logo percebeu que ela não sabe quase nada. Afinal, era capaz de invocar os dragontinos e tem o *estigma* Primordial. Afirma que não há perigo de Poppy não sobreviver à Seleção e a parabeniza por agora saber de tudo e poder se preparar melhor.

Durante a conversa, Reaver diz a Poppy que somente um Primordial pode criar a névoa e que seus olhos são um sinal de que ela está perto de completar a Seleção. Explica que as pupilas dela podem continuar listradas de éter ou se tornarem totalmente prateadas, como as de Nyktos.

Quando Casteel pergunta como uma Primordial pode ter nascido de um deus e da carne mortal, Reaver não sabe responder, mas diz que Poppy é a primeira Primordial a nascer desde o Primordial da Vida e que só ele pode responder a essa pergunta.

Reaver fica imaginando por que a Rainha de Sangue acha que Poppy destruirá os planos. Quando a conversa se volta para a profecia, diz que não é besteira coisa nenhuma, pois foi proferida por uma deusa. Em seguida, conta que Penellaphe era amiga íntima dos Destinos.

Quando Malik conta que estava presente na noite em que Poppy foi atacada em Lockswood e menciona ter visto a Consorte nos olhos dela, Reaver solta um palavrão. Diz que a Consorte tem o sono agitado e que, às vezes, os acontecimentos a despertam por um instante.

Na casa de Blaz e Clariza, Nektas abre a porta dos fundos para os guardas e os incinera. Quando Callum entra, diz que ele está prestes a descobrir o que é de fato e solta fumaça pelas narinas. É instruído a recuar, mas se volta para o Espectro no momento exato em que ele avança e fere Kieran.

No caminho para a Padônia, Reaver conduz o cavalo com Malik desacordado. Depois de comerem, pergunta se eles estão realmente preocupados com a maldição que Callum lançou sobre Kieran — presume que o lupino, Cas e Poppy tenham realizado a União. Diz que a essência que Callum usou tinha o fedor de Kolis.

Ao chegarem à Padônia, Poppy libera Reaver para fazer o que bem entender e ele se junta a seus irmãos, voando sobre a cidade e rugindo alto por todo o vale.

Depois de procurar as ruínas, chega bem a tempo de se juntar à batalha contra os Vorazes. Derruba várias árvores e incinera as outras ameaças. Assim que as coisas se acalmam, conta que as ruínas ficam a um dia de viagem ao norte.

Quando a conversa se volta para Malec, Reaver explica que *O'Meer* não era o sobrenome dele, e sim Mierel, que era o sobrenome mortal da Consorte.

Ao se aproximarem das ruínas, Reaver menciona que não viu a montanha enquanto voava e imagina que a floresta deve ser mais densa ali. Quando os Germes atacam, alerta os lupinos a não mordê-los, dizendo que não há sangue neles, mas um *veneno* capaz de devorá-los de dentro para fora. Explica que aqueles Germes são Sentinelas, mais parecidos com os Caçadores e não com o outro tipo de Germes enfrentado antes. O fogo não os atinge. Também menciona que estão cheios de cobras.

Poppy pergunta se o éter é capaz de feri-los, e ele assente, mas só porque ela é uma Primordial prestes a completar a Seleção.

Depois da luta, pergunta se alguém foi mordido e informa que as mordidas das cobras também são tóxicas.

Ao falarem sobre os Invisíveis, Reaver diz não saber o que são nem como ou por que convocaram os Germes. Depois que Poppy explica tudo sobre eles, supõe que devem ter surgido enquanto hibernava.

Antes do descanso, Reaver conta que os Germes eram mortais que invocaram um deus e lhe juraram servidão em troca de algum favor. Caçadores caçam coisas. Sentinelas vigiam coisas — objetos, pessoas... geralmente pessoas. Rastreadores, assim como Caçadores e Sentinelas, podem sentir o que procuram. Ou encontram tal coisa e a levam de volta ou morrem para defendê-la. Explica que os Sentinelas que viram e contra quem lutaram estavam lá embaixo havia centenas de anos e diz a Cas que não foi Eloana que os enviou até ali. Acha que a montanha foi formada para proteger a tumba de Malec e que os Germes não foram convocados por magia Primordial — só um Primordial poderia tê-los enviado.

Reaver revela que Malec saiu do Iliseu pouco antes dos deuses hibernarem e não partiu amigavelmente. O Primordial da Vida, mesmo adormecido, deve ter percebido que ele estava vulnerável. Mas os ossos das divindades bloquearam sua habilidade de saber onde ele estava. Sendo assim, o Primordial da Vida deve ter convocado os Sentinelas para proteger Malec.

Ele conversa com Poppy sobre Malec e conta que eram amigos quando mais novos, antes de Malec começar a visitar o plano mortal e perder o interesse pelo Iliseu. A perda de interesse se transformou em falta de afeto por aqueles que viviam na Terra dos Deuses.

Reaver comenta que é estranho que Malik tenha um nome tão parecido com o de Malec, mas imagina que tenha sido uma maneira de Eloana honrar o que poderia ter sido.

Cas pergunta se Nyktos poderia ter evitado o sepultamento de Malec, e Reaver diz que sim e que Malec devia estar ferido ou muito fraco para isso. Se nem Nyktos nem a Consorte intervieram, devem ter tido um bom motivo.

No Templo dos Ossos, Poppy ordena que o dragontino voe para se desviar dos dakkais. Reaver pousa e assume a forma mortal, mandando Poppy parar de usar a essência Primordial, pois só está atraindo as criaturas para si. Ela retruca que Kolis recuperará toda a sua força se Malec morrer. Reaver responde que, se isso acontecer, vão *desejar* estar mortos. Então a incentiva a tentar salvá-lo e alça voo, iluminando o terreno do templo.

No fim, Reaver é derrubado pelos dakkais e morre. Mas, felizmente, volta à vida, como todos os demais, quando a Consorte se funde com Poppy. Em seguida, leva Malec de volta ao Iliseu.

JADIS

Cabelo: Preto.
Aparência sobrenatural: Escamas marrom-esverdeadas. Pescoço comprido. Rosto de formato oval.
Personalidade: Destemida. Curiosa.
Antecedentes: Aprisionada pela Coroa de Sangue.
Família: Pai = Nektas. Mãe = Halayna †.

A JORNADA DE JADIS ATÉ AGORA:

Ah, minha querida e doce Jadis! As primeiras visões que tive dela foram durante sua infância. Ela era uma menininha tão fofa! Porém, quanto mais a via, mais um miasma cobria seu rosto, levando-me a acreditar que seu futuro estava em constante mudança. Agora entendo o motivo, dado o meu conhecimento de que ela desapareceu e ciente do que a Rainha de Sangue contou sobre a dragontina que foi para o plano mortal com Ires à procura de Malec.

Vamos dar uma olhada no que eu *vi* — e sei — sobre essa dragontina amante de bacon.

Uma criança precoce, Jadis passa a maior parte do tempo arranjando encrenca, perturbando o amigo mais velho, Reaver, cochilando e pedindo comida. Ao conhecer Sera, logo se afeiçoa e não deixa de ser afetada pelas mudanças que ocorrem na futura Primordial, como na vez em que ela traz Gemma de volta à vida.

A dragontina adora Nyktos e passa todo o tempo que pode aninhada a ele.

Para provar o quanto gostou da nova adição às Terras Sombrias, Jadis aceita, a pedido de Sera, comer usando um garfo — uma proeza que mais ninguém tinha sido capaz de fazer — e adormece com ela em sua forma divina, algo que os dragontinos só fazem quando confiam completamente em alguém.

Jadis vai para as montanhas com Nektas e permanece lá com Reaver. Fica bastante descontente ao perceber que não poderá comparecer à coroação de Sera.

É uma pena, mas os trechos entre esse momento e o futuro são obscuros. As únicas coisas que sei não passam de suposições e factoides. Presume-se que Jadis tenha acompanhado Ires ao plano mortal para procurar Malec e que, de alguma forma, tenha se tornado uma prisioneira junto ao deus quando Isbeth prendeu Ires. Depois disso, podemos supor que seu sangue foi usado para fins nefastos, pois apenas o sangue de um dragontino é capaz de matar um Espectro, e Isbeth matou Coralena. Também não se sabe se ela ainda está viva. Isbeth diz que *cuidou* dela, o que pode significar um monte de coisas.

Espero que Jadis esteja escondida em algum lugar, e que Nektas e Sera encontrem a doce menina para que possam ajudá-la a se curar.

Quando é resgatado, Ires conta que ela está em algum lugar das Planícies dos Salgueiros. Se isso for verdade, espero que Poppy, Cas e seus aliados consigam localizar e salvar Jadis.

HOLLAND (TAMBÉM CONHECIDO COMO SIR BRAYLON HOLLAND)

Espírito do Destino. Um dos Arae.

Cabelo: Cortado bem rente.
Olhos: Cor de nogueira.
Rosto: Pele negra e uniforme.
Personalidade: Gentil. Bondoso. Compassivo. Honesto.
Curiosidades: Parece estar na casa dos quarenta anos. Tem um relacionamento com Penellaphe uma deusa.
Antecedentes: Assumiu o papel de Cavaleiro da Guarda Real desde que Sera tinha sete anos, ensinando-a a lidar com sua ansiedade e cuidando dela em cada década de sua vida. Quando Sera curou seu gato de estimação, Butters, Holland disse que ela não fez nada de errado, mas pediu-lhe que tomasse cuidado. Tavius o enviou de navio para o Arquipélago de Vodina no dia seguinte à morte do Rei.

A JORNADA DE HOLLAND ATÉ AGORA:

Holland apareceu pela primeira vez em minhas visões como Sir Braylon Holland, um Cavaleiro da Guarda Real em Lasania. Contudo, não estava presente no aniversário de Seraphena, quando a Coroa a apresentou ao Primordial da Morte.

Quando os lordes do Arquipélago de Vodina chegam, Holland fica chocado com a recusa do acordo proposto pela Coroa e incomodado com o jeito como olham para Sera. A ordem da Rainha para que Sera lide com eles o enfurece, embora saiba muito bem o que ela havia sido treinada para fazer… e *ser*.

Por acreditar que o Primordial da Morte ainda virá atrás de Sera, continua a treiná-la ao mesmo tempo que a protege da melhor maneira que pode — os Arae são proibidos de interferir diretamente na vida de alguém.

Ao ver — e provavelmente já saber — que Tavius é uma ameaça, Holland a alerta. Também pergunta o que está acontecendo com ela. Quando Sera responde que não é digna, ele fica surpreso e responde que isso não é verdade. Afirma que ela tem a brasa da vida dentro de si. A esperança. A possibilidade de um futuro. Ao dizer isso, pensei que ele estivesse se referindo ao acordo e à Devastação. No entanto, agora sabemos que Holland estava sendo literal.

Quando Sera pergunta por que ele não é casado, responde que ainda não teve vontade de fazer isso. A romântica que existe em mim acha que é porque Holland tem Penellaphe. Já a realista sabe que é mais provável que ele não possa se casar.

Depois de ver a costureira ressuscitar após morrer em um ataque, Sera pergunta o que aconteceu. Ele responde que não faz a menor ideia do que seria tal abominação e pergunta onde foi que ela ouviu falar disso. Imagino se ele estava falando a verdade. Holland é um Arae. Não deveria saber de tudo a respeito dos Espectros e Vorazes?

Ezra encontra os dois em seu esconderijo durante o treinamento, e Holland fica irritado por ela ter ciência de suas atividades — ainda mais porque sabe que Sera deixou que a Princesa seguisse. Ele pergunta a Ezmeria por que ela e o orfanato precisam da ajuda de Sera e fica desgostoso com a interrupção.

Sera é atacada, e Holland vai checar como ela está. Mais tarde, comparece ao funeral de Odetta. Alguns dias depois, fica sabendo da dor de cabeça e dos problemas estomacais de Sera, e pergunta a ela se sua mandíbula dói. Quando Sera diz que sim, lhe traz uma bebida. Mais tarde, ficamos sabendo que era um chá que ajuda os deuses a passarem pela Seleção. Além disso, conta a Sera sobre Sotoria e diz que ela o faz lembrar da mulher. Lembra, é? Sera partilha a alma com ela.

Depois que todos os detalhes foram revelados, foi muito interessante relembrar as coisas que vi acontecerem entre os dois e suas discussões. Holland estava quase passando dos limites quanto a interferir ou não.

Quando está nas Terras Sombrias, Sera o revê quando ele entra na sala do trono. Após o choque, Holland admite que a conhece por quase toda a sua vida e que a treinou. Pede para Sera chamá-lo de Holland e explica que não é um *viktor*, dizendo: "Não tenho essa honra."

Explica que sabia que seu tempo no plano mortal havia chegado ao fim quando Tavius o transferiu para o Arquipélago de Vodina. Não foi para lá porque sabia que Sera e Nyktos iriam querer falar com ele. Quando ela pergunta como é que ele se mantém tão jovem, responde que não envelhece por causa do uísque que tanto bebe.

Acho que posso afirmar a mesma coisa a meu respeito.

Mais tarde, afirma que nunca interferiu em nada diretamente. Não podia contar a ela que a Devastação não tinha relação com o acordo nem que seus esforços eram inúteis, embora estivesse *forçando a barra* com o chá curativo.

Ao ser questionado sobre o motivo de seu envolvimento, Holland confessa que conhecia Eythos quando ele era o Primordial da Vida e o considerava um amigo, mas não sabia o que aconteceria com ele. Insiste que, se soubesse, não conseguiria ficar de braços cruzados e acabaria intervindo, apesar de saber que a punição para tal ato é a morte final.

Em seguida, revela exatamente o que Eythos fez. Quando Penellaphe relata sua visão, aproxima-se, pega na mão dela e diz que é muito difícil compreender as profecias, acrescentando que são apenas uma possibilidade e que nem todas as palavras devem ser entendidas literalmente.

Deuses, e como isso é verdade! Revi minha interpretação da profecia inúmeras vezes de acordo com as visões que tive ao longo dos anos.

Holland explica que Sera vai passar pela Seleção, mas não sobreviverá. Durante a conversa, lembra que ela é imprudente e impulsiva, e diz que essas podem ser suas maiores qualidades; suas ações podem ter dado ao que Eythos acreditou ouvir na profecia uma chance de se tornar realidade.

Ele mostra os fios do destino para Sera e Nyktos e, enquanto olham para o fio quase partido, a única maneira de alterá-lo, Holland revela que o segredo é o amor — a única coisa que nem o destino é capaz de enfrentar. Afirma que o amor é mais poderoso que os Destinos. Mais poderoso que o sangue que corre em nossas veias, e igualmente inspirador e aterrorizante no seu egoísmo. É capaz de estender um fio por pura força de vontade, tornando-se uma magia pura que não pode ser extinta pela biologia, mas também pode partir um fio de modo inesperado e prematuro.

Reitera que Sera não sobreviverá à Seleção sem a força de vontade do que é mais poderoso que o destino e até mesmo a morte. Não sem o amor de alguém para ajudá-la a passar pela Ascensão.

Quando Ash leva Sera para o lago e a Ascende, tais afirmações tornam-se muito claras. Fiquei comovida ao ver essa cena.

Em seguida, Holland conta que Sera já teve muitas vidas e que Eythos se lembrava da primeira: Sotoria.

Ao discutirem a Devastação, Holland diz que a vida só continuou porque a brasa estava na linhagem de Sera. Porém, agora ela tem a única brasa da vida que existe e, se morrer, o resto também morrerá com ela.

Diz ainda que o Primordial da Vida é o ser mais poderoso de todos os planos e que Sera nunca foi uma mera mortal; ela é a possibilidade de um futuro para todos.

Quando Sera fica com dúvidas, Holland a lembra de que é uma guerreira, tal como Sotoria aprendeu a ser. Acrescenta que não sabe qual era a aparência original de Sotoria — só começou a seguir seus fios depois de Eythos perguntar o que poderia fazer sobre a traição de Kolis —, mas sabe que ela não tinha a mesma aparência a cada renascimento. Então diz que Kolis pode ter sentido traços de éter em Sera e acreditado que ela fosse uma semideusa passando pela Seleção.

Holland sabe o que Kolis fez com os Escolhidos desaparecidos — transformou-os em Espectros —, mas afirma que não são a única imitação barata de vida que ele conseguiu criar. Descreve o que alguns deuses da Corte de Kolis têm feito: criado os Vorazes.

Isso sem falar nos Ascendidos...

Holland conta sobre os Vorazes, fala sobre equilíbrio e alude ao fato de que trazer Marisol de volta à vida teve consequências. Confirma que estava na hora dela e que o ato de Sera teve de ser reparado. Portanto, os Arae decidiram quem ocuparia seu lugar. Holland pergunta se saber disso antes teria mudado seu modo de agir, e ela diz que não.

Holland revela que as ações do deus Madis com Andreia foram uma tentativa de consertar o que uma das criações de Kolis deixou para trás e acrescenta que só pode dizer isso sobre o assunto sem que sua atitude seja considerada uma interferência.

Ele conta a Sera que Kolis não pode matar Nyktos porque a vida não pode existir sem a morte e elas não deveriam ser a mesma coisa. No entanto, acrescenta que tudo é possível, até mesmo a *impossibilidade* de existir um Primordial da Vida e da Morte. Afirma que tal ser seria indestrutível e não haveria equilíbrio. Os Destinos garantiram há muito tempo que a ausência de qualquer uma das brasas — da vida ou da morte — causaria o colapso dos planos de modo súbito e absoluto. Diz que, se Kolis matasse Nyktos, condenaria a si mesmo e o resto no processo. Conclui que desconhece o objetivo final de Kolis.

Ao discutirem o que os levou à situação atual, Holland admite que não podia contar a Sera que seu dever era inútil e relata que o plano mortal tem um ano — talvez dois ou três, se tiver sorte — antes que a Devastação o consuma, mas alertar a população só causaria um pânico generalizado.

Sera fica meio desanimada e Holland lhe diz para não perder as esperanças, mencionando o fio partido e dizendo que o destino não está escrito em carne e sangue. Pode ser tão inconstante quanto os pensamentos e o coração de Sera e Nyktos.

Ela o recorda de que Nyktos é incapaz de amar, mas Holland diz que o amor é mais poderoso do que os Arae poderiam imaginar.

Antes de se despedirem, Sera pergunta se o verá de novo, mas Holland não pode responder. No entanto, recorda-a de algo que ela já sabe: seu treinamento não foi um perda de tempo. Sera *é* a fraqueza dele. Mas não de Nyktos, e sim de Kolis.

OUTROS PRIMORDIAIS

E DEUSES

PHANOS

Primordial do Céu, do Mar, da Terra e do Vento
Corte: Arquipélago de Tritão

Cabelo: Careca.
Olhos: Prateados.
Corpo: Muito alto.
Rosto: Pele cor de âmbar queimado.
Curiosidades: Usa uma coroa em forma de tridente.
Antecedentes: Destruiu Phythe depois que os jogos em sua homenagem foram descontinuados — enviou ondas mais altas do que qualquer Colina para inundar todo o reino. Perseguiu muitos deuses que deixaram a Corte — Saion e Rhahar só escaparam porque Nyktos reivindicou suas almas.

A JORNADA DE PHANOS ATÉ AGORA:

Comparece à coroação junto com os demais Primordiais.

Fala brevemente com Saion e Rhahar antes de ir embora com Embris.

Quando Kolis leva Seraphena até ele na costa de Higeia, Phanos detesta o que é obrigado a fazer — especialmente porque queria se vingar de Nyktos por ter roubado Rhahar e Saion dele.

Diz a Sera que ele deveria apenas tirar as brasas dela e que o que está fazendo nem vale a pena, pois não passa de uma solução temporária. Em seguida, dá um sopro de vida a ela e faz com que as sirenas se sacrifiquem para salvá-la.

Mais tarde, durante a corte, afirma a Kolis que precisam ter uma conversinha, e o Primordial se prontifica a fazer isso assim que levar Sera de volta a seus aposentos.

MAIA

Primordial do Amor, da Beleza e da Fertilidade
Corte: Kithreia

Cabelo: Loiro quente, caindo em cachos espessos nas costas.
Olhos: Prateados.
Corpo: Voluptuoso.
Rosto: Pele em tom amarelo-amarronzado. Deslumbrante.
Hábitos/Trejeitos/Forças/Fraquezas: Todos os seus movimentos e gestos transmitem uma suavidade natural e um toque sensual sutil.
Curiosidades: Usa uma coroa de pérolas feita de rosas e conchas recortadas.
Antecedentes: Removeu a *kardia* de Nyktos a seu pedido.

A JORNADA DE MAIA ATÉ AGORA:

Comparece à coroação com os demais Primordiais.

KEELLA

Primordial do Renascimento
Corte: Planícies de Thyia

Cabelo: Cacheado. Da cor de ferrugem.
Olhos: Prateados.
Corpo: Postura imponente.
Rosto: Pele marrom-avermelhada.
Personalidade: Acolhedora, mas reservada. Acredita na existência do certo, do errado e do equilíbrio.
Hábitos/Trejeitos/Forças/Fraquezas: Quando um bebê morre, ela captura sua alma e lhe concede o renascimento. Encara as pessoas que salva como seus filhos e as acompanha ao longo da vida. Nem sempre acredita no que é atribuído aos Arae.
Curiosidades: Tem quase a mesma idade de Kolis. Enxerga as almas de todos que capta. Usa uma coroa de quartzo azul-claro, repleta de ramos e folhas.
Antecedentes: Participou do renascimento de Sotoria e ajudou a esconder sua alma de Kolis.

A JORNADA DE KEELLA ATÉ AGORA:

Keella comparece à coroação como os demais Primordiais. Quando a *benada* ou *imprimen* — a gravação de casamento — aparece, sorri para Sera e leva a mão ao peito.

Depois, cochicha alguma coisa para Nektas. Ele cutuca o braço dela e Keella afaga seu rosto.

Quando Nyktos anuncia Sera como Aquela que nasceu de Sangue e Cinzas, *da* Luz e do Fogo, e *da* Lua Mais Brilhante, Keella pergunta a ele sobre isso e diz que talvez seja mais uma bênção. Ao perguntar sobre a inspiração dele, há um certo tom em sua voz — não de raiva… e sim algo mais *profundo* — antes de dizer que o título é lindo e lançar ao casal um sorriso sábio e astuto.

Antes de partir, Keella afirma a Nyktos que seu pai ficaria orgulhoso dele.

EMBRIS

Primordial da Sabedoria, da Lealdade e do Dever
Corte: Lotho

Cabelo: Cacheado e castanho.
Olhos: Prateados.
Rosto: Jovial.
Personalidade: Calmo e atento.
Curiosidades: Coroa de bronze com ramos de oliveira e serpentes.
Antecedentes: Duvida de algumas coisas em relação aos Arae.

A JORNADA DE EMBRIS ATÉ AGORA:

Como os demais Primordiais, Embris comparece à coroação. Passa algum tempo com Saion e Rhahar, e depois vai embora com Phanos.

VESES

Primordial dos Rituais e da Prosperidade
(também conhecida como A Deusa Eterna)
Corte: Ilhas Callasta

Cabelo: Cachos longos, espessos e loiros com um subtom dourado, que chegam até a cintura.
Olhos: Prateados.
Corpo: Magra, mas com seios fartos.
Rosto: Pele cor de creme — sem sardas. Nariz e sobrancelhas delicados. Lábios cheios em formato de damasco.
Traços característicos: Incrivelmente bela. Voz aveludada. Tem cheiro de rosas.
Características sobrenaturais: É capaz de sentir quando um deus ou semideus está próximo da Ascensão, embora a troca de destinos entre Kolis e Eythos tenha enfraquecido tal habilidade.
Personalidade: Rancorosa. Mimada. Pode ser vingativa, e se tornar obcecada e ressentida. Costuma expressar abertamente seus aborrecimentos e reclamações.
Curiosidades: É bem velha — já devia ter ido hibernar há muito tempo. Usa uma coroa em forma de árvore de jade, feita de pedra de sangue.
Antecedentes: Deseja Kolis, mas se contenta com Nyktos. Descobriu o acordo a respeito da Devastação e Sera, e fez seu próprio acordo com Nyktos para guardar o segredo — obtém acesso livre a ele para se alimentar e... mais algumas coisas.

A JORNADA DE VESES ATÉ AGORA:

É difícil alguém gostar da Primordial Veses. Até *queria* achar que ela é uma pessoa incompreendida ou com bons motivos para ser egoísta e cruel, mas, na verdade, sei que ela é mimada, invejosa e amarga.

Sera chega ao Iliseu, e Veses vai às Terras Sombrias para confirmar que Nyktos tomou uma Consorte. Quando descobre que é verdade, fica transtornada.

Veses procura Nyktos em função do acordo, para se alimentar e se aproveitar dele, e faz isso de uma forma que sabe que acabarão sendo descobertos — o que acontece quando Sera volta do Vale. Ao vê-la, pergunta: "Quer dizer que é essa aí?" antes de Sera fugir. Veses apenas ri das consequências.

Mais tarde, enquanto Nyktos está ocupado com as Sombras — uma armação sua —, Veses decide confrontar Sera. Ector impede sua entrada nos aposentos de Sera, desembainhando a espada, e ela atira o deus para dentro do quarto. Rhain chega e diz que vai buscar Nyktos, mas Veses o joga para o corredor junto com o corpo inerte de Ector e se tranca no quarto com Sera.

Revela que sabe qual é o nome completo de Sera e pergunta como ela se tornou Consorte de Nyktos. Diz acreditar que Nyktos mentiu para Sera, assim como Sera está mentindo para ela. Chama Sera de gorda sardenta e comenta que ela é Consorte apenas no título. Sera a provoca e conta que Nyktos chamou Veses de "a pior espécie", irritando a Primordial. Depois piora a situação ao chamá-la de patética. Veses desconta no jovem Reaver, chutando-o para o outro lado do quarto.

Em retaliação, Sera crava a adaga no olho de Veses, que acerta Sera com uma rajada de éter. Enquanto discutem e lutam, Veses confessa que enviou seus guardas e o dragontino preferido para as Terras Sombrias, confirmando ter sido a responsável pelo ataque anterior. Além disso, imagina em voz alta se Nyktos se deu conta de que os Primordiais sabem que Taric e os outros deuses vingativos estiveram nas Terras Sombrias antes de desaparecerem.

Veses revela a Sera que sentiu sua presença e que sabia que havia algo mais por trás daquela história — um bom motivo para Nyktos estar disposto a fazer qualquer coisa por ela. Insinua que ser capaz de senti-la significa que Sera bebeu tanto sangue de Nyktos que captou isso ou que ela é uma Primordial no meio da Seleção.

Depois, provoca Sera dizendo que sabe a diferença entre o sangue de Nyktos e outra coisa porque *já* bebeu seu sangue — já o teve por inteiro. Sera dá um soco nela, e as duas brigam até Bele chegar.

Ao ver Bele, Veses percebe que ela Ascendeu e conta que há uma recompensa por sua cabeça. Enquanto Bele a mantém ocupada, Sera cura Reaver. Ao acordar, ele a chama de *liessa*, e Veses explode de choque e raiva, dizendo que estava certa o tempo todo e perguntando o que Nyktos fez.

Bele ataca com fervor renovado, e Veses revida. Sera atira uma adaga nela, que diz que vai matá-la porque ela é uma abominação.

Bele volta a atacar com um arco e uma flecha feitos de éter, e atinge Veses no rosto. As sombras enchem a sala quando Nyktos chega, e Bele conta que Veses já sabe sobre Sera. Ele ataca a Primordial com uma rajada de éter e ordena que Orphine e Ehthawn a levem para uma cela.

O ataque de Nyktos coloca Veses em estase, ou seja, ela ficará inconsciente por alguns dias.

Enquanto a Primordial está fora de si, é revelado que Veses não conseguia mais sentir que um deus ou semideus estava na Seleção desde que Kolis roubou as brasas de Eythos. Ela só sabia que Taric e os outros estavam à procura da origem de um poder no plano mortal e foram parar nas Terras Sombrias. Sentiu algo dentro de Sera e concluiu que eram as brasas. Ao juntar as informações, pensou em cuidar de Sera para evitar que Nyktos tivesse problemas com Kolis.

Admito que Veses se preocupa com Nyktos do seu jeito pervertido, mas nem isso me faz ir com a cara dela.

Veses acaba fugindo quando Nyktos entra em estase e os feitiços de proteção da masmorra se enfraquecem. Mastiga a carne dos próprios braços e escapa. Depois de curada, parte para Dalos e reencontra Sera.

Ela deixa bem claro o que sente a respeito de sua presença e é punida por Kolis, que usa Kyn como verdugo.

Mais tarde, invade os aposentos de Sera, que está na gaiola, e convence Callum a conversar com ela. Quando ficam a sós, a Primordial diz saber que Sera está mentindo e insiste que não vai deixar que Kolis a troque por Sotoria outra vez. Prefere vê-lo morto a permitir que isso aconteça.

Veses tenta convencer Sera de que não se importa com o tipo de punição de Kyn, mas acho que nem ela acredita nisso. Mesmo assim, Sera diz que sente muito pelo que aconteceu com ela, mas isso não muda o fato de mal poder esperar para vê-la arder em chamas.

Aposto que Veses adoraria se Sera tentasse fazer alguma coisa contra ela.

ATTES

Primordial dos Tratados e da Guerra
Corte: Vathi

Cabelo: Castanho-claro puxado para o loiro, emoldurando o rosto.
Olhos: Prateados.
Rosto: Maçãs do rosto salientes. Maxilar bem definido.
Traços característicos: Cicatriz que vai da linha do cabelo, passa pela ponte do nariz e desce pela bochecha esquerda. Covinhas. Bracelete de prata em volta do bíceps.
Características/habilidades sobrenaturais: É capaz de manifestar roupas do nada. Pode se transformar em um falcão prateado.
Corpo: Alto e de porte largo.
Hábitos/Trejeitos/Forças/Fraquezas: Usa o éter como meio de provocação, alimentando as emoções dos outros no intuito de incitar a violência ou a paz. Tem um bocado de prazeres perversos. Usa uma armadura de pedra das sombras e carrega uma espada curva na cintura. É movido por três coisas: paz, guerra e sexo. Sente atração por mulheres ousadas. Sabe como matar um

Espectro. As pessoas rezam na véspera de uma batalha para que ele conceda astúcia, habilidade e inteligência a seus exércitos. Assume a forma *estigmatizada* de um falcão prateado.
Personalidade: Estratégico. Astuto. Inteligente. Prefere fazer tudo sozinho a delegar as tarefas.
Curiosidades: Sua coroa é um elmo feito de uma pedra preto-avermelhada.
Antecedentes: É cogovernante de Vathi com o irmão, Kyn. Kolis matou seus filhos em vingança pela perda de Sotoria. Tem sentimentos por Lailah.
Família: Irmão = Kyn, o Primordial da Paz e da Vingança. Filhos = desconhecidos †.

A JORNADA DE ATTES ATÉ AGORA:

Attes é um enigma para mim. Queria gostar dele de cara; afinal, ele é o antepassado das pessoas mais importantes da minha história atual. Contudo, as coisas que *vi* me deixaram bastante desconfiada. A princípio, pensei que ele estivesse jogando dos dois lados e tramando nos bastidores, mas, como não tinha provas disso, continuei atenta e à espera.

Por sorte, não precisei esperar por muito tempo.

Quase um irmão para Kolis, Attes sabe da existência de Sera e fica de olho nela. Chega até a salvá-la em sua forma *estigmatizada*, o falcão prateado.

Depois que Sera chega às Terras Sombrias, Attes viaja até lá para conhecê-la. Afirma que ela não é uma mera mortal e que tem uma marca e uma aura. Quando Sera o ataca verbalmente, como de costume, Attes comenta que ela morde e pergunta a Nyktos se Veses já a viu.

Ao voltar sua atenção para Nyktos, pergunta por que o Primordial matou Dorcan, o Cimério, e diz que pensou que os dois fossem amigos. Ash responde recordando-lhe o que Attes fez com os guardas do irmão.

Attes pergunta se Sera sabe que não deve repetir o que é discutido ali, e ela retruca outra vez. Ele diz para ela tomar cuidado com o tom de voz e que, embora ache sua ousadia revigorante e atraente, os outros não vão achar. Nyktos afirma que Sera *matará* quem pensar o contrário.

Attes tenta usar um pouco de magia de provocação em Sera e percebe que sua presença não a afeta. Em seguida, muda de assunto, para a Ascensão que foi sentida, e pergunta como uma deusa Ascendeu nas Terras Sombrias. Quando Nyktos diz que só pode ter sido Kolis, Attes não acredita nele. Diz saber que se trata de uma deusa da Corte de Hanan e supõe que foi Bele.

Conta a Nyktos que Hanan está tendo um ataque de pelanca em Dalos e que os demais Primordiais estão preocupados. Depois acrescenta que não se esqueceu de quem era o pai de Nyktos nem de quem ele deveria ser. Se não foi Nyktos que Ascendeu a deusa, então as brasas devem estar em algum lugar nas Terras Sombrias.

Attes diz que foi à Casa de Haides por curiosidade *e* em nome de Kolis. Acha que foi escolhido para entregar a mensagem porque era o mais próximo — e aquele com menor probabilidade — de ser atirado ao Abismo. Então solta uma bomba, contando aos dois que Kolis negou o direito à coroação. Diz que o Primordial da Vida quer que tudo seja mais formal, o que requer sua permissão. Acrescenta que Kolis vai convocá-los e comenta que Nyktos é o *favorito* dele. Quando Sera chama o falso Primordial da Vida de filho da mãe, Attes dá uma gargalhada.

Para fazer um teste, Attes se oferece a Sera caso ela prefira um *clima mais quente* na cama. Nyktos não fica nada satisfeito com isso e Sera volta a ameaçar Attes. Na saída, conta a Theon sobre a ameaça de Sera e admite que achou divertido e ficou excitado, tudo ao mesmo tempo.

Em Dalos, Attes aprecia o beijo espetacular entre Nyktos e Sera e depois os interrompe, flertando como sempre. O Primordial o ameaça e diz que ele vai acabar perdendo os olhos. Attes afirma que valeria a pena.

Quando Dyses aparece, Attes se diverte ao ver o Espectro provocar Nyktos. Observa que, se Nyktos matá-lo, Kolis ficará furioso ou entretido. Também diz imaginar que, no fim do dia, haverá muitos deuses mortos e sem o coração.

Conta aos dois que estava à espera de sua chegada, afirmando que são melhores companhias do que o resto dos presentes. Além disso, comenta que Dyses sempre lhe pareceu estranho e diz ao casal que alguns dos corpos que viram eram do último Ritual.

Quando é questionado sobre o motivo de estar ali, responde que Kolis convocou Kyn e decidiu se juntar ao irmão. Além disso, queria voltar a ver Sera e lembrá-la do que disse ao se conhecerem sobre tomar cuidado com sua língua afiada.

Acrescenta que chegou a Dalos faz pouco tempo e que não há mais nenhum Primordial ali além dele e Kyn.

Em seguida, sai à procura do irmão antes que este se meta em encrenca. Mais tarde, conta a Nyktos por que matou os guardas de Kyn quando o Primordial da Morte volta a falar no assunto.

Kolis chega, e Nyktos impede que o Primordial da Vida toque em Sera. Attes comenta que o Primordial da Morte é muito possessivo e já ameaçou arrancar seus olhos umas três vezes.

Quando a conversa se volta para a Ascensão que todos sentiram, Attes entra na conversa e esclarece que Nyktos quer dizer que apenas Kolis é capaz de Ascender alguém.

Kolis demonstra seu *poder de restauração da vida* em Dyses, e Attes se empertiga todo quando o Espectro entra, ressuscitado. Kolis pergunta se ele tem as mesmas dúvidas de Hanan, já que parece surpreso ao ver Dyses vivo e bem de saúde. Attes explica que já faz muito tempo que Kolis não concede tal honra, por isso ficou surpreso.

Ele mente tão bem!

Kolis manda Kyn buscar o que lhe pediu, e Attes solta um palavrão quando vê o jovem Thad. Depois que Kolis decreta suas ordens, Attes traz uma adaga para Sera. Assim que ela tira a vida de Thad, Attes levanta o corpo do dragontino, e o sangue chamusca a sua carne.

Mais tarde, em Vathi, Attes pergunta o que Nyktos e Sera estão fazendo na sua varanda sem convite ou aviso prévio. Quando Sera pergunta sobre o dragontino, é pego de surpresa. Explica que Kyn foi queimar Thad. Sera pede que ele detenha o irmão e traga o corpo. Quando Attes hesita, Sera grita com ele e Nyktos ordena que o Primordial lhe obedeça.

Fiquei *surpresa* que ele tenha lhe dado ouvidos, já que é bem mais velho do que Nyktos, mas Attes é leal ao Primordial da Vida. Além disso, *era* amigo de Eythos.

Ele volta com o corpo do dragontino e é orientado a não comentar com ninguém o que está prestes a ver. Caso contrário, Nyktos vai destruir sua Corte e ir atrás dele. Ao que ele responde que está ficando farto das ameaças do Primordial da Morte.

Attes observa, atônito, enquanto Sera reanima o dragontino. Fica tão chocado que se afasta aos tropeços da mesa e solta um palavrão.

O casal diz que ele terá de esconder Thad, e Attes confirma que os deuses e Primordiais devem ter sentido o renascimento. Será difícil mantê-lo escondido, principalmente de Kyn. Os dois pedem que Attes leve o dragontino para as Terras Sombrias e prometem que ele ficará em segurança. Attes afirma saber que Nektas cuidará bem dele.

Attes comenta sobre o feitiço de Sera, dizendo que não vai funcionar ali, mas promete que ninguém vai saber do que aconteceu em Vathi — chega até a jurar. Faz uma reverência a Sera e promete não trair o que ela fez.

Attes insiste que já sabia que havia algo diferente em Sera. Ficou ainda mais desconfiado quando ela não reagiu à sua presença. Nyktos pergunta por que ele não contou suas suspeitas para Kolis a fim de obter favores, e ele diz que poderia ter feito isso, mas lembra quem era o pai de Nyktos e quem ele deveria ser.

Na coroação, Attes vê Nyktos fazer uma reverência a Sera e comenta que ele é um homem que sabe qual é o seu lugar. Aproxima-se do estrado e faz uma reverência ao casal — é o primeiro Primordial a abordá-los —, depois diz a Sera que a coroa e a gravação de casamento combinam com ela. Acrescenta que a marca foi um acontecimento… inesperado.

Ele revela que alguns dakkais estiveram farejando por Vathi, mas foram embora sem causar problemas, então diz que precisam arranjar um tempo para conversarem em particular. Antes de partir, afirma esperar que a união abençoe as Terras Sombrias e faz uma breve pausa para falar com Nektas.

Mais tarde, durante a batalha, aproxima-se de Sera por trás. Ela o ataca, sem saber que é o Primordial, e ele a pega antes de cair. Sera agradece — pensando que ele veio em seu auxílio —, mas Attes pede que ela não lhe agradeça.

Ao ver essa cena, fiquei com muita raiva. Mas, com o desenrolar dos acontecimentos, passei a sentir pena dele.

Attes diz a Sera que não tem outro jeito e a desarma antes de puxá-la contra si. Afirma que só querem ela. Se remover o feitiço, não haverá mais derramamento de sangue e nenhuma vida será perdida. Se recusar, seu irmão só deixará o Primordial vivo. Reitera que a escolha é dela, mas que precisa tomar uma decisão depressa.

Sera o faz prometer que mais ninguém será ferido, e ele promete. Quando Sera se rende, Attes diz que ela fez a escolha certa.

De volta a Dalos, Attes interrompe Kolis e lembra que Keella ajudou Eythos a marcar a alma de Sotoria para o renascimento. Confirma que Kolis não conseguiu encontrá-la, mesmo depois de ter ido atrás de todos os mortais que tinham uma aura. Então sugere que ele não a encontrou porque ela renasceu repetidamente nos últimos séculos, e insinua que Sera esteja dizendo a verdade sobre ser a reencarnação de Sotoria.

Quando Callum o desrespeita, Attes diz que sabe como matá-lo e vai provar caso o Espectro volte a falar com ele daquele jeito.

Kolis fica hesitante em acreditar no que Sera disse, então Attes o lembra de como Eythos era esperto e diz que aquilo é o tipo de coisa que ele faria só para foder com o irmão gêmeo.

Attes visita Sera na gaiola, apresentando-se em sua forma *estigmatizada*, o falcão prateado. Explica-se e faz com que ela compreenda, afirmando que nunca foi leal a Kolis. Não depois de Kolis ter matado seus filhos.

Conforme traz notícias para Sera sobre tudo que está acontecendo e faz o que pode para ajudá-la, Attes deixa claro que, embora ela seja importante, a alma de Sotoria deve ser salva, já que ela é a única capaz de matar Kolis.

Assim que Ash se liberta e vai ao encontro de Sera, Attes aparece para ajudar. Faz um bom tempo que está de conluio com um deus de sua Corte, Elias, e empresta Setti para que ele leve Kolis para algum lugar onde este não possa ser encontrado.

Vai buscar Keella e assiste à libertação da alma de Eythos do diamante Estrela e a transferência da alma de Sotoria.

Sem gostar do que vai acontecer com Sera, Attes dá sua opinião e diz como se sente a respeito. Embora não seja a pessoa preferida de Nyktos, ao menos agora sabe que o Primordial entende que Attes está do lado deles.

Attes tem toda a intenção de cumprir a promessa que fez a Sera, de apoiar Nyktos no que for preciso depois que ela se for.

Afinal, fez um juramento. Mesmo que não tivesse um dever como Primordial, ainda cumpriria sua promessa.

Será que Attes vai ficar chocado ao descobrir que Sera Ascendeu como a nova Primordial da Vida?

Bem, talvez não.

KYN

Primordial da Paz e da Vingança
Corte: Vathi

Eis algumas informações sobre o gêmeo malvado de Attes…

Cabelo: Castanho-claro puxado para o loiro.
Olhos: Prateados.
Corpo: Alto e de porte largo.
Rosto: Maçãs do rosto salientes. Maxilar bem definido.
Traços característicos: Covinhas. Bracelete prateado em volta do bíceps.
Hábitos/Trejeitos/Forças/Fraquezas: Bastante afeiçoado aos dragontinos. Passa muito tempo nas montanhas. Bebe demais.
Personalidade: Extremamente babaca.
Antecedentes: É cogovernante de Vathi com o irmão, Attes. Os guardas de Kyn estavam levando os jovens próximos da Seleção para o seu acampamento, por isso Attes os matou.

Curiosidades: Os deuses na Corte de Kyn são um bando de babacas — seguindo o exemplo de seu Primordial. Sua coroa é um elmo de pedra preto-avermelhada.

Família: Irmão = Attes, o Primordial dos Tratados e da Guerra.

A JORNADA DE KYN ATÉ AGORA:

Kyn chega a Dalos antes dos outros, já bastante bêbado, e Attes logo o senta em uma cadeira antes que ele caia de cara no chão.

O Primordial da Vida pergunta se Kyn tem o que lhe pediu para trazer, e ele vai até o corredor para buscar um jovem dragontino. Sera pergunta o que Thad fez para merecer ser morto, e Kyn responde com a verdade: "Nada." Em seguida, Kolis ordena que Sera tire a vida do dragontino inocente, e ele é abatido. Kyn coloca as mãos sobre os olhos durante o ato, incapaz de assistir, mas depois olha para Sera com um ódio ardente. Mais tarde, sai em busca de uísque antes de se encarregar da tarefa de queimar o corpo do dragontino.

Kyn comparece à coroação com Hanan; os dois completamente embriagados. Ele e o Primordial da Caça e da Justiça Divina são os únicos a não se aproximarem do novo casal, demonstrando uma absoluta falta de respeito.

Algum tempo depois, Kyn parte para as Terras Sombrias à procura de Nyktos e Sera, e mata Aios e Ector.

Assim que seu irmão leva Sera para Kolis, Kyn aparece na corte de Dalos e se diverte com seu cativeiro. Luta contra a atração por ela, mas fica aliviado quando Kolis a oferece como recompensa por sua lealdade, caso esteja mentindo sobre quem diz ser.

Traz novidades sobre os soldados das Terras Sombrias e se oferece para eliminá-los. Kolis não lhe dá permissão, mas deixa claro que Kyn deve ficar à sua disposição caso mude de ideia.

Quando Kolis o chama para punir Veses por seu fracasso, aceita a incumbência de bom grado. O castigo apela para seu lado sádico, e Kyn jamais recusaria uma oportunidade de atender a seus caprichos. Só gostaria que Ione não tivesse contado a Kolis que Sera era Sotoria. Se não tivesse feito isso, talvez pudesse brincar com ela também.

Mesmo assim, Kyn ainda tem esperança de que a verdade venha à tona, pois não acredita nem por um segundo que ela é quem afirma ser.

HANAN †

Primordial da Caça e da Justiça Divina
Corte: Sirta

Cabelo: Preto.
Corpo: Alto.
Rosto: Pálido, marcante e anguloso — belo de uma maneira astuta e predatória.
Traços característicos: Bracelete de prata no bíceps. Voz grave e rouca.
Personalidade: Combativo. Teimoso.
Curiosidades: Parece estar na casa dos trinta anos. Seguidor de Kolis. Usa uma coroa de chifres feita de rubi.

A JORNADA DE HANAN ATÉ AGORA:

Hanan, o Primordial da Caça e da Justiça Divina, governa a Corte de Sirta com seus deuses, mas segue os costumes de Kolis. Dispõe de um pequeno exército de Cimérios, que não hesita em usar contra as Terras Sombrias. A certa altura, chega a enviar mais de uma centena de soldados.

Ao conhecer Seraphena, Hanan a chama de "diamante que acabará quebrado em vários pedacinhos". Nyktos fica ofendido e ameaça quebrar todos os ossos de seu corpo e enterrá-lo tão fundo no Abismo que levará centenas de anos para conseguir sair de lá, caso volte a olhar ou falar com ela. Sem temor, ele retruca que já sabe que Bele Ascendeu. Nyktos diz que ninguém em sua Corte é capaz de Ascender uma deusa e provoca Hanan por duvidar de Kolis. Ainda assim, ele questiona a explicação de Nyktos, pois não acredita que Kolis Ascenderia alguém nas Terras Sombrias sem motivo algum e depois iria embora.

Mais tarde, quando todos estão reunidos, Hanan fala sem autorização e é repreendido por Kolis, que ordena que ele saia e não volte até ser chamado.

Na coroação, Hanan se junta a Kyn na bebedeira e desrespeita Nyktos novamente, ao não cumprimentar os recém-casados.

Tempos depois, Hanan apoia Kolis em Dalos quando Nyktos invade o local para resgatar sua Consorte. Infelizmente, não tem êxito, e Nyktos o mata, arrancando seu coração e cortando sua cabeça.

Seu título é transferido para Bele.

RHAHAR
SERAPHENA
RHAIN
IONE
PENELLAPHE
LAILAH

SAION
NYKTOS
AIOS
THEON
BELE

ECTOR †

Corte: Originalmente, Vathi

Cabelo: Cacheado e claro.
Olhos: Cor de âmbar escuro.
Corpo: Alto e esguio.
Rosto: Face, olhos e maxilar marcantes.
Personalidade: Leal. Gosta de provocar os outros.
Curiosidades: É centenas de anos mais velho que Nyktos.
Antecedentes: Conhecia Eythos e Mycella muito bem. Sabia sobre o acordo do Rei Roderick. Às vezes, juntava-se a Lathan para ficar de olho em Sera — a partir do seu aniversário de 17 anos.
Família: Uma irmã.

A JORNADA DE ECTOR:

Devo admitir que, quando comecei a ver Ector em minhas visões do passado, tive uma quedinha por ele. E quanto mais o via e descobria por meio de pesquisas e visões de outras pessoas, mais cativante ele se tornava.

O primeiro vislumbre que tive de Ector foi quando ele entregou a Sera uma caixa de bétula que recebera ordens de lhe dar — a caixa continha uma adaga especial de pedra das sombras em forma de lua crescente.

Ector acompanha Nyktos ao plano mortal para salvar Sera e cuidar dela depois do ataque de Tavius, soltando-a das amarras e chamando seu meio-irmão de animal. Quando Nyktos ordena que todos saiam do salão, Ector acompanha os mortais.

Ao voltarem para as Terras Sombrias, Ector fica de guarda à porta do quarto de Sera, apesar de achar que tem mais o que fazer. Porém, continua ali para a segurança dela, pois ouviu dizer que Sera gosta de se meter em situações perigosas. Também assume a responsabilidade de levar refeições para ela.

Ector acompanha Sera enquanto ela espia Nyktos realizar a corte, apesar de ter sido contra a sua vinda. Rhain o provoca, dizendo que ele teme que *Papai*

Nyktos fique bravo e o mande para a cama sem o jantar. Quando Veses chega, recebe ordens de levar Sera para um lugar seguro e dá-lhe a opção de escolher entre seus aposentos e a biblioteca. Assim que ela decide, deixa-a na biblioteca e a lembra de cumprir o que combinaram.

Mais tarde, quando Erlina chega, Ector leva Sera para seus aposentos e fica de guarda à porta. Quando a costureira vai embora, oferece-se para passear com Sera no pátio em vez de ficar presa no quarto. Conta que os dragontinos entendem quando alguém fala com eles, mesmo quando não estão na forma divina.

Ector se solidariza com o choque que Sera deve ter sentido ao descobrir a verdade sobre os Escolhidos. Ao falarem de Gemma, diz que a garota está nas Terras Sombrias há pouco tempo. Em seguida, revela de que Corte é e quantos anos tem, brincando que está muito bem para a idade.

Enquanto conversam sobre os pais de Nyktos, Ector diz a Sera que Eythos amava Mycella, ainda mais depois de ela ter morrido, e que jamais teria se casado de novo.

Surge um tumulto no portão sul e Ector pede que Sera fique onde está enquanto vai investigar. Ele encontra Gemma ferida e a leva para o palácio, então ordena que Rhahar vá buscar Nyktos. Manda Sera voltar aos seus aposentos.

Ector retruca que Gemma não está morta, mas então se dá conta de que está, sim. Quando os dragontinos começam a agir de forma estranha, comenta que nunca viu nada parecido e fica chocado ao ver Sera brilhar. Assiste com assombro quando ela traz Gemma de volta à vida.

Mais tarde, Ector entra na sala de guerra com Bele e ajuda a contar a história da traição de Kolis, que trocou de destino com o irmão gêmeo e depois destruiu todos os registros da verdade. Ao discutirem os últimos acontecimentos, comenta que agora compreendia a volta das papoulas.

Depois que o segredo de Sera é revelado e durante o cerco dos dakkais, Ector imagina o que fazer com ela, mas acaba pegando uma capa com capuz e encontrando Nyktos nos portões da baía. Não acredita que Sera se importe com a segurança do Primordial e diz isso na cara dela antes de avisar que há *monstros* na água. Acrescenta que Nyktos não vai matá-la até descobrir o que fazer com as brasas.

Quando os dakkais saem da baía, comenta que pensou que já tivessem limpado o porto, mas Rhain revela que estavam no meio da tarefa. Ao ver Bele lutar, Ector confessa que está apaixonado. À medida que a batalha avança, um dakkai o imprensa contra o parapeito, e Sera atira uma adaga na criatura, salvando sua vida. Ele agradece a ela.

Ector leva Sera de volta ao palácio e tenciona devolvê-la aos seus aposentos. Ao ver Nyktos, pergunta ao Primordial quanto do sangue que tem nas roupas é dele e conclui que é a maior parte, deixando-o preocupado. Em seguida, volta a atenção para Sera e diz que ela não precisa fingir que se importa com Nyktos. Ela refuta e manda ele não lhe dizer como deve se sentir.

Depois que Hamid ataca Sera, Ector chega com Nyktos e Saion. Mata o homem com uma rajada de éter antes de pensar que Nyktos poderia querer interrogá-lo. Por azar, só sobraram cinzas. Apesar do erro, fica surpreso com a irritação de Nyktos, diz que deveria pensar antes de agir e vai limpar a bagunça.

Ector diz que ninguém se atreveria a enfurecer Nyktos, já que ele poderia foder com a alma do indivíduo depois de morto. Ao discutirem o que pode ter levado ao ataque, conta que Gemma continua no palácio e que estava dormindo quando foi visitá-la, cerca de meia hora antes.

Em seguida, comenta que Nyktos não gosta que toquem nele, mas adora o toque de Sera, e é questionado se está querendo morrer. Sua resposta? "Estou começando a achar que sim."

Ector me faz lembrar tanto de Emil...

Mais tarde, entra na sala do trono na hora em que Nyktos enfrenta os deuses assassinos. Ao ver Bele ferida, seus olhos ficam vidrados. Ajoelha-se ao seu lado e discute quando Nyktos diz que ela só está dormindo. Então, com admiração e temor, olha para Sera, afirma: "Não foi *só* isso" e assiste em choque à Ascensão de Bele.

Ector e Saion andam de um lado para o outro no escritório de Nyktos. Sera pergunta se os dois estão com medo dela, e Ector responde que estão transtornados, já que ninguém deveria ser capaz de fazer aquilo — trazer uma deusa de volta à vida e Ascendê-la. Diz que não acha que Bele tenha se tornado uma Primordial, mas *está* mais poderosa. Depois revela que já estava vivo quando os Primordiais Ascenderam.

Ele recebe ordens de buscar uma bacia de água e uma toalha para que Sera possa se limpar e depois sai para esperar por Nektas. Mais tarde, aguarda à porta da sala do trono com Nektas, Reaver, Rhahar, Ward e Penellaphe — os Arae atenderam à convocação.

Quando Davina é abatida no ataque seguinte, Ector impede Sera de ressuscitar a dragontina. Depois, solta um palavrão quando ela admite que achou excitante ver Nyktos partir um deus ao meio.

Em discussões posteriores, Ector imagina como é que um deus estava à procura de Sera se ninguém sabe como ela é. Mas Rhain insinua que Veses *sabe,* e tudo se esclarece.

Após Sera tentar fugir para enfrentar Kolis sozinha, Ector está com Orphine quando Nyktos volta com ela e fica surpreso ao ouvir os detalhes. Mas não tão surpreso como fica ao descobrir que Sera e Nyktos são amantes. Mais tarde, quando Nyktos diz a todos que a bravura de Sera é inigualável, desembainha a espada e se curva diante dela.

Ector luta com os demais contra os Cimérios e, depois da batalha, junta-se a Rhain e Sera no escritório. Conta a Rhain que Sera salvou sua vida lá fora.

Surgem tensões entre Rhain e Sera, e Ector tenta acalmar a situação. Afirma que ela não é a inimiga. Quando a conversa se volta para tudo que Nyktos sacrificou por Sera, muda de assunto e sai correndo dali quando Nyktos chega com *cara de poucos amigos.*

Ector entra no escritório de Nyktos logo após a saída de Attes e revela que o Primordial lhe contou que Kolis obrigou Nyktos a pedir autorização para a coroação. Ao discutirem o ocorrido, Ector percebe que a presença de Attes não teve nenhum efeito sobre Sera e conta que os deuses e semideuses não são imunes à influência de um Primordial. Só há três exceções: os Arae, os dragontinos e outro Primordial.

Chega a hora de irem para Dalos, e ele fica confuso por todos estarem nervosos. Afinal, é a única maneira de conseguirem autorização. Mas preocupa-se com *uma* coisa: não com Nyktos, mas que *Sera* não se comporte diante de Kolis.

Após o jantar de Sera com Bele e Aios, Ector a leva de volta ao seu quarto. Diz a ela que Orphine está com Nyktos e comenta que algum dia perderá o olho por causa de um dragontino, pois eles não prestam atenção ao que está à sua volta. Diz ainda que há Sombras na orla dos Bosques Moribundos, próximo a Lethe, e que Nyktos e Orphine foram cuidar delas. Conta que o problema das Sombras era raro, mas está se tornando cada vez mais frequente.

Quando Veses chega, Ector nega sua entrada nos aposentos de Sera e é atirado para dentro do quarto por seu poder, onde cai e quebra uma mesa.

Assim que se recupera, cavalga com Saion ao lado da carruagem de Sera, a caminho da coroação, antes de entrar na carruagem com ela. Repara que Sera, está pálida e nervosa, e diz que ela se parece com sua irmã no dia do casamento. Comenta que não acreditou em Bele quando ela disse que Sera estava ansiosa.

Em seguida, tenta reconfortá-la, dizendo que não vai acontecer nada com ela, e fica surpreso — e emocionado — quando Sera deixa escapar que *quer* ser a Consorte de Nyktos.

Após a coroação, Ector diz a Sera que os aplausos e vivas são para ela, e fica ao seu lado enquanto os convidados cumprimentam o casal.

Durante a batalha seguinte, Ector protege Aios do Primordial Kyn e morre. Sera faz menção de salvá-lo, mas Saion a impede quando seu poder começa a atrair os dakkais. Ela recua e os dakkais o cercam, atraídos pelo éter, e não deixam nada de Ector para trás, a não ser uma *bagunça* de carne e ossos.

Devo confessar que ver a última batalha e o fim trágico de Ector foi o suficiente para me levar às lágrimas; logo eu, que já vi e vivi tanta coisa.

BELE

Deusa da Caça (na linha temporal de Sangue e Cinzas)
Corte: de Sirta para as Terras Sombrias

Cabelo: Preto-azulado, na altura dos ombros e geralmente trançado.
Olhos: Tornaram-se prateados depois da Ascensão.
Corpo: Alto e flexível.
Rosto: Pele marrom-clara. Bochechas e queixo arredondados.
Traços característicos: Unhas pintadas de preto. Não usa bracelete como os outros Primordiais.
Características sobrenaturais: Após a Ascensão, é capaz de conjurar um arco feito de éter, e suas flechas, também feitas de éter, matam em vez de apenas ferir. Tem o poder da prosperidade e da boa sorte na linha temporal de Sangue e Cinzas.
Personalidade: Enxerida. Irreverente. Despreocupada. Um tanto exibicionista.
Hábitos/Trejeitos/Forças/Fraquezas: Não gosta de multidões. Costuma carregar uma pequena espada no quadril e um arco no ombro. Fala sem pensar. É uma caçadora de informações. Tem o dom de se esgueirar sem que ninguém a veja. Visita outras Cortes para descobrir informações que possam ser úteis. Ajuda os Escolhidos a saírem de Dalos. Tem uma queda por Aios. Adora lutar. Sempre está armada.
Antecedentes: Conhece muitas Consortes, mas nenhuma que seja mortal. Nasceu depois da morte de Eythos. Durante a Seleção, quebrava as janelas toda vez que ficava irritada.

A JORNADA DE BELE ATÉ AGORA:

Tá bom, admito: adoro a Bele. Ela é tão encantadora! Só gostaria que ela tivesse um papel mais proeminente em minhas visões porque fico feliz toda vez que ela aparece.

Quando Sera chega às Terras Sombrias, Bele é a primeira a se curvar diante dela e explicar por que isso é tão importante. Revela também que algumas Cortes estão apostando quanto tempo Sera continuará viva. Depois de ouvir como Sera matou Tavius, Bele fica encantada, impressionada e um tanto surpresa por uma Consorte mortal ter um lado violento.

Ela dá conselhos a Sera, tais como não demonstrar medo durante a coroação.

Depois que Sera traz Gemma de volta à vida, Ector acompanha Bele até a sala de guerra, onde a encara sem pudores. Conta que nenhum Escolhido é Ascendido porque Kolis não tem mais a habilidade de conceder ou criar vida, de modo que não pode Ascendê-los. Mas acrescenta que ele não pode parar com o Ritual porque provocaria muitas perguntas, por isso há um desequilíbrio a favor da morte.

Quando discutem o plano de Sera, Bele diz não acreditar que Sera pensasse que se tornar a Consorte de Nyktos salvaria seu povo, e sim que tivesse descoberto como encerrar o acordo em favor do invocador.

Os dakkais atacam, e Bele recorda a todos de que a maioria das Cortes deve ter sentido uma reverberação quando Sera usou seus poderes, o que provocou o ataque. Ela, Saion e Rhahar saem para descobrir o que está acontecendo. Mais tarde, descem os penhascos e enfrentam os dakkais, com Bele de pé no cavalo para disparar as flechas enquanto os outros montam agachados. Ela dá um murro num dakkai e a criatura explode, depois vai atrás de outro que subiu o penhasco e entrou na cidade.

Bele acha que Sera não deveria ir a lugar nenhum depois do ataque de Hamid, nem mesmo para ver Gemma. Diz a Sera que Nyktos está em Lethe tratando de um incidente e questiona Gemma sobre como é que ela sabia que Kolis andava à procura de Sera. Quando a palavra *graeca* é mencionada, Bele explica que é um termo da antiga língua dos Primordiais que significa "vida". Durante as discussões, Bele se dá conta de que Hamid achava que protegeria as Terras Sombrias ao matar Sera.

A deusa admite que não sabe nada sobre os Espectros, mas tem se *esforçado* para descobrir o que aconteceu com os Escolhidos desaparecidos.

Quando a conversa se volta para os Destinos, afirma que eles não sabem de tudo, apesar de saberem mais do que a maioria. Acrescenta que os Primordiais não podem fazer exigências aos Destinos. Sequer podem tocar neles — é proibido, a fim de manter o equilíbrio. Diz que nunca passaria pela cabeça de Nyktos procurar os Arae — nem pela de Kolis, embora ele não respeite as regras.

Quando os deuses atacam, Bele pula da escada em cima de Cressa e luta com ela. Acaba por ser apunhalada nas costas por uma adaga de pedra das sombras e leva um pontapé tão forte na cabeça que poderia matar um mortal.

A luta cessa, e Aios remove a adaga. Bele morre, mas não por muito tempo, porque Sera a traz de volta à vida. Ao acordar, diz que só se sente cansada e conta que viu uma luz intensa — que pensou ser a Arcádia — antes de desmaiar.

Depois de acordar pela segunda vez, Bele passa um tempo com Aios. Todos reconhecem que ela não se tornou uma Primordial. Ainda assim, Bele está bem mais forte, e todos sentiram uma explosão de energia quando ela se curou e ressuscitou — não tão intensa como quando um Primordial entra na Arcádia e um novo Primordial surge. Contudo, ela Ascendeu, o que é muito importante. A questão é que agora Bele pode desafiar Hanan pela posição de Primordial da Caça e da Justiça Divina em Sirta, e ele não vai gostar nada disso.

Quando o dragontino ataca, Bele dá uma lança para Sera e comenta que Nyktos vai surtar quando descobrir que ela está lutando com eles. Ao partirem, Bele chama aqueles por quem lutam de "nosso povo", referindo-se a Sera.

Mais tarde, Bele admite que não reconheceu o deus que estava falando com Sera — aquele que Orphine matou, embora imagine que Hanan estivesse por trás do ataque. Então declara que deve ir embora para que não haja mais mortes por sua causa, embora se recuse a ficar escondida para sempre. Nyktos diz que precisam de Bele nas Terras Sombrias e que ali é o lugar mais seguro para ela. Sera tenta acalmá-la, dizendo que a culpa não é de Bele, e sim dela. Bele agradece a Sera por salvar sua vida.

Bele se junta aos outros na sala do trono quando Nyktos conta que Sera foi atrás de Kolis e reitera sua bravura. Mais tarde, quando os Cimérios chegam, Bele leva os filhotes para junto de Aios e se recusa a abandoná-los.

Sera volta de Lasania, e Bele treina com ela a tarde toda.

Bele está com Rhain no quarto de Nyktos quando Sera acorda de sua mini estase. Bele discute com Rhain, mas vai buscar suco e água para ela. Conta que Sera dormiu por quatro dias e que é muito parecido com a hibernação. Acrescenta que Sera poderia ter ficado inconsciente por semanas a fio. Bele continua a ser ela mesma, falando demais e deixando Rhain aborrecido. Diz a Sera que Nyktos mal saiu do seu lado e que estava muito preocupado. Revela que ele está nos Pilares, tratando de algumas questões. Quando Sera menciona sua nudez, Bele diz que não se incomoda com isso.

Aposto que não...

Bele janta com Sera e diz que nem mesmo os deuses mais antigos e poderosos poderiam abalar o palácio como ela fez quando se zangou ao ver Veses. Pergunta o que deixou Sera tão zangada. Sera conta sobre sua Seleção e raiva, e Bele a chama de agressivamente assertiva. Em seguida, revela que sabe que foi por causa da deusa Primordial.

Bele diz que estava esperando por Aios e, quando foi para a cozinha, viu Veses entrar no escritório de Nyktos. Ela esperava que as visitas da Primordial não acontecessem mais depois da chegada de Sera. Admite não entender o que acontece entre Sera e Nyktos nem saber nada sobre Veses, mas vê como Sera olha para o Primordial da Morte e nunca o viu se comportar daquele jeito com mais ninguém. Insiste que não se trata apenas das brasas e conta a Sera que ele repreendeu todo mundo depois do discurso acerca de sua bravura na sala do trono.

Ela percebe que Sera viu Veses e Nyktos juntos e revela que já viu Veses se alimentar dele antes — nada de sexo envolvido. Não entende o que acontece e sabe que deve haver um bom motivo para ele permitir isso, só não sabe qual. Insiste que não acredita que Veses já tenha sido uma *boa* pessoa, conta que a Primordial apoia Kolis e que Nyktos não confia nem gosta dela.

Bele e Aios jantam com Sera na sala de visitas, e as duas deusas flertam secretamente. Quando Sera vai para seu quarto, Bele enfrenta Veses.

Veses diz a Bele que há uma recompensa por sua cabeça, e que Kolis vai arrancar seu coração e devorá-lo. Ela responde espirituosamente que há coisas bem mais gostosas em seu corpo do que o coração. Depois de Veses ferir Sera e Reaver, Bele diz que Sera é a Consorte de Nyktos e que Reaver está sob a proteção de Nektas, ou seja, as coisas não vão acabar nada bem para ela.

Bele enfrenta Veses, que quebra sua espada e a joga para trás. Ela invoca um arco e uma flecha feitos de éter e dispara contra Veses; a energia passa raspando e fere o rosto dela.

Assim que Veses é subjugada, Bele conta a Nyktos que a Primordial já sabe sobre Sera. Ele ordena que ela leve Reaver para seus aposentos. Mais tarde, ao falar com Sera, diz que ela não precisa agradecer a ajuda. Faz tempo que queria colocar as mãos em Veses.

Bele tenta manter Sera quieta durante a prova do vestido, mas não dá muito certo. Diz a Sera que haverá uma multidão na coroação e comenta que ela está linda de vestido. Apesar de ter de ficar na Casa de Haides para a coroação, Bele alivia as preocupações de Sera em relação a certas coisas e depois a adverte a não ignorar seu título enquanto a elogia por permanecer armada. Depois que Rhain fala com Sera, Bele se despede dos dois.

Bele se junta a Rhahar em Lethe para combater os dakkais e ainda não sabe o que aconteceu com Aios.

Não consigo nem imaginar como ela vai reagir. A romântica que há em mim espera que isso faça as duas pararem de perder tempo.

AIOS

Deusa do Amor, da Fertilidade e da Beleza
(na linha temporal de Sangue e Cinzas)
Corte: Kithreia

Cabelo: Ruivo.
Olhos: Cor de citrino, com cílios espessos e prateados após a Ascensão.
Rosto: Lábios cheios. Maçãs do rosto salientes. Rosto em formato de coração.
Personalidade: Alegre e vivaz. Preocupada.
Hábitos/Trejeitos/Forças/Fraquezas: Adora dar abraços. Usa uma corrente de prata no pescoço.
Característica sobrenatural: Tem o poder da vida, do amor e do nascimento.
Curiosidades: É capaz de criar muitas coisas belas com um simples toque — como as árvores de Aios. Sua voz é como o ouro e soa como sinos ao vento. Hiberna nas Montanhas Skotos na linha temporal de Sangue e Cinzas.
Antecedentes: Era muito jovem quando Kolis matou Mycella. Foi uma das *favoritas* de Kolis durante algum tempo — ficou aprisionada em uma gaiola de ossos dourados até que matou um guarda e fugiu.
Família: Prima = Mycella †. Primo de Segundo Grau = Nyktos.

A JORNADA DE AIOS:

Quando Sera chega às Terras Sombrias, Aios é chamada para levá-la aos seus aposentos e buscar algo para ela comer. A deusa se assusta ao sentir um choque quando sua pele toca na de Sera. Revela que o quarto já estava pronto havia algum tempo e era espanado com frequência, só por garantia. Ela tenta tranquilizar Sera, dizendo que não há ninguém em nenhum dos planos em quem confie mais do que em Nyktos e que não se sentiria tão segura em outro lugar. Sai para buscar o que Sera precisa, e volta com comida e uma camisola de chenile com cinto.

Ao trazer algumas roupas para Sera, Aios explica a respeito dos semideuses e da Seleção. Pergunta se Sera já sabia do acordo. Quando a conversa se volta para ela, revela a qual Corte servia antes e diz que foi para as Terras Sombrias porque sabia que lá estaria segura.

Sera vê Aios ajudar Reaver a aprender a voar. Mais tarde, Aios ajuda Sera após o ataque dos Germes, e lhe traz um roupão e uma garrafa de uísque. Informa a Sera que Veses foi embora e sai quando Nyktos chega.

Enquanto ela e Sera passam um tempo juntas, Aios diz que Mycella costumava contar a ela sobre a bondade de Veses. Também revela mais detalhes sobre a estase e a Arcádia. Quando Rhahar e Bele voltam, abraça os dois.

Após Gemma ser ferida, Aios chega na hora em que Ector a leva para dentro do palácio. Pergunta se as Sombras a atacaram e corre para buscar itens de primeiros socorros. Aios volta no exato momento em que Sera começa a brilhar e assiste com admiração quando ela traz Gemma de volta à vida. Examina a garota e declara que ela está viva.

A conversa passa para o acordo e a Devastação, e Aios acha que Rhain está certo sobre as duas coisas estarem relacionadas. O plano mortal é mais vulnerável às ações dos Primordiais e já deveria ter sido afetado há muito tempo. Imagina se a brasa na linhagem dos Mierel o protegeu, mas o nascimento de Sera a fez passar para um recipiente vulnerável e com data de validade — sua morte. Ou talvez a brasa esteja enfraquecida em um corpo mortal e não consiga mais conter as consequências do que foi feito.

Quando Gemma acorda, Aios vai contar a Sera. Diz que Gemma afirma não ter conhecimento do que Sera fez, mas acha que a garota está mentindo. Quer que Sera a confronte. Aios diz que é evidente que ela não queria fazer o que julgava necessário: que Nyktos se apaixonasse e depois acabar com ele. Acrescenta que discorda de suas ações e está decepcionada com ela, mas que todo mundo já cometeu atos terríveis por acreditar que não tivesse escolha. Diz que já fez coisas piores que Sera — todos ali já fizeram.

Aios leva Sera para ver Gemma e descobre o que ela disse a Hamid e por quê. A garota conta que Kolis está à procura de Sera.

Ao falarem de Kolis, Aios conta a Sera que *graeca* também significa amor e que teme que ele tenha encontrado alguma maneira de criar a vida.

Quando os deuses assassinos atacam, Cressa lança um raio de éter e a derruba. Ao acordar, Aios vai até Bele. Remove a adaga e chora enquanto embala a deusa. Implora a Nyktos que deixe Sera tentar curá-la, e começa a tremer quando a tentativa parece não dar certo. Até que funciona. Ela fica com Bele enquanto a deusa Ascendida se recupera.

Aios continua cuidando de Sera, fazendo tudo que pode para garantir a segurança de todos. Quando Sera começa a surtar, Aios diz que ela não fez nada de errado ao trazer Bele de volta à vida e pergunta se saber as consequências mudará suas ações no futuro. Imagina que Sera não tenha escolha. Aquilo faz parte de sua personalidade e é impelido por puro instinto.

Mais tarde, na sala do trono, Aios fica ao lado de Paxton enquanto Nyktos conta que Sera tentou ir atrás de Kolis sozinha para proteger as Terras Sombrias e que sua bravura é inigualável.

Quando os Cimérios chegam, Nektas deixa Reaver e Jadis sob a proteção de Bele e Aios.

Aios passa um tempo com Sera e os filhotes; fala que os dragontinos só dormem na forma mortal quando se sentem seguros e sobre o adiamento da coroação. As duas ficam todas derretidas quando Reaver é gentil, trazendo um cobertor para Jadis, e então falam sobre Aurelia e o que significa ter uma queda por alguém — como Reaver diz. Aios cora quando Reaver insinua que Bele tem uma quedinha por *ela*.

Mais tarde, Aios pergunta se Nyktos acha que Kolis sentirá as brasas em Sera. Antes dos dois partirem, ajuda Sera a escolher um vestido apropriado para a reunião com Kolis e comenta que ela é igualzinha a Bele quanto a esconder armas em todos os lugares possíveis. Aios pergunta se Sera irá atrás de Kolis enquanto estiver lá e indaga por que ela se considera capaz de derrotar o Primordial. Sera revela que é a *graeca* de Kolis. Ela é

Sotoria. Durante a conversa, Aios pergunta a Sera por que matar Kolis *e* ser a Consorte de Nyktos não pode ser o destino dela. Em seguida, conta detalhes sobre o tempo que passou em Dalos, quando era a *favorita* de Kolis e aprisionada numa gaiola.

Sera pede desculpas e diz que Aios é muito forte. Ao final da discussão, Aios diz que Sera está enganada sobre o que é capaz porque Kolis não tem fraquezas — ele é incapaz de amar.

Aios e Bele jantam com Sera e Reaver na sala de visitas.

Antes da coroação, Aios faz o cabelo e a maquiagem de Sera. Mais tarde, tira Sera de Rhahar e a acompanha até Nyktos com Kars, o guarda. Pergunta se ela tem alguma dúvida. Sera pergunta se Aios já se apaixonou, e a deusa diz que a sensação não é igual para todo mundo. Para ela, era como se sentir em casa num lugar desconhecido. Como se fosse vista, ouvida e compreendida de verdade. Ao perceber que seria capaz de fazer qualquer coisa pela outra pessoa, isso é o amor. Em seguida, entrega Sera para Nyktos.

Durante o ataque de Kyn, o Primordial a mata. Aios tinha acabado de sair para ajudar quando é atingida. Apesar de seu peito mutilado, Sera a reanima. Ela acorda e fica confusa. Kars a ajuda a entrar no palácio.

Eras mais tarde, durante a hibernação dos deuses, Aios aparece num sonho de Poppy e a impede de cair do penhasco nas Montanhas Skotos.

PENELLAPHE

Deusa da Sabedoria, da Lealdade e do Dever
(na linha temporal de Sangue e Cinzas)
Corte: Desconhecida

Cabelo: Cor de mel.
Olhos: Azuis como safiras; tornam-se prateados na linha temporal de Sangue e Cinzas.
Rosto: Pele marrom-clara.
Características sobrenaturais: Poderes relacionados à inteligência e à força de vontade.
Curiosidades: Tem um relacionamento com Holland — um dos Arae. Hiberna sob o Grande Ateneu da Carsodônia na linha temporal de Sangue e Cinzas.

Antecedentes: Era jovem quando teve a primeira visão. É a fonte da profecia de Poppy e sua xará.
Família: Sua mãe era uma Deusa de Divinação.

A JORNADA DE PENELLAPHE ATÉ AGORA:

Penellaphe vai às Terras Sombrias com Holland para falar de Sera. Ao chegar lá, faz uma reverência a Nyktos, diz que está ali por causa dela e que trouxe um Arae consigo.

Durante a conversa, Holland informa a Sera que não envelhece por causa de todo o uísque que bebe, o que faz Penellaphe rir. Quando discutem o que ela viu e o que aconteceu, a Primordial afirma a Nyktos que Holland não interveio ao fingir ser *Sir Holland* para Sera e que os anos que passaram juntos foram intermináveis.

Também sinto isso no fundo da alma. Ficar longe daqueles que amamos parece uma eternidade.

Ao conversarem mais, Penellaphe diz a Sera que os Arae não podem fazer nada para alterar seu destino. Bem, não mais. Porém, esclarece que Sera tem a essência do poder de Eythos, que talvez reconheça sua origem em Ash, ou seja, os dois são almas gêmeas.

Penellaphe revela que teve uma visão profética antes de Eythos fazer o acordo com o Rei Roderick. Aquilo nunca tinha acontecido com ela antes, e a deusa não entendeu muito bem o que viu e ouviu. Embora não compreendesse as palavras, sabia que tinham um propósito e importância. Ela contou a Embris, que a levou para Dalos. Kolis a interrogou exaustivamente, como se pudesse forçar a compreensão ou o esclarecimento. Por fim, desistiu. Depois disso, ela foi até Lotho, imaginando que, se alguém pudesse entender o que tinha visto, só poderiam ser os Destinos.

A profecia:

Do desespero das coroas de ouro e nascido da carne mortal, um grande Poder Primordial surge como herdeiro das terras e dos mares, dos céus e de todos os planos. Uma sombra na brasa, uma luz na chama, para se tornar o fogo na carne. Para aquela nascida do sangue e das cinzas, a portadora de duas coroas e mensageira da vida para mortais, deuses e dragontinos, uma fera prateada com sangue escorrendo das mandíbulas de fogo e banhada nas chamas da lua mais brilhante que já nasceu se tornará uma só.

Quando as estrelas caírem do céu, as grandes montanhas ruírem no mar e velhos ossos brandirem as espadas ao lado dos deuses, a falsa deusa será despojada da glória e (SÓ ENTÃO) os poderosos vão tropeçar e cair, alguns de uma só vez, desabando em meio ao fogo até atingirem o nada. Aqueles que permanecerem de pé vão tremer e se ajoelhar, cada vez mais enfraquecidos conforme se tornam irrelevantes e acabam esquecidos. Pois finalmente surge o Primordial, o doador do sangue e o portador do osso, o Primordial de Sangue e Cinzas.

Duas nascidas do mesmo delito e do mesmo Poder Primordial no plano mortal. A primeira filha, com o sangue repleto de fogo, destinada ao Rei outrora prometido. E a segunda filha, com o sangue cheio de cinzas e gelo, a outra metade do futuro Rei. Juntos, eles vão refazer os planos e trazer o final dos tempos. Com o sangue derramado da última Escolhida, o grande conspirador nascido da carne e do fogo dos Primordiais despertará como o Arauto e o Portador da Morte e da Destruição das terras concedidas pelos deuses. Cuidado, pois o fim virá do oeste para destruir o leste e devastar tudo o que existe entre esses dois pontos.

Ao conversar com Sera, Penellaphe oferece algumas informações sobre os rumos que tem a seguir, afirmando que conhecimento é poder e revelando que ela sempre morre antes de completar os 21 anos. Conta que há muitas *maneiras* de Sera morrer, várias pelas mãos de Ash. Depois diz que a única maneira de Sera sobreviver é com o sangue do Primordial a quem a brasa pertencia — Ash — e comenta que é injusto para ambos, mas que o amor, a vida e o destino raramente são justos.

Quando a conversa se volta para Eythos, Penellaphe conta que ele queria manter Ash a salvo, além de salvar os planos e se vingar. Por isso, tomou a brasa, esperando que crescesse até que um novo Primordial estivesse pronto para surgir, e a escondeu com a única coisa capaz de enfraquecer o irmão.

Quando Nyktos e Holland dizem que Sera é a Primordial da Vida, Penellaphe confirma e diz que não tem como negar. Revela que, além de Eythos, só Embris e Kolis conhecem a profecia. Em seguida, diz que as profecias são confusas, mesmo para quem as recebe, e menciona os Deuses da Divinação e os oráculos, explicando a Sera quem e o que são.

Penellaphe conta que sua mãe era uma Deusa da Divinação, o que explica a sua habilidade de partilhar uma visão. Contudo, não possui nenhum dos outros dons de sua mãe, tais como a capacidade de ver o que está oculto ou desconhecido, e nunca teve visões extras. Presume que, com a morte dos oráculos e da maioria dos Deuses da Divinação, outras visões se perderam no tempo ou só são conhecidas pelos Antigos, já que as profecias são seus sonhos.

O grupo discute o que pode acontecer e Penellaphe diz a Sera que a Ascensão de Bele certamente foi sentida por todos. Também diz que, se ela fosse parecida com Sotoria e Kolis a tivesse visto, ele a teria levado na hora. Ao discutirem como mantê-la a salvo, Penellaphe diz que tornar-se Consorte de Nyktos oferecerá alguma proteção, mas, até lá, qualquer deus pode fazer algo contra ela, e ele não terá o apoio dos outros se retaliar. Até mesmo a coroação representa um risco, já que alguns Primordiais gostam de ultrapassar os limites, embora Kolis não tenha o hábito de comparecer a tais eventos.

Além disso, se for realizada nas Terras Sombrias, talvez Penellaphe não possa estar presente.

Ela comenta que o envio dos dakkais foi um aviso, para que Nyktos tenha ciência de que Kolis *sabe* que algo nas Terras Sombrias é capaz de criar a vida. Acredita que ele não reagiu à Ascensão de Bele porque foi pego de surpresa. Então pergunta se Nyktos já foi convocado.

Discutem a pesquisa de Kolis para criar a *vida* e Penellaphe diz que essa não é a sua maior preocupação no momento. O que deveria deixá-los preocupados é que ele fará de tudo para conseguir as brasas da vida e, se descobrir que Sera tem a alma de Sotoria, nada o impedirá de tê-la. Destruirá as Terras Sombrias completamente, se for preciso. Ela sabe muito bem como Kolis pode ser cruel.

Quando é revelado que Nyktos removeu sua *kardia*, Penellaphe fica atônita. Conta a Sera que é a parte da alma que permite alguém amar outra pessoa de forma absoluta e altruísta. Em seguida, afirma que a remoção deve ter sido bastante dolorosa e que ele é verdadeiramente incapaz de amar.

Penellaphe se oferece para ajudar a evitar que Sera seja raptada das Terras Sombrias contra sua vontade. Por ser a Deusa da Sabedoria, ela sabe de coisas desconhecidas aos outros, como feitiços para impedir isso. Quando ela traz Vikter para ajudar com o feitiço, revela que ele foi o primeiro *viktor* e é o único que se lembra de suas vidas passadas. Quando Vikter dispensa os elogios, Penellaphe diz a Sera que ele é humilde demais, pois já salvou a vida de alguém muito importante e pagou caro por isso. Os Destinos decidiram recompensá-lo e depois concluíram que poderiam ajudar sem alterar o equilíbrio vigente. Desejando poder fazer mais alguma coisa, Penellaphe pede desculpas e sai com Nyktos para falar com ele em particular.

A próxima vez que a vemos é durante a coroação, onde está vestida de branco e conversa com Keella.

RHAHAR

O Deus Eterno
(na linha temporal de Sangue e Cinzas)
Corte: Originalmente, Arquipélago de Tritão

Cabelo: Preto. Cortado rente à cabeça.
Olhos: Prateados na linha temporal de Sangue e Cinzas.
Rosto: Pele negra retinta.
Corpo: Ombros e peito largos.
Personalidade: Impetuoso.
Hábitos/Trejeitos/Forças/Fraquezas: Sente-se desconfortável com abraços. Tem o costume de falar sem pensar.
Características sobrenaturais: Na linha temporal de Sangue e Cinzas, acredita-se que ele seja o supervisor da vida após a morte das divindades e dos Atlantes e tenha o poder da morte.
Antecedentes: Abandonou o Arquipélago de Tritão depois que Phanos destruiu Phythe. Nyktos o encontrou em Dalos, à espera da sentença por deserção, logo após a morte de Eythos. Sua alma foi tomada junto à do primo, salvando-o da punição.
Curiosidades: Hiberna na Baía de Estígia.
Família: Primo = Saion.

A JORNADA DE RHAHAR ATÉ AGORA:

Rhahar não é um personagem proeminente em minhas visões — nem nas minhas pesquisas, para falar a verdade. Nem sei o que ele representa nos dias atuais, embora fique nítido pelas obras de arte que se tornou uma figura importante, pois aparece ao lado de Saion e Aios, entre outros. Seu Templo fica localizado no sopé das Colinas Imortais e é frequentemente retratado em quadros e na literatura com Ione.

Quanto à sua história...

Rhahar chega à Casa de Haides com Bele depois que Nyktos leva Sera para as Terras Sombrias. Fica impressionado por ela ser uma lutadora e admite que Saion lhe contou o que Sera fez com o chicote e Tavius.

Quando Gemma é ferida, ele a leva ao palácio e manda Orphine buscar Kye, o Curandeiro. Durante a investigação, Rhahar confirma que as Sombras atacaram a garota. Ele vai buscar Nyktos para lhe contar o que aconteceu e perde o milagre que é Sera restaurar a vida de Gemma.

Mais tarde, na sala de guerra, Rhahar encara Sera, sem esconder sua curiosidade ou desconfiança. Durante as discussões, ele se pergunta em voz alta se os mortais teriam tanto medo da morte se a encarassem como um começo e não como um fim. Ao falarem de Kolis, Eythos e as brasas, diz que as ações de Eythos não se limitavam a dar uma chance à vida.

Quando a batalha com os dakkais começa, Rhahar pega Odin para Nyktos antes de se juntar ao Primordial, Saion e Rhain na cavalgada. Enfrenta os dakkais que avançam em direção às casas, agachado em cima do cavalo e disparando flechas.

Quando o Arae chega, aguarda à porta da sala do trono com Nektas, Reaver, Ector, Ward e Penellaphe.

Rhahar interrompe Sera e Nyktos no escritório do Primordial para informá-lo de que há problemas nos Pilares. Em seguida, parte com Nyktos para tratar do assunto.

Rhahar testemunha Nyktos contando a todos que Sera tentou ir atrás de Kolis sozinha e que sua bravura é inigualável. Como os demais, desembainha a espada e faz uma reverência, dizendo que se esforçará para ser digno de tamanha honra.

Quando chega a hora da reunião do casal com Kolis, Rhahar acha graça na ideia de Sera ser gentil com Kolis e diz que ela não pode ameaçá-lo como fez com Attes.

Antes da coroação, comenta que o vestido de Sera parece a luz das estrelas. Após a cerimônia, Rhahar fica ao lado de Nyktos enquanto o casal se reúne com os convidados.

Quando os dakkais invadem Lethe, Rhahar os enfrenta ao lado de Bele. Ao tentar voltar à Casa de Haides, junta-se aos demais no pátio logo após a explosão de Sera e pragueja quando vê que não há nenhum caminho seguro para o palácio.

Sangrando de um ferimento no rosto, ele e Saion vão ajudar Nyktos quando os dakkais o atacam.

É tudo que sei sobre Rhahar. Na verdade, mal posso esperar para descobrir mais. Gostaria de saber qual é a posição de Primordial que ele ocupa — se é que há uma. Tendo em vista que a maioria dos deuses da atualidade assumiram os títulos dos Primordiais de outrora, é possível imaginar que seja o caso. Mas nunca se sabe.

RHAIN

Deus do Povo e dos Términos
(na linha temporal de Sangue e Cinzas)
Corte: das Ilhas Callasta para as Terras Sombrias

Cabelo: Ruivo com subtom dourado.
Olhos: Castanho-escuros; tornam-se prateados na linha temporal de Sangue e Cinzas.
Rosto: Pele da cor do trigo.
Personalidade: Propositalmente teimoso. Adora provocar os outros. Diverte-se à toa. Sarcástico.
Hábitos/Trejeitos/Forças/Fraquezas: Não sabe usar a persuasão, mas é capaz de projetar seus pensamentos.
Características sobrenaturais: Tem o poder da morte na linha temporal de Sangue e Cinzas.
Curiosidades: Supostamente, hiberna sob a Baía de Estígia. É queer. Tem uma casa em Lethe.
Antecedentes: Um dos guardas de Nyktos. Nasceu depois da morte de Eythos.
Família: Pai = Daniil †. Irmão = Mahiil †.

A JORNADA DE RHAIN ATÉ AGORA:

Quando Nyktos volta para o Iliseu com Sera, Rhain os encontra no estábulo e já sabe quem ela é. Pergunta sobre o incidente que levou Sera a estar ali. Quando lhe perguntam o que está fazendo naquele lugar, responde que decidiu importunar Ash na ausência de Saion, mas que tinha de falar com ele sobre algo importante. Acha a briguinha de Sera e Ash muito divertida.

Enquanto Ash realiza a corte, Rhain passa o tempo com Sera, provocando Ector por temer que *Papai Nyktos* o mande para a cama sem jantar. Quando Gemma desaparece, Rhain parte com Saion para investigar a situação.

Assim que Gemma morre, Rhain chega da corte. É então que vê Sera trazê-la de volta à vida.

Quando a história do que Kolis fez com Eythos é contada, Rhain está na sala de guerra para ouvir. Ao ficar sabendo que Sera faz Ash se lembrar das temperamentais papoulas, ele morre de rir. Ao falarem sobre a Devastação, diz que deve ser só uma coincidência que tenha surgido depois do nascimento de Sera, embora as brasas *possam* ter desencadeado alguma coisa. No entanto, não sabe o motivo.

Depois que o segredo de Sera vem à tona, Rhain se torna ainda mais protetor. A certa altura, diz a Sera para não morrer porque Nyktos quer ter a honra de matá-la.

Quando os dakkais atacam, Rhain é o primeiro a vê-los emergir da água escura como o breu. Conta a Sera que Kolis os enviou para buscá-la. Quando Bele executa uma de suas proezas espantosas durante a batalha, ele a chama de exibicionista. Então volta sua atenção para Theon, que luta e comenta acha que está apaixonado. À medida que vai ficando sem flechas e os dakkais continuam a aparecer, conclui que há muitos deles.

Os dragontinos se envolvem na luta, e Rhain agarra Sera, protegendo-a enquanto eles cospem fogo sobre os dakkais. Em seguida, explica que os dragontinos não são vinculados a todos os Primordiais e podem atacar outras Cortes, até porque nem todos os Primordiais seguem as regras.

Depois do combate, Rhain leva Sera para o palácio, tencionando colocá-la numa cela. Fica aliviado quando Ash tira a adaga dela pelo menos. Quando indaga por que suas feridas não estão cicatrizando, Ash pergunta se ele está querendo morrer. Então conta a Sera que ninguém consegue convencer Ash a se alimentar e que espera que o Primordial sare logo.

Hamid ataca Sera, Ector o mata e Rhain chega logo em seguida. Atônito, pergunta o que aconteceu e comenta que ficou surpreso por não haver um guarda à porta de Sera. Acrescenta que é impossível que alguém tenha traído Nyktos e diz que que Hamid deve ter descoberto o plano de Sera. Ela o corrige e diz que o plano é coisa do *passado*; não existe mais. Ele pede que Aios fique com Gemma e vasculha a casa de Hamid e a padaria.

No instante em que Nyktos enfrenta os deuses assassinos na sala do trono, Rhain entra. Bele é ferida durante a luta e Rhain conta a Nyktos, para então descobrir que ela está morta. Quando Sera a traz de volta à vida, Rhain assiste a tudo, espantado.

Rhain imagina qual Primordial seria tão ousado a ponto de realizar uma proeza como aquele ataque. Ao mencionarem Veses, insinua que ela conhece a aparência de Sera, e Nyktos confirma. Então diz a Sera que Hamid era diferente, pois estava tentando proteger as Terras Sombrias. Lailah concorda com ele. Apesar do que Sera fez, continua desconfiado dela e a encara quando ela toca em Nyktos.

Depois que Sera tenta ir atrás de Kolis sozinha, Rhain está na sala do trono e vê Nyktos dizer a todos que sua bravura é inigualável.

Quando os Cimérios atacam, Sera salva a vida de Rhain. Mais tarde, ele agradece a contragosto, mas fica claro que não se importa que ela não pretenda matar Nyktos. Afinal, ela não é a verdadeira Primordial da Vida, mas um mero recipiente. Ele menciona o que Nyktos suportou e sacrificou por ela, mas não entra em detalhes. Ector acalma os ânimos dos dois antes de Rhain se oferecer para buscar suprimentos para Nyktos e sumir dali. Pergunta se Ector quer sumir com ele.

Rhain fica surpreso quando Sera desarma Saion e pede para treinar com Nyktos. Ainda assim, acomoda-se para assistir ao duelo, divertindo-se com relutância.

Quando Sera perde o controle sob a Casa de Haides, pede que Nyktos a detenha antes que ela derrube o palácio e acabe morta, incitando-o a usar a persuasão nela.

Mais tarde, quando Sera acorda, Rhain está no quarto com Bele. Pede que Bele vá buscar água e suco. Ela zomba dele, mas atende ao pedido. Rhain ajuda Sera a se sentar, nitidamente preocupado. Seu toque provoca um choque, e ele fica surpreso com a intensidade, que o faz sibilar e se afastar.

Sera brinca que Rhain quer deixá-la nua, mas ele responde que não tem o menor interesse nisso. Agora, se estivesse falando de Saion ou Ector…

Tenho de admitir. Já vi imagens desses dois e concordo com ele.

Rhain diz a Sera que nunca viu ninguém fazer o que ela fez — nem mesmo um Primordial na Seleção. Afirma que ela é poderosa e pergunta o que aconteceu.

Sera pergunta por que Rhain está sendo tão gentil, já que ele não gosta dela. Rhain não chega a responder, apenas diz para ela não perder a cabeça daquele jeito de novo ou poderá não acordar. Quando Bele volta e começa a falar demais, fica irritado e tira os pés dela de seu colo. Então conta que Nyktos anda preocupado. A tal ponto que achou que o Primordial fosse matar Ector — umas cinco vezes, pelo menos. Depois, traz água para o banho de Sera e pede comida.

Quando Sera procura Nyktos no escritório, Rhain está presente. Fica preocupado com a educação dela, já que isso não é do seu feitio. Comenta que ela não está bem antes de ir para a Colina.

Mais tarde, quando Kolis convoca os dois para Dalos, diz que Sera tem de fazer tudo que Kolis pedir, por mais desagradável ou vil que seja, e acrescenta que há poucas coisas que Nyktos pode recusar em seu nome. Também deixa claro que demorar a atender à convocação de Kolis o deixará furioso e lhes custará *caro*.

Rhain vai ver se Sera está bem e encontra Veses em seus aposentos. Pede desculpas e se oferece para avisar Nyktos que a Primordial já chegou, tentando levá-la embora. Ela responde que não está ali para ver Nyktos, assustando-o. Depois que ataca Ector, Veses faz Rhain derrapar para fora do quarto com seu poder, junto com o corpo inerte de Ector. Ele sai correndo atrás de Nyktos para informá-lo do ataque de Veses a Sera.

Antes da coroação, Bele o busca a pedido de Sera para que ele possa acompanhá-la. Rhain confirma que, como Consorte, ela terá autoridade sobre os guardas de Nyktos e que ele terá de responder a suas perguntas com sinceridade. Portanto, quando Sera pergunta o que Rhain quis dizer com Nyktos ter de se sacrificar, ele tenta mudar de assunto, mas acaba contando sobre Veses e seu acordo com Nyktos. Preocupa-se que o Primordial da Morte o mate por partilhar isso e não se convence de que ele não vai acabar descobrindo.

Acrescenta que Eythos manteve o acordo com o Rei Roderick em segredo por muito tempo, assim como Nyktos. Apesar disso, foi descoberto há alguns anos, não se sabe como. De alguma forma, Veses descobriu sobre Sera e ameaçou contar a Kolis. Rhain conta a Sera o preço que Nyktos pagou pelo silêncio de Veses. Diz ainda que acredita que Veses pode ter tentado matá-la para evitar uma retaliação contra Nyktos, mas aposta que foi porque o acordo estava prestes a terminar. Além disso, afirma que só ele e Ector sabem do acordo com Veses porque uma vez encontraram Nyktos em péssimo estado após uma alimentação.

Ao sentir a fúria de Sera, Rhain tenta acalmá-la ao segurar seu rosto e pedir que ela se concentre nele. Sabe que não é capaz de detê-la como Nyktos fez sem machucá-la e fica surpreso quando Sera afirma que vai matar Veses.

Ele a impede de ir atrás da Primordial e diz que vai cuidar de Veses. Assim que as brasas estiverem em Nyktos e Rhain Ascender, será o fim para Veses. Em seguida, surpreende Sera ao chamá-la de *Vossa Alteza* e dizer que ela é e sempre será a Rainha.

Quando pergunta se Sera ama Nyktos e ela não consegue responder, Rhain se dá conta do que isso significa e confessa que estava enganado a seu respeito.

A caminho da coroação, parte atrás de Rhahar e Sera com Ector, seguido por Saion e os gêmeos. Quando Nyktos e Sera entram, Rhain se dirige à multidão e ordena que todos se curvem diante do casal. Durante a cerimônia, entrega a coroa de Sera para Nyktos. Depois, aparece na porta da carruagem com a caixa de pedra das sombras para as coroas. Quando chegam à Casa de Haides, é incumbido de guardá-las.

Quando Kyn ataca com os dakkais e dragontinos, Rhain lidera os guardas da Colina. Vê Ector ser derrubado e chuta um dakkai para longe, mas se depara com o corpo destroçado do amigo. É incapaz de se conter e vomita. A certa altura, agarra Sera e pergunta se ela está bem após sua explosão de poder, mas solta um palavrão ao ver Nyktos afastando os dakkais com névoa Primordial. Sera se desvencilha dele.

Depois que Sera é levada para Dalos, Kyn captura Rhain e o entrega a Kolis. O Primordial o provoca falando sobre seu pai e seu irmão, e insinua que ele tem os mesmos dons. Ele já imaginava que aquilo aconteceria, por isso se comunica telepaticamente com Sera e diz para ela demolir o palácio como fez na Casa de Haides.

Sera faz um acordo com Kolis para poupar a vida dele, e Rhain é devolvido às Terras Sombrias. Ele não sabe se algum dia será capaz de retribuir o favor. Quando ela enfim fica livre, ele se certifica de que todos entendam que é por causa de Sera que muitos deles continuam vivos e livres.

Quando chega a hora de Nyktos levar Sera ao lago para extrair as brasas, Rhain se ajoelha e estende sua espada, tirando sangue de si mesmo antes de destruir a arma e jurando lealdade a ela por toda a eternidade.

SAION

Deus do Céu e do Solo/da Terra, do Vento e da Água
(na linha temporal de Sangue e Cinzas)
Corte: do Arquipélago de Tritão para as Terras Sombrias

Cabelo: Completamente careca.
Olhos: Pretos; tornam-se prateados na linha temporal de Sangue e Cinzas.
Corpo: Alto.
Rosto: Pele negra retinta.
Personalidade: Sarcástico.
Hábitos/Trejeitos/Forças/Fraquezas: Crê que ninguém seja genuinamente benevolente por toda a vida e que a vida longa contribui para o declínio de tal qualidadc.
Características sobrenaturais: É capaz de controlar os elementos.
Curiosidades: É um deus sazonal. Seu templo fica na Enseada de Saion, nas Falésias de Ione. Mais velho do que Nyktos.
Antecedentes: Nasceu no Arquipélago de Tritão. Ajudou a criar a piscina sob a Casa de Haides. Saiu do Arquipélago de Tritão cinco décadas após a Seleção, ou seja, 250 anos antes de Sera chegar às Terras Sombrias. Estava em Dalos aguardando a sentença por deserção da Corte de Phanos depois da morte de Eythos. Nyktos o encontrou na cela e tomou sua alma para que nenhum Primordial pudesse reivindicá-lo.
Família: Primo = Rhahar.

A JORNADA DE SAION ATÉ AGORA:

Saion acompanha Nyktos — então conhecido como *Ash* — ao plano mortal para salvar Sera quando o Primordial sente sua angústia. Ao ver o que está acontecendo, comenta que chamar Tavius de animal é um insulto aos próprios animais. Vê que não há sangue algum, apesar da brutalidade de Tavius, e ri quando Sera comenta que Tavius é fraco demais para romper sua pele.

Saion solta Sera das amarras ao colocar a mão sobre as algemas e se prepara para receber sua dose diária de entretenimento. Quando Nyktos entra em ação e Ector comenta que o Primordial da Morte parece irritado, Saion responde que ele tem andado mal-humorado e que é melhor deixarem que se divirta.

Depois que Sera mata Tavius com o chicote, Saion mal consegue conter a surpresa. Enquanto acompanha os mortais para fora do Salão Principal, comenta que está com vontade de beber uísque e encontra uma capa para Sera.

Nas Terras Sombrias, Saion leva Sera para tomar café da manhã com Nyktos. Menciona ter dito que o Primordial deveria cuidar de sua Consorte sozinho, e revela que foi ameaçado e informado de que Nyktos iria dá-lo de comer para Nektas.

Mais tarde, Saion espera por Nyktos quando os dois saem da sala de jantar. Pega Jadis no colo e começa a embalá-la, embora fique sabendo que ela tem tossido faíscas e chamas ultimamente. Desajeitado, acalma a menina como pode.

Enquanto Nyktos realiza a corte, Saion aguarda com Sera e a provoca sobre sua inquietação. Conta que Nyktos sabe exatamente onde ela está o tempo todo. Quando chega a notícia de que Gemma está desaparecida, Saion se junta a Rhain e sai após um sinal de Nyktos.

Quando Sera tenta fugir, Saion a leva de volta ao palácio e é instruído a chamar Rhahar para verificar as tumbas. Na volta, repara que ela está ferida e rosna ao farejar seu ferimento.

Saion reaparece logo após a morte de Gemma, levantando a cabeça quando ouve Ector comentar que Sera está brilhando. Pragueja e pergunta aos presentes se estão sentindo o mesmo que ele. Por fim, vê Sera trazer Gemma de volta à vida.

Depois disso, Saion encara Sera na sala de guerra e diz que o poder de conceder a vida é tanto uma bênção quanto uma maldição. Mas reconhece que é uma força e não uma fraqueza nela, já que a maioria das pessoas não perceberia a rapidez com que tal poder pode se voltar contra si mesmas. Acrescenta que ressuscitar os mortos não só parece impressionante, como também o *é*. Ao discutirem o passado, Saion concorda com Rhahar que Eythos tinha outros objetivos ao colocar as brasas em uma linhagem mortal em vez de apenas dar uma chance à vida.

Saion, Bele e Rhahar vão checar os rumores de um incidente e descobrem que há algum problema na baía. Informa a todos que um navio naufragou e acrescenta que quem cai na água não costuma voltar.

Mais tarde, Saion, Rhahar, Theon e Nyktos cavalgam para fora dos portões e descem as falésias, enfrentando os dakkais que avançam em direção às casas. Todos se agacham habilmente em cima do cavalo e disparam flechas.

Saion chega à Casa de Haides com Nektas e Nyktos, e afirma que cerca de vinte pessoas morreram, mas ainda tem de verificar se mais alguém pereceu em Lethe. Também conta que Nyktos foi atacado nas docas e que os dakkais acertaram muitos golpes nele. Quando Sera vai tentar alimentar o Primordial, Saion faz um sinal de positivo com o polegar, dizendo que reza por ela e deseja seus pêsames.

Engraçadinho.

Depois que Hamid ataca Sera na sala de banho, Saion chega com Ector e Nyktos, e entrega uma toalha para ela — uma que esteja limpa. Conta a Rhain que Hamid tentou assassinar Sera e imagina se os motivos do mortal podem ter algo a ver com o plano de Sera.

Enquanto Nyktos cuida dos deuses assassinos, Saion vê se Sera está bem e ela o manda ir atrás de Bele. Assim que Taric volta a atenção para Sera após ser instruído a não olhar para ela, Saion comenta que as consequências não serão nada boas.

Sera Ascende Bele após o ataque, e Saion entra no escritório de Nyktos com ela e Ector. Conta que não estava vivo quando os Primordiais Ascenderam e diz que nem todo deus que Sera trouxer de volta à vida Ascenderá; eles teriam de estar destinados a tal posição. Nyktos concorda com ele. Em seguida, Saion descobre que Sera pode ter um *viktor*, embora faça muito tempo que não ouve falar deles. Diz que faz sentido por causa do que Eythos fez.

Ao levar Sera de volta aos seus aposentos, é questionado se deseja se vingar pelo que ela pretendia fazer. Responde que, se a considerasse uma ameaça real para Nyktos, quebraria seu pescoço no mesmo instante, mesmo sabendo que acabaria morto. Acrescenta que Nyktos tem atração por ela, mas não passa disso.

Sera o lembra de que é uma ameaça para as Terras Sombrias enquanto estiver ali, e Saion pergunta se *deveria* quebrar o pescoço dela logo. Sera o desafia a tentar, pedindo que não seja covarde nem a ataque pelas costas. Acrescenta que não vai facilitar as coisas, e ele responde que não esperava por isso.

Saion lembra que Sera será a Consorte dali a alguns dias. Ela pergunta se *ele* vai considerá-la como Consorte, mas Saion não responde. Então a apresenta a Orphine, que está ali para garantir que Sera fique a salvo em seus aposentos — é para a sua proteção, e não um castigo.

Ele se junta aos demais na sala do trono quando Nyktos conta que Sera tentou ir atrás de Kolis para proteger as Terras Sombrias e diz que sua bravura é inigualável. Saion segue o exemplo de Ector, desembainhando sua espada, curvando-se e dizendo que espera ser digno de tamanha honra.

Quando os Cimérios invadem os portões, Saion interrompe Nyktos e Sera no escritório do Primordial e informa o ataque, acrescentando que são da Corte de Hanan e que há cerca de uma centena deles.

Recebe ordens de ficar com Sera e se assegurar de que ela não saia do palácio, e responde que é uma honra. Em seguida, zomba de Sera, falando com ela como se fosse uma criança ao mencionar lanches e cochilos.

Saion pergunta se ela tentou mesmo ir atrás de Kolis. Quando ela confirma, diz que agora seria vergonhoso falar em machucá-la e sugere que deveria se curvar diante dela, já que é tecnicamente a Primordial da Vida — mas se recusa a fazer isso.

Imagina se Sera é boa de mira e ordena que ela fique longe de vista, pois os Cimérios não sabem o que ela tem dentro de si e poderiam matá-la. Acrescenta que, se Nyktos for subjugado, deverá entrar e procurar Aios e Bele. Saion diz que Dorcan levaria sua cabeça para Hanan numa estaca sem a menor hesitação. Então parte para se juntar à luta, saltando da Colina. Mais tarde, conta a Nyktos que Dorcan viu Sera.

Saion vigia o quarto de Sera e depois toma café da manhã na sala de visitas do primeiro andar com Reaver. Sera pergunta se as outras salas são utilizadas, e ele responde que só Jadis e Reaver as exploram. Então, indaga quem é que as mantém tão limpas e ele revela que Ector cuida de tudo em memória de Eythos. Quando Sera pergunta de onde ele é, Saion conta sobre o passado e que Nyktos salvou ele e Rhahar.

Informa a Sera de que treinam por algumas horas todas as manhãs, mas se recusa a treinar com ela. Quando reitera sua decisão e ela o desarma, Saion fica chocado. Confessa que teria de pensar no que prefere: ficar de babá de Jadis e Reaver ou segui-la para todo lado. Enquanto Sera duela com Nyktos, senta-se num rochedo para assistir e depois a acompanha até o quarto.

Após o ataque de Veses a Sera, Saion recebe ordens de vigiar a Primordial com Theon e diz a Sera que Ector vai ficar bem.

No dia da coroação, Saion comenta que Sera está linda de vestido e conduz a carruagem até a cerimônia. Depois, segue atrás de Rhahar e Sera com Ector, Rhain e os gêmeos. Mais tarde, abre a porta da carruagem para Nyktos e Sera, dirigindo-se aos dois como *Vossas Altezas* e terminando com uma reverência e uma piscadela.

Depois do ataque de Kyn, Saion informa Nyktos sobre o que aconteceu e tenta impedi-los de ver os corpos no pátio oeste. Diz que Sera está começando a brilhar e indica a Nyktos onde está Kyn. Recebe ordens de convocar o exército e cavalga até a guarda.

Mais tarde, Sera implora que a ajude a tirar Aios da estaca. Ele afirma que só vai piorar a situação e pede que Sera segure a cabeça dela antes que se solte. Quando Sera fica furiosa e exclama: "Fodam-se os dakkais!" ao ser alertada a não usar éter, Saion diz que gosta dela.

Saion assiste com assombro a Sera devolver a vida a Aios e fica aliviado por ver a deusa viva novamente. Ordena que Kars leve Aios para dentro do palácio e informa a Sera que os dakkais estão por cima do muro. Tenta impedi-la de salvar Ector, pois sabe que só piorará a situação com os dakkais, e a mantém fisicamente afastada.

A batalha contra os dakkais é intensa, e Saion fica ferido. Afirma que é melhor eles entrarem e sai com Rhahar para ajudar Nyktos quando ele é cercado pelas criaturas.

LAILAH

Deusa da Paz e da Vingança
(na linha temporal de Sangue e Cinzas)
Corte: de Vathi para as Terras Sombrias

Cabelo: Na altura dos ombros. Ela os mantêm trançados para trás.
Olhos: Separados. Dourados. Tornam-se prateados na linha temporal de Sangue e Cinzas.
Rosto: Pele negra retinta.
Características sobrenaturais: Poderes de força, habilidade tática e lógica.
Curiosidades: Usa uma armadura branca.
Antecedentes: Há quem diga que era filha de Nyktos — algo comprovadamente falso. Hiberna com Theon sob os Pilares de Atlântia na linha temporal de Sangue e Cinzas.
Família: Irmão gêmeo = Theon.

A JORNADA DE LAILAH ATÉ AGORA:

Quando Nyktos chega com Seraphena, Lailah fica um tanto surpresa. Assim como o irmão gêmeo, provoca Nyktos sobre ter tomado Sera contra a sua vontade, perguntando se ele adotou o péssimo hábito do seu antepassado de sequestrar mulheres jovens.

Enquanto Reaver aprende a voar, Lailah o leva para um *passeio ao ar livre* com Theon. É uma cena bastante encantadora!

Depois que Gemma é ferida, Lailah entra na sala e vê Sera brilhando ao trazê-la de volta à vida. Depois, segue Theon com uma bacia para limpar a garota enquanto ele leva Gemma para a recuperação.

Lailah não está presente quando as verdadeiras intenções de Sera são reveladas, só fica sabendo disso mais tarde. Pelo que vi, ela não me pareceu ter tanta raiva de Sera como os demais. Talvez seja por causa da Corte de onde vem. Quem sabe?

Quando dragontinos de outra Corte entram nas Terras Sombrias, Lailah pergunta se Nektas reconhece o dragontino cor de bronze. Além disso, concorda com Rhain a respeito de Hamid: o ataque a Sera não foi para proteger as Terras Sombrias, e sim ameaçá-la.

Mais tarde, depois que Nyktos reúne todo mundo, conta que Sera tentou ir atrás de Kolis para salvar as Terras Sombrias e afirma que sua bravura é inigualável, ela — tal como os demais — faz uma reverência e diz que espera ser digna de tamanha honra.

Lailah conta a Sera que Attes disse a Theon que ela o tinha ameaçado. Parecia meio incomodada. E acho que era isso mesmo, dada a sua química com o Primordial da Guerra e da Vingança.

No dia da coroação, Lailah sai do quarto de Sera e pergunta se ela e Rhain sentiram um tremor na mansão.

THEON

Deus dos Tratados e da Guerra (na linha temporal de Sangue e Cinzas)
Corte: de Vathi para as Terras Sombrias

Cabelo: Trançado no estilo nagô, rente ao couro cabeludo.
Olhos: Separados. Dourados. Tornam-se prateados na linha temporal de Sangue e Cinzas.
Rosto: Pele negra retinta.

Personalidade: Engraçado. Sarcástico. Adora um flerte.
Características sobrenaturais: Poderes de força, habilidade tática e lógica.
Curiosidade: Hiberna com a irmã sob os Pilares de Atlântia na linha temporal de Sangue e Cinzas.
Família: Irmã gêmea = Lailah.

A JORNADA DE THEON ATÉ AGORA:

Quando Nyktos chega com Seraphena, Theon fica surpreso — nunca tinha ouvido falar dela. Ele e a irmã provocam Nyktos sobre tê-la sequestrado e pedem que Sera pisque duas vezes se for uma prisioneira.

Ele leva Reaver para um *passeio ao ar livre*. Adoro vê-lo com a irmã e o filhote. A cena me deixa toda derretida!

Quando Veses chega à Casa de Haides, Theon anuncia sua chegada.

Depois que Gemma é ferida, Theon entra no quarto e testemunha a sua morte. Também vê Sera começar a brilhar ao trazê-la de volta à vida. Em seguida, leva Gemma para a recuperação.

Theon não está presente quando as verdadeiras intenções de Sera são reveladas, mas, quando os ataques têm início, conta a Nyktos de que direção veio o ataque por mar e tudo que aconteceu antes de se juntar a Bele, Nyktos, Saion e Rhahar na batalha contra os dakkais.

Quando dragontinos de outra Corte entram nas Terras Sombrias, Theon afirma que há três deuses envolvidos nisso e nega ter reconhecido os dois que viu. Imagina que Sera tenha sido vista e que não seria muito difícil para alguém deduzir que ela é a Consorte. Também diz que Hanan pode ter dado a ordem para raptar Sera e Bele.

Mais tarde, depois que Nyktos reúne todo mundo, conta que Sera tentou ir atrás de Kolis para salvar as Terras Sombrias e afirma que sua bravura é inigualável, Theon desembainha sua espada e se curva, dizendo que espera ser digno de tamanha honra.

Theon revela que Attes lhe contou sobre a ameaça de Sera e que achou divertido, além de ter ficado excitado com a notícia. Desculpa-se às pressas quando Nyktos se irrita com o comentário.

Reaver defende Sera com Nyktos, e Theon comenta que é errado o dragontino ficar do lado dela.

Quando Nyktos ordena que Veses seja vigiada, Theon e Saion são incumbidos da responsabilidade.

IONE

Deusa do Renascimento
Corte: Planícies de Thyia

Cabelo: Na altura do queixo. Castanho-avermelhado.
Olhos: Prateados na linha temporal de Sangue e Cinzas.
Corpo: Alta. Esguia.
Rosto: Pele marrom-clara. Feições marcantes.
Características sobrenaturais: Tem o poder da vida e do nascimento. É capaz de extrair as lembranças de alguém.
Hábitos/Trejeitos/Forças/Fraquezas: Lê os pensamentos das pessoas. Meio tímida.
Curiosidades: É uma deusa sazonal associada à primavera. Seu templo fica no sopé das Colinas Imortais. Costuma ser retratada com Rhahar em obras de arte.

A JORNADA DE IONE ATÉ AGORA (CONFORME É CONHECIDA):

Não vi muito de Ione, para dizer a verdade. Bem, não até Sera parar em Dalos.

Kolis chama Ione e a leva até a gaiola de Sera. Ela tem o raro dom de vasculhar e extrair as lembranças de alguém, e Kolis quer saber a verdade sobre Sotoria.

Jogando dos dois lados, Ione obedece, mas faz questão de distorcer a verdade ao transmitir o que viu na mente de Sera. Para ela, Seraphena é a Consorte de Nyktos e é assim que tem de ser.

Detesta ter de fazer Sera passar pela dor da leitura de mentes, mas espera que o fato de se colocar em risco compense tudo.

Imagino que verei bem mais de Ione em breve. Todos os deuses e deusas estão despertando, e há muita história a ser revelada.

Mal posso esperar para descobrir tudo!

PERUS

Deus do Ritual e da Prosperidade*

Eis o que as pessoas *acham* que sabem sobre o *deus* Perus...

Cabelo: Branco.
Rosto: Bonito.
Antecedentes: Perus não existiu. Os Ascendidos o inventaram, mas ninguém sabe muito bem por quê.*

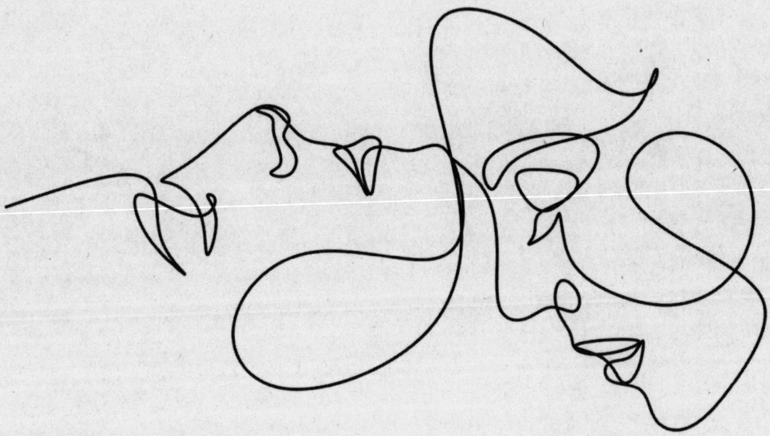

Uma Nota da Senhorita Willa

Bem, isso é tudo que consegui coletar até agora. Novas informações chegam até mim quase diariamente, e também vou recolhendo informações nas minhas viagens, por isso não espero que esta história termine tão cedo.

Há grandes acontecimentos no horizonte para Poppy, Cas e seus aliados; sem contar o fato de que os deuses estão começando a despertar e as linhas temporais vão convergir de maneira inesperada, revelando falácias e emprestando concretude às profecias.

Os inimigos continuam à espreita em cada esquina, e tenho a impressão de que a Primordial da Vida está prestes a dar sua opinião sobre tudo que aconteceu durante a hibernação dos deuses.

Por ora, tudo que podemos fazer é nos preparar — para o melhor, para o pior e para o desconhecido — e esperar para ver como as coisas vão se desenrolar.

Apesar de ser uma Vidente, tenho o pressentimento de que até mesmo eu ficarei surpresa.

Willa

Este livro foi composto na tipografia Adobe Garamond Pro,
em corpo 11/14, impresso em papel off-white 80g/m2,
na Plena Print.